命运之人

上册

郑民钦 译

運命の人

[日] 山崎丰子 著

人民文学出版社

著作权合同登记号　图字:01-2012-3816
01-2012-3817

图书在版编目(CIP)数据

命运之人:全2册/(日)山崎丰子著;郑民钦译.
—北京:人民文学出版社,2013
ISBN 978-7-02-010122-1

Ⅰ.①命…　Ⅱ.①山…②郑…　Ⅲ.①长篇小说-日本-现代　Ⅳ.①I313.45

中国版本图书馆CIP数据核字(2013)第240722号

责任编辑:陈　旻
特约策划:周　洁　徐曙蕾
装帧设计:董红红

出版发行　人民文学出版社
社　　址　北京市朝内大街166号
邮政编码　100705
网　　址　http://www.rw-cn.com
印　　制　宁波市大港印务有限公司
经　　销　全国新华书店等
字　　数　570千字
开　　本　890×1240毫米　1/32
印　　张　23.5
版　　次　2013年12月北京第1版
印　　次　2013年12月第1次印刷
书　　号　978-7-02-010122-1
定　　价　76.00元

目录

第一章　外交牌照

丰茂的山樱垂盖在伸展的树枝之上，在盛开之后，落英缤纷成一株叶樱，变得别有一番情趣。

位于霞关的外务省大楼正面的那一株巨大的樱树每当盛开的时候，一片绯红的雅趣盎然的芳花总是吸引着来访的外国政要的目光。而花谢以后的一树嫩绿仿佛融化在白色与淡青色的瓷砖墙上，显得格外美丽。

东门是一般职员和来访者的出入口，总是忙忙碌碌，正门则人影稀少，只有高级轿车悄无声息地进出，其中时而会有蓝底白字的外交牌照的车子。例如“外—8202”是美国驻日本大使馆公使的车子。四位数前面的两位代表国家，后面两位是个人识别号码。

㊉—3901　印度驻日本大使馆大使
外—2714　法国驻日本大使馆一秘

㊉字显示是大使馆第一把手的专车，有时候车头左前方挂着国旗，但不挂的时候居多。牌照号码原先是外务省按照各国国名的字母顺序编制分配的，属于国家机密，严禁泄露，只有老练的警卫人员才能把这一系列号码烂熟于心，与绝对准时出来迎接的事务员互相留意四周。

昭和四十六年五月上旬，这一段时间，前来拜访的美国驻日本大使馆公使最大的事情就是就归还冲绳问题与外务省的美国局局长、条法局局长举行高级别的会谈；印度大使来这里是与经济合作局局长商议请求日本给予经济援助问题;法国大使馆一秘则是与情报文化局局长等协商日法文化交流问题。这些日常性、事务性外交活动的积累反映出一个国家外交的总体方针。

稍过片刻,本部高官使用的高级轿车缓缓地转过环形带停在正面,这是日本驻美国大使大场的车子。美国局参赞等官员神色紧张地在门口迎候。

驻美大使是外交官员中的最高职务,无一例外都担任过外务省次官。尤其是这个大场,在历届事务次官中以出类拔萃的谈判能力和豪爽旷达的为人饮誉外交界,一年前赴美履任以后,也受到美国方面的高度评价。

大厅的天花板上垂挂着六盏装饰华丽的和式枝形吊灯。大场大使被事务官们前呼后拥地向电梯方向走去,大厅里在场的其他人都礼仪端正地目送着。这时,突然响起一个亲切的声音。

"大使,您回来了。"

与身穿深色西服、毕恭毕敬的事务官不同,向大使打招呼的这个人穿着条纹西服,显得洒脱自如。他是每朝新闻社政治部常驻外务省的首席记者弓成亮太。

"啊……是你啊,弓成。"

大场大使眼镜后面的眼睛浮现出笑意。

"那一次在华盛顿承蒙关照。"

"哪里哪里,谈不上……你的署名文章我一直拜读的。"

大使流利地回应着,伸手与弓成一握,走进事务官已经为他打开门的电梯里。

弓成看着电梯上升,停在大臣、次官、审议官的办公室所在的四层,然后他来到三层的霞关记者俱乐部。

面临樱田大街的三楼拐角处,一间大屋子里挤着东京的二十家新闻媒体机构,用资料架隔开各自的小空间,算是办公室。屋子的最里头是公用的地方，杂乱无章地放着长椅子、沙发、装订成册的国内外报纸、电视机等。手头没活儿的记者在这里有的有一眼没一眼地看着电视，有的围着角落的桌子搓麻将、下将棋。

弓成抬头看着安置在电视机斜上方墙上、可以知道大臣以下各局局长是否在办公室里的标志灯。次官、美国局局长、条约局局长都不在办公室，他意识到他们都在大臣办公室里与大场大使一起正和美国公使会谈，却不动声色地与其他报社的记者闲聊几句，然后进入每朝新闻的办公间。他手下有三个人，其中一个正通过电话向电视节目评论员发稿，另一个正在剪贴报纸上的新闻报道。

"清原呢?"

"说是去亚洲局，跑一跑有关越南的情况。……听说临时回国的大场大使今天要到部里来。"

"刚才在大厅里还见到他了。"

"真不愧是首席，神速啊！今天大使约见谁呢?"

"看一看标志灯不就知道了？你们两个快去，在部里跑一两趟。新闻报道是用脚跑出来的。"

年轻记者往往只会依靠新闻发布会写报道，被领导一批评，立刻慌慌张张地跑出去。

弓成像是把肩膀结实、高大健壮的身子塞进去一样，坐在窄小的铁椅子上，点燃了一支烟。他脸色微黑，浓眉，一双眼睛充满自信。

弓成吐出一口烟，俯视着窗外樱田大街两旁的樱树，眼前浮现出一个月以前美国国务院邀请他访美时在华盛顿的波托马克河畔看到的成排的樱树，想起大场大使请他共进午餐的情景。

驻美大使与记者一对一地共进午餐十分罕见。弓成先前是专门采访自由党的记者，与池内内阁时代的干事长田渊角造、官房长官、外务大臣小平正良关系密切。即使现在是佐桥内阁，这些政治家依然具有独自的势力，对政局产生很大的影响。大使似乎是出于这样的判断才请弓成吃这顿饭的。两个人天南海北地闲聊着，大使十分巧妙地探寻在佐桥总理继任者问题上自由党的动向。

大使身在国外，其实最关心的还是国内的政局变化，比起驻守国的政情，他对日本国内的政治更加敏感。因为内阁更迭，外务省的人事也容易发生变化。弓成对这些情况十分清楚，便将自由党针对佐桥总理的最新动向以及局势判断告诉大使。

在全套法国菜上到甜点的时候，弓成改变话题，谈到联合国悬而未决的关于恢复中国代表权的问题。中华人民共和国建国以后，经过二十年的努力，强大起来，表现出恢复联合国代表权的强烈愿望，而美国表面上采取支持台湾的政策，估计近期将提出维持台湾的联合国代表权的决议案。

“我想直截了当地提问，大使认为日本是否会继续与美国步调一致?”

大场大使一下子默不作声。情报应该是互利互惠的。他犹豫地委婉暗示亲台派的佐桥内阁大概将不得不成为美国的共同提案国。

午餐结束后，大使亲自把弓成送到公馆大门口，不忘交代一句:“请代向小平先生、田渊先生问好。”

弓成客气地回应着，一出公馆，就取消下午的参观，开车直奔华盛顿分社，根据刚刚听到的大使的谈话，写成了一篇新闻稿。

【华盛顿弓成特派员八日电】

政府成为美国的共同提案国将表示支持台湾

这篇报道将成为明天晚报的独家新闻。

各新闻媒体的小办公室突然嘈杂起来，因为次官会见记者的例会即将开始。

办公室的斜对面就是会见记者的地方，屋子里摆放着大约四十把椅子，坐着属于霞关记者俱乐部的各报社、电视台的新闻记者三十多人，面对落座在正面桌子后的次官。这时，从八层的干部餐厅下来的、系着蝴蝶结的男服务员端着兑水苏格兰威士忌分发给每个人。今天不是正式的记者会见，只是恳谈会，次官想就当前的外交问题与记者们一边喝着威士忌一边交换看法，不对外发表。

林次官面带温和的笑容环视大家，说道："今天我没有什么特别要说的。"

这位次官战前在学校读书的时候就通过高等文官行政科、司法科的考试，后来在驻加拿大大使馆、外务省北美局、条约局、驻美国大使馆工作，由于表现出色，曾任外务审议官，是一个亲美派人物。

总是占据记者席最前排中间位置的弓成首先开火，"偶尔也要给我们来点实货啊！与冲绳回归本土相关的整顿、缩小美军基地的构想应该出来了吧。"

"当前是最大限度地利用有利条件专心致志地进行谈判。"

弓成追问道："今天下午，美国公使、临时回国的驻美大使同时来外务省，谈判应该取得相当大的进展了吧？"

次官依然保持温和的表情，回答道："怎么说呢……就基地问题而言，在美国国内，国务院、国防部、国会都有各种不同意见的对立，与这边公使商定的事情也经常变来变去。"

次官始终是这样不作正面回答的官腔。

坐在后排的合同通讯社的年轻记者紧接着问道："完全归还那霸机场不会改变吧？"

"这个嘛……因为那霸机场是冲绳回归过程中整顿、缩小的重点……”

弓成对这样的问答感到焦急。外务省唯一能够明确回答的就是那霸机场，对其他问题都是顾左右而言他，不做明确表态。如此看来，实质上缩小的基地应该几乎没有，冲绳回归后，基地削减到与本土同样的程度，岂不是一句空话？

弓成紧逼下去，“次官，请你明确回答：现阶段预计可以在多大程度缩小基地？”

“这事牵涉到防卫厅、大藏省，在现阶段，我不能轻率谈论。”

次官回避问题的实质。

晚来的霞关记者俱乐部干事新闻社、读日新闻社首席记者山部端着威士忌酒杯，坐在次官的正对面，语气尖锐地说道：“我说次官，请你认真回答好吗？”在座的外务省报道课课长赶忙起来调节气氛，山部朝他狠狠瞪了一眼，态度强硬地说道：“林次官，基地怎么处理，不仅冲绳居民，全国国民都想知道。”

这个山部记者不仅与历代大政治家，还与那些冒充忧国之士的不三不四的右翼分子有所交往，官员对他最为棘手。

“这可让我为难了。还是在日美谈判达成协议的时候再说吧。”次官圆滑地躲开锋芒。

旭日新闻的记者提出问题，“基地之外的设施，好像VOA① 保留下来的可能性也很大。在冲绳回归日本以后，与美军战略广播同样性质的VOA是否还有存在的必要呢？”

这个记者在霞关记者俱乐部中最勤奋认真，善于学习。

“定性为美军战略广播还可以商榷，其实这个电台也有不少面向军人及其家属的娱乐性节目，恐怕不好立即撤除吧。”

旭日新闻记者追问道：“但是，这样就违反了不允许外国人经

---

① VOA，美国对外短波广播局——美国之音。

营广播电台的广播法。”

这时，山部插嘴道：“这么说，好像远东广播也保留下来了吧。那个电台与尼克松总统的家族有关系，说穿了，就是要保留美国总统在日本的利益。”

到底是林次官，他明确予以否认，“这个有点过于穿凿。”

“这是本社华盛顿分社已经确认的消息，什么地方过于穿凿，我想听听你的说明。”

报道课课长对会场气氛变得紧张起来一直提心吊胆，一脸假笑地赶紧起来收场，“好了好了，我们今天是恳谈会。”

“正因为是恳谈会，不是更应该坦率交谈吗？”

“次官下面还有别的活动，今天就到此结束。”

报道课课长保护着次官离开这气氛已经白热化的会场。

“弓，别忘了星期六。”

读日新闻社的山部对弓成打声招呼，一边申斥着手下记者一边走出去。弓成每周的星期六都要和山部在有乐町的啤酒屋一边喝酒一边交换情报信息。山部都是让手下的记者写新闻稿，自己则周旋于政界幕后人物之间，得心应手。弓成与他的作风不同，但同为政治记者，两个人意气相投。

弓成在长长的走廊上转一圈，停在台阶前面，可以看见外面院子里常年绿草茵茵的草坪以及远处的国会议事堂。

每天向国民传播国家政治——这只有新闻媒体才能做到，所以新闻记者必须是善于学习，能够与政治家、政府官员进行对等交锋的优秀人才。——这就是弓成的信条。

弓成从台阶走上一层，这层楼的走廊铺着地毯，都是大臣、次官、审议官的办公室，配备有保安人员，不过弓成一路畅通无阻，走到拐角处。隔着走廊相对的是分管经济和政策的两个审议官的办公室，弓成走进分管经济的安西杰审议官的房间。

入口处隔着桌子相对坐着男女两个事务官。

“在吗?”弓成用眼神朝里面的审议官房间示意,问女事务官。女事务官点了点头。那个男事务官亲近地点头致意。安西审议官是仅次于次官的第二号人物,在出入这里的新闻记者中,他与弓成关系最好,因此事务官对弓成也很客气。

弓成轻轻敲一下里面的门,迅速闪了进去,安西如古代武士一样姿势端正地坐在高背皮转椅上,把手里的文件翻过来放在桌子上。

弓成坐在办公桌前面的椅子上,很随意地翘着二郎腿,说道:“今天的次官恳谈会又是温吞水。”

安西把眼镜摘下来,笑着说道:“这就是评价的标准,不说不犯错,不可能回答得那么痛快。”

很多职业外交官的共同点就是名门出身,安西的家庭是旧财阀,不过他丝毫没有令人不快的矜持傲气。与弓成同样性格豪爽,又都是九州人,所以感觉亲切,从他担任官房总务参事官时期开始,这七年里,两人是推心置腹、无话不谈的关系。

“审议官,在野党是尽拣好听的说,可是只要越战不结束,美军就不会轻易答应缩小基地吧。”

“轰炸机现在还从冲绳起飞呢。”

“所以啊,谈判正朝着几乎不会缩小基地的方向达成协议吧。您告诉我真实的情况。”

“次官不是回答了吗? 次官都不知道的事,我更不可能知道。”

“正相反吧,美国局最后敲定的东西,都要拿到这里来——哪怕给我点暗示也行啊。”弓成从来都是这样咬住不放。

“瞧你这个样子,我就要打消我儿子想当新闻记者的念头。”

“您别这么说,让他到我报社里来吧,我会好好照顾他的。”

“我可不上你的当,你总是这样死乞白赖地央求,脸皮也够厚的。”

安西一脸无奈地苦笑着。这时，电话响了，他戴上眼镜，拿起话筒，口气恭敬地说道：“好，我这就去。”

他迅速地把桌子上的文件收拾起来，放进抽屉里。

“我能在这里等您吗？”弓成道。

“噢，大场大使叫我去，要晚了。”安西说着走出房间。

女事务官端茶进来。弓成一个人慢慢地喝着茶水，交抱双臂。冲绳是第二次世界大战中日本唯一进行过地面战的地方，死去的军民人数总计多达二十多万。这一场可以说是大屠杀的悲惨事实，本土却知之甚少，而且根据旧金山和约，冲绳在美军占领下被抛弃出本土。在这个面积只有全日本国土千分之六的冲绳岛上，却有百分之五十的土地被强占成为美军基地。

想起来，其实冲绳已经两次被政府抛弃，现在进行的归还冲绳谈判的内容，与其说顺应冲绳的民意，不如说以满足美军、美国政府的形式逐步进展，冲绳不排除第三次被抛弃的命运。

佐桥总理说出那一句“冲绳不归还祖国，日本的战后就没有结束”的名言，让全国人民深为感动。总理的承诺已经过去了六年，谈判之路依然艰难，佐桥总理被国民批判为无能，如今归还冲绳已经成为他延长内阁寿命的手段，也成为他任期届满光荣引退的业绩。

弓成喝完变凉的茶水，正要站起来，忽然看到从桌子抽屉的缝隙里露出来的文件，上面的“LIST C”、“NAHA AIRPORT”的英文十分醒目。弓成只有一闪念的犹豫，紧接着拉开抽屉，把那份英文文件抽出来，正是准备归还的冲绳美军基地的名单。安西并非因为急急忙忙没有把文件收拾好就离去，而是故意将文件露出来让他看见的——在与安西的长期交往中，他已经不止一次以这样的方式传递情报。这不仅仅体现了安西对弓成的个人好意，也包含有外务省的考虑。

弓成把英文文件抽出来，塞进上衣口袋里。

“我出去转一转，一会儿还回来。”

弓成对只剩下他一个的男事务员打一声招呼，便往三层的情报文化局走去。入口的墙边放着一台复印机，一个认识的老事务官恰好复印完。

“我借用一下。”

“请吧，请吧。”老事务官对霞关记者俱乐部的著名记者充满好意。

弓成很不熟练地复印完以后，若无其事地回到审议官办公室，将文件放回原处。

“看这样子，审议官一时半刻也回不来，我明天再来吧。”

弓成对正准备下班的男事务官说一声，慢悠悠地走到走廊的拐角，然后大步跑下台阶，冲进记者俱乐部的办公室，对政治部的主任编辑通报一声，就坐上出租车直奔报社。

每朝新闻社总社位于大手町，是全国“三大报”之一。搬迁到这里才第五年，十五层的大楼外表多有玻璃墙面，设计风格十分潇洒时尚。

编辑局占据四层很大的房间，以人数最多的社会部为中心，还有政治部、经济部、外信部、学艺部、运动部、地方部、广电部，以部为单位并排桌子，最里面是整理本部的大桌子。

晚上七点一过，编辑局就一片紧张繁忙的景象，大家都在赶时间，以便在第二天日报的截稿时间之前发稿。

总共一百二十名记者的社会部有一多半不在社里，但是他们很快就分别从警视厅、警察厅、检察厅、法院、事故现场等处回来，有的整理从外面电话发回的稿件，有的开始重新写稿。

值夜班的两个主任编辑审阅即将发稿的所有原稿，有的大刀阔斧地删除，有的前后段落大幅度调整，未被采用的原稿扔进废纸篓里。报纸的版面有限，能发稿刊登的只占原稿的不到三分之一。

称为“小孩子”的打工学生充当事务协理员，按照记者的指示，抱着照片、履历卡、剪报本等在各部的桌子之间穿梭奔走。

“这么模糊的照片怎么能用?！再去照相室跑一趟!”

记者们大声吼叫，“小孩子”们到处奔跑。

统管整个编辑局的是俗称“当班”的编辑局次长，他旁边的位置就是局长办公桌。发生重大事件的时候，“当班”就把该业务部的部长、主任编辑叫来，研究版面的安排。

政治部的主任编辑借来外信部的三个年轻记者，等待着弓成回来。

弓成从霞关记者俱乐部打电话只是说有独家新闻，却没有告诉什么内容，这伤害了记者们的自尊心。

一个通过富布赖特基金留美的记者说：“这个人啦，说不定正在什么地方吃喝呢。”

“我们外信部的稿件就是直译外电，翻过来就行。我们可不愿意受那些平时嘴里不干不净、骂骂咧咧的记者的使唤。”另一个曾在英国常驻过的记者也满心不痛快地嘀咕。

就在这时，弓成亮太双手插在裤兜里，大摇大摆一副傲慢自大的样子走了进来。

在“当班”那里看着挂钟等得不耐烦的编辑局长、编辑局次长、政治部部长异口同声地向他询问独家新闻的内容，“美军基地怎么回事啊?”

“看我的!”弓成用手掌拍了一下上衣内口袋，神气十足地向政治部走去。对弓成这种根本不把上司放在眼里的傲慢无礼的态度，编辑局长和编辑局次长相视一笑，耸耸肩膀，而他的顶头上司政治部部长司修一压着怒火跟在他后面。

政治部在编记者四十人，分管总理官邸、执政党的自由党、在野党各党的记者十几个在办公室里，一看到弓成这种仰首伸眉的样子，有的人就把手中的铅笔扔在桌子上。瞧这副洋洋得意的样子，肯定又捞到什么独家新闻，那么自己写的稿子要么被大量删减，要么被推迟到明天，或许很可能作废。

弓成毫不介意周围的人是怎么想的，径自走到从霞关记者俱乐部打电话给他的首席主任编辑旁边，一屁股坐下来，把美军基地名单拿出来给他。

“干得好。就我们这一家吗?”主任编辑看是复印件，叮问一句。

“瞧不起人啊！好了，翻译需要多长时间?”

主任编辑把外信部的记者叫来，让他们看文件。

“相当专业，即使分头翻译，也得要一个小时。”

“那你们马上动手。这是非常重要的文件，一个字也不许译错。冲绳那些特殊的地名，你们拿这个作参考。”

弓成从资料夹中拿出自己绘制的基地图交给他们。

“给我看看。”司修一部长拿过文件。他担任过华盛顿分社社长，精通英语。他从文件上抬起眼睛，对主任编辑说道：“其他版面还需要解说性文章。召开版面会议吧。”

于是，也把整理本部的分管硬派（政治、经济、外信）的主任编辑叫来，开会研究版面安排问题。弓成对这样的会议根本不予理会，自己只是构思文章。

翻译一出来，弓成就把桌子上堆得杂乱无章的资料往两旁推开，手拿铅笔在草稿纸上飞快地移动，同时注意文章的措辞，不能让读者看出来情报来源于外务省。

据防卫厅有关人士透露，政府最近向美国方面正式提交签订归还冲绳协定时公开发表的驻守冲绳的美军基地名单方案，双方谈判已进入最后阶段。在以往谈判的基础上，日本方面将该名单分为 ABC 三种。

"名单 A"确定在冲绳归还后美军可以长期使用的基地八十五处，"名单 B"确定冲绳归还后数年内要求美军交还的基地十八处，"名单 C"确定冲绳归还时就要求美军交还的基地三十一处。显然，日本政府的方针是同意大多数基地可以长期使用。

文章还强调冲绳归还时基地的迁移、削减与冲绳居民的要求相距很大的事实。

首席主任编辑桧垣看一遍稿子，十分满意地说："好，放在头版头条，名单的详细内容放在第二版。"接着，对弓成说道，"部长表扬这是好猛料。你去打一声招呼。"

弓成对无论什么事都使用正统手段的司修一的做法持批评态度，而提醒他不要把这种态度形诸颜色的除了这个大哥似的首席主任编辑外，没有别人。弓成瞟了一眼部长。在电话铃声嘈杂不断、废稿纸扔得遍地都是的编辑局环境里，司修一到晚上依然仪表整齐、端正稳重地坐在办公桌前。

"能写一篇好的报道，做记者的也就心满意足了……"

弓成显得满不在乎的样子，看着挂钟。晚上十一点出清样，这样重要的新闻稿，无论多么晚，都要亲自过目，一字一句都不可马虎。这是弓成的做事原则。

清样出来之前，先填饱肚子，他带着晚辈记者往附近大楼地下室的小酒馆"鹤八"走去。刚刚完成头版头条的新闻稿，他心情激动，轻松地迈着大步。

掀开布门帘进去，桌子席位都有客人，只有柜台席位空着。

“老板娘，我还是烧酒，给这两个上清酒。”

大概是北九州的父亲的遗传，弓成更喜欢烧酒而不是清酒。

“哟，老板呢？”

他想和喜欢赛马的老板聊天，预测哪一匹马能赢，享受一种解放感。

“真不凑巧，他今天晚上有点小事要办，就歇了，由我掌厨。”老板娘的性格一点儿也不亚于男人。

“老板娘，有什么好吃的，给做一些，我们也想填饱肚子。”

只要这么一说，老板娘就会酌情妥善安排。

斟满烧酒的酒盅往自己的面前一摆，端起来一口喝干。那种沁入五脏六腑的舒服劲儿，只有以独家新闻作为下酒菜才会感觉到无比美妙。

“喂，你们别客气，也喝啊！今天可费劲儿了。”

志木和清原校对外信部的译稿，还要对比以前采访的笔记进行核实，这是弓成对他们的犒劳。

“上个月飞到冲绳采访，刚好派上用场。这下子我们比其他社又遥遥领先了。”

清原虽然年轻，但头脑灵活，笔头也好，他就着盐腌鱼内脏喝清酒。年龄较大的志木稳重沉着，他空腹喝酒，满脸通红。

“明天俱乐部一定很热闹，都在议论这消息的来源。不过，首席这样的大笔杆子写得又多又好，我们都有点着急了。”志木酒后吐真言。

“我倒觉得对我是个激励。其他社的首席大半都是让部下去采访，自己只是把部下采访的材料归纳一下，但是弓成首席亲自采访亲自动手写稿子——我也想赶上他一步半步，可就是采访的人脉不一样。”采访勤奋的清原觉得自己在弓成面前简直是望尘莫及。

志木点点头说："是啊，首席有外务省高官这样厉害的渠道，真叫人羡慕。"

"这可不容易，建立起这么厉害的渠道，要经过辛苦的努力。"

"不过，在外务省当常驻记者，那是我最讨厌的部门。那帮人在学校的时候就通过非常艰难的外交官资格考试，又仗着名门出身，所以自以为是国家的职业外交家，有一种别人无法理解的非常强烈自以为了不起的精英意识。再加上极其不正常的神秘主义——简直就把记者当作苍蝇一样，只要从他们的办公桌旁边走过，就会露骨地把桌子上的文件翻过来，不让记者看见，真叫人恶心。"借着酒劲，志木把一肚子的怨气发泄出来。

"所以我就想不能让他们这么狂妄。外务省的官僚害怕政治家，我就看好一个政治家，盯住不放，开始和他建立联系渠道。通过记者会见、吹风会来写新闻稿，只不过是单纯地获取情报。真正的新闻记者，必须是不断地使用自己的敏锐嗅觉获取猎物的猎手。"

弓成感受着烧酒舒心的醉意，眼睛闪耀着含带野性的炯炯亮光。

"猎犬嗅出猎物的气味，捕食成功的秘诀是什么？"

"没有什么秘诀，要具有问题意识，到处布下你的天线。就是说，努力、集中力、钻研三位一体的复合效果就能捕捉到猎物。这才是真正的新闻记者。按照别人提供的消息写稿子只是单纯的'写手'。必须具有自己的问题意识，带着主题去提问。"

"哦，这有意思。"志木和清原十分感兴趣地探出身子倾听。

"不是这样的吗？——记者的一个问题，会让新闻报道具有不同的生命力。一般的提问，只能得到一般的回答；不寻常的提问，至少会得到不一般的回答。"弓成趁着醉意，大肆鼓吹他的观点。

"什么叫采访？这不是简单一两句话就能说清楚的，也不是问得明白的。从体验来说，只能从新手夜访朝探的酸甜苦辣中慢慢去体会。就我而言，第一年在总理官邸，那是微不足道的小记者。池内内阁时代的官房长官是那个哼哈小平，不管问什么问题，都不回答，一动不动，他可是最难对付的。刚开始的时候，他根本不理我，无视我。”

记者起步时代的艰辛经历掠过弓成的脑子。

弓成在社会部、经济部都待过一年多，然后分配到政治部，当时他二十六岁，担任首相官邸的常驻记者。一天到晚，总理走到哪里跟到哪里，像跟屁虫一样，但和总理没法单独谈话，所以他只好盯上总理的化身官房长官。不过，小平官房长官外号“哼哈长官”，少言寡语，让人毫无办法。如果不是尖锐深刻的问题，他总是冷冰冰的样子，爱答不理。对方是五十多岁的身系天下大事的政治家，弓成是刚刚出道的毛头小子，他感到巨大的压力。三百六十五天，他每天都去夜访朝探地要求采访，为了得到对方的认可，弓成是尝尽辛酸。可以毫不夸张地说，弓成先是经过禅问答似的不得要领的回答，然后一步一步向前跨越、接近才成长起来的。

第一次受到小平官房长官认可，是在相当于总理级别的最高法院院长的人事问题上。其人选早就有或者判事、或者最高检察厅前检察长、或者民间人士的学者的说法，但轻易定不下来。在弓成执着的夜访朝探中，有一次对官房长官禅问答似的问道：“关键在内还是在外?”一直像泥菩萨一样一声不吭的小平忽然眨了一下小眼睛，从牙缝里轻声溜出一句话：“不必拘泥于内……”这一句话刺激了弓成的整个第六感神经，一下子翻腾起来。他一回到社里，立即拟出大标题“首次起用民间人士横田喜三郎担任最高法院院长”。于是，东京大学名誉教授、首屈一指的国际法权威横田喜三郎内定为最高法院院长的独家新闻就刊登在早报头版上面的显著位置。其他报纸到第二天的早报才匆匆忙忙刊载“法务大臣推荐横田”的报道。

从此以后,小平不动声色地关照弓成。到小平在官房长官之后担任外务大臣的时候,弓成和他的关系亲密到可以称他为“老爸”。现在回头看去,官房长官时代的小平周围的各媒体记者中,作为王者幸存下来的只有两个人,其他都已经尸横遍地。

弓成把酒盅里的酒喝完,放在柜台上。他能有今天实属不易,如今在人前吃得开,都是他坚持不怠地自我追求努力、集中、钻研的结果。

“首席,到时间了。”清原提醒道。

弓成一看钟,十点半,清样马上就要出来了。

“老板娘,这么晚打扰你了。烧鱼头味道好极了。”

弓成一回到社里,首席主任编辑桧垣对他说:“你来得正好,清样好了。”刚刚印刷好的报纸清样上,大号字体的标题映入眼帘,相当醒目。

要求立刻归还三十一处

近期归还十八处　大多数同意长期使用

弓成一边修改清样,同时心里期待着这篇报道能对以要求归还基地的强大舆论为后盾、进入最后阶段的日美谈判产生一定的影响。

凌晨两点,天空没有一点星光,弓成乘坐出租车回到位于世田谷区祖师谷的家里。他摁一下门铃,妻子由里子立即出来开门。不论丈夫回来多晚,她总是一直等候着。

“工作到这么晚,你辛苦了。瞧你这样子,好像有什么好事似的。”不愧是新闻记者的妻子，虽然丈夫劳累疲惫，但一眼能看出他心情很好。妻子从身后帮着把他的外衣脱下来。

“放了一炮，看看早报吧。”

弓成坐在厨房的饭桌旁边。不论在外面怎么吃喝，回到家里都要吃一碗茶泡饭。这是多年的习惯。他咬着清爽脆口的米糠酱腌黄瓜，大口扒着茶泡饭。

“北九州的爸爸来电话，声音还是那么健朗，说是寄来五箱橙子。”

皮肤白皙、五官端正的由里子觉得这个富有个性的公公很有意思，掩饰不住地笑起来。

“啊——啊——又要花时间分给大家。其实只要寄盖房子用的钱就行了。”弓成流露出不耐烦的表情。

弓成的老家原先是北九州一带的大水果商，他的父亲在战前第一次大规模地从台湾进口香蕉，经过一代人的努力，成为香蕉王。弓成亮太是独生子，当他对父亲说自己不愿意继承家业、想去当新闻记者时，父亲既没有惊讶，也没有失望，而是高兴地说道“这是很荣耀的事情啊”，还向亲戚、客户到处炫耀儿子多有能耐，感觉真是一个怪老头。

“不过，那你别说我们每个月靠爸爸寄来的钱过日子啊。”

弓成的大部分工资说是采访费，都花在吃喝上。

“好了好了，我老爸就喜欢每个月寄钱来，我也是个孝子，行了吧。”

“讨——厌！瞧你说的……”

“我们家可没有你们家那么高雅脆弱。”

话虽这么说，弓成对北九州出身的自己能娶到湘南一带大富豪家的千金小姐还是十分得意。

弓成放下筷子，深呼吸一口，说道：“这一阵子没日没夜地干活，本来答应去看孩子们打棒球的，结果也没去成。我先去看看孩子再洗澡。”

“都两点半过了，还是早点休息吧。”

由里子不想让丈夫太劳累，劝他早点睡觉，但是弓成没听她的，还是打开孩子们房间的拉门。

朝南的房间里，上小学三年级和今年刚刚入学的两个男孩子并排躺在被窝里睡得正香。大儿子洋一长得像自己，眉毛很浓，嘴唇收紧；二儿子纯二长得像妻子，皮肤白皙，睫毛很长。他们的枕边整整齐齐地放着弓成买的奥特曼变形金刚和画册，还有校服、书包。弓成不由得笑容满面，在台灯的微弱灯光下凝视着孩子们的脸蛋。

弓成几乎贴着孩子的脸颊，轻声说道：“洋一、纯二，健健康康地成长。长大以后，不一定留在这个小小的日本，爸爸送你们去别的国家留学。”

不论工作多么繁忙，身体多么疲劳，只要一看到孩子们，一天的劳累就会烟消云散，身心充满幸福感。

弓成很快地冲了个澡，一钻进被窝里，就坠入梦乡。

不知道睡了多久，他醒过来，猛然坐起来。

“哦，你怎么啦？”睡在另一张床上的妻子担心地看着他。

“噢，没什么。”

弓成用睡衣的袖子擦了擦额头上的油汗，盘腿端坐在床上，身子一阵哆嗦。每当他想到作为新闻记者所肩负的重大使命时，有时候会半夜醒来，陷入严肃深刻的思考。这个时候的弓成亮太，丝毫没有白天那样傲慢不逊的神情。

暗红色的天空开始透出淡青色的清晨，挂着每朝新闻社旗帜的车子停在世田谷区祖师谷弓成亮太的家门口。这一辆深蓝色的庞蒂亚克是弓成早晨采访的用车。

一夜没睡好的弓成在妻子由里子的催促下，将润肤液使劲抹在刚刮完胡子发青的下巴上，然后把领带往衬衣领子上一套，抓起其他报社的早报，大步走到门口。手拿西服上衣的由里子紧跟在后面出来，对司机客气地说道："老是麻烦您。"

司机也客气地回答说："哪里哪里，太太您才是……从早到晚，辛苦了。"

弓成一坐进车里，性急地砰地一声把车门关上。

车子启动，每朝新闻社的社旗在风中飘扬。

弓成一边系领带一边问道："七点之前能到驹込吗？"

"您放心。一定按时送您到小平正良先生的家。"司机显示出岂能让本社明星记者迟到的自信。

竞争对手的报纸没有刊登引人关注的重要报道，弓成松下一口气，闭上眼睛。他想利用这十几分钟的时间打个盹——做记者没有这个本领，就没有坚持夜访朝探的体力。

车子在七点之前抵达驹込的小平住宅。在长达三届六年的佐桥内阁前半期，小平担任政调会长、通产大臣，由于与佐桥总理政见不合，被更换下来，现在没有官职，在家赋闲。尽管如此，弓成还是频繁登门拜访，因为小平作为池内勇人去世以后的保守派主流团体"弘池会"会长，是觊觎佐桥之后政权的最右翼分子之一。

小平住宅的门口像古代武士宅邸那样，是一个很大的迎送客人的低矮木台，宅邸里面更是宽敞，要是自己一个人的话，恐怕要叫人来引路，否则都不敢走。这时候正是早晨采访的时间，年轻的记者"早安团"在门口来回转悠着。那些连门口边上的接待室都进不去的初出茅庐的小记者们，只能在小平从家里出来上车的那个瞬间对他喊一声"早安"，"早安团"记者的名称就由此而来。

弓成根本不把这些刚刚出道的记者们放在眼里，迈着傲慢的步子像回到自己家里一样，熟门熟路地直接来到紧里头的餐厅。大餐桌的上首端然坐着像一块大石头一样的小平，身穿和服便装，两边按顺序坐着最得意的党羽田川七助以及当选了四五年的议员、秘书等，正在吃早饭。这幢宅邸是和式建筑，多有铺着榻榻米的房间，但餐厅是西式的，吃的早餐也是西餐。

弓成向小平问候早安，小平嘴里咀嚼着吐司，含糊地"噢——"算是回复。田川七助等也都声音洪亮地问候早安。弓成是所有各家媒体采访小平的记者中最受老板信任、关系最密切的记者。

弓成在空位子上一坐下，在这家里伺候很长时间的女佣就给他的玻璃杯里倒西红柿汁。这里的厨师甚至知道弓成早餐喜欢吃煎几分熟的鸡蛋。

"哎哟，弓成，前些日子送来那么好的橙子，谢谢你了。"身穿花哨连衣裙的小平夫人对几天前收到的水果表示感谢。

"北九州的老爹还是老习惯，一下子寄来不少。"

"以前还收到过一个人都抱不过来的大串香蕉。弓成的父亲真是豪爽的人。"

其实弓成不希望在这样的场合说这件事，但是小平夫人还在唠叨不停。她是神户证券会社股东的爱女，从小娇生惯养，恣意任性，这样的性格压根儿就没想到会成为政治家的妻子而竭尽内助之功。

女佣端来弓成喜欢的比较熟软的西式煎鸡蛋，然后往康乃馨花瓶里加点水，迅速走出去。

田川七助探出身子问道："弓成，今天有什么事？"

"好久没来了，顺便来看看。青山公寓那边，圈多少人了？"

田川等人要把老板抬出来继任佐桥当总理，于是采取一个个拉拢的手段，把各派系中当选三年以下的议员叫到青山公寓里的田川七助事务所，名义上是召开政策研究会，实际上是策划扩大自己的势力。

田川用叉子叉住一根维也纳香肠，说道："不尽如人意，现在态度坚决的也就九个。"

"那已经很了不起了啊！七助你广有人脉，恐怕公寓的房间还要再增加一间吧。"

田川在吐司上抹着黄油，然后放进嘴里，轻巧地回避这个话题。他是记者出身。

灵活机智的政治部记者有三种类型：第一种像田川七助这样，利用在记者时代建立起来的关系，学会在政界趁风使帆的一套本事，摇身一变当上政治家；第二种像读日新闻的山部一雄这样，还是新闻记者，但成为势力强大的大政治家的亲信，暗中操纵政界；第三种和山部一样也是深入政界、官界，但获取情报，撰写署名文章，引导舆论，成为政治家所需要的记者。弓成觉得自己就是这第三种类型的记者，十分自负。

小平的女婿现在担任他的秘书，正见习当议员，他过来低声说道："爸爸，电话……"

小平短促地"嗯"一声，慢吞吞地站起来。弓成立刻明白这是不对外公开的书房里的电话。他一口喝完黑咖啡，不动声色地跟在后面。新闻记者能进入小平的书房，除了弓成，也就一两个。

小平拿着话筒，嘴里口头禅一样哼哈着，变得只听不说，从他应对的柔和表情来看，对方应该是一个坦诚相见的人。这时候，弓成站在书架前面不远的地方。书架齐眉高的地方摆着一个深绿色皮革镶边的相框，里面是一个眉目清俊、气宇凛然的青年照片。这是十年前才二十多岁年纪轻轻就病逝的长子的遗像。弓成的耳边响起他第一次看到这幅遗像时小平强忍悲痛的低语，"他的存在对我如此亲近，是任何东西所无法取代的。"

打完电话，书童进来帮他穿衣服。小平脱下和服便装，双手穿过衬衣的袖子。

小平嘟囔一声，“你说的……嗯……那个‘角福战争’好像已经开始了。”

弓成今天一大早跑到这里来，就是为了探听这个消息。前些日子，佐桥在与财界人士的例行见面会上，表示自己在实现冲绳回归本土的时候不会留恋总理的位置。此言一出，立刻在政界产生影响，为参加下届总裁竞选，有人早就开始暗中策划活动。

“目黑说什么来着？”弓成判断刚才来电话是住在目黑的田渊角造。

“他用那个得意的计算机脑袋计算出将会出马的各派的票数，把结果告诉我。嗯……大概是试探和我们这一派联合的可能性吧。”

弓成语气淡然地说道：“不愧是角造，动作很麻利。不过，不能让他小看了弘池会啊。”

田渊角造已经把党内最大的派系佐桥派的三分之二的议员掌握在手中，实质上已经成为与佐桥平起平坐的“共同管家”的地位。佐桥总理的本意是把位置禅让给同样是官吏出身的福出武夫，自己在幕后掌握实权，但是面对“共同管家”，这句话说不出来。

不过，无论田渊角造的势力多么强大，仅仅依靠本派的力量无法在下届总裁选举中一炮打响。连小派二木丈雄也要出马参加竞选，一旦形成“二角小福”的四人竞争局面，任何一派都无法获得自由党总裁选举所需要的众参两院合计四百七十六票的过半数票。这样，大概是第一二位的田渊和福出就要和第三位以下的小平、二木这两派中的某一派实行联合，以获得决胜投票的胜利。最后一轮的投票虽然还是“角福战争”，但前哨战是小平派能获得多少票，这是决定小平今后政治生命的关键。

弓成直截了当地说：“想获得一百票吧。”

弓成和小平单独在书房里的时候，小平一般还是会松口说一些东西，但如果他说话慎重，说明他内心深处正在进行重要的政治决断，尚未成熟。多年的交往，弓成明白这一点。

“如果能拿到一百票，弘池会集结在老爸周围的凝聚力会一下子提高，而且在外面也更有分量。”

小平对弓成的激励只是眯缝着小眼睛微微一笑。弘池会虽然是党内的第二大派系，但是在佐桥政权里属于反主流派，不得不一直坐冷板凳，年轻议员们忿忿不满，怨气郁积，田川七助等憋着一股劲儿，下决心这次一定要把小平抬上去。

女婿秘书进来催促道：“该走了，不然来不及。”

“今天我坐您的车。”弓成对小平说。

“那你的车怎么办？”

“有谁去每朝新闻社那个方向的，都可以用。”

“您走好。”田川七助等议员整齐地排列在门口宽大的木台上为小平送行。弓成和小平一样点点头，眼光只是扫一下那些“早安团”记者，钻进黑色轿车里。

小平在自由党总部前面下车以后，弓成便向霞关走去。虽然有一段距离，但也是为了弥补平时锻炼的不足，他总是注意利用这样的机会尽量步行。弓成打算穿过办公街区里小小的街心公园，他轻快地跨过低矮栅栏，走到长椅子附近，惊动得一群鸽子扑棱棱拍打着翅膀飞起来。他仰望着鸽子飞上去的天空，一下子感觉到春天阳光的晃眼。这一阵子睡眠不足，刚到四十岁的身体开始感觉有点疲乏。

五月的连休也没有休息，他想着今天早点回家，和孩子们团聚一下，却突然又产生一种想把体内积攒的疲劳轻松发泄的欲望。他一时也定不下来，走出小公园的时候，忽然看见有一个公用电话亭。还是先和外务省的记者俱乐部联系一下,清原接的电话。

"有什么事吗?"

"现在没有……"

"那好,我去松岛理发馆。有紧急的事情往那边打电话。"

弓成挂断电话,往前面不远处一家饭店旁的理发馆走去。

摆放着豪华皮沙发的等候室里一个人也没有。这是一家预约式的理发馆,但老主顾没有预约突然上门也会热情接待。

门口前台熟悉的女服务员接过弓成的上衣,将他引进里面的房间。里间的椅子上坐着日本银行的理事,隔一张椅子坐着右翼团体的大头目。这两个人不认识弓成,从镜子里瞥一眼这个四十来岁就到这里来的毛头小子。弓成之所以到这里来理发,一是离外务省的记者俱乐部很近,二是有时凑巧能抓住合适的采访对象。

"您好。今天您来得早啊。"

一个五十来岁、一直为弓成理发的理发师迎出来,把围布围在弓成的脖子上,一直罩住脚面。

"最近有点疲劳,一会儿给我揉一揉肩膀,可以吗?"弓成担心打扰隔着一把椅子的那个右翼头目,小声对理发师说。

理发师一副心领神会的样子,对着镜子点点头。

弓成的头发又多又硬,理发师用刷子轻轻按摩头部,洗过头,开始用梳子和剪子修剪。在剪子节奏均匀的声音中,弓成感觉睡意袭来,正迷迷糊糊的时候,闻到一股古龙香水的强烈芳香,还听见有人走动。好像是那个右翼头目出去了。弓成把眼睛睁开一条细缝,从镜子里看见他的大背头的背影,却又立刻似睡非睡地打起盹来。

弓成忽然觉得如同海藻缠绕身体一样,一种柔软的东西紧紧缠裹的快感,他伸手想把海藻抓过来,可是海藻漂浮不定,漂离而去，又缠绕过来。弓成使足力气一把抓住，可是海藻滑溜溜地漂走，嘿嘿嘿地滑出低声的浅笑。

弓成猛然醒来，看着镜子里自己那一副显得慌张的面孔。

“您怎么啦?”理发师正摊开热毛巾，微笑地看着镜子里的他。

“噢，没什么。”

弓成闭上眼睛，以掩饰自己的不好意思，只觉得热毛巾盖在脸上，理发师的手指在太阳穴、鬓角、下巴上恰到好处地按压着，浑身无比舒畅。

理发师用饱含肥皂沫的刷子轻轻扫动着已经全张的毛孔，继续把弓成带进美妙的梦乡。

弓成神清气爽地离开松岛理发馆，连上楼的脚步都感觉轻快有力。

弓成从饭店沿着首相官邸外墙的道路走到外务省，去记者俱乐部之前，他先从东门的电梯直接来到北面办公楼七层的美国局。

走廊两边面向院子一侧顺序是安保课、北美一课、北美二课、参事局、局长的办公室。

与其他部相比，外务省人数比较少，被称为“中小企业”。但是美国局、尤其是北美一课负责与美国国务院的外交交涉、收集有关美国政务的情报，其成员都是精英中的精英。

他们的学历、家庭、姻亲等都非常优秀，入部以后，被派往美国的大学研修，然后就是在本部和美国、加拿大的大使馆、领事馆之间几年一轮流地工作。他们被称为“美国帮”。日本外交的基轴就是日美一体，所以他们都十分自负，自以为掌握着国家的命运，与“亚洲帮”、“俄罗斯帮”界线分明。他们对新闻记者也是态度冷淡，记者很难单独采访，所以经常看见各媒体的记者像“金鱼屎”一样一个接一个排队前去采访的景象。

但是,弓成从年轻时候就毫无惧色地对负责具体制定、实施外交谈判的课长、首席事务官进行单独采访。为了让这些具有强烈的特权意识、什么事都神神秘秘的“铁皮裤”(穿着马口铁做的裤子的官员们)开口,弓成充分利用对外务省具有影响力的大臣等大政治家的力量,以他们为后盾才得以实现。弓成在小平正良担任外务大臣的时候就已经看透,别看这些人是中枢部门的官员,但是在权势者、实质上握有人事权的政治家面前,还是要俯首听命。

北美一课共有通过四种不同考试合格后录用的二十四名事务官,办公桌分两排相对而坐。课长、首席事务官等是经过外务公务员高级考试合格的职业外交官,他们的未来是局长、大使的道路;非职业外交官也要经过中级考试或者语言研修员考试合格,属于技术外交官;此外,通过一般的国家公务员初级考试合格录用的职员担任会计、文件管理、通讯业务等工作。

课长川崎身穿衬衫和西服背心,正专心致志地阅读文件。首席事务官的位子空着。

“课长,这次访问冲绳怎么样?”

川崎摘下眼镜,说道:“没什么变化。”

川崎的长脸稍微转向弓成。他是归还冲绳谈判的实际业务的关键性人物,从美国国务院到美国大使馆、琉球政府,都是他的谈判对手。

弓成把首席事务官的椅子拉过来,一屁股坐下,说道:“可是,外面说‘去核化、与本土相同’的方针是骗人的,这声音越来越大,还接连发生严重的示威游行,好像屋良主席也十分苦恼。”

“在野党不分青红皂白地批判说这是骗人的,可实际上,冲绳的教职员工会、基地劳动者、基地用地地主等站在各自的立场上,其利害关系、意见也不尽相同。噢,你今天有什么事吗?”川崎的家庭从祖父那一代开始就是外交官,他很有礼貌地问弓成。

“还是要直截了当地撤走核武器。撤出毒气弹的时候宣传得那么轰轰烈烈，可是核武器仍然罩着神秘的面纱。”

“这是最高首脑的话题，不应该对我说吧。”川崎轻巧地回避。

“那么，还没有谈妥的关于军用地复原补偿费的支付问题，现在怎么样了？归还冲绳协定很快就要签订，日美哪一方支付补偿费，谈妥了吗？”

“这事不存在谈判的问题，美军将土地作为军事用地使用，当然要考虑恢复成原先那样的农田或者住宅地，复原补偿费应该由美国方面支付吧。”

川崎的回答干脆痛快，然后以开会为由委婉地拒绝继续采访。

傍晚时候的次官恳谈会没有什么新话题，弓成还是来到安西审议官的房间。

门口两个事务官相对而坐，靠走廊的墙壁一侧放着供客人等候的椅子。

身穿方格纹女式西服、显得得体大方的女事务员三木昭子一看见弓成，便说道：“审议官去伊朗大使馆了，可能很快就回来。”她理一下略微散落的短发，看着手表，“也就喝一杯茶的工夫，马上就回来。”

五十过半、花白头发的男事务官山本勇请弓成坐在椅子上等候。能够这样不用预约自由出入离外务次官的职务最近的审议官办公室的新闻记者，除了弓成，别无他人。

弓成亲切地说道：“老是受到你们的关照，几次请二位吃饭，可总没能实现，真觉得不好意思。”

三木昭子的工作主要是接电话、打字、整理文件；山本的工作是和部内、国会、议员秘书进行联系、调整日程。他们都不是经过考试录用的事务官，而是通过外务省的亲属关系招进来的秘书，但是对安西审议官信任的新闻记者弓成，即使是突然袭击般的来访，他们也会调整时间予以安排。

“弓成好像喜欢喝黑咖啡，请。”

三木动作麻利地把煮好的咖啡放在自己桌子的边上。弓成看着她柔美的腰肢曲线和短裙下的修长双脚，那散发的年轻和娇艳令人无法相信她已经是三十八岁的已婚女人。

咖啡还没喝一半，安西审议官就回来了。

“您回来了。”

安西对迎候的两个事务官点点头，径自走进里门关闭的房间里，弓成也立即跟随进去。

房间里只有很大的办公桌和书架，缺少情趣，唯一引人注目的是挂在墙上的一幅镶在金边画框里的透纳的风景画。不知道这是从安西财阀老家拿来的私人物品还是部里的公物。

弓成站在正在把黑西服挂在衣架上的安西审议官身后，说道：“是新任公使的鸡尾酒会吧？”

“是。巴列维国王的侄子，看来是一个很难掏出真心话的不好对付的人。”

安西一坐在办公桌旁，就从抽屉里拿出小威士忌瓶，喝一口。不仅仅是安西，外务省官员经常与外国高官要员打交道、到驻外使领馆工作、参加宴会等，不少人都有轻度的酒精依赖症，也可以说是一种职业病吧。

“审议官，那个索求权——就是复原军事用地的补偿费，究竟由哪一方承担，这是国民关心的大问题。该告诉我谜底了吧。”弓成问的还是白天向北美一课课长提出的问题。

“又是这个话啊，你也够固执的。”安西苦笑着说。

上一次安西和弓成聊天的时候，突然被临时回国的大场大使叫走，临走时把军事基地的名单塞在抽屉里，却故意露出一点让弓成看见。不出所料，弓成果然抽走，在第二天的早报上爆出独家新闻。不过，对于这样的事请，双方心照不宣，谁也不会挑明。

弓成直言不讳地问道：“我的推测，这本来应该由美国支付的复原补偿费，最后还是日本悄悄地代为支付给冲绳的地主，是这样的吧？”

“现在还是谈判。”

“审议官您以前就说过，美国的军费在越战中都已经耗尽，支付给日本的钱连一个美元也没有；而且美国的国会也是清一色的论调，说既然已经同意把冲绳归还给日本，就没有理由还要给钱。照这个说法，美国就不会支付吧？”

“外交谈判，都是在最后关头圆满解决。你今天这是怎么啦，这么性急。”

“条约局局长与美国公使频繁会谈，归还冲绳协定最大的瓶颈不就是这件事吗？”

“无可奉告。所以你应该明白那个慎之又慎的条约局局长的动作了吧。”审议官拧紧威士忌瓶的盖子，少有地以严峻的目光盯着弓成。

“其实只要我腿脚勤快多跑一跑，肯定会有收获的。不过，以前审议官在允许范围内什么都告诉我，可是今天在索求权这个问题上真是滴水不漏啊。”

弓成再次认识到这个问题非同寻常，他一边给安西叼在嘴边的香烟点火，一边也给自己点燃一支烟。

弓成与安西交往七年，两人的第一次交谈是在安西从驻华盛顿大使馆调回，担任本部官房总务参事官不久与新闻记者的宴会上。大臣官房总务参事官是对次官直接负责的核心职务，因为安西与新闻记者没有建立起联系渠道，所以安排这场宴会，结识一下值得信任的记者。受邀请的是由广报课课长推荐的霞关俱乐部的五六个记者，当时每朝新闻应邀的不是首席记者司修一，而是点名弓成参加。后来安西只和弓成打交道以后，弓成才知道这件事。

几度酒席，安西知道弓成是专职采访小平的主要记者，对政局了如指掌，就更加看重他，弓成也从安西那里了解到很多在国内无法知道的国际信息。同时大概也由于两人的老家离得很近的缘故，虽然年龄相差一轮以上，喝得醉意醺然的时候，就用家乡话交谈，于是成为亲密的朋友。另外，将来小平正良当上总理的心情在两人之间也是暗自相通。

有一天，弓成上班之前顺便来到安西的办公室，安西突然说道："搞独家新闻怎么样？"

在半年的交往中，弓成从来没有听到安西这么坦率地说话，简直不敢相信自己的耳朵，"能给我的，我什么都要。"

"后天早晨，美国核潜艇将第一次停靠日本港口。"

弓成惊愕万分，身体不由地哆嗦了一下。美国驻日本大使向日本政府提出美国核潜艇停靠日本港口的要求已经长达一年半时间，这期间舆论沸腾，反对的声音高涨，阻止实现的斗争、示威游行不断发生。然而，既然日本政府已经同意，核潜艇肯定要来。至于什么时候来、停靠在哪一个日美军基地，这是外交、防卫方面的记者最关心的事情。

按照日美之间的协议，美方在核潜艇进港之前的四十八小时通知日本政府，日本政府在二十四小时之后可以正式对外发表。这个消息如果在明天的早报上发出去，就成为政府公开发表之前的独家新闻。对于弓成来说，再也不会有这样以最高军事机密作为独家新闻的机会。

弓成追问："军舰的名称和停靠的港口是什么？"

"大概还不至于靠近日本的中心地带吧。"安西没有多说，言外之意就是让弓成自己去采访。

弓成立即返回记者俱乐部，向首席记者司修一汇报，同时给防卫厅厅内局的参事官打电话探听情况。这个参事官聪明能干，是弓成去年应美国军方的邀请去关岛参观核潜艇时认识的好朋友。出乎意外是弓成打来的电话，参事官马上心知肚明，压低声音说道："你这个人，嗅觉真灵啊。佐世保已经秘密进入紧急戒备状态。"这个情报与安西说的话相一致，弓成确信港口就是佐世保的军事基地，于是催问道："军舰叫什么名字？"对方说道："你在关岛参观的是剑鱼，第一次来日本的是海马。"说完，立即挂断电话。当时舰长向日本记者强调核潜艇的安全性，让他们体验潜艇的急速潜航、急速上升，看着弓成这些记者吓得脸色苍白地趴在仪表上的狼狈样乐了起来。

弓成想起去年参观核潜艇时拿来的资料中有一份是美军所有的核潜艇一览表，急忙打开抽屉翻找，立即在一个茶色信封里找到，基本上可以确定是"海龙"。但是，万一出现差错，这世纪的独家新闻也就完全失败。为了不让其他报社觉察，只是把第一版最主要的版面留出来，而新闻稿到最后时刻才发排。为保证万无一失，弓成实在是煞费苦心，终于下决心给田园调布的安西家打电话。这时是凌晨一点，刚刚入睡的安西被叫起来，极其不高兴，但弓成不管这一套，粗野的嗓门叮问道："海龙明天进入佐世保港，就这样发了。"对方回答说："行。"

第二天早报的头版头条刊登出美国核潜艇第一次进入日本港口的报道，由于是最后时刻的排版，九州一带来不及，所以没有刊登这条消息。但是西部总社印刷号外，送到佐世保，痛快之极。

但是，这么轰动的独家新闻既没有署名，也没有获得编辑局长奖，因为一旦知道这是弓成的稿件，就会被怀疑情报的来源是安西。记者署名自不待言，连编辑局长奖都不申请，唯一的目的就是保守新闻信息源的秘密。

正因为如此，弓成与安西的关系才能一直维持至今没有变化。

安西有时候也忠告弓成，“弓成君，索求权的问题真的还没有谈妥，等有眉目的时候再告诉你。”其言外之意是，归还冲绳是佐桥总理引退的最后一道光环，不要给他的脸上抹黑。

弓成把香烟掐灭，轻轻点头，说道：“我发现一家审议官一定喜欢的餐馆，下周带您去。”

弓成走出房间，山本事务官不在，三木昭子正准备下班回家。两人的目光碰在一起，刚刚重新抹上口红的嘴唇浮现出诱惑般的笑容。弓成瞬间不知道该如何应对，就在这时，身穿衬衫的年轻的官方事务官抱着文件袋进来。

事务官把文件袋放在三木的桌子上，说道：“请审议官明天上午之前审批，然后送到次官办公室。”

“好的。审议官马上就要出去参加活动，今天先由我保管。”

三木熟练地回答，解开文件袋的带子，取出一捆文件，在笔记本上记录所接收的文件目录。这些文件几乎全都盖着㊙的印章。

弓成装出半是惊讶的表情，说道：“还是那样子，什么都是机密。”

“机密算是好的，还有‘绝密’、‘部外密’这样的绝密文件，一天也不知道有多少绝密文件要送给审议官。还有极个别的，只是为了让审议官阅读他起草的文件，也不管什么密级，就盖上绝密的章。”三木一边用端正的字体记录着一边含笑着说。

“哦，这也是一心想往上爬的官员的智慧啊。这样的文件、电文，我见过打字机打印出来的，手写的还是第一次看见。虽然有横写与竖写的差别，跟记者写的稿子差不多。”

弓成故意说得很轻松，以免引起对方的警惕，眼睛却盯着文件看。大概写的时候为了赶时间，文字修改增删，字迹潦草。文件上方的传阅栏上写着大臣、政务次官、事务次官、两名审议官、官房长、局长、相关课的课长的职务名称。官房长以下都已经阅过，各人像画押一样以独特的字体签署名字。“限定传阅”的印章也很醒目。

三木昭子感觉到弓成锐利强烈的目光，双手轻轻掩盖着文件，说道：“对不起，请你稍微离远一点。这些都是审议官还没有看的最高机密‘部内密’文件。”

“哎哟，对不起，有点好奇。那我走了。”弓成立刻把脑袋缩回去，声音亲切地说道，然后走出房间。

这时，三木站起来，用刚才那种诱惑的目光看着他，说道：“要是我的话让您感觉不愉快，我向您道歉。”

弓成由里子一边开着蓝色的花冠，一边忧心忡忡地看着坐在副驾驶座上身穿高尔夫球服正在打盹的丈夫。今天要参加在小金井俱乐部举行的弘池会主办的高尔夫比赛，所以一大早就起床，由里子送他到集合地点高井户立交桥。

弓成担任霞关俱乐部的首席记者，同时还要和自由党的各个派系打交道，工作强度还和三十多岁时一样，身体的疲劳积攒下来，可是他的性格决定什么事都要亲自动手，采访也不愿意交给别人，自己做才放心。

眉清目秀、皮肤白皙的由里子薄施粉黛，仪态端庄。她比丈夫小五岁，玫瑰色的毛衣配上白色的喇叭裤，落落大方，看上去十分年轻。

突然从住宅区的十字路口冲出一辆小伙子送牛奶的自行车，由里子眼疾手快地转动方向盘躲避开，心里却依然挂念着丈夫。

由里子作为弓成的妻子曾向报社提出，政治部有四十个记者，别什么事都让她的丈夫干，跟当牛做马一样，埋头苦干。问题是弓成本人并不这么认为，现在他是霞关记者俱乐部的首席记者，接下来想成为负责报道执政党自由党的首席记者、官邸长，然后在不久的将来坐上政治部长、编辑局长的位置。对于这种世俗的升迁当官的愿望，由里子也曾经规劝过，但弓成说“不在那个位置上，就办不出具有自己特色的版面”，他对政治新闻有着执着的追求。弓成在家里极少谈论工作的事，但有一次回来很晚，大口大口地扒着茶泡饭的时候，流露过不满的情绪，抱怨说曾经雄踞三大报之首的每朝新闻由于管理层的无能，订数逐步下降，如今落在旭日新闻的后面。

车子一进入环形八号线，就遇上大堵车。由里子的鞋尖轻轻踩着油门，花冠滑进车流里。

由里子以为一直在打盹的丈夫突然指着前头的私铁大巴说道：“超过这辆慢吞吞的大巴！”

“不用着急，来得及。你还是先吃一两片三明治吧，肚子空空的和那些政治家怎么比赛高尔夫啊。”

弓成觉得麻烦似的打开餐巾纸，拿出一块已经切得大小合适的三明治放进嘴里。

从高井户立交桥进入调布方向的辅路，只见路旁排列着很多黑色的高档出租车。弘池会邀请各家报社的记者参加高尔夫比较，所以特地安排车子接送。

弓成对着后视镜整理一下感觉清爽的运动套衫的领子，精神饱满地下了车。健壮的高大身躯背着装有一应俱全高尔夫用具的球包和装有淋浴后换穿衬衫的手提包。

“那我走了。”丈夫显得神采奕奕。

“能赶得上下午饭仓公馆的茶道会吗？”

外务省的外围团体文化交流会邀请驻日本的外国使领馆以及

其他代表机构于今天下午三点在饭仓公馆举办茶道观赏会。不知道让霞关记者俱乐部的弓成扮演什么角色，也给他们夫妇发来了请柬。

“一点以后回霞关，不过我对这样的茶道会不习惯，你自己看着办吧。”

弓成随便地丢下一句，大步朝着先到的记者朋友那边走去。

由里子回到家里，将装有伙食费的信封放进小学三年级和一年级的两个孩子的书包里。

“爸爸今天又是一大早就出门啦。”性格倔强不亚于父亲的洋一不高兴地鼓着脸颊。

“当新闻记者这么忙啊，妈妈。”性格像母亲的纯二说话的语气像大人，他抬头看着由里子。

“今天下午妈妈也要出去，你们从学校直接去成城的姨妈家，在那里等着。”

由里子的妹妹家就在附近，大人不在家的时候，两家的孩子互相放在对方家里。

“那我们住在那里吗?”

妹妹与婆婆住在一起，不过不在一栋楼里，所以洋一他们很愿意在那边宽大的屋子里与表兄弟们玩耍。

“不行。爸爸回来要是看不到你们，会失望的。”

由里子把手放在两个孩子的肩背书包上送他们出门上学去，一直看到这一对兄弟亲亲热热地拐过街角。这是她无比幸福的时刻。

由里子回到厨房，收拾好以后才松下一口气，一边喝着咖啡一边浏览两份早报，打算把丈夫署名的文章，还有弓成事先指定的文章剪下来贴在剪报本里。今天没有重要的新闻。

由里子抬头看着玻璃窗外，花坛里的蔷薇花蓓蕾初绽。她穿上凉鞋，眯缝眼睛仔细瞧着用砖头围砌起来的大约两坪大的花坛，三色堇、报春花、矮种牵牛花等，各色各样的小花正开得可爱，绣球花在下个月也会绽放。

由里子种草栽花的情趣比起逗子娘家的父亲毫不逊色。父亲曾在银行工作，年轻的时候常驻伦敦，回国以后，对当时还健在的祖父所精心营造的引为自豪极尽奢华的日本庭园不屑一顾，自己在朝阳的南面建造一座大花坛和温室，热衷于栽培鲜艳的西洋花卉。他对花卉的新品种深感兴趣，甚至还订阅英国种苗公司发行的杂志。那份名叫《SUTTON》的杂志有大量的凹版彩印照片，每次杂志寄来，等父亲一看完，由里子她们就争先恐后地阅看。当时战后不久，在物资匮乏的生活环境中，一翻开杂志，能闻到那种妙不可言的上等纸张的味道，还有卡特莱兰、蔷薇等色彩绚丽的花卉，茄子、龙须菜等蔬菜的照片也非常可爱，完全征服了姐妹俩的心灵。

后来，父亲卧病，兴趣发生变化，从西洋花卉转为东方的兰花。对于由里子来说，一提到花，就立刻想起父亲以及每个月从英国寄来的杂志。

这个温文尔雅的绅士父亲对由里子与弓成亮太的结合一直不肯点头，总是委婉地拒绝，“正托人给由里子寻找一个合适的人生伴侣。”在三个兄弟姐妹中，父亲并不是对由里子的婚事格外挑剔，所以连圆满操持长子婚事的母亲也觉得奇怪，再三再四问他，“你是不是看中谁了？”但父亲只是重复说“这件事我托付给由里子的教授了”。问得急了，最后说道“她还是个学生嘛”便不再说话。

由里子的学长在每朝新闻社事业局工作，有一次去他那里取维纳斯展的参观票，出来的时候，在大门口偶然与弓成亮太相遇。当时学长把由里子介绍给弓成，说：“她是你的晚辈。”弓成端着肩膀走来，对由里子只是瞧一眼，扳直身子，顺便点点头就走过去。可是一个星期以后，他到学校的学生食堂找由里子。他说好久没回母校，这次来是为了单独采访当时的媒体宠儿、年轻的政治学教授。他一边喝着咖啡，一边对由里子兴致勃勃地谈起自己在学生时代当过自治会会长，由于参加学生运动，没时间好好读书，所以进了研究生院等等，一个人滔滔不绝侃了四五十分钟，然后就走了。

过了两个多星期的一个星期天，弓成突然来到由里子的逗子家拜访，对惊讶得目瞪口呆的由里子及其母亲说道："游艇部的朋友叫我一起去参观油壶的游艇停泊港，可是自己对那个东西不感兴趣。正要回去的时候，听说由里子的家就在这附近，所以顺便来看看。你们家以前是大地主，车站站务员都知道，还告诉我路怎么走。"

弓成一副满不在乎的样子，一点也不觉得自己不懂礼貌。

从此以后，每逢星期天，只要没有重要的事情，弓成都要上门来，一句"光棍汉蹭饭来了"，毫不客气地挤进由里子家人的餐桌，大唱独角戏，大谈特谈报上没写的政界、财界的内幕。他如此充满自信，散发着野性的强悍能量，产生了巨大的征服性魅力。

起先母亲对弓成的家风曾表示怀疑，但后来对由里子说："只要你觉得好，等你毕业后结婚也可以。"父亲对弓成不以为然，觉得这个人"虽然有才，但不够谦虚"，可是后来大概看到由里子态度坚决，性格倔强，也退一步说："你自己决定。"此后不再提起自己托人为由里子找对象相亲的事。

由里子本想毕业以后先工作一段时间，体验社会生活。可是女大学生就业单位有限，而且从逗子到东京工作，还必须在东京租房而居，这是父母亲绝对不允许的。

弓成大概觉察出她的这种犹豫不决的为难心情，比以前更频繁地登门相见，和一家人一起吃过午饭后，邀请由里子去湘南海边散步。弓成既有厚脸皮的一面，同时也有腼腆的一面，他从来不说令女孩子心动的充满爱情的话语，但是有一次他目不转睛地凝视着由里子，说道："我以新闻记者作为自己的天职，希望你在我的身边成全我。"这句话表示出他对自己的人生具有强烈的意志和自豪感，是那些英俊潇洒文雅的小男生说不出来的，由里子从这句话感受到震撼的冲击力，终于被弓成迸发出的强悍的能量所征服，决定和他结婚。

由里子忽然发现时钟的指针即将指到十点，便给美容院打电话确认预约的时间，然后急忙开始打扫房间，打扫完厨房、客厅、孩子的房间，进入丈夫的书房。丈夫习惯随地躺着看书，所以去年盖这栋房子的时候，就决定把书斋设计为和式房间。

丈夫的书房实在是凌乱不堪，每次收拾都很麻烦，笔记本、剪报本摊开着到处乱扔，钢笔也不拧好笔帽。

由里子整理好桌子周围，用鸡毛掸子掸灰尘的时候，一份文件不知道从哪里掉到榻榻米上。她捡起来一看，是手写文件的几张复印件，上面盖有㊙的印章。这是日文文件横写，中间夹带有英文。几天前桌子上也随意放着几张同样的复印件，由里子已经把它们放进资料夹里，于是她从书架上取出资料夹，打算再放进去，眼睛无意地扫了一下。文件似乎是日美外交谈判的电文草稿，如果是打字机打印出来的文件还可以理解，这份手写的尚未完成的草稿，丈夫是怎么弄到手的呢？新闻记者弄到这样的文件也许并不奇怪，但她心里忽然感觉会不会有所瓜葛，心想找个机会问问丈夫。

小金井高尔夫俱乐部所在地依然残留着武藏野大自然的风

貌，在麻栎、樟树这样的大树中混杂生长着槭树、柳树等中小型的树木，枝繁叶茂，苍翠欲滴。这种幽静令人感觉不到东京近郊的住宅区已经逼近到这附近。

这座高尔夫球场在战前就极其著名，草坪、树篱、步行道都整理得整整齐齐，所有的角落都打扫得干干净净，只有经过严格挑选的个人会员才可以在这里尽情享受比赛的乐趣，但今天是弘池会包租下来，用以政治家与新闻记者的友好比赛。

俱乐部会所、球道上都配备有 SP(贴身警卫)和当地的警察。

弘池会方面三十四人，各家报社的政治部记者三十人，共六十四人，四人一组，分为十六组开始进入球道。

弓成与弘池会领导、自由党总务会长铃森善市，团结本派年轻议员的核心人物、同时也是弘池会发言人的田川七助，东都新闻负责报道自由党的首席记者南分在一组，来到第十三洞的发球台。各洞都是由树木隔离开的林间球道，所以基本上感觉不到十六组选手移动的热闹。

前面那一组有读日新闻在霞关俱乐部的首席记者山部，他的大嗓门随风飘来。他们打完第二杆以后，便朝果岭方向走去，消失在树林里。这时，田川七助迫不及待地将球放在发球台上。他的击球十分顺利，兴高采烈，一身伯帛丽牌的运动服，依然残存着当年大报政治部记者的风采。他不厌其烦地向跟随其后的球童询问风向，在球道中间瞄准凸向右侧的麻栎旁边，用力挥杆使劲击球。

“啪!”的一声，球高高飞起，估计飞到两百码的上空，突然吹来一阵强风，正面阻挡球的进路，球急速落下，在球道上剧烈地弹跳了一下，掉进左边的长草区里。

“这一杆的手感应该是好球，遗憾!”田川顿足，感到窝心。

弘池会领导中，官员出身居多，只有少数是地道的党人派，铃森善市就是其中之一。他眼角浮现出深深的皱纹，笑着说道：“你的修炼还不够。”

“和您比起来，我还是黄口小儿，还没有学会您与苏联谈判渔业协定那样忍耐坚韧的本事呢。”田川半是开玩笑地故意招惹他。

铃森善市从岩手的渔业协会开始发迹，因为有这样的经历，一手主持异常棘手的日苏渔业谈判，以他顽强的忍耐力和坦诚朴直获得成功，才构筑起今天这样的地位。

“好了好了，二位先生都歇一下——这里可是对品位很挑剔的著名高尔夫球场。”东都新闻的南记者调侃道，然后自己挥杆击球。

他的球与刚才田川的球不同，本打算把球击过麻栎林，可是撞在高高的树干上，结果掉进与田川的球相反的树林里。

第三个是铃森，小个子，如同尺蠖一样，将他的忍耐力和朴直精神运用于高尔夫，实实在在地进行短距离的击球，球很少掉进长草区和坑洼里。球在一百五十码的地方停住，照这个打法，需要相当长的时间球才能入洞，所以有时也认为“把球打上果岭也就 OK 了”。

轮到弓成击球。由于睡眠不足和饿着肚子，击出去的球都不理想，从一开始就超两杆，但是逐渐上手，发挥出自己正常的水平。总是由别人招待打高尔夫，这有关体面问题，于是豁出钱买了一套威尔逊牌高尔夫用具，同时购买平冢的高尔夫球场的会员权，练就一番不错的身手。

弓成从球童背着的球包里抽出三号木杆，为集中注意力，凝视着四百一十码前方球道稍微弯曲、修建在高处上的果岭。插在果岭的洞旁的小红旗迎风飘扬，能感觉到从西面吹来的强风。弓成深吸一口气，屏息凝神，猛然挥动三号木杆，正击中球心，发出清脆的声音，球如同炮弹一样紧贴着麻栎林上面飞掠而过，落在瞄准果岭的绝佳位置上。

“好球！”其他三人异口同声地叫起来。

“弓成不是技术好，而是球杆好。”东都新闻的南记者开玩笑地说。

四人向各自的落球点走去，只有南朝着与球道相反的方向走去。突然一阵感觉暖呼呼的强风扑面而来，稀稀落落的雨点打在脸上，可是立刻变成一场骤雨。球童把尼龙伞发给弓成等人。

“好久没有下这样的好雨了。”铃森仰望天空。

田川也询问前面那个组是否因为下雨而耽误了比赛。

“您稍等，我去看看。”球童说着，朝果岭小跑过去。

这时，三个人在大樟树下躲雨。

“这好像当前的政局啊。”弓成把突然变天比喻为开始显露的针对佐桥总理的政治斗争的前哨战。

“弓成，田渊角造给你送去多少‘毒馒头’[①]啊？”趁着东都新闻的南在球道的那一头，铃森冷不丁问弓成。

铃森老辣干练，一部分媒体评论他“愚直”以后，他索性接过来用这个作为自己的保护色。

“嗨……我这个人就怕吃甜头、听好话。”

“你怎么这么见外，咱们不是串门都不用打招呼的朋友吗？”

弓成家的确离铃森家很近，有时候弓成突然跑到他家里，固执地打听政界的人事安排。

一直竖着耳朵听他们谈话的田川说道：“那个人呐，只要他心里觉得有把握，不管对手是什么人，都统统甩钱。你就说说角造的行情吧，供我们参考。”

他换一只手高高举着水珠滴落的雨伞，抬头看着高个子的弓成。

“你知道我不爱吃甜的，喜欢喝酒吧。”

“这么说，装威士忌的盒子里还有过钞票啰。”

---

① 毒馒头，政界隐语，意为贿赂、黑钱。

“我是众所周知的专访小平的记者,大概不会对我放这个空炮吧。”弓成装糊涂试图蒙混过去。

一周以前,参加一个宴会时,田渊角造也到场了。弓成临回去的时候,田渊拍拍他的后背,用低沉沙哑的声音说道:“噢,写独家新闻的老大!你尝尝天下一品的‘越后糯米馅饼’。”弓成立即明白,连忙使劲摆手表示谢绝,但第二天一大早,那个面熟的私人秘书把“越后糯米馅饼”送到家里。

有时候一篇新闻报道可以决定政治家的政治生命的死活。也是出于某种“保险”的意思,每到盂兰盆节、岁暮等年节,政治家都会给报社有关人员送上贺礼。专访记者自不待言,一般是编辑局长三十万日元,政治部部长十万日元,有才干的年轻记者也会收到银座一流裁缝店的制装券以及衬衫。此外,职务升迁的贺礼,国外出差时候的馈赠,可以说想得面面俱到。当然,是否收礼,那是收礼人各自的判断,很多记者还是坚决地把这些礼品退回去。

送到弓成家里的“越后糯米馅饼”的包装盒里还附有三十万日元。这个时候送礼来,意图十分明显,就是希望他瞄准佐桥总理猛烈开炮,另外在“二角小福”战争时手下留情,同时在实现田渊、小平联合内阁时多加支持。弓成让香蕉王的父亲从北九州空运来一些进口的木瓜,把“越后糯米馅饼”装在木瓜箱子里送到目黑的田渊宅邸,漂漂亮亮地把钱退回去。

“弓成的装蒜也是第一流,趁着南在那一头,你就告诉我吧。”田川紧追不舍。

东都新闻的南站在球道上,斜拿着伞挡雨,正和球童聊天。

“一个严肃的大记者,不管是否飞来糖衣炮弹,该写的时候还是要写。如果因为害怕就笔锋顿挫,那不过是小人。”弓成显得气势凛然。

田川不由地叹了一口气,说道:“这因为你是弓成亮太。我从写别人的新闻记者变成被人写的政治家，心里总是战战兢兢，真切感受到新闻是第四权力的不可思议。”

“是这样的。就连皇室，这些日子也受到批判，可是就没有人批判新闻界，真叫人羡慕。”经常在报纸上受到批评的铃森感触良深地点头赞同。

雨停了下来，前面那一组迟缓的比赛又重新开始。弓成收起雨伞，望着自己的球所落的方向。

铃森几乎是伸直身体在弓成的耳边说道：“弓成，你知道角造身边有一个很厉害的记者吧？”

田川也夸张地皱起眉头，用一种既不是询问也不是轻蔑的语调说道：“真叫人不敢相信。如今炒得那么红火的田渊角造著作《日本都市改造论》，本以为是通产省、建设省的年轻官员们整理出来的，没想到原来是那个自称代表日本良知的报社记者捉刀代笔的东西。弓成你应该知道的吧。”

“看文章，就知道此人文笔老辣精深，不是年轻官员能写出来的。那家报社没有出类拔萃的记者，都是拼命用功的书呆子，大家半斤八两，平庸得很，写东西不深不透，没人注意。不过，也许正因为这样，说不定会做出我们新闻记者的常识难以理解的事情来。”弓成笑着说，他的脑子里浮现出为田渊角造代笔的那个看似学者气质的记者的面孔。

个子又小、皮肤又黑，小眼睛还凹陷下去的铃森叹息一声，像对待自己事情一样认真地对弓成说道：“我有一件事很诚恳地求你：能不能给小平正良写一本超过角造的政策论的书？我这个人吃亏就在于自己的这副尊容，可是小平吃亏在于他的那副硬邦邦的冷漠面孔和哼哈的口头禅，所以一直就像庭院里的踏脚石一样。”

的确，因为小平魁梧的身体和沉默寡言的性格，被人取了个

“踏脚石”的外号，但是他对政策是满腹经纶，在历史、文学方面也深有造诣。以前没那么繁忙的时候，虽然走到哪里都有 SP 跟随，却还是喜欢逛书店。他是政治家里面少有的读书人。泛泛的一般性采访无法捕捉一个真实的小平。

“下届总裁选举，我们这一派准备团结一致全力支持小平正良作为候选人。弓成，不，弓成亮太记者，我知道你忙得很，能请得动你这个大笔杆为小平写东西吗？”

铃森的请求有点突兀。弓成根本不想成为政治家的走卒，给他们抬轿子，但通过这十年与小平的谈话，也产生过将他的政策理论整理成书的想法。不过，只是想在小平成为总理大臣的时候再专心致志地撰写。

“感谢你看得起我……不过，我现在没时间。”

“说话别这么不留情面啊！帮忙收集资料的班子都是现成的。”田川七助不肯就此罢休。

“我是在与一个每朝新闻社未来的政治部部长、编辑局长、主笔、社长交往，所以十分珍惜和你的友情。今天突然提出这个要求，其实也没想让你当场答应，你好好考虑一下吧。”铃森巧妙地采取拖延战术。

“要说未来的部长、社长候选人，前面那个组有一个，后面那个组不是也有一个吗？”

铃森笑逐颜开地说道：“这么说，包括你在内，今天来参加比赛的各家报社的三个人都是未来的社长候选人。小平在金钱上绝对不如角造，但拥有的人才远远超过他。”

雨过天晴，蓝天白云。在球童的呼唤下，大家把雨伞还给他，重新开始比赛。弓成第二杆把球击到果岭旁边，然后谨慎地试一下击球的动作，第三杆就把球送上果岭，球在碧绿的草坪上滚动，非常幸运地落进洞里。

这一天傍晚，弓成中途退出外务省的次官恳谈会，来到赤坂见附附近的一幢大楼里。

电梯在三层停住，一出电梯，对面就是“春日经济研究所”。推门进去，隔着屏风，里面摆着一张很大的椭圆形桌子和大约十把椅子。大概客人刚刚离去，房间里烟味甚浓。

“今天的会拖得很长，刚刚结束，对不起。”女事务员一边给他拿来新的烟灰缸一边微笑着说。

弓成竖起大拇指，确定老板在里面。这时，里屋的门打开，略显肥胖的大个子春日身穿鲜艳的花格纹衬衫走出来。

他一边让弓成坐下，一边说道：“噢，今天是弘池会的比赛吧。这个高尔夫球场位置正合适，单程一个小时，午后就能回到城里，是一个工作的好地方。”

春日原先是读日新闻经济部的记者，长期负责大藏省的采访，在政界、财界拥有广泛的人际关系，同时又是福出武夫大藏大臣的头号记者。弓成入社两年半后调到经济部，在记者俱乐部与春日认识，春日比他年长，但两个人十分投缘，已经有十几年的交往。

“事务所开张快两年了，当初你选择在这么好的地方开设事务所，我都担心经费能否维持，不愧是你，真了不起。”

弓成环视屋内，甚至还辟有小酒吧台。在这个寸土寸金的地方，每个月的维持费用就相当可观，订阅《春日周刊评论》的收入似乎是主要的财政来源。订阅者有银行、商社、石油公司等大企业，排列出一长串的名单。春日在报社的时候就与大藏省官员多有深交，发表过金融重构、城市银行合并等许多独家报道，名声火爆。可是，当社里颁布任命他为编辑部主任的人事通知书时，他说“绝对不当行政管理人员，自己一辈子就是记者”，立即提交辞呈。他充分利用在记者时代所编织的人脉关系网，开设自己的事务所，亲自执笔写稿。他的性格就是这样的要强。

“听事务员说的。弓成，你今天又是幽会?”春日微笑着。

“别把我看得和你一样。只是采访上的事有求于她。她愿意帮忙，这样对我帮助挺大的。”弓成一本正经地回答。

“好了，这事怎么都行。无非就是你从她那里得到各种情报，然后写独家报道——这是再正常不过的事。听我这儿的事务员说，那女人很漂亮啊，还聪明伶俐。”

正说着，屏风外面传来事务员“她来了”的声音。

“那我就回避了。我现在除了编辑周刊评论外，还开始在两份杂志上发表连载文章，大忙人啰。”春日走进旁边的房间。

“来晚了，对不起。”

身穿品蓝套装、打扮得体的女子拿着大手提包走进来。她就是外务省安西审议官手下的事务官三木昭子。

事务员端来红茶，三木轻轻点头道一声“谢谢”，小饮一口，茶水流过她白皙的喉咙。

“你挺忙的，还硬把你叫出来，不好意思。”弓成说。

三木昭子歇一口气，用手把散落下来的短发拢到后面，说道：“耽误时间其实也不是什么大事，审议官明天早晨要去札幌，可是说机票找不到了。我和山本翻箱倒柜地寻找，我心想会不会扔到废纸篓里了，倒出来一看，果然还真扔在里面。”

“哦，连废纸篓你都想到了。审议官经常表扬你工作出色，也是因为你脑子灵活。”

弓成显出很佩服的样子，三木描眉下的大眼睛浮现出微笑，说道：“今天这个不知道对您有没有参考价值。”然后从手提包里拿出一捆用黑带子捆起来的文件复印件。

“前两天的在上面，今天的是这个。”三木把放在桌子上的两迭文件推向弓成那边。弓成的眼睛立即恢复新闻记者特有的锐利目光，一张一张地翻看着。

三木交叉着那两条美丽的长腿,没有说话,然后站起来,走到吧台,兑两杯苏格兰威士忌。她把一杯放在弓成面前,自己则背对吧台站着,把酒杯端到嘴边。

弓成看完以后说道:"有一张可以,我收了。"他似乎抑制着得到情报的兴奋情绪,将复印件折叠起来放进内口袋里,端起酒杯,问道:"让审议官审批的文件一天大概有多少?"

"文件有各种各样,不好一概而论。就厚度而言,大概十四五公分吧——要是其中对您有用的,那太好了。"

也许是酒精的作用,三木一双略显湿润的眼睛看着弓成。虽然不是标致出众的美貌,但湿润的眼睛散发出一种令男人心动的娇艳的魅力。

"三木,真的很感谢你。"弓成感觉只要自己一伸手,她就会趁势倒过来,于是邀请道,"回去的时候,喝一杯去?"

三木摇摇头,离开吧台,回到刚才的椅子上,低着头说道:"可能因为这一阵子回家比较晚,丈夫不高兴,做好饭等我回去。他的心情可以理解……"她的声音带着几分忧伤。

三木昭子的丈夫原先是外务省的官员,因为患严重的肺结核,以至于不得不退职,他的妻子昭子就是靠这个关系被外务省雇用。入部以后起先在别的部门工作,外务省设立审议官制度的时候,就被提拔为第一代审议官所属的事务员。后来这个审议官升为次官,她也跟着成为次官所属的事务员。对她如此重用,弓成听说过他们之间"两人关系"的风言风语,不过,也许因为她一心扑在工作上,连过了下班时间也不在乎,这才成为"花边新闻"的原因吧,真相不得而知。

当时的次官退职以后,现在的林次官取而代之,长年跟随他的事务官也随之上去,于是三木昭子就成为安西审议官的所属事务官。她担任次官、审议官的所属事务官,工作勤奋努力,无可挑剔,但是家庭生活是与患病的丈夫两个人过，总给人一种黯然忧郁的感觉。

“你也真不容易，可是表面上一点也看不出来，和男事务官一样，工作出色，我真的很佩服你。坐出租车送你到最近的车站吧。”

弓成显得体贴安慰，和她一起走出春日事务所，来到电梯前面。

“我……不……”三木昭子看着弓成，欲言又止的样子，“还是让我一个人先回去吧。”说罢，迅速闪进打开门的电梯里。

第二章　　巴黎会谈

六月的巴黎，街道两旁的欧洲七叶树开始绽放白色的小花。本应是一年四季中最舒适宜人的季节，可是这几天连续阴天，时而还伴随着淅淅沥沥的小雨，感觉寒意袭人。

沿塞纳河右岸东西走向的圣·奥诺雷大街上，挂着色彩鲜艳牌照的奔驰在缓缓行驶。牌照的底色是绿色，数字是橙色，这是外国驻法国使领馆的车子，一目了然。62-CMD 1——日本驻法国大使的专车。

奥诺雷大街上高级时装店鳞次栉比，外国大使馆散落其间。

六月八日傍晚，四天前访问法国的爱池外务大臣独自舒适地靠坐在后排座位上。这两天与经济企划厅长官、驻巴黎代表处大使等一起出席OECD（经济合作开发机构）阁僚理事会。现在会议告一段落，外务大臣单独行动，前往坐落在圣·奥诺雷大街上的日本大使官邸。

这次访问法国的最大目的是与担任OECD阁僚会议主席来到法国的美国国务卿会见，解决归还冲绳谈判中的最后悬而未决事项。日美两国外相预订明天上午九点举行会谈。

位于三十一号的日本大使官邸的大门原封不动地保留着十七至十八世纪供四匹马拉的马车出入的那种贵族公馆大门的风格，所以宽度窄小，司机小心翼翼地开进去，以免蹭伤车子。

进入大门，便是前院，前面是一栋外墙全部镶嵌玻璃的崭新的楼房。

爱池大臣受到大使夫妇的迎接，然后登上门廊台阶，进入悬挂着菊花徽章的门口。

“这几天您辛苦了。刚才吉田君来电话说,还有点事情需要与国内联系,要先去欧氏将军大街的大使馆,所以稍晚一些过来。”中冈大使首先传达随爱池大臣来法的美国局局长的口信。

从宴会厅到里面的会客室,其风格与建筑物外观一致,时尚现代,只是感觉宽敞。角落里放着一架上面描绘有东方情调的菊花图案的斯坦威涂漆钢琴,装饰架上摆着一个北大路鲁山人烧制的红志野菖蒲雕刻四方钵,这些才漂浮出一丝日本官邸的气息。

中冈大使建议道:“吉田君他们到来之前,您先在二楼的客房里稍事休息,可以吗?”

这几天会议、会谈,中间还有午宴、晚宴,日程排得密密麻麻,今晚还要与经济企划厅长官共同为 OECD 阁僚理事会代表团以及驻巴黎代表处成员举行晚宴。

“听说明天还要早起,随行成员也都关心大臣的身体,房间已经预热,温度调节好了。”大使夫人出身于外交官家族门第,落落大方地补充道。

“谢谢你们的好意,我就在这里休息一会儿吧。”爱池大臣坐在沙发上。

“葡萄酒怎么样?前天的晚宴上大臣喜欢的那种酒还有。”

对于以酒豪著称的爱池来说,一两杯葡萄酒正可以消除疲劳。

“不了,还是茶水吧。”

“好,马上送来。”

在夫人的安排下,换上与这个季节相适应的洁白工作服、系着蝴蝶结的服务生很快就端来红茶银器。闻着从茶壶里飘荡出来的大吉岭红茶的香气,爱池心旷神怡地端起茶杯。爱池原先在大藏省工作,年轻的时候曾调往日本驻英国大使馆任职,所以对红茶情有独钟。大使夫人对此心领神会。

大臣说道："这次可真的要全力以赴啊。"

一谈到工作，大使夫人立刻悄然退出。

"正如您所预料的。"

爱池不是能说会道的人，中冈大使也只是简短回答，点头称是。

"时机不好，刚好撞上参议院选举。如果选举在秋天以后，就可以不用这么着急。不过，美国方面也看透了这个归还冲绳是淡岛（佐桥总理的老家）的压轴戏，步步紧逼，所以很棘手啊。"

爱池一边啜着红茶，一边嘟囔着。然后突然话题一转，像是变换一下心情，说道："这座官邸唯一的可取之处就是后院。"

爱池的目光转向会客室外面宽敞的后院草坪。经过刚才那一场小雨的湿润，草坪更加娇绿青翠。

官邸的地形呈狭长状，进深较大，会客室外面开阔的庭院是一片绿油油的草坪，草坪四周圈围着几百年树龄的老树，与外面围墙相隔。外面隔着一条马路便是香榭丽舍大街，闹中取静，感觉不到一点喧嚣。

"这么好的院子，却搭配玻璃外壁的建筑，感觉有点不伦不类。"

杯里的红茶已经变凉，中冈要给他换一杯热茶，爱池用手势制止，叼着雪茄。

"房子的装修是巴黎著名的女设计师的作品，据说她注重保留总体风格，还不太喜欢挂画……正如大臣您所说的，来这里的客人提了不少意见，所以前任大使搬进来一台钢琴，到我这一任，才在这会客室里摆上鲁山人的瓷器，在二楼的客房摆放乡仓千韧的屏风画，不过我妻子说不是很协调。"

"是啊……虽然不是说应该重现当年的洛可可式建筑，但既然是推倒重建，还是要具有巴黎官邸的风格，不然就没有意义。"也许爱池对这幢建筑物很感兴趣,少有地发表与众不同的见解。

“盖这座官邸的时候,日本的国力还没有现在这么强大,不过听说包括寻找地皮等,前辈们付出了巨大的努力。终于找到这个先前的伯爵宅邸,地段也比较理想,于是和对日本文化造诣精深的安德烈·马尔罗文化部长商量。他建议说不能因为是日本大使官邸,建筑物的屋顶就设计成人字形,就在庭院里挖池塘、修拱桥,那样缺少丰富的灵感,索性采取领先于时代的崭新风格。于是就设计成这种玻璃外墙的超现代建筑。”

中冈当然没有说这座建筑物很差的实用性。前天在这里举行大使夫妇主办的晚宴的时候,因为餐厅在二楼,厨房在地下,正餐的菜迟迟端不上来,弄得大使夫妇焦急万分。另外,由于是玻璃外墙,窗户很少,现在这个季节还好,一到夏天,室内温度热得和温室差不多,难以忍受。虽然向国内申请安装空调的费用,但外务省规定巴黎属于“温带地区”,没有批准。

“安德烈·马尔罗还这么热心啊,对公共建筑物进行清洗好像也是他的提议。我被大藏省派遣到驻英国大使馆的时候,住在伦敦,来巴黎出差,看到被取暖用的煤烟熏黑的街道,感觉很有特色。后来休假时还穿越多佛尔海峡,到法国各地旅行。这次是久别重逢,感觉巴黎的建筑物到处都是白乎乎的,令人沮丧啊。星期日请我们去看歌剧,那歌剧院的天顶画,以前是雷诺阿的手笔,那么优雅,天使似乎就要飘然而下,而如今变成夏加尔的绘画,虽然评价很高,但在我看来,简直就是涂鸦。”爱池吸着雪茄,吐露出对年轻时候所看到的巴黎的怀念心情被彻底打碎的失望。

“来晚了。”美国局局长吉田和条约局法规课课长被服务员带进来。

“辛苦了,有进展吗?”

为准备明天与美国国务卿罗杰特的会谈,吉田局长连续几天到美国驻法国大使馆与从华盛顿来的美国国务院日本部部长叶里克曼进行事务级磋商。

"和叶里克曼还是谈不拢,所以又跑到大使馆与东京的井狩君联系,了解他们与施耐特公使谈判的情况。施耐特公使的态度还是很强硬,明天早上再次会谈,我让他在大臣会见国务卿罗杰特之前把会谈纪要用电报发到使馆来。"

吉田在巴黎与叶里克曼会谈,井狩条约局局长在东京与冲绳问题的核心人物施耐特公使会谈,双轨并行。

中冈大使说:"考虑到时差以及译电需要的时间,能否赶得上九点开始的与罗杰特的会谈,我有点担心。我要叮嘱一下大使馆电信室。"

"再坚持一下,竭尽全力。"爱池大臣一方面慰劳部下的辛苦,同时给大家鼓劲。

第二天,六月九日,日本时间上午十点,在外务省北楼七层的条约局局长办公室开始日美谈判。

从虎之门的美国大使馆出来参加谈判的有施耐特公使、负责政务的一秘、负责冲绳问题的二秘,还有日本翻译。

外务省方面则是井狩条约局局长、条约局参事官、美国局北美一课课长以及首席事务官。

"在谈判归还协定时,当初担心难以解决的去核化问题反而已经谈妥,没想到复原补偿费问题这么困难。"施耐特公使回顾这几天谈判的情况。

施耐特公使是犹太人的后裔,面部具有鲜明的凹凸感,渗透出典型的刚愎倔强的性格。在归还冲绳问题提到政治日程上的时候,他当时作为美国国务院日本部部长就开始参与,担任美国驻日本大使馆公使赴任东京以后,辅佐梅耶大使,是实际上具有实权的负责人。

井狩条约局局长是外务省一流的谈判高手，脸庞瘦长，极其冷静理智，机敏灵锐，与他搭档的是圆脸庞、表情温和的美国局局长吉田。霞关记者俱乐部的记者们私下里把这一对揶揄叫作“狐”和“狸”。

“离巴黎会谈的时间不多，现在进行归还协定第四条第三款复原补偿费的协商吧。”

日本方面多次阐述过，美军在媾和之前接收后没有使用、后来归还给冲绳地权人的那部分土地，美国方面支付过“慰问金”，也就是复原补偿费。但所支付的只是一九六一年六月之前归还的土地，对此后至今十年里归还的土地并没有支付复原补偿费。就是说，这个部分属于补偿遗漏。

在建设基地的时候，美国随心所欲地强行征收当地居民的田地、房屋。后来由于基地的撤销合并，不再使用的一部分土地归还给地主，但是土地遭到严重破坏，有的铺上水泥，根本无法使用。这引起居民的强烈抗议，迫使美国支付恢复土地原状的复原补偿费。现在趁着归还冲绳这个机会，日本政府要求美国像以前那样支付给补偿遗漏的地权人，但美国方面以没有财源为由，拒绝支付，态度顽固，不肯让步。

井狩出示外务省起草的第四条第三款的方案，说道：“我们在归还冲绳谈判中，根据和平条约，放弃了国家对美国的索求权。但是，只有这个土地复原补偿费，无论从法律的横平原则，还是从国际法来说，美国方面都应该支付。所以，我们建议第四条第三款的内容明确表示‘美方为土地恢复原状进行自发性的支付行为’。”

施耐特公使对井狩局长的提议毫无所动，摇摇头说道：“关于这个问题，我们的基本方针没有变化。美国在十年前对冲绳的地权人补偿的时候，就对国会作出今后不再出这样的钱的承诺。”

“这样的话，补偿遗漏的地权人无法接受。我们通过琉球政府做出预算，这可是大约四百万美元的费用啊。”井狩局长看一眼坐在身边的川崎课长。

川崎在华盛顿担任日本驻美国大使馆一秘的时候，就和施耐特打交道，两人相当熟悉，回国担任美国局北美一课课长以后，在美国国务院、美国驻日本大使馆、琉球政府之间东奔西跑，一手负责实际工作，被称为“冲绳先生”，令人刮目相看。战时川崎还是一个学生，被征兵入伍，分配在通讯监听班，也许亲耳听到这场殃及平民的凄惨的冲绳战争的体验，促使他对冲绳问题极为热心。

片刻的沉默。

“施耐特公使，坦率地说，我对美方一口咬定无法支付四百万美元的说法难以理解。你们说没有财源，但是日本政府购买美方留下的资产——即琉球电力、水道、开发金融这三家公司，加上基地劳务者的退职金、撤除核武器的费用、部队移动费等，合计最终要支付给你们三亿两千万美元。”

井狩紧逼一步，言外之意是说你好好算一下这笔账。当初大藏省与美国财政部谈判，内定支付给美国三亿美元，外务省追加两千万美元。因为六月末的参议院选举迫在眉睫，政府方面急于达成协议，为了一揽子解决美国方面一直拖拖拉拉的废除 VOA、完全归还那霸机场、复原补偿费等问题，外务省才决定增加对美国的支付金额。既然如此，有人认为那就明确表示这四百万美元的复原补偿费也是由日本政府代为支付，但总理的意思一定坚持采取“由美方支付”的形式。如果承认日本代为支付，就会受到舆论“冲绳是用金钱买回来的”、“屈辱外交”等严厉的谴责，成为佐桥总理很大的不光彩的污点。

施耐特公使开口说道：“一周之前，我们的梅耶大使与爱池大臣进行过谈判。当时大使对日方表示感谢，说‘我们理解日方的态度，而且对日方担心我们的财源问题表示赞赏’。然而，我说过多次，因为美国政府对国会已经承诺不再要求预算，如果归还协定上明确写进‘美方自发性的支付’的文字，那么就必然产生财源出自何处的问题。假如我们不得不说‘答应从日方支付的三亿两千万美元中支出’，这不是反而让日方为难吗？”

见到对方左右为难，无言以对，施耐特暗自得意，“井狩先生，我有一个可以圆满解决双方主张差异的方案。”

“说说看……”

“我国在十九世纪末制定有信托基金法，这是一部为合众国国民制定的、可以将从外国政府接受的用于特定目的的资金变为基金化的法律。按照这个法律，如果将四百万美元作为基金，以此支付给冲绳的地权人，那就可以不必向国会提出预算申请。”

十九世纪末期的信托基金法？井狩用眼神征询川崎的意见。川崎附在井狩的耳边低声说道：“的确听说过这部法律。”施耐特公使在正式场合不说日语，但他在战时是对日情报处成员，从事搜集太平洋战场的情报活动，看到他们交头接耳的样子，不由得伸长那一个鹰钩鼻。

“井狩先生，问题不是实质，而是形式。即使实质上是从日本的钱中支付四百万美元，日本政府也不希望说这是代付。如果我们不对国会说清楚是日本政府代付，就无法把钱拿出来。解决这个二律背反问题的就是信托基金法。”

问题不是实质，而是形式，这就是外交谈判的技巧。

“但是，要运用这个法律，需要条件。这就是爱池大臣致函梅耶大使，明确表示‘日本政府支付给美国四百万美元作为对冲绳地权人的慰问金’。”

施耐特公使进一步提出令人吃惊的要求，这下子让井狩感到恼火，“我理解您的‘问题在于形式’的含义，但这个附带条件，等同于承认代付的大臣书函不能出具。”

“我们承诺对大臣书函进行保密，不会给日本方面带来麻烦。如果贵方不接受这个方案，就无法设立基金，所以归还协议上无法明确写进‘美方自发性支付慰问金’的文字。”

谈判眼看着就要破裂——井狩的额头渗出些许油汗，川崎也被处在“把冲绳还给你们”这个位置上的大国所打出的一张张牌击得头晕眼花，却也无法掩饰心中的不快。

“既然已经深入到这样的细节问题，为了得到日方的谅解，我也谈谈我们方面的原因。”施耐特敏感地觉察到日本方面僵硬的气氛，表情立即缓和下来，说道，“我们国务院里有很多知日派，他们相信即使归还冲绳以后，两国通过日美同盟结为牢固的友好关系不会发生变化。然而，国会、尤其是上院以及国防部、军方现在还非常担心一旦归还冲绳，是否能继续像以前那样发挥亚洲军事据点的作用。甚至有的院外活动家还宣扬说，日本今后将改变方向——拒绝别国使用冲绳基地，就是说要脱离美国。华盛顿对此也变得非常神经质。现在梅耶大使已经回国，就是为了最后说服这些部门。”

施耐特公使试图通过强调梅耶大使回国对归还冲绳表示担心的部门做工作这件事说服井狩等人。

“现在中午已过，离巴黎会谈还有五个小时。如果我们今天的磋商达不成一致意见，那么巴黎会谈只能是流于形式。”

施耐特公使的这句话让井狩他们感到有失体面，在他巧妙的引导下，日方人员面面相觑，施耐特穷追不舍，“我看现在就草拟爱池书简的草案，供巴黎会谈参考讨论。”

“如果仅仅是草案的话，可以研究。不过，大臣没有事先想到这件事，所以希望在会谈之前给予我们考虑的时间，预定九点开始的会谈至少能推迟三十分钟吗？”

会谈时间已经对外公布，如果推迟，也许会引起爱池大臣的随行记者团的揣摩臆测，但是井狩还是慎重行事。

“井狩先生的要求，大概罗杰特国务卿也会表示谅解的。那我们就赶紧动手吧。”

桌子上摊放着记录纸，会谈纪要和大臣密函的草案拟就后，立即以“特急电”发往巴黎的日本大使馆。

外务省电

收件人：驻法国大使馆　中冈大使

名　称：归还冲绳谈判　对美索求权

（限定传阅）九日，井狩、施耐特会谈时，美方就复原补偿费问题提出如下方案：

(1) 美方表示，经过认真研究，根据一八九六年制定的信托基金法，认为有可能接受有关复原补偿费问题的日方提案……

六页电文稿，第一页上半部分盖有“永久绝密”、“特急”的红色印章，按规定本应该由官房长、两个审议官、次官审批后再发出，但由于情况紧急，也可以先斩后奏，事后补审。

绝密电文送到电信课，首先将全文变成罗马字标记，由校阅班审核文字等，再送到通信班，按照密码表编成密码。外务省与驻世界各国大使馆之间联系使用的共同密码是 F 号，机密度更高的是 D 号，只能在外务省与某驻外大使馆之间单独使用，而且是一次性的，使用后立即销毁。井狩、施耐特之间的会谈文件自然使用 D 号密码发电。第三者绝对无法破译，但驻法国大使馆收到以后，译电员需要两个小时才能翻译出来。

虽然事先的联系知道一点情况，但当吉田局长看到改写成明电的绝密电内容、了解施耐特公使的新提案而感到震惊愕然的时候，已经是巴黎时间八点多了。

“大臣阁下，再拍两三张。”

面对协和广场的美国驻法国大使馆二层的大使办公室里，爱池外务大臣与罗杰特国务卿在会谈之前，摆出姿势让记者拍照。日本的随团记者一个也不让进，只有美国的AP和UPI这两大通讯社的记者。

拍照结束，摄影记者退场。罗杰特国务卿请日方坐在客人专用的长沙发上，他自己坐在爱池大臣斜对面的单人沙发上。他的旁边是日本部部长叶里克曼。

“欢迎各位光临。”

“担任OECD阁僚理事会主席，辛苦了。”

罗杰特国务卿和爱池外务大臣根本不提会谈推迟三十分钟的事，双方进行礼貌性的寒暄。

“在这次理事会上，我对日本经济的飞跃性发展，以及对国际经济关系产生巨大的影响再次感到惊讶，希望以后继续为世界贸易的自由化做出贡献。”

罗杰特国务卿身高将近一九〇公分，魁梧健壮，看上去像是东部人，一副典型的美国精英的风貌。他旁边的日本部部长叶里克曼像是北欧人后裔，头发和眼睛都是茶褐色，身材矮胖，自从担任美国驻横滨领事馆总领事以后，前后在日本生活十一年，是职业外交官中的知日派，与财界关系很深。

“我想贵方已经接到东京方面的报告，关于支付慰问金问题，我方打算接受日方的提案，因此需要爱池大臣的书简。”罗杰特单刀直入，切入主题。

双方都通过翻译交谈。日本方面的翻译赤松是纽约的联合国副秘书长助理，以“大使”的官衔参加会谈。他五十多岁，从小在美国生活，讲一口标准流利的美国英语，是少有的与美国媒体巨头交往的日本人，他的活情报远远超过那些一般的外交官员。佐桥总理与尼克松总统单独谈话时，也必定是赤松当翻译。

美国方面没有配备翻译，都是依靠赤松的同声传译。

爱池大臣说道："我接到东京的报告，既然是密函，就是绝对不能公开。可以这样理解吗？"

这时，吉田局长从公文包里拿出那份密函的草案，放在桌子上。

> 根据归还协定第七条规定（的支付三亿两千万美元），得以一揽子解决有关归还冲绳的财政问题，但日本方面理解，美国按照第四条第三款的规定，应确保其中的四百万美元作为以支付慰问金为目的的基金进行管理。

罗杰特国务卿深蓝色的眼睛盯着草案，说道："美国政府会做出最大限度的努力，但如果发生预料不到的情况，财源问题万一在国会上受到质询，就不能不承认书简的存在，所以难以承诺不公开。"

尽管施耐特公使在东京保证为书简保守秘密，但是罗杰特国务卿居然不算数。的确，只要这封信存在，也许不可能会是永久的秘密，但爱池大臣不肯就此罢休。

"如果贵方不能明确承诺这封书简永不公开，现在我们无法接受，但只要条件具备，就按照日本方案支付慰问金，这可以吧？"

爱池大臣的想法是尽最大努力达成大框架协议，所以对书简留下处理的余地，这样讨价还价，罗杰特国务卿立刻从容地点点头，"美国方面没有异议。下一个议题是协定的签字仪式，不过事务当局已经在本月十七日就此事达成协议，就是佐桥总理与尼克松总统通过卫星转播在电视上见面，同时在协定上签字。关于这一点，没有不同意见吧？”

“可以。佐桥总理期待着与尼克松总统共同完成这庄严的签字仪式。”

协定签字以后，经过国会批准，就确定冲绳的回归。

“关于归还的日子，我国强烈希望在明年的四月一日。”爱池大臣强调说，膝盖几乎要伸出。他想把这个日子与日本的会计年度结合在一起。

罗杰特国务卿歪着脑袋，说道：“四月极为困难。双方再花点时间商量吧。”他在归还时间的主导权上不肯让步。

从东京跑来的爱池外务大臣的随行记者团不允许进入美国大使馆，只好在巴黎警察戒备森严的使馆正门外心急火燎地等待着会谈的结束。他们不知道会谈推迟三十分钟才开始，所以本应十一点就能结束的会谈相应延长。

“看来还需要相当长的时间啊。”

霞关记者俱乐部所属的各家报社派出的一个年轻记者，加上巴黎分社的记者，组成近三十人的大型记者团。当扮演着他们“护身符”角色的外务省报道课课长从大门里出来的时候，立刻遭到记者们七嘴八舌的责难。

“哎呀，因为今天要做最后定夺……”报道课课长应对自如地劝慰记者。

“我们记者团从东京跟随来采访日美谈判，结果连大门都不让进，这也太不像话了吧！连照片也都只是美国通讯社的，日本记者团连派代表去拍照都遭到拒绝，哪有这么欺负人的！”以专访爱池而著名的读日新闻记者，穿着一身新做的西服，精心修饰打扮，却缺乏涵养地破口大骂。

“对！课长你什么都听美国的，这个样子我们这些常驻记者还有什么面子啊！”各家报社的记者也都纷纷表示不满。

“我不是事先告诉你们美国大使馆内不能采访，不是也得到你们谅解了吗？请大家安静。”报道课课长采取低姿态。

“会谈拖延这么长时间，是不是什么问题争执不下？”每朝新闻的清原忍着喷嚏问道。

“我想不会吧，因为我也进不了大使办公室……今天气温比较低，请各位到饭店里喝杯咖啡。会谈一结束，我立刻让书记官去通知大家。”

报道课课长指着马路对面的克里雍大饭店。这是爱池大臣下榻的饭店，随团记者也住在里面。虽然报道课课长这么说，当然记者们谁也不会离开大使馆门口。

东都新闻的巴黎分社常驻记者不无讽刺地说道：“瞧你们这些年纪轻轻就敢住克里雍大饭店的人，外务省给了你们不少甜头吧。”

外务省考虑周到，说是如果记者住在别的饭店，采访不方便，所以全部安排在巴黎最豪华的克里雍大饭店，住宿费回东京以后再结算。

“啊！好像结束了！”

报道课课长表情兴奋地从门里飞奔出来。

爱池大臣在罗杰特国务卿、美国驻法大使、叶里克曼日本部部长等的陪同下走出门外。他的表情显得有点僵硬，大概意识到记者在场，立刻换上笑容可掬的面孔，一边与身材魁梧的罗杰特国务卿握手一边做出很大的手势道别：“那十七日的签字仪式在电视上见。”

清原等记者进入敞开的大门，赶紧记录，生怕漏掉只言片语。

爱池大臣一行穿过马路，一回到克里雍大饭店，便通知记者，待与国内联系完毕后，一点半开始会见记者。

这一段时间，新闻记者们都集中在共同租用的作为工作室的房间里，有的写稿，有的使用屋子里的六部电话分别向东京的总社发稿，然后吃一点简单的午餐，等待会见。

"没想到与日本的通讯状态这么糟糕。"记者们一边吃着三明治一边无奈地发牢骚。

由于知道巴黎与东京之间的国际电话很难接通，所以事先向日本的KDD申请开通克里雍大饭店与东京总社之间的专用直通电话，接线员在规定的时间主动联系。

每朝新闻记者清原在与东京总社政治部直通电话机上贴着"清原记者定时通话用"的纸条，上面写着时间。就是说，在这个规定的时间段里，别人不能使用电话。

饭后，清原一边喝着咖啡一边翻开任何时候都随身携带的巴黎时间与东京时间的对照表。早报的截稿时间是东京时间的零点，那么晚八个小时的巴黎就是下午四点，最后版得到五点以后。晚报的截稿时间是日本时间上午十点，就是巴黎时间的凌晨两点。爱池大臣的日程是每天早晨安排，所以作为记者，给早报发完稿后吃晚饭，然后给晚报写稿，睡眠时间只有三四个小时，工作非常紧张。

清原走进即将会见记者的房间——玛丽·安托瓦内特厅。

法国的建筑物都散发着浓郁的历史气息。从哈布斯堡王族嫁给路易十六的王妃玛丽·安托瓦内特不习惯凡尔赛宫内的生活，就隐瞒身份来到巴黎，据说就居住在克里雍伯爵公馆二层的这个房间里，回避世人，学习音乐，过着宁静优雅的日子。

清原抬头看着覆盖整面墙壁的豪华的挂毯，这幅画命名为《唱歌教程》，整个色调显得灰暗，仿佛显露出过后不久就被送上断头台的玛丽·安托瓦内特悲剧的征兆。

清原穿过房间，走到阳台上。云彩中露出犹如水洗过一样湛蓝干净的天空。他环视四周，协和广场的前方是香榭丽舍大街的树木，更远处可以望见埃菲尔铁塔的塔尖。

下午一点半，准时会见记者。近三十名记者翻开各自的采访笔记本。

吉田局长首先介绍情况，“今天在爱池外务大臣与罗杰特国务卿的会谈中，就归还冲绳问题最终妥善达成协议。归还仪式定于六月十七日分别在东京和华盛顿同时举行，通过卫星电视转播。对先前悬而未决的几个问题，通过协商，妥善解决。那霸机场在冲绳回归时完全归还。所配备的反潜巡逻机转移费用由日方负担。补偿遗漏的土地复原补偿费以慰问金的形式由美国自发支付。”

吉田局长口气平淡地发布会谈的结果，然后转入记者提问。

在干事社的记者就签字仪式的时间提问后，清原举手提问：“大臣，昨天对记者发布消息时还说美国对以慰问金的形式支付土地复原补偿费表示无法接受，这个问题可能会成为悬案。而今天突然变化，请问妥善解决的理由是什么？”

爱池大臣煞有介事地回答：“日方的态度是，有根有据的东西要尽量向美国索取。经过堂堂正正的正面交涉，归还协定的内容是合乎情理的。”

旭日新闻记者问：“大臣，您如何评价今天妥善达成的协议？”

爱池大臣眉开眼笑地环视大家，充满自信地回答：“我认为不可能有比这个更好的协定。佐桥—尼克松声明中‘消除核武器’的表达方式原封不动地写进协定里，所以就不会有人再说‘隐瞒核武器’了。”

记者们一边记录一边在脑子里构思《爱池、罗杰特会谈妥善达成协议》、《美国支付慰问金　间接表示消除核武器》等这样的标题，同时还考虑怎么写新闻稿。

各家报社的记者在工作室里发送完外务大臣会见记者的新闻稿后，各自散去撰写解说稿。

清原回到自己的房间，喝一瓶依云天然矿泉水湿润极其干渴的喉咙，然后拿起预计会见记者的结束时间后事先连接的与东京的直通电话。

“喂——喂——”杂音很大，清原提高嗓门。

电话里传来弓成粗憨的声音，“喂，清原，是我啊。刚刚看到你发来的稿件。”

“怎么样？”

“嗯，就有一点……慰问金已经妥善解决，是真的吗？”

“他很自信地说是合乎情理。”

“有具体金额吗？”

“没有，金额一个字也没提……”

“没关系，我这边的采访已经确认是四百万美元，这样就可以了。还有，会谈推迟三十分钟开始，是什么原因呢？”

“嗯？你这么一说，的确是推迟了。我是第一次到国外采访，手忙脚乱，没想那么深……”

“两国外相的会谈推迟，肯定有不得不推迟的原因。其实我为了探听今天上午十点开始的井狩、施耐特的会谈情况，派志木跟踪调查施耐特公使的车子行踪，结果发现会谈的时间格外长。”

“噢，你查得真细……阿、阿嚏！”

“怎么啦？瞧把你累的，感冒了吗？”

“啊……一个人住在这超级豪华的饭店里，顶部安盖的大床根本睡不踏实，而且地面是铺大理石，连地毯都没有，冻得我啊……阿嚏！”清原接连打喷嚏。

“这是全世界的 VIP 下榻的超高级饭店，总有暖气或者壁炉吧？”

“壁炉？你别说，好像还真看见一根像是拨火棍的东西……”

“开玩笑吧，哪有六月烧壁炉的。总之，你的稿子将以‘清原了特派记者巴黎电’的形式发在头版头条。今天晚上去伦敦吧？注意身体，健健康康地回来。”弓成把该说的话迅速说完，心里真的很惦念这个第一次到国外采访就疲惫不堪的清原。

放下电话，清原使劲擤一下鼻涕。听到首席记者弓成洪亮有力的声音，受到激励，他的精神也振奋起来，但是心里感到疑惑，已经对记者明确表示妥善达成协议的索求权问题，弓成为什么还有怀疑呢？

弓成口头禅一样常说这是新闻记者的直觉，正因为清原十分清楚他的巨大潜力，只要被他盯上的猎物，必定逃不出他的手掌。清原再一次感觉到自己对他的敬畏之心。

弓成一个人坐在常去的那家“鹤八”的柜台席上吃晚饭，夹一块时令食品盐烤香鱼肠放进嘴里，津津有味地吧唧着嘴巴，对穿着白色烹饪衣的老板娘说道：“真是别有风味。”

“这是老公专门给您留的，您喜欢就好。噢，再来一杯……”老板娘把兑水烧酒的酒盅放在他面前。

“今天忙着处理特派记者的稿子，弄得午饭也没吃，现在要填饱肚子了。”

弓成要老板娘上饭，然后对正在柜台里面磨刀、一脸不高兴的老板说道：“老板，你好厉害啊！天皇奖、皐月奖、奥克斯奖，这三项奖竞争那么激烈，全被你猜中了。”弓成流露出羡慕的表情，端起酒盅一干而尽。

“哪里，要我说啊，就是认准了不改变。”老板若无其事地说。

“那这个星期天的比赛会怎么走势？”

“嗯，打算买光今井。”

“嘿，这可是最有希望获胜的本命马。”

“其实我并不在乎胜负，当马跑到第四个转弯处的时候，看到骑手们挥鞭加油，你追我赶的景象，身在府中赛马场的看台上，骏马奔腾那哒哒哒的马蹄声敲打着我的心胸，那种感受实在无法形容。”老板一边关照顾客的要求，一边聊天，声音中含带着热情。

老板娘端来米饭和酱汤，弓成一边吃一边嘟囔道：“真羡慕你。我是忙得连去府中的时间都没有，买的马券也老是猜不中。”

就在弓成把最后一口饭扒进嘴里，喝完酱汤的时候，店里的电话响了，老板娘拿起电话，“喂，您好，总受到您的关照……在这里，好的，请稍候。”说着，把话筒递给弓成。

“我是弓成……”弓成嘴里还嚼着东西。

“首席，旭日的行动有点奇怪。”是志木从霞关俱乐部来的电话。

“奇怪？怎么回事？”

“那个极其认真的‘教授’好像昨天一天都不在俱乐部里。我侧面打听了一下，说是感冒了，在家里休息呢。仅仅因为感冒，那个‘教授’从采访巴黎会谈的昨天开始就躺倒了吗？”

志木这么一说，弓成也发现在采访巴黎会谈的最繁忙的时间里，居然没见到旭日新闻的霞关俱乐部首席记者桂的影子。不过，因为弓成与爱池外务大臣随行记者团的清原联系都是使用总社的直通电话，所以昨天基本上都是在社里。

只要过一个晚上，有关巴黎会谈的后续报道就不再热闹，可是桂还是没有露面。——这个桂作为外信部记者，曾常驻华盛顿分社工作，虽然没有日本特定的政治家做后台，但是采访美国国务院、美国驻日本大使馆的渠道相当畅通，写的文章很有分量。从这一点来看，他受到外务省官员的好评，弓成暗中把他视为自己的竞争对手。

桂不知去向，这是一个令人警惕的警报。

弓成走出“鹤八”，立即坐出租车赶往霞关记者俱乐部，在外务省东门下车，大步流星地奔向电梯。就在电梯门即将关闭的时候，他健壮的肩膀硬是挤了进去。电梯里的人对这种强行挤电梯的行为都流露出明显责备的脸色，唯有一双含带微笑的眼睛直勾勾地看着他。这个人就是审议官的专职事务官三木昭子。自己强行挤电梯的行为被她看到，弓成觉得不好意思，对她“噢”的一声，算是打招呼，一起在四层走出电梯。

“审议官在吗?”弓成问。

如果旭日新闻社的桂在准备一篇有关外务省的重要报道，也许安西会听到什么消息。

“他出去了。今天是去英国大使官邸参加大使定期主办的晚宴。换上晚礼服……很匆忙的样子。”腋下夹着文件袋的三木事务官推测着说。

“这可怎么办呢？晚宴一般都很晚才结束吧……”弓成看着手表。

三木机灵地说道：“现在这个时间也许还在会客室里，喝着开胃酒等待大家到齐。要是您有急事，我给那边打电话，看看他是否有时间……”

“要是不麻烦的话，请你联系一下。”弓成几乎靠上去请求她，闻到些许古龙香水的清爽芳香。

三木转过身，疾步回到审议官办公室，拨通记在脑子里的英国大使馆的电话。

很快有人接电话，三木请对方叫安西审议官，但失望地挂断电话，“宴会厅工作人员说，安西审议官与大使阁下单独在书房里谈话，所以不能叫来接电话。”

“这就没办法了，麻烦你了。”

弓成道过谢，对山本事务官也招手顺便打个招呼，走出房间，下到三层的记者俱乐部。

在面临樱田大街的拐角处大屋子里挤着东京二十家报社、电视台新闻媒体，用资料架隔开各自小办公区的记者俱乐部，因为采访爱池外务大臣与罗杰特国务卿的会谈进展以及结果，还有次官恳谈会、美国局局长的会见、写新闻稿等等，整整一天，记者们忙得不可开交，吵吵闹闹，而现在一切归于平静。

弓成双手插在裤袋里，从旭日新闻的小办公区经过的时候，眼睛瞟着桌面，没有发现异样的地方，于是走进自己的办公区，问志木和金田："后来怎么样了？"

"还是没有消息。"

"噢……暴风雨前的宁静吧。"

弓成嘀咕着，胸脯宽厚、身高一八〇公分的巨大身躯沉沉地陷在转椅里，那一双脚好像没地方放，一只脚搁在废纸篓上面，重新拿起自己报社的报纸和旭日新闻社的报纸进行比较。

两份报纸报道巴黎会谈情况的标题字号、文章内容基本相同，只是爱池和罗杰特的合影照片，每朝新闻使用 UPI，旭日新闻使用 AP 拍摄的，这一点虽然不一样，但两张照片的构图极其相似。

弓成合上报纸，忽然发现旭日报纸的头版下方有一个小号标题：

协定概要由前文和九条构成

这本身不算什么新消息，巴黎会谈之前，各家报社通过时常举行的记者会见都已经知道各条款的大致内容。在报道归还冲绳问题上一直领先其他报社的弓成下一步的打算就是秘密策划在爱池大臣回国后至日美举行签字仪式的这一段时间里把协定内容全文揭秘刊登出来，再爆出一个历史性的独家新闻。弓成的记者动物性的直觉立即嗅出异样的味道。

“说不定就是这个。”弓成咬着嘴唇说道。

其他两个记者惊讶地探头看着旭日报纸上的新闻。

“也许旭日已经搞到归还冲绳协定的全文。要是这样的话，这是从哪里漏出来的呢？你们有什么线索呢？”

现在正是晚上八点四十分。弓成的眼睛放射出强烈的光芒。

“巴黎会谈刚刚达成协议，外务大臣还没有回国，可是这也……”

“的确，大家的目光都注视着巴黎，然而不仅仅是巴黎在会谈，昨天上午施耐特公使就在这栋楼七层的条约局局长办公室进行长时间的谈判。志木，你昨天监视公使的车子，后来报告说他下午快一点的时候才走的吧。”

“嗯，我按照首席的指示暗中监视。他们本来对吃饭时间很在意的，可是过了中午还不见动静，我还以为施耐特公使坐别的车回去了呢，直担心。”

“因为井狩局长与施耐特公使在霞关的谈判时间延长，导致巴黎会谈的时间推迟三十分钟。这是不正常的。大概是双方就爱池外相访问法国之前尚未解决的复原补偿费问题进行了非常激烈的讨价还价，最后达成有条件的最大限度的妥协方案，然后向巴黎报告。”弓成琢磨着昨夜与清原的国际电话的通话内容，说道：“即使旭日已经把协定的全文拿到手，也只是供巴黎会谈使用的草案。条约局、美国局应该有同样的东西，你们一个一个地查找，在我联系上安西审议官之前找到线索。”

虽然是草案，但应该与最近就要正式公布的协定全文极其接近。

两个记者用眼神表示明白，然后摇摇晃晃地走出去。弓成紧接着站起来，也不关灯，慢慢地走到外面。从里间记者们的休息室传来电视和麻将牌的声音。

弓成走出外务省，在一个僻静的公共电话亭拨通了弘池会领导人、自由党总务会长铃森善市家里的电话。铃森有早起的习惯，不到万不得已，不会喝得很晚。

“喂，哎呀，是弓成啊。”电话里传来铃森酒后心情舒畅的声音。

“突然间打电话，不好意思。我想打听一下关于巴黎的爱池与罗杰特会谈的归还冲绳协定问题，二三十分钟后我到您那儿去。”

铃森住在世田谷区的经堂，一听说弓成晚上突然要上门采访，急忙说道：“别这么急啊，我刚从赤坂回来。你冷不丁说什么协定……究竟什么事啊？”

“爱池大臣出发前往巴黎之前，外务省把协定草案给您看过吧？”

弓成判断，这份协定的草案有可能事前得到除自由党外务委员长之外的干事长、政调会长、总务会长这三巨头的认可，所以才一下子切入中心。

铃森与弓成长期交往，应该不会对弓成有所隐瞒。

“你这么一说，的确是官房课长到我的事务所来过，给我看很长的条文。”

“您有副本吗？”弓成一边使劲往公用电话机里塞十日元的硬币一边问。

“没有没有。他说这是绝密文件，让我过目，如果没有意见，就马上收回。他坐在椅子上等着我看完，所以我也就粗略地看了一遍，就还给他带回去了。”这个以“愚直”作招牌的铃森的确口无遮拦，“这个时候你还打电话来，不像你一贯的作风，瞧你这手忙脚乱的样子，莫不是被旭日抢走协定的独家新闻了？”

铃森一语击中要害。他以岩手的渔业协会作为后援参加社进党的竞选，很快就钻进自由党的大派系，崭露头角，如今爬到总务会长的要职，可见他作为政治家具有极其敏锐的直觉。

“还没有确凿的证据，只是感觉。”

“只要是你的感觉，大概就能确定。以前旭日也曾把地位协定弄到手，那一套采访手段向来很厉害。”

这可以断定就是事实，弓成感觉到败北的苦涩。即使现在到铃森那儿去，也不会有更多的收获，他装作从容不迫的样子，说道：“先生，对不起，晚上还打扰您。明天早报出版之前的动向，明天我到事务所向您汇报。”

弓成挂断电话，然后又往电话机里塞了十日元的硬币，接着往弘池会会长小平正良的书房打电话。小平在池内内阁担任外务大臣的时候，圆满地完成日韩邦交正常化的谈判。他的能力得到政界的高度评价，被看好是接任下届总理的人选，所以不少外务官员会向他秘密提供情报。

女婿秘书接的电话。

“夜间打扰了，对不起。老爸在吗？”

“真不巧，他参加后援会会长的葬礼去了，明天中午以后才能回来。”

小平的家乡是香川县丸龟。弓成觉得今天自己不走运，便挂断电话，决定回总社。

九点过后的编辑局，采访回来的记者、各部门的专访记者都集中在这里，洋溢着充满生机活力的喧闹嘈杂。

弓成的目光直射政治部，寻找那两个记者，却不见他们。他正要举步朝自己的座位走去，却遇见刚从外面回来的部长。部长的头发规规矩矩地三七分，是一个端方正派的绅士，但弓成觉得是一个性格不合的顶头上司。弓成对他轻轻点一下头打算过去，他却说道：“有一个女的给你来过两次电话，好像名叫 MIWA，你要是知道这个人，就给回个电话。”

弓成不熟悉这个名字，忽然心里一动，会不会是三木昭子事务官。不过，外务省的职员应该不会往报社打电话。

“不知道，要有事还会来电话的。”

弓成生硬地回答。部长心想这个部下真的不领情，不招人喜欢，便扭头走开。

“弓成，你可要注意自己的态度。”首席主任编辑桧垣似乎听到这两个性情不合的人的对话，提醒弓成态度要好一点。

“一个部长，喜欢这样传话，就叫人扫兴。我说，后来清原来电话了吗？”

弓成指着贴有“清原记者定时通话用”纸条的电话机。爱池大臣一行与罗杰特国务卿会谈后，傍晚前往伦敦，记者团也随同前往。

“就在你去吃饭之前，发来一篇短讯。”桧垣简短地回答，便继续审阅其他记者送来的稿件。

在四个主任编辑中，弓成唯一对他内心充满敬意，认为他是真正的“武士”。

志木、金田不在，小会议室门上挂着“会议中”的牌子，弓成心想莫非他们躲在里面，一推门，果然这两个人在里面几乎额头挨着额头地相对而坐。一见弓成，灰心丧气地异口同声说道：“首席，我们是空手而归。到美国局、条约局的各课跑了一趟，没有感觉到旭日有什么特别的行动。他们只是坚持说爱池大臣回国之后，协定的正式条文才能定下来。”

“去找井狩局长了吗？”

志木窝心地说道：“尽管我们觉得他不会开口，但心想管它成不成，还是跑了一趟。可能这几天没日没夜地工作，都累趴下了，他半躺在长沙发上，用勺子一口一口地把果子露送进嘴里，我们话刚说一半，他就很不耐烦地说，‘我不能回答你们这么幼稚的问题。’”

弓成知道井狩是一个典型的势利眼外务官员，对他瞧不上的人，会流露出露骨的蔑视。这个人应该自己亲自去对付，不过他对自己肯定也是守口如瓶。

“那个铃森的阿善说，外务官房拿着协定的草案给他过目，说这个要拿到巴黎会谈去。把这份与下星期签订的协定内容极其接近的草案弄到手也不是不可能的事。”弓成把电话采访铃森善市总务会长的大概情况告诉他们。

“现在对旭日的行动还没有确凿的证据，但为万一起见，我要竭尽全力把草案弄到手。你们把先前的那个协定概要整理出来，备用。”

“知道了，这就是我们起草的协定版本。”

霞关俱乐部的记者以先前的归还奄美、小笠原群岛的协定为蓝本，再通过这日日夜夜采访获得的情报，编写出“每朝新闻版的归还冲绳协定”，用打字机打印出来。弓成看着自己修改的地方，不由得叹一口气。虽说是经过细致周密的采访写出来的东西，但要是真把草案拿到手，还真不能相提并论。

“首席，还有版面安排的问题，是不是应该告诉主任编辑一声呢？”性格谨慎的金田说。

“不，等我在安西审议官那边抓到感觉以后再说，现在先不动声色。”

弓成强行压住晚辈记者，向司机班要了一辆把社旗摘下来的大车。

位于皇宫的半藏门附近、面对内堀大街的英国大使馆那宽阔的院落依然保持着战前的威严气派。

晚上九点四十七分，内堀大街上车灯形成的光的河流依然流淌不息，但是在近来少见的清澈明朗的星空底下，皇宫的森林万籁俱寂，呈现出青黛的剪影，如一幅幽玄神妙的绘画。

弓成深吸一口气，入神地眺望着这夜景。

“你在这里干什么？”

突然传来严厉的声音。弓成回头一看，原来是警察。是担任大使馆周边警卫的派出所巡警。弓成只好出示众议院颁发的记者证，告诉警察说自己是来采访的，报社的车子停在后面官邸的环形带上。

“噢，原来是每朝新闻政治部的记者在这里盯着啊，那辛苦了。”警察立刻态度大变，尊敬地举手行礼，然后离去。

刚才在官邸的环形带上也受到警察的盘查，那个巡警部长喜欢聊天，弄得弓成无法忍受，就跑到内堀大街这边来。

一个人清静下来，弓成隔着铁栅栏抬头看着花岗岩构造的坚固厚重的大使馆建筑物，然后凝视着紧闭着的铁门中间的英国国徽。鲜艳的红色与蓝色的盾的上部是金黄色的纹饰，右边是独角兽，左边是龇牙咧嘴的狮子，再配上法语的“神赐予我权利”和“恶有恶报”这两句英国王室的座右铭。

弓成虽然来过这里几次，但大概因为每次都是车进车出的缘故，没有意识到，而今天站在这里，他的心灵受到大英帝国威严的强烈震撼。

身后又传来巡警的脚步声，他看了一眼手表，即将十点。连忙沿着墙边成排的银杏树道路返回去，来到官邸正门前，只见里面停车场上各国大使的车子开始亮灯，但官邸的大门依然紧闭。以前听安西审议官说过，这样的大使聚会，意气相投的各国大使谈笑风生，也就往往忘记了时间。但是，截稿时间沉重地压在弓成身上。

就在弓成开始感觉焦急不安的时候，大门打开，在大厅吊灯明亮的灯光照耀下，几对身穿晚礼服和长连衣裙礼服的大使夫妇走出来。弓成看到走在旁边的安西夫妇。

耐心的等待终于有了收获。第一辆车子从敞开的大门缓缓地驶出来，从国旗上看好像是瑞典大使的车子。听说是这里常客的美国大使正在国内，所以未能出席。安西审议官的车子最后出来。弓成在大门外姿态端正地站立在车前，对车里的审议官恭敬地行了一个礼。司机突然发现车灯前面站着一个人，大吃一惊，慌忙急刹车，鸣喇叭。不过，在安西的指示下，车子停在路边。

“你怎么回事？”身穿笔挺合身的晚礼服的安西放下车窗。

弓成彬彬有礼地说道：“实在对不起，有十万火急的事情想向您确认，所以一直在这里等候。”

安西一听又是采访，脸色立即沉下来，厉色呵斥道：“尽管我们关系不错，但你也要懂得礼貌。你也不看看这是什么场合！”

身穿绸缎长连衣裙礼服、胸戴大珍珠项链的夫人紧绷着那漂亮的脸蛋，一言不发，直视前方，流露出对弓成不屑一顾的神情。

“我对自己的无知深深道歉，不过，审议官，归还冲绳协定的草案好像被泄露出去了。”

弓成的手使劲抓着车窗框，不让车窗关上去，开门见山地切入主题。

“瞧你这样子，是被竞争对手拿到了吧？”安西严厉的嘴角浮现出一丝无奈的苦笑。

“我觉得是旭日，有什么迹象吗？”

“怎么说呢……今天早上我在美国大使馆碰上那儿的首席桂君，他显得有点尴尬地避开目光，装作没看见……这可以算是回答吗？”

果然是旭日——什么得感冒躺倒了，完全是烟幕弹。桂销声匿迹是非同寻常的警报。

弓成的脑子里浮现出桂的一本正经的“教授”面孔，一种失算于对手的窝囊懊恼的情绪猛然涌上心头。

“协定全文不能让对方垄断。外务省有草案，求您想办法让我看一眼。”

弓成全然不顾一切地苦苦哀求，也许安西为他的气势所打动，说道：“我回家以后给北美一课课长打电话，说是你要去采访他。”

“你一直停在这里，这样会被大使馆的人认为很不体面的。”

夫人的这句话显然是对不懂礼貌的新闻记者的轻蔑，弓成感觉内心被撕裂一样疼痛，但是他并不畏惧怯懦。他目送着安西的车子离去，心里盘算着车子在夜间顺畅的道路上奔驰，安西回到田园调布的家里需要二十分钟，然后给北美一课课长打电话，早的话也得到十点四十分。对于归还冲绳谈判正处在最关键时刻、每晚都得工作到凌晨一两点的北美一课课长来说，这个时间不算晚。

一手掌握归还冲绳谈判具体业务的“冲绳先生”川崎是出名的死板固执的“铁皮裤”，让记者无可奈何，不过，既然有审议官的指示，他大概也不得不拿出草案来吧。弓成一边深刻体会这种被动采访的辛酸苦辣，一边想象着明天的早报头版头条刊登与旭日同样的爆炸新闻，心中燃烧起旺盛的斗志。

在明亮的日光灯照耀下，这里如同白昼，美国局北美一课的十几个事务官夜以继日地忙碌着。陪同爱池大臣出访的美国局局长一行的电报一份又一份地送到这里来，事务官们必须立即处理，忙得不可开交。课长川崎穿着西服背心，衬衫的袖子挽起来，一直不停地打电话，讲一口流利的标准英语，弓成听不清楚。

“弓成，这可不好办。”

担任课长助理的首席事务官发现坐在房间里的弓成，表示很为难。现在正是工作最紧张繁忙的时候，不适合接受新闻记者的采访。

“我有十万火急的事情要找课长，他也应该知道的，对别的东西我绝对不看不听。”

“还是请你在旁边的会议室等候吧。喂，你过来，带弓成去。”首席事务官叫来担任总务的“非职业公务员①”，把弓成请出去。

弓成被带进内门紧闭的会议室里，那个将近五十岁担任总务的事务员好心地问道：“松花堂的饭盒还有三四个，要吃吗？”

“不了。你们这些为他们做后勤工作的，真不容易啊。”

打字、复印、准备夜宵、联系出租车等，每天晚上都要被叫来，也累得筋疲力尽。

“这是工作……”

他简短地回答，对弓成眼里能看到自己这些默默无闻干杂活的人流露出些许欣慰的表情。他刚一走出去，课长川崎就走进来。

“让你久等了。”

“我就不拐弯抹角了，直说吧，听说归还协定已经基本定稿，我来取。”弓成一心认定这里有协定文本。

“审议官的确吩咐我与你见面，可是我这里根本没有这些东西。”

川崎半坐不坐地屁股轻轻挨着沙发。

“据党内三首脑说，在爱池大臣出发去巴黎之前，外务省把协定草案让他们过目，说是要带去谈判的。有消息表明，这份协定文本现在已经被别的报社弄到手了。”

“即使有草案，也不可能给记者看吧。不知道你说的是哪家报社，我难以相信被他们弄到手了。”川崎把眼镜往上推了推，表示否定。

但是，弓成认为当前最迫切的是要在明天的早报上刊登协定

---

① 非职业公务员，日本中央官厅对未通过国家公务员Ⅰ级考试的公务员的俗称。

的全文。他本来以为既然安西审议官已经说话，就有希望得到协定文本，没想到碰了一鼻子灰。弓成陷入窘境，焦躁万分，可是事到如今总不能空手而归。

“……那么，请您过目一下这个，如果有遗漏、错误的地方，能不能请您更正？”

弓成从口袋里掏出打印的“每朝新闻版的归还冲绳协定”。在自己的记者生涯中，还从来没有过如此凄惨的经历，如今自己是站在不顾羞耻脸面的悬崖上。

川崎看看手表，惦念自己的工作，但也无法断然拒绝伸在自己面前的协定概要，只好伸手接过去。对这样的文本内容，他已经熟记于心，很快就看完。

“这是协定的概要吧，我觉得总体上没有错。”说着，把打印稿还给弓成。

“课长，即使是协定的前言部分也行，能不能把每一个字都没有差错的原文给我呢？”弓成还不肯罢休。

“对不起，弓成，其他的请根据你的判断自己写吧。”川崎客气地断然拒绝更多的采访。

弓成咬牙忍受着无比的屈辱，不得不告辞而去。

晚上十一点半，弓成一回到报社，主任编辑桧垣就迫不及待地对他说道：“喂，旭日通告说明天的早报停止交换。你有什么线索没有？”

新闻界有一个惯例，就是各报社将晚上十点左右截稿之前已经排版的早报十二版互相交换。旭日竟然打破这个惯例，停止交换明天的早报，这说明它明天将要刊登独家新闻，为的是阻止其他报社采取弥补采访的手段。

弓成极力掩饰内心的慌乱，下巴朝社会部、经济部那边扬一下，说道："也不是没有目标，不过，其他部怎么样？"

"除了霞关之外，别的没有。说起来，志木、金田，还有弓成你，从傍晚开始就鬼鬼祟祟的，到底怎么回事？"主任编辑瞪了他一眼。

"是这样的，归还冲绳协定很可能被别人弄到手了。"

听到弓成这样少有的老实坦白，主任编辑脸色大变，"归还冲绳的报道要是被别家报社超过，那我们的脸面就全部丢光了。"

"离最后版还有一个半小时多，现在就写概要，竭尽全力加以弥补。"

弓成不服输地说道，然后带着志木、金田进入会议室，把与安西审议官、川崎北美一课课长接触的情况简要地告诉他们。

"既然如此，现在就好好地把协定写出来。志木，你再给熟悉的教授打电话采访；金田，你把我们的协定文本与归还小笠原群岛的协定再进行比较。"

弓成分配好各自的任务，自己则埋头重写协定的前言部分。

"噢，这下子算完了！"

桧垣把旭日新闻重重地扔在桌子上。此时他正在对弓成拼抢出来的新闻稿的清样进行最后的校对，最后版的送印时间迫在眉睫。

归还冲绳协定草案全文
以共同声明为基础实施

两道粗黑的大标题纵横醒目，协定全文几乎占满整个版面。

尽管弓成感觉自己累得就要趴下，但还是聚精会神地看着协定全文。自己撰写的协定文本的标题是"归还冲绳协定的内容"，旭日的标题是"全文"，仅仅从标题来看，双方不分胜负。

“力所不逮，对不起。”弓成低头认输。

“虽然这一次被别人抢先了，不过你尽了最大的努力。不是还不至于让政治部长提出辞呈吗？”

主任编辑这样安慰他，然后走出去。这种安慰比厉声呵责更让弓成难受，他被彻底击垮了。

喝得醉醺醺的弓成回到世田谷区祖师谷家里的时候已是凌晨三点多。

他连脱鞋子也显得极不耐烦，发出很大的声音，开门进来。妻子由里子一边系着睡衣的带子一边急忙出来迎接，见他这个样子，不由得担心，“你这是怎么啦？从来没这样过。”

丈夫即使喝醉，几乎都不流露于外表。

“水！”

弓成烦躁地把外衣和领带解下来，随手扔在地上，然后盘腿坐在沙发上。

“茶泡饭，还吃吗？”

由里子把盛有凉水的杯子递给他，然后把扔在地上的衣服拾起来放在沙发靠背上。

“给我热茶就行了。”

由里子一边冲茶一边说道：“你也不来个电话，我放心不下。”

弓成晚归的时候，一般都会事先给家里打电话告诉一声。

“被旭日抢先了。”

“噢……你不是经常说，自己又不是铁汉子，偶尔也会有这样的时候。”

丈夫这样伤痕累累地回到家里，肯定是遇到意想不到的事情，作为妻子，她只能淡淡地劝慰丈夫。

“这次被抢先，真是一筹莫展。”弓成感觉窝囊。

“你还是有机会的吧。好好睡一个晚上，把这件事忘得干干净净，精神饱满地上班去，这才是新闻记者的美学意识。”妻子温柔地鼓励似乎自尊心受到极度伤害的丈夫。

“别对我自作聪明！这次被抢先的东西根本就不会有第二次机会。”

弓成在酒精刺激下开始淡忘的那种窝心懊恼的感觉重新涌上心头，粗暴地把茶杯放在桌子上。

“对不起。还是先洗个澡，冲冲汗，睡觉吧。”

“嗯，好吧。”

弓成进浴室之前，先轻轻打开孩子们卧室的拉门。大概因为天热的缘故，小学三年级和一年级的两个孩子从被子里把手伸出来。弓成想进去看看孩子，又觉得自己醉醺醺脚步不稳，害怕万一踩着孩子，便没有进去。

弓成把结实宽厚的胸膛泡在由里子放好的温水里，闭上眼睛。僵硬的颈脖、肩膀泡在热水里感觉有所缓解，心情舒畅，但一想到旭日上刊载的协定全文不知道来自什么渠道，就用双手撩起热水拍打面孔。

弓成还是在意桂的新闻来源，可以肯定不会是川崎北美一课课长。局长以上的官员中，对与佐桥政权颇有关系，而且精通美国政局的桂记者具有好感的只能是另一个外务审议官。此人负责政策，但由于安西审议官的强势精干，他显得黯然失色。不过，回味一下安西在英国大使官邸前面所说的话，也许这个来源出自美国大使馆。

弓成猛地从浴缸里站起来，披上浴衣，打开窗户。晴朗的夜空上，与在英国大使馆前面仰望时同样的星星在静静地眨着眼睛。

弓成凝视着天空，一方面自我反省，绝不步人后尘的骄傲自大、过分自信导致这次的麻痹大意，同时下决心一定要把隐藏于协定之中的欺骗隐瞒暴露在光天化日之下。

在梅雨期间偶尔露脸的阳光与微风的滋润下，皇宫护城河畔的树木枝叶葳蕤苍翠，在水面上轻轻地荡漾。

上午十点，一辆轿车穿过宫内厅的正门坂下门，沿着松林路朝南车寄①驶去。即将赴任马来西亚担任大使的亚洲局局长在这里拜谒天皇陛下，接受天皇的任命国书。

亚洲局局长身穿礼服，系着银灰色的领带，表情紧张。他进入外务省以后的二十八年里，在国内和驻外使领馆交替工作，这是第一次被任命为“特命全权大使”。

车子抵达铺着大理石的“南溜②”门口时，宫内厅式部官已经在此迎候。

双方互相致礼后，式部官在环绕着铺有白色粗砾石的庭院的长长的回廊上引路，进入“千鸟之间”等候。片刻之后，前往正殿“松之间”。

干栏式建筑的正殿，青绿色的大屋顶一字形横断空间，与白色的墙壁、茶褐色的梁柱形成完美的三色融合，凝聚着简朴而庄重的日本传统美的风格。

登上铺着地毯的“南渡”台阶，再稍走一段，便能看到大杉户。

在这里停下脚步，在大杉户敞开的正殿“松之间”的入口深深低头鞠躬，这时陛下出现在正殿的正面。陛下的右侧侍立着外务大臣和内阁参事官，左侧侍立着宫内厅长官和式部官长。亚洲局局长独自走上前去，皮鞋在榉木地板上发出清脆的“哒、哒”的响声，让他心里感到发慌。在离陛下还有两三步远的地方停下来，致

① 南车寄，日本皇宫内长和殿的入口。
② 南溜，日本皇宫内长和殿的大厅。

以最高的敬礼，然后转身接过外务大臣递交给他的"官记"，再转身面对陛下。

特命全权大使的姓名、赴任国家等有关事项都已经事先内部向陛下上奏，所以仪式在无声中进行。

陛下这才说出一句话："履行职责，辛苦了。"

大使再次深深鞠躬，然后后退三步，右转，退出。

亚洲局局长结束在皇宫的接受国书仪式后，回到外务省，正向电梯走去的时候，听到弓成亮太的声音："吉永大使，仪式顺利结束了？"

"呀，是你啊，还是感觉紧张。"像鹤一样瘦高个的吉永敬介苦笑一下，拍了拍穿着礼服的肩膀。

"有时间吗？"

"现在可以，到大使休息室去。"

弓成点点头，一起乘坐电梯。

大使休息室里只有四张大桌子和椅子。

"我先换衣服。"

大使让端茶进来的秘书帮忙，脱下礼服，换上挂在衣橱里的平时服装，然后在弓成对面坐下。

吉永取出一支烟，弓成探身用打火机给他点火，然后自己也从烟盒里抽出一支"和平牌"香烟，点上。

"我在霞关俱乐部这么长时间，还是第一次与刚刚完成大使国书接受仪式回来的大使谈话。"

"可不是吗？虽然你在外务省里认识很多人，可是只有第一次出国当大使的人才在皇宫举行接受国书的仪式。"

"是这样的啊，陛下说了什么话呢？"

"嗯，陛下说'履行职责，辛苦了'。按照规定，我不能回答任何话，只能反复地深深鞠躬致礼，但还是感觉到一种令人震撼的使命感。我的脑子里掠过已经去世的母亲生前口头禅一样说的话：要是成为外交官，就要当受到陛下接见的外交官。”大使心头又充满感动。

弓成手拿着香烟点点头。这个吉永进入外务省二十八年，从调查局起步，后来调到条约局，历任驻美国大使馆参事官、驻韩国大使馆公使，回国后升为亚洲局局长，主管亚洲事务，自己和他也已经交往十年。

“回想起来，我受到大使很大的关照，尤其是日韩谈判的时候，一直都是……”

当时弓成是第一次担任对外务省的采访，虽然排在首席以下的第三位，但是接连写出有关最大的外交问题日韩谈判的独家报道，主要是因为他拥有日本驻韩国公使吉永这条情报来源。

“哪里，那是因为你经常采访当时的小平外务大臣以及条约局局长，手里握有情报。坦白地说，我不愿意和不学无术的记者打交道，仅此而已。”吉永把烟蒂掐灭在烟灰缸里，目光清澈地看着弓成。

弓成说道：“您这次赴任的马来西亚没有直接卷入越战的漩涡，家人也放心吧。”

“不过，到那个国家去，我想得最多的是，日本在过去的战争中军事占领马来西亚四年这个事实，虽然没有中国、韩国那样强烈的反日情绪，但我国不能忘记这段历史。最近马来西亚致力于解决失业问题和引进外国企业，我想在这方面有所作为。

“外交的基本，一言以蔽之，就是努力避免发生国家之间的战争。为此日本应该更加重视与亚洲各国的友好关系。

“虽说是因为战败置于美国的统治之下，然而已经过去了四分之一世纪，却依然看着美国的脸色做事，真是没有办法。应该注意到我们在亚洲地区的无能为力，对美国一边倒的政策会危及日本的未来。”

在吉永语气平淡的谈话里，包含着一个外交官忧国的真挚思想，弓成深受感动。

“吉永大使……”弓成欲言又止。

“你怎么啦？也许是我的心理作用，总觉得今天变了一个人似的。不会是因为归还冲绳协定的全文被旭日抢先弄走而萎靡不振吧？”吉永的嘴角浮现出微笑。

“不，我是能挺得住。不过，它的情报的渠道又是哪里呢？”

“噢，按惯例，应该是在局长以上吧。”吉永说话十分委婉，不过还是能判断出大致的目标。

“如果不是安西审议官的话，那就是另一个……”

弓成暗示就是那个形同虚设的负责政策研究的审议官，用眼神征求吉永的认可，但吉永仍然只是淡然微笑，没有做声。

“这件事就这样了，只是因为自己也盯住这个情报，结果被别人抢先，觉得脸面丢尽。不过，对于归还协定，我还有一个材料，这个无论如何想写出来。至于什么时候写，怎么写，由于各种原因，现在还下不了决心。”

在外务官员中，与弓成最为亲密的当数安西审议官，但是吉永敬介与“亲美派”保持一定的距离，经常考虑日本的真正国益是什么，时而对政治家拒绝做出妥协。弓成怀着一种敬意与吉永接触，是少数几个可以说真话的朋友之一。

“政府外交，出于与对方国家讲信义的原因，往往非常重视保密，但是，对政府外交具有监督功能的不就是媒体吗？如果没有你们的采访和报道，一切都包裹在秘密的面纱里，外交就有可能走上方向错误的道路。外交官与新闻记者所处的立场不同，但在维护真正的国家利益这个大局上是相同的。”

弓成以新闻记者是国家政治的唯一传播者作为自己的信条，吉永的话说到他的心坎上。

“您的话让我勇气倍增。”

吉永关心地问道:“没见过你这么谦虚的。我想知道究竟是什么事情让你这样的记者如此苦恼焦虑，我去马来西亚赴任之前能看到你的报道文章吗?”

“一定请您指教，只是这篇文章定不下来采取什么形式……”弓成心里还有一丝恐惧，说话支支吾吾。

“我只是随便问问，好，那就这样……”

吉永看了看手表。

“我打算出席您的饯行会。马来西亚气候严酷，请多保重。”

弓成用力与吉永握手，道别以后，送他到走廊上，然后走出外务省。他没有招呼出租车，而是沿着樱田大街朝报社走去，他沉浸在与吉永谈话所产生的清冽干爽的余韵里，忽然想到趁着现在有时间应该给吉永买一点送行的礼物，于是叫住一辆出租车。

弓成在银座四丁目的十字路口下车，拐进深雪街，走进出售进口男式小物件品种丰富的“藤枝”店。这是一家创业于明治三十八年的老字号店铺，店内弥漫着一种平和幽静的氛围。一个仪容整齐的秃顶老店员从里间出来，“好久没见了。”

“常来这一带，可就是没带零钱。今天想买一个小礼品送人，价格嘛，差不多就你所知道的那样，看看有没有精致新颖的小东西。对方五十岁，兴趣广泛，连小钱包都喜欢，你看有什么合适的吗?”

“这不太好找，他的工作是……”老店员不失礼貌地问道。

“经常居住在外国的政府官员……”

“哦，这样嘛……”

老店员歪着光秃秃的脑袋，在一尘不染明亮的玻璃柜之间转来转去地寻找，说道："官员什么都有的话，您看这把裁纸刀怎么样？如果再刻上对方姓名的头一个字母，就更包含着您的情谊。有两天的时间，就可以完成。"

"嗯，好。刻好以后最好能送到报社里。"

弓成把吉永敬介的姓名的头一个字母写在纸上，然后付款。

"弓成先生的领带是在敝店购买的吧?"店员一边把发票交给弓成一边说。

"噢，这条吗？这是别人送我的。有你们店里这么贵吗?"

弓成的手抚摸着蓝底小菱形花纹的领带下端，说话的口气显得有点慌乱。

"一眼就能看得出来，肯定是非常了解您的性格的人挑选的，十分相称。"听上去还真不像是恭维话。

"瞧你这嘴甜的，尽拣客人爱听的说，怪不得生意兴隆。"弓成心口不一地说着，走出店门。

上午，银座还不是很热闹，弓成顺着行人不多的深雪街原路返回，瞟一眼映照在路边的光洁如镜的橱窗玻璃里的领带，心想真的是满含深情的东西呀，那倒也不坏。

六月十七日，再过三十多分钟，晚上九点开始，国际卫星将转播在东京和华盛顿同时举行的归还冲绳协定签字仪式。

弓成从编辑局政治部给外务省的记者俱乐部打电话，清原接的电话。

"尼克松不出席签字仪式的原因，搞清楚了吗?"

八天前在巴黎会谈中，双方决定日本的佐桥总理、美国的尼克松总统共同出席签字仪式，并互致贺词，但是今天凌晨两点的路透社电讯表明，尼克松总统取消出席签字仪式。

"在外务省得到美国国务院的正式通知之前，只有路透社的这一条电讯消息，脸面丢尽的北美一课一口咬定没有得到任何消息。不过，大家都推测，从与归还冲绳谈判同时进行的日美纤维谈判的进展情况来看，尼克松受到美国国内纤维业界的巨大压力，为缓和他们的情绪，才决定取消出席归还冲绳协定的签字仪式。这个仪式由美国著名的早新闻电视栏目‘今日新闻’现场直播，尼克松大概不想出现在荧屏上吧。”清原记者清晰明快地回答。

“果然是这个原因，可是在仪式即将开始之前才突然通知不出席，这种做法太不尊重对方了吧。”

这时，只听见大家说道：“开始了。”

政治部、外信部、社会部、经济部的记者们都围聚在编辑局的两台电视机前面。弓成也挂断电话，盯着电视机。

东京的签字仪式在总理官邸大厅里举行，佐桥总理、全体内阁成员、梅耶驻日本大使、施耐特公使出席；另一方面，华盛顿的签字仪式在国务院八层的托马斯·杰斐逊国家宴会厅举行，罗杰特国务卿、里德国防部长、大场驻美国大使等出席。

日本方面是总理大臣出席，而美国方面总统缺席，显然不对等，这清晰地凸显日美两国的不同立场。

也不见一个重要人物——冲绳屋良主席的身影。这个协定没有明确保证美国撤走核武器、禁止再次运进核武器、缩小军事基地，完全无视冲绳人民的意志。屋良主席的缺席可以理解为对这个协定的拒绝。

签字仪式按照惯常的模式举行，爱池外务大臣和梅耶驻日本大使分别代表各自的国家在归还协定以及相关文件上签字。这个时候，佐桥总理凝视着卫星直播的电视画面，脸色红润。

签字仪式三十分钟结束，佐桥总理与梅耶大使握手，大概是感动至极，那一双大眼睛被泪珠湿润。

电视画面出现佐桥总理泪眼婆娑的特写镜头，他与在场的所有人一一握手，一再表示感谢，那充满喜悦的神情打动了许多记者的心。

“电视的力量真的不可小看。”

“我们以前写那么多文章严厉批判‘佐桥无能为力’，现在觉得应该对他正确评价，他以巨大的耐心解决了困难的战后处理问题。”

“其实认真想一想，如果没有佐桥这样稳定的政权，也许不可能圆满完成需要漫长岁月的归还冲绳的谈判。”

记者们七嘴八舌地议论着，然后回到各自的位子上。弓成独自坐在电视机前面，抱臂沉思，终于下定决心似的向政治部部长司修一的位置走去。他确认司刚才也看了卫星转播后，说道：“我还想写一篇比较长的与这个归还协定相关的解说性文章。”

弓成写新闻报道，极少商量，都是充满自信，按照自己的想法撰稿，所以司一听弓成这句话，露出惊讶的表情。

“噢，坐吧。”

司脱下外套，但依然扣着衬衫的袖扣，保持一副礼仪端正的姿态，让弓成坐在他前面的椅子上。

“还是那个索求权问题。签订的协定上说由美方支付复原补偿费，可实际上是由日方代付。我现在终于能够确信。所以想写一篇文章，其中也包含对真正的日美外交关系的思考。”

弓成似乎在表白自己的信念，当他谈到日方代付的具体方式时，司大吃一惊，说道：“如果这是事实的话，这个谈判就会产生欺骗隐瞒国民的大问题。让桧垣也过来，大家研究一下。”

司把坐在附近的主任编辑桧垣叫过来。宽额头、高鼻梁、长相如武士一样的桧垣听到弓成的一番话以后，说道：“这笔钱本应由美国支付，但是以国会不通过为借口，拒绝支付。日方为了制造由美方支付的假象，预先把钱交给美国。当然，日本的财源就是国民的税金，这是日本国民吃哑巴亏的最严重的追随外交。但是需要足够的佐证材料，既然是弓成这么说，应该持有确凿的证据吧？”

不愧是主任编辑，一下子就抓住要害。

“我当然拿到了铁证。”

司说道：“这个消息一定会产生爆炸性的轰动，我想看看你的物证。”

弓成略一踌躇，从上衣口袋里掏出折成四折的文件复印件，给他们展开来。

“这不是外务省的绝密电文吗？”

年轻时候曾长期在外务省工作，也担任过首席记者的司大吃一惊，他逐项核实日期、起草人、审阅者等关键的地方，确信这是只有少数人才能看到的绝密电文，一共有三份。

“这可是第一级的猛料。”

从来都是沉着冷静思考问题的司也抑制不住兴奋的情绪，开始阅读复印件材料，看完一页，就递给桧垣。

“第一二份都是手写的电文稿，有几处删改润色，很有新鲜感。我这是第一次见到这样的文稿。弓成，你真厉害！既然有这么确凿的物证，就不是写解说文章的问题，应该写一篇独家新闻，在头版头条大大报道。”桧垣激动得两眼发亮，这样说道。

司部长没有异议，仿佛脑子里描绘着独家新闻的大场面，说道：“签字仪式通过电视转播就减弱了新鲜感，趁现在这个时间，不用说一个版面，三个版面也用得上。”

“……别……别这么急……”面对部长和主任编辑跃跃欲试的劲头，关键人物弓成忽然往后退缩。

“怎么回事啊你？……有什么不合适吗？”桧垣的粗眉毛猛然跳动了一下。

"不能暴露这个电文。今天我只想写解说性报道。"

"……这个材料什么时候搞到的?"

"四五天前。"

"这么绝密中的绝密材料搞到手,揣在怀里四五天,不透一点风声,到今天晚上签字仪式结束才拿出来,你这是什么缘故啊?"

"我拿到手以后,不知道有多少次打算写一篇独家报道,可是转念一想如果在签字仪式之前就写出来,这么重大的猛料暴露出去,弄得不好,不仅直接对签字仪式产生不好的影响,甚至会阻碍冲绳回归本身,所以就强行压下来。"

弓成谈到自己渴望冲绳回归的强烈心情与撰写独家新闻的冲动之间的矛盾冲突,司双手抱臂,说道:"你想得这么深啊。"

"不过,现在签字仪式已经结束,看你怎么写,总可以不显山不露水的吧?"对弓成的性格最为了解的桧垣一眼看穿他犹豫不决的原因。

"问题是情报的来源,我向对方保证绝对不会带来麻烦。你们看第三份电文的日期,才刚过八天。从五月下旬以后这么短的时间里,能看到三份电文的只有外务省的极少数人。如果我们大张旗鼓地宣扬根据这个电文写的独家报道,那么这个情报提供者就非常危险。"

司问:"所以就写成解说性的文章?"

"对。今天签订的归还冲绳协定还要在秋天以后经过国会审议批准,所以还有写的机会。我现在持有百万吨级威力的大炸弹,先写一篇解说性报道,观察一下各方面的反应,然后选择恰当的时机扔下去惊天动地。"

听弓成这么一说,谨小慎微的司点头表示同意:"既然撰稿人这么说了,就尊重你的判断。没有几个小时了,抓紧时间吧,这么好的材料,偷工减料就可惜了。"

桧垣板着脸离去。

弓成在粗糙的草稿纸上开始写稿，虽然事先已有腹稿，段落结构也有头绪，可是写到后半部分的核心问题时，还是很不满意，写了撕，撕了写，再三再四逐句逐字地谨慎斟酌。

他一贯主张，只要抓到大题材，就不遗余力地拼命写，连篇累牍地发表，然而今天他没有往日机关枪似的那股冲劲，慢慢地字斟句酌，但该写的东西还是都写了进去。

一行二十个字，一张四行的草稿纸写了五十张，交给主任编辑。

弓成没有像往日那样因为一篇重要的独家新闻交稿以后而产生昂奋的情绪，心底依然残留着萦绕不去的担忧。

旁边的社会部好像正收到激进派在明治公园引爆铁管炸弹事件的后续稿件，记者们的声音激动昂奋。

"弓成，电话!"斜对面的同事告诉弓成有外面打来的电话。

"不在!"弓成粗鲁地回答。这个时候，他没有接电话的心情。

"来电话的是北九州的弓成正助……不是你的父亲吗?"

"父亲？不管是谁，都不在!"

弓成粗暴地拒绝以后，忽然想起父亲曾来信说，今天在新宿召开全国蔬果业界大会，趁这机会顺便到他家里看看。像这样来东京的机会，一年也就一次，有时还没有。弓成心想也许父亲听见了自己刚才的吼叫声。父亲创建一代家业，性格豪放磊落，但如今年近七十，对自己这个独生子以及孙子的眷恋之情与日俱增。要是他刚才听到自己如此冷漠无情的声音，一定非常失望，可是今天自己没有闲心与父亲一起喝酒。

父亲，对不起！——弓成在心中对父亲表示歉意，但眼睛一直盯着整理本部。

明天的早报应该整个版面都是与归还冲绳协定相关的消息，在电视转播之后，编排富有可读性的版面以显示文字报道的优势与深度，这就要看整理本部的本事。

自己的稿件转到分管硬派（政治、经济、外信）的主任编辑手里，弓成估计他恰好看完的时候，便挨上前去。

“又是你。”这个主任编辑表现出露骨的厌恶神情。

对记者的稿件添加标题、安排版面是整理本部的权限，与第一线记者界线分明，很讨厌别人干预他们的工作。

“我想请你把标题定为‘军用地补偿费尚有疑点’，并且使用粗大号字体……”

“以前就对你说过，定题目是我的工作。而且，证明有疑点的具体事实，你的文章可一行也没写啊。”

“因为事关信息来源，所以不能写得直截了当，不过我有证据。”弓成充满自信。

“那把证据给我看看。”

“这个嘛……部长、主任编辑都已经点头了。”弓成委婉地把上司搬出来，示意对方不要继续过问了，然后转身离去。

弓成带着晚辈记者到附近的小酒馆大喝一顿，回到报社已经是夜间十一点半，早报的拼版已经出来了。

签字仪式的大标题和照片横贯整版，弓成的文章以署名的形式放在第三版左边第八栏。

谈判内幕　美国得到基地与金钱的实惠

索求处理尚有疑点

在此次谈判中，美国的一项方针就是归还冲绳的时候，一美元也不拿出来。反过来说，就是最大限度地收回先前在冲绳的投资。对于美国的这个要求，日本政府也是俯首听命。佐桥内阁把延长政权的寿命全部押在归还冲绳上，美国十分清楚佐桥政权的这个弱点。其结果是，除了有偿接收美国资产的那部分支出外，日本政府需要支付甚至包括撤走特殊武器（核武器）在内的三亿两千万美元的费用，这笔财政支出完全是一笔糊涂账，也不向国会提交各项概算的根据。

另外，在谈判最后阶段决定的四个问题中，除 VOA 外，其他都完全按照日本的方案通过，但其中向美国提出的索求赔偿权，使用“自发性支付”的表达方式，这给人留下不够明朗的印象。不能不令人怀疑美方真的会支付吗？

美方以曾向国会说明“在归还冲绳问题上的对美索求赔偿已经补偿完毕”为由，一直拒绝本应支付的四百万美元的遗漏补偿。于是，日方在三亿一千六百万美元的支付金额上添加四百万美元的慰问金，刚好凑成一个吉利的整数。美方可以在国会上解释这“四百万美元是日方支付的”，以此应对国会的质询。这难道不是实情吗？然而，为了向国会做出这样的解释，应该需要日方出具一份秘密的“字据”。双方谈判的真实状况大体是这样的。

在今年秋天的国会上，舆论将会对冲绳问题做出什么样的审判呢？

（政治部记者　弓成亮太）

正如整理部的主任编辑所说的那样，文章的写法只能这样含糊暧昧。对爱池密函，最多只能写成“一份秘密字据”。

至于一心只考虑对付本国国会的美国以及完全置本国国民利益于不顾的日本政府——如果没有弓成弄到手的这三份电文，两国政府精心策划的、一般人无法想象的巧妙计策将会埋葬于无人所知的黑暗之中。

弓成手里握有政府欺瞒国民的证据，然而为了不让提供情报者暴露身份，不能将真相坦陈于天下，这实在令他遗憾着急——至少期望这篇文章能成为揭露真相的线索。

第二天，弓成家的餐桌久违地热闹起来。弓成的父亲弓成正助可不是“这两天很忙”的拒绝就知难而退的人，他提着在筑地鱼市场买来的长约一尺的加吉鱼来到家里。

让附近鱼店把这条鱼切成生鱼片，满满一大盘，由里子也大显身手，炖菜、醋拌菜，还有孩子们喜欢的炸丸子、沙拉等，一顿丰盛的晚餐摆满一桌。

“真服了您了，爸爸，非来不可。来，先来一杯。”亮太给父亲的大酒盅斟上烧酒。

“你才是不孝之子！俺给你打电话，你居然说‘不在’，叫俺都不知道说你啥好。哇哈哈哈……”

父子俩的长相、身材都很相似，但父亲不愧是一手创建香蕉王的人，身体比亮太结实，粗犷的脸庞气色很好，健壮矍铄，一点儿也不像将近七十的样子。

“男孩子嘛，要多吃点，不能吃可不行。”

老人鼓励读小学三年级和一年级的孙子多吃饭，用筷子夹着生鱼片，眯缝着眼睛，送到他们的嘴里。

“爷爷，这次你住几天啊？”洋一问。

“本来想一直住下去，可爷爷有公司，只能住一个晚上。”

由里子挽留公公，“爸爸，住一个晚上反而感觉疲劳，住两三天好好休息一下。”

纯二也说道：“是啊，住到星期六，一起去逗子玩。”

“爷爷对逗子可不习惯。”

由里子的娘家是世世代代大富豪的学者家庭，正助觉得与自己的秉性格格不入。

“你们这些小孩子真不懂事，爷爷忙得很，这么长时间不在九州，公司那边就不好办。”亮太插话。

“爷爷也退下来不是很好吗？逗子的爷爷早就辞了银行的工作，现在收集各种贝壳，可好玩了。”洋一学着大人样，说大人话。

“爷爷要干活干到死，把公司弄得大大的，这是爷爷的梦想。”

“爸爸继承爷爷的公司吗？”

“不……”亮太一边把筷子伸向炖菜，一边摇头。

“爷爷的公司啊，谁都可以干。你们的爸爸是每朝新闻最棒的记者，将来要当报社社长的。今天早晨的报纸上还有爸爸署名的很大的文章呢。”

正助说完，猛然从椅子上站起来，打开皮包，里面装有不少今天的早报，抽出一份，摊开在孙子面前。

两个孩子却不以为然。

“爸爸写的东西太难，看不懂。”

“可我还是希望爸爸也和班上同学的爸爸那样，休息的日子在家里和我们一起玩。”

“你们还是小孩子，当然不懂。再长大一点，就知道爸爸有多么了不起。”正助得意地说。

甜点的水果吃完以后，由里子就催着孩子们离开。饭后回到自己的房间里去，这是由里子教育孩子培养的良好习惯。

“爸爸，到客厅里好吗？我把酒拿过去。”

由里子体贴细致，让公公到日式客厅里休息。餐桌的椅子靠背高，不能盘腿坐，正助坐着也许感觉不舒服。

正助走进六迭榻榻米的客厅：“啊，还是榻榻米好。”轻松舒适地伸展一下那巨大的身躯。

亮太也同样舒展身子。

“今天心情格外舒畅，你的大文章刚好在今天刊登出来。在电话里把这件事告诉你母亲，她高兴地说这是天神的安排。”

亮太的母亲对神的信仰十分笃厚。

“当然俺也给公司去了电话，让他们到报亭买一百份报纸，分发给那些老主顾。你是俺的骄傲，儿子。”正助说罢，端起酒盅一饮而尽，拍着膝盖。

“别这么做，真土。”

“俺做的还好吧。亮太，好久没玩这个了，有兴趣吗?”正助做着弹三味线的动作。

亮太也有点手痒。由里子拿来三味线。

亮太平时不弹，所以三味线一直放在收藏室的搁板上。

由里子把装在长袋子里的三味线拿下来，正助把三味线抱在膝盖上调弦。通过蔬果业界同行之间的交往，父亲开始学习三味线，长调①、清元②都演奏得相当出色。母亲在长调方面获得了袭用艺名③，所以亮太从小就在这样与众不同的家庭环境中长大。母亲对他说：“你也是大人了，以后要参加各种应酬，学一点长调、小调④有好处。”正是在母亲的劝导下，亮太开始学习三味线。母亲称赞他音乐素质好，他的水平也迅速提高，逐渐成为业余爱好。

父亲调好琴弦，由里子又送来一瓶烧酒，然后退下去。

“真是个好媳妇，你要不对她好，会遭报应的。”

---

① 长调，江户时代作为歌舞伎的舞蹈伴奏而发展起来的三味线音乐。原是舞蹈伴奏音乐，也有不伴舞，仅仅是演奏。

② 清元，净琉璃的流派之一。由清元延寿太夫创立的歌舞伎舞蹈音乐。利用假嗓技巧演唱，音调悦耳。

③ 袭用艺名，允许在艺术上达到一定水平的人袭用其师傅、宗家的艺名。

④ 小调，主要指明治末期至昭和初期唱片灌制的流行歌曲的分类，其中包括江户时代以来的端曲、俗曲、民谣。

正助说罢，端端正正地坐好，手指拨弹《黑发》，亮太清嗓唱起来。

黑发缠绕……心郁结
解开乌发枕长夜
长夜漫漫独自眠

父亲弹三味线富有张力，音色清亮，父子之间互通风雅情趣，心灵呼应。亮太的身心得到真正的舒缓。

第三章　　机密文件

新年过后，昭和四十七年二月，按照新的人事安排，弓成亮太从负责报道外务省的霞关俱乐部调到负责报道执政党和国会的永田町俱乐部。

永田町俱乐部有两处工作室，一处在自由党总部的四层，另一处在众议院本馆的二层，国会开会期间则占据众议院俱乐部。

国会议事堂因为是战前的建筑物，天井很高，房间宽敞，但总体上光线较暗。记者俱乐部在干事长办公室旁边，里面放着执政党领导会见记者时的大桌子，东京的五家大报社以及通讯社、全国通讯网各局的记者们用屏风隔开，形成各自的工作间。

因为国会正在开会，干事长等领导会见记者也很频繁，执政党与在野党在预算委员会的争辩也十分激烈。采访记者所写的稿件先由首席记者助理整理归纳，最后由首席审核，再送给总社政治部的主任编辑。

弓成作为每朝新闻的首席记者，手下有十个人，除两个首席记者助理外，其他人都分工安排，分别负责采访佐桥派、佐桥派田渊系、弘池会（小平派）、清流会（福出派）、二木派、利根川派、还有干事长、总务会长、政调会长这三巨头。

政治报道的核心就是传播执政党的动向，永田町俱乐部的判断反映在每朝新闻的版面上，因此，作为政治部记者，说弓成处在报道的顶峰也不为过。

“喂，弓成。”

熟悉的浑厚的粗嗓子，回头一看，原来是读日新闻的记者山部。他身穿米黄色的方格纹夹克，显得潇洒精神，手里拿着带有注册商标的烟斗。本应该围拢过来的年轻记者们现在都眼神飘移地回避着他。这其中有个原因：去年夏天，山部卷进读日新闻社的“传家宝”派系斗争里，结果突然被贬为解说委员。

但是山部记者认定自己还会卷土重来，气势轩昂，一屁股坐在会见记者用的大桌子旁，睥睨着俱乐部的人们。晚报的截稿时间已过，记者们也都空闲下来，有的筋疲力尽地窝在长沙发或单人沙发上，有的像被抛在沙滩上的鱼一样躺着，利用短暂的时间打盹。

弓成将刚刚开始阅读的书本合上，与山部并排而坐。

“弓成，前些日子你抛出一篇尖锐辛辣的文章啊。”

弓成在那篇署名文章中激烈谴责佐桥总理的无能是“妄执权力而瘫痪”，强烈要求佐桥早日下台。山部对这篇文章表示赞赏。

“三天前你们的头版头条消息不是也慷慨激昂吗？”

那篇文章的标题是《佐桥总理的黑色传闻》、《超派系的个人收买》，绘声绘色地大写特写福出武夫与田渊角造之间的角福战争愈演愈烈，五大派系加紧活动，肆无忌惮地使用非法手段为本派争取多数，尤其说到送给中间派的某首领五千万日元，而对那些无足轻重的议员，例如一回到自己的选区，就是五十万、八十万地砸钱。文章写得活灵活现，好像亲眼所见，作为头版头条的新闻报道具有不同往常的特点，虽然没有署名，但据弓成的感觉，应该是解说委员山部把情报捅给永田町俱乐部的记者，指使他们对金钱横行的政界投下一块巨石。

山部慢慢地吸着烟斗。

“佐桥看了那篇报道，气得七窍生烟，给社长打来电话，说自己从来没说过要下台，根据情况还准备五次当选呢，这篇文章对他极其不礼貌，而且给国民造成自己的总理总裁的位置是用钱买来的印象。他要求立刻开除写这篇报道的记者，社长要亲自来赔礼道歉，并且要刊登更正启事。”山部吐出一口烟，微微一笑。

“后来呢？”

“社长怕得要命，听说慌忙跑到官邸赔礼道歉。我们社要盖新楼，想得到政府转让的最好地段的土地，这个弱点抓在人家手里，没办法，社长也不能充耳不闻啊。”

“山部，你还是老样子，干得好。”弓成感觉满心痛快。

“今天早晨想换个心情，就去了目黑。聊的不是金钱炮弹这样俗不可耐的话题，而是业余爱好小鸟……”

弓成知道山部喜欢观察鸟类，却没听说过角造也喜欢，感到意外，叮问道：“不是锦鲤，是小鸟？”

“上个月一起在热海玩高尔夫的时候，我劝他说别这么一天到晚忙叨叨的，养养小鸟消遣一下不好吗。便向他介绍我观察鸟类的业余爱好，他突然感兴趣，说自己也养。接着我谈了一些养鸟的基本知识。很快，我介绍的那家鸟店告诉我，他要买二十多只。小鸟很娇气，既怕冷又怕热，我赶紧跑到他家里，想告诉他在家里养鸟一定要小心注意，可是发现他家里一个鸟笼也没有，问是怎么回事，他指着屋子旁边说道，现在正在盖装有冷热空调的鸟屋。真叫人服了，角造就是角造，哈哈哈……”山部旁若无人地大笑起来。

“我提出有时间去喝一盅啊，他还是那么痛快，说明天就去‘千代新’。我说把每朝新闻的弓成也带去。他连着‘噢、噢’两声。怎么样？你有时间吗？”

山部突然跑到这里来，大概就是为这件事。

弓成低头感谢山部的好意，说道：“难得的好机会，可是实在脱不开身。”

“国会的预算委员会已经进入最后的回合，正吵得不可开交，所以也离不开你这个首席记者。好，那改日吧。”

“其实对于我来说真是求之不得的机会……下一次说什么也

得去，有这机会一定要叫我。”

“明白。”山部爽快地点点头，把烟斗装起来，悠然离去。

田渊角造是情报的宝库，能够和他喝酒聊天，其实应该把一切事先的安排全部推掉，然而现在弓成一心只想着在野党在国会上无法对政府在归还冲绳中的对美支付问题、尤其是有关军事用地恢复原状的复原补偿费问题上对国民的欺骗行为进行有力彻底的进攻。展开这一场攻守之战的众议院预算委员会明天就要结束，舞台将移至参议院。

“是否应该交给横沟呢……”

去年六月十七日电视转播归还冲绳协定的签字仪式后，弓成根据手头的这三份绝密电文写过文章，可是没有产生预料的反响。后来围绕“冲绳国会”又写过两篇“质疑”的文章，依然没有引起读者的关心。

关注弓成的文章，主动和他联系，希望了解更详细的情况的只有律师出身的社进党的未来接班人横沟宏。弓成的一个晚辈记者担任对在野党的采访工作，这个记者与横沟是大学的同级校友，横沟正是通过这个记者与弓成取得联系的。

担任采访在野党的记者小森到霞关俱乐部找到弓成，恳求道：“横沟又委托我说希望与您见面，能和他详细谈谈吗？”

弓成没有担任采访在野党的经历，不知道对横沟可以信任到什么程度，犹豫不决。不过，这个人当过律师，对文件的理解力应该准确敏锐，于是回答道：“找一个安静的地方，时间也不要太长……”

十一月的一天，小森首先询问弓成在新宿荒木町的一家小餐馆是否可以，弓成首肯后，小森带他去。

餐馆尚未到营业时间，横沟议员坐在空无一人的柜台席前等待，一见弓成，立即恭恭敬敬地致意，典型的二代议员的风格，然后打算带弓成上二楼的包间。

"不,就在这里吧。您对我写的归还冲绳协定有疑点的文章感兴趣吗?"

弓成打算了解一下横沟议员对这篇文章的理解度,便从皮包里取出六月十八日早报刊登的弓成署名文章的剪报。

"尤其是这最后第十五行的文字——美方为准备需要向国会说明这四百万美元是日本方面支付的时候,事先得到一份秘密的字据。您既然这么写,是否掌握有绝对的铁证?这'字据'是什么意思?"

横沟议员的确目光敏锐,这个问题一下子就击中要害。

"这指的是爱池外务大臣写给罗杰特国务卿的明确表示日本代付的密函。从我得到的三份电文可以清楚地看出在归还冲绳谈判的最后阶段,外务省被美方逼得无路可退而仓促做出决定的样子。"说着,从内口袋取出三份电文的复印件。

"哦,您的物证就是外务省的电文吗?"年轻的横沟流露出惊愕的表情。

弓成一边念着电文,一边向他详细叙述在归还冲绳谈判的最后阶段未能谈妥的对军用地所有者的土地复原补偿费,最后在协定中明确规定由美方自发性支付的内容其实与真实情况是如何的背离。

"原来是这样,为了掩饰用金钱买回冲绳的谈判真相,竟然做出这样的让步,绝不能允许佐桥总理为自己的虚名而无视国民的屈辱外交。我要在十二月开始的冲绳·北方问题特别委员会上对总理进行彻底的谴责。能把这复印件给我吗?"

"由于事关情报来源,我在撰稿的时候都只能写得含含糊糊,有隔靴搔痒之感,所以不能交给你。政治家以政治家的方式把这个秘密约定揭露出来。"

弓成收起复印件,离席辞去。

但是，横沟在冲绳·北方问题特别委员会上的质询徒劳无益。佐桥总理以及外务大臣、外务省美国局局长等不仅异口同声地否定这种秘密约定，甚至一口咬定谈判的最后关头都是口头交涉，根本不存在任何记录和电文等。

在之后的三个多月里，横沟时而与弓成联系，还是想要电文，但弓成都没有答应。最后的机会就是在这次的预算委员会，政府面对在野党猛烈的进攻，依然含糊其辞，巧妙躲避。今天是三月二十七日，再有一天众议院审议就要结束，这个对国民的欺骗将被埋葬于历史的背面。

绝不能让他们得逞——弓成狠狠咬着嘴唇。如果自己继续撰稿，情报提供者将会被锁定，会遭到很大的麻烦，在这种情况下，唯一可行的道路就是社进党的横沟议员在国会提出质询。情报提供者与横沟之间没有任何接触点，应该不用担心情报来源会被推断出来。选择国会这个场所把真实情况告诉国民——这虽然是退而求其次的方法，但总不能袖手旁观。

弓成做出决断之后，立即把自己与横沟议员之间的联系人、如今是专职采访执政党弘池会的部下小森叫来。

“你把这个交给横沟议员。”

弓成从上衣口袋里取出装有绝密文件复印件的茶色信封。虽然旁边两个首席助理的位置都没有人，但小森已经觉察到其中的内容，只是默默地点了点头。

“慎重使用——横沟是律师，应该心中有数。不过，你转告他，就说弓成一再叮嘱，使用的时候一定要慎之又慎。”

“明白。我马上就去。”小森抑制着激动的心情，把信封放进内口袋里。

午间休息以后，两点，众议院预算委员会继续开会。佐桥总理、福出武夫外务大臣等阁僚，以及各部厅局长等有关官员作为政府委员出席会议。

冲绳全军劳（全冲绳军劳动组合）出身的社进党议员上之原提前结束他的提问，委员长说道："下午的委员会召开之前，横沟君提出有问题需要质询。现允许他在上之原君剩余的时间内发言。横沟君……"

刚刚当上议员才一年、三十一岁的年轻议员横沟以狮子般勇猛的气势开始质询，"五月十五日即将实现冲绳的归还，现在我想重新思考一下美国在归还冲绳问题上的态度。美国的原则有两条，一条是不破坏美军基地的功能，另一条是在解决问题的时候不出钱。

"我在去年的'冲绳国会'上就指出：'第四条第三款关于美国自发性地支付这种表述，说明日美之间有秘密协定、即秘密约定。这在外务省里应该保存有记录。'但是，总理对我的质询的回答是没有秘密约定，外务大臣说没有这样的记录，美国局局长、条约局局长也都说不知道。然而，今天，我要以外务省实际存在的文件为依据，揭开这个事实真相，追究你们在国会上进行谎言答辩的责任。

"在归还冲绳这个问题上，按照政府的说法，日本支付给美国三亿两千万美元，其中有偿继承琉球电力、琉球水道、琉球开发金融这三家公司一亿七千五百万美元，美军基地劳动者退职金等七千五百万美元，撤走核武器等费用七千万美元。关于撤走核武器的七千万美元的概算根据，去年本党曾进行过质询，当时福出外务大臣坚持说这是出于高度的政治判断做出的决断，不能明示详情。

"政府使用的是税金，却不能明示详情，这样的答辩是对国民的极端不尊重。无法明示详情的真正原因并不是第四条第三款所记述的美国自发性支付四百万美元的复原补偿费，而是因为由日本代付,把这笔钱埋伏在七千万美元里面。难道不是这样的吗?”

横沟议员的语调充满自信,咄咄逼人,去年夏天内阁改组时接替爱池担任外务大臣的福出武夫从容不迫地站起来答辩。

“还是重复去年的回答,首先是美方提出巨额的要求,我们尽最大的努力减少这个数额,最后做出支付七千万美元的决断。这是出于实现尽早归还冲绳这个高度的政治判断。我所能回答的就是这些。”

“我的问题是:日方代付的复原补偿费四百万美元也包含在这政治判断里面吗?”

“没这回事。”福出外务大臣一口否定。

横沟议员看着摊开在桌子上的文件,说道:“我这里有外务省的绝密电文。总第28181号,昭和四十六年五月二十八日,爱池外务大臣发驻美大场大使,关于索求权问题,爱池大臣与驻日大使梅耶会谈。

“电文的大致内容的这样的——首先是爱池大臣提出包含有这样意思的日本方案:‘希望从撤走核武器的七千万美元中拿出作为美方自发性支付的复原补偿费四百万美元’。对此美方持保留意见,一方面‘对日方担心我们的财源问题表示赞赏’,但同时表示‘如果按照日方第四条第三款的表述,美国国会必然要求我们对财源问题予以公开说明。那样的话,不是反而让日方为难吗?问题不是实质,而是形式。’爱池大臣回答说:‘希望美方予以政治性的解决。另外,如果我方的三二〇还不行的话,那么三一六就很难对外解释。’我认为,这三二〇就是三亿两千万美元、三一六就是三亿一千六百万美元的意思。从爱池大臣的发言可以知道,四百万美元就包含在三亿两千万美元中不是显而易见的吗?”

佐桥总理等人面不改色,表情一动不动,但在野党听到如此具体的谈判内容,立即喧嚷起来。

“我再念一份。总第 09066 号，昭和四十六年六月九日，发驻法国中冈大使，井狩条约局局长与施耐特驻日美国公使会谈。

“美方表示，经过认真研究，根据一八九六年制定的信托基金法，认为有可能接受有关复原补偿费问题的日方提案。但是，这需要爱池大臣致函梅耶大使，明确表示日本政府为设立这项基金将支付给美国四百万美元。这封书简是非公开的。会谈最后确认双方将美方提案各自与本国政府研究而结束。

“从这份电文可以清楚地知道，由日本代付的四百万美元包含在对美支付的总额中。可见，协定上‘美方自发支付’的条款不是骗人的吗？去年国会答辩的时候，各位异口同声地说归还冲绳的谈判全部都是口头交涉，没有任何电文、记录，这难道不是电文吗？大臣，请回答！”横沟议员拿起桌子上的电文挥舞着，慷慨激昂。

福出第一次浮现出为难的脸色，态度谦和地予以否定，“我当时不是外务大臣，不了解这些详细的谈判过程，但是从结论上，我可以明确地说，没有幕后交易。”

在野党议员发出嘲笑声、喝倒彩的声音。在一片喧闹中，横沟议员觉得自己本打算致命一击的追究被一句话如此轻而易举地否定，不由地怒气冲冲，满脸通红。

“这可是外务省的电文啊！刚才我念过的外务省电文，这编号和日期的文件，有，还是没有？”横沟高举电文挥动着，再次逼问。

美国局局长吉田站起来，歪着那和蔼的圆脸，煞有介事地答辩道：“刚才横沟先生所说的电文以及其他文件，我们也需要查实，所以现在不能立即回答。我们将进行查核。”

坐在横沟议员旁边的奈良本议员突然大声说道：“我有相关质询！”

“允许在上之原君的剩余时间内质询。奈良本君……”

“不查实就不能回答吗？根本就用不着！从这些电文看，本来应该由美国支付的部分，先由日本一次性汇给美国，伪装成美国支付的样子。不就是这样的关系吗?! 因为这要纳入昭和四十七年度的预算案，外务大臣，请你现在就明确回答!"

这个奈良本，外号"炸弹"，只要他一吼叫，在野党就齐声发出"对，明确回答!""不回答不行!"的叫喊声。

"谈判总有个过程，但最终决定一揽子支付三亿两千万美元。有人说这里面有什么幕后交易，我可以明确地说，没有任何幕后交易。"福出大臣的回答还是老调重弹。

横沟议员再一次挥舞手中的电文，"总理大臣也说没有秘密约定，但明明有这样的文件，外务大臣还是说没有任何幕后交易，美国局官员也说要查核。预算审议明天就要结束，在这个最后阶段，如果不对重要问题做出回答，质询就无法继续下去。"横沟表现出强硬的姿态。

美国局局长说："您刚才所念的文件，我们要辨别一下真伪。能否把您手头的文件让我看一下，以便参考。"

说罢，他从答辩者席快步走到横沟议员的桌子前面，探头看着电文。刚一看到文件上方的传阅栏，横沟就把文件翻过来。

美国局局长说道："这样吧，我想把您手头的文件与我们部里保管的文件进行核对。明天在召开委员会之前的理事会上核对，怎么样?"

就在横沟无言以对的时候，奈良本议员恫吓般地说道："好啊!你把真正的原本找来!"

下午六点三十二分，预算委员会中断审议。

坐在二楼记者席最后一排旁听预算委员会的弓成对辩论出现出人意外的变化感到紧张惊慌。

一宣布闭会，他便站起来，走下楼梯，想从横沟议员手里把文件要回来。趁着议员们从召开预算委员会的第一委员室出来时乱纷纷之际，他必须把文件要回来。万一明天在理事会上进行核对，就会知道文件的来路。

令他万万没有想到的是，律师出身的横沟议员竟然原封不动地宣读电文内容，还举在手里挥动，最后还让美国局局长看到。

第一委员室的进出口一带拥挤着众多议员、政府委员等，别说找不到横沟议员，连小森记者也没看见。

“首席……”

背后突然听到小森的声音。弓成几乎是拽着脸色苍白的小森来到楼梯平台，压低声音问道：“你把信封交给他的时候，是不是告诉他要慎重使用？”

“当然告诉了。横沟拆开信封，一看文件，就精神振奋，高兴地说这下可好了，可以让佐桥下台。所以我再次把首席的话转告他，一定要慎之又慎地使用。他说知道，表示感谢。”

“那他为什么还干出挥舞文件这样失去理智的行为？难道要暴露我的情报来源吗？！”

弓成虽然尽量克制自己，但声音还是不由地逐渐大起来。一个警卫从楼下走上来，看见在昏暗的楼梯平台上那情绪激动的弓成和小森，似乎要盘问他们，但当他看到他们的衣领上都别着国会记者的徽章时，便没有说话，直接走过去。记者的徽章设计成笔的形状，背面刻有数字编号。与权势者最接近的除了议员、秘书、SP外，就是记者，所以数字编号都要登记在案。

“横沟也许受到奈良本这些老议员的挑唆。不管怎么说，我现在就去社进党的休息室，把东西取回来。”

“我回社里，你取回来以后，立即和我联系。”

事态已经发展到这个地步，可是还不能亲自去社进党的休息室，弓成实在感觉窝囊。

弓成在社里一边撰写连载文章《自由党总裁的德比赛》一边等待小森的电话。

刚才小森来电话说正在前往议员会馆。

电话响了。弓成抓起话题，听到小森着急慌乱的声音："首席，我在第二议员会馆。奈良本等'安保五人帮'集中在横沟的房间里，好像对在明天早上的理事会上是否将横沟手头的文件与外务省的文件进行核对激烈争论。"

弓成强压着满腔怒火，申斥道："你这个样子，去年之前还一直担任采访自由党的记者吗？不管怎么说，是横沟违约，难道你就不能说让他把文件还回来吗？"

小森无奈地说道："对不起。一大帮人把横沟围住，不论我怎么说，他们说现在不见新闻记者，强行阻拦，不让靠近。"

"有没有办法把横沟叫出来？既然如此，只好我亲自去。"

"不仅我们社，各家报社的记者都在走廊上盯着，真没办法……"

弓成对自己的愚蠢感到羞耻。经过深思熟虑把文件交给横沟议员，却逐渐被社进党的沽名钓誉者所利用，看来在明天的理事会上拿出文件是难以避免。自己在写稿时都煞费苦心不让别人看出消息来源于何处，可为什么原封不动地把原文交给横沟呢？弓成对自己的疏忽失策悔恨交加，铅笔头在稿纸上啪的一声折断了。

只有靠酒精解脱自己。弓成写完文章，站起来打算去"鹤八"。

"弓成，你来一下。"

司政治部部长用眼睛示意自己桌子前面的椅子，让他坐下。他依然是那一张不苟言笑的表情，令人生畏。弓成极力抑制着内心的慌乱，一屁股坐下去。

"不用我说，你也知道，这是横沟议员在国会上向政府出示的外务省绝密文件的复印件。"司指着桌上的文件。

弓成瞬间怀疑自己的眼睛，小森甚至都不可能接近横沟议员，政治部部长手里怎么会有没取回来的文件的复印件……

“谁弄来的？”

“小森的后任，早报的最早版上已经登载了。”司部长把早报拿给弓成。

冲绳军用地的慰问金

众议院预算委员会追究“日本代付”

审议在最后阶段发生混乱

标题的旁边是绝密电文的特写照片！弓成差一点叫起来。

“我也大吃一惊。去年六月，你说复原补偿费有疑点，想写文章，给我看过这个东西。可是你为什么把它扩散到某一个特定的党派？你解释一下！”

“我没有把文件扩散给横沟议员，所以这桌子上的文件与我所持有的文件似是而非。”

弓成毫不犹豫地否定。部长小声“哦”了一下，仔细瞧着手上的文件。

“不，这文件与当时你给我和桧垣看的完全一样。这道很粗的横线是你所特有的。”

主任编辑桧垣因为早上和中午的值班，现在已经回家了。

“我给部长看的文件没有画横线。大概是拿到与我的同样文件的人扩散出去的吧。”

“可是，这几个字你怎么解释？”

文件内容外沿上写有“爱池罗杰特会谈”七个字，虽然字迹浅淡，但一看就知道是弓成的字体。

弓成无言以对，但还是硬着头皮装糊涂装到底，“这么淡的字迹，就断定是我的，让我感到遗憾。这字体根本就不像我的，是不是我的字，我本人最清楚。”

其实弓成最担心的就是司提出“把你的文件拿来比较”。然而，司是一个绅士，他还不至于这样做。

“我只是听了你的解释，但并不是相信你的话。文件的照片从其他版上撤下来。”司一副无奈的样子。

麻布的这一家餐馆是经营高级法国菜的，店里座位不多，但在圈内很有名，室内总是轻轻流淌着埃迪特·皮亚夫演唱的民歌宁静的旋律。

室内只有间接照明与烛光，衣着考究的上流阶层的客人们翻开厚厚的菜谱，准备品尝开胃酒和店长兼厨师长亲手烹调的美味佳肴。

靠墙的一张装饰着鲜花的桌子旁，安西审议官专属的山本事务官与三木事务官相对而坐。

“觉得你心情不太愉快啊。”剃着平头、花白头发的山本事务官低声说。他的面前摆放着雪利酒的酒杯。

这原本是安西审议官预订的桌位，但代表次官出席在京都召开的国际会议，三木正要退掉，审议官说“你平时工作很出色，就和山本一起去吃吧”，还亲自给店里打电话告诉他们俩的名字。

侍者把菜谱送上来，放在他们面前，然后暂时退下。

“我没进过这样的店，三木，还是你点吧。”

“我也没来……”

三木也不知如何是好，便把侍者叫来，按照菜谱上的法语菜肴，煞有介事地询问，开胃菜点的是蜗牛，主菜点的是烤嫩里脊肉，葡萄酒就由侍酒师挑选。

两人用白葡萄酒做个样子地干杯以后，山本说道：“每朝新闻的弓成最近怎么回事？他在霞关俱乐部的时候，几乎是每天晚上都要来和审议官谈话，老实说有时候觉得挺烦人的。可是他转到永田町以后，就来过三次。也许是他这个人很有魅力的缘故，他不在，感觉有点寂寞呢。"山本略一停顿，显得有点担心地问道，"以前我就有点感觉，是不是审议官和他有什么不愉快的事情呢？"

"怎么会呢？不至于与每朝新闻的首席记者发生纠纷吧，而且弓成和其他报社的记者不一样，他与审议官超过了单纯采访的关系。"

"那就好，只是觉得不像以前那样和蔼可亲。"

"那是别的报社的记者说他的坏话——审议官亲自给弓成倒咖啡，对我们却连茶水也不给，原来他是听安西使唤的。——我不想因为这些鸡毛蒜皮的小事影响对即将当上次官的审议官的评价。"

"噢，原来你是这么看的啊。"

安西审议官不在，两人聊得无拘无束。

为了这顿晚餐，三木在衣帽间里特地换上一件低胸的连衣裙，山本也穿着深藏青色西服。

他们费劲地将蜗牛肉从壳里拧出来，津津有味地品尝着这道美味珍馐。几口白葡萄酒下肚，山本已经满脸通红。

"怎么说你还年轻——就这样一辈子伺候患病的丈夫，也太不公平了。"也许是黑色的晚礼服凸显出三木丰满而柔软的身子，使得山本满心感叹。

"你又劝我离婚？遗憾得很，法律并没有规定不能与患病的丈夫离婚吧？不是，首先是我自己主动跑上门硬要嫁给他的。"抹着眼影膏的、母豹一样的眼睛浮现出妩媚的微笑。

"这我倒不知道，当时你丈夫不是外务省的骨干吗？"

"不。当时他已经患肺结核，停职疗养。我去疗养所看望一个朋友，恰好遇到他。他丰富渊博的国际知识、稳重大方的成熟男人的气质吸引了我……”

三木端起酒杯，白皙的咽喉微动着咽下一口白葡萄酒。山本心慌意乱地急忙移开凝视着的目光，一边用刀子切着牛排，一边问道：“新的抗生素不断研发出来，还是有希望治好的吧？”

三木熟练地使用刀叉，皱着眉头说道：“也许吧，不过我们的年龄相差很大。他都已经五十三岁了，继承母亲娘家的房屋，租给别人，所以多少有一些租金收入，不过我必须出来工作，实在有点……他倒是把家务事一手承担下来，减轻我的很大负担。只是随着年龄的增长，嫉妒心越来越强。”

“这没办法。一个大男人，一天到晚憋在家里，会很快老下去的。相比之下，妻子得到高官的深厚信任，工作出色，自然更加光彩——换了别人，谁都会嫉妒。”

“他那个嫉妒和你说的不是一回事。”

“那是怎么回事？”

山本正笑着，只见使者领着四五个衣着尤显精美雅致的客人走到与他们隔一张餐桌的大桌子前面。他们表现出绅士的礼貌，举止动作尽量轻声，不影响周围的客人，看上去像是这里的常客。

“那些人好像是经济局的吧？”

山本也斜眼瞧一眼，心头不愉快地低声说道：“没错。坐在下手的那个留着小胡子的是会计主任。都是部里的人，来这里吃这么高级的法国菜，看来预算的结余真不少。”

随着国际会议、首脑会议的增加，住宿费、会场费、接待费等急剧膨胀，而管理这些费用的正是未能晋级的初级公务员庶务会计，他们巧妙的运作水平比起那些具有晋级资格的高级公务员毫不逊色。他们一方面编制比实际费用高出一倍的“外务省预算”，另一方面让各部门虚报支出费用。这些钱就成为各部门的“小金库”，不仅仅是应急需要的储备，听说经济局以外的也有被个人挪用。

店内是暗淡的间接照明，客人之间互相看不清楚，但对方一个事务官露骨的目光不时瞟着身穿黑色连衣裙的三木昭子，似乎认出来是安西审议官的专属事务官。

三木以为他会对左右的同事低声耳语，没想到他把餐巾放在椅子上，朝三木这张桌子走来。

“你们二位真够可以的，简直就像幽会的样子。”

“瞎说什么啊，我们是……”

一本正经的山本立即表情严肃地急忙否认，三木镇静自若，只是用尊重的眼神表示了一下礼貌。

“开玩笑。你们这么轻松地在这里吃饭，看来那个绝密文件的问题与审议官室没有关系。怎么样？与我们合并一起吃好吗？”他俯身靠近蜡烛，邀请他们到那边的桌子。

山木停住手中的叉子，问道：“你说绝密文件问题，是怎么回事啊？”

“啊，没什么，美国局出了纰漏，闹了一点小风波。”

经济局平时在美国局面前抬不起头来，这下子他幸灾乐祸地嘲笑美国局。他还在邀请他们过去一起吃饭，但二人说甜点快上来了，婉言拒绝。

“这究竟怎么回事啊？”

“也许是找借口让我们关心这件事……还是快走吧。”三木低声说。

逗子的大海在春天的阳光映照下，荡漾着银白色的平静的涟漪。海面上数艘船影，仿佛一动不动，一派恬静悠闲的春日景色。

“爸爸，下去吧。要是复发，那可不得了。”由里子关心地对父亲说。

父亲因患支气管炎，住了一周的医院，刚出院不久。

“再待一会儿，春天的大海可以让心情平静。”

由里子和父亲登上她娘家的后山，从山顶的亭子上放眼望去，面海的山坡上一排排错落有致的民房的屋脊、海滨的松林、沙滩、堤坝，还有无边无际的大海尽收眼底。

前些日子，父亲发低烧，立即被送往医院，由于治疗及时，很快就得以康复。由里子从侧面看着父亲，满头银发，虽然气色不是很好，但脸颊饱满，与平时没有什么两样。

父亲穿着开司米毛衣，罩一件长外套，慈祥地微笑着，看着坐在身边的女儿，说道：“前天是芙佐子，今天你来看我，我很高兴。其实我这么点小病，用不着担心。洋和纯是在芙佐子那里吗？”父亲关切地问起外孙的情况。

“是的，妹妹就住在附近，很方便。本来打算春假把他们带来，可是不知道你的身体状况……不过，我对他们说等妈妈回来，他们都很懂事，说妈妈就在逗子住一个晚上吧，他们就住在成城的姨妈家里。”

芙佐子比由里子就小一岁，她有三个孩子，两家的孩子年龄差不多，表兄弟之间相处得也很融洽，所以一方外出时往往就把孩子放在对方家里。

“芙佐子的婚姻很好，这一点，我总是对你放心不下。”父亲望着远处的海面，低声嘟囔。

“你是说因为妹夫是大学附属医院的医生，很稳定；而我们家是一个新闻记者，没日没夜忙着的缘故吧？”

“不，不是这个意思。亮太这个人说起话来意气风发，天生具有吸引人的魅力，性格也很开朗豁达，这个不坏。不过大概因为过于自信，缺少细致深厚的关怀吧……所以至今还有一些疙瘩没有解开，也许他与我的性格差异太大，容易产生误会……由里子，你这次来，是不是还有什么事想和我商量呢？”父亲细长清澈的眼睛凝视着大海，仿佛在猜测女儿的心事。

由里子的心事一下子被父亲说中，便站起来，走在近旁的一棵大松树下，背靠树干。

耀眼的阳光直射脸上，她闭上眼睛，从小就熟悉的那种海水的气味柔和地弥漫过来，包裹着整个身体。

昨天的事情该不该对父亲说，她犹豫不决。她的脑海再次浮现起昨天的那一幕情景。

昨天一大早，丈夫就从邮箱取来各种早报。丈夫睡醒后心情不好就急急忙忙亲自去取早报的时候，肯定是因为他心里惦念着其他报纸的竞争性报道。

丈夫身上还穿着睡衣，拿着报纸就直接回到寝室里。由里子的眼角余光看着他回屋里后，把孩子叫醒，给他们做饭、换衣服。忙完以后，回到厨房，只见丈夫已经换好上班的衣服，正站着喝牛奶。

“对不起，我马上就做。”

由里子开始急急忙忙地给丈夫做早饭，但是他没有回答，只说一句“我去上班了”，便走出门外。

从二月担任采访自由党的首席记者以来，虽然没有像以前那样经常早出晚归，但精神上更加紧张，看上去他的身心更显疲惫。

由里子在丈夫身后说道：“我送你到车站吧。”

丈夫头也不回，只是做一个不要的手势，急匆匆大步离去。

由里子打算带孩子去涩谷买东西，所以用吸尘器简单地在各个房间打扫一遍。她走进寝室，丈夫的床铺还是老样子，起床的时候掀开的被子也不叠起来，一片凌乱，地板上扔着刚才看过的报纸。由里子把枕头、被子收拾整齐，然后整理报纸，忽然旭日新闻的通栏上醒目的报道映入眼帘。

冲绳军用地“补偿费与美密约”
社进党追究绝密电文

大标题下面是一幅绝密文件的照片。

由里子觉得这张照片眼熟。她看完新闻报道，又把每朝新闻上同样的新闻报道浏览一遍。这篇报道在每朝新闻上不是放在头版头条，而是放在左上角，没有刊载照片。由里子拿着这两份报纸走进书房，寻找书架上文件夹的背脊编号。丈夫不善于整理文件，往往都是由里子把这些随手乱扔的凌乱的资料归类整理得井井有条。

记得是去年五月，自己在整理房间的时候，忽然看见桌子旁边有几张外务省文件的复印件，不由得心头不安，本想问问丈夫怎么回事，后来转念一想丈夫极其讨厌别人对他的工作插嘴干预的性格，也就没有开口。后来这种担心不知不觉地消失，终于忘得一干二净。

由里子取出写有当时日期的几本文件夹，坐在榻榻米上翻看寻找，果然发现了同样的东西。“外务省电文案”的标题，“绝密”、“特急”的印章、“559”的文件编号，与刊登在旭日新闻上的照片丝毫不差。旭日新闻的照片上还能隐隐约约看出“爱池罗杰特会谈”几个手写的字，无疑是丈夫的字体，而且文件上画出的很粗的横线也是丈夫特有的笔迹。

这幅照片如果刊登在每朝新闻上，那是很正常，可是在竞争对手旭日新闻上刊登清晰到能辨认出笔迹的、这么大的照片，究竟是怎么回事呢？丈夫少有地一大早就爬起来亲自去取报，肯定与这件事有关。

然而，丈夫夜里回来以后，由里子问起这张照片的事，丈夫的眼皮眨都不眨一下，若无其事地反问道：“那又怎么啦？”

“今天早报上刊登的外务省电文的照片，就是你去年放在书房里的那张吧，连上面写的字都是你的笔迹。可为什么会刊登在旭日上呢？我有点担心……”

丈夫这时脸色陡变，紧张而严厉，仿佛会随手抓起什么东西摔过来，他目光凶狠地瞪着由里子，但还是强压下冲动的情绪，站起来，走进书房，啪的一声关上拉门。

这是结婚以来第一次被丈夫拒之门外。这里面一定隐藏着某种深层的原因——由里子这么一想，不由得产生不祥的预感，心头扑通乱跳。

由里子本想趁着看望出院的父亲的机会，把心头这个说不明白的不安情绪委婉地和父亲聊聊，最好能被父亲的温和一笑解除自己的顾虑。

但是，到关键时刻，由里子下不了决心。父亲原先在银行工作，对职务升迁、飞黄腾达不感兴趣，选择养花种草、收集贝壳的恬淡清静的生活方式，因此与完全陷进政治世界的泥潭里无法自拔、忙于尔虞我诈的竞争的女婿在情感上格格不入。自己的担心没有确凿的证据，即使告诉父亲，也不会得到明确的回答，只能令人心痛，于是，由里子打消了这个主意。

海风带着些许潮气。

一对黄道眉从树梢间疾飞而去。

“还是回去吧，我对妈妈说只是到院子散散步，也许她着急了。”由里子向一直坐在亭子上观望春天的大海的父亲伸出手去。

“由里子你也变得固执起来了，特地爬到后山来，却什么也不说……好了，什么时候来找爸爸都行。”

父亲扶着女儿的手站起来，走下舒缓的山坡。

走到山坡底下，进入正房的后院。

巨大的花坛里盛开着水仙，温室里摆放着数不清的花盆，诸多品种的兰花含苞待放。父亲说“过去看看”，便向温室走去。再往前是长久没有用过的网球场，网球场的红沙土被后山掉落下来的沙土铺盖着，变得发白，周围杂草丛生，给人萧瑟荒凉的感觉。

这个家族世代都是地主，尤其是祖父，是当地的名士，深入参与市政，家里客人是络绎不绝，那些树匠花匠也经常出入。不过，到身为长子的父亲这一代，因为讨厌参与地方政治所带来的复杂的人际关系，就在银行、大公司里工作，于是逐渐疏于对如此宽敞的宅邸的管理，感觉难以维持下去。

“由里子，你说刚才和父亲上后山去了？活动不加节制，那可不行。”

在大岛绵绸和服上扎着白色围裙的母亲批评女儿。母亲代替多病的父亲打理所有内外家务，那一张充满刚强表情的脸庞透着女性的美丽。

“对不起，我没在意……”

“是不是和你爸爸谈什么事了吧……”

由里子猛然一惊，心想莫非母亲也觉察出她不寻常的神色了。

“我们只是悠闲地眺望春天的大海景色，爸爸的恢复状况比我想象得要好，我也就放心了。我该回去了。”由里子勉强装出开心的样子。

“那你顺路到鱼店去一趟，我已经给亮太预订好他喜欢的鱼，还有洋一他们喜欢的蝾螺。”

“太好了。那我走了。”

由里子走进正房取出放在客厅里的手提包。怀着对丈夫的惴惴不安回家，心情自然会很沉重，但愿这是自己的杞人忧天，她想起孩子们天真的笑容，把爱车花冠的车钥匙握在手里。

机密文件泄漏事件震撼整个外务省。昨天，在国会审议之前与社进党所持有的文件进行核对的结果，确认是真实的绝密文件无误。自从外务省发生文件泄露事件以后，上上下下疑神疑鬼，互相猜疑，新闻记者自不待言，就连其他部门的事务官进入办公室，甚至有人可笑地把餐馆送饭上门服务的菜谱也忙不迭地翻盖过来。

在官房的小会议室里，以官房人事课课长为首，把认为与泄露机密案可能有关的人一个个叫来进行当面调查。横沟议员在国会上暴露文件的当天晚上，福出大臣就感觉到事态的严重，在外务省别馆饭仓公馆紧急召开领导层秘密会议，探究泄密的渠道，但没有得出确切的结论，于是决定成立以官房牵头的“文件泄露调查委员会”，一个不漏地进行排查。

电信课、官房总务课的有关人员被叫到小会议室，接着是入部第三年的年轻的北美一课事务官。

“根据各课的文件收发记录本登记，六月九日的井狩条约局局长与施耐特公使会谈的绝密电文是你拿着送到官房长、两个审议官、次官那里传阅的。没错吧？”

年轻的事务官极度紧张，点头道：“有时候一天要这样传阅几次，所以我记不清楚，但如果收发登记本上有记录，那就不会错。”

“是谁命令你去传阅的？”刮过胡子后下巴皮肤发青的人事课课长语气平和，却透着一种令人不寒而栗的冰冷。

“是当时的北美一课课长川崎的指示。”

去年秋天的人事调动，这个川崎已经离开国内，现在莫斯科担任驻苏大使馆的参赞。

“传阅的时候，都能顺利地让官房长、审议官、次官签字吗？”

“这……我现在不能确切地想起来。不过，有时候不能当场让每个人都签字，本人不在的时候，就把文件放在事务官那里，我就回去，过一会儿再去取回来。当时……具体的情况……是什么样……的确想不起来。”

这是九个月以前的事情，已经记忆模糊。

“这很重要，你要是想不起来，就有可能怀疑到你头上。你在接到川崎课长的指示后，是否有过没有立即去传阅，而是暂时先把文件放在桌子上，或者放在衣帽柜里的情况？”这样的问话令人产生厌恶的心情。

“无论发生什么样的突发事件，都不可能把传阅的绝密文件临时放置一边。只是当时正是归还冲绳谈判的关键时刻，每周的翻译材料都多达三百多页，由于经常彻夜工作，对时间往往没有感觉，究竟让谁当场签字了，谁后来去补签的，准确的记忆怎么也想不起来。但是，我可以对天发誓，我绝对没有干复印电文交给社进党这种事。”事务官极力表白自己没有泄密。

“还有另外两份电文，大概是同一个人泄露出去的。如果不是你的话，你觉得有可能是谁？”

人事课课长进一步逼问，在场的人事课事务官也用目光盯着他。

“当时接受有关重要文件传阅的严格纪律训练的还有刚刚入部第一年工作的两个人。现在这两人都在华盛顿工作，不过，我相信，当时他们还在研修阶段，不可能做出这样的事。”

“华盛顿那边的参赞正在调查这两个人。”

年轻的事务官对如此神速的动作大吃一惊。

“你周围有没有对部里心怀不满的人？”

“要说这样的人……那就是担任后勤、会计的那些人，我们经常加班加点到深更半夜，还放弃休息日工作，他们也同样要上班，打字、复印、安排夜宵、预约出租车等等，干这些杂事，也可能会抱怨一两句。可是这些人大概不太明白不同电文的不同重要程度，还不至于干出泄露给政治家、报社这样无法无天的事吧。”

听他这么一说，在人事课课长旁边记录的事务官也点点头。

“如果你不在意的话，你支持哪个政党？”课长冷不丁突然发问。

“当、当然是自由党。”

“哦，对了……当然思想是自由的，不过，最近发生批判政府的政党的‘秘密党员’揭发内幕的出人意外的事情啊……”课长略一停顿，提出一个微妙的问题，“你的亲朋好友中有人在媒体工作的吗？”

“没有。”事务官坚决地摇摇头。

“好，大体知道了，你辛苦了。”人事课课长结束了面对面的审查。

第七个被叫去的是安西审议官专属的山本事务官，桌子上放着山本带来的《传阅文件登记本》以及用钢笔书写的十本笔记本。

人事课课长第一句话就问：“安西审议官什么时候出差回来？”

交给社进党的那份复印文件的传阅栏里只有官房长的签名，却没有之后的安西审议官的签字。就是说，文件在从官房长到安西审议官的传阅过程中的某个环节有可能被复印。对官房长专属的事务官的审查早已结束，因为需要与在京都参加国际会议的安西审议官取得联系、征得他的同意这个程序，所以叫来山本的时间比较晚。

“审议官下午三点半的新干线从京都出发。他在电话里指示我，事态严重，他不在的时候，无论人事课课长问什么问题，都要实事求是地回答。”

年龄比人事课课长大得多、花白头发的山本老老实实地回答，指着笔记本说道：“按照规定，文件送到审议官这里来的时候，都要让他过目、签字，但实际问题是，当审议官不在的时候，文件就暂时由我们事务官保管，放在审议官的‘未审阅’的盒子里，有时候积攒到一定程度，审议官回来再请他审阅、签字，然后再往下传。这个已经成为惯例。

“所以，为了准确记录文件的接收日期、送出日期，特地做了这个登记本，保存一段时间后再销毁。”

课长迅速地翻看这十本笔记本，然后瞟一眼山本：“这都是你记的吗？”

“对。刚才您所看的都是我记的。”

“稍稍浏览一下，发现有两种字体。这是怎么回事？”

“啊，以前部分是和我一起的那个事务官记的。”

“从去年八月二十日开始字体发生变化，就是说，从这一天开始变成你来记录，这有什么原因吗？”

“没什么，以前记录的那个事务官右手手指疼痛，就让我代替两三天，结果就一直记到现在。”

“还有一个问题，这里面没有去年五月到六月的笔记本，怎么回事？”

山本低下头发花白的脑袋解释道：“叫我到这里来的时候，我急急忙忙打开文件柜，没有找到，就把手头的拿来了。”

“既然安西审议官事先有指示，你却没找到重要的笔记本就到我这里来，真令人惊诧。这样的草率马虎，对不起安西审议官吧。我在这里等着，你立刻去找来。”

课长客气的口吻突然变得异常严厉，山本事务官吓得几乎浑身发抖，惊慌失措地走出小会议室。

山本回到审议官办公室的时候，三木昭子事务官停下手中的笔，问道：“哦，没想到你这么快就结束了啊。怎么样？”

“记录那份文件交接日期前后的关键的笔记本没找到，挨了一顿狠狠的申斥。现在必须马上给他拿去,你帮我再找一找。”

山本擦着额头上的油汗,又在物品保管箱里寻找。三木也打开别的文件柜,看是否混在别的文件夹或者账簿里,到处翻寻。

“为什么偏偏那个时间的登记本没有了呢?不会混在别的资料里一起销毁了吧……”山本万般无奈,嘟囔道。

三木也觉得蹊跷,歪着脑袋:“我觉得不会吧……”

山本一无所获地回到人事课课长等待着的小会议室,不到十分钟,他垂头丧气地回到审议官办公室。接着,三木昭子被叫去。

在如此严肃紧张的气氛中,三木的容貌风姿也荡漾着一种勾动男人的魅力,人事课课长和两个事务官不由得注视她一眼。

“刚才问了山本,那本笔记本好像怎么也找不到。”

“是的。该找的都找了,应该有的地方却没有……文件的归整十分混乱,对不起。”三木低下头来,她的脖颈由于剪成短发显得格外白皙。

“登记表保存时间多长?”

“差不多一年。”

“去年八月二十日开始,你让山本替你记录,有什么原因吗?”

“我的手指被纸张边缘割破,本来就打算让他代替两三天,可他很热情,后来就一直由他写了……”

“去年五月开始,部内只有极少数人才知道的情报在报纸等媒体上披露出来,引起外国大使馆的不满。八月,官房文书课给各部门下达了加强绝密文件保管工作的通知。你还记得吗?”

课长的口气令人感觉三木昭子犯有过失一样,有点不依不饶,但是三木神情自若地回答道:“我工作上的需要,记得很清楚。”

“刚才听山本说,你是一个能干的事务官,深受安西审议官的信任。你真的认为单纯是因为文件归整混乱而找不到笔记本吗?”

“没有别的原因。”

“山本说，怎么找都找不出来，只能认为是按照审议官的指示销毁过期文件时混在里面一起销毁了。”

非传阅的文件资料由于数量庞大，根据审议官的判断，设定一个保存期限，将过期的文件搬到一楼院子的焚烧炉烧毁。这已经成为惯例。

“你最近一次是什么时候销毁的？”

“二月二十二日，那一天下了一场罕见的大雪，所以记得很清楚。”

“一般是一个月烧一次吗？”

“也不一定。昨天就是山本销毁的。”三木昭子不动声色地回答。

“你是说也有可能是山本烧毁的？”

“我怎么会这么说……我想是偶然的巧合吧……我这样失态，实在不成样子。回去再仔细找找，说不定会在意想不到的地方找到……”

人事课课长严令道：“是啊，如果故意销毁，反而会引起怀疑。在安西审议官回来之前，再仔细寻找，别漏过任何一个地方。”

每朝新闻的主笔久留从早上就一直开会，一回到自己的办公室，就放松地伸直身子躺在沙发上。

战后，他第一个被派往伦敦分社工作，吃过对日本人没有好感的英国人的不少苦头，但凭借着对莎士比亚戏剧的深湛造诣逐渐扩大人际关系。回国以后，先后在家乡大阪的总社社会部、东京外信部工作，历任欧洲总局长、大阪总社代表等，两个月前就任主笔。东京总社的一周活动日程被会议和宴会安排得满满的，让喜欢阅读从《万叶集》到莎士比亚的久留喘不过气来。

女秘书送来他不在时候打来的电话记录以及审批文件。

“谢谢。”

久留正要看文件，忽然发现今天早上留意到、却因为忙于开会还没有看的昨天二十八日的报纸还摊放在桌子上。前一天报纸的各个版面都必须送给社长和所有编辑的总负责人——主笔。

久留主笔关注的是在国会上引起轰动的那张外务省绝密文件的照片与旭日新闻一样也刊登在早报的最早版上，可是在后来的版面上换成了横沟议员在国会上质询的照片。久留心想也许会刊登在第三版上，便认真地翻看，结果十三版全部没有。照片比任何详细的文字都更具有说服力，撤换照片，肯定有原因。久留主笔拿起电话，向编辑局长询问撤换照片的经过。

“这个嘛……有的问题很微妙，真是一言难尽……”编辑局长含含糊糊、支支吾吾。

久留打断对方的话，命令道：“你这个编辑局长就是这样回答的吗？你给我上来！”

编辑局长长期在整理部工作，对采访第一线的艰辛残酷没有亲身体验，正因为如此，有人对他是否胜任这个职务表示过怀疑，实际上，这是同样长期在整理部门工作的新社长的私情人事安排。

牧野编辑局长带着政治部长司很快就来到主笔办公室。

“那张照片是绝密文件泄露事件的核心，你们却调换成另外的照片，我觉得这不正常。你们解释一下。”

主笔态度温和，但是对版面的要求非常严格。他盯着面前的这两个人。

“那张照片是政治部担任采访在野党的一个年轻记者弄到的，整理本部就安排在最早版的版面上。可是司看到后大吃一惊，提出最好用别的照片把它替换下来……”八字眉、戴眼镜的牧野编辑局长瞟了一眼司政治部长。

“是这样的，去年六月，归还冲绳协定签字仪式结束以后，弓成拿着三份像是密约的电文和我商量写稿的事。昨天报上的那张照片与去年我所看到的电文上书写的文字笔迹、画出的横线等都一模一样，我担心有人看出来那照片就是他手上的东西，所以指示更换为横沟议员的照片。但是，旭日大幅刊登出来，所以对今后事态的发展感到担忧。”司五官端正的脸上浮现出苦涩的表情。

久留町问道：“你向这个弓成记者了解情况了吗？”

“当然，我立刻把他叫来，让他做出解释。可是他一口咬定那张照片上的电文不是自己所持有的。”

“你没有将照片与弓成记者持有的东西进行核对吗？”

“这个没有……因为他是永田町俱乐部的首席。”

“你这个部长不合格，为什么没有更加严厉地追究下去？”

“这个家伙不是谁都能对付得了的，自以为是政治部最了不起的记者，自命不凡。”牧野编辑局长为司开脱。

久留诧异地说道：“你们两个对他有这么多顾虑啊。他什么样的经历？”

听完司的介绍后，久留说道：“噢，一直都是弘池会，尤其是成为小平的专属记者后，名声很大。我担心的是他把文件扩散到社进党的动机，如果牵涉到佐桥总理的政治斗争，那就很危险。”

司说：“是这样的。横沟在国会质询后，过了两天，我得到报告说，永田町就开始议论这里面有政治部记者的介入。”

司获得的情报说得有鼻子有眼：这是一起经过精心策划的阴谋事件，幕后人物是田渊·小平联盟，而政治部记者也参与其中，其目的是动摇佐桥政权的同时，给下一届总裁选举的竞争对手福出大臣制造过失。

久留说：“我觉得还不至于吧，不过不能掉以轻心。你让弓成记者到我这里来。”

"好像刚才从俱乐部那边过来了，我联系一下。"司走到房间角落的电话机旁。

从司的对话可以断定弓成的确在编辑局。

牧野编辑局长对久留耳语道："这个人态度傲慢，您别在意。"

一会儿，弓成进来，规规矩矩地致礼，坐在久留主笔的对面。

弓成一开口就道歉，"把电文交给横沟议员的是我，对不起。"

"什么？还是你啊?！那司部长问你的时候，你为什么否认?"

牧野的八字眉皱成一团，面带怒容。司败兴沮丧，一言不发。

"在某种情况下，这不仅仅是你个人的问题，而是事关每朝的信誉问题。为什么干出这种轻率的事情来?"牧野气得几乎要拍桌子。

久留提醒道："冷静点。你的动机是什么?"

"归还冲绳谈判的真相很不透明，与告诉国民的差距太大，眼看着预算委员会就要通过，所以我不忍坐视，袖手旁观。"说到这里，弓成停下来，凝视着久留，真挚坦诚地讲述自己的动机，"基本可以断定有密约存在是因为日本代付本应由美国支付的四百万美元的复原补偿费这件事，其他还怀疑日本将庞大数额的金钱连概算根据都没有就支付给了美国。考虑到保护情报源，我在文章中无论如何不能写得太明白，便想到另一个方法，觉得应该在国会审议委员会上提出来。"

"不能写的时候，就把情报送给政治家，从而推动事态的变化，我也知道有这种手法。不过，刚才听司部长说，永田町有风言风语说政治部记者参与田渊・小平策划的阴谋。这个可以断然否定吗?"久留严厉地追问。

"当然。小平正良不是那样的政治家，我也不是别人一说就跟着跑的记者。"

"发生这样的事件，情报源那边知道吧?"

司的口气似乎已经大致知道情报的来源处。采访记者的情报源即使对自己的顶头上司也可以保密，所以弓成没有回答。

牧野说道："之所以问你情报来源，本意并非想知道。但是，大家知道这个政治部记者就是你，那是早晚的事，在事态平静下来之前，你要不在家里待着，要不就去出差。"

"还不至于吧。我对自己做事欠考虑表示反省，但没有必要偷偷摸摸躲起来。"弓成带着些许蔑视的口气把明哲保身、胆小怕事的编辑局长顶回去。

"你的这种自命不凡的态度在大伙儿之间口碑很不好，你不能谦虚一点吗？"这样的规劝既不像牢骚也不像责备。

久留听着这三个人你一言我一语的交锋，亲眼看到了自大阪代表调任主笔以来所感觉到的编辑局人心涣散的情景。

从表面上看，弓成具有大腕记者的素质，但对上司不够尊重，有失礼貌；政治部长缺少领导能力；至于编辑局长，不值一提。

每朝新闻先前在纸张的质量、发行数量等各方面都领先于其他报社，但由于骄傲自满，出现滑坡，所以今年年初开始大规模的人事调整，以图重振旗鼓，这个重担压在主笔久留的肩膀上。

弓成先离开主笔办公室，下到一层的编辑局，政治部的主任编辑对他做了个手势，走到没人的窗旁。弓成发自内心深处尊敬的"武士"桧垣挺着腰杆笔直地站着。弓成走过去和他并排而立。

"田川七助来电话了。"

桧垣眉毛浓厚、眼角上翘的眼睛俯视着窗外车水马龙的道路，低声告诉弓成。弘池会年轻议员的首领田川七助与桧垣关系密切。

弓成的眼睛依然看着窗外，问道："说什么来着？"

"有人议论说这起事件是弘池会利用记者作为政治斗争的工

具,他感到吃惊。还有人说是弓成把文件提供给社进党,他询问是否真是如此。”

与特定的政治家关系密切,就会失去客观的眼睛。这是司政治部部长的信条,所以他没有特殊的渠道关系,而桧垣年轻时候就在政界里拥有广泛的人脉。

“他的判断大错特错。”弓成毫不犹豫地予以否定。

“七助原先也是记者,情报很快。我对他说大概不会吧,可他说好像社进党也提到你的名字。另外,外务省对绝对不该泄露出去的文件怎么泄露出去的,正进行彻底的调查,只要有一点关联的人都要审查。”桧垣说到这里,停顿下来,接着说道,“弓成,把你的真实情况告诉我一个人,这样心情不是可以轻松一点吗?”

桧垣转过头看着身边的弓成。弓成觉得自己的内心被他看穿,思想发生强烈的动摇,但最后还是打消主意,说道:“只好请你相信我这个弓成。”

“啊,那好吧。不过,各家报纸几乎每天都在大肆抨击佐桥长期政权的弊端,大叫大喊要他早日下台,所以佐桥把新闻记者视为眼中钉肉中刺。我们自然不会畏惧,但对方会使用什么手段,这可不知道。”桧垣忠告弓成,严厉的口吻中包含着对晚辈的亲切关怀。说罢,回到大家都在忙碌的座位上。

这天深夜,弓成坐出租车到驹込的小平正良的宅邸。为了避开夜晚采访的记者,他没有使用报社的车子,而且慎之又慎地不在正门下车,而是在两家后院相通的、小平的女婿兼秘书盛田的家门口下车。

弓成摁响了门铃。

“哪一位?”是盛田秘书本人的声音。

弓成报过姓名,旁门打开了。开门的是小平的女儿,与其说她与雍容华贵的母亲相似，不如说更像粗犷的父亲，不过性情温柔，在她还是大学生的时候，弓成就与她认识。

弓成像往常一样，语气轻松地问道："都快十二点了，这么晚来打扰，不好意思。有特别要紧的事情想见老爸，其他报社的记者还在吗？"

"今天晚上好像很多记者都待到很晚，刚才我去看了看，最后一个旭日的记者正准备回去。现在大概都走了，我打电话问问吧。"

小平家与女婿家之间有内部电话相通。

"啊，我从后院过去吧。"

弓成一边说着，从后院的木门走进小平的宅邸。厨房里传来自来水的声音，却听不到人的动静。弓成沿着道路转一圈，打开正厅的拉门，像武家宅邸门前那宽大的脱鞋石上已经没有一双鞋子。

"打扰了。"

弓成随口说一声，踏上台阶板，熟门熟路地拐过走廊，只见在电灯换成小灯泡的稍微昏黑的地方有人影缓缓地移动。那就是换上一身宽松和服的小平。

"这么晚来打扰，对不起。有事情向您请教。"

四方脸的小平双手揣在和服袖子里，眨一下细小的眼睛，语气简慢地说道："我要睡觉了。"

书童看到原来是弓成来访，赶紧打开客厅的灯光。弓成本来打算要是小平进卧室，他就一直跟进去，结果是小平走进客厅先坐在沙发上。刚才是一大帮记者聚在这里，室内烟味浓郁，烟灰缸里塞满烟蒂。

小平大概是等待弓成开口，板着脸一声不吭。

"由于社进党追究密约问题，国会发生纠纷，好像从明天开始停止预算审议吧。如果包含归还冲绳应支付给美国金额部分在内的预算推迟到四月才能通过，那么佐桥总理就必须承担重大的政治责任。弘池会会利用这个机会有所动作吧？”弓成的语气听起来像是记者采访。

“刚才那帮记者专门打听这个问题，你怎么到现在才来询问啊？”

永田町俱乐部的首席记者居然到现在才关心这个问题！小平的语气极其冷淡。小平知道将外务省的绝密电文提供给社进党的是弓成，显然心里很不痛快，但弓成还是勉强嘴硬，“这一次应该一鼓作气狠狠地动摇它吧。围绕下届的总理角福战争成为关注的焦点，感觉执政党第二大派系的弘池会的存在感似乎在减弱，所以年轻人才发泄不满。”

虽说角福都在觊觎总理的位置，但福出武夫和田渊角造毕竟现在还都是佐桥内阁的阁僚，不能在这起事件中批判佐桥政权，而下野的小平派正可以利用这个机会扩大自己的声音，追究佐桥的政治责任，逼迫其下台，这样也许还可以得到中间派的呼应。如果事态发生这样的变化，对于弓成本人也会出现一缕摆脱困境的希望。

但是，小平没有接过弓成的话题，依然袖着双手，像一块大石头一样沉默不语，接着，冷不丁冒出一句，“怎么干这种事？”

大概每时每刻都有各种情报进入这个前外务大臣的手里。

“……对不起！本来以为他是律师出身，相信他，提供给他是作为参考，没想到他把原件拿到国会上去……简直是晴天霹雳。”

小平看着低头道歉的弓成，细小的眼睛里浮现出令人不寒而栗的亮光，“虽然你一直是专职采访执政党的记者，没有与社进党打交道的经验，可是你难道不知道那个家伙的周围尽是对国家政治漠不关心，而是蝇营狗苟、沽名钓誉、不负责任之徒吗？我看你是智者千虑必有一失……现在传说是弘池会利用记者阴谋掀起倒阁运动，平白无故遭人怀疑，连我这个小平也不能幸免。”

“给先生造成如此不快，我实在是……”

这样的气氛，弓成无法称对方为“老爸”。

“外务省可是要彻查到底，总理也希望这么做。把文件提供给你的那个人，如果只是被解雇算是万幸的了。”

“啊……”一种剧烈的冲击穿透弓成全身。

“你甚至还让别人为你做出牺牲，我看你连二流记者都够不上，顶多三流。”

这个平时“哼哼哈哈”的小平今天晚上说话非常干脆流利。只要一出现麻烦，政治家与特定记者之间十几年的亲密关系在瞬间一刀两断，弓成对这样的残酷无情目瞪口呆。

由里子安排两个孩子睡觉以后，开始在靠垫罩子上绣花。因为是夏天使用，她选择铃兰和四叶的白车轴草作为图案，自己画底样，然后用深浅不同的绿色丝线刺绣。这个业余爱好是从母亲那里学来的，丈夫晚归的时候，她一边听着收音机里的 FM 音乐，一边刺绣，感觉心情宁静。

音乐播放完毕，转入解说，由里子卷起毛衣的袖口，忽然想起丈夫的事情。与书房文件夹里的那份电文一模一样的外务省绝密文件刊登在旭日新闻上，知情人一看就知道那上面是丈夫的笔迹。她本想向丈夫问个究竟，结果他表情严峻进入自己的书房，第二天早晨也几乎没有和她说话，就上班去了。丈夫虽然属于情感不外露的性格，夫妻之间有一点小摩擦，过几个小时就都忘得干干净净，照样和孩子们一起欢闹，夜晚则用他有力的手臂把由里子温柔地搂在怀里。

那是由里子结婚以来第一次看到丈夫那样严峻的表情。由里子心神不定，才借着探望患支气管炎刚刚出院的父亲的名义来到逗子，本想和父亲商量，可是当她与父亲一起坐在后山的亭子里眺望风平浪静的春天大海时，感觉心里的不安难以说出口，回来以后觉得也许还是这样不说为好。父亲的生活方式十分单纯，如果把在你争我抢、竞争激烈的媒体世界里为独家新闻而费尽心机、日夜苦战的丈夫的事情告诉他，只会让他心痛。

由里子盼望着这心神不安的日子平安无事地尽快过去。

收音机里传出柴可夫斯基的钢琴协奏曲的旋律。在她把深绿色的丝线穿过针眼准备刺绣白车轴草的最后一片叶子的时候，电话铃响了。在深夜将近十一点打来的一般都是丈夫告诉自己要晚归的电话。也许丈夫的心情已经好转，由里子兴奋地拿起话筒。

听筒里传来一个女性干脆利落的声音："这么晚打扰您，实在不好意思。我是外务省安西审议官的专职事务官三木，请您的先生接电话。"

由于是陌生人突然来的电话，由里子关掉收音机，情不自禁地端正身姿，"他还没有回来，如果您给报社打电话，也许在那边。"

由里子心想丈夫可能夜间去哪一个政治家宅邸采访，这样的回答比较保险。

"我已经给政治部、永田町俱乐部打电话了，都不在，心想也许回家来了，就打到这里来。您没问他大概几点回来吗？"

由里子感觉对方态度客气，却语气急迫，不知该如何回答："没有什么……特别……如果您有什么事需要我转告他，让他明天早上给外务省回电话，好吗？"

"是有要紧的事情，他回来以后，请您转告他，不论多晚，让他立即和我联系。"

这个名叫三木的女性以极其平淡的口吻把自己住宅的电话号码告诉由里子。由里子记在纸上，正要挂断电话，只听对方问道："您先生回家总是很晚吗？"

“由于工作关系，说不好。您有什么事吗……”

“没有没有，随便问问。那就请您转告他。”

对方赶紧掩饰这种令人感觉刨根问底的问题，然后挂断电话，而这时由里子似乎听到对方轻微的“啧”的一声，让她怀疑自己的耳朵。

说话干脆麻利、强加于人的命令式口吻、轻微的“啧”声——平时听丈夫说过的如今已升迁到部内第二把手的审议官的这个专属事务官也不知不觉地养成一种霸道的作风。由里子第一次接触这种与男性一起夜以继日紧张工作的女性事务官，既感到困惑，心中还产生一种难以抹去的不舒服的感觉。

由里子没有心情继续刺绣，便收好绣花针，打算放进盒子里。这时，门外传来停车的声音，接着是钥匙开门的声音。

由里子到门口迎接，丈夫的情绪好像还没有好转。由里子接过他的上衣和领带，他坐在已经摆放好茶泡饭的餐桌旁，显得疲惫不堪。

“大约三十分钟前，一个名叫三木的安西审议官的事务官打来电话，说是有急事，要你给她家里去电话。”由里子说着，把写有电话号码的纸张交给丈夫。

丈夫拿着筷子的手停住，问道：“安西有电话吗？”

“没有。”

“没法子，工作上的事，我从书房打吧。”

弓成也没吃茶泡饭，便走进书房里。

弓成盘腿坐在整理得井井有条的书房的桌子前面，按照纸上的电话号码拨号。这时已经十一点四十分，他的确担心不知道谁会来接电话，当听到三木昭子的声音时，顿时放下心来。

“刚回来，对不起，我也打算和你联系……”弓成对刚才自己说的话感到茫然，支支吾吾。

“我和您联系就一件事，我担心横沟议员在国会上暴露的绝密电文就是去年的那份东西吧……”

“对不起，我想和你见面直接谈一谈这件事，打了几次电话，不巧每次都是山本接的，所以一直没有联系上……”

“是吗，为什么会变成这个样子，请您解释一下。您当初说只是作为写文章的参考，绝对不会给我添麻烦，我相信您，才给您看的。现在怎么会跑到社进党的手里呢？我不愿意认为是您提供的，真实情况是什么样的呢？”显然，三木以天生的理智压抑着愤怒。

弓成的额头沁出油汗，发自内心地表示道歉，“虽然不是我直接交给他们的，但出处的确是我，没想到会那样在国会上出示原件，我对自己的失策后悔莫及。现在对你是万分对不起，一定十二万分注意，绝对不能让你的名字暴露出来。”

“新闻记者从来没有受到任何人的批判，真是不谙世故。您保证不暴露我的名字，可是外务省在查找泄密的犯人，气氛极其紧张，我也被官房人事课课长叫去面对面地审查。”三木第一次情绪激动起来。

弓成猛然一惊，“面对面地审查……怎么回事？”

“因为泄露出去的是复印件，只要查看传阅人的签字就可以大致推定出来。接触到这三份文件的只有几个人，没想到会这个样子，就把《传阅文件登记本》烧毁了。”

“你说什么？！你这么聪明的人竟然会……”

“冷静地想一想，如果不烧毁，而是妥善地保存下来，其实搪塞的理由多得是，当时我也是惊慌失措。干嘛要这样子自掘坟墓啊，现在是悔之莫及……今天的审查，我说是丢失了，才勉强逃过这一关。但是，登记本偏偏丢这一本，怎么也说不过去，所以命令我再次彻底查找，明天拿去重新审查。”

弓成说不出话来。

“明天的审查，我就会成为重要嫌疑人。判断出从我这里出去，只是时间的问题。”

“即便这样，也没有确凿的证据。咬紧牙关，死不承认，我想你会做到的。”

三木大概对弓成的鼓气充耳不闻，嘟囔道：“真是中了邪了，只能这么想。”

弓成再三央求道：“三木，这关系到相互的处境，每朝新闻绝对没问题，明天我就去和福出大臣交涉，从政治高度处理这起事件。因为当时的外务大臣是爱池，所以可以按照平等互利的情报交换条件，达成谅解，所以你一定要坚持住。”

“不论大臣是谁，你以为会认真考虑一个小小的女事务官的人事安排吗？我与您的信任关系早已结束，所以说了也白搭，不过，这样子把我一个人逼到走投无路的绝境上去……”

“电话里说不清楚，还有今后怎么办，明天找个安全的地方见面谈谈吧。”

“我已经没有心情和你见面，自己的事情自己决定。”三木断然拒绝，啪的一声挂断电话。

弓成手里依然拿着话筒，再次自责，但要摆脱这种苦境，必须想方设法说服三木，于是他重新拨号。

电话铃声固执地响个不停，昭子穿着丝绸睡衣，站在三面梳妆镜前，用刷梳细心地梳理着短发。“咬紧牙关，死不承认”，其实用不着他说，只能如此，别无他路。如果承认自己泄密，辞职离开外务省，无异于被推入黑暗的深渊，前途完全毁灭。

难道就一定要找到文件登记本吗？——昭子对着三面镜里的

自己发问，脑子里盘算着逃避搪塞的对策时，镜子里出现双颊瘦削的丈夫的身影。昭子不由得心头一惊，却装作没有看到的样子，开始保养皮肤。

“电话这么响，你就不管啊。”丈夫琢也责怪她对来三四次电话依然不理不睬的态度。

“哎哟，对不起，我觉得夜间十二点过后的电话都是捣乱的电话，就没理它，把你给吵醒了啊。”

昭子走到客厅，拿起话筒，一句话也不说，直接挂断。夫妇俩都是父母双亡，又没有孩子，所以平时不会有令人担心的紧急电话。

“是不想让我听到吧？”

琢也在睡衣外披着毛衣，笔直地站在回到三面镜前面的昭子的身后，目光直直地凝视着镜子中的妻子。

昭子将化妆水涂抹在大眼睛的周围以及风韵犹存、轮廓明显的脸颊上，对丈夫的话不作回应。

“我恰好下楼补充一些吃药用的凉开水，都听见了。你卷入泄密事件，让我感到震惊。”琢也拧歪着薄薄的嘴唇。

看来他有所觉察，一定在楼梯上偷听自己的电话。昭子的皮肤保养已经完毕，脸色光润明丽，胸有成竹地说道：“我是不想让你担心，不过已经圆满解决了。”

“听刚才的电话，好像没那么顺利解决吧。”琢也的表情显得冷漠。

“我要睡觉去了。”

昭子态度冰冷地说道，正要离去，看见镜子里映照出丈夫的怒容，“别这么狂妄自大！你要知道是谁让你进部里的……”

昭子移开视线。

“你是大变样了。”丈夫的目光紧紧黏在她的睡衣上。

由于琢也患病，昭子属于亲属关系录取进入外务省，分配在联合国局，起初只是打字。琢也劝她参加事务资质的资格考试，手把手地教她，终于考试及格。后来，外务省在次官下面增设审议官的职位，昭子被提拔成为首任审议官的专属事务官。从此以后，她在工作中得到磨练，干练出色，同时对服装修饰、言行举止的文雅高贵也讲究起来。琢也担任驻菲律宾大使馆秘书后离职，昭子有时候对他也流露出瞧不起的态度。

深夜里起风了，大概是春天的狂风，吹得挡雨窗嘎嘎直响。

"你把绝密文件交给的那个人好像是在外务大臣那里也吃得开的很能干的人物，他是哪家报社的什么人？"

"每朝新闻的记者弓成。"

"多大？"

"当时他是霞关俱乐部的首席，四十出头，具体的不太清楚。"昭子不愿意回答的样子。

"是被他的功利所利用，还是有什么原因不得不给他？"琢也表现出露骨的猜忌。

"安西审议官对他最信任，几乎每天都要见面谈话。我这个位置，对他的要求不能拒绝吧。"

"审议官知道吗？"

"这说不好。"

琢也消瘦的脸颊浮现出对昭子爱答不理的回答的愤怒，"你也太不当一回事了。国家公务员泄密是违反国家公务员法的犯罪行为。"

"是嘛……要是我直接提供给社进党议员，那另当别论，新闻记者要写稿子，说是做参考，要求给看看，我只是给他看看而已。这在哪个部门都会有的，要是按照你死板的墨守成规，那就没完了。"

“这一回可不一样，那么重要的绝密文件泄露出去，而且在野党在国会公开出来，你在政府部门待不下去了。在事情无可挽回之前，明天一早你就向安西审议官老老实实地道歉，提交辞职报告。”

琢也预见到事态的发展，告诉昭子应该趁早及时处理。昭子咬着嘴唇，久久默不作声。

“我把话说到这个地步，如果你还执迷不悟，那我只好向为你的入部尽力帮忙的上司说明情况，让他叫你辞职。选择哪一种方式，你自己好好考虑。”

一阵强风突然卷地而起，发起可怕的声音，挡雨窗哆嗦得更加厉害。

昭子看着走上二楼的丈夫的背影，感觉强撑着自己的精神力量轰然倒塌，但还是不知如何是好，心乱如麻。

第二天早上，三木用明亮的粉底霜将几乎彻夜未眠的面部修饰一通，在早晨繁忙的工作中，没有被山本事务官觉察出来。

忙过一阵，十点过后，去京都出差的安西审议官提着小型公文箱前来上班。

“您早！”两个事务官并排站起来问候迎接。

“早。”

身材魁梧的安西从容不迫地点点头，推开内门走进办公室。

“还是他一回来，心里就踏实了。”山本说着，开始工作。

山本看见三木从小提包里取出白色的信封，然后用手贴在放有茶杯的茶盘底下，用不解的表情看着她。三木没有回答，深深吸一口气，敲门进去，把带盖的茶杯放在安西的桌子上。

安西做了个惯常表示感谢的手势，然后取下茶杯盖。这时，三木声音沙哑地嗫嚅着说道：“我……我有点事……”

三木昭子脸色紧张，与平时的干练利索判若两人，安西用奇怪的眼神看着她。

“我做了一件十分荒唐的事情，我想您也已经听到了。就是……现在引起风波的绝密电文，是我复印后交给每朝新闻的记者弓成的。”三木有气无力地坦白。

“什么？是你交给弓成的……”

不论遇到什么事都镇静自如、充满威严的安西也掩饰不住惊愕的神色。

他在京都出差期间，就得到部内调查情况的汇报。昨天夜里，一到东京站，就直接去外务省别馆饭仓公馆，与等候在那里的官房长、官房人事课课长见面。从传阅人的签字判断，官房长和他的身边人，以及拿着文件传阅的北美一课年轻的事务官都令人怀疑，尤其是三木昭子，负责保管登记本，却丢失了关键时间的笔记本，而且在当年八月下达加强管理绝密文件注意事项的通知以后，却让别的事务官代替自己登记。她的疑点最多，明天将再次对她审查。不过，安西认为，文件登记本充其量不过是事务官防止交接发生差错的备忘录，就这样把登记本丢失与泄密事件联系在一起，未免过于肤浅短视，也就付之一笑。

安西对着眼前这个感觉自己无地自容、低着脑袋的三木，不由得怒火中烧。何况交给的人竟然是弓成亮太，安西觉得自己受到了连续两次被人抹黑的侮辱。

“实在是对不起！”三木肩膀颤抖。

“动机是什么？”

“没有什么大的动机。弓成记者说他在采访归还冲绳问题时感觉到矛盾，只是过过目，证实一下，甚至发誓说绝对不会给审议官和我添麻烦，所以……如果是其他报社的记者，我也不会这样做，因为他与审议官关系特别密切，我就相信他了。”

“愚蠢也不能蠢到这种地步。一共交给他多少份?”

“三份。”

“当时有关归还冲绳谈判的绝密文件应该有几百份,你说只是其中的三份。你说我能信吗? 老实说多少份?”

“……去年的事情,我记得不是很清楚……不过,当着山本事务官的面,没有让他看多少。”

“不仅仅是看的问题,你还给他复印。在哪里复印的?”

“审议官的复印,需要一定的程序,虽说是形式,但都要填表盖章,然后由文书课课长签字同意,所以觉得不应该留下审议官的名字,就到官房总务课,向关系不错的职员打了声招呼,可以随便复印。”

“你是怎么交给弓成的?”

“就在我的座位旁边,趁山本不注意的时候。”

听上去似乎在老实坦白,却感觉不到真实性,安西真想吼叫申斥她别把别人当傻子,可是他的修养、自尊不允许自己痛骂一个女事务官。

“弓成给你什么报酬?”

安西问得直截了当。他深知弓成的性格,为了获得情报,自掏腰包都在所不惜。

“一点都没有。他是尊敬的审议官您的好朋友,我才对他信任,却招致这样的结果。”

她口头禅一样嘴里总挂着“审议官”,想把自己拖进去的态度令人恼怒。

“……我不知道自己为什么会做出这样可怕的事情。我的先生责备我,说平时再三再四提醒我外务省的情报是多么重要,这样会给审议官造成多大的麻烦,让我向您道歉,并且提出辞职。我辜负了您对我的信任,实在对不起。”

说罢，把墨笔写有“辞职书”的信封呈送给安西审议官。

“已经引起这么严重的事态，你以为一张纸就能脱身吗？”安西终于无法抑制怒火的爆发，第一次提高嗓门。

“我……我……对不起！”

三木一次又一次地深深低头，本以为她说不出话来，却突然哇地大哭起来。

“……如果这样还不能原谅，那我该怎么抵偿……索性从这里跳下去，那可以得到原谅吗？”

直勾勾的泪眼盯着面朝院子的窗户，流露出不正常的错乱的神情，把安西吓了一跳。万一真的打算从自己的房间里跳下去，那就成为双重丑闻。

“好了，冷静一点！”安西勉强用平静的口气说道，“你是主动坦白，我知道你没有恶意。这样吧，我告诉人事课课长，尽量稳妥处理。不过，你对照自己的记事本，几月几号，在弓成的要求下，什么时候复印什么文件交给他，按时间顺序如实地写出报告书，交上来。”

三木呜咽着断断续续说道：“可是，我不会写报告书……只是想……一了百了。”

“你今天就不要上班了，回家去，镇静下来以后再写。”

安西按铃叫山本事务官进来，用手制止惊愕万分的山本说话，指示他立即叫出租车送三木回家。

他们走后，安西火冒三丈，真想把三木的辞职报告狠狠摔在地上。

偏偏是自己的事务官，还有与自己有着七年多深交的弓成，与弓成的交情可以说是推心置腹，不仅在政治家的宴席上见面，私交也很深，好几次私人之间一起喝酒。而这两个人竟然就在这里对自己审阅的文件做手脚！事态大概已经发展到超出自己估计的严重程度。

必须质问弓成，安西情不自禁地拨通与每朝新闻政治部的直通电话。

弓成不在。

“您是安西审议官吗？我是主任编辑桧垣。”

安西二话没说，挂断电话。

首相官邸的阁僚会议结束以后，佐桥总理回到办公室，站在面对庭院的阳台前。

春光明媚，枯黄的草坪嫩草萌生，淡青浅绿，装扮得庭院春意盎然。他真想打开窗户，自由地呼吸这清爽的空气，但是防弹玻璃结构的窗户是轻易打不开的。

自己在这座官邸里的时间不会太长了，想到这里，佐桥有点伤感。

一九六四年，佐桥在这里，背靠太阳旗，坐在总理的椅子上，至今已经七年半。在当选总理的时候就公开承诺在任内实现归还冲绳。他向全体国民表达“冲绳不归还祖国，日本的战后就没有结束”的信念，除了通过正式的外交渠道，还派遣私人密使，倾注着热情与忍耐，坚持不懈地进行日美谈判。两年半前，在华盛顿会晤尼克松总统，双方终于发表同意一九七二年归还冲绳的共同声明。当时，回顾归还谈判道路之漫长与艰难，心潮澎湃，与驻美大使手拉着手，热泪盈眶，感慨无量。

今年一月，在称为“西部华盛顿”的圣克莱门特与尼克松总统再次会晤，将归还冲绳的日期定于五月十五日。对于佐桥总理来说，这是豁出自己政治生命所完成的毕生业绩。正因为如此，在国会上被社进党追究“密约”问题，被迫停止眼看着就要通过的众议院预算的审议，其愤怒怨恨是笔墨难以形容的。

“总理，福出大臣说有点事和您谈谈。”

秘书刚一说完，福出外务大臣就飘然而入，“本来想阁僚会议之后立即和您谈，但为了避开他人的耳目……文件泄密之事，表示歉意，以及相关的情况……”

佐桥一听，大眼睛突然充满亮光，坐到办公桌后面。

“安西审议官从京都出差回来的第二天，一上班，他的专属女秘书就主动来坦白，说是自己把文件抽出来，复印后交给每朝新闻的一个名叫弓成的记者。听说她本人写了检讨。我们监管不力，给您造成很大的麻烦，深表歉意。”

福出大臣低头致歉，站在总理的办公桌前面。

“女秘书跟随审议官多年，工作认真严谨。她是因为患病的丈夫的亲属关系而被录用的，似乎没有什么思想背景。

“问题是那个每朝新闻的弓成记者。这个人我也很熟悉，他是采访小平的头号记者，与参加下届总裁选举的田渊角造也很接近。这个记者把文件提供给社进党，让他们在国会上追究责任，其目的无非就是掀起倒阁运动。”

“不逞之徒！这么说，我还记得，这个月初，每朝的早报头版还刊登对我露骨地充满敌意的、疯子一样的署名文章，那也是他干的啊。那时候，我真想把社长叫来训斥一通。”佐桥的声音充满怨恨。

那篇文章比后来读日新闻上的《总裁选举黑钱满天飞》更加恶毒。

妄执权力而瘫痪——佐桥政治

不负责任和利己派系阻碍冲绳归还后的对策

这篇讽刺总理无能的解读政局的文章这么长，还配有肖像漫画。

政府·自由党的统治功能现在陷入全面瘫痪状态。由于国会已经审议通过冲绳协定，佐桥内阁失去了继续存在下去的理由，但出于维持政权的固执天性，至今依然赖在这个位子上，导致政治停滞不动。怪不得有人批判说："首相已经失去对国民承担政治责任的感觉，如今只剩下对权力的妄执和出席五月十五日归还冲绳签字仪式的个人业绩的期待。"

"那篇文章我也记得。如果放在第二版还情有可原，却放在头版的正中间，非常显眼醒目。当时我就责备他们的记者，你们打算干什么？对方也很为难，说每朝新闻的政治版面都是永田町的首席弓成一人说了算。"

佐桥语气强烈地说道："新闻应该是社会的公器，却成为政治斗争的工具——甚至还给归还冲绳抹黑，这绝对不能允许。"

福出使劲点头："我已经决定调动安西审议官。他无论在联合国的中国代表权问题上，还是在尽早实现日中恢复邦交问题上，好像都与小平秘密通气，所以不能放在我的手下。关于弓成记者这起事件，以后怎么处理，请总理定夺。需要外务省办理的，请尽管吩咐。"说罢，福出退了下去。

佐桥双臂交叉，略为思索，然后把手伸向办公桌上五部并列的电话中的一部。

"噢，泄密渠道是审议官的女秘书交给每朝的记者，再到社进党的横沟议员。"

十时警察厅长官接到佐桥总理的电话，眼睛放射出锐利的亮光。

"最近的新闻记者完全无视总理大臣承受多么沉重的压力，肆无忌惮，想写什么就写什么，已经忍无可忍。甚至还掀起倒阁运动，简直岂有此理！为了严加管制他们，这次要采取惩一儆百的措施。”

十时冷静地问道：“是太不像话了。不过，预算委员会大概什么时候重新开会？”

十时原先是内务省官员，人称“剃刀十时”，其手腕令人畏惧。

“我催促一下国会对策委员会，争取在四月三日之前重新开会，在众议院通过。这与刚才说的事有关系吗？”

“那么，总理，请您在预算委员会重开之前对事件保持沉默。这期间，我将进行秘密侦查，采取必要的手段。”

放下电话，十时站起来，在宽敞的长官办公室里踱步，聚精会神地思考。这是他的习惯。

长官办公室单调得连一幅匾额都没有，毫无情趣。十时在地毯上一步一步踩踏着踱来踱去，脑子里在不停地盘算着。佐桥总理要求为了严加管制这些不负责任的记者，这次要采取惩一儆百的措施。总理的怒气可以理解，可是如果采取的措施稍微不当，就会蕴藏着造成政府与新闻媒体全面对抗的极其困难局面的火种。

十时把视线投向窗外，面临樱田大街的警视厅和警察厅并肩而立。警视厅的副总监与自己意气相通、配合默契，让他挑选合适的人手，调查法律和案例，应该可以得出不可动摇的结论。

十时经过深思熟虑，感觉胸有成竹。

第四章　传唤

四月四日拂晓，每朝新闻社会部部长家里的电话响了。

正在熟睡的社会部部长荒木睡意朦胧地爬到电话机旁，拿起话筒。

"荒木，这么早打扰你，不好意思。我是关川。"

关川是警视厅刑事部长。荒木昨晚喝到深夜，有点头疼，但还是习惯性地看了看钟，凌晨四点二十分。

"有什么大案件吗？"

"对刚刚升迁为总社社会部部长的荒木深表歉意，就是那起外务省泄密案，你让政治部的弓成记者过来！"

"什么？政治部的弓成……是作为证人的协助调查还是重要证人？"

"接近于重要证人的协助调查。"

"是嫌疑人吗？"

"不能说。总之，让他尽快来。"

"那就不讲道理了。不告诉是否是嫌疑人，就不去。尽量拖延。"

"午后是最后期限，正式的协查请求书应该会在九点左右送达总务局。"

双方气氛紧张的对话结束后，荒木深吸一口气。

荒木担任静冈支局局长的时候，关川是静冈县警察本部长，两人从那个时候开始相识，关系密切。关川在这个时间打电话来通知这件事，荒木感受到他的友谊，但自己对政治部的弓成记者参与外务省泄密案还有很多不知道的地方，所以无法立即做出是否交人的判断。

片刻之后，荒木拿起电话本，给编辑局长家里打电话。编辑局长对这个深更半夜的电话颇感惊讶，但听完内容以后，嘟囔道："没有任何消息，突然就要去警视厅，这不能接受。"

荒木对编辑局长迟缓的反应深感不满，提高嗓门说道："局长，现在说这话没用。关川刑事部长是出于好意提前通知，所以必须立即采取相应的措施……我还没有得到有关这起事件的报告。"

"这里有种种情况，我现在就和司联系，马上去社里，你也来。"编辑局长忽然慌乱起来，匆忙挂断电话。

荒木立刻换衣服，妻子也麻利地准备好吐司和浓咖啡。

"出租车说两三分钟就到。"

荒木长年与警察打交道，妻子对这样的情况也习以为常，准备得周到细心。

荒木钻进出租车，感觉头疼，皱着眉头。三天前，他刚从整理本部次长升为社会部部长，对这起事件还没弄明白，心里着急。昨天社会部职工在会议室召开小型欢迎会后，他才第一次听说本社的记者参与外务省泄密事件。从会议室回到办公室的路上，一个机动记者对他耳语道："政治部记者好像和外务省泄密事件有牵连，我们的记者采访警视厅，对方连讽带刺地说还是问你们的政治部部长更清楚。"前社会部部长调任大阪总社编辑局次长，交接的时候，没有听他说这方面的事。荒木听后，大吃一惊，便向编辑局长确认，编辑局长只说"知道了，知道了"，那态度似乎在暗示他不要多打听。

荒木疑虑未消，本想直接询问司政治部部长，但没有确凿的证据就怀疑他的部下，毕竟不合适，所以一直没有开口。而且社会部与政治部挨在一起，本来就差不多形同水火。一方认为对方高谈阔论天下国家大事，却同时与特定的政治家沆瀣一气，绝对不写对他们不利的文章。就这一点，轻蔑地视之为臭气熏天的新闻记者；另一方认为对方标榜社会正义，却同时与警察、检察官互相勾结，瞧不起他们只是追踪杀人抢劫的“案件记者”。

荒木想起弓成记者的模样。他在担任整理本部次长的时候就对弓成高大魁梧的身躯以及令人感觉傲慢的自信态度没有好感，不过，恰好有一次在国铁有乐町铁道下的小酒馆同桌喝酒，他彬彬有礼地致意，谈到同时入社的社会部一个机动记者英年早逝，几乎失声痛哭，让荒木看到他富有人情味的另一面。

从政治部记者的手法来说，把部委的绝密文件提供给政治家，完全有这个可能。不过，如果警视厅早就盯上，到刑事部长事先打招呼要求交人，说明情况肯定相当严重。

必须尽快了解事实，考虑应对措施，否则也许会危及每朝新闻社本身。太阳还没有露脸，荒木催促司机加快速度。

大清晨的编辑局，青白色的日光灯下，宁静无声。连打扫卫生的清洁工都还没来，不过屋子里乱七八糟地到处都是写废的稿纸、清样和烟蒂。

荒木来到走廊对面的值班室，探头往里看了一眼，只见并排摆放的双层床上像鲨鱼一样躺着几个熟睡的夜班记者。看到部下们辛苦的样子，荒木蹑手蹑脚地寻找着往前走去。

“啊，部长……”

一个穿着圆领衬衫的记者轻声打招呼。荒木用眼神示意他到外面去。

穿好衣服、快步来到编辑局的部下报告说：“涉及泄密事件的外务省女事务官于凌晨五点在丈夫和外务省职员的陪同下去警视厅接受调查。”

荒木惊愕得说不出话来。满脑子一直考虑本社记者的对策，没有时间考虑对方的问题。

“这么快?!——什么嫌疑?”

“违反国家公务员法，好像是搜查二课在讯问。”

“噢，其实刑事部长给我家里打过电话，希望把政治部的弓成记者交出来。我要到上面开紧急会议，你转告当班的主任记者，做好采访准备。”

“好。不过，旭日已经在早报上抢先一步了。”

记者指着放在整理本部桌子上的旭日新闻的第一版。

外务省女秘书泄露“冲绳密约”电报

外务省今晨向警视厅检举

事态的发展比想象的要快得多。关川刑事部长来电话是知道旭日新闻就要刊登独家报道之后的关照吗？荒木走进上面一层的局长办公室里的时候，只见编辑局长牧野、政治部部长司都在看旭日的报纸。荒木坐下来，一会儿总务局长慌慌张张地赶来。

荒木催促道：“编辑局长，你告诉我弓成是怎么参与进去的?”

“那我把经过说一下。”昨晚大概彻夜未眠的司声调沉重地介绍情况，“事情的发端是在报道三月二十七日下午国会的新闻中出现的电文照片。”

当时已经确信照片的出处就是弓成，询问过他，他不承认。但是久留主笔判断这起事件的背后隐藏着推翻佐桥政权的政治阴谋，本社的记者参与进去将十分危险，于是立即把弓成叫去质问，结果他承认是他把文件提供给社进党的横沟议员，认为自己的行为过于轻率，表示道歉，但坚持说作为记者这样做也是迫不得已的。

四月,突然传来安西审议官专属的女事务官辞职的消息。前天,牧野编辑局长和司部长询问弓成与这个女事务官的关系,他承认该事务官是他获取文件的诸多采访者之一,但信誓旦旦自己绝没有做过亏心之事,所以就相信了他的话。

司以“绅士”式的态度介绍情况。

荒木沉默片刻,用责备的口气问道:“既然知道这么多,为什么不早报告?”

司不悦地说道:“这是结果,但主笔、编辑局长都一致认为,只要没有与政治斗争牵扯在一起,先采取静观态度……”

牧野编辑局长叽叽咕咕地解释道:“我也是做梦都没想到事件会发展到这么严重的地步,所以当荒木来问我的时候,我也什么都没说。当时认为只是采访中出现的差错,是我们内部的问题。”

荒木听了他们的介绍,觉得不知对这两个人说什么好。这起事件在外务省引起一场地震,上下震惊;而在报社,只是听听当事人的辩解就算完事,等待着时间平静事态。这种想法,只能说是逃避责任的消极主义作风。

一直没有说话的平冈总务局长问道:“这个受到传唤的事务官一直没有联系过吗?”

司回答道:“不……好像弓成告诉她切不可轻举妄动,但是她的丈夫是外务省前官员,强烈敦促她应该辞职,听说在弓成并不知道的情况下提交了辞呈。”

平冈显得难以置信的样子,反问道:“这么说,你们与这个事务官完全没有接触,也不知道她今天早晨已经去警视厅自首吧?”

“其实昨天夜里,这个事务官给弓成打过电话……安西审议官说作为外务省不能不去报案检举,但如果本人自首,还有酌情处理的余地,所以她打算这样做。可没想到早晨五点就……”

平冈说道:“这样做过意不去,每朝新闻不能给配个律师吗?”

荒木认为，如果弓成没有其他隐瞒的事情，司和牧野的应对方式过于迟缓软弱，这件事要是发生在社会部，首先考虑的是将当事人置于报社的庇护之下。

荒木问平冈道："事件的大致情况已经了解。这样的话，必须借助律师的智慧，尽量多争取一些时间。光是每朝新闻的顾问律师恐怕把握不大吧？"

时常有人对报上的报道文章提出申诉，有的还就损毁名誉等问题诉诸法院，因此报社都雇请民事方面的顾问律师，但现在对手是警视厅，刑事方面的律师才让人放心。

"高槻律师怎么样？原先是东京高检著名的检事，改当律师以后，我和他还有个人的交往。"

"啊，我也知道这个人的名字。赶紧去请他接受这个案件。"牧野几乎是恳求平冈去请这个律师出山。

由里子让急急忙忙去报社的丈夫坐上她的花冠，送到最近的车站。

她送走上学的孩子以后，看见丈夫还是像往常一样打算步行去车站，便叫住他："你昨晚没睡好，我送你去。"

到了车站，由于禁止停车，由里子从驾驶座出来，控制着担心不安的情绪，看着丈夫的脸，说道："你一定要多加小心……"

"不用为我担心，可能回来晚一点，不要紧的。你也稍微歇一会儿。"

丈夫的声音少有的温柔和蔼，然后迈着大步朝检票口走去。由里子看着他身穿所喜欢的那一件苔绿色夹克的背影消失在人潮里，心里盼望他能平安回家。

弓成坐在小田急线的快车上，回想昨天夜里发生的事情。

半夜十二点左右，三木昭子来电话，告诉他自己明天要去警视厅自首。弓成大感意外，予以制止，说这件事由他负责，强烈要求她打消主意。但三木说这是与审议官谈话后的结论，而且丈夫陪她一起去。三木的口气似乎只是单方面的通报，没有商量的余地。弓成也感觉不妙，立即给司政治部部长家里打电话，商量好明天早上弓成去三木家，说服她改变主意，还安排好了社里的车子。弓成躺下去以后，一直无法入睡，天快亮的时候，司来电话说，警视厅命令他去协查。他们终于动手了，弓成强忍着权力作恶的愤怒。由里子昨晚在感觉事态越发严重的丈夫的身边，担惊受怕，今天一大早就把刚刚送来的报纸拿进来。

报纸大篇幅地报道外务省确定今天早上以违反国家公务员法第一百条（保密义务）向警视厅检举三木昭子的方针。

大概是警视厅或者外务省只向旭日新闻一家透漏消息，报纸还刊登预测三木自首的独家报道。

在几乎满员的拥挤的电车里，弓成沉浸在巨大的孤独之中。

编辑主笔久留充满苦涩地仰望着在高楼大厦的夹缝上空凝滞缓慢飘浮的春霞。这与担任欧洲总局局长长驻伦敦时所看到的天空很相似，让阴郁的情绪沉重地憋在内心深处。

久留长期在大阪总社和伦敦的欧洲总局工作，承担主笔重任的时间还不长，缺少在政界、官界、财界广泛深入的人际关系，这一点让他心里着急。而且在控制事态、收拾局面方面也没有心腹知己。

敲门后，牧野编辑局局长、平冈总务局长领着东京高等检察厅前检察长高槻律师进来。

久留主笔客气地说道：“突然相求，爽快答应，表示感谢。”

高槻律师温和的微笑中透露出长期的检事工作所形成的犀利

和敏锐。

久留直截了当地问道："坦率地说，我对让政治部记者去警视厅协查感到困惑。这仅仅是作为女事务官泄密的旁证吗？"

"我刚刚听平冈介绍事件的情况，所以不能做出恰当的回答。不过，我认为这个自首女性把文件交给弓成记者的动机是一个重要问题。"

久留点点头，回答道："据记者说，她知道审议官与记者是关系密切的老朋友，出于一种好意给他看的文件。"

高槻律师说道："还是先见见本人吧。"

一会儿，弓成跟在司政治部部长后面进来。

久留对弓成说："关于你的协查问题，现在正和著名的高槻律师商量。你对高槻律师说话也要虚心坦诚。"

"麻烦您了。"弓成对高槻致礼后，态度诚恳地说道，"由于我做事不周，导致三木事务官被外务省检举，我深感愧疚。只要她能尽快获释，我打算积极协查，但因为事关为情报源保密的原则，几乎什么都不能说。我现在不知如何是好，向您请教。"

高槻律师和颜悦色地倾听着，眼睛似乎在观察对方的人品。

"传唤你协查，说明你也有嫌疑。"

"那究竟是什么嫌疑？"

"这么痛快地为你提供方便，作为酬谢，你给她钱物了吗？"

"一点儿都没有。"

"你们实际上是什么关系？"

弓成表情严肃，不仅对律师，也是对领导斩钉截铁地说道："深受信任的审议官专属事务官，没有超出记者与情报源的关系。"

高槻律师说道："噢，如果是这样的话，对于仅仅拿到文件的记者就束手无策，那也许只是为取得审讯女事务官口供的旁证。"

牧野编辑局局长担心面子上不好看，便探出身子问道："那样的话，有什么办法可以不让弓成去协查呢？”

“既然警视厅的刑事部长在凌晨四点二十分打电话亲自要求交人协查，那就会说到做到。如果不去的话，警视厅咽不下这口气，大概会到报社进行搜查。”

牧野一听，慌忙撤回刚才的话。

下午两点，弓成在为他担心的晚辈记者的关注下，在偶尔也得让这家伙吃点苦头而幸灾乐祸的同事冷漠的目光里，与司部长一起乘车前往只有七八分钟距离的警视厅。

警视厅位于樱田门交叉点角上，红褐色砖墙结构的大楼建造于昭和六年，四周是两层楼高的粗大圆柱，威风凛凛地炫耀其权力。

登上大约二十层的台阶，便是结实的转门，进去以后，圆形大厅的左边是接待台，两个女职员接待外来的客人。

司政治部部长对女职员说要见关川刑事部长，便让稍候片刻。大厅有两条走廊呈放射状往里面延伸，来来往往的人比想象的多，令人担心这其中是否会有采访警视厅的记者。

“让你们久等了。我是搜查二课课长乡，奉关川之命来接待二位。请到这边来。”

乡二课课长身穿藏青色制服，看上去像是企业职员，对司和弓成说几句初次见面的寒暄话，然后领着他们朝右边的走廊走去。

走廊的两侧并排是负责审讯杀人抢劫的搜查一课的审讯室，尽头是负责违反选举法、大企业犯罪等智能犯罪的搜查二课的房间。

“不凑巧，接待室都被占了，只好在这个简陋的地方……”

二课课长把他们领进自己的办公室，一张铁制办公桌，茶几和几把椅子的简单会客处，的确是大煞风景的房间。年轻的警察粗鲁地端来日本茶，恭敬地敬礼后退出。

“早晨，关川部长给我们报社的荒木打电话说，希望让弓成来一趟。不知道是什么事，首先请您谈一谈，可以吗？”司的语调郑重其事，直视对方。

“警视厅也是第一次受理这种事件，所以首先慎重地了解情况。劳驾您到这边来。”

乡的口吻温和客气。弓成心想不过如此，松了一口气，就在他端起茶杯要喝温吞的茶水时，有人敲门，一个仿佛柔道运动员般高大壮实、剃着寸头的职员很有礼貌地进来。

二课课长介绍说：“二课第四智能犯罪科班长井口警视。”

井口那双与高大的身躯形成明显对照的小眼睛浮现出些许微笑，点点头，说道：“那么，弓成先生，请吧。”

弓成不知道要去哪里，心里有点发毛，但在这种气氛下不便询问，便站起来。司也跟着一起出去。

二课课长淡淡地说道：“就弓成先生去，司先生请留在这里。”

弓成跟着班长从一层走到通往地下的楼梯口时，停住脚步，问道：“去哪里？”

“搜查二课的房间很少，在下面。”

柔和的小眼睛里流露出抱歉的神色，但弓成突然发现自己的身后不知什么时候紧跟着两个年轻的职员，明白已经别无退路。

如同从轮船的甲板下到船舱，视界突然变得又窄又暗。天花板上裸露着排气管和电缆，水泥地走廊的两侧并列着有门无窗的小房间。班长带他走进其中的一间。

三叠榻榻米大小的、没有窗户的房间，青白色的日光灯下，放着一米见方的老旧的木桌子和几把椅子。弓成立刻意识到这是审讯室，浑身紧张。

班长让弓成坐在椅子上，自己坐在他对面。班长的椅子有扶手,弓成的没有。班长告诉弓成,其他两个年轻的职员是见证搜查官。

“这椅子坐着大概不舒服,您忍一忍。”

班长拉开桌子右边的抽屉,拿出一本笔记本和一支软芯铅笔。圆珠笔即可以用作凶器,也可以用于自杀,所以使用笔芯柔软的铅笔。

“今天请您来协查,您大概心里也明白。关于外务省泄密事件,三木昭子事务官来自首,我们正在听取情况,所以也向您了解一些情况。”

弓成挂念地问道:“三木事务官也在这地下的审讯室里吗?”

班长只是点点头,接着说道:“形式上必须这样做,首先要询问您的住址、家属、履历……”

班长一边询问一边观察弓成的表情。弓成回答班长的询问,感觉在这个地方从自己的嘴里说出妻子、孩子,尤其是两个孩子的名字、年级,心头发痛。

“社进党的横沟宏议员在过去的三月二十七日众议院预算委员会上公开出示的外务省绝密文件的复印件是您提供给他的吗?”班长单刀直入核心问题。

弓成紧绷着脸,一口拒绝,“作为新闻记者的职业道德,我不能回答。”

“在这个地方,无论什么人,都不再与职业、职务有任何关系。如果您不能如实地回答询问,只能是拖延时间。是您把文件直接交给横沟议员的吗?”

“……”

“那么,是间接的吗?中间人是谁?”

“……”

“您与横沟议员认识吗?”

“……”

“不记得吗？去年十一月底，您在新宿的小酒馆和横沟议员一起喝过酒。”

弓成内心开始动摇，但若无其事地交叉着双脚，“简直是荒唐的情报。我的确见过横沟议员，但就这么一次。只是在柜台席上喝一杯茶就走了。”

“这么说，是在那里交接绝密电文的？”

“对第一次见面的议员，这可能吗？”弓成轻巧地躲开班长的锋芒。

“听说您没有担任过采访在野党的工作，一直都是与执政党打交道。与您关系密切的政治家，比如说，都有谁呢？”班长细小的眼睛流露出好奇的神色，但意图十分明显。

“对国际形势具有预见性的政治家都是我的采访对象。”

“这件事与政治家谈过吗？”

“没有。”

“您与前外务大臣、弘池会会长小平正良议员是亲戚，你们是什么样的血缘关系呢？”

弓成非常冷淡地回答：“我的从堂姐妹与他的外甥结婚，非常疏远的亲戚关系，这还是前几年从小平议员的选区后援会会长那里听到的，让我感到惊讶。”

“这么说，与小平议员关系密切与血缘没有关系。”

“我不知道你想说什么，我只是作为专职报道弘池会的政治部记者通过日日夜夜的采访活动与他自然相熟的。不单单我，只要是专职记者，谁都一样。”

这起事件的背后隐藏着佐桥与小平的政治斗争，在这样的流言盛行的风头上，班长似乎特别关心弓成的动机，继续盘问专职记者的具体工作。弓成只是简短地回答，逐渐忍无可忍，断然打消对方的疑问："总之，小平议员不是那种利用新闻记者做这个做那个的政治家。虽然关系密切，我也是一个蔑视那种喜欢进行幕后交易活动的记者。你一查就知道。"

井口改问另外的问题："弓成先生是怎么得到那些绝密电文的？"

"即使假设我得到电文，也不能告知情报源。新闻记者必须绝对为情报源保密，哪怕是顶头上司，也不能告诉。"

"在这里请您务必说实话。不会是您从外务省的什么人的房间里擅自拿出来的吧。那样的话，就是盗窃罪。"班长挤出一丝微笑，话语带着挑衅。

"你这话没有礼貌！开玩笑也得有个分寸。"

"所以请您说明什么时候、从谁那里得到的。"

"不管你怎么说，新闻记者有义务为情报源保密。我从什么人那里采访得到应该让国民知道的有益的情报，如果公开这个情报源，就会给对方造成麻烦，以后再也不会接受我的采访。"

"您说得很对。不过，三木事务官已经全部都交代了。在上午的审讯中，她供述说在您，弓成先生的要求下，复印电文后把复印件交给您的。"

"我没有拿过。"

"那么，您是从谁那里得到的呢？"

弓成反问道："……你们把这起事件定性为泄密事件，似乎往损害国家利益的方向进行情报操作。然而，问题的本质恰恰相反。你是在了解'国家利益'这个定义的基础上向我提问的吗？"

从年龄来看，感觉这个班长还是初级公务员，弓成对他有点瞧不起。几天之前，自己还是早上在砂防会馆与田渊通产大臣、上午在自由党总部与总务会长、下午在外务省与福出大臣见面，就明年的预算、下届总裁选举前的政局运转、总裁选举的票数预测等国家未来的大事采访交谈，撰写刊登于第一版的新闻报道。想到这些，现在自己却坐在没有扶手的椅子上，对方坐在有扶手的椅子上，接受他连珠炮一样的质问，愤怒的情绪实在无法抑制。时间一长，感觉这没有窗户的封闭的水泥小房间令人窒息，产生一种想尽快出去的冲动感。

但是，班长依然保持冷静的态度，仔细观察逐渐失去理智的弓成，似乎在预备下一个问题。

"与连机密的'机'字都弄不明白的调查官谈话没有意义，还是让我回去吧。"

弓成显示出拒绝接受调查的态度，正要站起来，却被班长平静地制止住："我不打算和您探讨机密的含义。我只是问您，盖有绝密印章的文件为什么会到您的手里？"

"就印章而言，政府部门有的人仅仅为了引起上司的重视就乱盖机密印章。而作为新闻记者，谁都有三四份绝密文件的复印件，这是采访的本事。我这样解释可以吧。"

"去年的六月十日晚上十点左右，您在哪里？还记得吗？"井口班长根本不理睬弓成的话，从另一个角度提问。

"每天忙得很，根本记不住。"

"您在英国大使官邸正门前面。在周围担任警卫任务的曲町警署的每日通报上就记载有每朝新闻政治部记者弓成亮太的名字。他们还看过您的身份证。"

弓成想起来，那天夜晚，他因为知道似乎旭日新闻获得归还冲绳协定的全文，为了阻止对方发表独家新闻，就急急忙忙地跑到英国大使官邸正门等候参加英国大使主办的私人晚宴的安西审议官，以便采访撰稿。在等待的时候被巡警盘查，出示过身份证。

可是，这事发生在十个月之前，与现在的事件毫无关系，搜查二课为什么会掌握这个情况？难道自己当时就被盯上了吗？

“您现在回忆起当时的情况，那我再问一个问题：两天后的六月十二日晚上六点半到七点多之间，您在哪里？”

“……”

“不是在赤坂六町目的春日经济研究所吗？”

弓成的精神一下子发生了剧烈动摇，自己都知道脸色大变，但是他简短地回答：“不记得。”

“您是在那里。你和春日是什么关系呢？”

“……他还是读日新闻记者的时候就认识了。”

“在他的事务所里秘密会见什么人？”

“……”

“不是三木事务官吗？不是您强行要求她带去六月九日爱池外务大臣与罗杰特国务卿在巴黎会谈的绝密电文吗？”

大概这是三木的供述，然而“强行”这个微妙的表达与事实不符。也许这是警视厅设下的陷阱。弓成逐渐变得疑神疑鬼。

“弓成亮太，对你实行逮捕！”

井口班长巨大的身躯突然发出震撼心灵的声音，指着逮捕证。逮捕证早已准备好放在抽屉里。

逮捕的罪名是违反国家公务员法第一百一十一条，逮捕证的另一页详细记述犯罪的概要，但弓成心灵已受到极度震撼，也没看具体内容。

第五章　逮捕证

搜查二课第四智能犯罪科班长井口警视如雷贯耳的声音在没有窗户的狭小的审讯室里回荡着。

“弓成亮太，现在对你实行逮捕！”他突然亮出逮捕证。

逮捕证

嫌疑人姓名　　　　　　弓成亮太

嫌疑人住址、职业、年龄、准许逮捕的罪名

涉嫌犯罪事实要点　　　　（见另纸：逮捕证申请书）

实行逮捕的部门、职称、姓名

警视厅刑事部搜查第二课

司法警察员

警部补　谷川正

准许逮捕上述嫌疑人

昭和四十七年四月四日

东京简易裁判所

法官　竹田严太郎

向东京简易裁判所提请审批的《逮捕证申请书》的另纸上明确记述涉嫌犯罪事实的要点是“以涉嫌违反国家公务员法第一百一十一条事件申请签发逮捕证”。

在弓成前来协助调查之前，警方就已经办理好批捕手续。

“你确认一下涉嫌犯罪的事实。”

井口班长如柔道运动员一样壮硕粗大的上身探过来，把那张另纸推到弓成面前，可是弓成受到猝不及防的强烈震惊，一时看不清上面的文字。

“那我给你念一念，好吗？”

弓成的情绪稍微缓和平静下来，诘问道：“我是新闻记者，违反国家公务员法第一百一十一条，这是怎么回事？”

井口班长表情严肃地回答道：“国家公务员法第一百一十一条是对规定不得泄露由于工作关系而得知秘密的国家公务员实施教唆或者帮助的罪名。”

说罢，他看了看手表，告诉弓成现在是下午四点五分，然后让旁边年轻的搜查官把记录纸取走。

“从现在开始，你就不再是一个证人，而是作为嫌疑人接受审问。你具有沉默权。你可以在判断不利于自己情况的时候行使沉默权，但为了尽快查明事实真相，希望你诚实地回答问题。”井口的一字一句带着前所未有的威严。

“我无法接受，请立即把律师叫来！”

“已经联系了，但需要一些时间，所以现在不会马上来。”

“新闻记者具有为信息源的保密义务，在律师来到之前，不管你怎么询问，我行使沉默权。”弓成显示出坚决沉默的意志。

井口班长的巨大身躯靠在椅子上，小眼睛紧盯着弓成片刻，从抽屉里拿出一个火柴盒放在桌子上，说道：“弓成，这个见过吗？”

弓成目瞪口呆，说不出话来，震惊的电流穿透全身，面部抽搐着，井口班长立即抓住这个时机，说道：“现在采取指纹。”

旁边的搜查官走出室外，但立刻返回来，手里拿着指纹采取器。

长方形的盒子，有一边长约二十五六公分，盖子打开，里面是一块玻璃板。用一个含有墨汁的滚筒在玻璃板上滚动几下，让墨汁均匀地抹在上面。搜查官拿起弓成的左手，将他的食指在玻璃板上摁住，再摁在指纹纸上。他的动作十分娴熟。然后按照中指、无名指、小指的顺序，最后是大拇指，一个个采取指纹。

左手采取完以后，右手同样采取。在这个过程中，弓成失去反抗的力气，只感觉内心在战栗。

搜查官将他手指上的墨汁擦干净后，井口班长说道："本来想询问一些事情，看你心神不定的样子，就算了。今天晚上就在这里住着，好好考虑一下。"他的眼神流露出一种温情，但声音含带着不容商量的坚决。

旁边的搜查官拿起弓成的双手，咔嚓一声戴上手铐，并且在他的腰间拴上一根绳子。当然借口是为了防止销毁证据、逃跑、自杀，然而手铐加腰绳——弓成同完全被剥夺人格的犯人一样，被带出审讯室。

拘留所也在这地下。搜查员握着腰绳带着弓成顺着水泥的地下信道往前走。

走到信道的尽头，是一扇有观察孔的铁门。搜查员一摁门铃，随着吱嘎吱嘎的声音，铁门打开。这就是拘留所。

看守从搜查员手里接过弓成，立即在前面的柜台上取过一个木牌交给他，说道："以后不叫你姓名，叫号。记住自己的号码！"

旧木牌上写着"9 B 144"几个字，这是房号与个人号码的组合。

姓名被剥夺，取而代之的是号码，弓成受到刺激。

"喂，144 号，过来！"

从一个小屋子传来声音，弓成的肩膀被人推着强迫站在一块贴着白布的板墙前面，鉴定课从正面以及左右两面照相。

弓成感到耻辱，然而，更厉害的还在后头。

看守命令道："检查身体，脱衣服！"

弓成被带到一张大桌子前面，夹克、裤子自不待言，衬衫、袜子、鞋子也都被剥下来，全身只剩下一条裤衩。其他看守仔仔细细地检查脱下来的衣裤的口袋、缝边，查验钱包、记事本、圆珠笔、手绢、零钱等所有的东西，作为保管品登记在册。

看守突然把手伸进弓成的裤衩松紧带里面。

"你要干什么！"弓成使劲推开他。

看守吼叫起来，"在这里，以后不许再这样抗拒！我要检查你是否藏有自杀的药物、锐器，防止你突发性的死亡。没叫你趴着查屁眼就算便宜你了。"

人的尊严被击得粉碎，弓成受到这种烈火般的侮辱，浑身哆嗦。

搜身检查结束以后，允许穿上衣服，但领带、皮带之类的东西被拿走，交给他一根用日本纸捻成的绳子代替皮带。屋子里头还有一道门，进去以后，看见安着金属丝网的铁格子窗的房间上下两层呈扇形摆开。在重要的地方都设有监视台，二十四小时严密监视。

弓成刚被推进上面一层正面偏右的房间，紧接着身后咣当一声关门上锁的声音直贯头顶。

空荡荡的房间。弓成原地不动地站立着，仿佛停止了思考。刚才被脱光搜身的羞辱、愤怒也消失得一干二净，只是这样伫立着，突然发现接近天花板的地方有一个采光的小窗口。他呆滞的目光从小窗口往下移动，看见一个低矮的遮挡板围着的冲水厕所。地板上铺着席子，上面叠放着洗得褪色的毛毯。

弓成终于意识到目前自己的真实处境。

清晨，当报社告诉他警视厅要求前来协查的时候，他认为自己没有犯罪动机，做梦也想不到会被捕拘留。正因为如此，他才下决心前来协查，说清事实，现在感觉自己过于天真，没有看透警方早就预谋逮捕。

出家门上班时开车送自己到车站的妻子由里子那不安的表情掠过脑海。孩子们……

在走廊上巡逻的看守从铁格子窗外命令他准备睡觉，但是弓成充耳不闻，对那四块毛毯看也不看一眼。

昨天还能与别人自由地谈话、采访、写稿，现在突然间被剥夺了自由，只能接受讯问，像罪犯那样以号码代替姓名……

国家权力的恐怖摧毁了弓成的意志。

在警视厅前来搜查住宅之前，由里子在丈夫的书房里把抽屉以及书架上所有的文件夹都拿出来，瞪着眼睛寻找。她必须把会让搜查员认为对丈夫不利的所有材料尽快处理掉。

半小时前，司政治部部长打来电话："弓成太太，弓成被捕了，今晚就留在警视厅里。但是，弓成作为一名新闻工作者，没有任何可指责之处，我们会聘请最好的律师，报社会竭尽全力，争取尽快释放。弓成太太，您也要坚强一些，做好前来搜查住宅的准备。"

虽然由里子的情绪没有失控，但身子发抖，走进书房以后，一时脑子一片空白，不知所措。

刊登在旭日新闻头版上的那一张电文复印件必须找出来，可是翻了好几遍文件夹，就是找不到，她心想也许丈夫已经销毁，可心里还是焦急不安。

"妈妈，你在哪里呢？"客厅里传来小学二年级的纯二的声音。

小学四年级的洋一练习打棒球也差不多该回来了。由里子既要刻不容缓地寻找可疑的材料，又不能把孩子扔在一边不管。她急急忙忙地走到厨房，从冰箱里拿出橘子汁递给纯二，说道："妈妈现在有急事，晚饭也需要晚一些。要是肚子饿，就让哥哥给你切蛋糕吃吧。"

由里子在孩子面前必须装作若无其事的样子，脸上挂着微笑，说罢，又立即走进书房。

她基本确认没有那一份电文复印件后，便将有关冲绳问题的资料几乎全部抽出来。从四本文件夹抽出来的材料堆起来足足有六七公分高。这些材料也许与事件毫无关系，也许都是丈夫重要的资料，但现在不容许她有片刻的犹豫。由里子试着把两张材料重叠在一起用剪子剪成八块，再剪成一公分见方的小细块，装在信封里，然后走进厕所。洋一也已经回来，正和弟弟在厨房里，传来兄弟俩爽朗的笑声。

由里子抓一撮纸片放进抽水马桶，摁下把手。纸片看似随着水流的漩涡冲下去，但水位复原以后，重叠的纸片浮在水面上晃动着。再摁一下把手，这次有更多的纸片随着水流旋转，沉积在下面，几乎看不见马桶底。这样子厕所就会堵塞，由里子用舀子把纸片捞上来，眼里沁出泪水。

厕所冲不走，只能烧毁。家里能烧东西的地方……她拿着装有材料的信封走进厨房，只见洋一的沾有泥土的棒球帽扔在餐桌上，正吃着蛋糕。

洋一似乎发现妈妈面带难色的样子，说道："怎么啦？我帮你吧。"

由里子心头疼痛，"不要紧的。你还是快换件衣服，替妈妈看看纯二的作业做得怎么样了。妈妈在这里有点事。"

洋一和弟弟一起走进自己的房间。

由里子把一个大烟灰缸放在不锈钢的水槽里，取出材料，用火柴点燃。小火苗随着青烟升起来，再多放进去一点材料，火焰猛然变大蹿上来，她不由得往后退去。

她明白，在这里不能烧——于是拧大水龙头，熄灭火焰。黑色的纸灰不仅留在水槽里，还飘落在地上。

由里子思来想去，最后给住在附近的妹妹家打电话，是芙佐子接的电话。

“刚才看到电视的文字传送新闻，有姐夫的事，这怎么回事啊？”大概旁边有家人，妹妹压低声音。

“这以后再说吧……可能会来搜查住宅，有一些东西要马上处理，能不能用一下你们家的焚烧炉？”

妹妹芙佐子犹豫了一下，说道：“好。阿洋他们也放在我这里吧？”

“嗯，不想让孩子们知道……”

“我现在过去。”

妹妹立即做出决断，放下电话。从这里到成城的妹妹家开车都不用十分钟。由里子把材料装进大号信封里，再放进手提包，然后走进孩子的房间。

“妈妈现在有急事必须出去一趟，刚才给成城的姨妈家打电话，她说一起来吃晚饭吧。你们怎么样？”

不说住一个晚上，只是说吃晚饭，这让孩子们高兴起来，果然两个人大声欢呼，主动要求在那里住宿。由里子麻利地为他们准备明天早晨上学需要的东西。门外的对讲机响起来，由里子心头一惊，短促的三声，这是姐妹俩约定的暗号，立刻打开大门，看见身穿毛衣和裙子的妹妹正从外面把手伸进来开门。

“谢谢，车子呢？”

“停在前面的空地上……有什么需要帮忙的吗？”

妹妹没有多余的废话，问话干脆。她五官端正，身材苗条，气质优雅，但做事干练，风风火火，自小就和姐姐脾气相投。

“先是这个。”由里子指着手提包里的信封。

芙佐子用眼神表示明白，然后把盛有菜肴的容器放到冰箱里，说是姐姐吃晚饭的菜。

“可帮我大忙了。明天的早报会有报道，一定不要让孩子们知道。”由里子忍受着撕心裂肺般的痛苦。

背着肩背包的两个孩子兴高采烈地跑出来向姨妈低头致礼。

“上一次奥赛罗棋阿贤输给你，不服气，憋着劲儿要扳回来呢。”芙佐子张开双手迎接孩子，带出门外。

由里子看着妹妹的车子从空地驶去，回到屋里，紧张的情绪稍微缓和下来，一屁股坐在沙发上，茫然若失地看着玻璃窗外的花草。

对讲机响起来，由里子一下子惊醒过来，问是谁，对方小声地说是“警视厅”。由里子提醒自己要冷静。一开门，只见一辆米色的小车和三个男子。

他们走进大门，年龄最大的那个人确认由里子的姓名以后，说道：“我是警视厅搜查二课四班警部补，另外还有两人。东京简易裁判所签发有‘搜查查封令’，现在让我们到您家里看看……听说您先生有自己的房间，请您先带我们看那儿。太太您是见证人，请您遵照我们的指示。”

在警察的催促下，由里子一边带他们去书房，一边心里祈祷没有留下抽取材料的痕迹。

进入四叠半榻榻米的书房后，三个搜查员开始分头检查桌子、书架，十分熟练地翻看表示人际交往的名片夹、通讯簿、采访笔记、记录本、文件夹等，被扣押的东西一件一件地装在背面印有警视厅字样的大中小不同的茶褐色信封里，并在信封正面记录名称。

“太太，没有发现日记之类的东西，新闻记者写东西应该很细致的。”警察的口气像是说被她藏起来了。

“这个职业，时间没有规律，所以他不记日记。”由里子实话实说，平静回答。

“哦，这是什么？”

检查书架文件夹的搜查员从活页夹子里抽出一份材料。由里子心头一惊:莫非是忘记处理的文件?

“是三年前佐桥总理的访美日程啊……与尼克松总统在椭圆形办公室单独会谈三十分钟……这么详细的日程表啊……扣押!”警部补命令道,又目光锐利地瞥了一眼由里子,“这样的东西太少了,太太,不会是您藏起来了吧?”

“怎么会呢?我对他的工作一窍不通,打扫卫生的时候总是注意什么也不能动。”由里子自己都惊讶竟然回答得这么流利。

接着搜查寝室。卧室里摆着两张单人床,当他们在床头柜的抽屉、三面镜、衣柜里没有发现有用的东西后,就凭借三个男人的力气掀开床罩、被子,乃至床垫下面迅速搜寻。既然不是杀人、抢劫、贿赂的嫌疑犯,有必要这样做吗?由里子不由得感到愤怒。

连一张纸片也没有发现,三人分头在内厅、孩子的房间、客厅、厨房继续搜寻。

警部补从客厅的五斗橱里发现银行、邮局的存折,翻看的时候,目光突然发出亮光。由里子一心只担心文件,没想到警察对存折感兴趣,觉得不可理解。

“太太,让您不方便了,这个存折我们要带走。”

“怎么连存折……这平时要用的,这怎么行?”

“会尽快还给您的,暂时先放我这里。”说着,把存折装进信封里。

“等一下,这次的事情与存折有什么关系吗?如果有疑问,我来解释。”由里子显示出毫不退让的架势,诘问警部补。

“这个要上级看过以后来判断,如果没什么事的话,会马上还给您的,请您冷静一点……”

警部补以凶狠的目光镇住由里子,在两个搜查员将翻找凌乱的房间稍微整理的时候,他用复写纸写好《扣押物品清单》,让由里子签名、盖章。

“明天早上我把存折里的活期存款取出来以后不行吗？”她想知道警察对金钱的出入有什么疑问。

“有钱人家的太太对活期存款不会在意的吧，而且我刚才就一直觉得奇怪，听说您家有两个小孩子，怎么不见他们呢？”

“……上补习班去了。”

既然警察提到孩子，看来不得不签名盖章了。

“打扰了。哦，对了，要是有给您的先生换洗的衣服，我们可以代劳，那里面冷。”临走的时候，警部补说了一句与搜查时态度大不一样的富有人情味的话。

“不是明天就回来吗？”

“这……这要看问询的情况……”

由里子听到这句含蓄的话，一下子没了主意，急忙收拾不少换洗衣物，用包袱皮捆成两大包。

年轻的搜查员亲切地接过衣服，三人一起走出大门，不知道什么时候聚集在大门外的摄影记者一起按动闪光灯快门。由里子大惊失色。搜查员假装亲切地捧着装有弓成换洗衣物的两个大包袱，难道就是为了在这些新闻媒体面前弄虚作假地显示搜查有很大的收获吗？

由里子关上门，意识到丈夫现在的处境远比自己想象得严重、阴暗。

每朝新闻的记者们在得知弓成亮太被捕的消息后，都陆续从采访点回来，来到编辑局，这里弥漫着一种异样的气氛。

弓成的座位空着，政治部的年轻记者们情绪激动，正责问主任编辑。

“逮捕弓成是按照佐桥总理的强行指示，这完全是政治逮捕。你们明明知道这一点，还把他交给警视厅，太无情无义了吧？”

“听说警视厅一大早就打电话给上层领导，要求协查，于是紧急召开局长会议，可是我们一点都不知道，到弓成与部长一起去警视厅的前一刻还瞒着我们，这是怎么回事？”

记者们语言激烈，锋芒毕露。

政治部部长在决定明天早报版面的“轮值会”后，就没有在编辑局露面。

三个主任编辑满脸苦涩，无奈地看着大伙。

“我们也是听说弓成好像把绝密电文交给社进党的横沟的风言风语，实际情况是在那个女事务官主动坦白以后才知道的。我们也质问部长：为什么不把警视厅的要求顶回去？报社就不能团结一致保弓成吗？但律师说，如果这样的话，二课就会来编辑局直接抓人，也会立即抄家。大家听律师这么一说，就觉得没有办法。”

记者们听说警视厅已经做好不惜闯入言论自由圣地的准备，也就默不作声。

“……不能因为从外务省职员那里拿到绝密电文，就说违反国家公务员法，这种做法太卑劣！我们新闻记者采访，只要对方掌握有我们想知道的情报，不论他是司机、秘书、家属，不管是谁，就会想方设法去接近。甚至还会偷看、抽走从政治家、官员的办公桌抽屉里露出来的文件，如果没有这样的胆量，就写不出接近真实的新闻报道。”

“对！对执政者不利的报道不许写，谁写谁就是这个下场。这完全是杀一儆百的逮捕！”

新闻人众情激愤。

从华盛顿分社回到政治部不久的记者情绪激烈地说道：“这次事件酷似去年的《纽约时报》事件。去年，《纽约时报》揭露美国国防部的‘越南秘密文件’，在报纸开始连载的时候，司法部就向法院起诉，要求判决停止刊登有关文章。当时《纽约时报》掀起一场‘国民知情权'优先于'国家机密'的大规模的宣传运动，获得第一次知道越战真实情况的国民的绝大多数的支持。结果联邦最高法院驳回司法部的起诉，支持'国民知情权'。这一次轮到我们日本了。"

"知情权……这是要害。我们应该采访各界的评论家，指出逮捕弓成是对揭露密约的报复，是侵犯国民的知情权。难道我们不应该强烈地诉之于三百五十万订户读者吗？"

"对！我们要紧紧抓住'知情权'这个问题的关键，开展不屈不挠的宣传运动。"

新闻记者的自尊与骨气激发了每个人的高昂斗志。

与政治部相邻的社会部的记者们，平时都待在警视厅、警察厅、司法俱乐部，通过电话发稿，偶尔在深夜回到社里。现在，这些干练的记者高手也都一早来到编辑局，一起直言不讳地发表意见。

"因为从外务省职员那里获得密件，就实行逮捕，这种做法太过头了。既然不必担心销毁证据或逃跑，最多是自愿协查就足够了。"

"是啊！按照讯问弓成的二课的说法，是那个先行自首的外务省事务官说都是弓成的缘故才这个样子，对他很是怨恨。可尽管如此，也不能适用国家公务员法的教唆罪。如果把从公务员获取情报都说成是'教唆'，那我们不是白天黑夜都在'教唆'警察吗？"

所有记者都对逮捕弓成表示愤怒，分别采访，积极撰稿。

半夜十二点，久不露面的司政治部部长穿着衬衫、吊带裤来到编辑局。主任编辑说他刚才和牧野编辑局局长一起到楼上的主笔办公室去，可能正在起草报社对此事的统一见解。于是已经发稿的政治部记者们都跟在抱着稿件、直接走向整理本部的司的后面。

"这个加边线。"

他把写有"编辑局局长见解"的原稿交给分管"硬派"的主任编

辑："题目照这个改。"

国民的"知情权"被置于何地？

权力介入正当采访是对言论的挑战

如果新闻记者力求报道真实的行为就是违反国家公务员法，那么国民除了政府的正式发表之外，将一无所知。

……弓成记者事件给本社留下与其说是宝贵、不如说是十分惨痛的教训。但是，每朝新闻面对包含政治权力在内的所有外部压力，将勇敢地继续战斗下去。每朝新闻再一次确认编辑方针所提出的"以独立于所有权力之外、不偏不倚的原则和报道为建立自由民主的社会做出贡献"的决心，向着明天奋勇前进。

这篇文章从正面批判对弓成的不当逮捕，具有新闻人卓越的见识。

无论是谁都对这一篇犀利深刻的文章拍手喝彩，可是到凌晨一点临到排版的时候，不知何故，文章最精彩的末尾两段文字被完全修改：

不言而喻，言论机关尊重国民的"知情权"，肩负着尽最大努力发挥"告知义务"的应有作用。

同时，报社最根本的原则就是必须重视为信息源保密，但此次弓成记者造成未能守密的结果，对此表示诚挚的歉意。

另外，倘若新闻记者具有将获得的情报使用于背离报道的意图这样的事实，那不能不认为违反了记者的道德伦理，我们将尽快弄清事实真相。

新闻人的见解一下子降低为个人层次的伦理道德。看到清样的记者们都大吃一惊。

“紧要关头，这是怎么回事？上层领导是怎么想的啊?!”

“报社打算抛弃弓成吗?”

年轻的记者怒气冲冲，但老记者只是用下巴往楼上扬了扬，以冷静的口气说道：“大概上面得到当局方面的什么消息，逼得不得不改。我们的头头顶不住压力。”

“不，连执政党的议员在接受采访时也表示逮捕弓成是异常事态。我们只有彻底抗争。”

情绪激动的记者们向领导办公室跑去。

平时总是灯光昏暗的走廊今天也和编辑局一样明亮。正好久留主笔一个人走出电梯。

“主笔，编辑局局长见解一下子降为个人伦理，这是怎么回事?”

“这与对弓成见死不救有什么两样?！社论也显示出战斗的姿态，为什么突然间软下来了?”

记者们接二连三地尖锐逼问平时只能对其毕恭毕敬的主笔。

满头银发、身材高挑的主笔那张极度憔悴的脸上浮现出苦恼的神色，环视着年轻的记者们，每一个字都像是挤出来一样说道：“你们的主张完全正确，报社的原则始终以为情报源保密作为第一要务，但是，既然将情报交给社进党从而暴露出情报来自三木事务官，那么在谈论知情权之前，就首先必须道歉。这是社长和我做出的判断。”

“事到如今还先道歉，这不正常。领导是不是得到什么我们不知道的消息呢？要是这样的话，就应该告诉我们。”

但是，久留主笔紧闭嘴唇，没有回答。

高楼林立的街道被吞没在黑暗之中，彻夜灯火辉煌的每朝新闻社内，领导层与活跃于第一线的记者之间的隔阂未能解除，处在风雨飘摇之中。

第二天的报纸，除了那篇支吾其词的编辑局局长见解外，其他版面几乎全部都是指责逮捕弓成不当性的报道，蔚为壮观。

头版的报道是“本报记者被捕”，第二、三版通栏都是“保障民主主义的言论自由遭遇危机”的内容，第十八、十九版则是“在‘机密的墙壁’里为传播真实而战斗”的文章，全部都是黑体字大标题。

其他报纸也都在叫喊新闻报道自由的危机，与每朝新闻步调一致，对“知情权”与“保密”展开争论，如燎原之火，迅猛燃烧。

弓成对外面的情况一无所知，在东京地方检察厅接受讯问结束后，又被戴上手铐、系上腰绳送回警视厅。

一课的抢劫杀人、三课的盗窃偷摸，都有四五个嫌疑人系着腰绳排队押上警车，唯独弓成乘坐能坐五六个人的小车，外表与普通小车无异，里面却在司机与后排座之间隔着一道铁网，两边的车窗用布帘遮挡。

车子一开动，弓成就从遮挡布帘的缝隙窥看外面的情况。霞关官厅街的人行道上，人们照样在匆匆忙忙地行走。四天前，自己也还是他们中的一员。弓成情不自禁地把手放在窗沿上。身边的警察严厉阻止他，但是他不顾手铐嵌进肉里的疼痛，紧紧贴在车窗上。

自己曾经处在政治部记者的巅峰地位，现在却是违反国家公务员法的嫌疑人，接受警视厅搜查二课四十八小时的讯问，从昨天开始接受地方检察厅的讯问，讯问结束后送回警视厅的拘留所。弓成一想到这巨大的落差，愤愤不平。

车子很快就驶进警视厅的地下车库，然后沿着黑暗的信道，返回拘留所。

沉重的铁门一打开，凝滞的空气扑鼻而来，沉闷阴郁的闭塞感袭上心头。

天花板很高的半地下状态，上下两层一共二十五间的号房排列成扇形，弓成关押在上层的杂居房，或许因为是新闻记者，或许因为此案涉及政界官界，对弓成特殊处理，让他一个人一间。不过，所有的号房都在监视台的监视之下，没有死角，而且看守不停地在号房前面的走廊上巡逻。

手铐、腰绳解开以后，弓成盘腿坐在木板地的席子上，依然处于虚脱状态，一动不动。角落里叠放着四块早晨起床时就折叠得整整齐齐没有一条皱纹的旧毛毯，但是在看守通知就寝时间之前，不允许靠在上面。

左右的号房传来嘈杂的声音，送晚饭的手推车来到弓成的号房前面。

“144 号……”

看守叫喊代替弓成姓名的号码，从门下方的送饭口塞进来一个饭盒。斑驳的红塑料盒里放着一撮米饭、两片炸莲藕、一小口羊栖菜、两片腌萝卜。一看到这样的伙食就毫无胃口，一直到昨天什么也没吃，现在只想呕吐，呆滞的目光对着这个盒饭。

巡逻的看守走过来，斥责道：“喂，又不吃饭吗？这样身子可顶不住讯问啊。”

弓成这才把饭盒里的米饭和两片腌萝卜塞进嘴里。

饭后，弓成想大便，便站起来走到角落的便器旁边。

这时，从监视台传来严厉的苛责：“喂，144 号，不是告诉过你不许随便站起来吗?!”

弓成的肚子针刺一样疼痛，无法忍受。解手完毕，又传来监视台的命令：“144 号，冲水！”

接着，监视台让弓成提出让监视台代为冲水的请求，但弓成没有说话。

最后还是由监视台的电动操作代为冲水。

弓成又坐在席子上，回想起今天在地方检察厅接受讯问的情况。那个皮肤白皙、嘴唇像女人一样红润、纠缠不休的检事翻来覆去、絮絮叨叨地询问他与外务省三木事务官的交往、有无金钱授受关系以及政治背景等问题，稍微记忆有误，就严厉地呵斥他做虚假供述。

“除了每朝新闻的工资之外，每个月还有固定的十七万日元的进账。这是什么钱？”

检事似乎对从家里抄来的银行存折很感兴趣，昨天和今天都反复询问同样的问题。

弓成不胜其烦地回答道：“我已经在警视厅回答过了，就是询问记录上所写的那样。”

检事立即态度强硬起来，“这是检察厅。地方检察厅有地方检察厅的讯问方式，好好回答我的问题！”

“那是北九州老家寄来的以我的名义盖房子的钱，你们问一下银行就知道。”

“可是，进账多，余额少，这怎么解释？除生活费外，每个月花得最多的是什么钱？”

“就是和同事、晚辈记者们在一起吃喝，还有采访时的应酬，和政治家的宴席、红白喜事的费用……这样的钱不能不出。”

“采访的话，账单不是转到报社吗？怎么在你家里没有发现发票之类的单据呢？”

“我们报社的作风是记者凭自己的真本事写报道，所以并不是什么都管报销。你说没有发现发票，如果对这些过于在意，根本就无法采访。”

与弓成差不多年龄的检事那红嘴唇的嘴角浮现出一丝微笑。

“还有，三月十一日有三百万日元入账，这是什么钱？”

弓成一时间想不起来这笔钱的来路，脑子里浮现出父亲的身影。

“北九州的父亲卖掉一部分土地，从所得中拿出一部分作为孙子的教育费用。上个月他来东京住在我家里的时候给我的。”

“现金三百万日元一下子就交给你，气派好大啊！有证据吗？”

“因为是现金……”

“听说你父亲是香蕉王，好像掌控九州一带的蔬果业界。只要福冈国税局查一查他的公司，也许就会弄清楚。”

“这次事件与父亲没有关系，希望你们不要搞错。”弓成不由得提高了嗓门。

“搞没搞错是你说的吗？我们现在正在密切关注围绕着推翻佐桥总理的政界贿赂问题，大概也有一些议员让关系密切的记者发表对本派有利的文章、提供情报吧。如果在这一条线上，你获得的情报不是用于撰写报道文章，而是试图利用社进党动摇佐桥政权，那可是相当精心的策划啊。”他的话听起来感觉不快。

“检事也会被政界里麻雀一样叽叽喳喳的流言蜚语所迷惑吗？”弓成觉得这样顶撞也许对自己不利，但是他已经满不在乎。

“叽叽喳喳的麻雀里面也有对内情相当了解的。比如说弓成记者就是一个小平先生在家里接受按摩时可以在他身边谈话的人啊……”

这又怎么啦……从早晨到傍晚，这样翻来覆去没完没了的质问攻击让弓成逐渐失去反驳的气力。

一声“准备就寝！”的命令在整个拘留所里回响，各间号房的嫌疑人一齐铺毛毯。在没有钟表的拘留所里，看守的声音就是时间。

晚上九点，弓成躺在铺在席子上的毛毯里，但是走廊上灯光明亮，连一个翻身都受到监视，这让他难以忍受。

弓成被拘留后，律师很快就来见面。弓成本以为拘留一天就会放出去，但警方以担心销毁证据、合谋串供为由，继续羁押。没有人可以听到他对这不当逮捕的诉告，对他表示理解。

与外界隔绝，孤独地羁留在单人号房里，会使人的精神状态变得不正常。以前作为新闻记者与掌权者熟悉交往，当意识到自己过去对国家权力的可怕的认识过于天真的时候，为时已晚。

听说三木昭子还羁押在这个拘留所里。

一直到第二天早晨五点半起床，弓成彻夜未眠，心头异常烦恼。

下午，佐桥总理一行威风凛凛地在铺着红地毯的参议院走廊上走向预算委员会会场。众议院的预算委员会在关键时候由于密约问题的追究引起审议纠纷导致临时中断，但是在弓成逮捕的前一天，众议院终于通过了昭和四十七年度预算案，转到参议院审议。

走在佐桥总理一行前头开道的是一个虽然只有两年议员经历、却用一双凶光锐利的三白眼睥睨扫视四周、通称“松光”、绰号“赌博议员”的“响当当”议员。他的身后是国会警卫长等三个参议院警卫、几个SP、秘书，还有本派的议员，前呼后拥，好不气派。

“让开！请让开！”

“赌博议员”用像赶走苍蝇一样的手势将走廊上来来往往的年轻议员、秘书、国会职员等分到两边。担任总理警卫的国会副警卫长对这种缺少教养的做法感到极不愉快，仿佛自己的尊严受到了他的玷污。

“总理，就弓成记者被捕一事发表一下见解……”

聚集在官邸里的年轻记者们紧紧追随着总理一行，向佐桥总理发问。佐桥没有理睬，继续向前走。记者们紧追不舍，咬住不放。

“总理大臣要出席预算委员会，在走廊上不要这样随随便便地向总理提问！”“赌博议员”猛然挡在记者面前，三白眼凶狠地盯着大家。要是平时，年轻的记者都会默不作声，但今天似乎并不听话。

“舆论说是不当逮捕，谴责的声音日渐高涨。请问总理有什么想法？”

佐桥总理这才瞪着大眼睛看着记者，“什么舆论？舆论不过是你们使用报纸进行操作而已。逮捕弓成纯粹是警察的刑事案，警方独自立案调查的。”

“可是总理，在逮捕弓成当天早上召开的内阁例会上，国家公安委员长说视情况会逮捕。有内阁成员证言事前已经秘密得到政府的认可。”

离总理很近的一个记者提出质疑，佐桥总理满心不高兴地鼓起脸颊，说道：“有这么缺少见识的阁僚吗？总之，事件的本质是：作为新闻记者，为什么没有把获得的信息用于撰稿，而是提供给外部的人呢？如果其目的是作为政治斗争的工具，那么事态将很严重。这在你们的宪法——《新闻伦理纲领》第二项第四款里写得清清楚楚。”

这并非事先安排的走廊上的记者会见，然而总理大臣背出《新闻伦理纲领》的具体条文：“在处理新闻消息时，必须严格注意不被利用于他人的宣传。”这本身就不自然。

“总理，我是每朝新闻记者。弓成记者的行为或多或少是一种记者所常用的采访行为。为什么这一次要逮捕他？”每朝新闻的国会专职记者表示抗议。

“噢，你是每朝新闻的啊？编辑局局长见解一开头就说逮捕弓成记者是政府对言论自由的挑战。要是这样的话，我就和你们战斗！”佐桥的大眼睛带着威慑的神色。

“但是，弓成记者为了确保国民的知情权，按照自己的良知进行采访、撰稿，所以我们报社才认为对他的逮捕是过度行为。”每朝新闻的记者毫不退缩，毅然回答。

“你们新闻记者是知情权一边倒，我也有在什么情况下通过什么途径传到社进党手里的知情权。”

佐桥总理显示出威吓的态势，在随从的簇拥下向预算委员会会议室走去。

荒木社会部部长如一条被潮水卷上沙滩的金枪鱼躺在编辑局角落的长沙发上。

自从开展知情权的宣传攻势以来，他指挥一百二十个人的社会部大家庭连续几天不眠不休地奋战，的确累得筋疲力尽。他在医务室打了一针，回到编辑局躺下来打算歇一会儿，不料睡魔袭来，一下子沉睡过去。

糊糊涂涂之中，听见小小的骚动声响逐渐变成清晰的说话声。

“敢于与政权进行针锋相对的斗争才是真正的报社。每朝新闻干得好，好久没有这样痛快了！”

“归还冲绳好不容易成为战后时期的一个标志，却出现这样的幕后交易。这是对国民的背叛行为。我们要向国会举行示威游行，要求佐桥下台和释放弓成记者。”

读者电话络绎不绝，恐怕都对采访和电话发稿造成了影响。

读者的明信片和信件就更多了。

荒木社会部部长在梦境中想伸手去接响个不停的电话，一只脚却几乎要从长沙发上掉下来，一下子睁开眼睛，浑身关节疼痛，慢慢地坐起来。他拿起放在桌子上的半杯剩茶，一口喝干，又开始翻看其他报纸。所有的报纸连续几天都集中大造知情权的舆论攻势。弓成被捕那一天，荒木把各报社的社会部部长紧急集中到日本新闻协会，说明情况，各报社都立即表示要紧紧抓住这次新闻报道面临危机的机会，加强团结。在荒木的长期记者生涯中，他第一次经历这样的事。

“荒木，辛苦了。”

荒木抬起眼睛一看，原来是与自己同时入社的、销售局负责首都圈业务的第一部部长。他胖乎乎的红脸什么时候都是和蔼地微笑着，大阪人，口音怎么也改不了，性格开朗，似乎生来就是为了干销售这个行当。

“哟，真稀罕，你怎么跑到这里来……”

荒木和这个销售部长只是偶尔在酒馆里见过面，所以感觉惊讶。销售部长坐到荒木对面，指着桌子上的报纸，说道：“这种乱哄哄的版面能一直持续下去吗？”

“什么乱哄哄啊？这三天，编辑局不分白天黑夜地采访、撰稿，忙得连睡觉的时间都没有，我们是在战斗。”

“这么说，还打算继续这样高调下去？”

“当然。你看看，各家报社团结一致，互相呼应，很多读者还热情鼓励我们。我们打算坚持到弓成记者无罪释放。”荒木表示自己的决心。

“你傻不傻啊，你的对手是国家权力，要考虑先发制人的攻击必须有胜算的把握，否则我这儿可受不了。”

“喂，你来这儿说什么呢？你那边受得了受不了不关我事，希望你尽量不要对编辑方针说三道四。”荒木婉转地请对方打住。

“荒木你也知道，最近要提高报纸的订阅费。上面的绝对命令，要利用这次涨价的机会，使报社与专卖店之间的利润分配对报社有利。”销售部长声音虽小，语气却迫切。

虽然是在同一家报社，但在编辑局的人眼里，销售局就像阎王殿一样情况异常复杂，弄不清楚报纸发行的份数与专卖店之间的关系，只好模棱两可地“噢、噢……”，既不否定又不像附和认可。

销售部长探出身子说道：“就告诉你一个人，销售的利润分成历来都是报社四成、专卖店六成。这次上面不是说对半分，而是要把四六成倒过来。这怎么和专卖店的老板谈，我光是想这样那样的办法就累得够呛。”

“那你辛苦了，不过，我可不能跟着你们的狐和狸的斗法转。我们编辑局……你瞧，过了四天，还有这么多鼓励的电话，支持我们的信件也是堆积如山，我保证今后每朝新闻的订阅数量还会直线上升。”

“荒木，现在弓成关在警视厅的拘留所里，那些来电话来信大谈什么知情权的不是狂热分子就是知识分子，绝大多数读者还是认为既然被捕，大概还是做了什么见不得人的事。报纸订阅数量不可能增加。”

“你也是本社的人啊，怎么就知道钱、钱的？”荒木不由得嗓门粗起来。

“希望你现实地想一想，这几天你们大喊大叫什么国家权力、社会罪恶……满嘴豪言壮语，坐着挂有社旗的车子满世界转，还随心所欲地到处打电话……专卖店卖报纸一个月才一千两百日元，我们销售局的人对这些专卖店的老板是求爷爷告奶奶地求他们让利，你们连销售的辛苦都不知道，还奢谈什么知情权。连广告部都这么说，要是国家权力再挥舞什么大刀砍过来，到时候赞助人都会跑掉。”销售部长也大声叫喊，仿佛一吐平时的积郁气愤。

“你到这里来就是想说这些吧，很遗憾，无法满足你的要求。”荒木没好气地把他顶了回去。

销售部长满脸通红地站起来，“那个狂妄自大的弓成什么时候才能出来啊？到了里面还照样目中无人，刑警也是人，这不是给人不好的印象吗？我看你还是叫和警察打交道的记者写一个‘被居留者须知’送进去吧。”销售部长恶狠狠地骂了一通，气呼呼地离开了编辑局。

荒木心头堵得慌，正打算起身回自己的位置上去，看见担任警察厅采访的首席记者堀田走进来。这个堀田不到深夜不来，这么早来确实少有。堀田看到荒木，彬彬有礼地点头致意。

荒木说道：“看样子捞到什么好东西了。”

堀田粗眉毛的脸庞瞬间掠过些许困惑，说道：“看来没那么痛快。”

“怎么回事？”荒木让他到自己的座位旁边。

“感觉我们报社的上层和警察、政府之间的信息差距太大。今天我到刑事局局长的办公室转了一圈，他话中有话地说，你那个地方那样子挥舞拳头行吗，有点摸不着头脑。”

堀田具有案件当事者一方的记者这个意识，感觉他的话很有分量。

“是给我们的报纸版面发出警告吧。听到审讯那边有什么新的口供没有？”

“他不肯多说。刚才我去警备局里关系不错的课长那里，假借和他约定比赛围棋，聊天的时候，故意探他口风，说我们的报纸这样子报道知情权一边倒行吗，果然他有反应。”堀田说明警方的意图。

警备局是检察厅的核心部门，公安警察的大本营。他们认为泄露有损国家利益的机密文件是一起严重的犯罪，课长断言可以准照颠覆国家罪。

“这简直是谬论！”

“按字面理解的话，这么说的确过于严厉，但是我担心的是，警方是在故意放风，感觉他们相当从容，似乎手里握有什么王牌。”

“是吗……如果你这么感觉的话，那我们就不能无动于衷。既然如此，你应该直接求见十时长官，更明确地抓住警方的意图。”

“我也是这么想的。”堀田说罢离去。

荒木凝视着的他的背影，陷入如吞铅般沉重郁闷的心情。销售部长表面上态度强硬，毫无通融余地，其实内心深处怀着一种对狂妄自傲、不知天高地厚的弓成记者无法估计的担忧。

夜间，司法记者俱乐部的年轻记者齐田坐在车里，正前往东京地方检察厅特搜部部长的家里采访。

齐田入社经过研修后分配到仙台分局，通过两年的努力，好不容易在当地方方面面建立起人际关系，却在四月的人事变动中调到东京总社社会部司法记者俱乐部。

他花力气记住法院、检察厅的组织结构体系，让别人带着到必要的部门拜会副职领导，正当万事俱备的时候，却突然遇上外务省泄密导致本社大记者被捕事件，对于他这个年轻记者来说，参与此案的采访感觉负担过重。

采访东京地方检察厅特搜部部长的目的是探听弓成记者今后将被如何处置。弓成被警视厅搜查二课逮捕，昨天移送到地方检察厅特搜部，决定拘留十天。现在各家报纸就弓成会被起诉还是缓期起诉或者免予起诉的报道进行激烈竞争，所以今晚齐田的任务是试探一下特搜部部长的真实想法。

特搜部部长住在杉并区高井户，一路上车子排成长龙。齐田注意观察部长家周围的情况，车子停在离得稍远的路边，静候部长回来。九点半刚过，一辆公车驶来，停在部长住宅的高墙外面，长着一副兽头瓦①般凶狠模样的部长从车里下来，今晚他回来得早。

齐田和其他报社的记者一起进入大门，正脱完鞋，只见特搜部部长正用锐利的目光盯着他："等一等，你是每朝新闻新来的记者吧？"还没等齐田回答，他语气强硬地说，"我和每朝没话说，你给我走！"

齐田性格温和，却被这种蛮不讲理的出言不逊所激怒，反驳道："我和其他报社的记者一样，是为工作而来的。"

"你是这么说，但这是我的家，我不能放敌人进去。"部长极其冷漠地将齐田拒之门外。

"可……"

"要是采访，你到检察厅来，可我说不说那另当别论。"

瓦片脸说罢，一副不屑一顾的样子，走进大门里的会客室，回手咔嚓一声把门把手关上。这期间，没有一家报社的记者为齐田说情。

齐田无可奈何，只好重新穿上鞋子，走出大门。

"这是我的家"……这是什么话！不过，每朝新闻这几天展开声势浩大的知情权攻势，也许在检察方面看来，记者就是他的敌人。

不过，齐田还是被这个特搜部部长的气势所压倒，一个人被踢出门外，感觉的确很窝囊……如果等着其他本社的记者出来再向他们探听消息，那就太没出息了。

那个老练的司机大概认出单独留在外面的是齐田，便把车子开过来。齐田上车后，司机似乎觉察出年轻的记者受到打击，也不问去哪里，只是默默地握着方向盘缓缓前行。

---

① 兽头瓦，是安装在尾顶四角，上有兽面花纹的瓦，常见于东亚传统建筑。日本则一直普遍使用。

不能这样空手而归。齐田的脑子里忽然浮现出东京地方检察厅副检事的模样。在他拜会各个司法部门的时候，判事、检事大抵都应付了事地敷衍一番，只有这个副检事主动打招呼说："从地方分社一下子调到司法俱乐部，不容易吧。"

齐田翻看记事本，这个副检事住在市谷的单位住宅里。从外苑下高速，十点前能到，司机提高了车速。

齐田一口气跑上三楼，平静一下呼吸，轻摁门铃。片刻之后，对讲机里传来正木副检事的声音。齐田对晚间突然来访表示歉意后，门打开了。

"事先没有联系，非常抱歉。"

"有什么事吗？"

已经换上和服的正木副检事从眼镜后面投过来温和的目光。

"想就泄密案听听您的见解……"

"我正在查资料，马上就好。你能等？"

"当然，我等。"齐田感觉得救了。

正木夫人请齐田到会客室等候，然后端来日本茶。

齐田表示感谢，把茶碗捧在手里，凝视着。青瓷花瓶里随意地插着一枝姿态优美的晚樱。

"我先生的老家每年都要送来晚樱。"

夫人正微笑地说着，正木走进来。

"家里杂乱无章，感到惊讶吧？"

"哪里哪里……"

齐田用欣赏的目光从书架转到桌子下面，再扫到立体声唱机上，所有的空间都堆满书籍、杂志。

正木坐在齐田对面，齐田等他喝完夫人沏的那一杯茶，然后老老实实地说道："其实我刚才和其他报社的记者一起去高井户的特搜部部长家采访，可是他说每朝是敌人，把我赶了出来。"

正木含笑说道："他那样的刚烈汉子，大概受不了各报连篇累牍的抨击政府滥用权力的狂轰滥炸的攻击吧。"

齐田无言以对，沉默片刻，说道："我们报社的事情，我本来也不方便打听……可是，起诉，还是不起诉，特搜部是怎么考虑的呢？"

"这还要看讯问的进展情况，现在不好说。又没有可以借鉴参考的案例，所以他们很慎重。"正木表情和蔼地看着晚樱插花，继续说道，"齐田，你还年轻，今后还会遇到各种各样意想不到的事件，我有话想对你说，你在大学学的是什么？"

"政经。"

"那你也懂得一点法律吧。英国的习惯法有一项清廉原则，就是指责别人的人，自己的手必须干净。每朝新闻现在每天都在强烈主张知情权，但是，如果每朝新闻自己的手也是肮脏的，那怎么办？……肮脏的手挥舞着肮脏的笔，还能主张知情权吗？今天晚上我想对你说的就是这些。"正木谆谆教导，然后沉默下来。

齐田深受感动，发现自己卷进报社内知情权一边倒的漩涡里，从来没有听到正木这样平静的声音。

特搜部部长的怒火、副检事所说的肮脏之手……也许在事件的背后隐藏着自己无法知道的什么秘密。他想尽快回到社里，向老记者们提出自己的疑问。

弓成在拘留所的盥洗室洗脸，用水抚平干燥蓬乱的鬓发。

晚上十点半，看守隔着号房的铁门对他说："144号，你被释放了。"然后把装有换洗衣物的包袱扔进来。

听说报社的律师团对拘留十天的决定提出上诉，被法院采纳，也许一两天之内就会被释放。只是到今天、星期日的下午五点过后还没有得到消息。弓成心想也许延期，也许被驳回，感觉心情郁闷，按照规矩在就寝时间时躺在毛毯上。就在他闷闷不乐的时候，听到看守“你被释放了”的通报。

即将恢复人身自由！这时的喜悦心情只有经历过被剥夺自由的囚禁者才能体会，甚至忘记了对不当逮捕的愤怒。这种喜悦贯穿全身，他急急忙忙地换衣服，丝毫没有注意到一直包裹在包袱里的夹克、裤子折叠处的皱纹。

拘留管理课的看守把洗完脸的弓成交给在沉重的铁门外等待的搜查二课四班。站在外面的是对弓成第一个讯问、实行逮捕的、有着柔道运动员般身躯的井口班长。他对提早六天解除拘留释放出来的弓成说一声“您辛苦了”，脸上明显地浮现出无奈懊悔的神情。

弓成摇摇晃晃地从地下室的台阶走上来，听见台阶上面传来司政治部部长的声音：“弓成，我接你来了。”

一走到台阶上面，司部长就抱扶着他的身子。司部长的身旁站着一个和自己年龄差不多的律师，特地前来给自己鼓气，他自我介绍说：“我是您的律师团的一员。”

弓成从心底感受到自由的喜悦，对律师致意道：“谢谢你们的努力。”

这六天里，除了往返于审讯室之间外，几乎没有走路，腰腿支撑不住。司部长和律师左右搀扶着弓成，大约走了十米，司部长微笑着说道：“前面你可以自己走吗？大家都在大门外等着你。”

“大家……”

星期日晚上将近十一点，这个时间里，还有谁……弓成感到惊讶。

“当然，政治部的大伙儿啊。另外，各个报社的政治部、社会部、电视台报道部，还有月刊杂志、周刊杂志的记者都集中在报社的大礼堂，等着你会见记者呢。”

弓成突然感到困惑。

"记者会见记者,那是前所未闻,可是要求非常强烈,无法拒绝。知道你现在疲惫劳累,可他们都是'保卫弓成记者'的新闻媒体的同仁,一直支持我们。你提前释放就立即同意会见记者,这对你也是很有利的机会。"

"……三木事务官出来了吗? 还在里面吗?"弓成关心三木的情况。

司部长似乎觉察到弓成的心理,说道:"还在里面。她的律师不愿意和我们共同采取要求撤销拘留的一致步骤,所以虽然我们也觉得不好受,可是没法子。"

弓成听说三木事务官不接受每朝新闻的律师,自己单独雇请律师,可是这个律师为什么不愿意和每朝新闻步调一致呢?

被添了很大麻烦的三木依然留在拘留所里,而自己单独出来,获释的喜悦顿时飞到九天云外,甚至感到亏心内疚。可是,当司部长推着他的后背走出大门的时候,政治部的人们一个个竞相和他握手,"好!""坚持得好!"大家热情欢呼起来。

在前来迎接的政治部成员的陪同下,弓成一走进每朝新闻社二层的大礼堂,聚集在里面的近百名各媒体记者和本社工作人员爆发出雷鸣般的掌声。

像迎接凯旋将军一样的热烈场面让弓成感到不好意思,他和司部长被安排坐在拼接起来用于会见的桌子后面。

这样子胡子拉碴、衣服皱皱巴巴的模样出现在众多媒体记者面前不是弓成的本意,但今天聚集在这里的记者仿佛从他身上看到一个顶住了政府权力的审问、终于争取到提前释放的不屈不挠的新闻记者的斗魂,充满激动的心情。

司部长首先说道:"今天,弓成记者从权力的厚厚的墙壁后面回来了。我们对地方检察厅申请的十天拘留时间表示不服，与律师团一起提出上诉。法院经过十三小时的审理，最后决定取消拘留。这是极为破例的判断。

“弓成记者非常疲惫，所以今天的会见只有三十分钟，请大家谅解。”

司部长抑制着激动兴奋的情绪，说完以后，让弓成说话。

桌子上并排放着五六个麦克风，弓成的眼光凝视着远处，手里拿着笔的记者们等待着他的发言。前几天自己还是采访者，现在忽然变成了被采访者，他内心有所戒备地站起来。

“我一直感受着各位的挂念和鼓励，刚刚从警视厅出来。”

他的语调堂堂正正，丝毫没有在充满馊味的拘留所号房里蜷曲身子被绝望和孤独摧毁的消沉情绪。

弓成一坐下，问题就如潮水涌来。

“对于这次破例的取消拘留，刚才地方检察厅会见记者，表示现在还在研究是否提出特别上诉。如果他们提出特别上诉，您将如何应对?”年轻记者的提问直截了当。

弓成从容不迫地微笑着：“我认为这是不可能的。但如果真的如此，将和律师团商量应对。”

“那份绝密文件是弓成先生交给社进党的吗?”

“我是在有前提条件的情况下通过记者同事交去的。”

“但是，作为国家公务员的三木事务官违反保密义务，自首，被捕，请问弓成先生对此事怎么考虑?”

“非常遗憾，从结果上说，我给她造成很大的麻烦，表示诚恳的歉意。”

“听说是试图通过预算委员会的公开发表达到揭露存在密约的目的，请问这是弓成先生个人的判断呢，还是社领导商量过?”

“我是每朝新闻负责执政党、国会的首席记者，只是依此进行判断。”弓成的回答带着强烈的自负。

“请说得具体一点。”

“为了让国民知道真相，我个人判断，作为中策，选择国会，以提问的方式予以揭露。”

“执政党的派系之间、执政党与在野党之间将这起事件政治化，对此您有什么感想？”

“这六天里，我在没有任何信息的地方，所以不知道执政党和在野党的动静，但是自由党不久就要举行总裁选举，在这样的背景下，我所采取的措施就被涂上政治色彩，产生各种臆测。不过，事实与政局、政治斗争毫无关联，这一点我毫无愧疚。”弓成的态度毅然决然，双手抱臂。

“噢……三木事务官还被拘留，您有什么要说的吗？”

“既然判断对我没有销毁证据的担忧，我强烈要求警方立即释放她。”弓成显示坚决的态度。

这时，身边的司部长站起来：“我们报社也为争取提早释放三木女士而努力。会见时间已经大大超过预定的三十分钟，虽然大家还有很多问题，但今天晚上就到此为止，解放弓成吧。”

司部长客气地宣布会见结束，记者们也意识到明天早报的截稿时间，迅速离开。

弓成高度紧张的心情一下子松弛下来，真想一个人尽早休息，但是政治部的同事们依然精神亢奋，跟着他一起来到报社附近的一家饭店事先预定的房间里。

“一放出来就会见记者，辛苦了。来，把衣服脱了吧……”

“今晚你就躺在这洁白的床单上裹着干净的毛毯好好睡觉，消除一下疲劳。”

“你的自尊心比别人更加强烈，大概有的事情无法忍受，但你的对手是现任总理，这样被关进去，我认为作为新闻记者是非常幸运的。”

所有的人都赞扬弓成坚强的意志，都想知道关押在拘留所里的情形，但主任编辑桧垣说道：“弓成的太太已经来了，我们还是回去吧。”

桧垣对静悄悄地坐在房间角落椅子上的由里子低头致意，这时大家才发现弓成的妻子已经在房间里，于是离去。

由里子一直注视着被政治部同事们围在中间的丈夫的样子。

他依然保持着天生的刚强，一举一动显得开朗爽快，但这仅仅是表面现象，看得出来，同事们的每一句话对他都形成压力。

他在拘留期间，报社好像给他送过几次东西，就他的性格而言，大概也不会怎么吃。他裤腰上的皮带已经耷拉下来，就这几天工夫，身体明显消瘦下来，感觉内心憔悴。

是桧垣把弓成被释放的消息通知由里子的。由里子听到后，高兴至极，连忙提起早就准备好的装有一身西服、内衣等衣物的手提包，看一眼正在熟睡的孩子们，然后开着花冠来到饭店，在房间里等候着。

当大家都离去，只剩下他们俩的时候，由里子站在丈夫面前：“弓成……”

她心中有千言万语，此时却一句话也说不出来，把带来的睡衣递给他。

“嗯……”

弓成也不看妻子一眼，接过睡衣换上。由里子感觉刚才弓成被同事们围住的时候，就已经发现她在房间里，脸上掠过一丝不好意思的表情，却立即把脸转向一边。

“有没有哪里不舒服？要不明天叫启郎来看看……”

弓成一听妻子提到她的妹夫、医生启郎的名字，立刻冷淡地拒绝道:“谁都不要来。”

由里子一边把弓成脱下来的衣服放进衣橱里,一边说道:“听桧垣主任说,让你住在这里几天,既可以好好休息,也没有记者采访的烦恼。明天我带一些你喜欢吃的东西来。”

“我没这个心情。”弓成没好气地打断她的话,接着沉默片刻,问道,“孩子们怎么样?”

弓成心里一直惦念的就是孩子们,他第一次看着由里子的眼睛,询问孩子的情况。

“我对他们说爸爸出外旅行,他们都相信。你放心,不要紧的。”

“让你操心了。”

弓成说了这么一句既不像道歉也不像感谢的模棱两可的话,然后躺在床上,深深地叹一口气,仿佛吐出全身的气息。

“我给你揉揉肩吧。”由里子挂念丈夫的肩膀容易疼痛的身体。

“不用。已经很晚了,你还是早点回去吧,一路多注意点。”

说罢,闭上眼睛,立刻熟睡过去。由里子看着他的睡相,如同一个重病号。

由里子关闭房间里的所有灯光,然后轻手轻脚地离开。

将近凌晨三点,由里子从车子前窗玻璃看着东京万籁俱寂的街道,直想哭。由于施工,高速公路关闭,只好走普通道路回家,可是迷失了方向。没有月亮没有星光的黑幕笼罩着的街道完全是一种陌生的感觉,即使定睛看偶尔在信号灯下显示的道路标志,也确定不了方向。

车子前灯照见前面有一个警察岗亭,由里子像遇到救星一样往里窥看,却不见警察的影子。她把车子停下来,本想等警察回来,可是一转念一个女人在这个时间迷路,必定会引起警察的怀疑，即使知道自己是弓成的妻子也会……于是由里子开车离去。

很快她看到环行八号线的标志，立即加快车速。要是孩子们半夜醒来，发现母亲不知去向，一定会害怕不安……丈夫之所以催促自己早点回家，肯定是惦念着孩子和自己的安全。

当由里子来到高速用贺交叉路口的时候，黑暗的天空开始露出淡紫色的亮光。孩子们醒来之前来得及赶回家里，她的紧张心情缓和下来，泪水不由得夺眶而出。

第六章　起诉

每个月一次从下午两点开始的警察厅长官漫谈会在长官办公室举行。

这个漫谈会既不是记者会见也不是恳谈会，而是时事性的杂谈会，俱乐部所属的记者平时二十多人围着大会议桌两圈，兴致勃勃地倾听“剃刀十时”高谈阔论。

“你们为什么大炒特炒那个新左翼评论家？你们又不是不知道他不过是一个假左翼，煽动激进派，大肆捞取版税，盖起一幢与自己身份毫不相称的豪宅。”

干事社的记者为难地说道：“我们也知道这些情况，但只要他不制造什么事件，报纸就不好写，看来‘时尚新左翼’的形象一时半会儿还倒不了。”

其他报社的记者附和道：“我们报纸只要稍微写一点批判稿子，就来电话威胁说要对报社扔燃烧瓶，还让学生们一天到晚在报社前面走来走去地捣乱。”

“说到燃烧瓶，我有一句话想对你们说。警察被激进派投掷的燃烧瓶击中殉职，可你们报纸只是写‘死亡’，为什么不写‘激进派杀人’？你们说警察对激进派的恐怖活动过于手软，我也忍了。我们想说的、想做的事多得是，可是一旦做了，你们媒体就不问是非曲直，一味批判警察是强权政治。

“在警卫成田机场建设用地的时候，有三名机动队队员遇害。不是一般的死亡，而是被激进派杀害。县警察本部长拿着辞职书到我这里来，我厉声训斥他，拿这一张纸有什么用？你把犯罪分子给我抓到这里来!”十时长官少见的情绪激动。

每朝新闻负责报道警察厅的首席记者堀田听了十时长官这一番话,扬起粗黑的眉毛,表示理解。大概十时原先是内务省的官员,所以被视为右倾官员,但是堀田长期担任警察厅的采访记者,深知十时其实是一个热爱和平、富有感情的人。

“好了,今天就到这里吧。”

十时环视大家,记者们只好离席而去。

等所有的人都离开以后,堀田走到能俯视樱田大街的窗边。平时并没有什么感觉的四十叠榻榻米房间的宽敞及其形态突然间造成精神上的紧张。这里是举行全厅会议的地方,刚才记者们围坐的大桌子旁,平时经常坐着课长以上的领导,桌子上摊放着几张都道府县的大地图以及图表。这大会议室里只有一对沙发,没有任何装饰品。局长办公室的陈设架上还摆放着花瓶等装饰品,墙上还挂着一幅画,而十时长官的办公室甚至连太阳旗都没有,简朴素净到令人害怕的程度。

“长官,我有话……”堀田对背靠房间角落、坐在办公桌后面的十时恭敬地致礼。

“噢,你还没走啊。”

十时透过眼镜瞥了堀田一眼,像是猜度他的心思一样,指了指桌子前面的椅子。当单独面对十时长官的时候,堀田感觉被从他瘦小身体散发出的威严所慑服。

“你那个地方的报纸还是劲头十足啊。”

“因为拿到对政府不利的绝密文件就被捕,所以骑虎难下,退是退不得的。不过,弓成记者是怎么采访得到的,文件并没有提供给社会部的第一线记者……如果他本人带有作为记者所不能允许的污点的话……”堀田注视着十时。

“我听警备局局长说,你去采访的时候对自己报纸的报道怀有担忧……”

警察厅第三号人物、总管公安的警备局局长把自己采访的事情汇报给长官，堀田不由得惊愕。

“你们领导是怎么考虑的？”

“弓成记者被捕的时候发表的编辑局局长见解吞吞吐吐，似乎有难言之隐，我觉得奇怪。可是后来知情权的洪水泛滥，那种气氛根本不容许有不同意见。”

堀田曾经向要好的同事表示自己的担心，结果被对方辱骂为政府的走狗。不过，他没有把这件事告诉十时。

十时的眼睛闪耀着剃刀般锐利的锋芒。

“弓成记者和三木事务官的供词有不一致的地方吗？”

“除了时间上的细小地方外，基本一致。”

十时话中有话的回答让堀田感到后脊梁发冷。

“你这样具有平衡感的记者应该知道。对于每朝新闻来说，弓成是一个必须不惜一切代价予以保护的记者。你没必要为他殉葬吧。”

十时说罢，结束谈话。

清晨，沿着樱田门护城河的大街雾霭笼罩，人烟稀少。

四月十五日早晨七点，外务省前事务官三木昭子被释放，在律师的陪同下走出警视厅大门。没有人来迎接她，只有预约的出租车停在台阶下面的道路上。

她比弓成晚六天释放，就是说，被关押了十二天。三木精神异常憔悴，一头短发长到遮盖脖颈。三木的胳膊在身穿风衣、身强力壮的律师的搀扶下，穿着浅口轻便鞋的双脚一步一步不稳地慢慢顺着台阶走下来。她前来自首的那一天，身穿灰色套装、齐膝的裙子，露出修长的双脚，显得优雅艳丽，但现在她手里拿的不是手提包，而是装有替换衣服的包袱，令人感觉凄凉可怜。

当她走到离道路还有三四级台阶的时候，突然从四面闪烁起照相机的闪光灯，三十多个记者聚集在面前。三木惊恐胆怯地停住脚步，用求救般的目光看着律师。

“你们有礼貌一点！三木女士在拘留期间身体虚弱，现在要去医院做检查。”

律师虽然对摄影记者予以阻止，但闪光灯依然不断。三木一走到街道上，记者们哗啦一下围上来。三木躲到律师的风衣身后，两肩发抖。

“请问三木女士现在的心情如何？”

记者们七嘴八舌地发问，有的甚至把麦克风伸过来。律师似乎判断此时不得不说几句，便对身后的三木低声说一句话，然后回头面对记者。

“我作为代理人替她回答，因为事先有过充分商量，所以大概不会有差错。但是，希望尽量简短结束。”

记者立刻争先恐后地提问题。

“现在的心情如何？”

“很复杂。为没有能够恪守承诺而感到遗憾。三木女士，是这样吧？”

“对被捕有什么想法？”

“因为违反了国家公务员法……”

“现在你对弓成记者怎么看？”

“他没有能够恪守不添麻烦的承诺，感到非常遗憾。”

“对弓成记者提前释放怎么看？”

“听说弓成先生没有抗争，提出上诉，提早出来，我感到惊讶。但是，我与弓成记者的情况不同，我本人没有想提早出来。”

“对文件扩散到社进党手里怎么看？”

“原因就在于此，表示遗憾。”

“提供给社进党的文件总共有几张?”

“记不清楚。”

“你知道交给社进党文件的内容吗?”

“有英文的,不清楚。”

“你在拘留期间都想些什么?”

“给大家添麻烦了,十分抱歉。”

“你受到开除外务省公职的处分,今后怎么打算?”

“还没考虑。”

“你在公开庭审时会有什么主张?”

“现在什么也不想说,请让我安静一下。”

律师结束三木昭子的解释说明,不再回答记者的问题,扶着站立不住的三木的身体,坐进等候的出租车里。

同一天上午九点,东京地方检察厅对外发表《外务省泄密事件》的诉状。

司法记者俱乐部的记者们集中在副检事的办公室里,在鸦雀无声的紧张气氛中,每朝新闻的年轻记者齐田浑身绷得紧紧的。他身边的首席记者说,就当是和自己的报社无关的事件,应该以平淡的态度撰稿。当齐田每次听到这样的建议时,就会想起那一次与其他报社的记者一起夜间去特搜部部长家采访被斥责“每朝新闻是敌人”而拒之门外、然后拜访副检事家的情景。

“英国的习惯法有一项清廉原则,就是指责别人的人,自己的手必须干净。”

副检事准时走进来,记者们都尽量靠近他,为的是一字不漏地听清楚他所说的每一句话。

副检事表情稳重地翻开手中的文件。

“起诉书。”

他用浑厚的声音继续念着,念完被告人弓成亮太、三木昭子的籍贯、住址、职业后，宣读公诉事实。

公诉事实

被告人弓成亮太供职于每朝新闻东京总社编辑局政治部，自昭和四十六年二月至昭和四十七年二月担任采访外务省的专职记者；被告人三木昭子自昭和四十五年起作为事务官供职于外务省外务审议官室，负责收发、保管送交外务审议官安西杰审阅的文件。

第一、被告人弓成利用与被告人三木偷情的关系，要求该被告人将上述安西审议官审阅的外交秘密文件的原件或复印件携带出来，以作为撰稿的采访材料……

时间仿佛在瞬间停止不动。偷情？……就是说，弓成先与三木发生男女关系，然后利用这个关系让她把文件拿出来？齐田不由地瞟了首席记者一眼，心想这不可能，从来没听过有这种事。可是特搜部部长把每朝新闻叫作“敌人”，副检事语重心长地告诫“清廉原则”……不管怎么说，现在最急迫的就是向社里汇报，然而案件越发复杂。首席记者稳如泰山，一动不动。

（一）四十六年五月二十二日，被告人弓成亮太将被告人三木昭子召到东京都涩谷区松涛三丁目四番九号的王山饭店，通情之后，一再强烈要求道：“现在采访很困难，想请你帮忙，把传阅到安西这里的文件让我看看。绝对不给你和外务省造成任何麻烦。尤其是有关冲绳问题的机密文件。”该月二十六日左右，在港区赤坂六丁目十八番三号综合大楼内的春日经济研究所，被告人弓成提出要求，“五月二十八日，爱池外务大臣将与梅耶驻日大使就索求权问题举行会谈，希望你把有关文件拿出来。”

（二）同年六月七日左右，在上述春日经济研究所内，被告人弓成提出要求，“六月九日，爱池外务大臣将与罗杰特国务卿在巴黎举行会谈，希望你将有关秘密文件以及条约方面的秘密文件拿出来。”

据此，被告人弓成教唆被告人三木泄露由于工作关系而得知的秘密。

记者之间发出惊愕叹息的声音。副检事继续宣读：

第二、被告人三木同意被告人弓成的上述教唆

（一）同年六月二日左右，在记述有作为归还冲绳谈判经过的秘密事项的、爱池外务大臣与梅耶驻日大使会谈内容的绝密特急电文一份传阅至安西审议官时，将其复印，并于同年六月三日左右，在上述春日经济研究所内交给被告人弓成。

（二）该月十日左右，在记述有爱池・罗杰特会谈内容的特急电文一份、记述有井狩条约局局长与施耐特美国驻日公使会谈内容的绝密特急电文一份传阅至安西审议官时，将其复印，并于该月十二日左右交给被告人弓成。

据此，被告人三木泄露了由于工作关系而得知的秘密。

适用法律条款

第一、国家公务员法第一百一十一条、第一百零九条第十二号、第一百条第一项

第二、国家公务员法第一百零九条第十二号、第一百条第一项

副检事宣读完毕。

记者们遭受接二连三的震撼冲击，仿佛中了紧箍咒一样，一时竟然一动不动。突然一个记者站起来要去发稿，于是所有的人都争先恐后地向记者俱乐部冲去。

“快发！”

首席记者催促齐田后，紧跟在副检事的身后，说道：“‘偷情’之类写进去，不觉得是‘余事记载’吗？”

所谓“余事记载”，就是起诉书不涉及犯罪构成要件之外的事项的规则。

“关于这一点，检察厅也经过反复讨论，才得出这样的结论。本案中，弓成被告随心所欲地利用三木被告是主要要素，不属于余事记载。”副检事简明扼要地回答。

但是，既然检察厅经过反复讨论，这恰好证明有的检事认为“通情”之类的记述脱离了起诉书的本质。

首席记者感觉到，检察方面的目的就是试图以男女关系的低俗话题彻底压倒媒体面对言论自由的危机而掀起的巨大的知情权舆论攻势。

接到记者俱乐部电话发来起诉书稿件的编辑局像被捅的马蜂窝一样乱成一团。

“弓成通过和女事务官睡觉获得文件，这可不妙。”

“又是被捕，现在又是偷情，这有损报社的名誉。干这种卑劣的事情，还恬不知耻，一放出来就对记者们大谈特谈什么国家权力，也太狂了……”

除了对自家报社记者的不满外，也听到不同的声音。

“什么‘偷情’，说得比江户时代的男女情话还生动啊，想不到检察厅也有这样的色笔杆啊！”

“不说男女关系，却说利用偷情关系一再强烈教唆，这样的笔法非常阴险。”

“说不定上层领导早就知道了，只是瞒着我们吧？”

记者们举起紧握的拳头，却无处可打，显得手忙脚乱，失落气愤，只是慷慨激昂地大发牢骚。

大约同一时间，报社社长、副社长、主笔、编辑局局长在召开紧急会议。

弓成被捕两天以后，律师与他会面，了解到弓成与三木发生过“恋爱关系”，所以领导层知道这件事，却没想到会这样直截了当地写进起诉书里。

“起诉书里竟然如此露骨地写进两人的男女关系……国家权力真的非常可怕。”牧野编辑局局长耷拉着脑袋，意气消沉。

“所以我说你们的判断太天真了。在听到律师汇报的时候，就有一抹恐惧感掠过我的心头，我不是说过这也许是检察方面的一张王牌吗？”从政治部提拔上来的副社长苦涩着脸。

“如此恶毒的做法，包括律师在内，谁也没有想到。他们采取偷梁换柱的手法，要把事件的本质转移到男女问题上去，实在卑鄙至极。”长期在外信部工作、满头白发的久留主笔显示出无法容忍的表情。

一直沉默的社长终于说道：“你的愤怒可以理解，但现在不是埋怨的时候。起诉书没有详细谈到这两个人的关系，这是出于他们对我们不会轻易涉及三木个人隐私的判断。现在的问题是我们内部，这件事不仅对编辑局，还对营业、销售等所有的部局都一直隐瞒下来，这种反应肯定很大。还有，对三百五十万的订阅用户怎么解释？

如何收拾事态?”营业部门上来的第一把手环视在座的各级领导。

副社长首先发表意见,“首先必须在晚报上明确表示报社对起诉书的见解。主笔有什么想法?”

“弓成记者坚持认为自己没有起诉书所说的利用两个人的关系强行要求她提供文件的行为。他承认两人之间有过短时间的恋爱关系,但并不是为了获得采访所需要的材料而利用她。然而,尽管如此,检察厅仍然使用‘偷情’这种淫靡的词汇表现他们的关系,这就是诱导舆论对弓成泼污水,其真实意图是为了掩盖已经被揭露出来的日美密约。如果不把道德与密约明确分开,像这样混为一谈,读者也难免理解错误。我们应该强烈指出,当局的这种做法才是阻碍了国民的知情权。”久留主笔的姿态毫不退让。

“你们的这个理念也许在编辑局内可以统一大家的思想,但是在营业、销售、广告等部门行不通,更何况在读者当中。人们甚至觉得在知情权这个崇高的理念背后隐藏着有点污脏的男女关系,反而引起大家的厌恶和不快。尽管这一次被检察当局狠狠敲了一把,可是我们也有让他们钻空子的弱点。现在应该认识到我们濒临着读者信任这个支柱正在动摇的危机,必须在晚报上刊文道歉。”副社长严厉批评主笔的思想。

“我同样具有危机意识。正因为如此,我们才不能听任检察当局偷梁换柱,应该维护揭露存在冲绳密约的弓成记者,甚至应该毅然决然地显示每朝新闻不屈服于任何势力的态度。这样急急忙忙地刊文道歉,只能让读者认为我们的报纸屈服于权力,从而离开我们。”主笔坚持自己的主张。

这期间,牧野编辑局局长一言不发,只是低垂眼睛。

副社长不再理睬主笔,转而对社长说道:“外务省昨天发布公告,解除安西的审议官职务,对美国局局长、前北美一课课长、官房长等采取警告减薪处分。我们报社不仅要道歉,也应该做出相应的处分，不然恐怕不好收场。”

副社长显示出尽快终结这起事件的意图。

社长做出决断，“嗯，我也这么认为。久留说问题的本质是在归还冲绳的协定背后隐藏有密约，这个原则姿态不变。但是，情报源暴露，给三木造成无可挽回的麻烦，对此必须道歉，并且处分相关人员。本来就停滞不前的发行数量，可能会因此下滑。牧野，你根据这个会议精神，立即起草报社见解和道歉文章，登在头版。”

“政治部部长是干什么吃的！”在聚集于编辑局的记者们的责难声中，司步履沉重地沿着楼梯走上领导办公室。不论什么时候都注重服装修饰的他，今天连下巴上的胡子也没有刮干净。

他走进空荡荡的会议室，把百叶窗拉上去，感觉平时发自商业街中心的鼓动般的声响已经停止，笼罩着一幅巨大的灰色幕布。

刚才编辑局局长告诉他，根据社长、副社长参加的紧急会议的决定，要在晚报头版刊登针对起诉书的《本报见解及道歉》，要他起草这篇文章。可是现在他脑子乱纷纷的，没有头绪。

从弓成去警视厅协查到今天早上的起诉书，这十二天里发生了太多的事情，自己什么时候吃饭、睡觉，都记不清楚。

司掏出从社会部拿来的起诉书记录稿，又看一遍。这是一篇多么低俗下流的文字啊！本来应该是政府保密与言论自由的针锋相对的斗争，如今却通过风俗小说一样的描写，偷天换日，变成男女关系的事件。

只要触怒权势者，难道就会遭受如此的报复吗？简直令人毛骨悚然。不过，弓成对自己只字不提他与三木事务官之间的关系，其真意又是如何呢？

那是在去警视厅协查的前两天，编辑局局长特意支开了家人，让司把弓成叫到家里，进行推心置腹的谈话。司当时也在座，要求弓成坦率地说清楚与三木事务官之间的金钱授受、有无男女关系等问题。弓成听后，仿佛别人是以小人之心度君子之腹，轻蔑地笑起来，“你们二位一起叫我上这里来，我还以为是什么事呢，就为这事吗？告诉你们，这两件事我都是清白的。”

如此坚决的否定，令人不能不信。但是警视厅要求他前去协查，司作为他所在部门的领导陪同前往，在车里弓成也没有说任何心头不安的话，于是司就认为只是单纯的证人协查。在警方讯问弓成的时候，他到附近的法曹会馆等待，但结果是逮捕、拘押。

弓成被捕两天后，重新聘请的律师与他见面，回来以后还叮问司，“弓成记者说他和三木事务官有过一段时间的恋爱关系。如此的话，每朝新闻还继续战斗下去吗？”司感到一丝恐惧，但当时的惊愕无法形容。

司立即与主笔、编辑局长磋商对策。主笔当机立断，认为这起事件与男女关系无关，战斗的方针不变。但编辑局局长只是一味地抱怨牢骚。司对警视厅不透露此事的意图猜测不透，询问主笔的看法，主笔的银发下那一张平静的脸庞流露出些许苦涩的表情，犹犹豫豫地回答说，这不是犯罪的构成要件，暂时不公开，也许在法院庭审控辩的时候会作为杀手锏亮出来。这时，编辑局局长极力主张说，既然如此，在对方默不作声的时候，我们也没有必要故意公开，暂时先保密，到一定的时候再说，目前还是随大势而动。

司虽然对这种无所作为的消极态度感到愤怒，但现实上别无选择也是事实。

一边是毫不知情，在报纸上鼓噪不当逮捕、知情权而不断升级的第一线记者；另一边是并没有考虑一旦暴露、如何应对的未雨绸缪之策，只是将此事一味保密起来的上层领导，司夹在他们之间，无法发挥政治部部长应有的主导作用，这样一直拖到弓成释放。

弓成受到记者们雷鸣般掌声的欢迎，慷慨激昂地谴责政府……这也都是过眼烟花，如今面对起诉书上的“通情”束手无策，

《本报见解及道歉》的起草任务落在司的头上。他感到巨大的压力，沉重地提起笔。

然而，与四月四日夜间针对弓成被捕撰写《编辑局局长见解》时一样，现在也是难以落笔。

司望着窗外，想起七天前去弓成家与他的夫人见面的情景。虽然此事在报社内保密，但必须把真实情况告诉夫人。这也是政治部部长的工作。

司在弓成的两个孩子上学的时候登门造访，带着必须把弓成与三木的“男女关系”告诉夫人的困难任务，当他慎重地选择适当的词汇说完以后，夫人说道：“我有思想准备。只是给每朝新闻的各位造成很大的麻烦，深感抱歉。”

夫人十分冷静，显示着坚强的意志，深深低头道歉。司早听说她是一位贤妻良母，现在听了她的回答，也就放下心来。告辞的时候，司说道：“律师正为早日释放而努力奔走，应该这一两天就能回来。”

夫人听了以后，没有回答。也许这句话让她一直忍耐的情绪喷涌而出。

弓成有这么贤惠的夫人，却对她背信弃义，对报社的同事也隐瞒欺骗。

不把别人当人看的狂妄傲慢的人生性格——这都是他在每朝新闻政治部里作为经常撰写头版新闻的记者的自信所造成的。

他经常自鸣得意地说道：“不在政界的泥潭里摸爬滚打，就捞不到情报。”一旦盯上某一个大腕政治家，就厚着脸皮使用各种手段接近，成为对方的心腹，再通过政治家搭上官界。所以他获得的情报，无论质和量，都是其他记者所望尘莫及的，而且具有敏锐的政治感觉。

司认为与特定的政治家纠缠在一起、过从甚密不是自己的性格。他奉行的是正统派新闻记者的信条：与采访对象保持适当的距离，必须进行客观的采访。

司听说弓成对他的记者原则冷嘲热讽，“这样洁身自好能拿到独家新闻吗？”弓成的过分自信逐年增长，作为一部之长，本应该对他提醒告诫，但由于天天忙着撰稿，一旦感觉版面文章力度不够，只要对弓成说一声，立马就会写出三四十张稿子救场。他具有这样的本事，久而久之就成为司的依靠，也许这就让弓成日益自我膨胀，导致今天这样的结果。

司姑且把懊悔收在心里，在悲痛交织的心情中重新拿起笔来。

整理本部占据编辑局正中央的位置，负责晚报的“硬派”主任编辑焦急万分地盯着大钟。

针对检察厅起诉书的《本报见解及道歉》要见报，第一版需要留出必要的空间。主任编辑接到这个电话已经两个多小时，还不见稿子送来。整理本部部长也慌了手脚，跑到定夺稿子的五层领导办公室去催促。

“出得来还是出不来啊？”

愁眉苦脸的“硬派”主任编辑荻野又瞧着大钟。夜间十一点三十分，要赶上晚报的最早版，只剩下五分钟的时间。

他面前的电话尖声叫起来，荻野一把抓起话筒。

“荻野，本报见解还没来吗？”这是印刷局的催促电话。

“对，一张也没有。”

“你倒沉得住气……前所未有的起诉书、释放出来的前事务官的超短裙美人照以及对她的采访对话，这是配套的一组，现在就差我们报社的见解了，留着一块空白呢……”印刷局干练的副部长急如星火般催促。

“我也是坐立不安啊……啊！编辑局局长拿着稿子进来了，马上送去。”荻野放下电话。

“大家久等了……”

编辑局局长牧野急得光秃的额头仿佛要冒气，把手里的稿子交给荻野。

“就这么点吗？”荻野对稿纸之少感觉惊讶。

“副社长、主笔正在修改司起草的原稿，可是意见老统一不起来，只好把已经定稿的部分先拿来。”

原稿上不同笔迹的修改增删，十分凌乱。在这个重大问题的关键时刻，编辑局的核心牧野变成单纯的送稿人，虽然谁也不会感觉惊讶，但由此可见报社的状态已经缺少生气。

“这不是第一页吧？”

“噢，我看看……”

编辑局局长把稿纸按页码顺序理好，用红铅笔在开头部分写上数字。这中间，印刷局又来电话催促，销售局的第一部部长脸庞通红地跑上来。

“到处都急得上火，原来问题还是在这里，送印时间已经过了二十分钟，还没有送稿，这是怎么回事？”他一看到编辑局局长，就大声吼叫起来，“专卖店从电视上看到起诉书的报道，给我们施加巨大的压力。再不赶快想法子，就要完蛋了！”

“知道了，再等一等！”编辑局局长只好求心急火燎地跑上来的印刷局局长谅解。

“虽然时间太紧，还是尽量努力。不过，这件事你们早上就知道，怎么磨磨蹭蹭到现在还没好啊？！”

就在印刷局局长怒火冲冲责问的时候，政治部主任编辑桧垣分开围在整理本部四周的记者，把稿子递给编辑局局长。

牧野还是用红铅笔在修改得难以辨认的稿纸上编上页码，一页一页交给荻野。

“这就完了吧？”销售局的部长在一旁确认。

“不，还有一点……”

“还有啊？不管怎么说，先拿去印刷吧……”荻野怒火攻心，脸色苍白地征求印刷局局长的意见。

“想办法吧，叫熟练工来！”

“编辑局长，要是上面的稿子下不来，局长你就在这里写，怎么样？晚报如果没有本报见解，根本就发不下去。”

此时此刻，大家都已经忘记了上下职务的差别，整个编辑局弥漫着异常的气氛。

荻野看着大钟，送印时间已经过了三十分钟，腋下已经渗出油汗，长期在整理本部工作，还是第一次遇到这样的异常情况。

“卡车发送要来不及了！”连发送部都大声吼叫起来。

“到时候增派汽车！”编辑局局长也直眉瞪眼喊起来。

“这个我已经安排好了。不过，如果太晚，专卖店的店员还有打工的人都回家了，那就没人送报了。一般销售店的话，就会被别的报纸抢先。所以，要是想把每朝新闻的晚报送到读者手里，编辑局长，你就横下一条心把最后部分写出来吧！”

“是啊，要是晚报上没有本报见解，就会失去大量读者！”连记者也参与进来。

就在大家围攻牧野的时候，司政治部部长终于拿着稿子的最后部分进来，连整理本部荻野的手也没过，直接交给印刷局局长。

本报见解及道歉

新闻记者基于国民的“知情权”进行采访活动。我们坚信，国家公务员法第一百一十一条以新闻记者作为适用对象是不当的。让国民了解有关归还冲绳补偿费的事实是报道部门必须做的事情。因此，如果只是因为阐明事实真相就问罪于采访的记者，那就是对国民知情权的严重侵犯。

如果企图以三木、弓成二者的关系对知情权的基本形态——采访活动加以限制、束缚报道的自由，我们不能不认为这是偷换问题的本质。我们重申：我们认清问题的本质、主张应该主张的态度没有改变。

然而，尽管弓成记者意识到对信息源保密的情况下阐明事实真相，却还是将原始资料提供给第三者，造成暴露信息源的结果。这一点不能不说偏离了新闻记者的道德。尽管是弓成记者的个人行为，但每朝新闻愿意向对三木昭子女士造成巨大的麻烦表示深切的歉意，并考虑真诚地予以善后处理。

本报深感责任之重大，决定分别对编辑主笔、编辑局局长降级，弓成记者停职处分。

"晚报的见解和道歉意思含糊不清！你们的记者是不是总在情侣旅馆对女人采访啊！"

"什么知情权?！我都羞愧得没法向孩子解释，从明天开始解除与每朝新闻的订阅合同！"

"教唆有夫之妇弄到机密文件，欺负女性也没有这么欺负的。我们要掀起拒买每朝新闻活动！"

看过晚报的读者们纷纷打来抗议的电话，其激烈的程度远远超过记者们的想象，大家即为事态的严重周章失措，也对权力的奸诈感觉愤怒。

弓成把自己关在防雨窗日夜关闭的黑暗房间里，叹息、哭泣、愤恨。本来以为在警视厅的拘留所里已经经受过所有悲惨的体验，做梦也没有想到起诉书却如此按照检察当局的意图将自己与三木昭子的关系公诸于世。

"弓成先生在吗?"

"五六分钟就可以,请接受我们的采访!"

年轻男人的声音不停地叫喊着,他们进入大门,使劲摁着房门的门铃,敲打着防雨窗。

妻子和两个孩子都不在家里。起诉书发表的那天夜里,周刊杂志、电视台的采访攻势就已经开始,电话、门铃就一直响个不停。

孩子们放在成城的妻妹家里,从那里接送上学放学,异常小心谨慎,以免被盯梢的记者发现。

"你们不要踩踏我们家里的树墙,搅得四邻不安!"邻居主妇歇斯底里般的斥骂声。

"弓成家一直没人吗?"

"不知道。本来很安静的住宅区,就是你们这些人跑到这儿来,别说小孩子,连狗都不得安宁。"主妇的声音更加尖锐刺耳。

不仅给家里人,还给左邻右舍带来麻烦,弓成无法忍受,塞住耳朵。就在这时,双手咔嚓一声戴上手铐,冰冷的金属嵌入皮肤的感觉被重新唤起,被捕羁押的恐惧袭上心头。

在警视厅的地下审问室里,弓成一口咬定自己是通过正常的采访活动获得外务省绝密文件,问心无愧,可是审讯官突然把一个火柴盒放在他面前。那是他第一次与三木昭子幽会、后来还去过的那家饭店的火柴盒。

三木来电话说第二天要去自首的时候,他们统一口径说文件的交接地点是在审议官办公室或者走廊上。当时弓成劝说她,这样做正中当局的诡计,希望她打消主意。但是三木说自己和安西审议官谈话的时候,审议官告诉她外务省明天就要向警视厅揭发,主动坦白可以减轻罪责,所以决定选择这条路。

是三木向审讯官交代了呢,还是搜查二课为攻下自己而设置的陷阱呢?

弓成面对火柴盒勉强保持了沉默权，于是审讯官把一张五百日元的钞票放在火柴盒旁边，简直像猜谜。

“这个火柴盒是去年五月十八日下午十点前三木昭子进入的饭店的房间里的备用品，这上面印着王山饭店。”

审讯官的语气像是在确认，但弓成依然默不作声。

“两个小时后的零点前，你和三木离开饭店，送她上出租车。当时，你给她多少钱，还记得吗?”

弓成情不自禁地“啊!”了一声，虽然立刻咽了下去，但感觉自己面无血色。

火柴盒旁边折成四叠的五百日元钞票……当时的确拦了一辆出租车送三木回家，打算预付车费，打开钱包一看，里面是空的。他的钱包平时从来都是饱满的，这样任何时候都不会为难，就那一天也不知道什么缘故，没有现钱，觉得应该还有一张一万日元的，却没有。他慌忙在钱包里一摸，只摸到一张五百日元的钞票。

“零点这个时间，打算用五百日元把一位女性送到哪里呢? 是送到电车末班车的最近一个车站吗?”

第一次和女性幽会，结果回去的出租车费只有五百日元，审讯官在嘲笑这个可怜的吝啬鬼。

“那时我只有那么多现钱。”

当弓成喊出这句话以后，立刻知道糟了，但为时已晚。

“那么你从头说起与三木昭子的关系以及授受文件的事情吧。”

审讯官的声音冷静得令人毛骨悚然。

去年五月私铁举行罢工的那一天。

在外务次官的例行记者恳谈会后，弓成来到审议官办公室。安西审议官到官邸去，回部里的时间会很晚，两个事务官正准备下班回家。

“由于罢工，连营团地铁也停运，走不了。我送你们到方便的国铁车站吧，你们稍等一会儿好吗？”

弓成灵机一动，对平时受到关照的这两个事务官表示好意。山本事务官说：“我坐公共汽车，不碍事。要不请您把三木送到东京站？”

“不用了，弓成记者挺忙的，不想麻烦您了。”三木也客气地谢绝。

“今天已经发稿了，也没有夜间的采访，不用客气……我现在去俱乐部转一下，十五六分钟后出租车停在东门外。”

弓成把每朝新闻的关系户出租车公司的名字告诉三木，然后回到记者俱乐部。

他和其他记者商量完事情，下到东门时，只见在匆匆忙忙急于回家的众多外务省职员中，身材高挑匀称的三木格外显眼。

由于和记者商量问题的时间拖长，所以弓成比约定的时间迟到了十分钟。

“让你久等，反倒给你添麻烦了。”

坐进出租车以后，弓成问道：“家在哪个方向？”

虽然经常见面，但几乎没有过这样私人性质的谈话。

“市川。从东京站大约二十分钟。”

坐在弓成身边的三木将手提包轻轻放在从裙子里露出来的膝盖上。

堵车之严重出乎意外，两人的聊天也无话可说，弓成感觉有点别扭，共同的话题就是安西审议官的近况，但也只是浅谈几句，慢吞吞的车速让人更加心情着急。

“瞧这个样子，还不如先找个地方喝茶，等堵车的高峰过后再走。下去吧！”

弓成开门下车，三木也跟着下来，望着日比谷交叉点方向，说道:“我走着去有乐町吧。”

由于罢工的缘故,街上的人比平时多,他们从热闹的街角下去,弓成在前头往饮食店大楼的方向走去。

“吃点简单的东西,好吗? 其实我都饿了。”

如果不是送三木,这个时候应该是在报社附近的“鹤八”填肚子吧。

三木犹豫不决的样子,最后还是拗不过弓成的直率,跟着走进餐馆。

“您来了,弓成先生。”店长迎上来,领到面对内院的座位,请他点菜。

“我是黄油烧肉套餐,你给她菜单。”

三木点了和弓成同样的东西。啤酒端上来以后,两人先干一杯,三木问道:“您经常到这里来吗?”

“二楼有包间,偶尔在这里采访。不过,我觉得还不至于让店长记住我的名字……”弓成喝着凉啤酒,自己也感觉不可思议。

“那是因为您给人留下强烈印象的缘故吧。”啤酒入肚,仿佛从拘泥窘迫的气氛中解放出来,三木第一次露出微笑。

“我的长相有那么可怕吗?”

“表情很严厉,但有一种吸引人的感觉……我的同事山本也这么说。”

三木给弓成快要喝完的杯子里斟上啤酒,也给自己的杯子斟满。作为女性,三木属于能喝酒的人,在菜肴端来的时候,他们已经换成兑水威士忌,气氛不知不觉地放松开来。

在上甜点之前,弓成说道:“一直以为你是死板的事务官,其实是一个富有魅力的女性。今晚真高兴,再去一家喝吧。”

“还去啊,要是现在还继续堵车的话……”

三木两颊酡然,一双大眼睛妩媚含娇,弓成不由得怦然心动。

三木放下酒杯，突然说道："看看您的手掌……"

弓成疑惑地伸出右手："给我看手相吗？"

三木没有回答，双手涂着红蔻丹的柔软的手指缠绕住弓成的手。弓成的手接触到她的软若无骨的手掌，心头一惊，正要缩回去，三木说道："每天就是用这只手写稿子啊。第一次见到您的时候，没有一丝微笑，很可怕的样子，不过当时就觉得您的手指挺好看的。"

"还从来没有人这么说过。"

弓成勉强冷漠地把手抽回来，发现店里已经没有别的客人，就和三木一起走到店外。

"感谢罢工，让我们成为好朋友。"

醉意陶然的脚步向着街道走去。街道已经不像两个小时之前那样人来人往，熙熙攘攘，即使互相挨在一起，也不会有人看见。空车一直不来，在骀荡春风中默默地行走着，大概被什么东西绊了一下，三木的身子晃动着。弓成眼疾手快地扶着她，顺手拉到身边，一不小心两人的脸颊碰在一起，从端庄的轮廓感触到出人意料的湿热的气息，让弓成的心忘我地躁动。

终于来了一辆空车，坐上去以后，弓成对司机说的不是刚才对她说的那一家酒吧的方向。

他们到达的是王山饭店。道路对面是大门厚重、长墙环绕的松涛高级住宅区，其中有一两户是政界首脑、高级官员的公馆，弓成曾经凌晨深夜跑来采访，在等待的时间里，有时在这家饭店订一间房间打个盹。

三木昭子平静地接受弓成的拥抱，但两人的嘴唇重叠在一起的时候，她开始狂热地追逐。

从此以后，弓成以无法抑制的狂热坠入与三木的行乐，大概结束于秋色渐浓的时候。弓成跟随外相访美，进行采访活动，十天后回国，三木没有说明任何原因，拒绝与他单独会面。至今年二月调任负责采访执政党、国会之前的时间里，他几乎每天晚上都到安西审议官那里，可是三木对他们之间的秘密关系若无其事的样子，没有流露丝毫的神色，只是敏捷利索地专心工作。

弓成猜不透三木的心思，但他明白这种关系终有一天必须终结，心想这样也好，短暂的男女关系应该成为尘封的过去。

由里子驾驶着花冠沿着多摩川岸边的道路漫无目的地向上游开去。世田谷住宅区的街道错综复杂，多是单行线，只要一次差错，就要绕道一大圈，很难掌握方向感。

经过多次的绕行，终于来到多摩川边，眼前是宽阔的河面，两边的河岸地上生长着茂密的芦苇，芦苇间露出一些菜地。

为躲避周刊杂志、电视台的记者，平时一般都把自己关在家里，现在接触到大自然，感觉肩膀有点乏力。

对起诉书发表以后媒体疯狂的攻势虽然已经有一点思想准备，但现在回头看去，还只是预想到引起左邻右舍好奇的程度。

前几天新闻媒体总体上对丈夫还是怀有好感，起诉书的发表是一个分水岭，简直把丈夫当作穷凶极恶的犯人抨击追究，这令她感到惊愕，于是立刻把孩子送到妹妹家里。

此后一整天就和丈夫一起屏气凝神待在家里，紧闭防雨窗，不管电话怎么叫，门铃怎么响，一律不予理睬。丈夫几乎都是待在书房里，对由里子只说了一句“对不起”，只字不提事件的真相。

外务省绝密文件泄露在国会上的第三天晚上，一个自称安西审议官专职事务官的三木女性打来电话的时候，由里子出于妻子的直觉，就觉察到这个女子与丈夫的关系非同一般。五天后的深夜，这个女事务官又打来电话。丈夫表情僵硬地紧握着话筒，她在旁边听丈夫极力劝阻对方“如果自首，正中对方的诡计，由我和报社来负责”的时候，不由得心头战栗。丈夫书房里的外务省秘密文件的复印件就是从这个女事务官手里得到的，如果这样的话，丈夫就脱不了干系。虽然由里子没有想到丈夫会被逮捕，但从拂晓司政治部部长打来的电话中知道警视厅要求丈夫去协查。

逮捕、搜查住宅、司政治部部长的来访、获释后态度强硬的会见记者……对于三十六岁的由里子来说，虽然，接二连三地遭受无法接受的冲击，但是她咬着牙坚强地挺过来了，本以为可以喘一口气，不料又遭到起诉书的巨大打击。

这对于一个妻子来说实在过于残忍。

丈夫也过于残酷。在搜查住宅之前，为了尽量减少对丈夫的不利，自己是多么提心吊胆、惊慌失措地处理那些资料啊！丈夫与那个女子，而且是有夫之妇的关系是如何伤害自己的心灵啊！……然而，丈夫心里所想的倒不是自己的停职，而是每朝新闻以甚至不惜对部长、编辑局局长、主笔降级处分的形式向政府全面投降的懦弱态度以及对权力的愤怒，他似乎没有想到对妻子的关心体贴。

他太自私了……由里子一想到丈夫的心中没有妻子的存在位置，就悔恨交加，自己这样拼死拼活地维护他究竟是为了什么？是自己没出息，由里子不由得泪流满面，泪水模糊了眼睛，看不清前方的景物。一个老人带着孩子骑着自行车从前方摇摇晃晃地过来，由里子急忙踩刹车。

她几次想回逗子的娘家，可是上学的孩子不能扔在这里不管。就在这走投无路的时候，刊登在今天早报广告栏里周刊杂志的题目突然浮现在眼前。她一直对周刊杂志的广告、电视的特别话题栏目视而不见，但现在决心要看一看。

多摩川的长长的大桥那边是神奈川县川崎市。要买刊登有丈夫丑闻的周刊杂志，只能到从未去过的书店。

过桥以后，在看见的第一家书店里买了两种杂志，然后匆忙顺着原路返回，在世田谷住宅区外头还稀稀落落有一些田地的路旁停下车子。这里离居民住宅远，田地里也没有人影。由里子从袋子里取出一本，封面上印刷着艳丽花哨的题目，翻开一看，惊心动魄的标题跳入眼帘。

通奸罪恢复了吗？

女秘书与弓成记者的“成人关系”被爆

要说谁对这次的起诉书最为吃惊，大概是每朝新闻的读者吧。叫喊“知情权”，可以说是声嘶力竭也不为过，但做梦也想不到叫喊的结果却是引来了检方的相似于通奸罪的起诉书。

某政治评论家怒气冲冲地说：“简直令人目瞪口呆说不出话来。起诉书所说的饭店和赤坂的一家第一流饭店的名字很相似，容易引起误解，这名字似是而非，其实就是一家情侣旅馆。说是在那个地方采访，交接机密文件，那不是耍弄读者吗？”

于是，记者连忙到王山饭店确认，果然服务台只是一个能勉强伸进一只手的小窗口，服务员看不见客人的脸。饭店的房间有六张到八张榻榻米大小不等，房间里有一个绯红色的双人床。顺便说一下，住一个晚上五千三百日元。

昨天还是鼓吹言论自由的英雄，一夜之间变成不知廉耻的记者。这难道就是对大腕政治家、政府官员都无所畏惧的大记者的真面目吗？

由里子把杂志翻过来，像摸到污秽物一样的肮脏，甚至觉得恶心呕吐。但是她还是翻开另一本杂志。

每朝新闻对记者的个人行为道歉

撒谎的佐桥首相未能逃脱,懦弱无力的外务省前事务官三木夫妇销声匿迹,造成这种不正常状态、使问题更加复杂化的原因在于每朝新闻。

我们首先向编辑局提出问题,回答问题的是编辑局次长。他说:"因为弓成以违反国家公务员法受到起诉,让他停职是为了在法庭上进行坚决的斗争。"

这样的回答在意料之中。

但是,某记者这样讲述报社的真实态度:"今后面临法院庭审这个长期作战的问题,弓成这个人品质不好,解雇吧,无法审判,还会放虎归山,没人管,说不定对报社的处分还会反咬一口,所以只好取中间之策,让他停职,这也是迫不得已。"

有人对报纸为个人行为进行道歉的做法提出质疑。对此,作家饭田正说道:"没必要道歉。弓成记者作为个人隐私,他做什么都与报社无关。本应该不必做,但每朝新闻有自己的读者,大概是想消除自己的不干净的印象吧。其实,肮脏的还是以此作为政治手段的政府权力。"

起诉书发表以后,各家报社都立即从知情权的攻势中撤退下来。

"报社由于这个问题跌落到谷底。当事者这样的状态就不好办,本来不论三木怎么招供,弓成保持沉默权可以赢得一周的时间,加上外面舆论的后盾……这一次不行,因为弓成已经到达极限。"(政治部采编)

由里子把周刊杂志放进袋子里，泪水如决堤的洪水一样奔涌而出，脑袋趴在方向盘上哭泣。

车内是由里子可以发泄悲伤的唯一空间。

由里子趴在方向盘上直到哭干了泪水，才慢慢恢复过来。该去学校接孩子了，而且也必须和班主任谈一谈，为了保护孩子不受周刊杂志这样的文字暴力的侵害。

来到学校，把车子停在围墙外，走进校门，看到低年级的学生在操场上欢乐奔跑，也许纯二也在里面，注目寻找，但没有发现。

由里子轻手轻脚地从正在上课的教室外的走廊走过，来到教研室，探头一看，一个额发发白的女老师也抬头看着她。这个老师正是纯二的新学期班主任。由里子走上前去，客气地自我介绍，"我是您担任班主任的弓成纯二的妈妈。"

班主任见由里子似乎有事要说的样子，就把她带到教研室附近的音乐教室里。教室里摆放着钢琴、木管乐器、打击乐器，由里子坐在学生椅子上，老师说道："一班现在是绘画课，年轻的老师在上课指导。您请随意一点。"

老师觉察出由里子紧张的表情，表现出温和的态度。由里子对自己突然来访表示歉意，然后直截了当地说道："其实纯二的爸爸是每朝新闻的记者，现在由于外务省的事件被新闻媒体炒得议论纷纷。"

班主任瞬间流露出惊讶的神色，但立刻恢复平静的表情，"是吗？我也从报纸上得知这件事。不过，对孩子的家庭情况还不十分了解，所以不知道那个记者就是纯二的爸爸。"

由里子听班主任这么一说，稍微放下心来，看来学校里还没有与纯二有关的任何传闻。

"媒体记者一天到晚在我家周围盯梢，所以孩子暂时寄放在我妹妹家里，现在他们还什么也不知道。不过，要是以后记者跑到学校里来，给学校造成麻烦，我也不放心孩子们，我想还是先让他们休息一阵子。您觉得可以吗？”

“情况我知道了。虽然对这起事件的详情不了解，但学校里也有一些各种不同情况家庭的孩子，保护这些孩子也是我们教师的责任。我明白，现在最辛苦的是妈妈。好像还有一个上四年级的哥哥，为了这两个孩子，希望您坚强起来。”

班主任既是教育工作者，也是有孩子的母亲，对由里子显示出理解的态度，鼓励她振作精神。由里子仿佛卸下了压在肩膀上的沉重的石头，对班主任的亲切温情深表感谢，然后告辞。

恰好扩音器传出下课的音乐旋律。由里子估计年级活动应该结束，打算去教室迎接纯二，班主任对她说道：“那些要好的孩子们现在都出来了。”尽管心里也挂念洋一，但他是班领导，性格稳重，只要看见妈妈的车子，肯定会自己上车的。

放学的孩子们脱下室内鞋，换上球鞋后，三五成群地往校门走去。由里子看见纯二小小的身影，立即飞奔过去，可是她大吃一惊，看见纯二身边有一个年轻的男人，弯着腰，仿佛要拉着纯二的手，正不停地说话。

由里子跑上前去，问道：“对不起，您是谁？”

记者充满同情的口吻说道：“噢，是孩子的妈妈吗？我是《女性之友》的记者。孩子说妈妈要来接他，所以在这里等您。发生这样的事情，孩子很可怜的。”

由里子把奇怪地抬头看着的孩子拉到自己身后，严肃地说道：“请你不要对毫无关系的小孩子打主意。”

“那么，太太，想听听您对这次事件的感受。对方三木女士的先生非常生气，愤怒斥责说教唆有夫之妇犯罪，自己还以报社作为后盾，装出一副维护言论自由的英雄的样子……”

由里子断然说道：“请你回去！我没有话对你说。”

记者的态度立即凶狠起来:“真可怕！听说搜查二课抄家,要扣押存折的时候,你就气势汹汹地对着干,好厉害啊！拍一张照吧……”

说罢,动作迅速地掏出小照相机,对着由里子啪啪啪地直嗯快门,然后快步离去。

“妈妈,我害怕。他是谁啊?”纯二胆怯地抱着由里子。

“以后要是不认识的人和你说话,你别回答,就到教研室去。不管什么时候,妈妈都会立刻来的。”

由里子对媒体把手伸向幼小的孩子感到恐惧。

港区虎门的中央法律事务所位于落成才三年的具有现代风格的大楼的五层。

接待台后面宽大的房间里,摆放着十五个事务员工作的桌椅以及必要的办公设备,隔着走道是一排八个律师的单间和会议室。

今天是星期日,事务所静悄悄的,律师办公室也都关着门,只有大野木正律师办公室的门敞开着。

外务省泄密事件的律师团成员有中央法律事务所的大野木律师以及其他两个年轻律师,还有从一开始就参与其中的、检事出身的高槻律师,团长是法律界的重镇伊能律师,他们已经开过三次会议商量对策。

身穿衬衫、正在阅读资料的大野木是一个四十四岁的少壮律师,代理过拥护人权、宪法问题等大案要案的诉讼辩护,同时对文学造诣很深,在有关翻译萨德小说《邪恶的光荣》的淫秽性问题审判时,口若悬河,慷慨陈词,从而名声大振。

这次事件是大野木从早报上看到外务省女事务官被警视厅告发的报道后才得知的。当时正在吃午饭,与刚从美国的法学大学研究生院回来不久的山谷律师、比自己低一届的西江律师一起聊到这个新闻报道的话题,山谷探身看着报纸,说道:“想代理这个案子，没来委托吗？这个女事务官的动机是什么？”

山谷留学美国期间，研究过言论表现的自由，并且亲身接触过国防部机密文件事件，这是他作为律师的独特的切入点。

“这在日本是罕见的事件，与对政府撒谎表示不满的工作人员将机密文件提供给《纽约时报》的事件一样吗？……如果是这样的话，完全可以与记者一起主张无罪，进行战斗。”大野木一边重新阅读报道一边回答。

当天夜里，大野木律师提着沉重的公文包一回到家里，就接到每朝新闻社总务局局长打来的请求辩护的电话。大野木立即与山谷和西江联系。

“白天说的那起案件，来委托了。有事和你们商量，快过来吧！这就叫作心想事成。”大野木劲头十足地把这两个还是单身的律师叫来。

第二天早晨，每朝新闻社派车来接他们。大野木在每朝新闻社里没有关系密切的记者，所以不知道是谁推荐的。

一被引进报社的领导办公室，就看见副社长、主笔等人围坐在高槻律师旁边。

大野木听说过这个高槻律师担任检事的时候，审讯帝银事件的主犯平泽，成功地让他坦白。他的谦恭低调也是有名的，从检察总长到门卫，他完全一视同仁，对他们致礼时低下的脑袋都同样一个角度，如此富有人情味，却硬是攻下了一直顽固否认罪行的平泽。

高槻律师对第一次见面的大野木也客气地回礼，问道：“您对这个事件怎么看？”

“仅仅因为涉嫌泄露有关冲绳密约的机密文件就突然逮捕记者，这种做法难以理解。但是，是否有一些情况没有公开吗？尤其是弓成与三木这两个人之间有没有特殊的关系呢？如果有的话，那就很麻烦。”

“这个不用担心。弓成记者去警视厅协查之前，我找他询问过与三木的金钱关系、男女关系，以我检事的眼光看，他是清白的。所以，你就按照你的想法放手去做。”

既然有高槻律师打包票，大野木也就接受下来。

第二天，大野木立即前去会见弓成记者。首先必须解除禁止会见的处分，一到东京地方法院，主管审判员就半是嘲讽地说道：“专家终于来了。”从话语中强烈感觉到法院对这起案件的不快。

走进警视厅的地下会见室，隔着铁丝网，弓成记者已经坐在里面。那疲惫憔悴的模样与照片上看到的粗犷的容貌简直判若两人。

大野木自我介绍以后，为慎重起见，再次确认本人的意愿，“今天我是受每朝新闻社的委托前来会见，今后由我担任这起案件的辩护律师，可以吗？”

弓成点了点头。大野木看到弓成意志消沉的样子，便从皮包里拿出悄悄带进来的刊登有知情权文章的每朝新闻报纸压在铁丝网上，激励弓成，“你看，全报社都在声援你。”

弓成只是稍稍看一眼，依然情绪低沉，默不作声。片刻，他像是下决心似的沉重地说道：“其实……我有特殊的情况。”

“什么特殊的情况？”

“我和那个女性在文件授受期间的一段时间内有过恋爱关系。”

大野木心底一惊，掠过一抹恐惧，但擅长观察人的高槻律师刚刚打过“他是清白的”包票，情况却如此不一样。

大野木立即返回每朝新闻社，与主笔、编辑局局长、政治部部长见面。

“即便如此，每朝新闻还继续战斗下去，不改变吗？”

大野木叮问一句，在座的都一声不吭。在沉闷的沉默之后，银丝白发的主笔以坚定的口吻明确说道：“不变。这不是为弓成个人，而是为每朝新闻的名誉。”

大野木的辩护立足于这两个人发生过男女关系这个前提上，从与以往完全不同的基础上出发。四月六日，天气晴朗，而天空仿佛是乌云乱滚。

拔地而起的强烈阵风在玻璃窗前呼啸而过。大野木想起三十八年前的昭和九年、自己还是小学一年级的时候也因为遇到同样不吉利的风而醒来的情景。

早晨，狂风吹得卷帘门咣当直响，大野木睁开眼睛，听见楼下嘈杂喧闹的异样声音，正要下去看个究竟，忽然看见有两个人左右架着父亲正坐进停在大门停车廊上的车子里。那辆车子与平时来接父亲上班的政府部门的车子不一样，装载着父亲离去。车旁不见书童、女佣的身影，只有母亲一人。

后来才知道，当时官界、政界卷入帝国人绢贿赂事件，身为大藏省特别银行课长的父亲受到株连，以课长室涉嫌受贿五六千日元现金被捕。被指收受股票后转手高价出售的大藏省次官、银行局局长都矢口否认，但企业方面的被捕者坦白有行贿行为，因此父亲没有经过判决就被拘押三年半。后来经过长时间的调查，证明没有金钱、股票的任何交易，父亲等三个课长全部宣判无罪。不是灰色，而是清池映月般清澈纯洁，在“指控完全不符事实”的无罪判决之后，父亲立即恢复职务，作为财务官被派到北京长驻。

母亲对孩子们只字不提父亲的事情，只说是外出旅行，但大野木通过报纸大体知道了这起事件的轮廓。小学一年级的学生就能看报，现在他是两个孩子的父亲，都感觉这难以想象，不过他自己也认为，自己小时候的确有点少年老成。

不可否认，父亲无端受到怀疑这件事对他后来立志成为法律专家产生了相当大的影响。法学部毕业后，他不是选择判事或者检事，而是选择律师这条路，就是要为含冤受屈的人伸张正义。

敞开的房门响起敲门的声音，大野木回头看去，山谷律师提着大皮包满面笑容地走了进来。

“果然您也来了。我是挂念这一阵子的事，所以跑来看看。”

山谷精通英语，英美等国的言论自由是他的擅长领域，现在正四处奔跑搜集资料。

“也给你很大的压力啊。”

“不，没关系，很有意思。英国也有很多判例和参考文献，比我预想的要多。不过，从各种意义上说，还是《纽约时报》为知情权而斗争的案例对本案有启发作用。”

大野木语气坚定地说道：“是啊。《纽约时报》那个事件，是参与起草五角大楼文件的兰德公司的艾尔斯伯格博士为早日结束越战而将机密文件泄露出去的。就是说，他是一个确信犯。本案是发生在亲密的男女关系中，这一点不一样。虽然有这个不同点，但为报道的自由和知情权而斗争则是相同的。

“争论点之一是，弓成记者作为新闻报道所获取的机密文件是什么样的国家机密？其密级是否达到必须接受国家处罚的程度？

“争论点之二是两人的关系。因为两人是所谓的男女关系就断定弓成记者的采访是违法的‘教唆’，这完全是严重的时代错误，无疑就是对宪法所保障的报道自由以及国民知情权的侵犯。”

山谷点头，表示同意：“他们只是四十岁的男性与三十八岁的女性的婚外恋，两人的地位关系是平等的。认为女性的身体被强夺、成为男性奴隶的想法本身就是落伍的。”

“对。起诉书的写法给人的印象是：弓成记者为了获得机密文件，故意与女事务官发生关系，以此进行威胁，教唆她提供密件。这样的写法是故意歪曲事实。周刊杂志等媒体就利用这个大做文章，甚至不惜践踏人权，无中生有，大肆发挥……事态就按照检方所希望的那样展开。”大野木为弓成的家人感到担忧。

“国家机密与知情权……日本还不习惯这样的争论，要做好思想准备。”

山谷显示出临战前的紧张态势，大野木想起父亲的那起冤案，不禁心潮澎湃，说道：“这才是考验我们本事的一场硬仗。反询问面对的是守口如瓶的外务官员，使用一般手段对付不了。不过，这是一个新闻记者与国家权力的战斗，一定要让他获胜。”

第七章　潮骚

逗子娘家的餐厅里，由里子和好久未见的哥哥、妹妹正一起吃着母亲精心准备的午餐。

七月的海风轻轻拂过，留下淡淡的清香。餐桌上座是父亲，两边分别是母亲和婶婶、哥哥和嫂子、由里子和妹妹相对而坐。他们吃着清凉的鸡汤和三明治，但气氛凝重，因为这次家庭成员聚集在一起是在弓成亮太作为被告接受刑事审判前商量一下由里子今后的安排。

饭后，嫂子、由里子和妹妹芙佐子收拾碗筷，然后给移到客厅里的父亲他们端上果子露。婶婶松子从小就赶上好时代，娇生惯养，小姐气质，后来嫁入创办著名私立学校的名门家族，更有派头，从来没有做过家务事。

父亲看不下去，说道："由里子，今天你就坐着吧。"

"是啊，来，坐这儿来……"母亲也觉得女儿可怜，指着自己旁边的沙发。

"亮太精神好点了吗？"哥哥首先发话。

哥哥在一家大电气公司担任工程师，住在研究所所在的千叶工厂附近，因为经常到国外出差，所以很少回老家，一年也就屈指可数的几次，与由里子只是在红白喜事这样的场合见见面。

"情绪比前些日子平稳多了。幸亏芙佐子的夫家通情达理，帮了我们很大的忙。"

由里子对芙佐子的夫家一直提供客厅为自己所用表示感谢。因为媒体不知道那个地方，早饭过后，趁人不注意的时候，由里子就开车送丈夫去妹妹芙佐子家，在那里与每朝新闻社的上司、晚辈们商量出庭的对策，整天看书消磨时间，天黑以后，由里子再去接他回来，有时候他自己走回家。

“启郎是医生，健康管理方面也没问题吧。”最近几年哥哥突然变得像父亲一样稳重平和，怀着亲人的感情表示关心。

“嗯，媒体的包围攻势终于开始偃旗息鼓，一天到晚关在屋子里看书对身心都不好，所以启郎有时候叫他一起打打高尔夫，真的很感谢他……”

这时，身穿白色套装、显得端庄优雅的婶婶停下手中吃果子露的勺子，皱起漂亮的眉毛，说道：“哎哟，还打高尔夫……他要是有这个闲工夫，就应该来给我们交代事情的经过，诚恳道歉才对啊。”

“婶婶，您是不知道亮太姐夫的那个样子。早晨上我们家里来以后，一整天都是心情忧郁，天黑以后才回祖师谷自己的家里……瞧他那个萎靡憔悴的样子，我丈夫担心他万一出什么事，才硬是拖着他去打高尔夫的。”瓜子脸、眼睛清澈的妹妹芙佐子为弓成辩护。

“能去打高尔夫是好事。不过，我们只是通过媒体的报道了解事件的内容，报上说问题的本质是冲绳密约，还说亮太的行为作为新闻记者是正常的采访活动范畴，但如果背后有男女关系，不论报上怎么说是检方偷梁换柱本质问题，我心里还是有疙瘩。”

由里子说：“所以，为了揭露检方的偷梁换柱，才要在法庭上进行斗争。”

婶婶松子那戴着蓝宝石戒指的手指焦急地在沙发扶手上动着，“说的都是以前的问题吧，虽然有点晚了，但至少今天应该和你一起来，把事件的经过说清楚吧。尤其是我，嫁到创办私立学校的名门，我本人还是学校的理事，现在又是被捕，又是男女关系，闹得满城风雨，连我都觉得羞愧。以后还有庭审……已经稍微平息下去的卑劣的报道又要火上浇油，一想到这些就禁不住浑身发毛。

不能不上法院吗?”

“……对不起。”除了道歉,由里子无话可说。

“由里子用不着道歉。只是我真不想看起诉书那种下流的语言。虽然研究所里知道亮太是我妹夫的人极少,但以后有关法院审判的连篇累牍的报道,老实说,不能不叫人心烦。”哥哥含着香烟,吐出一口烟雾。

芙佐子依然为姐姐辩护,“作为兄弟姐妹的核心,哥哥这么说,我感到伤心。亮太姐夫是接触到国家机密,触怒政府,掉到陷阱里的。在我们家里商量对策的每朝新闻社的人也都愤慨地说,为这样的事逮捕记者是前所未有……”

松子打断芙佐子的话,问道:“由里,你和亮太相处得还好吧?”

松子的问话令人不快,但由里子还是简短地回答道:“没有任何变化。”

“这么说,那个女事务官只不过是单纯的婚外恋对象,这对你这个做妻子的造成巨大的痛苦,亮太也对你说过事情的经过吧?在法院审判之前,你说说事情的真相。”

“他没有对我谈过任何事件的内容。”

“这么厚脸皮,你居然还能和他在一个屋檐下过日子啊?!”

由里子咬着嘴唇。事件暴露前后那段时间,她一直极力忍耐着,但是起诉书发表以后,多次产生离家的冲动情绪,只是考虑到还在上小学的洋一和纯二这两个孩子,才勉强打消了出走的主意。

房间里弥漫着沉闷的气氛,大家都一声不吭,父亲开口说道:“由里子,你够能忍受的,带着孩子回这里来吧。”

这是所有家人的共同心情。

“……”由里子抑制自己开始摇摆不定的情绪。

“我也认为亮太的行为是坚持维护他的记者信仰,但是他与提供文件的那个女事务官的事情……也许只是一念之差,但我还是不能容忍。亮太被捕，这三个多月里，我想象得出来你的日子是多么痛苦难过，没有一句怨言，一心一意地照顾两个孩子，尽管是我的女儿，我还是觉得你很了不起。”

“这……我只是不顾一切地努力，连哭泣的时间都没有。”

“但是，你的忍耐也有限度。法院庭审就要开始，亮太要和政府权力进行坚持不懈的斗争，你作为妻子所受到的打击恐怕一辈子也不会消除。洋一、纯二现在还小，到高年级以后，听到周围同学无意的中伤欺侮，心灵会受到伤害。别人用弓成亮太的儿子这个有色眼镜看他们，说不定都会影响到他们的将来。”

“由里子，我和你父亲的想法一样。”母亲把手伸过来轻轻地放在由里子的手上。

“兄弟姐妹中，只有你和我们家的家风、职业气质不同的弓成结婚，也许这是错误的。我作为母亲，当时没有留意这些，主张让你和父亲不满意的弓成结婚，感到对不住你。”

“您别这么说……和弓成结婚是我自己决定的。”由里子对这一点说得斩钉截铁。

“由里，别固执了，还是回来吧。刚才我说过，这种炒冷饭的法院庭审不能想办法停止吗？周刊杂志上说，那个女事务员被外务省免职，现在没有工作，又和丈夫分居，经济窘迫。我先生说，能不能用钱摆平呢？”松子所关心的只是她夫家的面子。

“要这样的话，那不是对姐夫的莫大侮辱吗？”芙佐子一口把她顶回去。

“可是如果判决有罪，亮太又会上诉，恐怕会争吵到最高法院，那每一次……”松子似乎浑身发颤。

哥哥插话道：“外务省揭发的事件，大概不会半途而废，而且每朝新闻那样大张旗鼓地开展知情权攻势，也不会后退。但实际上每朝新闻会在多大程度上声援弓成呢？起诉书一出来，给人的印象是，与每朝新闻采取同一步调的其他报纸突然间气势减弱了。”

“报社还是尽心尽力的，辩护团都是具有自由信条的第一流律师。由于弓成的原因受到撤职处分的政治部部长当然心里不痛快，可是从不流露出来，依然参与诉讼工作。”

“这个很难得。可是，既然与国家权力进行斗争，政治部部长、亮太为什么不能以在职人员的身份职务堂堂正正地上法庭进行抗辩呢？还是报社不愿意采取与一般民营公司同样的人事制度，说到底，每朝新闻社在打退堂鼓吧？”技术员的哥哥思路一根筋。

由里子无法回答，一直显得客客气气没有吱声的嫂子像是害怕地缩着肩膀说道：“由里子，学校正在放暑假，趁现在带着孩子搬到这里来，下学期转到别的学校去，怎么样？我在美容院看到的女性周刊杂志上说，那个事务官都快疯了，她说要是在法院上再丢丑现眼，还不如死了好。好可怕啊！要是真的发生这种事，还不知道会乱成什么样子呢……”

“那种周刊杂志尽胡说八道，你也信啊？”

虽然受到哥哥的呵斥，但是嫂子缺心眼的话还是对由里子造成了伤害。

“夫妻之间的事情在这里再议论看来也解决不了。我的脚都肿了，去散散步。由里子，把我的拐杖拿来！”父亲的话让由里子摆脱了尴尬的处境。

由里子默默地跟在父亲身后，父亲缓慢地登上后山坡。午后的阳光还相当强烈，走到亭子上，父亲的额头已经冒汗，便坐在椅子上。

由里子坐在父亲身边。

远处的湘南海滨沙滩上，到处都是色彩缤纷的太阳伞，来洪海水浴的人们熙熙攘攘。世上的人们都过着如此幸福的日子，只有自己坠入无底的深渊，在黑暗中束手无策，痛苦挣扎。

“由里子……”

“……”

“趁我还健在的时候回来吧。我不忍心看着你这样浑身污泥浊水而不闻不问。”父亲凝视着大海，语气平静。

由里子无法抑制内心涌动上来的悲苦，把脸贴在父亲的肩膀上，呜咽哭泣。

台风过后，箱根芦之湖的天空一碧万顷，富士山雄伟的姿态更显得美丽迷人。

弓成与律师团、司前政治部部长等住在芦之湖畔与每朝新闻社休养所相邻的报社创始人以前的别墅里，共同研究十月开始的庭审对策。

从东京都开车两个半小时，登上箱根外轮山海拔一千米的乙女峰山顶，凉爽的感觉与东京秋老虎的闷热判若两个世界。平时被各种案件缠身忙得不可开交的律师甚至也不和事务所联系，在这里集中精力准备应对庭审。

从早上开始，午餐过后一直继续开会，午后休息的时候，弓成独自离开别墅出去散步。

上午，黄莺婉转，清脆优美。临近傍晚的时候，斑鸠略显忧郁的声音在树林间啼鸣。

弓成穿着短袖衬衫，在大杉树的树荫下慢慢地向湖畔走去。虽然避暑的客人有的还没走，但是这一条路一般人不熟悉，只遇到拿着昆虫采集网的一家人。夫妇俩的年龄比自己稍微年轻，但孩子与洋一、纯二差不多大，兴高采烈地在父母亲的身前身后走着。弓成忽然想起五六年前，妻子刚刚考取驾照不久，曾坐着她开的车来箱根玩过。自己的人生中已经不会再有这样幸福的日子……

弓成无精打采地顺着昨天走过的夹在杂树林与大叶竹之间的

小路走上去，前方豁然开朗，从高处可以一览无余湛蓝色的芦之湖和雄伟的富士山。

弓成屏息凝神地伫立着，面对这庄严雄大的大自然，感觉自己的痛苦实在是微不足道，但同时自我厌恶感越发增强。

根据从三木昭子那里获得的绝密文件所写的稿件成为反响很大的独家新闻，但是为了不暴露消息来源，用语格外小心谨慎，所以文章缺少具体内容，未能把全部真相告诉读者。手里握有铁证如山的文件，却不能坦率地写出来，感到无比的焦急无奈，后来又写了两篇稿件，却没有反响。

就在这个时候，社进党议员横沟主动和他接触。因为自己没有担任过采访在野党的工作，一个晚辈记者对他说："横沟议员对署名弓成记者的报道很感兴趣，想更详细地了解情况，见他一次吧。"但是，弓成起先还是拒绝。

但是，当冲绳的密约问题在国会上受到追究的时候，横沟议员再一次通过那个晚辈记者恳请见面。弓成被他的热情所折服，答应只见三十分钟，于是在新宿的一家小餐馆的柜台席前见面，告诉对方自己无法写进文章的复原补偿费是真正的计谋。律师出身的横沟要求提供作为证据的文件，但弓成对第一次见面的议员还不能完全相信，所以没有答应。

在去年十二月的国会上，横沟议员对作为政府委员出席国会的外务大臣、外务省有关局长提出质询，但由于没有证据，未能奏效。

今年三月的预算委员会是追究冲绳密约的最后机会，一旦预算通过，真相就会永远埋藏在黑暗之中。弓成实在压抑不住对政府的欺骗行为的愤怒，把装有三份绝密电文的信封通过那个晚辈记者交给横沟议员，并叮嘱要转告他"使用的时候一定要慎之又慎"。下午，弓成在国会记者席上关注预算委员会的质询情况，看到横沟议员气势咄咄逼人地追问政府委员，手里高高挥舞着绝密电文的复印件。

坐在记者席上的弓成惊愕万分，万万没有料到他会这样在国会上暴露原件……

自己在撰稿的时候小心翼翼，生怕暴露情报源，然而一旦交到别人手里，车轮就开始朝着预想不到的方向转动。悔恨交加，完全由于自己的判断失误，才导致发生前所未有的事件。

“喂，弓成也在这里啊。”

弓成听到身后有人和他说话，回头一看，原来是五人律师团中的大野木以及同一个事务所的年轻律师山谷。山谷身材高挑，穿着方格纹衬衫，潇洒得体，看上去比三十岁的年龄要年轻。

“昨天散步，发现这个单独观赏美景的好地方。说起来，山谷在学生时代就热衷于登山运动……”

山谷的宿舍离弓成家很近，两人约定在田园调布车站前的喷泉旁边交接准备出庭的文稿、证据资料的复印件等，时常见面，成为能坦率说话的朋友。

“一年有五十天登山。不过，山岳具有魔力。我们法学部登山会的一个成员就在坠落事故中失去性命。”

“所以后来你就不登山了？”

“不，是立志当律师，专心学习，参加司法考试。”

弓成一边看着学生们在湖里划船一边问道：“大野木律师说过，他是因为在大藏省特别银行当课长的父亲蒙冤受害，未受判决却被羁押三年，这成为他立志当律师的动机。你是什么情况？”

“我没有这样直接的动机。上大学的时候，经历过反安保斗争，在示威游行时，遇到桦美智子死亡事件，亲身感受到政府权力的强大。这可以算是一个动机吧。从此以后，我就决心将来不论做什么工作，都不在政府权力一边就业。而且我原本就不善于生活在组织里，于是选择了可以表现自我意志的律师这一行。说起来，这让父亲感到失望。”山谷清爽的表情中露出些许苦笑。

“你老家是爱媛县吧，是不是有家业让你继承啊？”

“我们家世世代代都是承包经营邮局。父亲也觉得这没什么可让我继承的，可是既然我已经进入法学部，则希望我成为大藏省的官员。他很不高兴地说，虽然在老家也吃得开，但毕竟是乡下城镇，我培养你并不是要你为那些贪污、诈骗的案子做法律咨询的。”

“是这样啊……你通过为言论自由、人权问题的案子进行辩护，如今成为一个与政府针锋相对的自由主义的律师……心情很复杂吧。”

弓成开始沿着湖畔的道路慢慢行走。

“这一阵子，我一直在想，宪法问题的泰斗伊能先生、高槻先生、大野木先生，还有你山谷、西江等这么多优秀人才以巨大的热情投入这个案子。我看到你们对知情权、新闻报道的自由等进行认真深入的讨论，四处奔走收集国外的观点和判例资料，深感自己的行为过于轻率，心里非常不安。

“而且，不论在观点上如何深入争论，不论如何强调采访的正当性，但是因为我给三木女士造成麻烦，没有诚实地交代与她的关系，因此也损害了报社的名誉，感到万分的歉意。在法庭上与国家权力进行斗争的当初的想法是否过于狂妄无知呢？我很苦恼彷徨。”

弓成说出心里话，与他并排散步的山谷停下脚步，说道：“怯弱退缩，这可不像是你的性格啊。也许是把自己封闭起来的日子太多的缘故吧。外务省文件泄密事件起因于对政府欺骗行为的追究，你把密约在国民面前揭露出来，在法庭的斗争一定会获胜……从某种意义上说，这不就是赎罪吗？”

“可以这么认为吗……”弓成像是向自己发问。

“难道不是这样的吗？真正应该反省的是背着国民签订密约的政府。”

山谷清澈的目光眺望着夕阳余晖映照下的富士山山顶。同样眺望着富士山的弓成点点头，表情显得开朗起来。

喝着清酒，津津有味地品尝着刀拍牛肉，晚餐结束后，转入今天的总结会。

室内温度不知不觉降低下来，管理人点燃架在壁炉里的圆松木，树叶和小树枝噼噼啪啪地燃烧着，火焰随着白烟升腾起来。大家都把藤椅搬到壁炉周围坐下来。

坐在中间的伊能律师曾获得柔道黑腰带三段，体格魁梧壮实，只穿着衬衫，嘴里含着烟斗。

“论点也都摆出来了，现在整理一下庭审的争论点。

“首先是那三份电文的内容怎么看？检方断定弓成教唆三木事务官泄露‘由于工作关系而得知的秘密’，因此以违反国家公务员法问罪。然而，问题是这电文的内容本身能否说是受国家公务员法保护的那种‘秘密’……”

伊能看着大野木。伊能在担任法官的时候，曾经在砂川事件中判决美军基地违宪，虽然是法律界的重镇备受敬重，但性格坦率。

“是这样的。既然外务省断定是‘绝密’，检方也就采取不允许外泄的‘秘密’这样的态度。但是，这种密约不应该受到法律的保护，更应该对国民广泛地公开。所以，揭露这个密约的弓成记者对国民的知情权作出了贡献，他是无罪的。”

大野木实际上是这个律师团的核心，他于慎重之中透出自信，其弟子山谷、西江点头赞同。

“还有一个争论点，就是新闻记者的采访自由受保护到什么程度的问题。也就是说，弓成记者的方法是否正当。我打算叫现役的记者出庭作证，阐明记者采访的实际情况，以佐证弓成记者采访的正当性，但是如何定位三木事务官，有点头疼。”

大野木双臂交抱。在如何看待三木昭子这个问题上，五个律师中也有微妙的意见分歧。

“从之前的言行来看，显然三木一直主张‘最坏的是弓成’。虽然她也是被告，但可以说是检方的证人。如果她的证言与事实相异，我们必须进行反询问。”最年轻的西江律师将显得苍白的白脸转向前辈律师。

山谷说道：“我也是这个意见。从她对警察、检察厅的供述记录来看，似乎是弓成有计划地接近她，越轨以后，就强迫她提供文件。她害怕如果拒绝的话，他们的关系会被公开。这样的说法简直就是弓成对她进行威胁。而实际上弓成根本就没有对她进行任何的威胁。

“如果我们对三木过于客气，不能坚决地反驳她的言论，那么事实就会被歪曲，不仅对弓成不利，而且无法阐明事实真相，我们也就难免受到辩护失误的责难……”

律师团中持最保守看法的高槻满脸苦涩地说道：“这是你们一部分年轻人的看法，但是在社会上恐怕行不通。我本人觉得在伦理上还存在疑问。

“充满恶意的起诉书公布以后，不能不对弓成产生同情，但是弓成在女性中的形象受到无法估计的损害。你们认为那个女性与弓成是两个成人之间的关系，所以她不可能唯唯诺诺地听从弓成的吩咐提供文件。可是世间会相信你们的观点吗？这样不仅不能提出我们所期望的证言，反而会纠缠着男女关系混战一场，这正好中了检方的诡计。”

一直默不作声地倾听大家讨论的前政治部部长司放下手中的

钢笔，苦恼地说道："每朝新闻社未能保护好三木这个信息源，希望不要再在法庭上贬损她。"

伊能担心地问道："这件事也听听弓成的推心置腹的意见，怎么样？"接着说道，"因为对结果负有责任是我不变的立场……"

听到伊能如此严格的自我约束，两个年轻的律师也就沉默下来。

"伊能先生，第一次开庭即便是老一套的罪状认定，因为第二次开庭先由检方陈述，不可避免一定会比起诉书更加详细地涉及男女关系，所以，必须在检方尚未控制局面的情况下，在对方陈述之后，我们辩护人也立即进行开头陈述，极力强调这次庭审的本质问题。我考虑使用这样的战术，您觉得怎么样？"大野木宽额头下面的眼睛满含着平静的斗志。

刑事案件庭审程序通常不会由辩护人进行开头陈述，伊能闭上眼睛，似乎在思考，接着表示赞成："好，就这样。"

检方起诉以后，辩护人向法院申请半年的准备时间，其条件是承诺一旦开庭必须在两周内完全应诉。

壁炉的火势减弱，西江添加薪木。一阵白烟升起后，新的火焰又熊熊燃烧起来，映照得每个人的脸膛红扑扑的。

每朝新闻社与司一起参加会议的社会部司法方面的首席记者助理说道："三木的那个坂元律师原先是内务省的官员，听说比十时警察厅长官晚一期。"

大野木点点头，担心地问道："十时进入警察厅后，坐上第一把手的位置，而坂元担任四国管区警察局局长，虽说是日本最小的管区，却是十时的地盘。离开官界以后，注册律师资格，开了一家只有他一个人的法律事务所，主要从事自由党候选人违反选举法的业务。这次庭审，是否含有十时长官的意向呢？"

"大概只是偶然的巧合吧。那个'剃刀十时'不会使用这种拙劣的手段。坂元律师很早就成为三木的辩护人，对外说是三木的朋友的介绍，其实我认为是通过外务省的关系。在我们想和三木接触的时候，坂元就已经是她的律师了，不让接近。”

“其实我到坂元的法律事务所采访过，他以警察官员特有的口气训斥道：不知道三木在哪里，你们每朝新闻社让信息源流落街头，一点赔偿也没有，你们这是什么意思？！”

大野木说道：“其实对方私下里提出过赔偿的问题，要按照霍夫曼方式，计算出来的数额实在离谱。这件事以后由每朝新闻社的总务局局长和我商量，但是在法院庭审期间金钱的授受被视为收买行为，所以一直悬而未决。我们表示此事已经谅解，先支付一百万日元作为当前的生活费，但对方说如果这就是预付款，则无法认可，拒绝接受。”

然后他宣布：“今天到此为止，明天继续开会。”

会议结束。

秋分已过，开始感觉秋意渐浓的九月二十五日。

夜晚，在灯光关闭的黑暗房间里，弓成依然目不转睛地盯着电视机。佐桥总理下台以后，田渊内阁诞生，其首要外交课题就是要实现日中邦交正常化，为此田渊角造总理访问中国。

田渊总理从抵达北京机场的政府专机的舷梯上一步一步迈下来，站在前来迎接的、身穿中山装的周恩来总理面前，情绪昂扬地紧紧握手，周围响起热烈欢迎的掌声。

这是历史性时刻的镜头。田渊总理的身后是表情开朗愉快的小平外务大臣。这条消息从中午就开始播放，已经反复播放无数遍，可是弓成还是百看不厌。

镜头从北京机场切换到面朝天安门广场的人民大会堂。

如果自己没有被捕，还是担任采访执政党的首席记者，现在应该作为随行记者的一员来到北京，正一篇又一篇撰写、发送“北京电·弓成亮太特派记者”的署名新闻稿。他从担任采访外务省的记者时候开始，就已经对小平正良等亲华派的政治家、财界要人、学者进行采访，积累有大量的素材，甚至部分新闻报道的草稿都已经预先写在笔记本上。

现在他只能看到别人撰写的新闻稿和电视新闻，感觉到闭塞感和疏远感。

四月被起诉以后的停职期间，作为政治部记者，根据自己平时努力钻研、积极采访、积累的资料，至少有三个题材想写。

第一个就是五月十五日的归还冲绳。时隔二十七年，冲绳回到祖国的怀抱，首先应该是喜悦，但是美军基地的整顿削减几乎都是有名无实，在日本的美军基地百分之五十集中在冲绳，问题堆积成山。

他想用手中的笔诉说“冲绳县万岁！”这个口号无法掩盖的现实问题。

还有一个就是六月十七日——佐桥总理发表引退声明。虽然以归还冲绳的光辉业绩掩饰他七年八个月无所作为的政权，但这期间政治的空白是不能容忍的。在他发表引退声明的时候，怒吼“新闻记者滚出去”，他也遭到新闻记者的抵制，记者会见室里没有一个记者，只有他孤独地对着电视摄像头发表谈话。这种众叛亲离的结局不堪目睹。

最后就是七月五日的自由党总裁选举。这是政治部记者大显身手的重大事情，通过夜以继日的辛苦采访，预测、分析各个派系的得票数字，最后瞪大眼睛注视着田渊角造与福出武夫的决战胜负。弓成从前年秋天就开始采访搜集资料，如今这些资料全部作废，自己只能无奈地在家里看电视。

作为一名记者，不允许执笔，被迫成为旁观者，无异于死。

有人敲着拉门，弓成没有回答，拉门被拉开一点。

“你吃点吧。北九州的妈妈寄来比目鱼鱼干，给你烤着吃吧。”由里子想叫还没有吃晚饭的丈夫去餐厅。

“不要。一会儿我自己随便吃一点。”

电视依然开着。由里子走进去，从弓成身边穿过，走进洗手间。已经十点半，孩子们都已睡熟。

由里子从洗手间出来，说道：“晚饭已经准备好了。明天给北九州的妈妈打个电话吧，她说梦见你样子很难过地站在她的床边，看来她心里十分挂念。我对她说五个优秀的律师为他辩护……”

由里子的本意是希望丈夫给北九州的母亲打个电话，让她安心，可是话一出口，就被弓成大声呛了回去，“你说话真多余！她这么一听，还以为我干了多大的坏事，要五个律师来辩护。”

“你小声点！把孩子给吵醒……”

“你简直是没脑子！这么一说，我老娘不是更担心吗？连这一点都不懂！别自作聪明！”

“你胡说些什么啊……”

“你逗子的家风和我北九州的家风不一样，不要对我那边多嘴多舌！”弓成在走廊上大发雷霆，自己也感觉抑制不住。

“你别这么大声嚷嚷，至少不要让孩子听见这样的争吵……这一阵子，他们也开始觉得家里有点不正常。你到这儿来说话……”由里子指着客厅的沙发。

虽然已是初秋，门窗依然敞开着，不知从何处传来不合时令的风铃声。

“不正常……怎么回事？”

一说到孩子，弓成的态度立刻缓和下来，坐到沙发上。

“我没有把你停职的事告诉他们，可是他们问为什么爸爸不去上班。”

由里子没有往下说，其实上小学四年级的洋一有一次轻手轻脚地走到正在厨房里的由里子身边，问道："色鬼，是什么意思？"抬头看着妈妈的反应。

"由里子，如果你想离婚，我随时都可以盖章。"

事件发生以后，弓成一直回避和妻子沟通交流，现在是正面表态。既然夫妻之间已经存在不可逾越的鸿沟，能想到的就是这一个解决办法。

"在谈论离婚之前，你先告诉我和那个三木到底是怎么回事？你知道我也很痛苦吧？"

"我怎么说你才满意？是说那只是一时的见异思迁，还是短暂的恋慕之情？哪一种你能接受？"弓成破罐破摔地吼叫起来。

由里子伤心地低下头，"如果你无论如何也不愿意和我交流，我也没办法。不过，你考虑过孩子将来的事情吗？"

"我没有一天不考虑孩子的事情，只要他们还姓弓成，他们的升学、就业、结婚这些人生的重要时刻我都会过问的。我不想让这两个孩子带着辛酸痛楚的心理，由里子，离婚以后，把他们的姓改为八云吧。"弓成说这些话也是肝肠寸断。

就在这个时候，两个小小的人影走过来。

"不要！爸爸和妈妈离婚，绝对不要！"

穿着睡衣的洋一和纯二发疯一样叫喊起来，紧紧抱着弓成和由里子的脖子放声大哭。

夫妇俩片刻无言，也紧紧抱着孩子。大概弓成刚才在走廊上大声叫喊，把孩子吵醒，听到父母亲的谈话，才出来的。

"不要紧的，爸爸和妈妈不会离婚，你们放心吧。"

由里子抱着纯二，弓成抱着洋一，都紧紧贴在一起。

弓成还用手搂着纯二的肩膀，一家四口就这样紧抱在一起，泪水涟涟。

十月十四日上午，外务省泄密事件第一次公开开庭审理。

东京地方法院正门外，说是早晨不到六点就来这里等待的一个男子第一个进入法庭，一般性庭审的旁听席固定为四十七个，但今天有一百五十多人排队。

报纸、电视台、周刊杂志等媒体的报道阵容也相当庞大，在排队的旁听者周围，看似妇女活动家团体的一些人手里举着"三木，你是好人"的标语牌，她们早就成为摄影记者的拍摄对象。

九点四十分过后，在众人的骚动中，三木昭子前事务官在律师的陪同下走下车来。她穿着露膝短裙，圆领的素色套装，手上一个小坤包，原先富有个性的短发也长到脖颈上，低着憔悴而苍白的脸。摄影记者呼啦一声全冲上去，身强力壮的坂元律师虎着脸申斥道："她身体弱，还带着医生呢。前面路让开！"

可是，不见她丈夫的身影，一个手提急救包的年轻男人动作夸张地紧跟在后面。

"三木，我们支持你！"

"你是知情权的贞德！勇敢战斗吧！"

女性团体大声叫喊声援三木，可是三木似乎没有听见的样子，在坂元律师的搀扶下脚步不稳地走进法院大门。

几分钟后，众人再次骚动，在提着沉甸甸皮包的五个律师的严密圈围下，弓成亮太出现在人们的视线里。啫喱水修饰的整齐滑亮的头发，一身深蓝色西服，条纹领带，下巴稍稍收拢，高大的身材，洒脱的姿态，就是一个活生生的政治部记者的形象。对着照相机的闪光灯无动于衷，在等电梯的时候，与律师交谈，显示出从容不迫的态度。

庭审地点选择在东京地方法院内面积最大的七层七〇一号法庭。

开庭前十分钟，旁听席就被媒体记者以及四十七个旁听者挤得满满的，所有人的目光都注视着护栏前面还空无一人的法庭。门一打开，吸引了全部的眼光。刚才在休息室里的三木昭子在律师的搀扶下进入法庭，坐在横长七米的被告席的最左端。接着，弓成进入法庭，先是坐在离入口近的一个位置上，但在律师的提醒下，改坐在大致中间的座位上。两人的距离大约三米多，但都僵硬地回避目光对视，那个姿态勾起旁听者的好奇心。

在旁听席上，有一个人以格外异常的眼光盯视着他们，他就是三木昭子的丈夫琢也。他坐在旁听席第三排，紧靠记者后面的座位上，一动不动地凝视着分居五个月的妻子，然后把目光转向弓成，凝视着他的后背。

上午十点零四分，审判员座位后面的门打开，身穿黑绢法袍的三个审判员出现。

法庭书记员高喊："起立！"全体起立，本山审判长居中，其他两名陪审员左右分别就座。

"现在开庭。"

本山审判长清澈响亮的声音宣布后，温和的目光看着双方的辩护人，说道："被告人到前面来……"

鸦雀无声的旁听席发出一些波动。弓成和三木走到证言台前面，在不自然的距离中并排站立。如同江户时代将通奸男女一起押到法庭那样的耻辱，连一直态度凛然的弓成也瞬间面部扭曲，而三木只是低着脑袋，畏缩惊惧的样子。

审判员进行惯例的姓名、年龄、职业等询问，给人留下印象的是，弓成的回答是新闻记者，而三木用微弱的声音回答是无业。询问后，他们退回到各自的被告席。

"审判长……"检方请求发言。

四十岁左右、方下巴、长相显得倔强固执的森检事站起来："关于对两名被告人起诉状所记载的公诉事实，在靠近末尾的文中有一处日期请求订正。”

森指着预先提交的起诉状说明需要订正的地方。

本山审判长确认辩护人的意见。

弓成辩护团的团长伊能律师回答道：“没有异议。”

三木的坂元辩护人也同样回答。

森检事开始宣读起诉状。

公诉事实

被告人弓成亮太供职于每朝新闻东京总社编辑局政治部，自昭和四十六年二月至昭和四十七年二月担任采访外务省的专职记者；被告人三木昭子自昭和四十五年起作为事务官供职于外务省外务审议官室，负责收发、保管送交外务审议官安西杰审阅的文件。

第一、被告人弓成利用与被告人三木偷情的关系，要求该被告人将上述安西审议官审阅的外交秘密文件的原件或复印件携带出来，以作为撰稿的采访材料。

（一）四十六年五月二十二日，被告人弓成亮太将被告人三木昭子召到东京都涩谷区松涛三丁目四番九号的王山饭店，通情之后，一再强烈要求道：“现在采访很困难，想请你帮忙，把传阅到安西这里的文件让我看看。绝对不给你和外务省造成任何麻烦。尤其是有关冲绳问题的机密文件。”……教唆被告人三木泄露由于工作关系而得知的秘密……

森一字一句宣读，语气斩钉截铁，要求对弓成和三木以违反国家公务员法的法律规定予以惩处。

在森宣读的时候，弓成身子笔直地坐着，凝视着审判长，而三木自始至终低着头，有时肩膀微微颤抖，博取旁听者的怜悯。

接着，本山审判长告知两名被告具有沉默权，然后让他们陈述意见，就是所谓的罪状认定。

弓成站在证言台前，开口说道："在就公诉事实陈述意见之前，首先我要借这个机会，就未能保密信息源之事向三木昭子女士表示诚挚的道歉。"

他说罢，向坐在斜后方被告席左端的三木深深低头致歉，但是三木只是盯着自己的脚，没有任何反应。弓成转换心情，面向审判长。

"三木女士由于被检方不当的做法、以国家公务员法予以起诉而受到无法估量的巨大打击。我在将电文的内容告知国民的问题上，选择报纸报道之外的手段、即国会这个场所的时候，绝对考虑到为信息源保密这个新闻记者至高无上的原则。然而，由于我的考虑不够完整周密，导致产生有违本意的事态。我痛感自己所造成的结果。

"本案的起诉认定我教唆三木女士泄露有关冲绳密约的电文，并试图以国家公务员法予以处罚。这是以国家利益的名义保护政府为欺骗国民所使用的计谋，并使之正当化，我对此无法接受。同时，将我作为新闻记者为了向大多数国民传递真相所进行的采访活动认定为犯罪，我对此坚决无法同意。"

弓成浑厚洪亮的声音态度鲜明地反驳公诉事实，说明采访的过程。

"归还冲绳谈判存在很多疑点，为此我对各方面进行采访。其中恰好向三木女士提出：在保密信息源的前提下，如果有关于冲绳谈判的文件可供参考的话，希望给我看看。我对她阐明我的目的，希望得到她对我采访的帮助，因此得到她的同意。我提出这个要求的时候，当然没有采取施加压力的态度。

“在采访这件事上，检方使用将基于自由意志的个人之间的问题作为刑罚对象的手段。显然，检方为维持庭审，正在最大限度地利用三木女士和我的不同立场。

“在这里，我明确表示：我没有有计划地接近三木女士以利用她达到自己的采访目的。关于道德层面的问题，不应该由搜查当局介入，应该由我自己严加反省。”

弓成的语调坚决有力。接着，他讲述电文的内容，指出是属于必须让国民知道的一般性质，无密可言。同时，他指出，社进党在国会上公开电文之前，就已经发表据此撰写的三篇文章，批驳了所谓“未写文章而直接提供”的论点。弓成显示出与检方针锋相对的强硬姿态，结束意见陈述。

旁听者竖起耳朵认真倾听，弓成的发言在与检方所强调的“通情”、“教唆”完全不同的层次上揭示出蒙蔽国民的外交谈判才是问题的真正核心，旁听席上似乎出现重新考虑事件本质的高涨气氛。

但是，当旁听者看到此后踉踉跄跄的脚步走向证言台的三木昭子的模样时，高涨的气氛立即萎缩下来。法庭书记员实在看不下去，过来扶着她站在证言台前面，可是她肩膀哆哆嗦嗦地颤抖，甚至不能开口说话。

“审判长，被告的身心处于极度紧张状态。请特别允许她阅读稿子。”坂元律师在辩护席上发言。

一开始就出现这种异常状况，本山审判长像是观察三木的憔悴状态似的看着她，然后和右边的陪审员判事交换意见，再与最年轻的二十八岁的坐在左边的陪审员交换一下眼神，说道：“许可。”

弓成也对这种情况感觉吃惊，第一次注视着三木。从背后看上去，这半年多的时间里，她原本苗条高挑的身子如驼背一样弯曲，白皙的脖颈被半长不短的头发遮盖着，变成瘦弱憔悴的中年女性的模样。作为外务省第二号人物审议官的专属事务官，曾经那样精明能干，和弓成单独在一起的时候也大胆得惊人，而如今变得判若两人……弓成感到心痛。

得到审判长的许可后，三木看着稿子，嘴唇轻微地翕动着，却发不出声音。在坂元律师的再次催促下，她颤抖微弱的声音有气无力地念着稿子。

“起诉状所记述的事实无误。我对给别人造成的麻烦表示歉意，并且我希望尽快结案，让世人忘记我。”

三木对起诉状的认可在于预料之中，但“希望世人忘记我”的说法……旁听席上有的女性对她为怯弱懊悔而心力交瘁的这句话而眼角湿润。

两个人对罪状认定的态度形成明显的对比。之后，弓成的辩护团开始陈述意见。

第一个站起来的是留有些许唇须的团长伊能。他把怀表放在桌子上，以平静的语气开始陈述。

“本案是对新闻记者的采访行为适用国家公务员法第一百一十一条的第一起案例。新闻记者作为主权者国民知情权的代言人，必须深入挖掘现实政治的核心本质，查明被隐瞒的真相，并告知于国民。所以，在新闻记者与公务员接触的过程中，政府视为秘密的事实受到采访之事不胜枚举，不可否定，这对国民形成正确的政治判断做出了贡献。在采访活动中可以说是必然的所谓‘教唆行为’从未成为被检举、搜查的对象。然而，政府此次竟然动用司法这把刀子，究竟出于什么意图行使公诉权呢？首先必须对这一点进行探讨。”

伊能略一停顿，向审判长扬起手中的三份电文，继续说道：“弓成记者获得的这三份电文，其内容都是有关归还冲绳协定的谈判经过或者是谈判结果的报告，其中有日方购买美军资产等所支付的三亿两千万美元中含有四百万美元的复原补偿费的内容。

“政府在国会上说，上述四百万美元是美方的自发性支付，没有包含在日本对美支付的三亿两千万美元中，不存在军用地复原补偿上的密约或者幕后交易。然而，从电文的内容来看，国民对政府的发言不能不表示怀疑。

“政府大肆炫耀归还冲绳是经过努力获得对自己有利的成果，其背后却让日本负担上述四百万美元的费用，愚弄国民之恶劣无以为甚！这种阴暗面一旦被揭露出来，政府的信用度就会一落千丈，激起国民的强烈义愤。正因为如此，政府才极力隐瞒上述电文。电文被泄露所受到的震撼才是促使政府对本案进行搜查、提出公诉的真正原因。

“这并不是因为电文的泄露、发表有损于国家利益，而是政府对精心虚构的成果受到颠覆、造成信誉丧失所进行的反击，我这么说绝不为过。”

伊能律师的意见陈述虽然语气平静，但具有严厉追究国家欺骗行为的巨大气魄和力量，让旁听者受到震撼。

接着站起来的是辩护团实质上的领导大野木律师，他的胸帕与领带搭配成对，装束时尚，透过眼镜沉稳地环视审判员和旁听者，然后开始陈述意见。

“我对本案的两个实质性问题阐述意见。

“第一，本案中所谓被泄露的‘秘密’就是记述有政府欺骗国会和国民的谈判内容的电文。将这样的电文冠以‘国家利益’这样抽象的美名予以保护，而对还原其真实性的两位市民处以刑罚，这合适吗？

“第二，新闻记者把真实情况告诉本国国民何罪之有？如果弓成记者没有得到本案的电文，那么外务省美国局局长在国会上进行虚假答辩这个事实将永远不会被全国国民所知道。请问，能允许对这样的记者予以惩罚吗？”

大野木的辩护情理交融,通情达理,向陪审员指出今后审理此案的正确方向。

“本案的电文被外务省认定为‘秘密’,两个被告因此被问罪。然而,这个‘秘密’的指定是外务省官员的任意行为,不过是根据‘外交谈判一切都是秘密’这个过时的教条原则而决定的。以前一直都是‘只要政府决定就是秘密’,这个判断秘密的标准难道不应该转变为‘也必须考虑国民的知情权’吗?”

大野木律师还以九一八事变、卢沟桥事变、北部湾事件等历史事件为例,指出虚假或者不完整的情报传递所造成的危害。

“在审判《纽约时报》事件时,美国联邦最高法院的伯格大法官说:‘只有自由的、不受制约的报道才能够揭露政府的欺骗行为。’他指出:‘新闻媒体对政府秘密的挑战不仅是报道的自由权利,而且是义务,是民主主义的基石。’

“我恳切希望本法院为这基本的权利进行审理,做出判断。”

大野木陈述完毕,施礼致意,坐下来。第三个辩护人高槻律师站起来。

“对弓成、三木两被告问罪的是违反国家公务员法。

“那么,对弓成问罪的国家公务员法第一百一十一条是仅仅适用于公务员,还是也适用于第三者,规定本身就缺少行为主体者要件的表述,非常不明确。另外,‘由于工作关系而得知的秘密’的定义也不明确。

“如此不明确、不合理的国家公务员法第一百一十一条本身恐怕就违反宪法第三十一条规定的正当法律程序;而且如果把本条的教唆罪解释为也包含第三者的新闻记者正当的采访活动,那就是对宪法第二十一条的言论的自由进行不当的限制,违反宪法该条规定。

“我真诚希望法院在审理本案时予以深切的考虑。”

高槻律师稳重威严的声音对着审判席结束自己的陈述。

弓成的律师进行长达一个半小时的意见陈述后，由三木的律师坂元勋陈述意见。

坂元律师从座位上慢吞吞地站起来。

“被告人三木承认起诉事实，作为辩护人所应该做的只有请求从轻量刑。

“基于这个观点，我再补充一句：在本案中，知情权似乎受到关注，但我认为，从每朝新闻社的辩护人的主张可以看到，这个权利只有对新闻记者才有意义。因为新闻记者在采访活动中操之过急的时候，可以以知情权、报道的自由作为自己并不违法的辩解的理由。

“如果知情权、报道的自由具有法律上的意义，那么与之互为表里关系的对信息源的保护也是同样的。所以，采访者与情报提供者的关系是，前者具有保护后者的义务，后者具有被保护的权利。从本案发生以后的情况来看，主张报道的自由过于急迫，缺少保护信息源的意见，这是一种偏袒行为。

“我希望法院在今后的审理中，充分考虑上述情况。”

坂元的意见给弓成辩护团的意见陈述泼了一盆凉水。

旁听席出现些微的声音。旁听者本来认为事件的本质是权力当局对揭露政府欺骗行为的新闻记者进行报复，但听了坂元律师简明扼要的陈述后，有人又开始转而对信息源的三木表示同情。

“另外，正如已经提交的请求书所申诉的那样，诚恳希望法庭同意三木被告人自第二次庭审起不再出庭的请求。

“三木被告全面承认公诉事实，并非因为没有任何争论之处。只是作为女性，无法忍受个人隐私受到更大的侵害，因此，不论是否有罪，只想恳切希望从本案中解脱出来。

“三木被告对法庭庭审的恐惧心情，只有平时与本人接触的人才有所了解。随着庭审日期的临近，她的情绪逐渐不安，我对她这种状态能否平安无事地接受庭审感到担忧，因此特地配备一名医生以防万一。

“围绕知情权的庭审对于三木被告来说，无异于是他人的审判。我原本希望两被告分离庭审。但是，弓成被告、每朝新闻社在本案起诉六个月的时间里，不仅没有进行任何赔偿，而且对具体的解决方法束之高阁。三木被告受到免职处分以后，没有收入，处于无法生活的窘境，我们担心如果不配合对弓成被告的审理，将来就无法拿到赔偿。”

在坂元律师说明不再出庭的理由、诉说生活穷困的时候，三木浑身哆嗦发抖，似乎无法忍受，用手绢掩着嘴。

与“国家权力”这个无形的词语相比，更害怕丑闻、羞于在人前抛头露面的女性形象极其强烈地映照在人们眼里。

经过协商，决定两周后举行下一次庭审。

法庭内嘈杂声不停，工作人员大声叫道：“闭庭！”大家起立，目送三个审判员退庭。

旁听者也开始往外走。这时，握着手绢的三木站立不住，一下子瘫倒在被告席上。正当弓成不由自主地站起来伸手扶持她的时候，随行医生跑到她身边。

“三木女士，不要紧吗？在这里休息一会儿……”

医生给她把脉，正要打开急救包，三木纤弱的声音断断续续地说道：“不，快……尽快离开这里……”

在一动不动地站在那里的弓成听来，这是拒绝自己的声音。

体格健壮的坂元律师抱起三木，医生也扶着她的手臂，慢慢地走出法庭，弓成只能看着他们离去。

那个人就是弓成亮太啊……三木琢也在沿着霞关的政府机关

大街向日比谷公园走去的时候，回想起散发着浓厚男人气息的弓成。

虽然在报纸、周刊杂志、电视上反复看过，感觉应该完全记在脑子里了，可是当面见到真实的他，尽管是在法庭上，仍然充满活跃在第一线的政治部记者所具有的自信和狂傲。一想到就是这个男人和自己的妻子……强烈的嫉妒涌上心头，感觉头晕目眩，不由得抓着附近的大樱树歇息一下。

除了购买三餐食品外，整天都闷在家里，所以从千叶县市川市乘坐电车，换乘地铁来法庭旁听，对于他病弱的身体实在难以支撑。

"没关系吗？你好像……是三木昭子女士的先生吧……"一个年轻的陌生人关切地询问他。

这个人穿着灰色粗布上衣，衬衫的胸前口袋里插着几支圆珠笔，琢也凭直觉立即看出他是周刊杂志的记者。

"冷不丁对陌生人……不懂礼貌……"

被琢也一抢白，那个年轻人低着脑袋钻进出租车里。

琢也看着这辆出租车消失在视野里，便擦了擦额头渗出的冷汗，拼着全身的力气向车站走去。回到市川的家里，把昨晚就关闭的挡雨窗打开，放进来新鲜的空气。他已经精疲力竭，扑通一声躺倒在如今从不整理的被窝上。分居以后，他懒得上下楼，所以不住在楼上的寝室里，就居住在一楼。

他凝视着天花板的木板纹路，产生一种妄想，仿佛是昭子与那个弓成纠缠在一起的侧影。尽管夫妻关系已经冷却，但也绝对不能容忍那个毁灭自己平静的家庭生活的男人。

昭子羁押期间，琢也被东京地方检察厅叫去询问情况。他想起检察厅念给他听的供述记录：

我是三木昭子的丈夫。

关于我的履历、与妻子结婚的经过等有关情况，与我在警视厅的说明一样。

战前，我作为外务省的书记官曾赴任泰国、菲律宾工作，但于战后、昭和二十一年回国。

因为我患肺结核病，回国后立即入木更津医院疗养两年。我在木更津医院疗养期间，妻子当时还是学生，她来医院慰问，从而结识，后来通信。

我出院后，有一天她突然到我在市川的老家来看望我，说是"从医院打听到住址"，从此开始交往。其中中断过一段时间，后来她说："在家里待着不开心，想出来，想和你结婚。"我的母亲对昭子很满意，所以于昭和三十四年结婚。此后只是依靠房租的收入维持生活，昭和三十七年，经过当时在外务省担任人事课课长的我的中学同学的介绍，妻子进入外务省工作。开始在联合国局，后来成为首任审议官的秘书，再后来长期担任次官秘书，两年前成为安西事务官的秘书。

起先妻子是早上八点上班，晚上按时回家，也做饭等干家务活。我的父亲死后，由于兄弟关系不和，法院介入进行调解。但是我对调解的结果不满，便起诉法官，有几年忙于打官司，无暇照顾家庭，于是妻子有时候下班后就在外面喝酒。最近，妻子往往是回家以后看看电视就睡觉。夫妻生活以前大概是一周一次，后来逐渐减少，两三年前开始就一直没有。对妻子的喝酒、晚归，我没有太多的责备。她说"和单位的女朋友、还有同事山本一起喝酒"，我从来没有不放心。

这次据说是妻子把外务省的机密文件交给每朝新闻社的弓成记者，我没有见过他。但是，妻子曾说过，"以前在记者俱乐部的每朝新闻社一个名叫弓成的人这次作为首席回来了。"

记得当时我的直觉是妻子对弓成记者比较关注。

这次外务省泄密问题我是在三月二十八日的报纸上看到的，当时想如果是内部泄露最高机密，也就限于几个人。我没有发现妻子有异样表现，第二天二十九日晚上十点左右回家后，就到处打电话。一小时后，好像弓成记者打来电话，妻子很不满地说："你说不会添麻烦，说得那么恳切，可又交给社进党，这是怎么回事？弄得我从明天起去不了外务省了。"我知道妻子干出如此无法无天的事情后，对她说应该向安西先生提出辞职报告。

三十日，妻子带着辞职报告上班，但上午就坐出租车回来了。说是向安西先生坦白后，命令她写出书面检查。第二天，妻子在东京站把书面检查交给山本后就回家了。我再次问她，"为什么干这样的事？"她回答说："弓成记者有时哭求、有时强行要求她，所以才会这样。"另外，弓成记者还说"绝对不会添麻烦，以前也有过这样的事，都没有暴露"，所以也就放心了。

她已经陷入了疯狂状态，说"想和弓成同归于尽"，又拿剃刀，又买安眠药。当时我就劝慰她，"你要是死了，这件事就不了了之。你要活下去，查明真相。"

去警视厅自首的前一天晚上，弓成又给妻子打来电话。我听他们的对话，对方说以后的生活由他来照顾，希望她不要去投案。妻子当即拒绝，然后他们好像在商量文件交接地点的事。

后来我问她在哪里交接文件，她回答说"审议官室前面的走廊上"。

妻子聪明能干，但未必具有平衡感，家务事不会做，最近还有点歇斯底里的容易兴奋。可能是更年期的缘故，但还来月经。每次来月经，都不洗澡，所以我也知道，便在家庭收支账本上做记号。搜查住宅时被扣押的家庭收支账本上的“ร”记号是泰语的R，“月经”这个词的第一个字母。

据报纸等报道，妻子将机密文件泄露给弓成是在去年的五月至六月左右，但是我没有觉察。

另外，关于妻子当时的回家时间，回来晚的时候我都记在家庭收支账本上。妻子发生这样的事件，实在对不起，但我的感觉，还是因为弓成强迫性的要求，妻子受骗。妻子对弓成也有几分好感，所以被他利用。

琢也心想妻子现在应该是在坂元律师的事务所里，第一次庭审顺利结束，大概可以松一口气了。这样的话，至少也要给自己来个电话啊。

事件暴露以后到去警视厅投案的这一段时间里，琢也忍受着病体的痛苦，对她多方照顾，担心延请律师之事。幸好在外务省工作的一个朋友主动来电话，说“你大概为请律师而苦恼吧”，就把坂元律师介绍给自己。

琢也担心律师费无法支付，那个朋友说“每朝新闻社早晚要给补偿金的，只要你先付定金，以后的费用很轻易从补偿金中出”，让他放心。

电话响了。琢也坐起来，犹豫着接不接，心想也许是昭子打来的，便审慎地拿起听筒放在耳边。

“喂，是三木琢也先生吗？我是刚才在樱田大街对你说话的、《周刊东洋》编辑部的鸟井。”对方语调十分客气。

琢也没有吱声。

“不好意思，看上去您很疲惫的样子，不过我就在附近，能上门打扰您一会儿吗？”周刊杂志记者少有的礼貌。

“你一直跟踪过来的吧?”琢也气呼呼地责问。

“不是的。当时您说我看错人了,我就打算回社里去。其实我们从战前和三木先生一起在驻泰国大使馆工作的一个人那里得到您的照片,我觉得没有认错人,所以就来拜访您。我并不打算马上就写文章发表。我旁听了第一次庭审,强烈感觉到三木琢也先生您才是这起事件的真正受害者,想直接聆听您的想法。”

琢也为之心动。媒体关心的只是与男人私通的妻子,还没有一个记者从受害者的角度关注自尊心受到极大伤害的自己。

“今天就在大门口说几句,请您了解我的为人,如果您愿意的话,我改日再来拜访,可以吗?我现在已经在车站前面,可以马上前去拜访。”

怎么办?琢也犹豫不决。如果不是马上就写文章发表……他是一个什么样的记者呢?只是见见面也不要紧的吧。

琢也告诉对方路怎么走。不到五分钟,就听见门铃的声音。琢也让他进入收拾好凌乱被窝的房间。

“谢谢您欣然同意我的拜访。”

来人在低矮的榻榻米桌子前施礼致意,递上一张名片。

琢也小心谨慎地看着名片。

东洋社　周刊东洋编辑部　鸟井一郎

“你那个杂志,也不管真事假事,什么都敢写……”琢也表示不满。

“对不起。看上去好像受到检方发布的消息操纵的样子,我觉得更应该深入了解情况,今天旁听第一次庭审,觉得太太固然可怜,但我强烈意识到您才是最大的受害者。也有采访记者给编辑部发来诸如‘戴绿帽的丈夫的悲哀’这样的稿件,我认为不应该从这个角度来看待这起事件。”鸟井的语气十分谦和朴实。

"你怎么看?"琢也慎重地追问。

"我查阅过三木先生的履历,您的亲戚中还有担任过外务省高官的。您这样有身份的人,如今简直被别人叫作'吃老婆软饭的家伙',这完全是损坏名誉。然而,您保持沉默,别人想怎么写就怎么写。另一方面,弓成记者利用新闻这个公器使自己的行为正当化,毫无反省之意。在今天的法庭上,弓成记者对您太太只是虚情假意的道歉,其实他也应该对您诚恳道歉。"

"不想提那个家伙。"

"您吃亏就在于强烈的自尊心。我认为外务省前官员三木琢也先生应该向社会坦诚地表白对这起事件的想法以及作为丈夫有过什么样的矛盾冲突。能够置身于利害关系之外说出真相的只有您三木先生一个人,可是您闭口不言,这污名就不能洗刷。"

污名……说得好!琢也点点头,可是他对谈话如此顺畅怀有警惕。

"你打算以什么形式把我的想法、心情刊登在周刊杂志上?"

"您能亲自撰文寄给我们吗?这样可以把您的想法原原本本地传递给读者。"

"亲自写文章……资料倒是有,我不擅长写文章,而且身体也不行……"

"那也可以考虑采取采访问答的形式。"鸟井记者反应敏捷。

鸟井看出来琢也已经心动,但当琢也没有即刻表示同意时,便说道:"今天是第一次见面,我就提出这样庞大的计划,当然不会要求您立即答复。我等待三木先生认为合适的时候再来商量。

"原先说只在大门口说几句,却耽误您这么长时间,实在对不起。以后我还来看望您,与这次说的约稿计划无关,想听听您战前在泰国的故事。"鸟井记者说罢,笑容和蔼地告辞。

鸟井走后,琢也手里拿着他的名片,自己原本对周刊杂志记者十分厌恶，没想到这个人人品好、见识广，《周刊东洋》也是知名度一流的杂志。

自己将以“庞大的计划”登上社会舞台……家族里产生过职业外交官，还冷笑他只停留在驻马尼拉的大使馆书记官位子上没能升上去，回顾自己默默无闻的人生，他感觉必须抓住这个机会，情不自禁地心潮激动起来，但是为慎重起见，还必须和这个记者再见一两次面后才能做出决定。

弓成亮太打着雨伞，迈着沉重的步子，在秋雨连绵的田园调布的住宅街上走着，雨水濡湿了他的鞋尖。昨天，第一次庭审结束，他再次去前审议官安西的家里表示道歉。

事件发生后，他在深夜避开记者的眼睛去过一次，但出来应对的夫人说“没有心情见你”，连通报也不通报，啪的一声紧紧关上大门。

本来是次官的位置触手可及，现在却是官房随从。弓成断送了安西的前程，还有什么脸面见他，他深知不会得到原谅。事件发生以后，安西与自己就成为不同世界里的人，虽然弓成做好吃闭门羹的思想准备，但希望能像昨天在法庭上对三木昭子道歉那样，也对安西低头致歉。

在十字路口，弓成犹豫地不知道走哪条路。尽管与安西长期交往，到他家里只有过一次。因为夫人很讨厌记者，加上安西本人也不喜欢夜间接受采访。

那一次是就安西在岸信介内阁时代担任驻华盛顿的日本大使馆参赞时，参与修改日美安保条约的谈判情况；关于防卫厅采购下一代战斗机的机型选定时，洛克西德与格鲁曼公司的华盛顿院外活动家的动向等问题，倾听安西的高谈阔论，一直到深夜。

两人虽然年龄相差很大，却意气相投。安西是战前总社在北九州小仓的安西财阀的长子，却讨厌继承父业，立志成为外交官；弓成是九州首屈一指的弓成蔬果的长子，却没有继承父业，成为新闻记者，也许因为人生选择的共同点使他们产生共鸣。

安西上小学的时候就被誉为“神童”，跳级进入旧制一高、帝大，以最短的捷径走上外交官的道路。他在担任外务省美国局局长的时候，应小仓母校再三再四的邀请前去讲演，弓成作为校友同行，在安西的老家住了一宿。早晨醒来，打开洋楼房间的百叶门一看，眼前是辽阔的高尔夫球道，父亲的香蕉王与之相比，实在是小巫见大巫。

对如此亲密交往、情同手足的安西犯下了无可挽回的错误……面对着精美雅致的安西住宅，弓成感觉到被压垮的巨大压力，伸手摁门铃。

没有回应，弓成看着雨滴顺着门柱流下来，片刻以后，看到一个年轻的女佣撑着伞从厨房门口斜着小跑过来。

“我叫弓成，请你转告主人一声。”

女佣浮现出为难的表情，语气坚决地说道：“主人不在家。”

“什么时候能回来？”

“这个……一直……”

还是不同意见面。弓成只好在越下越大的雨水中顺着原路回去。

大概过于紧张的缘故，在回去的路上全身乏力，出现虚脱状态。

肩膀、裤脚都湿漉漉的，好不容易走到车站，通过检票口，坐在站台的椅子上，茫然若失地看着电车驶过，凝视着被雨水淋湿而闪亮的铁轨。

“弓成究竟是什么想法，跑到这里来？”

安西夫人皱着眉头，走进客厅。

“他来了吗?”

安西穿着毛衣，双脚舒适地放在垫脚凳上，正阅读从丸善书店购送来的美国前总统肯尼迪的传记。他透过黑框眼镜，看着妻子。

妻子不快地回答:“嗯，已经让他回去了。都什么时候了，还当自己是新闻记者啊。所以我早就对你说过，不要和他来往。”

“我将来就想当新闻记者。”已经上大学的大儿子一只手拿着课本从房间穿过。

“哪儿不能工作啊，偏偏要当记者……孩子就是不懂父母亲的心。”

夫人叹一口气，把缠在脚边的宠物狗可卡犬抱起来。安西进入外务省后，战后第一次赴任驻渥太华的加拿大大使馆工作期间，当地的朋友将一只可卡犬母狗转让给他。从此以后，安西家历代的宠物都是可卡犬，起的名字也是英国式的。

安西继续看书。

“别忘了明天有肯普夫的钢琴演奏会。雨小了以后，去理个发，收拾得整洁一点。”

原先由于工作上的关系，安西一直很注意服装修饰的整洁高雅，但自从弓成事件以后，性格大变，对夫人的说话也是回答得含含糊糊。因此夫人心里着急，说道:“从年龄来看，也许是肯普夫最后一次来日本演出。不管怎么说，明天要一起去……老是把自己关在家里，霞关风言风语说你得重病了呢……”

“前一阵子还传说我酒精中毒住院了……”安西的口气像是在说别人的事情一样。

“想不到你也变成这样了……”夫人轻揾眼角，走出房间。

剩下自己一个人，安西反而不能聚精会神地看书，从陈列架上取下威士忌酒瓶和玻璃杯。现在还是上午，不是喝酒的时间，但得知弓成来访，心里难以忍受。

事到如今，还有什么脸面……连个道歉都没有。难道不知道这起事件使两人之间就此情断义绝了吗？事件发生以后，安西被警视厅搜查二课课长叫到僻静的全国町村会馆，东京地方检察厅的检事也小心客气地询问他关于文件的审批、与弓成的交往、三木昭子事务官的工作态度等问题将近一整天的时间，并且让他在供述记录上签名盖章。要说这是对从未受过挫折、一帆风顺仕途升迁的自己的考验，那真是过于肮脏的屈辱。

可是那个弓成为什么偏偏……现在想到的情况还不止一个。

关于对冲绳的军事基地用地地主的复原补偿费，的确是自己无意中说了一句美国分文不出，弓成以他独特敏锐的记者感觉予以理解，在次官举行的恳谈会结束后，来到自己这里，不厌其烦地试探询问。尽管与弓成关系密切，但自己作为外交官，知道这是不能透露的机密，所以每一次都把话题岔开，有时候甚至还暗示他最好不要采访这个内容。可是弓成这个人，一旦盯上猎物，就绝对要捕获，好像他继续方方面面地采访。

有一天，弓成来到审议官办公室，直截了当地说道："我们已经得到在索求权问题上，爱池外务大臣要给美国写一封密函的消息。"

"怎么回事？"

"日本代付本应该由美国支付的四百万美元的幕后交易。这封密函大概会明确写上形式上由美国负担、实际上日本代付的内容吧。"

安西并没有感到特别的惊讶。爱池的这封密函还在谈判之中，知道这件事的只有大臣、次官、审议官等极少数人，属于绝对不可能外泄的最高机密。

安西听后，若无其事的样子，反过来询问这个消息的出处，"我可是第一次听说，这种事你从哪里听来的？"

"不是外务省，从大藏省出来的。"弓成微微一笑，那一天没有久坐，很快就离去。

弓成一走，安西立刻叫来北美一课课长川崎，把弓成刚才的话告诉他。川崎断然否认，"不可能是大藏省。该不该写那封信还在研究呢。"

过不多久，川崎课长报告说决定不写这封信。但差不多同样时间，弓成再次提出爱池密函的问题。

"我犹豫着不知道要不要写稿子。"

看样子他举棋不定，想得到安西的确切信息。

"好像取消了。"安西的意思是让他打消这个念头。

弓成义愤填膺地说道："我绝对不认为美国连一封信都得不到就会善罢甘休。即使没有这封密函，日本几乎主动放弃所有补充要求，连唯一剩下的复原补偿费甚至都要代付，而美国盛气凌人地要求密函，这样的日美关系绝不是平等的。而且这件事与别的事不一样，因为这是归还唯一进行过地面作战的冲绳。"

"所以大家都异常慎重。如果你还要撰写已经取消的书简这件事，只能使你自己丢人。"安西忠告弓成，希望他无论如何不要固执己见。

但是，六月十八日的早报还是刊登出题为《对索求处理的质疑》的大块解说文章。

安西一边心里感叹弓成不听劝告一意孤行，一边阅读这篇署名文章，感觉他的确十分注意为情报源保密，与他平时的文章风格大相径庭，缺少坦率的明晰。

这一天傍晚，弓成来到办公室，遗憾地说道："写的时候，脑子里浮现出您的模样，只能写到这个程度。"

安西本想再问他这个情报来自何处，但一转念，觉得弄不好给自己找麻烦，就没有询问。他根本没有想到这情报正是三木昭子把传阅到自己的绝密文件泄露给弓成的。

忠诚老实的秘书三木与弓成……在接受警视厅和警察厅调查的时候，安西受到他们的同情，然而，这无异于嘲笑他的有眼无珠，令他更加沮丧郁闷。

他辞职的心情日益强烈，但外务省说因为这样的事件就辞职会开创恶劣的先例，终究是政府机关的判断，打消了他的想法。安西一边心想也许真的会酒精中毒不得不住院，一边喝完杯中的威士忌。

大门外似乎有人来访的动静。

“盛田先生来了。”妻子告诉安西，不知如何应对。

盛田是小平外务大臣的女婿，现在担任小平的秘书，他来会有什么事呢？安西猜不透，对他不能假装不在家。

安西迅速将威士忌瓶子和杯子放起来，请盛田进来。

“突然来拜访……这是岳父，不，是外务大臣对您的问候。”

盛田奉上一瓶名贵的苏格兰威士忌。他原来是大藏省的官员，当上岳父的秘书三年多，言谈举止也变得得体，恰到好处。

夫人端来红茶，盛田笑容满面地说道：“看上去身体很好，这就好。”

“总让您费心，过意不去。”

夫人端庄娴雅地致礼后，退下。

盛田探出身子，低声说道：“十一月的外务省人士安排，已经内定法华审议官为次官。小平大臣说您早晚会知道这件事，还是早点告诉您。”

负责政策研究的法华比起负责经济的安西，影响要小得多。

“我认为这是妥当的人事安排。”早就横下一条心的安西平静地点点头。

“只是小平外务大臣说，暂时让您先这样忍一忍……”

忍耐？一旦最后决定法华担任次官，政府官员人事任免的常识，自己的出路就是出任某一个国家的大使。他心里真想说受够了现在这种半死不活的赋闲状态。

“田渊总理考虑十二月初就举行大选，成立接受国民洗礼的第二次内阁，面临着访苏、访美的两大外交课题。岳父，噢，小平大臣一直说，实现恢复日中邦交以后，接下来就是访苏、访美。他考虑，尤其是访问美国的时候，希望您能在华盛顿迎接总理。”

这么说，是驻美大使……但是，驻美大使一般都是卸任次官最后攀登的位子。

盛田不再多说，告辞道：“打扰您这么长时间，不好意思。另外，一直受到令尊大人的眷注，请方便的时候代为致意，不胜感激。”盛田深深施礼。

安西财阀解体以后，变成安西电机，总社设在东京。父亲是小平正良弘池会的强有力后援者。

送走盛田，安西回到客厅，站立在玻璃窗前。

回想起来，自己能够与小平正良有这样的交情，还是当时专属采访小平的头号记者弓成介绍的，而父亲愿意担任后援会会长，也是顺理成章的事。

冒雨回去的弓成是什么样的心情呢？……这命运的安排，实在是一种讽刺——安西一动不动地伫立着。

外务省泄密案的第二次庭审与第一次一样，引起社会很大的关心。

上午十点开庭的七〇一号法庭的旁听席上，坐满“三木女士现象思考之会”的妇女活动家、法学部的学生以及从外地来京的人们。

左边四排纵向座位指定为记者席，在还没有开庭的嘈杂声中，每朝新闻社社会部司法俱乐部的年轻记者齐田在座位上一直闭着眼睛，思考今天检方陈述的内容。

一般预测认为，今天的陈述不会比甚至写明可以说是“余事记载”的“通情”的起诉状更加露骨。不过，坐在他旁边的首席助理石原不以为然，看法比较严峻。

“真是人生剧场啊。”石原嘟囔着。

齐田顺着他的目光看过去，发现旁听席最前排的中间位置上坐着三木昭子的丈夫，脸色青黑、瘦削的三木琢也。齐田无言以对。不管怎么说，这毕竟是对自己妻子的审判，作为丈夫却具有这样的忍受力。

弓成记者在五个律师的围绕下从入口进来，毫无畏缩胆怯的样子，如新闻记者那样大大方方地坐在被告席上。从这一次庭审开始，三木以“身心消耗甚大”为由申请不出庭，得到法庭的许可，也许因此弓成的态度更显得悠然从容。

“起立！”

随着法庭书记员响亮的声音，全体起立，迎接三个审判员进来。与其他法庭相比，这个法庭更加秩序规范，也许因为弓成辩护团率先向法庭表示敬意的态度影响了所有的人，营造出一种流畅气氛的缘故。

身穿黑色法袍的审判员入座。坐在正中间的山本审判长四十六岁，在庭审激进派私刑杀人案时，被告大闹法庭，他厉声大喝，震惊四座，成为媒体的热点人物，但平时温良敦厚，富有卓识，公认是刑事案审判的高手。他曾担任过司法研究所的教官。

右边的审判员三十八岁，据说与青法协（青年法律家协会）有关联，其实只是因为他具有比较进步的思想，才产生这样的风言风语。

左边的审判员二十八岁,本届司法考试第一名,是一个秀才型的法官。

本山审判长宣布:"请检方开始陈述意见。"

齐田记者偶尔也做点记录。司法记者俱乐部与检察厅之间有一种约定,检方在法庭上陈述十分钟以后,就把陈述的全文分发给各报社一份。大概现在已经送到最高法院一楼的俱乐部里了,所以没有必要记录内容,齐田记录的是检事宣读的声音、表情,被告弓成记者以及辩护团的反应。

……五月十八日,由于交通部门举行罢工,三木被告无法回家,弓成主动提出开车送她到东京站。途中,以堵车为借口,在千代田区内幸町的一家名叫"SEREKUTO"的餐馆就餐,后来弓成提出再去另一家酒吧间喝酒,却让出租车开到涩谷区松涛的"王山饭店"。三木被告感到为难,但当时酒醉状态,经不住弓成的"喜欢你"低声私语的引诱,两人第一次发生肉体关系。

在使用一般方法采访归还冲绳谈判的经过极为困难而且各家报社之间的竞争日益激烈的情况下,出于新闻记者的竞争心理,考虑从三木被告这里获取情报……

坐在齐田旁边的首席助理要赶写晚报的新闻稿,不知什么时候已经离去。担任社会版面报道的齐田对检方的陈述脱离政府保密与言论自由这样高层次的交锋,而是像风俗小说一样的细节描述感到羞耻。

齐田看着斜前方的弓成记者,只见他依然挺直腰板,面不改色。坐在他后面旁听席上的三木琢也那双颊瘦削的青黑色脸上浮现出憎恶与嫉妒交织的焦虑不安的神色。

检方接着指出案件中的电文内容是必须予以保密的外交政策，强调两被告都违反了国家公务员法。检方的陈述花费了二十多分钟，给人造成把重点放在对采访方式的违法性进行论证而不是对“知情权”进行争论的强烈印象。

“审判长，辩护人希望进行起始陈述。”

弓成辩护团中的大野木律师轻快地站起来，向审判长提出申请。在刑事案中，辩护方做起始陈述属于极为特殊的破例，旁听席出现嘈杂的声音。

“安静！允许辩护方做起始陈述。”本山审判长点了点头。

坐在辩护人座位第二排的三十岁的山谷律师手里拿着相当厚的材料开始陈述。

“本案必须考虑从民主政治中政府与新闻之间的关系进行论述。”

他稍一停顿，这个年轻的律师沉着稳重地开始他的第一次在大法庭上的陈述发言。

新闻为国民的政治判断提供资料，为民主政治中国民知情权的补充做出贡献，为满足国民参与政治的基本条件发挥着重要的作用。所谓“报道的自由”，其基础就在于此，故而受到宪法的保护。

可是，政府为维持获得大多数人的支持、防止批判，就具有不公开于己不利的事情，或者对真相进行微妙修改的倾向。尤其是政府犯错误、隐瞒腐败的时候，这种倾向更加严重。

当新闻记者感觉到政府试图操纵舆论的时候，如果不去调查政府的真实意图及其动机，就有可能堕落成为政府的工具……

山谷律师在阐述新闻是政府的批判者之后，深入揭露政府规定机密的真实情况。

政府为保守所谓“机密”，于昭和二十八年制定机密文件规章，将文件分为以下四类：

① 机密：密级最高，一旦泄露，将对国家安全利益造成损害。

② 绝密：其密级仅次于机密，一旦泄露，将对国家安全利益造成损害。

③ 密：有关人员之外不得知悉。

④ 部外密：通常限于部内使用。

后来，昭和四十年四月，经政务次官会议决定，取消“部外密”，其他密级文件沿袭规定不变；同时还决定各省厅的官房长、局长以及与此相当者为绝密以上，各省厅的课长以及与此相当者为密的指定权者。

外务省的机密文件规章本身就是保密的，本辩护团无法获得，只是从查阅的搜查记录的附件外务省训令《有关保密规定》中才第一次获悉其内容。

按照这个规定，昭和四十六年，产生绝密文件有四万六百七十三份、密文件有五万九千九百一十五份。

被指定为密件的许多文件，与其说是为了维护国民利益，不如说是官员的便利、恣意、惰性的产物，或者是为了一部分特定的工商业界的利益。据说还有的下级官员为了让上司尽快审阅自己所起草的文件，就盖上“密”的指定印章。

山谷律师无情揭露区分文件密级的粗疏草率。

仅仅外务省一年就有十万份密级产生，平均一天就有三百份。

听到这里，旁听者不禁发出笑声。

因为齐田预先看过检方的陈述内容，他一边记录旁听者的反应，一边看着弓成。弓成记者还是一动不动。他从警视厅获释，深夜在每朝新闻社的礼堂会见记者的时候，在近百名记者面前，挪腰交臂，跷着二郎腿，换来换去，一家电视台还专门拍了一个鞋底的特写镜头，反复播放，这个似乎是他习惯性的姿势，显示出傲慢的态度。

齐田内心希望他不要不经意地摆出那种习惯性姿势，毕竟是在法庭上，他始终保持凛然自若的态度。

被告席上弓成目光直视前方，似乎在一丝不苟地倾听辩护人的陈述，但眼睛深处接连流露出寥寂的神色。

“打算沉默到底是吗？我可告诉你，那女的什么都交代了！”

警视厅的地下审讯室，搜查二课第四智能犯罪科班长井口警视圆瞪着细小的眼睛，敲打桌子。

弓成本来是前去协查，却突然被带到地下审讯室，那个井口班长身体结实粗壮得像柔道运动员，但感觉眼神带着一种清亮。起先的态度的确是对待证人一样的客气礼貌，但看到弓成不予配合，不肯回答，立刻变下脸来。

弓成感觉一大早就来自首的三木在一定程度上已经招供，在这个地下的某间审讯室，几个刑警正使用各种手段对她进行审讯，这个事实对弓成造成巨大的压力。

自首的前一天夜里，弓成在三木打来的电话里极力劝说她改变主意，不要去自首，但三木以安西审议官劝告她自首可以减轻罪责为由没有听从弓成的劝阻。弓成说，既然如此，至少你把交接文件的地点说成是在审议官办公室附近的走廊吧。三木回答说“知道了”。

弓成明白警视厅的讯问不会就此结束，但又对三木的聪明寄予一丝希望。

“总不开口，暂时就回不去。这不是让你的太太和两个孩子担心吗？”

一提到孩子，弓成就感到心痛。

“还记得这个吧？”

井口似乎看穿了弓成内心的动摇，把一个火柴盒扔在桌子上。火柴盒上“王山饭店”这几个字不由分说地闯进弓成的眼睛。

“三木是这样供述的：罢工那一天，你叫她一起去吃饭，使劲劝她喝酒，又是啤酒，又是威士忌，还不停地对她甜言蜜语，说自己之所以每天都去安西审议官那里，其实就是为了想见到她。也因为酒醉的缘故，她无法控制自己。”

“……”

“然后，你几乎是推着她坐进出租车，所去的地方却是饭店，就是王山饭店。”

“……”

“三木说这是对一个女人来说最厌恶的时候，拼命地躲开你，但是你说这种事有什么了不起的，终于如愿以遂……以上，没错吧？”

其实三木并没有任何反抗，甚至可以说她从一开始就很主动，诱惑弓成。但是，弓成不能对刑警这么说。

“你不厌其烦地说这些，究竟与本案有什么关系！今天我来协查不是为了这个吧？”玩弄别人，实在欺人太甚……弓成怒不可遏，激烈反驳。

“不，这才是重要的部分。你的嫌疑是违反国家公务员法，就是教唆罪。为了证明你教唆公务员三木泄露国家最高机密的事实关系，必须取得犯罪的构成因素。”

“犯罪？要是这么说的话，那应该是欺骗国民的佐桥总理吧。”

“现已查明，你是反佐桥总理派系的政治家的代言人。但是，你现在的嫌疑，再说一遍，是违反国家公务员法第一百一十一条的教唆罪。

“第二次与三木见面是五月二十二日，星期六。你引诱上半天班的三木驾车去海边兜风，但所去的仍然是上一次的那家涩谷区松涛的王山饭店。在那里你们第二次发生关系。趁着余韵犹存的时候，你再三再四地哀求她把给安西审议官传阅的有关归还冲绳的机密文件给你看。三木断然拒绝，但是你威胁说如果一个有夫之妇和别的男人发生关系这件事传出去的话……因此三木非常害怕。”

其实这也与事实不符。弓成的确在王山饭店要求三木给他看机密文件，然而是三木自己先说请示安西审批的所有机密文件都是她经手。如此重要的文件不是直接呈送本人，而是经过事务官收发，弓成感觉半信半疑，聊天的过程中自然而然地提出这样的要求。三木昭子说下一次见面的时候带来——“我是你的可爱的小猫”，柔软的身子像小猫一样缠上来。

既然三木真真假假地全部供述了两人的男女关系以及机密文件的交接经过，弓成也就不可能保持绝对的沉默。

几天后发生了一件从根本上颠覆弓成的人格自尊心的事……真不愿意回忆。

弓成压下萦绕于胸中的残酷光景，重新倾听辩护人的陈述。

山谷的陈述已经结束，现在是最年轻的西江律师在发言。就日本人的肤色而言白得出奇的脸上泛着些微红晕，他就“新闻媒体中‘机密’报道的实际情况”进行论述。

昭和三十七年十二月十五日的《读日新闻》早报独家报道池内内阁时代的小平正良外务大臣与韩国的金中央情报部长就日韩谈判中关于对韩国索求权处理的谅解备忘录。

昭和三十九年十一月十一日《每朝新闻》早报独家报道美国核潜艇海龙号驶入佐世保港。

昭和四十六年六月十一日《旭日新闻》早报独家报道归还冲绳协定草案全文。

美国核潜艇进入佐世保港是弓成撰写的独家新闻，小平与金的谅解备忘录、归还冲绳协定草案是读日、旭日两家报纸与每朝拼命竞争写出来的。上述三次报道的内容都涉及最高机密，普通方式的采访绝对无法得到这样的信息，而且读日、旭日独家报道内容的机密级别与日本政府代替美国向冲绳军用地的地主支付复原补偿费是同一级的，甚至更高。

然而，只有弓成被捕，以违反国家公务员法受到起诉，不言而喻，这绝对是以归还冲绳为自己的引退增光添彩的佐桥总理的报复。

只要对总理大臣说半个不字，将会是什么样的后果呢？那就会受到无法想象的毫不留情的打击。

怒火在弓成的胸中熊熊燃烧，撕心裂肺，将一个新闻记者的灵魂人格蹂躏到如此破碎难道还不放过吗？一想到权力的残忍，刚才强压下去的令人呕吐的景象又袭上心头。

四月九日清早，弓成从拘留所的号房带到外面，戴着手铐和腰绳上车。如果是去检察厅接受询问，又觉得太早。

“去哪里？”

连续几天几夜的审问，加上睡眠不足，弓成极其疲惫。车窗挂着遮帘，他的两边紧贴着两个刑警。

"验证。"

弓成不明白查证什么,用眼神问询刑警。

老刑警回答道:"就是现场指认。对你这五天在警视厅、检察厅供述的情况进行验证。"

即使是坐在车里,那个年轻的刑警依然紧握着腰绳。

车子停下,弓成被拉到外面,知道这里是新宿荒木町的饮食一条街,晨雾笼罩下的街道,死一般的寂静。

开车的中年刑警也下车来。弓成茫然若失,老刑警指着一家小餐馆"出茂"问道:"去年十一月三十日,在这里与横沟议员见面,没错吧?"

横沟议员看过弓成撰写的关于复原补偿费的报道,希望更详细地了解情况,于是和他就在这家小餐馆的柜台席旁见了一面。

似乎警方事先已有联系,小餐馆的门打开,一个年轻的营业员出来接待,但又立刻回到店里。后来才知道,刑警工作手册上有规定:为充分保护嫌疑人的人权,第三者不得在场。

"你和横沟议员在哪个地方谈话的?"

弓成只记得大概是中间的位置。横沟议员提议去包间,但弓成一听他说社进党的议员、职员经常来这里吃饭,就有所警惕,把有关情况简略介绍一下,不顾对方的挽留,立即离开。

开车的那个刑警把店内的布局、柜台席都拍照下来。

下一处现场指认的地点是涩谷区松涛的王山饭店。

送奶人骑着自行车在晨雾尚未散去的街道上驶过。

中年刑警手里拿着照相机走在前头,年轻的刑警依然毫不松懈地紧握着腰绳。

在中年刑警拍摄饭店全景、出入口周围的时候,弓成要求解开腰绳,但没有得到许可。

老刑警说道:"忍着吧。你想想,万一你有什么不轨的想法,比如说跳电车轨道什么的,会给谁造成麻烦?我们之所以使用这种过去无法想象的方法，就是因为发生过逃跑、自杀的惨痛教训。”

老刑警掀开长长的布帘，轻声敲着毛玻璃的小窗口。这就是客人和旅馆工作人员不见面就可以办理手续的所谓“柜台”。

毛玻璃窗打开，一个脸色青黑的男人探出脑袋，告诉刑警二〇一号房空着。走上楼梯，右边紧里头角上的二〇一房间，拍下门房号。弓成的后背被老刑警使劲一推，踏进房门一步。

“没错吧，其他的二〇五房间和四层的四〇一房间现在都有人休息。”老刑警含带着挖苦的语气。

“饶了我吧！”

这就是“武士不辱敌”的精神。然而，这种精神在现场指认中似乎行不通，三个刑警强行把弓成从走廊推进房间里。

眼前是六叠榻榻米的房间，矮桌子和椅子，一个很大的镜台，里面是四叠半榻榻米的房间，两个套着洁白枕套的枕头和绯红色的双人被，角落里一个放衣服的筐子。

“你们第二次发生关系的时候，你哀求三木昭子把安西审议官审阅的机密文件给你看，是在被窝里呢，还是在桌子旁边？”

这样的奇耻大辱简直令人咬舌而死，弓成肩膀颤抖，默不作声，眼睛看着别处。

“在哪里？不痛快点回答，下去的时候会在楼梯上碰上早晨离店的客人的。”

“不记得了。”

“那你给我想出来！干完活以后，是你马上提出来的，还是在这个房间里喝啤酒的时候提出来的？政治部记者的脑瓜好使，会立即想起来的吧。”

“……”

“三木说她从被窝里出来，淋浴以后，正在穿衣整装的时候，你提出来的。这可以吧？”

"……"

实在是过分卑劣无耻的侮辱，弓成陷入绝望的境地，是杀是剐随你便吧。

如同杀人现场的验证一样，刑警连厕所、浴室、六叠和四叠半榻榻米的两间房间都照了个遍，甚至还画了房间的简图。

这是把人心撕得粉碎的拷问！

只要还活着，这个耻辱就绝不会消失，而且对任何人都不能说，一辈子禁锢在自己的心里。

"第三次庭审定于十一月十五日，由检方证人、美国局北美一课首席事务官佐贯嘉夫作证。"

本山审判长宣布闭庭。

大野木律师走过来，担心地问道："弓成，不要紧吧？"

弓成心想也许自己的脸色不太好吧，赶紧回答道："不，没事……感谢你的起始陈述。"

起始陈述稿有两万字，大概以每分钟两百字的速度朗读。弓成对大野木一小时四十分钟铿锵有力的陈述深深低头致谢。

第八章　证人

这是一个星期日。秋高气爽,湛蓝的天空舒卷着鱼鳞状的洁白云彩,风和日丽,如春天般温暖。

弓成由里子身穿淡紫色的套装,手捧着卡特莱兰,来到目黑区柿木坂大野木正律师家拜访。

她向在大门口迎接的大野木夫人鞠躬致意:“星期日还来打扰,过意不去。”

“不客气……孩子们都出去参加钢琴练习会,反倒比平时安静。他在二楼的书房等着您。”

夫人与大野木既是大学同学又是司法研修所同一届学员,她是当时唯一的女性。大野木战胜众多的竞争者,终于如愿以偿地娶到夫人,那种热情执着的追求在当时传为佳话。

“夫人,这是喜欢兰花的我的父亲亲自栽培的。”由里子把卡特莱兰送给夫人。

“哎哟,真漂亮!我马上摆放在先生的房间里。”

夫人也是律师,只是和大野木不在同一个法律事务所,她富有理性,那美丽的笑容仿佛具有令人倾倒的魅力。

“夫人,要是放一支在您的书房里……”

“真高兴,我的房间里还没有摆放过卡特莱兰呢。”夫人的脸颊贴在花束上。

“欢迎您。没有迷路吧?”大野木站在楼梯平台上迎接由里子。

“您请上去……我还要为明天的法庭查询一些资料,招待不周,请原谅。”夫人说罢,就到里屋去。

由里子走进大野木二楼的书房。

“我是犹豫再三,才决定前来拜访您。”

“您这么客气,倒让我不知如何是好,其实星期日我是很方便的。”

大野木穿着一件开襟薄毛衣,一边擦着沾在手指上的墨水,一边请由里子坐在靠墙的桌子前面的椅子上。

临到关键时刻,由里子不知道如何开口,才能表示自己走投无路的心境。

大野木温和地引导:“是与您先生的事情吧? 先从没有顾虑的地方谈起。”

“……我想和他分开生活一段时间。”由里子下定决心似的表示希望分居的意愿。

“您带着孩子回娘家吗?”大野木似乎对此已有一定程度的预感。

“是的。这件事在庭审之前本来就应该决定的……其实在庭审之前,有一次因为一点小事争吵起来,谈到离婚。可是,却被原以为已经睡觉的小孩子听见了,他们突然奔跑出来,使劲喊着绝对不要爸爸和妈妈离婚,发疯一样紧紧抱着我们放声大哭。我们都大吃一惊,也许出于可怜孩子的心情,就没有再提起。

“可是,事件发生以后,我们夫妻之间的鸿沟越来越大,已经无法跨越,我感到很痛苦。

“第一次庭审结束那一天,您给我打来电话,让我非常感动,一直铭记在心。”

第一次庭审那天早晨,弓成担心在堵塞的环行八号线上万一遇上交通事故,不能按时到达东京地方法院,那就误了大事,所以让报社派车,七点半就出发。由里子满怀着祈祷的心情为他送行。

她张罗着孩子上学以后,心头焦虑不安,一遍又一遍看时间,明明知道还不到新闻报道的时间，就早早地打开电视。

中午十二点的新闻里，电视画面上出现出庭的三木昭子前事务官憔悴的模样，由里子厌恶得直想呕吐。其实由里子已经在报纸、周刊杂志上看过照片，应该习惯了，可是电视画面活生生地映照出这个与丈夫偷情的女人，又让她想起泄密事件暴露出来的那天夜里打电话来的声音——您先生回家总是很晚吗？他回来以后，请您转告他，不论多晚，让他给我家里、不是外务省，打电话——而且放下电话的时候，还轻浮地“啧”了一声。

由里子气不打一处来，咔嚓关上电视，紧接着大野木打来电话。

“喂……”由里子感觉自己的嗓门有点沙哑。

“弓成太太，第一次庭审刚才顺利结束，弓成进行了出色的意见陈述。”大野木的声音满含情义。

“这一切都应该感谢您，弓成回来以后，我把您的话告诉他。”由里子对着话筒恭恭敬敬地施礼致谢。

“不用了。弓成和我一起刚从法院回到事务所。我打电话是表示我们辩护团对您的感谢之意。”

律师细致的关怀使得由里子早晨送丈夫出门以后一直处于极度紧张状态的身心一下子松弛下来，抑制着哽咽的声音说道：“你们考虑得这么周到，对我也都这样关心，感激不尽。”

由里子放下电话，百感交集，如果没有大野木的这个电话，她感觉以后无法忍受继续和丈夫在同一个屋檐下生活，但现在至少可以不在两个孩子面前流露出焦虑不安的表情。

有人轻敲书房的门，看似家政工的女子手捧插着卡特莱兰的水晶花瓶进来。

“哦，这是哪来的？”

“是这位夫人送来的……”

“那谢谢了，就放在我的桌子上吧。”大野木眯缝着眼睛欣赏片刻，接着问道："弓成对您还是什么也不说吗？"

"我是通过报纸、电视大体了解第一次庭审的第二次起始陈述的内容，可是弓成从来没有直接对我说过，作为妻子每天都感觉待不下去。"

"我理解您的痛苦心情。"大野木使劲点了点头。

检方主张对弓成适用国家公务员法的教唆罪，断定他为了获得机密文件，有预谋有计划地接近三木事务官。如果相信这个观点，作为妻子的确会感觉无地自容。但是，辩护方对检方的观点予以反驳，主张两个人的关系只是一时的失足，与事件本身没有关系。辩护方的这个主张也让妻子的矜持深受伤害。

"您已经忍耐至今，我还这么说，那是有点过分。不过，您要是离开弓成，他就会崩溃。

"我作为律师，由于工作关系，和各种各样的人打交道，推心置腹地交谈，但坦率地说，弓成亮太这个人有时也让我不理解。他对别人的言行显得粗鲁，其实内心深处极其纤细敏感，可以说是一个性格复杂的人……正因为如此，他绝对不会把自己经受的耻辱告诉别人。听他的话，感觉反正别人也无法完全理解自己，所以……他还自嘲似的说，自己将来会更加悲惨……"

"正因为我也这么想，所以一次也没有问过他。可是最近变得很自私，完全不考虑别人的感受……"由里子抑制不住情绪的激动，摇摇头说道，"他前天回北九州的老家了。"

"噢，怎么回事？"

"他说下阶段都是检方证人出庭，没有要和律师商量的事情，大概十天就回来。把书籍以及一点日用品塞在手提包里，和孩子们一起吃过晚饭，说是夜车，当天就走了。"

"这怎么回事啊……下阶段的确是与事件有关的几个外交官员出庭作证。可是对如何进行反询问还想征求弓成的意见……是我没说清楚。”大野木似乎在护着弓成。

“他一心只想着只有自己受到冤枉的耻辱，其实这是他咎由自取……我作为他的妻子，从某种意义上说，比他受的耻辱更大。他想都没想过……我是忍不下去了。”

“……”

“还有这样的文章，也叫人受不了。”

由里子从手提包里拿出一张从周刊杂志上剪下来的文章，放在桌子上。

坠落的英雄面对“老婆的休书”

外务省泄密事件的庭审已经开始。站在同一个被告席、证言台上，却目光互相回避，这也是一道难受的鬼门关。三木女士很快就从法庭上消失，扔下弓成亮太记者一个人垂头丧气、无精打采，何等可怜。他不仅被每朝新闻社抛弃，也被最心爱的老婆大人踢出家门，只好每天辗转于各家饭店。

“那倒没有。”一个认识他们夫妇的每朝新闻社记者如是说。

“他现在还是和家人住在一起，他太太与那一带的家庭主妇可大不一样，人家可是一个才女，当政治部记者的老婆正般配的料，对老公在外面拈花惹草都无动于衷。

“她是逗子屈指可数的名门大财主的小姐，在当地可是名声在外，在父亲的建议下，进了学习院，结果没学好，转到庆应，多厉害啊！这是一个敢于给老公打气为言论自由而战的女人。”

什么夫妻不和啊，全是假的，大家全当笑话听，可是左邻右舍还有这样的议论：

“那个太太啊，个子高高的，看上去很理智的样子，平时总是文文静静的，可发起脾气来啊，厉害极了。我看早就在离婚协议书上签字盖章了吧。”

“问题是两个孩子（小学四年级和小学二年级）什么时候意识到父亲的事件，那个知识分子型的太太肯定是溺爱孩子，要是知道自己的孩子在学校里因为这事受欺负，闹到校长、班主任那里还不算完，一直顽强地压在心里的对老公的愤怒还不爆发出来啊……”

亮太记者，尽管祸不单行，只是希望在关键的庭审中律师不会对你撒手不管……

大野木看完后说：“这太不像话了，我没注意到，对不起。”

“哪里，您在百忙之中当然不看这种庸俗不堪的周刊杂志。这是昨天母亲打电话告诉我的，她也是听亲戚说的，我就买了一本。”

“即便是三流杂志，其中写到您的生活经历以及在离婚协议书上签字盖章之类的话，很多都是毫无根据的造谣，充满恶意，还是采取坚决的法律手段吧。”

“我带来给您看不是这个意思。只是想到新闻媒体偏偏要这么写，不仅我，连孩子也不放过，心里就不是滋味。不论发生什么事，孩子是坚决要保护的。”

“今后我们要尽最大的努力，不能连累到您和孩子。弓成的事，这一次您就原谅他。为什么他也没和辩护团说一声就回北九州去了，现在想起来，还是有一些情况。”

大野木将第二次庭审结束后弓成在被告席上茫然若失的情况告诉由里子。

“我跑过去问他不要紧吧，他才突然惊醒过来的样子……后来，我们在饭店的酒吧间喝着小酒商量事情。弓成叹息道：虽然现在自己停职，但半夜里会猛然起来，思考新闻记者沉重的使命感。不过，尽管思想庄严神圣，一想到现实中的自己，又感觉空洞虚幻，终夜辗转不眠。

“他说，稍微走几步就是永田町、霞关，但手里没有笔，无可奈何，焦虑痛苦折磨着心灵，所以想逃离东京。

“这起事件把弓成的人格击得粉碎，换句话说，佐桥政权对他的打击异常残酷狠毒！”大野木的声音含带愤怒。

“这些我能理解，我认为绝对不能在庭审中失败。”

“我不主张您对他妥协让步，但是，请您拿出不为政治权力所压倒的气概和弓成以及我们辩护团一起进行斗争吧！等到您感觉无论如何不能继续在一起斗争下去，到那个时候，我站在您一边，为你承担离婚诉讼的手续。如果您认为我不合格，就让我的太太来做，她很能干。”

大野木真诚的脸上忽然流露出开玩笑似的平静的微笑。他们已经跨越辩护人与委托人的妻子这样的界线，形成志同道合者的纽带联结，由里子不由得心潮澎湃。

宣布开庭以后，传唤第一个检方证人——外交官员出庭作证。

事件发生时担任美国局北美一课首席事务官的佐贯进入法庭，他刮过胡子，下巴发青，圆脸上架着金属框眼镜，表情严肃。旁听者平时只是在报纸、电视里见过年轻的外务省官员，这次能亲眼见到真实的干练的外交官，都投以好奇的目光。

佐贯首席事务官在检事的提示下，站在证人席前面，宣读誓言。在鸦雀无声的法庭上，只听见证人严肃的声音：

“本人宣誓：依照良心，陈述真实，决不隐瞒，不作伪证。证人佐贯嘉夫。”

四十二岁、方下巴、倔强的长相显示出强烈意志的森检事进行主询问。

“证人在进入外务省美国局北美一课之前，在哪里任职?”

“华盛顿的驻美国大使馆二秘，后来升为一秘。”

“从一秘调回本部的美国局北美一课任职。北美一课管辖什么业务?”

“与美国、加拿大之间的外交政策的立案、策划、相互调整以及有关情报的收集。”

“课长以下的职员有多少人?”

“记得当时有二十多人。”

“其中通过外交官考试的有多少人?”

“包括课长，一共六人。”

“首席事务官是仅次于课长的职务吗?”

“是的，就是辅助课长的工作。”

佐贯证人的优秀素质给大家留下深刻的印象。

“昭和四十六年六月九日，井狩条约局局长与美国大使馆的施耐特公使在外务省就归还冲绳问题进行会谈。证人是否参加这个会谈?”森检事拿着材料，慢慢地向证人席走去。

“参加了。”

“这次会谈的内容必须向有关方面通报，证人起草过电文稿吗?”

“起草过。”

“根据谁的指示起草?”

“当时的井狩条约局局长。”

“你属于美国局，为什么要接受条约局局长的指示?”

“美国局局长吉田正在巴黎出差，而且归还冲绳谈判是整个外务省的工作，这种情况还是有的。”

“好。就是说，你起草了六张纸的第559号电文稿，是吗?”

森检事向佐贯证人出示事先作为证据提交给法院的电文稿，其题目为“归还冲绳谈判之对美索求权”。

“这份电文是什么时候起草的？”

“会议当天。”

“电文的第一页盖有‘无限期绝密’的红印。这是谁盖的？

“电文是我起草的，与主管的课长商量后盖上的。”

“当时北美一课课长是谁？”

“川崎一朗。”

“电文上有北美一课课长的签字。签字之后，电文送到哪里？”

“我送到条约局。”

“电文的内容，有不同笔迹的修改。这是谁修改的？”

“我认为是条约局局长。”

“条约局局长什么时候审批的？”

“当场就审批。我带回到北美一课，然后立即发给驻法国的日本大使馆。”

“为什么首先发给驻法国的日本大使馆？”

“当时的爱池外务大臣正在巴黎，准备与美国国务卿会谈。为了在会谈之前报告大臣，所以先发给驻法国的日本大使馆。”

“后来电文如何处理？”

“采取追认的形式，送官房长、外务审议官、事务次官审批。”

“是证人亲自送去的吗？”

“不是，是当时的北美一课职员送去的。”

“审批后的电文在何处保管？”

“北美一课。”

接下来的询问转入电文内容。检方的目的是让外务省官员证言电文内容的外泄会损害国家利益。森检事在确认两三处的词语含义后，问道：“这份电文与另电同时发送，另电是什么内容？”

检察方面和辩护方面都知道这“另电”其实就是“爱池密函”，但外务省以尚未解密为由，拒绝提供实物证据。

“我不知道具体内容，但记得非常简单。”佐贯证人面无表情地回答。

“大致的内容是什么？”

“我记得是关于索求权的内容。”

“你不知道详细情况吗？”这显然是要证人回答“不知道”的诱导性询问。

“不知道详细情况。”

佐贯证人用胖乎乎的白皙手指向上推了推金属框眼镜，点点头。

“下面询问外务省保密规定的情况。保密规定有‘绝密’、‘密’等密级的标准，证人认为本案的电文盖有绝密印章是合适的判断吗？”

“我认为是合适的。”

“为什么呢？是因为涉及外交谈判吗？”

“对。”

“我有异议！”

辩护团的大野木忽然站起来。今天他修长的身子穿着一套灰色细竖条纹西服，更加凸显其时尚的风格。

“检察官要求证人判断这份电文的内容是否属于绝密，但在刚才的询问中，证人已明确表示只是照录条约局局长的指示，所以，检方还在询问电文内容是否机密是不妥当的。”大野木律师语带讽刺地提出异议。

森检事脸色恼怒，盯着大野木，说道：“因为证人说是根据自己的判断盖上绝密印章，所以我是在询问其根据。”

“驳回异议，继续询问。”本山审判长做出判断。

森检事得意地对大野木显出嗤之以鼻的样子，继续询问："因为外交谈判属于机密，所以你理所当然地在电文上盖绝密章。你根据什么认为是理所当然的？"

"外交谈判就是最大限度地维护国家利益，采取各种手段进行交涉。如果谈判阶段的情况被公开，就会影响到后续的谈判，本来可以达成协议的谈判也会无果而终。"

"就是说，如果谈判过程的情况一一被暴露发表，就无法进行外交工作，是这样的吗？"

"是的。"

"那么，归还冲绳谈判的一项内容是归还美军基地问题，制定ABC三套方案作为归还谈判的顺序对策，这个名单是在哪里制定的？"森检事突然跳到询问基地名单问题。

"北美一课。"

"这份名单是日文还是英文？"

"经过多次研究修改形成初步方案，定稿之前使用英文。"

"是五月初旬吗？"

"那时只有英文。"

"给有关人员分发或传阅了吗？"

"是的。与那份电文的传阅范围一样。"

"你知道报上报道过这份基地名单吗？"

"是的。记得是每朝新闻首先报道。"

"审判长，我有异议！询问与起诉事件之外的基地名单问题，与本案无关。"大野木再次提出异议。

"我的询问是证实外交谈判的内容属于保密范畴，一旦登报就会对谈判造成妨碍。"森检事激烈反驳。

本山审判长靠近左边陪审的年轻审判员，低声商量，然后断然说道："同意异议，只限于询问与本案有关的问题。"

“好，最后一个问题——每朝新闻报道以后，美方有何反应？”

“见报的当天早上，美国大使馆主管冲绳问题的官员提出意见。”

“他说什么了？”

“总体意思是，如果每天谈判的内容都立即见报的话，会给谈判带来困难……尤其是关于美军基地问题，在美国军方里面，还存在强烈反对归还冲绳的力量。对于有关基地谈判内容的逐一见报，美方不得不提出抗议。”

“询问结束。”

森检事诱导证人说出外交谈判必须是秘密的这个具有说服力的证据后，结束询问。

法庭进入大野木律师的反询问阶段，论点集中在归纳井狩・施耐特会谈要点的第559号电文的内容上。如果能够确定日本代付本应由美方支付的复原补偿费的密约是完全按照美方的意愿达成的这个事实，那这就不是应该保守的国家机密。泄密罪当然不能成立，而且政府如何欺骗国民、损害国家利益的行为就会被暴露在光天化日之下。

“你刚才说第559号电文是根据井狩局长的指示起草的，当时你做记录了吗？”

“做了简要的记录。”佐贯证人的表情开始渗透出戒备的神色。

“第559号电文表明，美方的施耐特公使提议利用十九世纪末制定的信托基金法，他说这是一部为合众国国民制定的、可以将从外国政府接受的资金变为基金化的法律。是在什么情况下美方提出这部信托基金法的呢？”大野木的问题直逼核心。

“这涉及电文的内容，刚才我已经说过，是在井狩条约局局长指示的基础上起草的，内容没有掌握。”

“证人参加会谈，并且做了记录。现在说没有掌握内容，这意味着其内容是机密还是你丧失记忆呢？”大野木以辛辣的讽刺展开进攻。

“那不是我所能够理解的。”

“你作为首席事务官倾听几个小时的会谈，难道一无所知吗？”

“我对自己的记录有一定程度的理解，井狩条约局局长指示我这么写，我就这么写，所以说并不是一无所知。”

对外务省的精英官员回避尖锐犀利的反询问所表现的固执淡定，旁听者不仅失笑，也开始感到愤怒。

“我再问一遍：这里所写的信托基金法是在什么样的谈判过程中提出来的？在你并非一无所知的范围内，请你说明。”

“因为我没有掌握谈判的整体情况，所以电文草案之外的内容无法说明。”

“身在谈判现场，却对谈话的内容无法理解，这样的脑子还能进行日本外交谈判吗？”

“审判长！刚才大野木辩护人的询问是侮辱性询问！”森检事大声抗议。

大野木苦笑一下，说道：“我收回刚才的话。现在询问的是：电文的第四条第三项的内容与八天后日美两国签订的归还冲绳协定的第四条第三项的内容完全一致，可以这样认为吗？”

“我不知道这个内容。”

大野木似乎对佐贯“不知道”的回答置若罔闻，继续穷追猛打：“第四条第三项记述美方自发支付复原补偿费。但是，如此明确的记载附有条件。这就是美方提出希望得到爱池大臣对承诺这个条件的密函。你知道吗？”

“知道。”

也许是被大野木的气势所压倒，佐贯不由自主地承认。

“这个条件就是刚才所说的，希望适用为了合众国国民的利益、将从外国政府接受的用于特定目的的资金变为基金化的法律。是这样的吗？”

“知道美方提出这样的建议。”

“日方对此持什么态度？”

“这一点涉及谈判的核心内容，我当时不得而知，但结果是写进了电文。”佐贯证人极力逃避大野木律师的追究。

“关于这个结果，电文上所写的内容，你可以理解其意思吧？”

“如果询问每个具体内容，就超出我所能回答的范围。”佐贯显然是拒绝作证。

本山审判长突然插话：“在井狩·施耐特会谈时，你坐在什么地方？是在能听到谈话内容的距离之内吗？”

“当然。”

“就是说，因为是机密内容，没有监督部门的同意，你就无法作证，是这样的吗？”

“是的。”佐贯证人一边用手绢擦汗一边使劲点一下头。

本山审判长与左右两边的审判员商量以后，问道：“那么，我们采取你可以作证的特殊方式。可以让大野木辩护人询问别的问题吗？”

佐贯证人脸色稍变，但大概事先已经对他打过招呼，所以意味深长地点点头，面带微笑地说道：“既然已经准备好了，我正等着呢。”

法庭书记员从审判长的座位下面取出一个电话机。

本山审判长对佐贯证人说道：“如果证人说无法回答，就向监督部门核实是否经过同意。”

本山审判长预料到外务省官员会拒绝作证，事先在法庭与外务省大臣官房之间接通一条电话热线，当场获得自由作证的同意。

旁听席一阵嘈杂声，大家都十分好奇。担任司法采访的新闻记者也是第一次看到这种景象，凝神屏息地注视着事态的发展。

双方的通话内容由法庭书记员大声复述，法庭所有的人都清晰明了。

“喂，我们是东京地方法院第七〇一号法庭，按照本山审判长的指示，与你通话。现在正对佐贯首席事务官进行证人询问，但他说有关职务上的机密事项，必须得到监督部门的同意才能回答。他能否承诺作证，请回答。”

对方接电话的不是官房长本人，而是事务官。法庭书记员听完对方的回答后，面对坐在上面的审判长，大声说道：“现在我复述对方的回答。因为佐贯首席事务官在外交谈判时不处于负责的地位，所以不适合回答。”

本山审判长再次指示法庭书记员。

法庭书记员对着话筒说道：“现在传达本山审判长的意见。刑事诉讼法第一百四十四条但书规定，除损害国家重大利益之情况外，该监督部门不得拒绝承诺。请立即回答是否有损国家重大利益。哦？请示上司后立即回答……”

法庭书记员大声复述，放下话筒。

几分钟后，法庭的电话铃响。在大家竖起耳朵的倾听中，法庭书记员拿起话筒，只见他点着头，与对方确认：“我复述一遍。官房长同意佐贯首席事务官对直接知道的事情作证。是这样的吧？”

在本山审判长的示意下，法庭书记员放下电话。

“你都听到了，你可以说。辩护人，请继续询问。”

所有的人的目光都集中在佐贯证人身上。

大野木律师问道：“那我继续询问。井狩・施耐特会谈时，美方要求爱池外相提交密函，日方提出反对案了吗？”

佐贯证人沉默片刻，声嘶力竭般地拒绝回答：“双方的交涉很多,但是具体的想不起来。”

虽然接通了热线电话,但是直接参加第一线会谈的首席事务官依然只字不吐,抱着些微希望的旁听者发出批判的声音。

“安静!”本山审判长提醒大家注意。

辩护团的五个人在紧急磋商。

三木昭子的代理人坂元辩护人抱着事不关己高高挂起的态度,双臂交抱着。

一会儿,大野木走到佐贯证人身边,改变询问的战术,说道:“继续询问,请你把这第 559 号电文第四条第三项,大概是美方所说的英文内容翻译一下。”

“您的意思是把这英文的地方译成日文,是吗?”

“你曾经在驻美国大使馆工作三年半,对你来说,把英文译成日文不在话下吧?”大野木把电文伸到佐贯面前,以满含讽刺的无比犀利的态度逼向佐贯。

佐贯的目光在自己起草的电文上游移片刻,回答道:“可以这样翻译……根据第四条第三项,包括设立自发性支付的信托基金……”

“自发性支付,是正确的译法吗?”

“是 ex Gratia payment 吗?”

“逐字翻译是什么?”

“自发性支付。”

“ex Gratia payment 指的是什么?”

“……除了上面所写之外,我无法理解。”

“这指的难道不是美方应该向日方支付的复原补偿费吗?”

“这一点我也无法理解。”佐贯证人抛弃体面一味回避。

大野木拿着佐贯证人对检察官的证言记录,问道:“你对检察官不是这般那般地解释电文的内容吗?为什么就不能回答我的问题呢?”

“……”

“不能回答，是因为你的能力问题呢，还是因为谈判属于机密呢？”

“是我的能力问题。”佐贯证人豁出去了。

大野木深深体会到外务省彻底的保密主义，结束了反询问。

从巴黎起飞经由莫斯科飞往羽田的日航 DC—8 基本准点于下午三点十分到达谢列梅捷沃机场。

虽说还是十二月初旬，莫斯科的日落很早，已是暮色昏沉，扫到机场跑道两边堆积起来的厚雪在零下十五度的气温里冻结。

舷梯一搭在机身上，早已等候在那里的戴着棉帽、穿着棉衣的国家警卫队士兵就跑上去，检查经莫斯科前往东京的乘客的护照。

检查完后，头等舱和经济舱的乘客从舷梯上下来。

从头等舱第一个下来的是低戴着银灰色大皮帽，身穿皮大衣的苏共高级领导。舷梯前停着苏制的最高级大型轿车吉尔，迎候的人们站立在吉尔旁边，请领导坐进车里，立即驶去。

接着下来的头等舱乘客中，有应苏联邀请前来访问的六名贵宾，他们被安排坐进面包车。其中有一个是日本驻 OECD(经合组织)大使吉田孙六。他回日本是为了作为外务省泄密事件的检方证人于十二月十二日出庭作证。形式上作为日本驻苏联大使的客人，为他向苏联国营航空公司申请贵宾待遇。

面包车载着他们来到木结构两层楼的机场大楼旁边的设有贵宾室的另一幢小楼。他们坐在暖气充足的贵宾室里喝着茶，而苏联国营航空公司所属的服务部门为他们代办入境的各种手续。

吉田为自己可以不用排长队就办完入境手续感到欣慰的同时，也对驻苏大使馆、日本航空公司没人来迎接稍感不安。只要是应苏联邀请来访的贵宾，都会有相应的部门派人来接机，大家谈笑风生,以减少办理手续过程的无聊。

“朋友们,谢谢!”

坐在旁边桌子旁的大阪人、当过舞蹈家的仰木真子女士动作夸张地学着俄语大声叫喊。她继承亡夫的巨额遗产,成立国际芭蕾舞振兴财团,向各国芭蕾舞团撒钱捐助,财大气粗,前来迎接的苏联艺术科学院会员的周到安排绝非寻常。

“哎呀呀,是谁来迎接大使阁下的呢?一个人闲得无聊吧,请过来啊。”

这个仰木女士有一副年轻时候就通过舞蹈锻炼的结实身体,穿着花里胡哨的鲜艳服装。在飞机上隔着通道并排而坐,她是自来熟,初次见面的寒暄以后,就亲热地和大使聊天,弄得大使避之不及。现在又在贵宾室里像遇到多年知己一样招呼大使,大使心里有点不快。仰木女士如此殷勤热情地招呼大使,肯定是为了在苏联艺术科学院会员们面前显示自己深厚的人际关系。

与仰木女士一起从巴黎同行而来的一个男子来到大使跟前邀请他过去,但是大使礼貌地婉拒。

“大使,我来晚了,实在对不起。”

日本驻苏联大使馆一秘来到大使面前。这个一秘去巴黎出差的时候,来到OECD总部,对吉田说,他奉寺胁大使之命,吉田大使去莫斯科时一切都由他照料。

“日航的飞机来了,日航的工作人员也进不来吗?”

“机场的一切全部由国家警卫队和苏联国营航空公司包揽下来……关键是我来晚了,实在对不起。偶尔也会发生这样的事情,苏联国营航空公司硬说这次航班的贵宾名单里没有吉田大使的名字,我怎么说他们也不听。最后通过各种方法和他们的上级取得联系,才让我进来的。”一秘擦着额上的汗水。

“你辛苦了。”

吉田大使安慰一秘的时候，机场开始呼喊已经办完入境手续的乘客的名字。

先叫到仰木女士的名字，她来到大使旁边，说道："哎哟，大使阁下，我先走了。"然后稍微弯着腰，洋洋得意地出去。

一会儿叫到吉田的名字，一秘前头带路，来到车廊。仰木女士乘坐的海鸥轿车的发动机发生故障，趴在路上。接着，日本驻苏联大使的专车日产总统车滑进来，就停在海鸥旁边，吉田坐上车，先行出发。

到达莫斯科后不过三四十分钟的时间，天色昏暗如黑夜。离开机场以后，灯光逐渐消失，两边是辽阔的白桦林地带，昏黑中浮泛着白桦树干的浅白，一路上是阴沉沉的风景。在树林中断的地方，时而看见豆粒般大小的橙黄色灯光，那是国营农场的农户家的油灯。

一秘大概是警惕司机的耳朵，在车里不说别的，只是谈论居住在巴黎的日本著名画家获得荣誉勋位勋章的话题，吉田也说起参观他的画廊时的见闻。

车子驶过冻成铅灰色的莫斯科河，一下子看到高楼大厦以及闪烁的街灯，竖立着十字架的寺院的金色圆屋顶、塔尖上耀眼闪亮的红星映入眼帘。四周塔楼围绕的建筑物是克里姆林宫以及前面的红场。

日本驻苏联大使馆距离克里姆林宫的直线距离是在其西面五百米，看似近在眼前，但莫斯科的道路是以克里姆林宫为中心的环行线，要围绕着三角形的塔楼转圈。

车子从阿尔巴特大街进入路面狭窄的卡拉休内·佩雷乌罗克街，这一带是十九世纪建筑物的古色苍然的住宅区，前面就是挂着太阳旗的日本大使馆。

一个裹着厚外套的年轻士兵从大门里面的警卫室出来开门。

进去以后，左边一幢看似颇有历史的两层楼就是大使官邸，右边是公使官邸，隔着院子呈L形的建筑物是大使馆办公楼。正是工作时间，大楼里灯火辉煌。

“寺胁大使吩咐，您到达以后，先在官邸休息，大使夫人也期待您的光临。”一秘引导吉田走进官邸。

吉田立即说道：“不，还是先去拜会寺胁大使。”

寺胁虽然是比自己早两届的前辈，但战争时期他们都在日本驻德国大使馆工作，是在美、英、苏军队的猛烈进攻的战火中共度生死危难的伙伴。

在驻外使领馆中，在莫斯科的大使馆是仅次于华盛顿的大馆，不过，工作人员虽多，却缺少活力，神经质般的紧张感与衙门式的怠惰敷衍奇妙地交织在一起。

二层是大使办公室，吉田一走上楼梯，只见略显发福、留着唇须的寺胁大使站在楼梯平台上：“欢迎你啊。”

吉田致意后，双手握着寺胁圆胖的手，说道：“承蒙邀请，我还真的来了，不过担心给你添麻烦……”

“你我之间的关系，还客气什么。”

前辈寺胁豪放地说，请吉田进入办公室，相对坐在沙发上。

“有几年没见了？这样私人见面……”

“差不多有七年了吧。你谋上驻苏大使这个位子的时候，我还真为你高兴呢。”

寺胁专攻俄语，在部内和驻苏联、东欧各国的使领馆之间来回调动，两年前被任命为驻苏大使。

“上个月小平大臣访苏成果如何？”

吉田一边点烟，一边询问小平外务大臣访苏的外交成果。小平此次访苏，既是向对日中邦交正常化神经质的苏方说明情况，也是为田渊总理的访苏日程交换意见。

“中苏关系日益恶化，柯西金总理对日中恢复邦交进行相当深入的质问，却对田渊总理访苏显得漠不关心，因为他们明白日方的要求是要苏联归还北方四岛。”寺胁大使叹息道，“我是陪同参加，再一次深深感觉到战败以后的日本外交一落千丈。”

战前的驻苏大使有广田弘毅、东乡茂德、重光葵这样响当当的优秀外交官，日本外交在国际舞台上发挥领导性的作用，两相对比，恍若隔世之感。

“对了，你来了，有一件东西一定要让你看看。”

“不会妨碍你工作吗？”吉田担心地问。

“我的工作就是在审批文件上盖章，没什么。这里和华盛顿一样，不仅有大藏、通产、农林、水产、警察、陆海空自卫官等各部委派来的人，还有研究苏联问题、中国问题的专家学者，为一点鸡毛蒜皮的事情也吵得不可开交，实在没劲儿，还是让我轻松一会儿吧。”大使对吉田眨了下眼睛，然后从沙发上站起来。

趁大使在一层的庶务课取钥匙的时候，吉田看一眼庶务课对面的房间，只见桌子上摊满报纸，里面的人都一脸严肃地围坐桌旁。

“那是报刊阅读会。在这里很难搞到情报，就对苏共机关报《真理报》以及《消息报》、《塔斯社通讯》，还有东欧各国的报纸、中国的《人民日报》等进行比较，作为莫斯科的情报发回国内。可笑吧。”大使留有唇须的脸上浮现出苦笑。

走过弯曲的走廊，打开走廊尽头的一扇门，里面是一间浅灰色的塑料搭建的长方形房间。

“这就是那个……”

吉田也听说过欧美各国的驻苏使领馆为防止 KGB（克格勃）的窃听，都采取这样的对抗手段。吉田看着眼前这间用厚约十七公分的硬塑料板搭建的箱子一样的房间，只有异样的感觉。

一走进塑料房间，寺胁就打开换气扇的开关，房间里充满令人心烦的噪音。寺胁用手指了指，吉田坐在他旁边。

“我们把这间防窃听的房间叫作‘金鱼缸’。八个人在这里面开会，只要过二三十分钟，就呼吸困难，感觉窒息，就像缺氧的金鱼一样张着大嘴喘气，所以取这个名字。这样打开换气扇还好点，也可以增强防谍的效果。”

“这房间感觉让人脑袋疼。”

“是啊。不过，开会的时候，有的人是光听不说，结果在这噪音中居然还迷迷糊糊地打盹。真是不可思议的箱子。现在说你的事情，泄密事件也牵连到你，真相就是报上报道的起诉书所说的那样吗？”

“我想大致情况是那样的吧。”吉田眨着圆圆的眼睛。

“要是拉斯特沃罗夫事件或者防卫厅采购下一代战斗机的机型选定泄密还好说，这一次很特殊，而且听说揭开事件的线索就是你啊。”

“没那么夸张吧……不过恰巧是我确认文件传阅的署名栏而已。”吉田简略地介绍国会上发生的事。

“是这样的啊。记得我在部里的时候，那个每朝新闻社叫弓成的记者还来采访过我两三次。另一方的那个女事务官在她担任第一任审议官的专属秘书时，还来过我的办公室，给我留下的深刻印象是，作为在中央机关工作的女职员显得过于性感娇艳。是第一任审议官的那个吧？”

“有这样的风言风语，不过不知真假……”

“那你在法庭上做什么证言啊？”寺胁说话喜欢跳跃。

“一句话：外交谈判是机密，所以打算守住这条线。”吉田简单介绍之前的庭审情况后，沉默片刻，接着说道，“我现在钻进你这个像地窖的地方，不由得想起柏林陷落前后的那些日子，我们钻在大使馆的地下防空洞里躲避苏军雨点般炮弹的情景。”

“金鱼缸”房间的外面只有一盏电灯，很黑暗。

“那个院子底下的防空洞还是在里宾特洛甫外相的关照下，修成顶部厚两米、墙壁厚一米的牢固掩体，保证说两吨的炸弹从上面落下来绝对没问题，可是战争越打越激烈，第一次知道炸弹不仅仅是从上面落下来，还会横穿斜击，这才慌忙用板子加固。”寺胁也回忆起当时的景象。

一九四五年四月，在压倒性优势的联军兵临城下之际，德国政府破坏柏林，将包括陆海空司令部在内的大部分机关疏散到南方。

同时也要求外交使团撤出柏林，迁往南方。最后留在柏林的只有日本大使和泰国公使，其他国家的大使或撤回本国，或跑到瑞士国境附近避难。

日本大使决定南下是四月十日，但考虑到德国投降，占领军司令部设置在柏林的时候，也必须有人与司令部打交道。

柏林留守小组由参赞等五人组成，因为寺胁专攻俄语，才二十六岁就担任参赞助理，正在研修德语的吉田以“官补”的身份也与其他翻译、通信一起留守，在地下防空洞里亲眼看见柏林被攻陷。

希特勒自杀后的第四天，苏军第一次闯入使馆，参赞助理寺胁出来挡住苏军士兵。

“这栋建筑物是日本大使馆，享有治外法权。日苏签订有中立条约，没有处于战争状态。”

寺胁要求他们立即撤出去，但是在前线作战的苏军士兵根本不理解何为大使馆，他们叫喊道日本是德国的同盟国，我们是来自斯大林格勒的与德军战斗的最坚强的部队，最终抢走粮食、毛毯，乃至留守人员的手表，还要求交出女人。大使馆有两个女打字员，因为早就听说苏军士兵对女性凌辱，所以事先藏在地下室的窨井里，上面盖着铁盖，再铺上地毯，才没有被发现。

柏林失陷两周后，留守小组集中到苏联指定的郊外兵营里，乘坐列车经由莫斯科被送往西伯利亚。他们从BBC广播中知道德军俘虏都被送到西伯利亚强制劳动，所以尽管自己是第三国的外交官，但被塞进车窗遮蔽的列车里的时候，依然深感被羁押的恐惧。

幸亏中途没有让他们下车，两周后，列车抵达满洲里，到五月，才终于跨过国境，进入新京（长春）。八月一日，一行从新京飞往羽田。

“憋不过气来了，出去吧。”寺胁说。

吉田也亲身体验到“金鱼缸”的滋味，急忙出来。

“从机场来到这里，突然间把你带进金鱼缸，一定很难受吧。在官邸休息一会儿，晚上七点去莫斯科大剧院看节目，今晚演出《天鹅湖》。”

喜欢观赏芭蕾舞的吉田大吃一惊，问道：“首席女演员是谁？”

“玛琳娜·谢苗诺娃。即使居住在莫斯科，也难得观赏到谢苗诺娃的《天鹅湖》，你真幸运。”

能欣赏到正处在黄金时期的谢苗诺娃主演的《天鹅湖》！但是，吉田立即恢复理性。

“谢谢你的好意，不过，我现在的身份是即将出庭的证人，要是被人知道在这里还欣赏芭蕾舞，不知道会怎么说我，还是不去为好……”

“说什么呢？你是和事件正好撞着了，虽然是暂时的，但现在不是屈尊OECD大使这个位子上吗？无论是谁，对你只有同情，不会有说三道四的批评。”

寺胁大使对吉田的顾虑付之一笑，说“我半个小时内回来”，吩咐恰好从旁边经过的事务官送吉田到官邸，然后自己上楼去办公室。

在年轻的事务官引领下,吉田走出大门的时候,恰好一辆车子进来。从车上下来的是吉田任美国局局长时的北美一课课长、参加归还冲绳谈判的川崎参赞。

"大使,好久不见。"

"好久不见了。这皮大衣很合身啊。"吉田像是眯缝着眼睛看着身穿皮大衣的高个子川崎。

川崎没有回答,只是微微低头说道:"听寺胁大使说您要来,因为有事要和苏方交涉,没能去接您。"

"你这个日理万机的参赞要是来接我,我都不敢当。我要出庭作证,想和你确认两三件事,明天上午能给我腾出时间来吗?"吉田的和蔼客气态度里含带着生硬尴尬。

"需要我做什么,您尽管吩咐,我都有时间。"川崎接着说,"外面气温在零度以下,您请上车吧。"拉开车门,目送吉田离去。

事务官在一旁观察,刚才上下级之间对话的时候,两个人的目光没有对视过。

在粉雪开始降落的黑暗街道上,只有克里姆林宫附近的斯沃尔德洛夫广场流光溢彩,车水马龙,因为面对广场并排伫立着歌剧、交响乐、戏剧的剧场。

这其中最辉煌耀眼的是莫斯科大剧院,白色的大建筑物正面车流拥挤,熙熙攘攘的人群中也有一般市民的身影,正朝着大剧院走去。这是在冰封雪冻的莫斯科为数很少的娱乐之一。

吉田大使与寺胁大使夫妇在并排竖立着高大圆柱的正门下车,脸颊立刻感觉如刀割一般的疼痛,赶紧竖起大衣领子踏上台阶。

灿烂明亮的大吊灯照耀的大厅里,衣帽间前排着长队,人们个个眉开眼笑，他们正把被积雪和泥水弄脏的靴子寄存在衣帽间里，换上自己带来的鞋子。

服务员把他们领到一楼的池座，吉田环视四周。这座剧场可以容纳两千名观众，以池座为中心，有五层观众席。以深红色和金箔为基调色彩的装饰显得豪华绚烂，恍若帝俄时代的奢侈。

座位在二十五排的基本中间。

吉田感叹道："巴黎歌剧院也甘拜下风。"

他隔着寺胁大使的夫人，抑制着些许激动的心情，向大使表示感谢，"能得到这么好的座位，还得靠你，今天和你一起来真是来对了。"

吉田知道票是通过苏联国际旅行社预订的，但只有神通广大的寺胁才能搞到这样的位置。

"只要你高兴，我就满足了。"寺胁的脸上露出笑容。

池座周围的二楼、三楼的包厢里，坐着来自南欧、非洲的富豪，他们提早休圣诞节假期，特地来这里欣赏冬季的莫斯科艺术，灿烂夺目的华丽服装也是开演之前的一道风景。

"哎哟，又是那个女的……"寺胁夫人皱起眉头。

吉田一看，是仰木真子女士。她穿着一身艳粉色的服装，尤其是裤子，短得如同灯笼裤，还套着同样颜色的紧身裤，似乎为了凸显她腿脚的曲线美，但是这种装束打扮在娇小的体形上实在感觉滑稽可笑。仰木女士与她的一伙人坐在乐池包厢的最前列。

夫人对寺胁说道："那是她的指定席，在开演之前她出来，以引起全体观众的注目。您一会儿注意一下。"

"你别看不惯，她的鼓励发展芭蕾舞资助基金可不是小数，对日苏文化交流作出了巨大的贡献。你应该想想她可替我们财政困难的使馆承担了一半的费用啊。"寺胁对仰木女士的打扮做派并不介意。

扩音器广播演出开始，灯光暗淡下来，鸦雀无声的剧场里荡漾着哀愁忧伤的序曲，帷幕徐徐拉开。

看似皇宫庭园的舞台背景在灯光照耀下缓缓浮出，乐器齐鸣，身着民族服装的男女青年跳起欢快热烈的舞蹈。这是为明天就是二十岁的王子定亲举行的庆祝活动的场面，虽然演员的服装、动作各不相同，但整体配合非常和谐，跳跃的高度也很有水平。俄罗斯芭蕾舞的魅力一下子就抓住了吉田的心。

舞台转换成薄暮中的湖畔。背景屏幕出现一群颈脖低垂的白天鹅。芭蕾舞鞋的足尖立起，白天鹅在傍晚仿佛要变回年轻的女子一样，开始表演感伤的舞蹈。

王子前来打猎，弯弓搭箭，对准一只美丽的白天鹅。他的舞姿形态充满犹豫不决、于心不忍的感情，观众席上发出叹息的声音。

扮演高贵典雅的王子角色的演员不仅技艺超群，还必须具备优秀的人格修养。

一只极其优雅、却无限悲伤的白天鹅出现在王子面前，令王子迷恋。是首席舞蹈家谢苗诺娃的表演。她纤细的长臂柔弱地轻轻颤动，痛切地诉说着受到魔鬼的诅咒变成白天鹅的哀怨悲凄，在柴可夫斯基的名曲伴奏下，舞蹈与音乐珠联璧合，展现出芭蕾舞著名的场面。

与巴黎的芭蕾舞完全不同的魅力……吉田好久没有这样陶醉在丰饶的艺术性里，暂时从在东京的法庭担当证人的沉重压力中解放了出来。

差不多同样的时间里，川崎参赞将他高大的身子埋在沙发里，一只手拿着盛有伏特加的酒杯，正在看《消息报》。

调任莫斯科的驻苏使馆已有一年，当初对俄文一窍不通，依靠字典从报纸的标题开始阅读，如今报上文章基本都能看懂，对苏联、东欧的局势也相当精通。

窗外飘雪无声，室内暖气融融，穿一件衬衫即可。

居住在面对环形线内侧第二条路权力中枢的外国人专用公寓里。这幢建筑物据说是战时德军俘虏建造的，非常坚固，但时而有蟑螂、老鼠出没，曾长期在美国生活过的孩子们起初惊叫害怕，但很快就习惯了。

居住在这幢公寓里的日本人就川崎一家，其他大部分住在稍远一点的公寓群。在莫斯科的外国人都强制性地居住在外国人专用的公寓里，原则上由与 KGB 关系密切的“外交使团服务部”单方面地提供生活服务，派来的女佣都带有监视的任务。

“你还在喝啊，对身体可不好。”

妻子端着盘子进来，上面放着薄脆饼干，饼干上放着又大又黑泛着亮光的鱼子酱。

“这可真奢侈，是从佐雅那里买来的吗？”

佐雅是“服务部”派来的女佣，她的丈夫九次上战场，在战争中负过伤、立过功，现在是外国人专用餐馆的服务班班长，可以很便宜地弄到上等鱼子酱。

川崎把薄脆饼干放进嘴里，“好吃。不过，这房间里要是安装有窃听器，别说我们，佐雅也会受到惩罚的。”

“我也这么担心。今天我一听佐雅大声说给你们拿鱼子酱来了，赶紧用手挡着嘴示意她别大声说话。可是她若无其事地说，太太这地方不要紧，只有电话……周末必须回办公室汇报，可是没什么可说的啊……”

“这不会就是‘服务部’的手法吧？”

“不过，我对佐雅还是相信的。首先，不仅我们家，日本人的家庭不是本来就没有值得汇报的坏秘密吗？”

“你说得对。”

川崎苦笑着，注视着与自己相对而坐的妻子。她从额头到鼻梁、嘴唇、下巴显露出性格凛然的坚强，但是脸颊丰满，显示内心的丰满与温柔。

“你也来点吧。”川崎少有地劝妻子喝点伏特加。

妻子的杯子里只倒一点，抿一口，咽下去，立即皱起眉头。伏特加无色无味，度数却很高。

“吉田大使今天到这里来了吧，见到了吗？”

“嗯。傍晚我从外面回来，在门口遇见他。听说今晚和寺胁大使有安排，明天要商量庭审的事。”

“你和他有事先必须商量的事吗？”

“几乎没有。他顺便来莫斯科，大概对部里说是为了和我商量吧。”川崎冷淡地说，合上报纸。

“看他长相很温和，干的事却那么阴险。这一年虽然总算平安无事，可是你调到这里来以后，工作不熟悉，一天到晚东奔西跑，我真担心你哪一天会忍耐不下去。”妻子说罢，又喝一口杯子里剩下的伏特加，更加难受地皱紧眉头。

川崎平时话语冷静，容易给人善于进行机智分析的感觉，其实他内心血性刚烈，一心只为工作，对上司也绝不轻易妥协。

这种性格给他带来苦果，在外务省工作的二十年里，与上司互不相容，正面冲突不止一次，但大概都是因为上司宽宏大量，才没有和他计较。

但是，吉田与别的上司不一样。

归还冲绳谈判开始进行事务性运作的时候，川崎怀着重大的使命感全身心地投入工作，这因为出于他在战时是学生兵，分配在通讯队监听到美军登陆冲绳作战情况的体验。

昭和二十四年四月，他在琦玉的大和田通讯队监听无线电，将美军部队的移动、通讯联络的方向记录在冲绳地图上。因为在监听时一直看地图，所以冲绳的地形都记在脑子里。同时，美军军舰之间互相联络，谈论用望远镜搜寻、狙击日本兵以及当地居民的如同玩游戏一般的对话深深钻进他的耳朵里。

川崎立志进入外务省工作并非仅仅因为父亲是外交官，也受到学生兵时期的正义感冲动的影响，一直坚持必须收回冲绳的信念。

川崎在北美一课课长的位子上遇到归还冲绳谈判的机会，纯属人生的偶然。正因为他具有如此强烈的意愿，自然与美方进行严正的交涉，同时作为职业外交官还少有地经常去冲绳，与当地居民喝着泡盛烧酒促膝交谈，努力倾听他们的心声。

后来，吉田调到美国局任局长，他对川崎的做法很不满意。川崎也听官房人事课课长对他说，这个吉田想从别的局调来他的心腹替换他担任北美一课课长，但人事课课长悄悄对他打包票，让他至少干到亲眼看见冲绳回归祖国。川崎本人也是这个打算，但是归还冲绳协定签订后，在等待十二月中旬国会批准的这段时间里，颁布调令，任命他为驻苏联大使馆负责总务的参赞。

川崎不懂俄语，却让他主要负责驻苏联大使馆这个大家庭所有成员的生活、福利、保健等后勤任务，这样的做法过于冷酷，令人感觉是一种惩罚的任命。

川崎无法忍受这种欺人太甚的任命，来到局长办公室，吉田局长圆圆的眼睛里含着幸灾乐祸的恶笑，说道："莫斯科是个好地方，你在欧美待过，这一次去苏联应该好好学习。"川崎一听，失去反抗的气力，无话可说，默默地来到莫斯科赴任。

到莫斯科四个月后，国内发生外务省泄密事件。川崎当时是北美一课课长，做好问责的思想准备，也把自己的想法告诉了妻子。

幸好泄密的渠道不是自己，他只是受到警告减薪的处分。不过，当他知道因违反国家公务员法被捕的是每朝新闻社的弓成记者时，不由得大吃一惊。

弓成是专门采访外务省的优秀记者，虽然吃不消他那种强行的采访手段，却没有想到他居然利用女事务官获取机密文件……心想弓成这个人为了达到目的什么事都干得出来，不过起诉状把焦点放在男女关系上也让人感觉不舒服。

“你说，真的有密约吗？”对川崎工作上的事极少过问的妻子，大概是喝了伏特加的缘故，忽然嘟囔了一句。

“噢，我不是知情人。”

川崎说罢，把目光转向窗外。浓密的鹅毛大雪如窗帘垂挂，挡住视线。

寒风呼啸，雨雪交加，弓成亮太拎着小提包孤零零地站在夜色中的站台上。

他正等待着下午六点五十分小仓始发开往东京的特快卧铺“隼”号列车。

一进入腊月，平时只有关门海峡吹来的风呼号穿越的空荡荡的站台一下子热闹起来。

弓成本来打算在北九州的老家只待十天左右，最后还是多住了一些日子。在自己出生的故乡回归本心，思考未来的新生之路，可是记者生命的终结所造成的痛苦过深，思来想去，最终还是一无所获。

他不想就这样回东京，可是岁末商家激烈竞争，看到父亲的公司忙得不可开交的样子，自己都对父亲以及公司的职员觉得不好意思，只好买了车票，但本意还是想留在老家。

“噢，这不是弓成蔬果的少爷吗？”

急急忙忙正要从弓成前面过去的一个三十上下的男人停下脚

步，抬头看着弓成。他瘦小的身子连大衣也没穿，浅黑色的西服，领子上围一条白绢的围脖，显示出一种奇异的潇洒神态。弓成猛然想不起来这个人是谁。

“我老爸长谷川原先在下关得到社长的关照，我是他儿子长谷川新吾啊。”

“哦，是你啊……”

长谷川是弓成蔬果的专务董事，店里店外，进货销售，都是一把手，是父亲的好帮手，他也自豪地说自己才是大掌柜。弓成这才想起来，原来眼前这个人就是长谷川的儿子。

弓成笑着说：“这么说起来，我记得你父亲非常热心地要送你上东京的大学读书，委托过我。我给你寄过五六所大学的招生简介，还说你上东京高考的时候可以住在我家里，可你怎么没来啊……”

“那时候羡慕少爷，也认真考虑过上大学读书的事，可是后来发现自己不是读书的料……给您添那么多麻烦，对老爸也没法解释，最后离开家，真没面子。”他把手放在发蜡固定的头发上表示歉意。

站台的扩音器广播“隼”即将进站的消息。

弓成见他手里没拿东西，有点奇怪，但还是问道：“你也去东京吗？”

“不，我来送我的老顾客回东京。”

“都送进车站里来，你在经营旅馆？”弓成对过去那个剃光头的质朴的高中生新吾的变化感到惊讶。

“不是。有人把小仓市内的一家酒吧间交给我管理……送客人也是买卖人的一项服务。”

新吾笑着把一张名片递给弓成，上面印着“株式会社三好兴业丽雅座酒吧　小仓店经理”。

弓成把名片放进内口袋。

“少爷……”新吾突然鼓足勇气似的说道，“在报上看到了事件的报道，像少爷这样的人又是逮捕又是审判，真叫人心里不安……”后面的话被对面站台进站列车的声音淹没。

“踩了老虎的尾巴，不后悔。”

“这才是少爷的样子，那就尽快摆平啊。”

“庭审才开始，没那么简单。”

“当然无罪吧？”

“当然。不过，要证明无罪，在法律上很麻烦。”

这时，传来列车“隼”进站的轰响。

“庭审证明自己清白无罪，我给你祝贺。你一定要来啊！”新吾的眼里饱含泪水。

“谢谢，我走了……”

弓成拍着新吾的肩膀，然后走进列车。

博多始发的头等卧铺几乎满员，弓成车厢里的另外三个人都是从博多上车的乘客，床铺帘已经拉上。

弓成拉开床铺帘，坐在下铺自己的卧铺上。铺席上铺着洁白的床单，枕头、浴衣、毛毯都整整齐齐地叠放着，让客人马上就能休息。

开车的铃声响了，列车咯噔一声开始启动。弓成瞧一眼车窗外，只见新吾还站在那里。弓成朝他稍稍挥手告别，新吾使劲地挥手。

虽然现在睡不着，但是弓成抽了半支烟、喝了一口小瓶装的威士忌后，便换上浴衣，躺在卧铺上，拉上床铺帘。

列车的汽笛声悲切地回响在夜的寂静里。弓成不知如何打发这苦闷的心情。父亲虽然还是像往常那样大度豁达地说“身上有一两块伤疤，那是男子汉的勋章”，付之一笑，但弓成看得出来他对负伤归来的儿子的悲伤心情。

老爸，对不起……弓成心里表示道歉，不知不觉地坠入梦乡。

弓成感觉身子被什么东西沉重地压着，胸口难受，喘不过气来。他使劲挣扎，想逃脱出来，可是身体被牢牢地束缚住，手脚无法动弹。他憋得痛苦，想喊出声音来，一股黏糊潮湿的东西堵住他的喉咙，使得他无法呼吸。

嘿……嘿……听见有人在耳边窃笑，弓成猛然一惊坐了起来——原来是一场梦。三木昭子的怨气……弓成擦去腋下湿漉漉的汗水。

新闻媒体的司法记者俱乐部设在红砖两层楼的最高法院里。

这座建筑物原先是明治时代的大审院，德国人设计，具有新巴洛克的稳重庄严的风格。但在战时，圆屋顶、地板被烧毁。昭和二十四年修复的时候，在大门正面增加了车廊。

正面大厅往左三十米左右的右侧就是司法记者俱乐部。建筑物的天棚很高，大理石走廊，屋子里的地面是木块拼花，庄重大方。隔离板分割出各家报社的工作包间，杂乱中洋溢着生机勃勃的景象。

每朝新闻社派出首席记者等六人担任地方法院、最高法院、检察厅的采访报道工作。

俱乐部中最年轻的齐田记者主要负责多是夜间采访的检察部门，法院庭审的新闻稿每次都是齐田的前辈黑田记者旁听、撰写。

齐田抱着学习的态度阅看别的前辈记者撰写的外务省泄密案中争议最大的三份电文内容是否属于绝密的草稿。

齐田记者曾在地方分社、警视厅长驻，所以尽管年轻，却具有在打打杀杀、大楼爆炸之类的现场活跃采访的体验，但他的脑子里有一种模糊的固有观念，以为外交文件都很难懂。

但是，这三份电文的内容竟活生生地描绘出美国自私自利的强权外交的手段以及一心想着尽快实现冲绳归还的日本外交的软弱无能。

这样的电文真的是不能公开的国家机密吗？还是外务省官员为明哲保身故意将其定为机密的呢？……就在齐田思考这个问题的时候，担任法院采访的前辈记者走进来，坐在他旁边的转椅上。

齐田坦率地问道："我刚才看你的稿子，不愧是法学部毕业，写得真好。你学的是什么专业来着？"

"别问新闻记者这种傻帽问题，你记住了，学的是搓麻专业。"这个性格倔强的名叫石原的记者也有被问得不好意思的时候。

"明天检方就要对前美国局局长进行主询问，这个驻 OECD 大使吉田孙六四五天前从巴黎回国，好像与检方进行过细致周密的协商。像上一次的美国局北美一课首席事务官那样一问三不知的人，能说到什么程度，倒是令人感兴趣。"心地纯真、富有好奇心的齐田看着自己信赖的前辈的脸。

"好像是相当狡猾的狐狸，所以一定要竖起耳朵仔细听。刚才在走廊上遇见那个民营电视台的记者……"

"就是以前在电视剧制作部的那个人吗？"

还有一两个广播局、电视台尚未培养出真正的足够的新闻报道的记者。

"对。他怒气冲冲地说，为了这次出庭作证，花费国家的钱坐着头等舱舒适悠闲地回国，要是满嘴谎话，欺骗国民，可饶不了他。"石原点燃一支烟。

"这样啊，大使这个级别去哪里都坐头等舱吧？"

还没有出过国的齐田看着天花板上的浮雕，瞬间想象坐飞机头等舱飞行的情景。

十二月十二日上午十点。

驻 OECD 大使吉田孙六四站在证人台前宣誓。

吉田证人作为美国局局长在归还冲绳谈判中是核心当事人，在国会审议时也作为政府委员回答在野党严厉的质询，然而，他一直顽固否认这三份电文的存在，完全是一头老奸巨猾的大狐狸。

检方的森检事站起来，那张方下巴的脸上充满信心十足的神情，面对温和稳重、具有外交官特有气质的吉田证人，说出戏剧性的第一句话："有劳您特地从巴黎的本部回来为本法庭作证，一路辛苦。"

接着，森检事开始询问："首先请叙述一下您在外务省的工作经历。"

吉田证人平静地点了点头："我于昭和十五年十二月被外务省录用，昭和十六年四月被派往德国学习德语三年，然后在柏林工作一年。德国战败后，回到东京的本部，先是在条约局，后来在终战联络事务局，又回到条约局，然后被派往通产省供职一段时间。

"回到本部后，在经济局工作。昭和二十八年任驻美国大使馆一等秘书。"

再后来是经济局英镑区课长、昭和四十一年在哈佛大学攻读一年……驻美国特命全权公使、外务省美国局局长。吉田语气平淡地叙述他与日本的战前、战后历史同步走过的主流中的主流经历。

满员的旁听席的目光重新集中在这个经历不凡的证人身上。

森检事将这个精通外交、经济的证人给大家留下深刻印象后，轻轻清了清嗓子，开始进入主题："证人与归还冲绳的外交谈判有关吗？"

"有关。"

"是在您就任美国局局长之后吗？"

"我在华盛顿担任公使的时候就多多少少参与过有关工作，不过当时主要是经济问题。回国就任美国局局长后，主管冲绳谈判问题。”

“这么说，美国局就是谈判的主管局。这是证人就任美国局局长后的事，当时尚未解决的问题都有哪些？”

“所有的大问题都尚未解决。

“首先是条文尚未形成，其他的实质性问题，诸如基地的整顿合并、对美军的财政支付、基地以外的设施处理、美国人的权益、冲绳居民对美军的索求权等等，问题堆积如山。”

“那么，我先询问美军基地的整顿缩小问题。日方提出什么方案？”

“简单地说，就是希望再减少一些美军基地。一九六九年佐桥总理和尼克松总统在华盛顿发表的共同声明明确表示，不减弱冲绳的战略地位是双方的根本性谅解。所以，当初日本要求美国归还冲绳的条件只是单纯的所谓与本土相同。

“这不是要求减少基地，而只是采取要求美国方面以本土的所谓安保条约或者地位协定完全适用于冲绳基地这样的形式归还。后来由于舆论强烈认为，基地不削减，就不是实质性的归还，这样才与美方交涉，提出将不再使用、不着急使用的基地归还日本的要求。”

“在基地的整顿缩小问题上，尤其是那霸机场问题最大吧？”

“是的。我们一直想把那霸机场作为民用机场，这样就要求美方撤走包括P3(反潜巡逻机)在内的一部分空军部队。”

“美方态度如何？”

“美国也很理解日本国民的舆论和感情，表示尽力合作，答应将不再使用、不着急使用的基地归还日本。”

“当时的报纸报道说，美军出于远东地区安全的考虑，反对加大限制军事行动，然而美国政府不顾参议院、军方的反对，坚持和日本谈判。是有这样的事情吗?”

“当时越南战争还十分激烈,所以经常有人发表不应该缩小冲绳基地的主张。”吉田证人表情严肃地回答。

森检事用力点点头,再清一下嗓子:“下面询问财政问题。具体是什么问题?”

“美国在建设冲绳基地、军事设施上花费巨额资金,所以要求日本支付其中的一部分、大约五六亿美元的费用。”

“就是说,美国要求日本花五六亿美元回购琉球电力公司、琉球水道公司、琉球开发金融公司这三家公司以及其他设施吧。对此,日本政府在谈判时提出无法支付,是这样的吗?”

“是的。这个谈判很早就开始,我回国担任美国局局长的时候,基本上已经谈妥。”

“那么,对美索求权的问题一直留到谈判的最后。请您简单说明一下这是什么问题。”

“就我们而言,美国在占领冲绳的时候,掠去了很多土地,给人民造成危害。

“但是,根据旧金山和约第十九条规定,日本国民已经放弃了索赔权。所以从法律上说,冲绳居民对旧金山和约生效之前损失的索赔权已经消失。然而,对于美国于和约生效之前所获得的土地中,一九六一年六月三十日之前归还的一部分土地,美国政府同意支付恢复原状的‘慰问金’。

“然而,在归还冲绳谈判时,美国表示对一九六一年七月以后归还的那部分土地一分钱也不给。我方认为这样的做法是不妥当的,同样的条件下,对一部分地主支付补偿金,对另一部分地主不支付,这有失公平的理念,强烈要求美方一视同仁。”

“这就是所谓的军用地复原补偿费问题吧?”

“是的。

“就是说，我们放弃了所有的对美索赔权，只有这个例外，保留下来这个小小的要求——复原补偿费。”

“美国方面对此持什么态度？”

“美方根据高级专员颁布的第六十号命令，决定对该期限内归还的土地支付慰问金，并且已经向国会明确表示这是最后的补偿，不再支付其他费用，所以无法再向国会提出拨款的请求。美方一直说，想支付的还有很多，但没有钱。”吉田证人让人感觉到日美谈判的艰巨性。

“归还冲绳谈判是战后日本外交中非常重要的外交课题吗？”

吉田感慨良深地说道：“这话本来不应该由我来说，但就日美关系而言，以和平谈判的手段收回战争中失去的我国领土的一部分，具有重大的意义。”

“那么我想就电文问题进行具体的询问，作为一个大前提，在外交谈判的过程中，其内容被泄露出去、公开发表是很糟糕的吗？”

“非常糟糕。其理由有很多，首先，因为是在谈判的过程中，为了说服对方，双方都会提出各种各样的建议和主张，有很多建议和主张未必与谈判的结果，即最终达成的协议有直接的关联。”

“如此说来，为了说服对方，有时候也会制造不成为理由的理由，或者提出貌似诡辩的主张吗？”

“有这样的情况。如果这些都随意发表的话，第二天对方就会拒绝谈判。”

“为什么呢？”

“谈判过程中双方的各种意见主张以不公开为原则，因为甚至有的内容还可能造成互相侮辱对方国家的后果，而且也使得第三国知道我们谈判的情况，所以不公开是外交谈判的基本方针。”

“就是说，在外交谈判的过程保密的前提下，双方坦率地交换意见。”

“是这样的。”

“如果什么都暴露出来，一一公开，那对谈判非常不利。”

“我有异议！检察官一直在叙述自己的意见，进行诱导性询问。”大野木辩护人严正地向审判长提出异议。

“我这是在确认。”森检事鼓着腮帮子，满脸不快的表情。

“采纳异议。改变询问的方法。”

在审判长的提醒下，森检事面对吉田证人，问道：“对第三国造成影响主要是什么问题？”

“归还冲绳谈判尤其明显，即使是一般的外交谈判，第三国也是密切关注。就是说，如果本国也与日本进行同样的谈判，为了获得同样乃至更大的利益，就必须参照别的国家与日本谈判的经验，看别的国家对日本怎么说、使用什么手法。如果谈判过程中内容被泄密，对方就无法和日本继续谈下去。”

吉田证人极力主张外交谈判是机密。森检事诱导出证人的这个证言之后，手里拿着电文，问道：“现在就电文内容进行询问。首先是第 1034 号电文，这是爱池外相与梅耶驻日大使的会谈内容。会谈在哪里举行的？”

“记得是在外务省大臣办公室旁边的会客室。”

“有其他人参加吗？”

“我作为美国局局长参加会谈，还有条约局局长、北美一课课长、条约局的课长，另外大概还有一个秘书官。”

“从内容来看，指定该电文为绝密，你看法如何？”

“当然，绝对是绝密。”

“那么，首先是 VOA 的问题。电文开头就写道，爱池外务大臣告诉梅耶大使，总理以及邮政大臣同意可以继续存在五年。总理强调说，VOA 与 P3 撤出那霸机场必须是一揽子解决。所谓一揽子解决是什么意思？”

“这是外交谈判经常使用的技巧。为了让对方做出让步,就是我让给你这个、你给我那个的形式。各个问题称为所谓的‘篮子规则’,这是为了从对方获得更多的利益而使用的谈判手段。在归还冲绳谈判中也经常使用一揽子交易。”

“一揽子是平时常用的词语吗?”

“外交上经常使用。”

“写有这样内容的电文如果公开出去,将会产生什么样的弊害?先从 VOA 说起。”

“美国主张 VOA 永久留在冲绳一直开设下去,而我们的方案是五年为限,如果泄露出去,美国的一部分议员大概会批评美国的谈判代表团过于软弱,反过来日本国内也会有批评的声音,认为容忍 VOA 这样的外国政府广播电台留在日本五年太不像话。总之,会给以后的谈判造成很大的困难。”

“那么,如果 P3 问题公开的话,又会造成弊害吗?”

“那是当然的。P3 是反潜巡逻机,如果从那霸机场撤走,美国海军大概会反对。何况如果 P3 与 VOA 做交换的话,必然刺激对方的军方,认为将具有战略意义的 P3 与其他东西相提并论,等同考虑,简直是岂有此理。”

这个询问其实是引导设想绝密电文泄露所造成的危害,证言电文的“实质机密”性。

“下面是财政问题。关于三二〇,当时大藏大臣也在场,得到总理的同意。这是爱池外务大臣对梅耶驻日大使说的吧?三二〇就是三亿两千万美元吗?”

“是的。”

“什么时候决定的?”

“记得是五月中旬。”

“向美国支付三亿两千万美元,有细目吗?”

“协定里没有写，但实际上是琉球三家公司的民生设施一亿七千五百万美元，劳务费用七千五百万美元，核武器撤出费用七千万美元。”

“劳务费用是什么？”

“冲绳回归日本后，需要给原先在冲绳从事与美军基地有关工作的劳务者支付退职金，同时考虑将他们的生活提高到与本土同等的水平。这就是劳务费用的金额预算。”

“回购琉球三家公司的一亿七千五百万美元和劳务者的退职金七千五百万美元的预算有根据吗？”

“都有。”

“核武器撤出费用七千万美元又是如何预算的？”

“首先是有多少枚核弹头，如何撤出，对方什么也不说，也不提供相关资料，所以根本无法做预算。”

“那这七千万美元是怎么算出来的？”

“刚才我说过，美国在冲绳仅仅不动产的投资就多达五六亿美元甚至更多，考虑到这个因素……同时对方也接受我方的撤出核武器的强烈要求，进行政治判断，认为七千万美元是妥当的，所以最终达成协议。”

吉田强调政治判断。

“在这个时候，如果电文公开，三亿两千万美元这个数字为众所周知，会有什么弊端吗？”

“如果这个准确的数字公开出去，给我们会造成很大的困难，而美国正好美元不足，日本又通过出口赚取大量外汇，在这种状况下，美国得到的不是当初要求的五六亿美元的数额，而仅仅是三亿两千万美元这么个小数。对别的情况不了解，只知道这个数字，美国议会大概会有一部分议员闹事。”

“这三亿两千万美元是如何分配的？电文上说，日美经过充分协商，一致认为，日方必须与美方步调统一，不说不必要的话，保证对议会的说明不会出现分歧。这是什么意思？”

“日美商定，由于三亿两千万美元的分配细目没有写进协定，在向议会说明的时候，双方都要谨慎注意，不要出现数额的不一致。

“因为日本是支付的一方，在向国会要求通过预算的时候，必须明确说明细目，否则就通不过；而美国是接受的一方，对数额的感觉容易马虎。如果发生不必要的误解，会对我们的预算审议造成混乱，所以双方互相确认细目，以便在向国会说明的时候不会出现分歧。”

电文的内容含有浓厚的日美密约的暗示，但吉田的答辩完全佯作不知。

“下面是索求权问题。爱池大臣对梅耶大使说贵方接受了日本方案。日本方案的内容是什么？”

“基本上就是现在的协定第四条第三款的内容。”

“电文说，梅耶大使表示理解日方的立场，对日方担心美国的财源问题表示赞赏，但既然已经对议会做了承诺，所以对日方的索求权感到为难。这段话是什么意思？”

在对美支付问题上，美国故意使用“财源”这种表现形式，也带来浓厚的代付的暗示，但询问根本没有涉及。

“首先，从美国的处境来说，美国知道这笔钱必须支付，但对议会说过，土地的复原补偿费已经支付完毕。所以美国的心情是即使想支付却无法支付。

“对于美国的这个态度，我们首先指出，以前已经支付过土地的复原补偿费，而这次不支付，这不是不公平吗？其次，梅耶大使所说的对日方担心美国的财源问题表示赞赏，其实他所说的应该是对总理在外务大臣、大藏大臣在场时同意支付三亿两千万美元的努力表示赞赏吧。同时，我们明确指出，你们说没有财源，日本支付给你们三亿两千万美元，说没钱不是很可笑吗？所以，我觉得对方最后是不得不出。”

“但是，梅耶大使说，美国接受日本方案第四条第三款，国会必定要求公开说明与此相关的财源问题，这样反而会使日方为难。日方有什么为难？”

“正如刚才我所说的，美国政府在国会上表示上一次两千万美元的慰问金是最后的补偿，如果现在接受日方的索求权，必然会受到财源出于何处的质问，这样美国政府就可能回答从日本支付的三亿两千万美元中支出。钱本无好坏，只要你支付给我就行，但如果说是用日本出的钱支付这笔补偿费，恐怕会让日本为难。我觉得美国担心的是这个。”

“如果在国会上这样说明，让人感觉最终是由日本代付。是因为这个而为难吗？”

“是的。”

“电文的下面一句话，美方说问题不是实质，而是形式。美方的意思是什么？”

“日本说从支付的三亿两千万美元中解决第四条第三款的索求权问题会感到为难。美国对此表示理解，但提出必须形成一个美国可以支付的形式。就是说，只要形式完备，美国议会也会同意拨款。”

“如何完备这个形式，在当时那个阶段还没有决定吧？如果这个内容公开发表的话，会造成什么样的弊害？”

“索求权是谈判中留到最后的问题，当时正处在美国好不容易可以接受一半我国提出的最终解决方案第四条第三款的关键时候，如果这个内容泄露出去，美国国务院大概会对美国谈判代表团施加巨大的压力，要求他们停止谈判；同时我国的一部分冲绳居民也会有反对的声音，认为以这样的形式解决他们的正当权利太不像话，这样会妨碍谈判的顺利进展。”

吉田强调电文泄露会造成的危害。

“下面询问第559号电文。其内容是井狩条约局局长与施耐特美国大使馆公使在东京会谈的结果吧？”

“是的。”

“您在巴黎看到这份电文了吗？”

吉田证人使劲点了点头。

“其内容是美国对悬而未决的索求权问题的提案，对吧？”

“对。”

“美国表示，利用一八九六年二月制定的信托基金法，有可能接受日方的提案。你们对这部法律进行过研究吗？”

“因为我当时在巴黎，后来听说这部法律的宗旨是：住在外国的美国领事接受外国政府提供给美国市民的资金，将其作为信托基金就可以提取使用。”

“如此说来，电文第1034号中美国所说的形式，其实就是这部法律吗？”

“是的。”

“为设立这个信托基金，美国提出希望爱池大臣给梅耶大使写一封不公开的信函。是这样的吗？”

“是的。”

“其内容正如电文所说的那样，就是美国为支付慰问金而设立信托基金，日本政府为此向美国支付四百万美元。是这样的吗？”

“是的。”

“这封密函是美国政府对General Accountants进行说明时所必需的，不会给日方造成麻烦，但如果没有这封信，美国就不能接受关于索求权的日方提案。General Accountants是什么机构？”

“大致相当于日本的会计检察院吧。”

“这样的话,美国从日本支付的三亿两千万美元中提取四百万美元作为军用地复原补偿金放在信托基金里吗？对此,日方做出表示谅解的回答吧?”

“是的。”

“这样的话,美国政府向美国国会说明的时候,似乎变成日本代付的形式。”

“当时条约局局长井狩表示谅解是出于日美双方在最后阶段必须尽早解决索求权问题的迫切心情。所以,只要美方接受我方的第四条第三款方案,也只好对美方内部说明所必要的所谓完备形式采取一定程度的合作态度。这种程度的表述,应该不会损害我方的立场。我认为,如果极端地说,他的心情是:既然日方以协定明确记述的正当理由支付给美方三亿两千万美元,至于美方如何使用这笔钱,与我们无关。”

“这是在爱池和罗杰特在巴黎即将进行最后会谈的时候吧?”

“是的。”

“有关索求权问题的谈判内容如果在当时被公开的话,会产生不利的影响吗?”

“非常不利的影响。因为那时谈判正处在最后的关键阶段,日本方面想方设法要求对方支付索求权的款项,而对方则提出需要可以说服国会的完备形式。一旦内容泄露出去,已经表示接受日方方案的对方会抗议,导致谈判的延期。”

“下面是第877号电文。这是记述爱池大臣与罗杰特国务卿的巴黎会谈内容的绝密特急电文,证人看过吗?”

“我想在驻法国大使馆发电之前看过。”吉田证人含糊地点点头。

本山审判长与左右两边的审判员面无表情地认真倾听吉田的证言，对外务省彻底的保密体制没有好印象。

这三封电文在国会上被公开以后，报纸不仅报道其内容，还刊载照片，尽管如此，在国会理事会将外务省保存的文件与社进党拿到的复印件进行核对的时候，外务省以社进党拒绝只核对爱池·罗杰特巴黎会谈电文第一页为由，不出示原件，不解密；而且提供给法庭作为证据的也只有两封电文，然后以记述内容概要的书面说明代替第三封电文。

辩护方要求外务省提交第三封电文，但检方不同意。法院据此判断做出决定，派遣书记员前往大臣官邸，询问是否应该交由内阁扣押该电文。法院鉴于有关政府部门在刑事审判中拒绝出示相关文件，以至于询问是否愿意提交给内阁，这是破例的措施。

但是，外务省的回答异常冷淡：文件不是由外务大臣保管，而是由外务省文书课课长保管，是否同意对文件进行扣押的权力在官房长，因此容后再答。后来的回答也是冷冰冰的。

> 该文件的扣押将有损国家重大利益，故不履行刑事诉讼法第一百零三条之规定。

本来应该由外务省的监督部门内阁进行判断，却推给外务省官房长，显而易见，政府害怕造成更大的政治问题。

政府厚实的高墙甚至阻挡法院对这次审判的主导。

检方对吉田证人的主询问进入到爱池外务大臣的密函。

“密函究竟是怎么回事？”

“从巴黎回国的大臣说那样的东西不能写。”

“综合您的上述证言，不存在日本为美国必须支付的军用地复原补偿费悄悄出钱的事实，是这样的吧？”

“是，绝对没有。”吉田证人坚决否认。

在国会上撒谎欺骗，在法庭上也没有露出大破绽，吉田所要阐明的就是外交谈判是机密、绝密电文是国家机密这个宗旨。

检方对吉田证人的询问基本结束。

宣布闭庭，旁听者从走廊出去乘坐电梯。在旁听者的人流中有一个格外耀眼夺目。

他三十五岁上下，身子不胖不瘦，外表精悍，十二月份还保持一副被太阳晒黑的脸膛，身穿茶色夹克和衬衫，显得潇洒倜傥。

他让过一次满载的电梯，乘坐下一趟电梯从七层下到一层，然后直奔来往行人很少的公用电话。

“喂，我是鲤沼玲。嗯，前美国局局长的证言刚结束。从旁听席看到久未见面的亮太，我的印象感觉和以前毫无变化。嗯？没有。那个性格刚强的亮太坐在被告席上，我心想他不愿意和我见面，所以没有打招呼，就一声不吭地出来了。现在就过去，怎么走？八云伯伯大致告诉过我，不过东京变化太大了……”他掏出凯兰帝圆珠笔记录路线。

鲤沼玲是建筑家，长期在国外工作，是由里子父亲的外甥，与由里子从小玩在一起。

命运之人

運命の人

下册

[日]山崎丰子 著

郑民钦 译

人民文学出版社

目录

第一章　证人

鲤沼玲来到世田谷祖师谷的弓成家已是下午三点过后。

他打开朝向院子的客厅玻璃门，环视着屋檐以及房门到大门的通道，对正在厨房泡茶的由里子说道："这房子的设计不怎么样，不过室内装饰风格还过得去，是体现由里的情趣吧。"

"谈不上什么风格……你坐吧。"

洋一和纯二最近开始去私塾学习书法，还没有回来。

由里子穿着淡红色的针织套装，考虑到鲤沼玲长期在国外生活，就给他泡了淡抹茶，连同干果一起端进客厅，放在桌子上。

"都两个孩子的妈妈了，还这么文雅啊。谢谢。"

鲤沼玲端正地双手捧着织部陶茶碗，按照茶道的规矩，分三口半喝完，点头恭敬地说道："好茶艺……"

接着恢复往常无拘无束的声调，"由里，有几年没见了？"鲤沼玲长睫毛下明亮的黑眼睛看着由里子。

"差不多有十年吧。洋一出生后第一次过男儿节后不久，你还给我们照过很多相片呢。"

"是啊，亮太抱着小洋一，到处说这孩子长得像自己，一副傻父亲样儿。"

鲤沼玲想起当时的情景，不由得笑起来，由里子也跟着笑。鲤沼家在叶山，从祖父那一辈开始和八云来往频繁，他们两人在亲戚红白喜事的仪式上见过面，高中又在同一所学校，所以互相了解，很快成为亲密的好朋友。

"我去纽约的总领馆更新签证，碰巧从那里的日本报纸合订本上看到事件的有关报道。以前《纽约时报》搞到国防部的关于越战的文件，刊登在报纸上，后来掀起知情权的攻势，与政府进行全面抗争。但是大概因为这起事件牵涉到男女关系，感觉与《纽约时报》的事件似是而非。不知道你怎么样了，担心挂念。不过，现在看到你还是这么开朗的样子，总算放心了。”鲤沼玲谈起自己在国外牵挂由里子的心情。

“怎么样？因为经历过太多的事情，我自己都感觉变成一个老太婆了。”由里子凄凉地笑了笑。

“怎么能这么说呢？你现在和当年八云美女姐妹中评价最高的时候一样，有漂亮气质……”

由里子制止他不要继续说下去。

“小学四年级的洋一最近一下子变得懂事起来，安慰我说，妈妈，还是盛夏时节。”

“这是怎么回事？”

“不记得是哪一天，深秋时节，和洋一去公园散步，看到风卷落叶而去的景色，不由得情绪感伤，嘟囔道：妈妈不喜欢秋天，经历过各种各样的事情，完全变成一个老太婆了。洋一很一本正经地安慰我说，妈妈，现在还不是秋天，正是盛夏时节。”

可是，洋一还接着说：“因为妈妈的人生不仅仅是为了爸爸，所以还是不要这么说。”几个月之前的那天深夜，自己和丈夫谈到离婚的时候，被孩子们听见了，洋一和纯二一起从房间里跑出来，发疯一样大哭大喊，叫嚷着“爸爸和妈妈离婚，绝对不要！”这样的大人话，从那以后，夫妻之间的争吵虽然都是小心谨慎地不让孩子发觉，但一想到孩子敏感的心灵已经觉察到父母亲的不和，就心如刀绞，备感孩子的可怜。

由里子低下头，拼命抑制溢出的泪水。

鲤沼玲看着她，担心地问道：“你怎么啦？”

"没什么。你现在工作忙些什么呢?"由里子改变话题。

"在悉尼的城市开发竞赛中,我们的事务所获胜。我担任设计开发主任,现在是准备阶段。"他说话的时候显露出浅浅的酒窝。

高中时,他就对车站建筑、教堂、湘南海岸新建的游艇停泊港感兴趣,立志成为建筑家。大学也是进入当时学生还不多的建筑系。大学毕业的时候,当时出国留学还很难,但是他成功申请到富布赖特奖学金留学美国。虽然附带有学成回国,为建设日本服务的条件,他却无法接受日本建筑界色彩浓厚的师徒制度,再次赴美,先后在纽约、波士顿、丹麦哥本哈根的设计事务所工作,最近又回到波士顿,逐渐开始从事大规模重要的设计项目。

"这么说,这一阵子和叶山的父母亲住在一起?"

"我本想这样,但各方面的事情要和我联系,只好住在市内的饭店里。"

"要不在我这里住一宿?庭审后,因为有很多事情要商量,弓成在傍晚之前回不来,不过他要是知道你来,一定很高兴。芙佐子现在陪着婆婆去能乐堂,她一回来肯定会立即过来的。"

"我也这么想,不过今天看看洋一和还没有见过面的纯二后,就得告辞,晚上还有个约会。"

"真遗憾。东京待到什么时候?"

"十八日乘坎塔斯先去悉尼,圣诞节在波士顿过。"

"悉尼正是盛夏,这么短时间里在气候完全不同的地方飞来飞去……快一点找个对象,没人照顾,以后看你怎么办……"

"我不想听由里对我说这样的话。"鲤沼玲的眼睛直勾勾地凝视着由里子。

"妈妈,我们回来了!"

孩子们天真可爱的声音打破了沉闷的沉默。

第二天，十二月十三日。

对美国局前局长吉田的反询问呈现出每朝新闻社辩护团发动总攻的景象。

在团长伊能、副团长高槻询问之后，大野木站起来。大野木以“反询问的高手”而著称，清瘦的高个子穿着三件套的西服，显得比平时更加潇洒干练。

大野木的唇枪舌剑越发尖锐犀利。

“可以将爱池·罗杰特的巴黎会谈视为归还冲绳谈判的最后敲定吗？”

“是到了这个阶段。”

吉田作为外务省官员，具有光彩耀眼的人生经历，但与上一次检方的主询问不同，今天流露出些许紧张的神色。

“巴黎会谈的内容就是第 877 号电文所记述的吗？”

“并未全部记述。”

“也涉及钓鱼岛的主权问题吧？”

“是的。”

“然后是索求权问题和是否同意签订协定。电文记述的大致就是这些内容，有没有我没说的内容？”

“我想内容就是这些。”

“这里没写 VOA、P3，这是因为在前一个阶段就已经解决，所以不是主要的讨论议题，是这样的吧？”

“既然电文没写，我想大概就是这样。”

横沟议员在国会上手里挥动电文之前，吉田在国会上一口咬定与巴黎之间的联系都是电话，没有任何文字记录，今天他对自己说过的话忘得一干二净。

“但是，在昭和四十六年十二月七日的众议院冲绳委员会，还有今年三月二十七日、二十八日的众议院预算委员会上，您作为政府委员，对横沟议员提出的在巴黎会谈中是否讨论过索求权问题的质问的回答，是完全不记得，只有 P3 和归还冲绳的日期。”

“这未必就是撒谎。”

“可是，电文中对 P3 只字未提吧，既然不是主要议题，您在答辩时却仿佛作为主要议题似的特地提及，这是怎么回事？”

“大概我当时的印象，记忆很深吧。”

“您对横沟议员的质问故意回答错误，这是为什么？”

“形式上也许这样认为，但我个人对索求权问题不是太关心。”

“十二月七日的众议院冲绳特别委员会离爱池·罗杰特的巴黎会谈不过半年，难道您就忘记索求权作为议题讨论过吗？”

“坦率地说，当时是这样的状况。”

“所以您故意把根本没有涉及的 P3 说成主要的议题，是吗？”

“对于我个人来说，P3 是一个大问题，所以记忆很深。”

“我不是询问您的个人感受。因为索求权问题是爱池·罗杰特会谈中重要的议题，而您偏偏忘记，我认为这不可思议，才问您的。

“这个问题一会儿再问，现在询问冲绳归还日期问题。在巴黎会谈时，日本方面提出四月一日这个日期，但是美国方面说，决定日期是上院的权限，如果他们知道行政部门在协商这个问题，上院的反对就会增强，所以这里的协商必须保守秘密。您在作证时是这么说的吧？”

“我们当时的处境是绝对不能泄露出去，否则事情就很难办。”

“可是爱池大臣在巴黎会谈后不是就对随行记者透露这个归还日期吗？”

“我认为，那是爱池大臣按照自己的政治态度、解释进行说明的。”

“这么说，大臣本人损害了高度的国家利益吗？”

大野木不给对方喘息的穷追紧逼让吉田顾此失彼，旁听席传来一阵笑声。

“我认为这是爱池大臣作为政治家、作为大臣判断的结果。”

“这要是让您说出来，您就很为难吧？”

“在谈判的时候，我们这些事务人员经常这样认为。”

吉田证人进行反驳，大野木律师走到证人台旁边，说道：“这是去年六月十日、即巴黎会谈第二天的《纽约时报》。上面刊登有您所说的一旦泄露出去就很难办的全部内容。您要看吗？”

大野木把报纸的复印件推到他面前，吉田像是看不清楚似的眯缝着眼睛：“字太小，看不见。”

吉田的心计是能不看就不看。

“哦，看不见啊。我早就料到了，给您准备了放大镜，请吧。”大野木把放在西服口袋里的放大镜掏出来递给吉田证人。法庭内哄堂大笑，实在是妙不可言的法庭斗争技巧。

吉田证人对大野木律师接连先发制人的进攻难以招架，苦笑一下，拿着放大镜阅读报上的文章。

“我认为这是根据爱池大臣的说明写出来的稿子。如果非说大臣的心情不可的话……”

“不，推测就不必了。爱池、罗杰特会谈时，决定在归还冲绳协定中直接援引一九六九年日美共同声明的有关去核化的第八项内容。这是当时的佐桥总理大臣的希望，也得到爱池大臣的理解吧。

“您在证言中说：美方提出，如果日本援引去核化条款的要求被泄露出去，会刺激美国军方，所以希望保密；同时对日本国土是否存在美国的核武器问题，双方商定既不说有也不说无，不置可否。但是，援引两年前共同声明中有关条款本身也是机密吗？”

“在条约中援引条款与共同声明中的单纯主张在法律上具有不同的含义，所以美国对援引条款非常不愉快。”

“愉快不愉快另当别论，您说过：冲绳保存有核武器，这是国家的最高机密，所以绝对不能公开出去。是吧？”

“是这样的。”

“但是，冲绳保存有核武器，正因为有，才必须要撤走。美国的报纸不是早就刊登过好几次吗？”

“这是他们获得某种情报源撰写出来的。我们向美国政府确认，他们的回答是仍然坚持对冲绳的核武器既不说有也不说无的立场。”

“但是您知道报上已有报道这件事吧？一九六九年六月三日的《纽约时报》，著名记者亨利·史密斯写的报道。”大野木把报纸放在吉田面前。

“这我知道。”

“美国已经决定撤走核武器，我们这边的报纸也对拥有核武器问题进行了详尽的报道。这个您看过吗？”

大野木向他出示同年九月十一日的《基督科学箴言报》复印件。

“对这篇报道我没有印象。但我经常说，无论报上怎么写，美国政府与报上所说的绝对不一样。”

“刚才给您看的几份报纸都不是主观臆测的报道，都写明信息来源，这些都出于国务院的高官。”

昨天的检方询问主张所有的外交谈判都是机密的，绝密电文一旦公开会对外交谈判造成巨大的损害，强调电文的“实质机密”性。而今天辩护方的反询问则是证明电文内容通过日美的新闻报道、政府首脑的谈话成为众所周知的事实，已经没有机密性可言。

但是，吉田证人森严壁垒。

“美国政府一再说，不论新闻报道、政治家怎么说，美国政府的态度是非常不愿意把核武器问题写进条约。”

“既然如此，为什么还要在共同声明中涉及核武器呢？如果冲绳没有核武器，不是没有提及核武器的必要吗？”

“这是因为考虑到我们日本国民的感情才写进去的。”

“共同声明应该得到尼克松总统的同意吧?”

“但是,也有人不进行这样一般性的解释,因为这样会引起军方的反对。”

“您在回答检方主询问的时候说,允许 VOA 继续存在五年、撤走 P3 都是机密;还耸人听闻地说:如果美国海军知道将要撤走 P3,协定就会毁于一旦。政府打算永久保守这个机密吗?”

“六月十七日,即协定签订日之前。”

“可是,六月六日,佐桥总理就对新闻记者说,P3 将如愿撤走。这么说,佐桥总理违反了国家公务员法吗?”

旁听席传出窃笑声。

“对于向记者透露具体部分的内容,我不知道这有什么法律问题,但我们事务人员还是感到为难。”吉田寸步不让。

坐在被告席上的弓成仰着脸,听着吉田证人极力回避抵赖的证言,不禁大为扫兴。

今年二月,弓成从专职采访外务省的霞关俱乐部调往担任采访执政党、国会的永田町记者俱乐部的时候,忽然接到外务省报道课课长的电话,说是美国局局长吉田想设宴饯行,问时间何时方便。

弓成与吉田的关系并不密切,而且虽说是首席记者的调动,也没有听说美国局局长都要一个个设宴送行。连以作风强悍被人敬畏的干事、读日新闻的山部记者也没有得到这样的待遇,可见是一种破格。坦率地说,弓成是满腹狐疑地前往赤坂的料亭赴宴。

席间报道课课长在座,他负责安排周旋。

弓成背靠壁龛坐在上首。

“祝贺你荣迁到永田町俱乐部任首席记者,这样一来,政治部部长的位置就近在眼前了。”吉田态度温柔、半是奉承般地敬酒。

“承蒙您一直关照，晚辈们还在这里，以后还请您一如既往地关照他们。”弓成一口喝干杯中酒，回敬一杯。

“每朝新闻的记者的确个个优秀，你不在这里，我都感觉寂寞了。”吉田微笑着又劝酒。

弓成开玩笑地说道：“光嘴皮子上说的吧，您脸上可没写着寂寞啊。”

“也许你说对了一半。我每次翻开每朝新闻都有点胆战心惊，生怕今天又会出现什么爆炸性的新闻。你不在，我以后就可以高枕无忧了。”吉田那一张圆眼睛的圆脸上露出看似天真的笑容。

“还说呢，局长在采访时那种装聋作哑才让我大吃苦头啊。”

“由于工作关系，有的话不能说，你也得体谅我这个当局长的啊。北美一课的那些人算是被记者们恨透了，我想说的是，你就放他们一马吧。不过，弓成你从哪里搞到的内部资料，弄出那么多独家新闻，说是佩服你吧，其实真拿你没办法，虽说你和安西审议官关系好，审议官也不会毫无保留什么都告诉你吧？”吉田眼珠一翻，瞟了弓成一眼。

“我去审议官那里其实就是因为我们都喜欢争论，他要是把什么猛料都透露给我，我也不至于拼着命和旭日、读日等报社为争夺情报累得筋疲力尽。”

“说得也是，不过你写对美谈判的报道真实具体，那内容只是有关人员才知道的啊。由于内容的准确度很高，因此北美一课甚至有人觉得你是不是深更半夜钻进办公室打开锁着的抽屉偷看过文件啊，感到害怕。你真不愧是记者俱乐部首屈一指的老手，采访的功力就是不一样。”

吉田一边使劲劝酒，一边夸大其词地盛赞弓成，隐约显露出别有用心的图谋。

弓成假装醉醺醺地问道："我只是聆听次官恳谈会、局长谈话以后，满地爬着一丝不苟地寻找情报的碎片。有没有您特别看中的报道？"

"那就太多了……对了，去年六月就有什么爱池大臣的书函、暗示代付索求权的报道，吓得所有当事者都脸色煞白。"

柔和的圆眼睛瞬间闪过锐利的光芒，那眼神似乎在说我知道那篇文章绝对是看过特定的文件后才能写出来的。

"噢，那篇新闻稿啊，我还想知道更具体的情况呢，可那已经是极限了。"他把一片鲍鱼放进嘴里，用装糊涂的样子问道，"我认为外交谈判、国家机密和国家利益是三位一体。局长是外交行家，你怎么看？"

"虽然你说我是外交行家，其实我们的上头还有政治家的考虑、意图，可以说是没有一定之规，这是我们最操劳的地方。你到永田町俱乐部以后，一定要给我们引见一些在外交上有主见的政治家。我们今天不谈令人头疼的话题，我来唱一支歌吧，这是战时我在柏林学会的唯一的歌《野蔷薇》。"

吉田突然刹住话题，开始用德语演唱《野蔷薇》。他具有相当出色的歌唱才能，但弓成感觉到吉田的话里带着"我可知道你的那篇报道是根据绝密电文的内容写出来"的弦外之音，因而对这个说话闪烁其词、含而不露的老狐狸很反感……

大野木的反询问正逐渐逼近日美之间存在日本代付四百万美元的复原补偿费的密约这个核心问题。

"关于对美支付问题，证人在昭和四十六年一月就任美国局局长之前，在哪里就职？"

"大藏省。具体负责是柏田财务官，美方是肯迪斯财长手下的迪库助理。"

“最先谈判的时候是五六亿美元，双方达成协议的具体数额报到外务省了吧？”

“数额记不住。”

“但您是接替他工作的，应该知道概算吧？”

“记不清楚了。”

吉田重复已经没有印象。

“不可能想不起来吧？您的手里可是拿着国民税金的啊！”

“但是这件事情由大藏省管辖。”

“爱池、梅耶驻日大使会谈中，这应该是极为重要的问题吧？”

“所以留在我记忆里的只是三亿两千万美元这个数字。”

“在这之前是多少？”

“不记得。”

吉田证人的回答很不正常，他似乎担心大野木手里握有什么证据。

“是三亿美元吧？”

“这也不记得了。”

“您在检方主询问的时候说过细目的数字，只说其中七千万美元是撤出核武器等的费用，没有具体的细目分配。这七千万美元是在什么阶段定下来的？”

“谈妥三亿两千万美元的时候，就定下来其中的七千万美元是撤出核武器等的费用。”

“您说美国方面对核武器的数量、撤走的方法都严加保密，就是说，这七千万美元是在毫无估算根据的情况下随便给的钱。是吧？”

“……哦，是这样的。”

“在有估算根据的回购美国资产、美军基地劳务者退职金的项目上加上这笔钱是什么时候决定的？”

“具体时间不记得了。”吉田证人的额头上渗出些许油汗。

“在七千万美元之前，最初是五千万美元，后来在此基础上增加两千万，难道不是这样的吗？”

“这个过程完全不记得了。”

“不会不记得吧？您可是肩负着日本外交的人啊！”大野木的声音异常严厉。

“审判长！我有异议！这是威慑式的审问。”腮帮子鼓起、方脸膛更显得四方形的森检事提出异议。

大野木对森检事不屑一顾，对本山审判长说道：“我认为追究证人的信用性是理所当然的。”

“辩护人对威慑式的审问这个异议怎么认识？”

大野木使劲摇摇头：“丝毫没有威慑。”

“不采纳异议。”

随着本山审判长的一声决定，大野木辩护人走到吉田证人的面前。

“请回答！这是不应该忘记的。您既然是归还冲绳谈判的主管局长，能记住三亿两千万美元，却完全记不住之前的数字，这是不可能的。所以，请您回答！”

“……”吉田证人一味沉默。

“您既然宣誓过，就有义务说出真实的情况。”

“审判长！我有异议！这是威慑式的审问。”森检事简直要跳出来提出异议。

本山审判长和右边的审判员交换一下眼色，说道：“不采纳异议。本审判长提醒：对伪证罪要予以惩罚。辩护人可以不必重复询问，请证人回答大野木辩护人的询问。”

吉田证人重新站直身子，说道：“关于财政条款的数额，负责谈判的主要是大藏省。我们只是在最后阶段，就具体数额与总体关系如何平衡进行主谈。就我个人而言，当时还有很多必须交涉的问题，比如下水道问题、缩小基地问题等需要我参加谈判。”

“我没问您这个问题。我问的是三亿两千万美元的形成过程。”

“所以，完全想不起来。”

“那么，好……七千万美元这笔随便给的钱，这是后来追加两千万美元的结果，没错吧？”

“这也想不起来。”

大野木故意显露出惊愕的神色，改变提问的角度，“归还协定第四条是基于法令的对美索求权吧？”

吉田点点头。

大野木说道：“对第四条第三款应该记忆比较深吧。例如美方认为四百万美元太多，要求减半，或者说一百万美元可以接受。”

“大概对方是这么说的。”

“是吗？可是您昨天在证言时说，美方拒绝的理由是已经对议会做出承诺，所以军用地复原补偿费一分钱也不能出，根本就不是您所说的一百万美元或者两百万美元就可以接受的问题。”

吉田感觉到自己中了大野木的计谋，不停地眨着圆眼睛，心想这可糟糕了。

大野木说道：“对于对方来说，不是一百万两百万就可以接受的问题，而是情理的问题吧？”

“既有情理也有金钱，还有财源的问题吧。”

“我想应该是众所周知，美国一年的预算是两千亿美元。”

旁听席响起惊叹的声音。

“四百万美元从两千亿美元中怎么都应该拿得出来，美国政府却对国会承诺一分钱也不出，反过来对日本说，既然日本强烈希望得到美国的认可，就由你们负担好了，于是要求在没有具体内容的撤出核武器的费用五千万美元上追加两千万美元，不是这样的吗？”

为了避免造成用钱买回冲绳的印象，美国要求日本接受对美支付总额的追加。旁听者都屏息凝神地注意倾听大野木的追问。

“我认为没有这回事。”吉田证人坚决否认。

“刚才伊能辩护人就第四条第三款询问过您，您回答说美国政府必须向国会公开说明财源问题，这个财源就是第四条第三款的钱从哪里出。是这样的吧？”

“是的。”

“好，您继续说道，此后美方表示问题不在实质而是形式。”

“是。”

“那么，后来，在井狩、施耐特的会谈中，美方一再逼迫日本认可这并非实质性的谈判，只是为了完备形式，以便可以向国会进行说明。是这样的吗？”

“是这样的。”

“简单地说，美国已经得到日本的承诺，便制造这种假形式来蒙骗美国国会，于是要求日本同意美方的提案。您的解释呢？”

“啊，是这个意思。”

“请看第559号电文的这一段话。”大野木向吉田证人指着电文上用红线画出的地方。

“井狩、施耐特的会谈中，美方提出如下三个提案：(1)日方承诺复原补偿费不超过四百万美元，(2)日方出具不公开发表的书函，(3)如在国会受到质询，将如此回答。对此，日方大概表示同意(3)提案。”

“电文上是这么写的。”

“当时，不公开发表的书函的内容是用另电发送的，这还记得吧？”

“记得。对从三亿两千万美元中支付四百万美元的说明表示同意。”

“不,不是这么写的吧,写的是日方同意美方从三亿两千万美元中提取四百万美元放入信托基金。”

“同意美方设立信托基金。”

“不是。是设立信托基金,但问题在于信托基金是用日本对美支付的资金中提取设立的。不公开发表的书函主旨就是同意这个做法。”

吉田模棱两可地点点头。

“井狩、施耐特的会谈对这份书函达成一致意见了吧?”

“没有达成一致意见。因为井狩局长要向在巴黎的爱池大臣请示审批,施耐特也说这不属于自己的受权范围,需要向本国请示。”不论怎么穷追猛打,吉田还是狡猾地溜走。

“那么回到井狩、施耐特的会谈上来。爱池大臣说好不容易弄得三二〇整数还不行,变成不上不下的三一六,对外也不好解释。这里指的是向国会的解释吗?”

“是的。”

“建议把三二〇分为三一六和四的是美国吧?”

“对方很早以前就这样提议。”

“对方出于什么考虑?”

大野木深入到代付四百万美元的密约问题。

“我们不知道具体情况。”

“如果不知道的话,日本的大臣就不会说‘好不容易弄得三二〇整数还不行,变成不上不下的三一六,对外也不好解释’这样的话吧?外务省也应该理解对方提案的内容。把三二〇分为三一六和四究竟是什么提案,您应该可以回答的。”

大野木毫不留情追逼的声音在法庭振荡。

“这个意思……就是……在美国政府设立慰问金的信托基金的时候，日本政府向美方支付四百万美元。”

“那么，这就是所谓的密约的提案。是吧？”

“如果我国接受这个提案，交给对方密函，那的确是秘密的。”

“东京的井狩局长向在巴黎的爱池大臣发电，说密函是美国接受第四条第三款的条件。”

“是的。”

“但是，您说在爱池、罗杰特会谈时，日方拒绝了美方的这个要求吗？”

“当时还没有把话说死。”

“东京的电文说这是美国接受第四条第三款的条件，而日本在巴黎会谈时不置可否，没有明确的态度。如果这样的话，第四条第三款就不可能达成协议，成为悬而未决的问题。是吧？”

“是的。”

“这么重要的信函，按照您的说法，最后决定不写。是吧？”

“是的。”

“什么时候通知对方的？通知给什么人？”

片刻沉默。

“记得……如果是我传达的话，应该是施耐特。井狩也通知对方说那封信不行的。”

吉田的证言突然在重要的询问中进退维谷，明显地不知所措。

“我的询问到此结束。”大野木的声音冷淡得近乎平静。

接着，年轻的山谷站起来，表情爽朗。

“按照巴黎会谈的电文所述，考虑到这封密函万一公开的可能性，所以在措辞上必须慎之又慎。这里说的不是爱池大臣写不写的问题，而是措辞如何谨慎。罗杰特国务卿说，相信可以找到既满足美国的法律要件，也照顾到日本立场的表达方式。就是说，双方所研究的是表达方式。”

吉田证人点点头。

“就是说，在同意写密函的前提条件下，研究表达方式成为主要问题。”

“是的。”

“既然在巴黎会谈中表达方式成为主要问题，当然发信是前提。可是为什么突然又不发出去了呢？”山谷辩护人进一步追问。

“在那个阶段，爱池大臣以那种形式做出反应。”

“您也去巴黎了吧？”

“嗯。”

“那么，在巴黎的时候，发信是前提，而且巴黎会谈是达成协议的最后会谈。在巴黎会谈结束之后发生什么重要的变化使得取消发信，请您回答。”年轻的律师询问直截了当。

“我回到东京，大臣说那样的书函不行。”

“协定签字仪式很快就要举行，在这短短的时间里，究竟发生了什么事？”

“后来回想起来，我们理解大臣的意思，认为书函不是必须的条件。”

“但是，你们事务人员向大臣说明过这封信函不可或缺的原因吧。东京也给巴黎发电，表示双方以这封信函作为条件达成一致意见。”

“但实际上并没有达成一致意见，所以我认为电文起草者的表达方式也不是很充分。”吉田把责任推到电文起草者身上。

反询问证明绝密电文是国家机密的吉田证言缺少说服力，整个形势朝着对辩护方有利的方向展开，于是结束反询问。

第二章　春天尚远

一到除夕下午，位于世田谷区淡岛的佐桥前总理的宅邸车水马龙，年末前来拜会的客人络绎不绝。

石门柱上装饰着巨大的门松，洋溢着神清气爽的气氛。

一辆黑色的轿车停在宅邸前面，从车里下来的是警察厅长官十时。司机摁一下门铃，片刻之后大门打开，在佐桥担任总理时就一直当他秘书的柏出来迎接。

“赶在这个时间来……”

清瘦的十时长官威风凛凛。

“不，这个时候佐桥的时间最合适。”

柏秘书机敏伶俐地将十时领到内门里面两间相通的会客厅的里头那一间。佐桥的宅邸是日西合璧，宽敞的走廊将西式与和式的房间分开，根据不同的客人，分别在不同的会客室接待。

与大门相连的会客室里椭圆形地摆放着厚厚的哥白林织锦面罩的单人沙发，与官邸会客室的风格有相通之处，里间的会客室可以隔着宽檐廊欣赏庭院，弥漫着柔和温馨的氛围。

“呀……呀……你来了。”佐桥前总理身穿灰色条纹西服出来。

“听说还是和总理在位的时候一样，客人纷至沓来。您受累了。”十时欠起身表示问候。

柏秘书事先和十时联系的时候说过，上午有第二次田渊内阁的阁僚——文部、邮政、科学技术厅的各位大臣以及辞职的大臣们前来年末拜会。

“本想辞职以后能过一个安静的除夕，没想到还这样。”佐桥五官端正的大脸上浮现出其实这样也未尝不可的笑容。

“元旦晚上还是按惯例在镰仓过吧？”

从当总理的时候开始，每年元旦的客人拜会就交给家人接待，自己则跑到借来的加贺百万石前田藩主的镰仓别宅去过三天。

佐桥说道：“很多人要求我给他们写斗方[①]，从二日开始必须聚精会神地写字。”接着问道，“昭和四十七年也就剩下几天了……这一年你怎么样？”

“实在是多事之秋，也让总理操心了。”十时恭恭敬敬地对佐桥低头致歉。

二月下旬联合赤军的浅间山庄事件、五月日本游击队使用自动步枪袭击以色列特拉维夫机场事件等等，这一年前所未有的大规模治安事件频频发生。尤其是在处理浅间山庄事件时，亲临一线指挥的警视长、警视正殉职，令人痛悔之极。在救出人质的第二天早晨，十时乘坐直升机视察现场的时候，对自己的无能为力深感心疼，至今无法忘怀。

不知是否觉察到十时复杂的心情，佐桥抱臂看着窗外庭院的树木，沉默片刻，突然目光犀利地说道：“我在就任总理的时候，对国民承诺冲绳回归本土，如今虽然夙愿得以实现，但在最后时刻被每朝新闻社的记者踩了一脚污泥，窝囊得很。审判进行得还顺利吗？”

“啊，应该说还顺利吧。”

因为此案已经移交给检方，十时合情合理地搪塞过去。

“不过，那个审判长是不是赤色分子啊？不仅和每朝新闻的辩护团同流合污，对外务省的官员进行严厉的质问，甚至还打算把前外务大臣爱池拉到法庭，要他证言与美方谈判的过程。”

爱池原先是佐桥派，现任第二次田渊内阁的大藏大臣。在刑

---

① 斗方，一或二尺见方的书画或诗幅页。

事审判中，审判长利用自己的权限打算把现任的大臣召到法庭的确极为罕见。

十时眼镜后面锋利的目光一下子柔和下来，打包票地说道："审判长没有强制力，只要检方提出异议就可以阻止。那个审判长在法庭与外务省之间拉一条电话热线，为的是把不愿意多说话的年轻官员的证言拉出来，逼着他们把电文内容说出来。有人认为他这样做的目的是想得到新闻媒体的好评，不过，这个人其实是一个单纯的法技术论者，就是那种技术型专家，在思想上没有倾向性。"

在决定此案的审判员人选时，这三个人的履历、过去的判例、法务省对他们的评价都会送到警察厅来。本山审判长曾参加对联合赤军的审判，警察厅认为他大概可以进行公平的审理。

佐桥退位后，对这起审判依然如此在意，其原因何在，难以理解。佐桥指定十时在除夕午后没有其他客人的时间来访，十时就预料一定有什么事要和自己商量，只是没想到是对外务省泄密事件的审判。

"除审判长外，对这起审判还有什么担心的事吗……"

"其实，好像我被提名为诺贝尔和平奖的候选人……"佐桥不开心的脸上绽放出笑容。

"噢，这要祝贺您。这和平奖就是对归还冲绳的业绩的评价。"

十时第一次听到要授予佐桥诺贝尔和平奖的消息，感到吃惊，加以确认。

佐桥说道："加纳俊一郎为这件事出了一把力，他说以和平方式收回战争中失去的土地是一项留在世界史上的伟业。"

加纳俊一郎最后以驻联合国大使从外务省退位后，表面上挂着外围团体的理事长、外交评论家等头衔，实际上作为特定的政治家的密使活跃于国际舞台。

佐桥越说越来劲，恬不知耻地大放厥词，"最大的困难是诺贝尔和平奖的评选委员都不公开。加纳俊一郎说，如果政府给他派一架专机，他可以拜访欧洲各国的知心朋友，通过各种渠道收集情报。不过，就这事恐怕办不到，最后是外务省的官房总务课把我的业绩整理成材料，送到各驻外使领馆，通过大使开展活动。

“在这个关键时期，那个审判没完没了地久拖不决，甚至还打算把现任的内阁大臣叫到法庭上去。这样的话，别人就会瞎猜测，以为归还的时候幕后有什么不光彩的地方，太讨厌了。”

“案件已经转移到法庭，我本人能起的作用极其有限，但我把您的话记在心里，为实现极其难得的喜事而努力。”

十时虽然嘴上这样回答，心里却对身居总理高位长达七年八个月的这个政治家，依然如此贪得无厌地追名逐利的业障之深感到不快。

风和日丽的元旦，弓成一家以屠苏酒和煮年糕庆贺新年后，到附近的神社去参拜。

最近几年全家人一直没有一起年初参拜神社，所以今天洋一和纯二都穿上深蓝色的轻便西服上衣、半短裤、长及膝下的白袜子，兴高采烈地走在爸爸的两边，时而回头看看落在后面半步的妈妈。由里子有点后悔，一家子这样和气融融，今天和丈夫都应该穿上和服才好，不过心里很高兴。

穿过入口处的牌坊，可以看见前面白墙的神社正殿，虽然不大，却显得威严而庄重。往前走去，都是一家子前来新年初次参拜的人流开始拥挤。他们好不容易来到正殿前面，首先是弓成从西服口袋里掏出钱包，往功德箱里放进香资，然后拍手合掌。孩子们模仿父亲的样子，由里子也合掌深深低头祈愿。

不知道弓成祈的是什么愿，好长时间一直合掌低头，直至被后面的人流推挤过来，才拉着左右两边的孩子往回走。

“爸爸，你许的什么愿啊？”

“你们和妈妈身体健康……”弓成后面的话含糊其辞。

参道两旁是各种小摊，熙熙攘攘，人来人往。

“爸爸，我要奥特曼的面具。”

“我要风筝。”

孩子们撒娇似的提出要求。

“好，好。”

弓成让商家把挂在店铺里的面具和风筝取下来，让孩子们挑选。

“爸爸，我们一起去逗子放风筝。”

参拜神社以后，一家子打算去逗子住一个晚上。

“可是海风很大，我得问问行不行。”

弓成的手搭在洋一的肩膀上，向卖风筝的人询问。这时，由里子听见自己身后有人低声议论。

“那个高个子男人好像在哪里见过……”

“你这么一说，我觉得很像报上、电视里经常出现的那个新闻记者。”

这大过年的，由里子真不愿意听到与审判相关的话，可是看丈夫的表情却若无其事。

“我想玩射击。”孩子想获得玩具枪的奖品。

“不要玩那种游戏。”弓成没答应，开始往家里走。

一回到家里，由里子就准备早午饭。

“我还是留在家里吧，你们去好好过年就可以了。”弓成嘟囔一句，回到书房里。

由里子刚才还充满幸福的心情瞬间被击得粉碎，十分沮丧，但是她立刻振作起来，考虑做什么样的新年饭菜。

洋一不乐意地撅着嘴对由里子说道：“爸爸说他不去……他不

是说好今年正月一直和我们在一起吗……”

“爸爸临时有急事，也是没办法吧。你别不懂事，为难爸爸。”由里子的这句话似乎也是说给情绪低落的自己听。

由里子和孩子们走后，弓成一个人留在家里，忽然有一种空洞洞的感觉。

弓成把脚伸进和室的被炉里，又翻开早晨看过的各家报纸。今年元旦的报纸，各家报社都增加了四版，从四十八页增加到五十页，但第一版基本都是关于越南和平前景的预测，其中比较保守的经济产业新闻刊登题为《岁首主张　为捍卫言论自由》的社长署名文章。

> ……新闻享受到前所未有的言论自由。然而，只要新闻的力量依然强大、民主体制继续存在，这个自由就不会受到外部的制约。只有在新闻盘踞于自由之上、忘记社会责任的时候，新闻的自由就会崩溃。
>
> 从这个意义上说，去年是新闻的一个危险的拐点。今年必须回到公正的言论、报道这个原点，重新起步。

这家报社从来都是以政府的主张作为自己的观点，所以从弓成事件一发生就一直刊登批判性的报道。虽然弓成对这篇文章并没有感觉格外不快，但在新年第一天就以社长署名的形式发表，这种异常的举动显示出报社强烈的意图。

每朝新闻不论翻到哪一页都没有发现有关外务省泄密事件的报道。去年岁暮，一个晚辈记者给弓成来电话说，打算根据庭审情况写一篇解说性的文章，想听听弓成的想法以及写法。因为他对辩护团的采访已经结束，弓成虽然态度比较谨慎，但还是强调怀疑存在密约的问题。

这篇解说性的文章直到昨天除夕的早报也没登出来，弓成心想也许放在元旦的版面上，但找遍各版，都没有找到。弓成听说政治部部长更迭以后，对主任编辑桧垣等进行人事调整，反弓成派的势力占据上风，但这对已经萎缩的版面没有意义。

弓成一边喝着烧酒一边吃着仙崎的红白鱼糕和青鱼子，无所事事。他在政治部当记者的这十五年里，几乎没有一年的元旦一整天是在家里度过的。

中午过后，报社就派车来接他，首先去的是大派系的领袖家里。元旦夜里，这些领袖都不约而同地前往热海、箱根的别墅、饭店，所以记者稍微慢一步，就很有可能吃闭门羹。

然后去中等派系的头头、虽是小派系却有发展前途的政治家的家里。佐桥担任总理的时候，弓成曾去他家里拜年。佐桥在淡岛的家要比小平的宅邸大一圈，去拜年的客人按亲戚、政治家、新闻记者不同的身份分别安排在不同的房间里，送到不同房间里的新年菜肴也有微妙的差异，佐桥夫人细致周到的安排受到记者们一致的称赞。弓成虽然没有亲眼见过，但听说厨房的规模与料亭的一样，也是水池子、烹调台摆在中间位置，请饭店的厨师来展示手艺。

其实弓成很少去佐桥家拜年，尽管是总理大臣，可是对他的政治理念无法产生共鸣，还不如聆听小平的以外交为轴心的国家论更令人兴趣盎然。

这个时候，驹込的小平家里一定聚集着比去年更多的客人。他是怎样接待客人的呢？宽敞的大房间里，政治家也好，新闻记者也好，不分上下高低，按照先来后到的顺序入席就座，无拘无束地推杯换盏。想到自己今后大概再也无缘参加这样热闹的新年祝贺会，不免感觉寂寞失落。

新年过后，东京的冬天越发寒冷，天空乌云密布，即使偶尔露出一点蓝天，也很快又被云彩遮住。

三木昭子偶尔瞧一眼灰暗的窗外，微缩双肩，继续开始抄写。

消失于人们视野之外的三木昭子如今悄悄地在位于中央线饭田桥车站附近的坂元法律事务所工作。这家法律事务所设在一座公寓的二楼，兼做住宅，律师只有坂元勋一个人，由于业务量不大，事务性的工作一直都是坂元的妻子承担，一个人也足够了。可是坂元看到三木找不到工作，从去年秋天开始就让她在自己的事务所里打工。

胖乎乎圆脸的坂元妻子对昭子说道："昭，你先把明天最先向法院提交的诉状誊写出来。"

为了不让别人知道三木昭子的身份，在事务所里就叫她"昭"。

"我也这么想，正在拜读先生所写的诉状，日照权问题真的很严重啊。"

坂元的字体相当潦草，加上还不熟悉的法律用语，三木感觉比较劳累。

"你是一个办事员，切记不要涉及内容问题。"

"是的。以后我注意。"

三木立即坦诚地道歉，心里却对自己沦落到靠整理、誊写此类纠纷案件的材料过日子的处境感到伤心。

坂元夫妇多次提醒她谨慎低调，所以她留长了头发，服装也由西式套装改成毛衣和长裙，如此打扮，镜子里一照，实在土里土气，目不忍睹。

这一切都是那个弓成亮太的过错造成的。如果没有这起事件，自己还是外务省第二把手、近期肯定就要升任第一把手次官的安西审议官的专属事务官，每天精力充沛地工作，生活舒心充实。然而，只是因为一时的恋爱玩火，竟落到这步田地，坠入深渊。

虽然和丈夫分居是自己的愿望，但如今独居在租赁住宅里，清苦孤寂，生活的穷困日显窘迫，身心都十分苦恼。

突然，房门嘭的一声打开了，坂元律师从外面回来。

“今天好冷啊。”他缩着壮实的身体。

“辛苦了。都快进入大寒了。”妻子接过坂元的大衣，挂在前台旁边的衣架上。

三木也放下手中的笔，说道：“您辛苦了，我马上给您沏杯热茶。”

她走进折叠隔扇后面的水槽边，在茶壶里换上新的茶叶。

“对不起，打扰了。”

就在这时，前台传来女性的声音，紧接着听见几个人进来的响动。三木从隔扇的缝隙往外一看，原来是以前也曾闯进来过的“三木女士现象思考之会”的活动家们。三木悄悄地躲在水槽边，不让她们发现，眼睛看着坂元。

事务所用屏风隔出一块地方，里面放着一张大桌子，坂元已经坐在转椅上。

“哎哟，前些日子……”坂元妻子在前台落落大方地应对。

“我们觉得今天一定能见到三木女士才来的。”

带头的那个外表体面的中年女性带着不容分说的语气，身边的二三十岁的同伙们的目光在室内搜寻着。这个团体的会长从战前就投身于妇女解放运动，是一位经过千锤百炼斗争考验的战士。从第一次庭审开始，这个团体的活动家们就成立“三木女士现象思考之会”，也参加旁听。

“很不凑巧，三木今天也没来。以前我就说过，除了和坂元律师商量事情，她不到这里来。”坂元妻子坦然回答。

年轻女子指着桌上摊开的材料和笔，尖锐地问道：“不会吧，那不是三木女士的座位吗？”

“那是我刚才坐在那里的。你们瞧瞧，就这么个小小的事务所，我一个人就够了，不需要其他办事员。”

警察官员的妻子大概对这种情况也是司空见惯，应对自如。

“那我们想见见坂元先生。”领头的中年女性斜看一眼挂在衣架上的大衣。

“您现在突然提出要会面……他有急事要办，请你们重新联系……”

就在坂元妻子坚决拒绝的时候，只见坂元从屏风后面走出来。

“我是坂元。”锐利的目光怒视对方，“如果是有教养的人，希望具有理解我的工作的礼貌。你们有什么事？”

“我们带来了声援三木女士集会的募捐款以及我们的宣传册子、传单，想请您直接交给她，鼓励她。被男权社会所埋葬的三木女士的烦恼、痛苦也是强加于所有女性的不正当的诽谤。三木女士在第一次庭审时就全面认罪，然后提出不出庭的请求，我们希望她不要这样消极低沉，要勇敢地站出来进行堂堂正正的斗争。”领头的中年女性以浑厚而响亮的声音开始热情洋溢的演说。

坂元冷淡地摇摇头，说道：“这个我做不到。你们声援三木，精神可嘉，但是她深深自责所犯下的罪行，身心疲惫，谁也不想见，希望尽快被社会所忘记。她的这种心情至今没有改变。”

“曾经是外务省事务官的女性不会是出于本意这么想的吧？我们认为，这是国家为了隐瞒政府的谎言，故意强调她与弓成记者的关系，采取与江户时代将私通的男女拉到法庭上，在大庭广众下加以侮辱的同样的手段，以此阻挠三木女士出庭。这才是男性统治社会的权势者们卑劣的阴谋，我们坚决不能容忍！请先生对三木女士做工作，让她鼓起勇气，走上法庭。”

“我刚才说了，这是不可能的。”坂元感到厌烦，提高嗓门。

歇斯底里般的声音飞撞过来，“先生与外务省就像是暗地里串通一气。”

“太过分了！你们口口声声主张妇女解放，可你们这样做还算是女人吗?！不管谁怎么安慰三木，她都无法从事件的打击中重新站起来。她努力忘记往事，但还是被拉回到冷酷的过去里。希望你们理解她的心情。我现在是竭尽全力地把她从不如死去的钻牛角尖中拉出来。”

坂元义正词严的一番话让她们沉默片刻，接着领头的中年女性毫不客气地说道：“我们对您感到失望。”

“也许因为三木女士被封闭在与世隔绝的状态之下，所以她认识不到谁是自己的敌人。我们以后要继续旁听庭审，向社会发表审理的内容。”

“三木女士的问题是整个妇女的问题，我们要继续声援。”

妇女活动家们慷慨激昂后，愤然离去。

坂元砰的一声使劲把门关上，依然气呼呼地盯着门板。

“走了吗?”水槽那头传来三木的声音，随后是一声响亮的喷嚏。

“又给您添麻烦了，对不起。”三木诚恳地对表情极不愉快的坂元表示歉意，接着轻声一笑，“刚才就一直想打喷嚏，拼命忍着。要是她们知道我就藏在里面，大概会气得昏过去。”

坂元妻子惊愕地说道：“你可真大胆，我们都提心吊胆的。”

三木给他们端上茶水，一本正经地问道：“先生，我是不是应该像她们所说的那样，出庭斗争呢?”

坂元律师急忙制止道：“你说什么呢……没想到你这样的人还会受这些缺少常识的人的影响。”

“我当然不会受她们的影响，首先这个什么‘三木女士现象思考之会’也不考虑我的情绪，自己随意成立的，尽给我找事。我自己是完全不同的心情……永离社会，苟且偷生，想起来觉得凄凉心酸。”说到这里，三木眼睛湿润。

坂元见三木落泪，慌忙说服她，“我理解你难受的心情，可是现在你出庭打算怎么样？你不是同意老实认罪、争取减刑这个最佳方式吗？如果有话要说，以后还有对被告的询问，你必须站在证言台上，到时你可以把想说的话都说出来。”

对美国局前局长吉田的两次证人询问已经结束，法庭庭审将转入辩护方的反证。在这个阶段，对三木的安排如果失当，事情就会出现难以预料的变化。

“作为被告人，说话有很大的局限性。我只是想把自己的悲伤痛苦向世人倾诉，至于会受到什么样的谴责，我都心甘情愿地承受，该赎罪的赎罪。”

“最近发生什么事情了？我是你的律师，希望你坦诚地告诉我。”

“不，没什么……”

“可是你的思想变化太突然了。”

“昨天《周刊杂志》记者说的话……”

“你心动了？”

“怎么说呢……”三木喘一口气，沉默下来。

《周刊杂志》记者来访的时候，三木躲在屏风后面，竖起耳朵倾听。

记者频繁前往千叶的三木琢也家里采访，详细了解事件的起因及其发展过程，他说越听越觉得每朝新闻社和弓成对三木家缺少诚意，说三木是这起事件的牺牲者也不为过，于是考虑策划问责社会的栏目。但如果没有当事人三木夫人的声音就缺乏说服力，因此打算三木夫妇对谈。从第一次庭审以后一直保持沉默的三木昭子亲口讲述真相，那一定会成为事件发生以后最大的独家新闻，必将对新闻报道的方式投下一块巨石，产生深刻的影响。记者十分诚恳地请求坂元先生充当介绍人，然后离去。

“我拒绝他,你应该不会有意见吧?”

三木脸上泪水已干,满不在乎地说道:“不是对谈,我单独接受采访不行吗?”

坂元摸不透她究竟想要干什么,制止道:“正在庭审阶段,不论是什么形式,恐怕都不会产生好的影响,危险。”

“是吗? 那让我再想想。”三木含蓄说罢,重新开始工作。

筑地鱼市场附近的一家寿司店的二楼,弓成与久未见面的读日新闻的山部记者坐在一起。

“你不回去,永田町俱乐部就死气沉沉,活跃不起来,所以我们在讨论怎么采访和报道下一次的法庭庭审。”

在辩护人反证阶段,第一个出庭站在证人台前作证的是读日新闻的山部,然后是旭日新闻、每朝新闻的政治部、经济部记者。

“为了我,你们在百忙之中出庭作证,对不起。”弓成嘴里含着山部斟的酒,低头表示歉意。

“这次庭审不是你一个人的事,是一次让所有的新闻记者对言论自由以及采访原则发表意见的机会。看事态的发展,说不定还会把检方痛骂一通,那才叫痛快。记者嘛,除了杀人放火强盗,别的大概什么都可以做。”他把一块金枪鱼生鱼片放进嘴里,豪爽地笑起来。

弓成一边回敬山部,一边问道:“那就拜托了。哦,田渊内阁的第二次组阁也已经结束,一帆风顺吗?”

虽然身陷官司门,弓成还是想获得最新的政界情报。

“政权诞生才半年多,热情还没有冷却下来,不过周围已经出现小佐田这样不三不四的政治商人,金权政治臭气烘烘,不会是长期政权。”山部以他独特的敏锐感觉断言。

“最要命的是总理大臣明显缺少治国方略。现在的预算委员会，在北陆地方土地开发问题上受到在野党的总攻击，这本来就不是总理总裁该管的事吧？我实在看不下去，就跑到目黑去了。”

“你说得对。你去了，角造怎么说的？”

“喝得醉醺醺的，忠言逆耳，听不进去，哀叹对在野党四个党束手无策。他把在野党的各党比做小老婆，说以前对付这四个女人，一个给钱，一个给买手提包，一个给买衣服，剩下最后一个狠揍一通，事情就摆平了，可现在这四个女人团结起来，自己就没辙了。”

虽说山部胸襟开阔，对好坏兼收并蓄，但看来这次真的很不愉快，皱着眉头与弓成干杯。

“我想以后让利根川积累阁僚经验，最终培养他成为总理。”还是那副幕后人物的神态。

利根川虽然是小派系，但是少壮派人物，这次也参加总裁竞选，在田渊与福出的最后一轮投票时，他掌握具有决定性胜负的票数，结果为田渊的获胜做出贡献。

“利根川啊，我对他不是很看好……”弓成表示怀疑。

“好了，今天我和你见面是谈庭审的事。我们记者的证言稳如泰山，你就放心吧。不过，说老实话，辩护团斗争的方法我不满意。”山部观点鲜明。

“哪些地方不满意？”

“关于辩护团的证人申请，我问过大野木律师，他说在我们之后要请几个学者就外国的保密法、报道自由的实际状况进行作证。这自然很好，但弓成你是以违反国家公务员法教唆罪被立案的，所以必须更加注重涉及第一百条。”

违反第一百条……是三木昭子。

“不过……”弓成欲言又止。

“辩护团的方针太文雅。为什么不在法庭上明辨是非，到底是不是教唆罪？三木在安西手下的时候，我也见过她，装出一副好女人的样子。可是在第一次庭审的时候，看见她哭哭啼啼柔弱的模样，我都怀疑自己的眼睛。这个对男人不可能言听计从的女事务官，却在法庭上扮演一个令人同情可怜的弱女子的角色。你把这个女人出色的演技都对辩护团说过了吧。”

“这话求你别说了。”弓成咕嘟灌进一口苦酒。

“我是为了胜诉才这么说的。听说和她有关系的男人不止你一个，现在正在调查。”

“……”

“我理解你不想伤害信息源的心情，但如果你默不作声，那个深不可测的女人就会乘机使坏。你认为法庭记录里不留一行字就是最好的吗？除了知道她的真面目的人之外，谁也不知道这是一场将你的手脚束缚的庭审。”山部对弓成的沉默感到焦急，拍手叫服务员再拿酒来。

一月十九日，站在第六次庭审法庭的证人台前的是读日新闻社的山部一雄。他的态度从容不迫，游刃有余。大野木开始主询问。

“证人现在担任读日新闻社解说部部长，是吧？”

“是的。”

“请您介绍一下进社以后的简历。”

大野木辩护人还是和往常一样，西服上口袋露出一些胸帕，仪容整洁。这一点山部也毫不逊色，他身穿英国制造的格调高雅的西服，一副干练强悍的名流记者的气势。

“昭和二十七年开始任政治部记者，三十五年长驻外务省记者俱乐部，四十二年任外报部次长、华盛顿支局长，四十五年十一月回国后，再次长驻外务省记者俱乐部，去年十一月就任解说部部长。”

“长驻外务省多少年？”

“前后大约九年。”

“证人采访过哪些重要的外交谈判?”

“时间最长的是日韩邦交正常化谈判,接着是从华盛顿时代就开始采访归还冲绳谈判。”

“现在我想询问采访外交谈判的方法,日本的外务省对新闻媒体提供情报吗?”

“有的。”

“通常使用什么方式?”

“由报道课分发必要的宣传品、资料等。外务大臣在内阁会议结束后原则上都要会见记者。另外,外务省次官与记者俱乐部举行恳谈会或者会见记者,必要的时候情报文化局还举行吹风会。还有,有关部门的局长在傍晚会对我们感兴趣的问题举行内部恳谈会。”

“这个内部恳谈会,对记者来说是采访,对外务省来说是提供情报,实际上是怎么进行的?”

“个人性格不同,有的官员说的话百分之九十九不准记录不准发表,有的官员相当大胆,敢说真话,个人之间的差异很大。虽说是内部恳谈,也并非一字一句都不准记录,形式各种各样。”

“也会提供不许发表的情报吗?”

“有的官员其实希望把自己所说的内容通过新闻媒体发表出去,但不能公开自己的名字,这种情况常有。还有的为了事先传授一些知识,至少为了不出现错误的报道,附带条件地提供情报。”

“给记者看文件,或者在他们应该知悉的情况下获得情报,证人有过这样的事情吗?”

“有。曾经在不准完全抄录的条件下,限定在十至十五分钟以内给我阅看某种特定的绝密文件。”

“外交谈判在其谈判过程中,原则上不能采访一切,否则会造成困难。有人对您这么说过吗?”

“采访是我们的义务，外务省也知道很难拒绝记者的采访，所以几乎不会说不能总体上报道谈判这样的话。”

“证人采访过外务省想保密的事项吗？”

“有过几次。”

“就日韩谈判而言是什么？”

“我获得过池内内阁时代的小平外务大臣与韩国中央情报部金钟洁部长之间交换的小平·金谅解备忘录的内容。”

圈内人知道，其实先于外务省，开拓恢复战后断绝的日韩邦交谈判渠道的人中有山部。以自由党副总裁为团长的代表团访问韩国的时候，团员中有自由党的骨干议员、外务省亚洲局局长。山部从二十多岁开始就一直是这个副总裁的专属采访记者，所以他也成为访韩团的成员来到汉城。当时的确具有幕后交易的性质，后来谈判进入外务省的正式渠道，山部就把专属采访小平的记者弓成拉进来，独家报道小平·金谅解备忘录的新闻。

大野木辩护人出示昭和三十七年十二月十五日读日新闻早报一页，问道：“这里有一篇题为《小平·金就索求权问题达成协议》的报道，这是证人采访、报道的吗？”

“是的。是我写的。”

“小平·金的这份协议文件以前根本就没有发表过吗？”

“绝密文件。我想大概是日韩谈判的最高机密。”

“您能极其简要地说明一下文件的内容吗？”

“这类似于为实现日韩邦交正常化而对韩国的赔款。具体内容是：无偿经济援助三亿美元、有偿政府贷款两亿美元、民间贷款一亿多美元。如果是放在别的国家，这样的支付相当于赔款。”

“这些内容后来都写进协定里了吗？”

“是的。”

“当时这是绝密内容吗？”

“是的。”

“除了外务省正式、非正式的情报之外，似乎你们还使用各种方法进行采访。新闻记者为什么要这样绞尽脑汁进行采访呢？是因为激烈竞争要抢先发头条新闻吗？”

“首先，新闻是商品，时间性是非常重要的因素。

“所以，作为新闻记者的职业精神，争取先于其他报社报道真实情况的想法是理所当然的。然而，当我们怀着某种热情进行采访、争分夺秒报道的时候，要是仅仅等待外务省的消息发表，那么必须让国民知道的谈判过程就永远不会得到报道。

“而且，外务省参与谈判的当事人从所谓的意识形态立场、从自己的理念或者政治立场出发，往往把谈判拉到某一种方向上去。”

“请证人以具体的体验提出证据。”

“在归还冲绳谈判的时候，有迹象表明外务省参与谈判的当事人中，有两三个极具影响力的人物在‘归还拥有并可以自由使用核武器的冲绳有利于日本以及亚洲地区的安全保障’这样的理念指导下，力图将谈判拉往这个方向。当时以佐桥总理为总裁的自由党的主流派以及大多数舆论都强烈要求以‘去核化、与本土相同’作为条件归还冲绳，所以，我认为在某种程度上必须将谈判经过公之于众，虽然这样做会违背外务省的意图。在外交谈判中类似的情况还是不少的。”山部真诚地吐露活跃于第一线的新闻记者的心声和见解。

今天的旁听者以媒体人员居多，大家都聚精会神地倾听山部的证言，被他的坦诚所打动，对强加于弓成记者头上的罪名感到愤怒。

辩护方的主询问结束以后，检方开始进行反询问。

在山部犀利的目光注视下，森检事毫不示弱地端起肩膀。

“关于外务省的机密文件，您刚才说曾有过在不准记录的情况下，给您看十至十五分钟的经历。把文件给您看的人属于哪个级别？”

“课长以上。”

“您把所看的内容报道出去了吗？”

“我记忆清晰的，报道了要点。”

“作为公务员，明明知道机密不可外泄，却还让证人看。这出于什么原因？”

“与我个人之间的信任关系。”山部轻巧地回避过去。

森检事气恼地瞪着山部，以讽刺的口气问道：“所谓的内部恳谈也是以新闻记者与这个公务员之间的信任关系为基础吗？”

“我认为以信任关系与不信任关系两方面为基础。”

“这怎么讲？”

“如果是信任关系，就用不着那些复杂麻烦的规定。然而，如果是不信任关系，其实记者会说我们不发表，请你告诉我，这时对方有的也会把内容告诉记者；还有的官员主动说，你们要是不发表出去的话，我可以告诉你们。这种情况在某种程度上是以不信任关系为前提的。”山部证言的是新闻记者与采访对象之间微妙的讨价还价的关系。

“现在询问有关小平·金的协议文件，采访获得这份绝密文件的是证人吗？”

“是我。”

“您是向日方有关人员采访吗？”

“这不说不行吗？”

“可以不说特定的人、具体的人。是向日方还是韩方？”

“对双方都采访过。”

“不是韩方吗？”森检事咬住不放。

“这我不能说。因为我必须为信息源保密。”

山部记者流露出无所畏惧的笑容，让检方的反询问无话可说。

院子里高大的榉树终于吐绿，萌出浅绿的嫩芽，令人在寒冷中感觉春天的步伐。

星期天，大野木正一个人吃过早午餐，坐在客厅的沙发上翻阅报纸。上中学一年级的大女儿在隔壁房间里弹奏肖邦的小曲，妻子在院子里和小女儿聊天。

两口子都是律师，工作极其繁忙，休息日要不总有一方外出，要不把工作带回家里加班，好久没有像今天这样轻松休息了。

报纸不论哪个版面所刊登的新闻报道都令人担心忧虑，但总体上还是一个和平安定的社会。

也许由于自己生于昭和初期，从小就生活在动荡不安的时代，直至战败，所以最大的愿望就是两个女儿能在稳定的社会环境中健康地成长。

大野木合上报纸，抬头望着这棵八十年树龄的榉树，高约二十多米，搬到目黑柿木坂的时候种植的，如今粗壮的树根铺扎大地，树枝伸向天空，巍峨耸立，显示出不可动摇的强大力量，时而令人回想祖父和父亲的模样。

大野木正生于东京九段，父亲担任大藏省银行局特别银行课课长的时候，发生震撼政界、官界、财界的帝人事件。父亲被追究受贿罪，由于一直坚决否认自己犯罪，又被加上伪证罪，从大野木正小学一年级开始的三年半未经判决而羁押。母亲对孩子们说父亲出外旅行，但从小就喜欢看报的早熟的大野木正还是朦胧知道事件的内容。

二二六事件发生的那一天，父亲还被羁押。当时大野木正在小石川的师范学校附小上学，外祖父担心紧急状态下外孙的安全，急忙派小车中午到学校把他接回家来。

外祖父当时是枢密院副议长，虽然没有在公开的政治舞台上出头露面，但国家发生重大事情时，都要接受天皇的垂询，所以除了有大型的公车外，家里还有私车。

车子快到九段的自己家附近时，觉得与早晨上学的时候没什么两样，只是手持武器的年轻的下士官在路上来来往往，周边民房的门口都竖立起榻榻米防御流弹。车子再往前走，一到九段下，看见十几门高射炮排成一列，周围集聚着一百多个士兵。这时恰好一阵寒风卷着飞雪向高射炮和士兵那边横扫过去，有的士兵就朝大野木正乘坐的轿车这边跑过来，吓得他直打哆嗦，以为士兵要开枪射击。

大野木正战战兢兢地问司机，“究竟发生什么事了?”

“少爷，趴下!”平时非常温和的司机声色俱厉地命令，猛然加速朝小道飞奔过去。

这是一起年轻军官声讨军部、政治家腐败的事件，但到了第二天，他们就变成叛军，一战未打便被镇压下去。

“你们立即归队，现在还为时未晚。敢于抵抗者即是国贼，你们的父母兄弟为你们哭泣!”报纸、广播这样反复呼吁他们赶快投降。大野木正虽然在九段下受到他们的惊吓，心头却渗透着一种悲哀。

后来，外祖父就任枢密院议长，与木户幸一内大臣等一起力图抑制对美主战论急遽高涨的军部势力的抬头，为在变化无常的国际局势下避免走向战争而四处奔走，但未能奏效。

也许因为在外祖父的身边感受到他肩上的重任以及内心的悲叹，早熟的少年大野木正对政治开始感兴趣。

另一方面，大野木正也受到父亲的同样巨大的影响。

后来，父亲沉冤大白，在帝人事件中毫无污点，法院宣判无罪。父亲回到大藏省，官复原职，担任驻北京财务官。在九一八事变显露端倪的时候，家人又为父亲的安全忧心忡忡，但父亲平安回国，后来就任总管战时金融的战时金融金库总裁。父亲在第一次世界大战末期曾长驻伦敦工作，精通世界局势，心里非常明白日本没有打仗的国力，只是希望早日结束战争。

外祖父溺爱外孙，父亲却很可怕。他不仅对孩子，对到家里来的大藏省年轻官员也十分严厉，就连前外务大臣福出武夫，归还冲绳谈判时候的外务大臣、现大藏大臣爱池喜市有时也受到父亲的呵斥。

大野木正面临入学旧制高中的时候，想报考东京第一高等学校文科，但遭受父亲的激烈反对。因为一高具有反军部的倾向，被陆军视为眼中钉，学生原本是二十岁征兵，但文科生提前到十九岁。

外祖父反对大野木正进入一高的理由是，“要是考得上，去别的学校学理科，因为你必须活着。”但是，大野木正并没有百分之百听从外祖父的意愿，最后他进入一高的理科。虽然父亲对我行我素的儿子相当恼火，但考虑到儿子已经产生自立的萌芽，便没有强迫他更改专业。

一高的上课时间只有上午半天，对新生教授的科目主要是英语、法语、德语，的确实行一条反军部的教育方针。

在昭和二十年三月的东京大空袭中，大野木正的家全部被烧毁，母亲和姐姐们已经疏散外地，可以放心，但几枚燃烧弹把偌大的住宅烧成灰烬。这倒感觉自己长大成人一样心情爽畅。

看到许许多多的住宅遭到空袭，人们挣扎着艰难度日，如今自己的家也和别人的家一样遭受摧残，反而因此没有了自卑感。

但是，对燃烧弹发出的那种“嗖嗖嗖”的声音无比厌恶，这声音仿佛集结着朝自己袭来，一直到后来还依然做噩梦。

房屋烧毁虽然让自己产生清爽的感觉，但也亲身体验到一日三餐没有着落的滋味。经常饥肠辘辘，后来不得不住进学校的宿舍里。

学校放暑假的时候，父亲回到临时住所，听他说日本已于八月十三日接受波茨坦宣言。

十三日和十四日这两天，美军轰炸机仍然频繁飞来袭击，东京烧成一片废墟，面目全非，大量的死伤者被扔弃在路边。他心想如果现在死去那就太不值得了，但同时听到比自己高一届的文科生们八月十四日从知览特攻队基地起飞，在冲绳上空战死的消息，不由得心情黯淡。

因此，没有比听到战争结束的宣告更令人高兴的了。几天前，站在自己出生的住宅的瓦砾废墟上，这月光皎洁的宁静的夜色里，遍地都是美军劝降的传单。连首都的制空权都已丧失，日本的军队根本不可能获胜。他仰望明月，紧握拳头，万分悔恨：这没出息的日本！我为什么生在这样的国家里？！

"正，山谷律师来电话……"

大野木从妻子的声音中回过神来，拿起话筒。

"休息的时间打扰了，不好意思。"耳边传来爽朗的声音。

"你还在事务所吗？"

"嗯。与下一次出庭的伊东教授之间的设想问答终于写出来了，放在文件夹里。我明天一早飞札幌，那边的高院出庭，两天不在东京。这期间，如果您能过目一下，那再好不过了。"

"我马上就看。你啊，工作告一个段落，和你的未婚妻一起吃吃饭怎么样？工作积极是好事，但要是被悔婚，那可就糟糕了。"大野木用开玩笑的口气提醒他。

一个月前，一个令人眼前一亮的漂亮姑娘来事务所找山谷，山谷这才向大家介绍说是自己的未婚妻。

“先生,您可别威胁我。我对她说了,等这场审判判决之后再说。”山谷兴奋的声音显得言不由衷。

大野木心情愉快地放下电话,与妻子一起坐在长沙发上,两个孩子马上粘上来,因为平时不太管孩子,也许孩子们觉得这样和父母亲在一起感觉格外亲热。

大约三个月前的一个星期日,弓成夫人来访,诉说自己内心的苦恼,表示打算带着孩子与弓成分居。当时大野木极力劝阻她不要这样做,他强烈感受到自己不仅仅是为被告弓成亮太辩护,还担负着维护他们家庭的责任。

旁听席上法律界人士、法学系学生明显多起来,这是因为今天出庭作证的东都大学法学部伊东教授曾长期留学英美,在建构言论出版自由的理论体系以及关于判例研究领域都是先驱者。

主询问由山谷律师实行,以前他都是坐在第二排,今天坐在第一排正中间辩护团团长的座位上。

三十岁的山谷律师表情紧张地等待着开庭。他听过伊东教授的英美法律的课程,在留学密执安大学法学院的时候,还请他写过推荐信,是他极为尊敬的恩师。

在请他出庭作证的时候,按惯例应该是每朝新闻社以礼相请,但是大野木几乎是推着山谷要他出面:“山谷,你先去请求。”山谷回到阔别多时的母校法学部研究室,还是在那间与自己在校时没有变化的、堆满书籍的有点昏暗的房间里,向老师介绍这次庭审的辩护方针,请求老师出庭作证。考虑到伊东教授必须安排一定的时间,所以事先做好遭到拒绝的思想准备,也许因为出于对弟子的温情关切,他很痛快地答应了要求。山谷非常感谢,心情激动,下决心在法庭上进行最佳的证言询问,认为只有这样才是报答恩师的最好方式。

身穿藏青色西服的伊东教授走进法庭，略显四方形的轮廓鲜明的脸庞上戴着一副银丝边眼镜，显得协调柔和。紧接着，三个审判员从正面门扉出来，落座后，宣布开庭。

山谷律师对恩师深鞠一躬，伊东教授浮现出淡淡的微笑，表示对自己学生的回礼。

“证人是东都大学法学部教授，请极其简略地讲述大学的经历。”

“昭和十八年毕业于当时的帝国大学，成为特别研究生。昭和二十三年法学部副教授，三十三年任教授至今。”

“听说证人主攻英美法律，尤其是英美公法。请您讲述深感兴趣的研究领域或主题是什么？”

“原先对英美公法总论以及英国宪法感兴趣，昭和二十九年留学美国以后，主要关心言论出版的自由以及与其相关的问题，例如隐私权问题。”

“最近何时对英国或者美国进行研究？”

“昭和四十二年开始在美国和英国逗留一年半。”

“最近在关于表现自由的问题上议论到知情权。知情权从何时开始，主要主张什么内容？”

“我认为，知情权这个词语后面所蕴藏的思想相当古老。

“第一次世界大战以后，言论自由、表现自由在美国最高法院成为审判的问题，但当时似乎未必使用知情权 the right to know 这个词语。

“the right to know 的使用始于第二次世界大战，最先不是法律家，似乎主要是新闻记者开始使用的。第二次世界大战，尤其是战后的冷战时代，由于不能充分地获得国际问题的情报，于是主张具有接近持有情报的政府人士的权利。

“后来，法律专家就开始分析知情权在法律上的含义。”

“知情权在现阶段具有什么样的意义？”

“从法律层面看美国的知情权，如果将判例、学说、立法这些统括起来说的话，我认为有四个方面。”

证言有时间限制，伊东教授的证言时间是一个半小时。为了在规定的时间内引导出具有说服力的证言，山谷数次到伊东教授的研究室，很过意不去地和他进行证言问答的演练。山谷拭擦着额头的汗水，诚惶诚恐地向教授请教深奥的理论问题，恩师安慰他说“你也真不容易”，深入浅出地把复杂的理论分解为比较容易理解的四种类型。

山谷把手表摘下来放在桌子上，继续询问。

“第一方面是言论、出版，广义上的表现自由、报道自由，这样的自由在宪法上的地位，但据说这在美国要比其他权利更具有非常优越的地位。

“其理论根据就是对知情权的使用。人们历来认为从弥尔顿时候就开始主张表现自由，但十九世纪之前的表现自由可以认为是说话的自由、写作的自由这样广义上的传播主体的自由。进入本世纪以后，传播主体的自由更多地转化为受众的自由，就是普通国民可以知道所有意见、所有事实这样的表现自由。构成其基础的知情权与国民的自治、国民主权以及民主制的本质都相互关联。”

“下面请您谈一谈第二方面。”

“第二方面与报道的自由密切相关。过去说言论出版的自由，最重要的是指意见表达的自由。最近进入信息化社会后，知悉意见固然重要，但为形成自己的意见而知悉必要的判断资料以及报道的自由也很重要，其理论基础之知情权备受重视。”

伊东教授洪亮的声音不紧不慢地抓住国民为形成自己的政治性意见需要获得判断资料这个关键点，阐述知情权与报道自由的密切关系。

“下面请您说明第三、第四方面。”

“上述第一、第二方面看似宪法上的基本思想，但一般说到知情权，宪法并没有立即赋予每个人具体的权利。

“所以，第三方面，虽然以知情权为理论基础，但还必须通过立法进行权利具体化方向的努力。尽管现在美国对此也有各种不同意见的争论，但相当多的州已经制定法律，承认例如新闻记者为所采访的情报源保密的权利。”

“好，请您概述一下这项法律的内容。”

“可以利用政府部门所持有的情报是知情权的核心。所以通过立法措施，在法律上承认任何人都可以要求政府部门提供这样的情报。在国民知情权的具体化上，这是一部非常引人瞩目的法律。

“同时法律承认法院的审核权，法院可以停止实行该文件不公开的措施，或者命令有关部门必须积极提供该文件。可以说，这是一部具体认可国民有权接触以政府的判断而被秘密起来的公众性情报的法律。”

伊东教授所讲述的“权利”在日本还属于前沿学科理论，三个审判员都在做笔记，而旁听席上的法律界人士、新闻记者们也都聚精会神地倾听着，鸦雀无声。伊东教授开始讲述第四方面的内容，介绍美国的判例，认为当情报的公开服务于知情权的时候，多少会侵犯隐私权，但是经过比较衡量，判定媒体方面无需承担赔偿责任。旁听席上有人对美国如此重视知情权感到吃惊。

接着，伊东教授论述政府的保密史。保密法诞生于第一次世界大战之前，当时是防间谍法，主要目的是保守军事机密。但是，第二次世界大战以后，保密法被置于日益紧张的美苏关系这样的大背景下。

伊东教授改变一下姿势，继续说道："政府往往容易扩大机密指定的范围。有批评意见指出，实际上，现在被指定的机密中只有大约百分之十可以在一定时间内属于保密范围。

"重要的是如何对政府指定机密进行控管的问题。就是说，政府按照自己的判断指定机密，其他部门、尤其是法院能否对其实行控管的问题。

"关于法院对机密的认定权问题，一九七一年发生《纽约时报》事件时，日本也做过详细的介绍。美国联邦最高法院明确裁决，法院对该案涉及所泄露的越战机密文件具有审查权。我认为，这是一次著名的判决，它明确认定：法院可以重新审查政府所指定的机密是否属于机密。

"日本有新闻的公共性这个说法，但知情权也许是国民全体所拥有。不过，在现代社会中，实际上要实现知情权，又不得不依赖新闻媒体。新闻媒体为国民的知情权而服务，具有一种公共性。而且，新闻记者也以这种形式在一定的专业性地位上进行活动。从这个意义上说，当获取情报成为正当义务的时候，新闻与一般市民是有所区别的。美国的最高法院也这样认为。"

伊东教授通俗易懂、条理清晰地阐述自己的见解，然后论及英国的保密法。

山谷看着放在桌子上的手表，计算剩余的时间，直截了当地切入庭审的核心问题："您主要对美国——也包括英国——的保密法进行了证言，如果以这些判例、学说等来看待我国的国家公务员法第一百一十一条，您是怎么认为的？"

"刑事制裁的规定涉及到并非公务员的第三者，我认为具有特异性。

"如果依照美国的判例或者学说，该如何评估这个法律、规定呢？这也许是我个人的意见，美国联邦最高法院的布拉克或者道格拉斯法官也许会做出违反合众国宪法修正第一条、即违宪的判断。然而，其他众多法官是如何判断的呢？也许众说纷纭，莫衷一是。那么，从法律专家所喜欢的漠然含混的理论来看待的话，我国的国家公务员法第一百一十一条大概具有不明确性。

“我认为，《纽约时报》事件的中间派意见可以作为参考，正如斯图尔特法官所说，如果公开此项机密对国家安全造成直接而且无法立即弥补的损失，那么同意予以惩处。即使假设此项规定适用于新闻媒体，则必须由追诉方举证对国家安全所造成的损失的确达到直接而且无法立即弥补的程度。只有经过充分的举证，制裁才能成立。这两种意见究竟哪一种占多数，实际上不得而知，这只是我的感觉。”

伊东教授力主有必要对国家公务员法第一百一十一条进行限定解释，支持辩护方的主张。

在此后的庭审中，由两名大学教授证言法国、德国等国家有关表现自由的学说、判例，至二月下旬，辩护方证人的询问结束。

另一方面，检方申请出庭的证人是现任驻瑞士大使的前条约局局长井狩，由于日程调整一直不合适，长时间拖延下来，至三月临时回国，终于才出庭作证。

似乎事先与检方没有经过充分的协商，井狩证人虽然用语客气，但他的回答显然多有与检方的提问牛头不对马嘴的地方，而且给人蔑视检事的印象。在归还冲绳谈判时，他与外务省美国局前局长吉田可以说如同车子两轮一样起到相辅相成的作用，可是他的证言即使与吉田不符，也满不在乎地一口咬定是机密。在反询问时，大野木律师严肃批评他说“这是法庭，不是国会”，提醒他是一个宣誓过凭良心毫不隐瞒地叙述一切真实的证人，但是他依然狡辩记忆模糊，支支吾吾，推诿逃避，这种藐视法庭的态度给审判员留下极其恶劣的印象。

井狩的证言持续两天，后来报纸刊登出一则花边新闻，说是一个检事对关系密切的司法记者流露出对井狩的怨言，“自以为是什么了不起的大人物，太瞧不起人了”。这句话足以证明井狩的证言是何等糟糕。

“你还是要用心地再做一次证言，不然说不过去。”

国铁饭田桥车站附近的一座公寓里，在坂元法律事务所内里间作为居住使用的房间里，坂元律师正在为即将到来的被告人询问做准备，与三木昭子隔桌而坐，开始演练法庭庭审的询问。

在去年十月的第一次庭审时，三木昭子以身心极度疲惫为由，提出以后不再出庭的申请，得到批准，后来就再也没有出庭。但这次决定出庭回答对被告人的询问，其目的是为了求得法官酌情减刑。

和室房间的窗户挂着花边窗帘，可以看见外面的外护城河，但是事务所外间办公处与厨房之间的拉门以及外面的房门都紧闭着。在这样的密室里，坂元询问三木与弓成男女关系的种种细节，空气逐渐变得淫靡起来。

昭子难以忍受，把散落到额头的头发捋上去，擦了擦脖颈上渗出的细汗，问道：“先生，被告人询问会这么露骨吗？”

“应该不会的吧，但要做好最坏的打算，我们事先准备好总不会错的。我反复说过，你的真正的敌人不是检方，而是同为被告的弓成的辩护团。你全面承认起诉事实，而弓成一方予以否定，所以他们会极力引导出你对弓成怀有好感而把机密文件交给他的证言。辩护团五个人中那两个年轻人就肆无忌惮地公开扬言说，两个都是具有人生阅历的中年人，不能轻易断言女人会成为被男人操纵的木偶。”

“他们不了解我们这个年代的人的心理，我当时实际上就是一个被操纵的木偶。”

“你再具体谈一谈这方面的情况，作为证人需要回答的。”

“……事件发生之前，我对丈夫说过，往安西审议官那里跑的，新闻记者比他的老部下更勤快。当时丈夫就提醒我说：男人是一种奇怪的动物，一旦与女人发生关系以后，就变得爱自吹自擂，尤其是新闻记者，口无遮拦，你可要注意。私铁罢工那一天，发生那样始料未及的事情，我脑子一片混乱，后来不由自主地和他接连见面。因为我害怕如果拒绝他的要求，我和他的事情会被丈夫和安西审议官发现。尤其是弓成在采访的时候还和安西审议官一起喝酒，真的担心他酒后吐露出来，每天胆战心惊，疲惫不堪，甚至出现以前从未有过的丢三落四的事情。”昭子的讲述满怀感情，如同证言的语调。

“弓成记者威胁过你要公开两人的关系吗？”

“嘴上没这么说，但他总是采取单方面的强硬的态度，这与威胁没什么两样。”

“再具体一点。”

“他不停地给我来电话，用命令的口气就说一句话‘拜托你了’，或者说‘饭店见面的时候带来吗’。这是多么可怕啊！我有丈夫，他这样做让我心如刀绞。”

“在饭店里还说别的话吗？”

“没有。我们各自去饭店，把文件交给他后，也没有说话，发生关系后就各自离开。”

“作为女性来说，这是相当屈辱的事情，要是仅仅交接文件，其实用不着去饭店，避人耳目的地方多得是。”

“……”

“对不起……你和先生长期没有夫妻生活，自己又正处在健康的中年时期，会不会内心产生一种自己都没有觉察到的情绪躁动而前往饭店去的呢？”

“先生是说我也是主动的？”

“我没这么说，顺便问一下，你们谁先去淋浴的？”

面对着坂元律师含混不清的低沉的声音和纠缠的目光，昭子突然感到恶心，“这种事，谁先谁后无所谓吧。”

坂元律师对昭子突然改变态度显示出不满的表情，走到窗边点燃一支烟，说道：“其实我也不想对就在我面前的女士提这样的问题，但是，要让弓成的教唆罪成立，归根结底，谁先脱裤子是相当重要的。”警察官员出身的坂元律师毫无顾忌地说道，“今天就到这里吧，总之，在法庭上，不知道究竟会是谁提出什么样的诱导性询问，所以你的回答一定要慎之又慎，保持证言的连贯性。”

坂元拿起桌子上的设想问答材料，哗啦一声打开拉门，朝外面的办公处走去，没想到紧接着他的妻子把头伸进来，说道：“辛苦了。冰箱里有甜点，你吃一些吧……”

“谢谢。不过，现在……头疼……”

三木昭子心想她刚才一直在拉门外偷听坂元与自己的谈话，不由得心头恼火，只希望一个人待一会儿。

但是，坂元的妻子把身子探进来，刨根问底地说道：“昭，你的心情很复杂吧？”

“您说的是什么事？”

“就是和弓成记者的事啊，你是真心和他好吧？”

“只是被他利用而已。”昭子语气生硬地回答后，不想再搭理她。

“听说你十九岁的时候就一头扑到比你大一轮还多的三木琢也的怀里，看来你年轻时候是一个相当大胆泼辣、充满激情的女人。不过，你家先生一身是病，你没遇到弓成记者之前，大概不知道什么叫真正的恋爱吧……”坂元的妻子目不转睛地盯着把头发束在脑后、几乎没怎么化妆的昭子的眼睛。

“我不愿意夫人打听这么深入的事情。”昭子一下子把她顶了回去。

坂元妻子平时胖乎乎的温和的脸顿时沉下来，“哎哟，是不是因为进行庭审演练的缘故啊，这一阵子变得歇斯底里起来了。你的心情固然可以理解，其实我先生也不是那么乐意当你的辩护人。你自己要明白这其中的事理。”

昭子的心情的确变得复杂起来，一方面后悔自己惹恼了坂元的妻子，但同时心想反正庭审结束以后这里绝非久居之地，也没什么了不起的。她从警视厅获释以后，虽然受到他们的很多照顾，但憋屈在小小的夫妻店法律事务所里的生活令人窒息，已经接近极限，加上一天二十四小时都必须小心翼翼地避人耳目，这种与世隔绝的日子实在凄惨。

刚才坂元的妻子说昭子是真心和弓成相好，的确是一语中的，她在狼狈与屈辱的交织下几乎失去理性。与琢也的婚姻是她脱离家庭的一种手段，和丈夫在一起的日子几乎没有激情澎湃的时候，虽然也有过出轨的玩火，但只有出现在安西审议官身边的这个弓成才第一次真正让她心动，而私铁罢工那一天所发生的始料未及的事情改变了自己的人生。只要弓成能写出好的新闻稿，自己愿意助他一臂之力，为了弓成高兴，明知自己作为公务员不允许这样做，却抑制不住给他看文件的冲动。她没有怀疑过弓成的爱发自真心。

似乎有客人来访，传来坂元妻子热情的声音，但听见来客问候、与坂元律师谈话的时候，昭子才知道来人是《周刊潮流》的记者松中。罕见有记者来事务所采访，偶尔跑来的几乎都是那些低层次的专门采访丑闻的记者，而唯有松中全然不同，既懂礼貌又有见识。

昭子一边抄东西一边随时注意隐藏自己，却不由自主地竖起耳朵倾听他们的谈话。松中语气平淡地谈论先前一些轰动一时的新闻，例如札幌医科大学的一个教授施行日本首例心脏移植手术，各报连篇累牍大肆报道，称赞为“大快人心”的佳话，实际上是这个教授沽名钓誉的医疗事故，在法律上相当于杀人罪；再如这次总裁选举，对在田渊、福出的最后一轮投票时掌握决定权的小派系，田渊一派拿出七亿日元进行收买，然而媒体全部都装聋作哑，一个字也不披露，似乎现内阁毫无责任。

昭子对这个松中记者很感兴趣，将事务所整理的从事件开始直至现在的报刊杂志的剪报集重翻一遍，发现在报纸大喊大叫“知情权”一边倒的声音中，《周刊潮流》以《知情的权利不如知情的兴趣》这样妙不可言的题目一次又一次推出批判报社的特辑，对弓成记者的采访方法进行严厉的批判。

“哦，被告人询问的日期快了嘛。”松中记者语调平淡地附和着。

昭子心头一动，觉得这个记者也许靠得住。尽管事件刚刚发生时《周刊潮流》上的文章有《女秘书在安西审议官面前放声大哭》这样调侃口气的题目，但昭子决定通过松中摆脱自己窘迫的现状。

她确定松中记者离开事务所，便手按着太阳穴，一边说“我到楼下的药店买止痛剂”，一边出门追赶松中记者。她看见松中站在前面七八米的电梯前面，便小跑上去，来到他身边，“这个给您……”，把折叠的小纸片递给他。

触手可及的近距离，松中犹豫了一下，接过纸片，打开来，说道：“我知道您就是三木昭子女士，每次来都没有说话的机会。”他那清秀的眼睛渗出兴奋的心情。

“这一天坂元夫妇回老家参加法事，不在事务所。我有事想和您私下商量,能和我联系吗?"

松中知道自己,这增强了昭子的信心。

"我也有话想和您说,我在坂元先生面前一直装作对您毫不在意的样子。一定和您联系。"

松中仿佛与她一拍即合,答应联系。

第三章　明暗

弓成亮太嘴里含着香烟，站在每朝新闻社十五层大楼的屋顶上。

七月酷暑，炎热的一天终于逐渐暗淡下来的傍晚时分，凉风吹拂，但眼下的风景都沉没在浑浊的雾霭里。

针对一周以后的被告人询问，与辩护团磋商对策，在地下停车场把五个辩护人刚刚送走。现在他稍事休息，一会儿还要和编辑局次长、政治部前主任司、社会部司法记者俱乐部首席等商量庭审当天的版面安排。

编辑局正忙着明天早报的版面制作，这里已经没有自己的位置，弓成无法忍受这种疏远感，便来到空无一人的屋顶。

"弓成，你在哪里啊？"一个陌生的声音叫喊着。

弓成回头往出入口一看，只见身穿衬衫、大名鼎鼎的销售局第一部部长惠比寿站在那里。弓成与这个销售部部长从未有过交往，不知今天来找自己所为何事，心里不免感觉蹊跷，把烟掐灭，走过去，说道："要有事的话，下面说好吗？"

惠比寿名副其实地生就一副惠比须神①一样胖乎乎的圆脸，挂着汗珠，说道："不用，就在这儿，这里方便。我刚刚去社会部部长荒木那里，听说被告人询问很快就要开始了。"

"嗯。"

---

① 惠比须(寿)，日本财神，七福神之一。手持鱼竿，怀抱鲷鱼，是商业、渔业的守护神。

"听说那个女事务官也一起出庭，不能错开日子吗？"

弓成不明白他的意思。

"还不明白吗？要是报纸上出现你和那个女事务官并排一起的照片，那销售量就会猛跌下来。"

原来是说这种事，弓成没有回答的心情。

"你知道吗？就因为你被捕、起诉、庭审，报纸销售量减少了五十万份。"

大前年的上半年是个高峰，后来就一直逐渐减少，这的确是事实，但听说主要原因是订阅费大幅度增长以及与贩卖店合同问题的长期纠纷。

"添麻烦了，但我听说销售量的减少与这件事无关。"

弓成对幸灾乐祸地利用这起事件转嫁所有责任的惠比寿销售部部长蛮不讲理的做法不能低头认错。

惠比寿的脸立即涨得通红，恶狠狠地说道："以为你蹲了班房，吃了苦头，知道悔过，没想到大牌记者的狂妄劲儿一点儿也没改。我们销售部弄到这种地步都是因为你！"

弓成没有理睬他。惠比寿继续说道："雇了五个律师，冠冕堂皇地大叫报道自由、国家利益什么的，而我们的贩卖店为了夺回被其他报社挖走的读者，又是发啤酒券，又是送洗发露，甚至自行车后面还驮着炒菜锅、电风扇从早到晚到处跑，就这么拼命，一百家里有三家愿意重新订阅我们的报纸就算不错的了。这么大热天，这些人跑得小便都出血，你想想销售部这么玩命工作，难道不觉得对不起他们吗？庭审费用就是从他们这样辛辛苦苦的努力中挣出来的啊！"

"这我明白。"

弓成真想说一句——要说跑得小便都出血，日夜采访的记者也一样。

“既然这样，你就要弥补，想办法不要和那个女事务员一起出庭。”惠比寿部长简直是唾沫四溅地逼迫弓成。

弓成知道自己的忍耐已经达到极限，回他一句，“这是绝对不可能的。如果您非如此不可，请您和辩护团商量，好吗？”

“正因为做不到，才找从未见过面的你商量。我从进社以来，就一直搞销售，努力奋斗，下决心一定要在前辈打下的五百万份发行量的基础上突飞猛进，现在可好，眼看着销售量天天往下掉，实在是坐立不安啊！”汗水和泪水把惠比寿的圆脸弄成了一个大花脸。

在空调发出轻微声音的七〇一号法庭，正在对被告人弓成亮太进行主询问。进行询问的是每朝新闻社辩护团团长伊能。

伊能具有柔道段位，身体健硕，五官轮廓清晰，戴一副银丝边眼镜，与脸庞十分搭配，具有辩护团团长的威严风度。

面对证人台的弓成，表情重新出现消失已久的强悍自信，慎重地选择恰当的词语进行陈述。

身穿朴素的麻布半袖套装的另一个被告人三木昭子坐在证人台后面被告席的左端。她保持姿势一动不动，半长不短的头发垂落下来，遮住疲惫憔悴的脸色，但是从紧握手绢的手的微微颤动可以窥见她心中的不安。

旁听席第一排全部都是新闻报道的记者，三木琢也坐在第二排，几乎是探出身子凝神倾听。他的脸颊比以前更加瘦削，深深凹陷的眼睛闪烁着异样的光芒，令人感到害怕。

“……归还冲绳的大框架是在昭和四十四年决定的，并开始进入条文化作业。但是，我在很早阶段就听说美国的两点方针：一点是在冲绳的美军基地的功能维持现状，不能降低；另一点是不能因归还冲绳的施政权而造成美国背上新的负担，就是说不能支付金钱。所以，我对谈判的进展情况很早就显示出强烈的关心，考虑进行跟踪报道。”

弓成陈述获得电文之前阶段作为新闻记者的感想。

“于是，您通过三木女士获得昭和四十六年五月二十八日爱池、梅耶会谈的电文，但是您看过以后，发现其内容已经公开报道过，您认为有报道价值的是什么？”

“从正在采访、已经采访或者已经报道的观点来看，最感兴趣的还是对美支付和对美索赔的问题。”

“请根据电文进行说明。”

“坦率地说，对美支付的三亿两千万美元完全是一笔随意撒的钱。先有这笔钱，然后再分摊项目。总之，事先根本就没有进行细致的估算。美国在很早以前就对大藏省财务官提出要求，说自己在冲绳的设施投资达五亿美元，因此归还时为了向国会进行必要的说明，也希望日本支付同样数额的费用。后来表面上变成三亿两千万美元，是双方政治决断的结果。这个三亿两千万美元的总额是从一开始就定下来的，这样电文上才有‘不说不必要的话’这句话，我对此很感兴趣。”

弓成略一停顿，指着伊能辩护人出示的电文复印件，断然说道：“在这个阶段，已经决定从三亿两千万美元中提取四百万美元提供给美国，作为支付日本索赔的财源。换言之，就是由日本代付。”

“你看过电文，认为双方谈判已经达成一致意见了吗？即：在对美支付的这笔金额中包含本应由美方支付的四百万美元，从而换取美方承认索求权。”

“是的。总之，我认为这里面有骗局。日本提供本应由美国支付的四百万美元的财源，美国才对第四条第三款所说的支付项目表示系统性的理解。这就是说，通过日本解决美国支付的财源问题，从而实现对美索赔和对美支付的一揽子解决方案。”

伊能辩护人对弓成的证言点点头，又出示另一份电文复印件，“这也是您从三木女士那里得到的吗？”

第 559 号电文——井狩、施耐特会谈记录。

“对。”

“您看过以后，有什么样的感觉？”

“这与之前的爱池、梅耶会谈有关，美方对条约的表达方式感到为难，于是把一八九六年制定的信托基金法拉出来，表示运用这种形式可以接受日方的提案，但有一个条件，就是需要爱池写一封密函。”

“然后，您就获得有关爱池、罗杰特的巴黎会谈的第 877 号电文。”

“是的。”

“请您谈一谈看过以后的感觉。”

“当时爱池外务大臣的随行记者发回的新闻稿表明，写明美国自发支付内容的第四条第三款的协定根本就不可能达成一致，日方不得不放弃索求权。但是爱池外务大臣在会谈之后对记者说美方同意自发性支付。当我看到前方记者发来的电讯稿时，就感觉这场骗局已经完成。总之，日本原则上同意一直不肯明确表态的那封密函。”

每朝新闻社的清原参加爱池外务大臣的随行记者团。那一年，虽是六月，巴黎却气候反常，寒气袭人，由于下榻的克里雍大饭店的房间地面铺着大理石，清原一边不停地打喷嚏，一边通过与政治部的电话专线传递会谈的情况。回想起他激动兴奋的语调声音，弓成记忆犹新。

伊能摘下银丝边眼镜，询问的话题从采访转入撰写新闻稿：“您拿到这些电文后，根据电文内容写过有关归还冲绳谈判进展情况的报道稿吗？”

“第一次是在六月十一日早报第一版上发表代付问题的文章。”

“这篇文章是说四百万美元的支付金额已经决定的内容吗?”

“是的。表面上是美方自发性支付四百万美元,但实质上有日本代为支付的嫌疑。”

“六月十八日的早报上还刊登了您写的文章,但没有直接引用电文内容,是吧?”

“是的。没有引用。”

“出于什么考虑呢?”

“最大的理由就是:如果直接援引电文,担心会从我的采访范围内推断出信息源,必须对信息源保密。

“信息源的保密固然必须最为优先,但如何报道第四条第三款的背后交易也是我经常苦恼的事情。正因为归还冲绳具有特殊的分量,作为专属采访外务省的记者都想看到一个完美的冲绳回归,但也想揭露协定条文的虚伪性。

“我每天摸索如何使二者能够两全,最终选择国会预算委员会这个场合,从时间上说,也是追究真伪的最后机会。”

弓成讲述自己充满苦恼之后的选择。

旁听席顿时骚动起来。三木琢也发出满怀厌恶的骂声:“你诡辩!”

在本山审判长“肃静”的提醒下,旁听席立即安静下来。

伊能辩护人继续询问两三个问题后,重新戴上眼镜,问道:“关于您从三木昭子女士那里获得电文的事情,有什么话想在这里说的吗?”

“我在意见陈述时已经说过,我完全没有为达到采访目的而有计划地接近她、欺骗她的意图。另外,在三木女士拒绝的时候,我没有强迫她必须拿出来。我想明确地重申这两点。”

弓成明确表示根本不存在起诉状所说的强迫性教唆的情况。

“您与三木女士的个人关系什么时候结束的?”

“我记得大约是在昭和四十六年九月末。”弓成简洁地回答。

弓成作为当时的田渊通产大臣、福出外务大臣的随行记者团一员前往华盛顿圣克莱门特采访日美贸易会议，出差十天回国不久就分手了。

伊能辩护人点点头，严肃地说道:“从第一次出庭接受庭审至今，如果您有什么特别的感想，请说。”

“不少外务省官员作为检方证人在这里作证，但他们都以国家利益为借口隐瞒事实真相。即使有关的大臣在国会上都已经明确答辩过，在这里仍然强调外交谈判属于机密，拒绝作证。对于核心问题，一口咬定‘过程已经不记得’，回避作证，或者公然作伪证。

“正因为如此，我再次痛感:作为新闻记者，要把真实情况告诉国民，采访是何等重要。”

弓成严厉批判外务官员的作证态度，强调报道的重要性。

主询问结束以后，转入检方的反询问。

森检事的四方脸通红，对三亿两千万美元中是否包含四百万美元进行长时间的询问，弓成耐心地回答。不知道检方是故意还是理解不透，对归还协定缺少主见，也就不愿意听弓成的回答。

弓成谨慎地选择词汇回答询问，忽然想起在归还冲绳协定签字仪式后对自己判断所产生的动摇。当时，看完卫星实况转播后，就决定把自己对第四条第三款所说的美方自发性支付这个表达内容的怀疑告诉司政治部部长、桧垣首席编辑，并向他们出示这三份电文。从来都是沉稳冷静的司也惊呼“这可是第一级的猛料”，曾在霞关记者俱乐部担任首席记者的首席编辑也激动地说:“我这是第一次看见手写的电文，应该写独家新闻在头版头条大大报道。”

倒是弓成自己退缩不前。

当时要是鼓起勇气真的在头版头条大大报道独家新闻，将会是什么结果呢？

尽管十分留意上心，但与三木昭子的关系仅仅维持三个月就分手。弓成从美国出差回来，工作告一个段落，时隔半个月来到审议官办公室，不凑巧安西出门去了。

"那我改日再来。"

恰好山本事务官也不在座位上，弓成在昭子耳边低声说道："今天有时间吗？"

"以后不要再见面了。"

弓成捉摸不透，弄不清她的真实心情，当时不便继续说这种私密话，便到一层东侧给她打公用电话，问她怎么回事，但三木只说一句"就这么定了"，便挂断电话。

弓成担心昭子家里出了什么事，不能就这样不闻不问漠不关心地分手。两天后，三木同意可以短时间见面。

东京站丸之内进入口旁边的站前宾馆二层有一家古色古香的酒吧间。

柜台席沿窗设置，面对车站内的楼梯井，透过玻璃可以看见熙熙攘攘的进出站的人流，在这样的喧闹中，交织着见面与分别的喜悦与哀愁。

弓成和昭子默默地俯视着眼前的风景。

弓成要了双分量的苏格兰威士忌，昭子面前放着一杯杜松子奎宁鸡尾酒。服务员把苏格兰威士忌的杯子放在弓成面前后，弓成又问一遍，"又没有被你家先生、安西审议官觉察出来，怎么突然……给我一个理由。"

"所以，我说过了啊。你从美国出差回来，几天以后，官房总务课就发来通知，严格加强对文件的管理。你在华盛顿的时候，我出于一片好心用快件给你寄去文件，这份总务课的通知让我吓了一跳。”

“后来又发觉什么了吗？”

“那倒没有，只是觉得时间太凑巧了。”

“你这么一说，我也要多加注意。不过，我和你见面不是为了文件。”

从昭子略微肥厚、形状优美的耳垂飘来一缕淡淡的古龙香水的芳香，让弓成感觉陶醉。他内心深处的确有与昭子见面是为了交接文件的思想因素，但这是为了摆脱对妻子由里子的内疚心情而给自己寻找的借口。无论如何，想见面的心情是真诚的。

昭子的目光落在杜松子奎宁鸡尾酒细高的酒杯上，默不作声。

“我非常理解你凡事都要万分小心谨慎的处境，既然上面有这样的通知，我也不愿意你整天提心吊胆的。以后我们交往与工作无关。”

弓成的眼睛看着窗玻璃，心里却迸发出火热的感情。

“我的心情也还是想和以前那样继续下去，但如果没有关联别的事情，就这样子维持不下去。”

“可我们的交往才三个月多一点呢。”

“把文件拿出来，我有一种犯罪感，但能为你的工作帮点忙，我更高兴。你理解我的心情吧？”

“当然。我非常珍惜。”

“如果是世间司空见惯的那种关系，你和我不会继续下去。好，就这样吧……”

昭子目不转睛地凝视着弓成，那一对大眼珠饱含着万千感慨，弓成对她坚定的决心只好点点头，目送她的背影离去。

弓成依然坐在椅子上，看着窗下。

车站里熙来攘往的人流……这里有人生的缩影。弓成坠入巨大的失落感中。

森检事还在没完没了地继续反询问。

他的表情充满恶意，问道："被告人向三木提出给自己看这类文件的要求，其动机之一是出于在与其他报社竞争中获胜这种新闻记者特有的竞争心态吗？"

"这在我们当中是很自然的。但是，如果我对归还冲绳谈判没有怀疑的话，也许不会提出这样的要求。"

"当被告人拿到电文复印件后，并没有单独作出判断是否应该报道，而是与上级商量过吗？"

"商量过。"

"商量的结果为什么是不报道？"

"我想为信息源保密是最大的问题。"

"你第一次向被告人三木提出要求是五月二十二日，据供述记录，她立刻就答应了。是这样的吗？"

"是的。"

"没有任何犹豫吗？"

"是的。"

"你是否有过把手放在她的肩膀上，盯着她的脸，不停地苦苦恳求她的行为？"这样的询问包含着刺激人心的残忍。

"完全没有。我只是向她说明我的目的，请求她。她对我的请求没有表示拒绝。"弓成考虑到三木昭子的感受做出这样的回答。

"两天后，即五月二十四日，在交接文件的当天上午，你给三木打了电话。打了几次电话？"

"一次。"

"你给三木打过两三次电话，求她无论如何要帮忙……没有这样的记忆吗?”

“没有。”

森检事粗鲁地问道:“你没有把写有‘拜托了’文字的纸片放在被告人三木的桌子上吗?”

“那不是在这个时候。”

“那你是在什么时候把这张纸片交给她的?”

“是告诉她交接地点的时候。”

“比如说是春日经济研究所吗?”

“是的。纸片上写的是地点。”

“据庭审记录,被告人在第一次庭审的起始陈述中说过,自己与三木的特殊关系只是个人问题,与采访无关。是这样的吗?”森检事的脸上泛出淡淡的嘲笑。

“关于这一点,我已经陈述过。”

“你认为她为什么同意把文件提供给你?”

“因为我几乎每天都到安西审议官那里,与审议官关系密切,这也许使她的心理状态产生一种安心感。”

“就是说,你有一种自信,认为她对你是有求必应,所以才提出要求的吧?”

“我与她很早以前就关系密切,这也是原因吧……”

“如果因为关系密切就可以要求对方提供机密文件,你没有想过直接向安西审议官提出这个要求吗?”

“对我们记者来说,审议官也好,事务官也好,都是同样的采访对象。”

“所以,只要关系密切,也可以向安西审议官提出为撰稿作参考给自己看看机要文件的要求吧?”

“当时对机密文件缺乏了解,只是觉得这样的文件可以为撰稿作参考。”

“罢工的第二天，即五月二十二日，你们第二次发生特殊关系后，你马上提出需要文件。作为男人，本来不应该在这种场合提这个要求的，可你真说得出口。”森检事为了进一步给人造成“特殊关系”的深刻印象，故意提出更加露骨的问题。

“在与三木女士聊天的过程中，意外发现她熟悉情况，便想拜托她看看。”

“没有遭到拒绝吗？”

“我历来尊重对方的选择，既没有催促，更没有施加压力。”

弓成提醒自己一定要克制冷静，他的回答大概挫伤了森检事的锐气，气得他鼓起脸颊。

“这么说，特殊关系只是单纯的私通吗？”

“对这个问题，我认为没有必要回答。”

“特殊关系一般是男性认为女性遇到社会、家庭的困难，被告人难道不是在利用三木的弱点吗？”

“这个问题难道不是你刚才问题的翻版吗？首先，你提出这个问题的前提难道不是错误的吗？”

弓成对森检事反复提出这种无赖的问题忍无可忍，狠狠把他顶回去。森检事咬牙切齿，正要发作，被旁边的前辈检事制止，自己站了起来。

“你担任专职采访外务省的记者时代，因为发表独家新闻在社内获过几次奖？”

询问的角度出人意料。

“数不过来。但是我认为回答这个问题毫无意义。”

“有没有意义，被告人可以不必判断。这其中，信息源是否公开过？”

“没有。”

“出于什么样的心情把文件提供给社进党的横沟议员？”

“这与本案有关吗?”

“通过中间人将文件不附带任何条件地提供给一个关系并不亲密的国会议员,以前也使用过这种方法吗?”

“我有异议!”大野木辩护人严厉打断对方的话。

本山审判长问道:“检方对异议有何意见?”

“此事与案情有重要关系,所以不能说无关。”对方检事浅淡的眉毛轻轻跳动。

辩护团中年龄最小的西江律师紧接着大野木追问:“这与案情有什么关系?”

辩护团在事先商量的时候就确定不涉及横沟议员问题的方针。

检事嗤笑道:“如果对本案的案情没有影响,那么被告人三木为什么坐在这里? 请您解释一下。”

“三木女士坐在这里,是因为检方的不当起诉造成的。”西江白生生的脸充满愤怒。

本山审判长做出判断,“同意异议。请检方询问其他问题。”

检事点点头,转问其他问题,“你使用什么方法保管本案的电文?”

“这是我个人的事情,没有必要回答。”

“那么,一般而言,当记者得到重要情报源的珍贵资料后,是新闻记者以自己的判断由本人保管,还是应该由报社保管?”

“这也没有必要回答。”

对与案件的本质毫无关系的问题,弓成都口气强硬地顶了回去。

检方的询问几乎没有涉及国家机密的定义,而是纠缠于起诉状所写的男女关系,问题低俗恶劣。

接着是本山审判长亲自询问。

“第一次请求三木被告人提供文件的时候，向她提出要求什么样的文件？请尽量明确回答。”

“我记得是关于归还冲绳谈判的文件。”

“考虑过她会带来什么内容的文件吗？”

“当时没有考虑。”

“说过想要有关爱池、梅耶会谈的文件吗？”

“说过。”

“当时还特别说过什么话吗？”

“没有，没有别的……”

“据检事笔录，你特别叮嘱需要有关索求权的文件。”

“在双方谈判中，这本来就是重要的内容，我想没有特别强调过。”

本山审判长就井狩、施耐特会谈，爱池、罗杰特会谈也提出同样的问题，问道：“起诉状说你要求提供机密材料、机密文件，你在向她提出要求的时候明确使用过‘机密’这个词语吗？”

“没有使用‘机密’这个词。虽然没有特定要求机密文件，但心想也许会……”弓成像是在回忆，说话中断。

这时，右边的审判员探出身子，注视着弓成，问道：“这么说，当你看到三木被告拿来的电文时，感觉出乎自己意料吗？”

自庭审以来，这是这个审判员第一次询问弓成。

“与其说是出乎意料，不如说是意料之中。”

“就是说，当你看到爱池、梅耶会谈的电文时，其内容与你心中所持有的怀疑很接近，是吗？”

“是的。我一直怀疑日本政府代付这笔款项，所以从电文脉络上得到验证。”

“与自己所想象的一样？”

“是的。”

审判员询问结束的时候，可能因为旁听者太多使得空调不太管用，房间感觉闷热，加上情绪紧张，弓成满身大汗。

下午，在不停的雷鸣电闪震颤法庭窗玻璃发出咔嚓咔嚓声音的异常气氛中，三木昭子站在证人台前。

她身穿短袖麻布套装，领边别着一枚小珍珠的饰针，装束文雅持重，不过脸色比上午更显得疲惫。

坂元律师慢吞吞地站了起来。

“您在第一次庭审的时候，在这里进行过陈述。是吧？”

“是的。”三木轻轻点头。

“当时您表示全面承认起诉事实，后来您的想法改变了吗？”

“没有。”

“您可能被判处有罪，做好思想准备了吗？”

“是的。”

“现在有反省之处吗？”

“由于这起事件，给长期关照我的外务省各位以及我的先生造成麻烦，在此深表歉意，深刻反省。”

“安西审议官专属的事务官山本勇先生现在何处？”

“听说已经退休。”三木语带悲伤。

“我都经常听到您唉声叹气，后悔自己为什么会做出这样的事……”

“是的。现在想起来，只能说是千虑一失。”

“是因为自己的大意而造成的吗？”

“是的。”

“您被捕后第几天受到开除公职的处分？您是在哪里收到处分通知的？”

“……警视厅。”三木用手绢捂着嘴，似乎在抑制激动的情绪。

一直对三木怀有好奇心的旁听者流露出同情怜悯的表情。坂元律师判断法庭已经出现对三木同情的气氛，便进一步制造效果。

“后来您一直是怎么生活的？”

“依靠我的丈夫为数不多的房租以及我在坂元法律事务所打工的收入维持生活。”三木按照事先的演练安排回答。

“您在我的事务所里，有过行动受监视、外出禁止这样的事吗？”

“没有。”

“一些妇女活动家在您不在的时候来到事务所，留下号召您应该在法庭上进行斗争的传单和捐款，您怎么看待这件事？”

“我和她们的想法不同。捐款已经通过坂元律师还给她们了。”

“您现在有什么希望吗？”

“希望尽快结束审判，让世人尽快忘掉我，过普普通通的生活。”

这个问题的目的是希望法官酌情减刑，三木回答得有板有眼。

接着，森检事站起来。

“今天上午，弓成被告说他和你的关系十分密切，除了那种亲密的关系之外，真的具有那么密切的感情吗？”

“他不停地这样表达，我听了觉得不可思议。我对他的感觉是经常出入于大人物办公室的大记者，就我而言，对他没有密切的感情。”一直显示出痛改前非的弱女子形象的三木的态度发生微妙的变化。

“简而言之，是什么样的人？”

“感觉比其他记者可怕。”

“弓成被告一直说与你关系密切，是因为他每次去安西审议官办公室的时候，都是你传达的吧？”

“是的。他询问安西审议官是否在办公室的时候，我都比较亲切地回答。”三木的声音像事务官时代那样利落。

“你的先生是什么样的人呢？他对你的个人行为……”

“审判长，我有异议！她的先生现在就坐在旁听席上，提出这样的问题居心何在？如果想问这些事情，就必须采取让三木女士处于更加自由处境的措施。”大野木辩护人对检方的职业道德提出质疑。

审判长问道：“三木被告人，对于刚才森检事的问题，根据您的先生是否在场，您的回答会不一样吗？”

“没有关系。”三木回答得很干脆。

“那请你回答。”

“我先生的性格一本正经，严谨规矩。大概因为我在外面工作，对我深怀爱意，但对我的行动也格外关注……怎么说呢……也许认为把我放在外面很危险，因此经常打听，问得相当详细，简直像是盘查……”

听到“盘查”这个词，旁听者中也会有人产生不切实际的妄想。

“你晚回家，他抱怨吗？”

“当然。”三木明确表白丈夫对自己的爱情。

“然而，他并不知道你与弓成被告的特殊关系，是吧？”

“是的。我一直小心翼翼注意不让他发觉。”

检方对已经全部承认起诉状的三木昭子几乎没有进行询问。

本山审判长凝视着三木，问道：“您为什么将井狩、施耐特会谈的文件交给弓成被告，是他点名要这份文件的吗？”

“记得他说过，施耐特公使来了，想看看他会谈的东西。”

“他明确提出要看机密文件吗？”

“……这个……我记忆模糊。”三木第一次说话吞吞吐吐。

“我来问几个问题。”每朝新闻社辩护团团长伊能潇洒地站起来，银丝边眼镜掠过一道亮光。

“您第一次把电文交给弓成记者是五月二十四日，交接地点是他指定的吗？”

“……这……弓成记者来电话说想见面，但并没有明确见面的地点，我担心引起坐在对面的山本事务官的怀疑，便说出以前去过几次的新大谷饭店的一家酒吧的名字。”

检方一直主张三木受到弓成施加压力的教唆，但伊能的这个问题给检方当头一棒，是三木自己指定交接的地点。

“弓成记者八月下旬去美国出差，您通过航空快件给他寄过文件。一共有多少次？”

“一次。”三木的脸部表情有点扭曲。

“不，还有。准确地说，是两封。”

“是吗……”三木立即恢复常态，冷静回答。

“是弓成记者让您寄去的吗？”

“我是这样理解的。”

“是弓成记者事先把他在美国的地址留给您的吗？”

“我记得是这样。”

“那您为什么亲自向每朝新闻政治部查询弓成在美国的地址？”

三木无言以对。

“我的询问到此为止。”

伊能结束询问，这意想不到的情况让旁听者议论纷纷。

三木昭子像坍塌下去一样跌落在后面的被告席上，往边上移动，似乎想离弓成远一些。

“三木女士，要叫医生吗？”坂元问她。

三木使劲摇头，用手绢掩着脸，但并不像真心哭泣的样子。

弓成仿佛看到隐藏于三木昭子内心深处的魔性。

盛夏时节的湘南海岸，拥挤着洗海水浴的人们，沙滩上到处都是五颜六色的遮阳伞。

弓成一个人伸胳膊张腿呈“大”字形躺在松树的阴影下，戴着大墨镜，宽檐草帽遮盖着脸庞，但强烈的阳光仿佛穿透闭着的眼皮直射里面。

被告询问结束以后，从紧张的心情中解放出来，本打算安静地休息一阵子，可孩子们吵着要去玩，就由由里子开车到湘南海岸来。

由里子的妹妹芙佐子夫妇以及他们的三个孩子，加上她们的表兄鲤沼玲，一起在海里游泳。

一行十人在海里游了一圈后，在遮阳伞下喝着凉爽的柠檬汽水，孩子们兴高采烈地缠着平时很少在一起玩闹的爸爸。芙佐子的丈夫是医院的大夫，平时回家也很晚。不过，孩子们不会老老实实地待在遮阳伞下面，而是往海边方向跑去游玩。由里子和芙佐子互相给对方的后背涂抹防晒霜，在泳衣外披上披肩。事件发生以后，芙佐子的丈夫就一直在意弓成的身体健康，予以指导，不过他生来性格沉默寡言，倒是从悉尼城市开发第一线临时回国的建筑师鲤沼玲找话题聊天。

弓成不习惯这样的氛围，便找了个没人的地方舒适地躺下来，迷迷糊糊地睡过去，热得刚刚醒过来。

“亮太，在这儿午睡吗?”

弓成听见头顶上有人和他说话，把草帽掀开来一看，原来是鲤沼玲。他大概刚刚从海里上来，肌肤结实光滑的双臂和胸毛上挂着晶莹的水珠。

“太阳要照过来了，小心中暑……”

玲浓眉大眼，五官端正，双手放在从意大利买来的鲜艳的泳裤上，笑容满面地看着弓成。

“别管我，我是自得其乐。”弓成不耐烦地打断他的话。

“别这样啊，难得一家子出来玩，自得其乐……你不和洋一、纯二一起玩，他们会感觉寂寞的，所以和芙佐家的三个孩子一起到大海远处玩去了。”

“什么?! 到大海远处去了……”弓成猛然坐起来，连草帽和墨镜都甩掉了。

“他们还是小学生呢，别这么胡来……”弓成出于父亲的本能，表示强烈的不满。

玲耸耸肩，坐在他的旁边，若无其事地说道：“别担心，由里和他们在一起，都只到跳水台那里，不再往前去，交给由里了。其他人都已经上岸，正在捡海贝呢。我们都是在湘南长大的，从小和大海打交道，一下水就知道潮流和水深。”

弓成一听玲说这些话，就气不打一处来，连讽带刺地说道：“你说的我们，不就仅仅是你和由里子、芙佐子三个人吗？你搞什么悉尼城市开发，不是忙得一塌糊涂吗，居然还有时间经常去海边玩。”

弓成和玲只见过两次，一次是他和由里子的婚礼，另一次是洋一的第一次男儿节之后，不过弓成从一开始就对他没有好感。首先，虽说他和由里子是年龄差不多的表兄妹关系，从小就互相熟悉，知根知底，可是竟然当着弓成这个做丈夫的面无所顾忌地叫由里子为“由里”，这种满不在乎的神态就让弓成很不愉快。

玲似乎并不介意弓成的讽刺，抬头看着积雨云翻腾扩大的天空，说道：“其实我并不想回到这闷热的日本，只是因为在晴海举办国际玻璃展，就来寻找有没有适合悉尼高楼大厦使用的玻璃材料。我主张建筑物的功能与文化融为一体，所以很注重材料。”

玲作为建筑师，在欧美许多国家的设计事务所工作过，现在就职于波士顿的设计事务所，具有国际建筑设计竞赛的丰富经验。他浑身洋溢着不拘成规、全神贯注于自己所喜欢的工作的成功男人的光彩活力。弓成感到嫉妒。事件发生以后，弓成被戴上手铐，羁押在拘留所，人格被摧毁，他的自信和热情早已荡然无存。

“我说亮太，晚饭去八云的舅舅家一起吃好吗？他很高兴我们一起去。”

“算了吧。”弓成一口回绝。

玲沉默片刻，突然说道：“懦弱！”

弓成仿佛被扇了一记耳光，火冒三丈，声色俱厉地回应道：“这是你该管的事吗?！别自作聪明，多管闲事！”

“是吗？谁都有同情心，这起事件的本质是什么，我也大致了解，但这和由里所受到的一生都无法治愈的创伤、与她的父母亲心灵哭泣的悲伤是两码事。如果说对你还有什么期望的话，那就是希望首先去八云家里道歉。你不仅不去，还把由里扔在一边，不闻不问，这只能说你是一个相当不负责任的人，是一个懦夫，对你感到绝望。”

玲乌黑的眼珠含带怒气，把肚里的话说完以后，起身离去。弓成从他非同寻常的态度中觉察到对自己的责难和对由里子深切的关怀，不由得心头一惊。

“爸爸，玩劈西瓜游戏吧。”洋一跑过来。

这一年半的时间里，作为父亲，没有注意观察孩子的成长，突然发现他长高了，根本不像是小学五年级学生的细长手脚十分可爱。

“好，让你们看看，爸爸把西瓜一劈两半。”

弓成捡起地上的草帽和墨镜，拉着儿子的手，踩着热乎乎的沙子，朝妻子他们休息的遮阳伞走去。

干燥的秋日的阳光照射在每朝新闻社高层领导会议室里，副社长、主笔、编辑局长在听取辩护团三人的汇报。

九月十七日，检方最后陈述意见提出量刑意见；一个月后的昨天和今天两天，辩护方进行最后辩论，审判已经结审。从去年十月的第一次庭审至今，持续了一年的时间。

“明年一月三十一日判决吗？这是前所未有的艰难的审判。各位先生在法庭上充分表明我社的主张，我向你们深表感谢。”

从政治部升迁上来的副社长向伊能、高槻、大野木三位律师致谢，坐在两边的主笔、编辑局局长也低头致意。这两个人是接替由于这起事件而引咎辞职的久留、牧野的后任，所以对事件本身略有距离。

“在这十七次的庭审中坚持不懈斗争的各位先生看来，会是什么样的判决呢？”在每朝新闻社黄金时代享有盛名的小个子副社长的细长眼睛泛着亮光。

辩护团团长伊能谨慎地回答道：“虽然我们善于作战，但判决不下来，我还只能说是不容乐观。”

检方在九月提出的量刑意见是：判处三木昭子前事务官有期徒刑十个月，判处弓成有期徒刑一年。违反国家公务员法中的泄密罪，最高刑期为一年，可以看出检方对弓成采取极其严厉的态度，而对三木显示了一点温情。

伊能律师看着对面的副社长，说道：“我认为，在最大的争论点密约问题上，我们百分百获胜，但是在采访方法上，留给审判长的印象似乎是虽然属于正当业务范围，却发生伦理问题。这在判决中反映到什么程度，不好说……从这个意义上说，我认为不容乐观。”

副社长沮丧地摸着下巴，“就是说……从我们新闻记者的立场来说，尽管不教唆就无法采访，但如果这样就要成为处罚的对象，那就是大问题。大野木先生，是这样的吧？”

大野木手里拿着圆珠笔，点头说道：“是的。本来不正当、不合理的所谓机密就不能成为保护的对象，而且在交接电文的时候，其内容几乎已经众所周知，所以运用国家公务员法予以处罚本身就是不正当的。我们在庭审时一直强调这一点。”

在辩护团的五个人中对男女关系持有最保守看法的、检事出身的高槻律师歪着白发明显增多的脑袋说道：“虽然不能说是不当的教唆，但不能否定弓成利用了与三木事务官之间的男女关系。当然，这并不是检方所强调的心理性压迫、强制的行为，而三木给人的印象也大致是喜欢这种恋爱的冒险吧。”

与庭审开始之前的准备阶段相比，他的想法显得温和灵活。

“我们在法庭上避免了与三木互相攻击的局面，这一点得到很高的评价。”

大野木的内心相当自负，因为读日新闻的山部记者、同行业的律师都建议他必须紧紧抓住三木的异性关系猛烈进攻，以证明她不是一个能够受男人操纵摆布的女人，否则很可能失利。但是，辩护团判断不能这样做。

副社长问道：“对三木女士精神赔偿费的协商是年轻的律师先生在负责吧？”

庭审时，三木的辩护人坂元多次指责道：三木因受到弓成记者的牵连被外务省开除公职，现在生活困难，而每朝新闻社除了暂时支付一百万日元的生活费外，没有表示其他任何诚意。

因为当时还在庭审过程中，如果双方对精神赔偿费进行协商，会招致不必要的嫌疑，所以没有采取积极的行动。

“现在已经结审，协商这个问题没有任何障碍，由我和坂元律师交涉。”大野木承担了这项工作。

副社长再次低头感谢，“这样就放心了。总务局长那边，我去对他说。拜托您了。”

一切都是副社长安排做主，主笔和编辑局长只是附和。

因为法曹会馆还有报告会，三位律师告辞离开，副社长低头相送。

律师一走，副社长立即脸色阴沉下来，看着编辑局长，问道："弓成提出什么了吗？"

"您是说……"编辑局长没有说下去，似乎在揣摩副社长的意图。

主笔机灵地说道："副社长指的是辞职书之类的吧，他提出来了吗？"

"没有，现在还没有……"

"总不能老是停职吧，不管判决结果如何，去留问题要解决。"副社长的意思就是除掉弓成。

编辑局长感到为难，显得态度暧昧，"就他的性格而言，会老老实实提出来吗？得找一个合适的人给他做工作。

"假如判决无罪，逼他写辞职书，恐怕工会也不会答应，另外还有在知情权攻势时步调一致的其他报纸的面子问题，甚至旭日新闻、读日新闻这些竞争对手的记者也都站在法庭上慷慨激昂地为弓成辩护。"

"话虽这么说，如果在一审判决的时候不除掉，以后就不会有合适的机会。一审判决不论谁胜谁负，检方和被告方都不会就此罢休，都要上诉到最高法院。每朝新闻现在订阅量大跌，经营萎靡不振，总不能抱着弓成不放。知道这样做会引起风波，所以你要说服他自愿辞职。只要本人强烈要求自愿辞职，就不会有反对意见。"副社长明确表示报社的强硬方针。

从新宿京王广场饭店四十五层的休息室鸟瞰东京都的夜景，漆黑的天空下，闪耀的灯光如撒落的宝石绚丽多彩。

"那就是东京电视塔，白天看不过是粗糙的铁塔，夜晚真的好漂亮啊!”

三木昭子抿着淡琥珀色的鸡尾酒,发出陶醉般的声音。她今晚身穿粗花呢低胸套装,项链上南洋珍珠仿佛与肤色融为一体,泛着妖艳的亮光。

坐在她对面的是《周刊潮流》的松中记者,身穿做工精致的西服,面前放着一杯浅绿色的吉姆雷特鸡尾酒。

两人的感觉如同周围在烛光里依偎着轻声细语的一对对情侣,气氛融洽。

“要知道您这么喜欢这里,我应该早点儿带您来。”松中的脸上浮现出平静的笑容。

“其实这家饭店开张的时候,有一次我和弓成坐出租车路过这里,我只是有口无心地嘟囔一句,说想来这里看看,却被他不耐烦地打断,以后再说吧,弄得我特别扫兴。”三木端起酒杯靠近嘴唇,嫣然一笑。

“哦,还有这样的事吗? 这是证明你们两人关系的象征性小花絮呢。写进文章里不要紧吧?”松中依然不动声色地笑着。

“可以的啊。那是真事。”三木柔软的手指按在略显绯红的脸颊上,点点头。

“过了年,三十一日就是审判,感觉心乱吗?”

“我已经全面认罪,没有什么可失去的东西,而且这五个月里,和您这样见面,心里的积怨一吐为快,不再像以前那样凄凉孤寂。”

“第一次见面的时候,您的确一副心事重重的样子,脸色忧郁晦暗。”

松中记者俯视着东京街道的夜色,想起那一次访问坂元法律事务所离去时,三木追上来交给自己一张写着坂元夫妇不在事务所的日期的小纸片以后的事情。

松中一直在寻找瞒着坂元律师与三木见面的机会，没想到三木主动要求和他接触，虽然心情激动，但也审慎地观察她是否有什么背景。无法想象一个正处在丑闻漩涡中的女性会这样主动接近以特立独行著称的《周刊潮流》。

松中谨慎地选择离坂元法律事务所不太远、三木便于出来，又位于大街尽头的一家茶馆与她见面。

咖啡端上来以后，打扮素淡的三木低着脑袋，一副无地自容的样子，低声说道："我已经无法忍受庭审询问被告之前的演练。谁先脱的内衣？是上面还是下面？检方、辩护团会问这样的问题吗？"

松中安慰道："不会吧……不过，坂元律师是设想最坏的情况，万一这样的话，不至于您在证人台前无言以对，不知所措。他大概是为了万无一失的准备。检方不好说，但我想每朝新闻社辩护团不会继续伤害您这个信息源。"

"要是这样就好了……不过，这种演练再继续下去，我都快要疯了。被告询问结束以后，我想离开坂元事务所，可又找不到工作……"三木用手绢掩住嘴角，潸然泪下。

松中觉得在别的顾客眼里，是自己把一个女人惹哭了，心里有点不自在。

"如果我能给您介绍一个工作就好了，可是，我一个周刊杂志的记者……能做到的，只是在判决出来之前向您了解事件的全貌，责问于社会。"松中态度柔和地表明自己的目的。

三木红红的眼睛盯着咖啡，沉默片刻，然后抬起头，说道："其实我上一次和您打招呼，也是这个意思。"

懦弱无助的女子的表情一下子变得坚定大胆起来，松中对她的强劲势头感觉有点难以招架，但在确信她没有任何背景后，双方约定每周见面一次，当然是瞒着坂元律师，由松中采访事件的整个过程，后来改为一个月见两次。三木的叙述思路明晰，条理井然，直接就可以成为一篇文章。

当松中确信这个独家新闻比自己预想的更有轰动效应时，才向总编辑汇报。就连身经百战经验老到的高手总编辑也大吃一惊，一时回不过神来。松中继续采访，为了防止进进出出编辑部的那些自由职业的记者嗅出什么异样的味道，松中和往常一样，每周照样采访、撰稿，编写特辑文章。

最令人担心的是其他杂志横插一杠，半路将三木抢走，所以松中对三木真心诚意地相待，增加她对自己的信任感，同时三木本人也打算只在一家杂志刊登文章，这样双方便一致保持着良好的关系。

“稿子写完了吧？”喝完鸡尾酒的三木目光迷糊地看着松中。

“嗯，现在就看什么时候发表最合适。虽然也许还会稍加润色，但不论判决结果如何，内容是不会变的。下一周最后再确认一遍，到时候给您拍几张照片。”

“摄影师一起来吗？”

“不，现在对编辑部还是绝对保密，我来拍摄。我照相的技术很好的，您放心。和您见过这么多次，我已经琢磨出来从哪个角度拍摄最能体现您的独特的风采。”

“那到时候我还得好好打扮一番呢。”三木显示出跃跃欲试的心情。

松中见状，笑容满面地说道：“时间定下来后，我会尽快和您联系。因为这次是拍照，就不能像以往那样在茶馆，找一个不引人注意的地方。今晚打的我送您回家，您再来一杯鸡尾酒，尽情放松一下。”

“打的送我？我可住在厚木啊。”

以往都是松中送三木到最近的车站。

“知道。不就这一次吗？您喝得醉醺醺的，我陪您吧。”

三木的表情在烛光摇影中荡漾，而松中面无表情地叫来服务员，替她又要了一杯鸡尾酒。

为保证万无一失，松中记者不仅知道三木的住所，连她的户籍抄本也搞到手。今晚送她回家，目的是为了观察、掌握住所周边的情况。

夜色渐深的东京变得更加璀璨耀眼。

已经进入昭和四十九年，离判决还有一周的深夜，弓成盘腿坐在书房的桌子前面，一动不动地闭目凝神。

书房只有四张半榻榻米大小，从寝室把床铺搬到这里来，加上审判资料以及每天阅读的书籍堆积如山，房间就显得更加狭小，飘逸着淡淡的寂寥感。

虽然备有取暖炉，房间里却好像没有一丝热气，平时自斟自酌烧酒喝到深夜，今天也只是在晚饭时喝一点便不再继续。

除了严冬的寒风时而呼啸吹刮得挡雨板咣当咣当响动外，家人都已经熟睡，一片宁静。

一想到判决，尽管明白自己只是俎上之鱼，但还是心神不定。

在宣布判决之前，想和由里子谈一次话，从昨天就开始寻找一个合适的机会，洋一和纯二上学以后，他几次看着妻子走动的身影，也许虽然生活在同一个屋檐下，却因为长期没有夫妻间对话的缘故，最终还是没有抓住一个开口的机会。

无论如何明天要和她谈话，弓成把桌子上的东西统统挪到边上，翻开砚台盒的盖子，慢慢地磨墨。他在反复磨墨的单调动作中，心情逐渐平静下来。

墨汁研磨感觉快要黏稠的时候，他从资料堆下面抽出信笺，拿起小楷笔饱蘸墨汁，开始书写。

辞呈 因个人原因……我不想使用这样千篇一律的话，可是又找不到其他合适的词语。

日期没有写，墨汁干了以后，折成三折，装进白色的信封里。

经过不知道多少次苦恼焦灼的思考，最后做出这样的决定，按理说现在不应当还有踌躇不决的情绪，然而当他写完辞职报告后，感觉有一种东西从心底涌上喉咙。从学生时代就立志成为新闻记者，进入报社以后，在天职与意气的催发下，废寝忘食地埋头工作，正当事业蒸蒸日上的时候……如今落得写辞职报告的下场……自己被人生的挫折所击倒。

“你还没有睡啊？”拉门外意外地传来由里子的声音。

在这样的深夜，久违地听到由里子的声音，弓成一边回答“你怎么起来了”，一边把装有辞呈的信封放进抽屉里，然后稍微打开拉门。穿着长睡衣的由里子担心地探出脑袋。

“晚上这么冷，不睡觉小心感冒。我煮了葛粉汤，你喝一碗，暖和一下身子，赶快休息吧。”

由里子关上拉门，从厨房里端来热气腾腾的葛粉汤，递给弓成。

“谢谢。”

弓成接过葛粉汤，心想现在正是和她谈话的机会。

“坐吧。”

由里子把堆积如山的报纸往旁边挪了挪，坐了下来。

弓成看着葛粉汤的热气，说道：“快判决了，辩护团说绝对相信无罪，不过这一点不好预测。”

“是吗……但是我相信你无罪。”由里子语气坚决。

“无论如何，这么长时间，让你受苦了，对不起你。”弓成真诚地道歉。

“记得以前有一次我打扫这间书房的时候，看见盖有机密印章的材料，问过你这不要紧吧。”

这是在事件发生大约一年以前，由里子用掸子掸除书架的时候，盖有机密印章的材料从活页夹子里掉到榻榻米上。她本想把材料放回活页夹子里，一看不止两三页，不由得担心起来，有意无意地询问丈夫。

“当时我责怪你，说让你不要插嘴我的工作，其实应该谦虚地倾听你的意见。”

“我的确不应该干预你的工作，不过，那种感觉老是堵在心里……没想到发展成现在这种事态……你也被政治性逮捕……”

平时表现出坚强性格的由里子现在颤抖着肩膀，弓成想把妻子搂在怀里，抚摸她的肩膀，但是他没有伸手，由里子也没有扑到他怀里。他知道，这就是存在于夫妇之间的巨大的鸿沟。

“除了判决之外，还有一件事必须告诉你，就是我打算辞去每朝新闻社的工作。”弓成没有提到抽屉里的那份辞职报告。

“为什么呢？你除了新闻记者，别的还会干什么呢？是不是报社找你谈话了？”

“没有，现在还没有人对我说什么。但是，如果三木有罪不变，我考虑必须为结果负责。”

“是嘛……”由里子伤心地嘟囔着。

弓成勉强以平静的口吻淡然说道：“除了当记者，我没有别的本事。辞职以后，怎么过日子，我没有自信。由里子，希望你不要受我的选择的影响，更自由地生活下去。”

“考虑到洋一和纯二这两个孩子，我还不能做出这样痛苦的决定。”

为了孩子，由里子一直考虑暂时分居，她对家庭这个纽带的断裂破碎感到害怕。

“你好好考虑考虑。三十一日一审判决以后，我们不服，会提出上诉；检方不服，也同样会上诉。以后的审判会拖很长时间，我不想用被告的妻子这条绳索一直捆绑着你。”

由里子从丈夫固执的态度中忽然对他的未来感到不安，但是她无法打破弓成顽强的、令人难以接近的沉默，于是站起来，留下一句“你早点休息吧”，走出书房。

由里子走后，弓成一直压抑在胸中的情感喷发出来，化作涟涟泪水。

宣布判决的前一天夜里，每朝新闻准备明天见报的稿件接连不断地集中到位，大部分是社会部记者撰写的稿子，做好两手准备，不论判决弓成有罪还是无罪都能应对刊载，社会部和整理本部合作共同编排版面。

这时，司法记者俱乐部的年轻记者齐田正在报社租借的饭店一间房间里，叼着烟卷，焦急不安地来回转圈。

一个星期前，首席记者命令他撰写刊登在社会版的有关判决的“软性”报道文章。“硬性”报道由每次都去法庭旁听的首席助理撰稿。虽然自己熟悉法律，也多次列席辩护团的讨论，所以是他人难以替代的记者，但这是一起大事件，有时本社的记者接受判决，按说社会版头条的报道稿由机动记者撰写最合适。

当首席命令他的时候，齐田感到困惑，问道：“说是法庭内外的事情，这怎么写啊？”

首席随口说道：“你感觉什么就写什么好了。”

从这一刻开始，齐田就感到沉重的压力，他本人虽然不满政府当局对这起事件的态度、做法，但对弓成记者、报社的应对措施也不是完全赞成，所以，即使弓成记者被判无罪，自己也写不出欢呼赞美的文章。

从什么角度来写呢？与“硬性”报道不同，“软性”报道需要记者的视角，齐田思来想去，绞尽脑汁，到判决前三天，还是无从下笔，于是妄想审判长突然生病卧床，审判延期。

然而，审判长并没有生病，他的文章构思依然一张白纸，终于到了判决的前夜。

平时抽烟并不多，今天只是因为憋不出稿子来，一支接一支，不知不觉这双人房间已经烟雾弥漫，两个烟灰缸塞满了烟蒂。

突然，有人拧开房间的把手推门进来，是与自己同住这间的机动记者爱甲刚刚结束夜间采访回来。

“怎么回事啊？烟雾腾腾……”爱甲觉得奇怪。

“对不起，我开窗。”齐田打开朝向报社大楼背面的窗户，一脸憔悴，说道，“其实要我写判决弓成的稿子，弄得我束手无策。”

爱甲是一个优秀的记者，事件公开化之前，一直长驻司法记者俱乐部，四月的人事变动，他成为机动记者。齐田最近听说，弓成记者以违反国家公务员法被捕的那天夜晚，司法记者俱乐部的首席把爱甲叫去，就辩护团的人选问题征求他的意见。

当时爱甲说道：“如果是以违反国家公务员法被捕，辩护团不能以检事出身的高槻律师为核心。每朝新闻必须打出知情权才能战斗。”

爱甲推荐精通法理、享有秀才盛誉的大野木律师以及同一个事务所的山谷律师。

齐田还清楚地记得，“知情权这个词语也是与宪法二十一条的言论自由相关的关键词”这个观点第一次是从爱甲这里听到的，当时他立即记在笔记本上。齐田情不自禁地向自己所尊重的大前辈记者吐露心声。

爱甲一边开窗一边问道：“你对弓成事件怎么看？”

爱甲对晚辈记者说话的语气也很客气。

齐田小心翼翼地坦率说出真心话:“这起事件本质上是围绕归还冲绳谈判的密约问题,把这个密约告诉国民,这是弓成采访的意义所在。但是,在采访过程中发生男女关系,而且造成没能为信息源保密的结果,这对新闻记者来说是非常负面的因素。即使是同一个报社的记者,也不能为他文过饰非。”

爱甲平静地点点头:“你按照这个思路写不就行了吗?”

“可这样写出来的东西含带批评每朝新闻的意思啊。”

“这样的话,那没办法。”

“审判是上午十点开始,中午结束,稿子必须在晚报的最早版见报。审判一结束,即使立即奔跑出去电话送稿,时间都非常紧张。如果稿子含带批评每朝新闻的内容,编辑局就要研究讨论,结果是或者通不过,或者赶不上排版。”齐田把担心的事情全部告诉爱甲。

爱甲坐在床上,解下领带,语气平和地说道:“你写的稿子含带有每朝新闻社在事件的处理上有点问题这样的意思,我认为不会被扣住不发。但万一出现这种情况,你受到处分、降职,作为记者也就可以死而瞑目了。如果你受处分,我不是也和你一样降职吗?”

一席话让齐田茅塞顿开,深感自己是如何地稚嫩……事件发生的时候,首席记者就对他说“报社的态度是这个样子,你就淡淡地采访吧”,可是自己后来又是旁听庭审,又是参加言论自由的演讲会,时间一长,就形成过分强烈的“本社事件”的意识。自己怎么想就怎么写——爱甲的话让齐田感觉心里有底。

一月三十一日,对外务省泄密案进行宣判的日子。审判长本山提前从阿佐谷的家里出门。

早晨,强风裹着夹带雪花的细雨斜打在脸颊上,感觉疼痛。妻子为他送行,本山站在大门口的车廊上,前来迎接的司机立即打着伞从车里下来走上前去。

本山戴着黑边眼镜，面带温和的微笑，右手提着装有判决书的鼓胀起来的公文包，钻进司机撑着的雨伞里，瞥一眼圈绕围墙上的铁丝网。由于本山曾参加对联合赤军的审判，后来发现有可疑分子试图侵入本山住宅，于是杉并警察署就在他家的围墙上安装铁丝网以为防范，夜间也有警察巡逻。

前些日子的一个夜晚，上高一的儿子的一个朋友要到家里来，却因为找不到在路上转来转去，好不容易转到家门口的时候，被两个警察抓住盘问。当时他大喊大叫："本山快来救我！"连左邻右舍都听见。本山听到这件事，不由得苦笑。

本山坐进车里，问道："这么个坏天气，路上大概会堵车吧？"

从阿佐谷到东京地方法院，不走高速，走普通公路的话，因时段而异，一般需要三四十分钟以上。

司机认真地计算道："虽然月末车多，但审判长提前出来，我想九点左右可以到。"

以前有过一次教训：由于路上遇到交通事故，无论如何也赶不上十点开庭，只好通过车里的无线通讯请求警车前来开道。

本山把公文包夹在腋下，对仅仅一年三个月的时间就能做出判决，感慨良深。

违反国家公务员法的刑罚最多不超过一年，所以这起案件起初由审判员只有一个的独任审判审理，但大概鉴于是事关国家机密、知情权的前所未有的案子，急忙转到由三个审判员组成的合议部。什么样的案子由哪个部审理，案子的分配是很公平的，由案子受理的先后顺序公平分配。

合议部平时都要承担两位数的案子。审理的规则是：审判员在形式上各自独立，没有上下级关系，平等交换意见，最终判决意见是少数服从多数。本山的第七部有左右两个陪审法官，三人互相配合，密切合作，对这起没有先例的案件倾注巨大的热情和精力。本山家里有关本案的材料从地面一直摞得快到天花板，他阅看这些庞大的材料经常到深夜，和同事交换看法。

辩护团从正面切入机密问题，展开辩论，所以必须听取多方面的意见。而对手检方也保持一触即发的态势，相当善战。出庭起诉的检事个人能力另当别论，关键是他们背后站着维护国家威信的检察长以及全体检察官的坚强后盾。

本山在这场审判中时时刻刻保持着高度紧张的精神状态，尤其在证人询问时，对方提出异议，要做出正确的判断，就必须一直全神贯注地倾听。这种绷着神经的紧张感是以前的审判所没有的。

去年案子结审以后，本山与正是意气风发的右边陪审员、已经三十岁的左边陪审员多次合议，大家的看法很一致，没有产生意见分歧，主要是本山花两天时间写出判决理由，现在的心境可以说是明镜止水。

沿途交通并不堵塞，九点，车子到达东京地方法院正门前。

本山提着沉甸甸的公文包乘电梯来到三层的判事室。一般在判决之前都是把判决书放在书记员那里，在宣布判决的当天，当审判长进入法庭落座的时候，判决书就已经摆放在他面前。但是，这次审判格外复杂，因为对判决书还需要斟酌推敲，本山带回家里再次修改。

三层走廊两侧并列着从第一部到第二十六部的检事室，本山的第七部位于走廊的尽头。本山一推门，只见两个陪审员对坐在大铁桌子旁，司法进修生也坐在其他桌子旁边。大概因为这是全国国民密切关注的重要案件的判决，感觉房间里弥漫着一种平日没有的紧张兴奋的气氛。

本山审判长从公文包里取出厚厚的判决书，递给两个审判员。

在昨天晚上斟酌修改的地方都贴有浮签，首先是右边陪审员接过去，翻看修改的地方。圆珠笔在红线边框的草案纸上写着密密麻麻的修改意见。在起草判决书之前，他们多次一起研究，交锋观点，统一看法，所以每一句每一字都牢牢记在心里。

在他们看判决书的时候，本山望着窗外。雪已经消失，冰冷的小雨还在下，对面是法务省的红砖大楼。

一会儿，书记员来通知说离开庭还有五分钟。本山等人从各自的衣帽柜里取出黑色的法袍，套在西服外面，沿着与上班时不同的后面专用走廊向电梯走去。走廊旁边的窗户面向日比谷公园，窗户外面贴上装潢纸，这样从外面看不见里面的审判员。电梯也是专用，不让外面的人看见，只有地方法院的工作人员以及被羁押的嫌疑人、看守才能使用这部电梯。

在七层走出电梯，再沿着专用走廊进入七〇一法庭后面的合议室。这间细长狭小的房间没有窗户，亮着日光灯。

通往法庭的相当厚实的门关闭着，隐隐约约传来旁听者嘈杂的声音。

十点整，法庭书记员高喊“起立”，本山审判长与左右两位判事深深地交换一下眼色，打开通往法庭的门。从合议室一走进法庭，视野顿时开阔起来。

三木、弓成两个被告相隔大约三米坐在被告席上，能感觉到旁听席热烈的气氛。

审判长入席后，温和的表情立即变得严肃，说道：“请两位被告人出来并排站在证人台前面。”

身穿深蓝色西服的弓成先站起来走到证人台前面，接着身穿黑色连衣裙的三木低着头，与弓成相隔大约一米，脚步有气无力地跟着走过去并排站在一起。他们这样并排站在证人台前面还是第一次庭审以后的第二次，但两人的距离仿佛更远。

从事件发生至今一年十个月，庭审一年三个月——审理速度之快出乎意料，何谓民主国家的国家机密？应该如何实现知情权？法庭就如此重大的问题进行理论的争辩和论据的交锋，今天就要做出是非曲直的判断——旁听者屏息凝神，在充满紧张的寂静中等待着宣判时刻的来临。

“正文。

“判处被告三木昭子有期徒刑六个月。自本判决确定之日起缓期一年执行。被告弓成亮太无罪。”

本山审判长响亮的声音打破法庭内紧张的寂静，旁听席激起翻腾的波浪。

无罪——弓成抑制着心灵的激动。

森检事歪着嘴唇。每朝新闻社辩护团的五个律师依然保持严肃的表情凝视着审判长。

弓成对自己无罪、三木有罪的判决感到内疚，悄悄地偷看她一眼，三木依然低着脑袋，看不见她的表情。

本山审判长与左右两名判事交换目光后说道：“由于判决理由很长，请两位被告回到自己的座位上坐下。”

他们一回到自己的被告席上，本山看着弓成的眼睛，提醒道：“首先宣读三木昭子被告的判决理由，弓成被告，其中有的事项与你有关，请你注意听。”

本山审判长开始宣读判决理由。

“首先，关于国家公务员法第一百条第一款（泄密罪）的所谓‘秘密’的含义以及外交谈判与该机密的关系……”

本山审判长略一停顿，继续念下去。

“这里所说的‘秘密’，应该理解为实质上作为秘密具有值得保护的事项，即具备非公知性、隐匿的必要性的事项。

“鉴于国家公务员法以保障对国民民主、有效地行使公务为目的，因此应理解为如果该事项被泄露，将会对公务的执行产生显著的危险性。”

接着，本山审判长论述外交谈判的具体内容及其实质秘密性。

“……外交谈判必须考虑第三国的立场、国际形势，同时也必须充分考虑适时实现全体国民正当利益的要求以及保持信任关系。

“在以缔结条约、协定为目的的外交谈判中，签订之前隐秘谈判内容乃为国际惯例，未经许可擅自泄露会谈内容具有对对方国家等其他外国丧失信誉的危险性。

“本案三封电文都涉及归还冲绳谈判关键阶段的高层领导会谈的具体内容，所以断定存在有实质秘密性，认定三木被告泄露电文的行为违反了国家公务员法第一百条……”

弓成辩护团强烈主张这三封电文的内容大都被日美的媒体所报道，已经成为众所周知的事实，被指定为秘密不过是单纯的形式而已，但审判长认定电文具有实质秘密性。

本山审判长接着宣读判决弓成被告无罪的理由，语调显得抑扬顿挫。

“首先，关于教唆罪的含义及其成立要件。国家公务员法第一百一十一条规定的教唆，应该理解为怂恿对方足以产生实行泄密行为之决心，是一种使该公务员下决心实行泄密的具有危险性的行为。

“虽然不能认定被告固执或者强迫性地实施上述怂恿行为，但可以认定利用与对方、三木被告的男女关系实施这种行为，因此，弓成被告的行为符合教唆的构成要件。作为肩负公共使命的新闻媒体的记者，这种有违采访正道的行为，难免受到社会的谴责。但是，记者的采访对象不受限制、力图获得更准确内容的采访活动这种热情与职业意识也应该予以理解。而且，考虑到虽然弓成被告与三木被告的关系在伦理上存在被谴责之处，但具有法律不应深究的一面，所以即使弓成被告的行为在手段方法上欠妥，综合考虑各种因素（如法益①的比较衡量），无法断定这种程度的行为不具有正当性。

“如果将采访行为作为泄密教唆罪定为可罚性行为，固然有益于有效进行外交谈判，却减弱通过报道所产生的民主性制衡，无法完全履行新闻媒体所肩负的公共使命感，造成采访活动的萎缩，这反而有损于国家利益。

“本案所涉及的归还冲绳谈判是国民关心的大事，弓成被告的行为不具有对有效地进行谈判造成不可挽回的恶劣影响的危险性，而且电文内容在日美报纸上都已经在一定程度上予以报道，其实质秘密性的程度并不高，无法认定弓成被告的行为具有上述危险性。

“综合上述情况，可以认定本案中弓成被告的怂恿行为缺少违法性……”

审判长宣读判决书长达两个小时。

法院事实上认定存在有冲绳密约，但也认定电文的实质秘密性，所以判决三木有罪。

经过对保密与采访自由的比较衡量，弓成总算是认定无罪。

“闭庭！”

随着书记员的声音，各报记者争先恐后地奔跑着给各自的报社打电话发稿。优先考虑报道采访自由的判决是各家报纸团结一致进行斗争、展开知情权攻势的胜诉。

“弓成……过后见。”

空空荡荡的记者席上传来政治部前部长司的声音。他依然衣

① 法益，刑法学上的用词，指的是法律所保护的利益。

着整齐端庄，给弓成送来祝贺判决无罪的笑容。弓成原先与这个上司性格不合，事件暴露之前，司好几次询问信息源问题，但弓成都闭口不说，结果给这个上司造成这么大的麻烦。弓成对现在是报社评论员的司点点头，然后向三木昭子走去。坂元律师用尖锐的目光阻止弓成接近三木，但三木昭子表情疲惫憔悴的素面自庭审以来第一次正面看着弓成，那流露出说不上是挑衅还是轻侮的强烈目光让弓成恐惧畏缩。

弓成和辩护团在地方法院内共同会见记者后，与宣传部的记者一起回到报社，独自来到编辑局。

编辑局正好响起通知晚报最后版截稿时间的铃声，整理本部正在紧张地进行稿件的最后调整。

“大前辈，无罪判决，真为你高兴。”清原像等待已久似的从座位上走过来。

这个清原仿佛是接替弓成的工作，从专属采访外务省调到永田町记者俱乐部。弓成所敬重的首席编辑桧垣已经不在这里，感觉大家的态度有点冷淡，两个首席编辑也只是敷衍般地说道：“这下好了。晚报从头版到社会版都要大张旗鼓地报道。”那口气听起来倒是为每朝新闻社的清白感到高兴。

“弓成！”编辑局长大声叫喊弓成。

政治部部长不在，本应该第一个向编辑局长报告的。于是弓成对清原扔下一句“你回俱乐部去吧，找时间慢慢聊”，接着走到编辑局长面前。

“我们一直相信会胜诉，这下子报社也很有面子了。”

智慧型外貌、身材修长的编辑局长笑容满面，瞟了一眼旁边的会议室，示意弓成，自己先站起来。弓成感觉到编辑局所有装作漠不关心的人们的目光一下子全部集中在自己的后背上。

走进桌子上只放着一个烟灰缸的毫无情趣的会议室，坐在编辑局长对面。编辑局长开口说道："我刚刚听到的消息，田渊总理认为这个判决还可以，他说对方适用公务员法，弓成属于采访活动，这是一次符合常识的判决。"

这个新编辑局长是经济专业出身，性格细致周密，被提拔上来作为牧野的后任，他一开口就炫耀自己的消息灵通，这的确让弓成感动得热泪盈眶。

接着，编辑局长话题一转，问道："现在你先慢慢休养，对自己的将来有什么打算吗？"

"现在满脑子就是判决的事，以后的事情还没有……"

"噢……其实副社长很为你的将来操心。他说趁着胜诉的机会，离开报社，寻找一条能充分发挥你的能力的道路……"

编辑局长被指派负责说服弓成辞职这个吃力不讨好的任务，他说话还是有点不够硬气，翻着眼睛瞧着弓成，显得胆怯。弓成对这种逼迫辞职的做法深感屈辱，使劲咬紧牙关。以为政治部离开自己就运转不了，于是没日没夜、废寝忘食地埋头苦干，然而曾几何时，不到两年，就变得如此冷漠。

"我已经准备好了辞呈。"弓成从西服内口袋里掏出白色的信封，递过去。

在判决这一天把辞呈带在身上出庭，离开家门的时候心里很不好受。

编辑局长从写着"辞呈"粗毛笔字的信封里拿出信纸来，展开看过，确认以后，大概放下心来，忽然情绪爽朗起来。说道："不愧是弓成。其实，事件发生以后，社里就有人眼睛不是眼睛鼻子不是鼻子地说要强迫你辞职，所以你留在社里，反而费心劳神。这样多好，你以后可以站在自由的立场上大显身手。即使检方提出上诉，每朝新闻和你还是一个命运共同体，版面依然和现在一样支持你。”

“这一点请你多加关照。”弓成施礼后，走出会议室。

弓成故意缓慢地在编辑局里走着，走向衣帽柜。他感觉到自己的背后聚集着众多好奇的目光。

弓成将小钥匙插进锁孔，打开柜门，里面空空如也。在职的时候，为了防备万一，随时不会误事，衣柜里总是挂着一套丧服，里面还堆着许多资料。但停职以后，衣柜里的东西基本都清理完毕，只是把工作证、进出国会的徽章装在茶色信封里放在衣柜的上层保管起来。这个一交还，自己就不再是新闻记者，失去所有的职称和任何保障。想到这里，他感觉到一种双膝弯曲、坠入无底深渊的恐惧。

“大前辈……”身后传来清原担心的声音。

弓成一下子回过神来，恢复正常的表情，说道：“你还在啊？劳驾你把这个还给庶务课，好吗？”

弓成把茶色信封递给清原，这最后的托付令人心酸。

“可是……”

“我已经把辞呈交给编辑局长了，以后就靠你了。”

“这怎么能行……安西担任驻美大使昨天飞往华盛顿去了。”

清原是想挽留弓成，弓成点点头。驻美大使是外务省的最高人事安排，一般都是担任过事务次官的人最后荣升的具有荣誉的位置。安西没有担任过次官，却能成为驻美大使，这种人事安排的背后大概反映出小平外务大臣的强烈意志。弓成感觉肩负的沉重罪恶感的一部分稍稍减轻，心情平缓下来。然而，看到自己周围的人升迁到令人羡慕的位置上，更平添一层孤独感。他对清原什么也没说，大步走出编辑局。

大手町的售货亭前围聚着许多正去上班的人们，他们在购买今天早晨发售的《周刊潮流》。

《周刊潮流》的封面上印刷着醒目的大字号标题:《外务省泄密事件女主角三木昭子的“我的自白”》。

《周刊潮流》瞄准昨天判决这样的大好时机,而且还在今天的各家早报上刊登《周刊潮流》发售的大幅广告,售货亭前张贴着耸人听闻的煽动性的广告纸,购买的人还真不少。

《周刊潮流》的松中记者竖起大衣的衣领站在附近观看众人购买的情景。

从去年初夏开始,他花费半年多的时间,极其耐心谨慎地采访三木昭子,然后归纳整理成文章,与总编辑、主任编辑再三商议,潜心等待最佳时机。松中感觉自己的周密计划获得圆满成功,但他再次回想起过去那些如履薄冰的日子。他一直害怕由于三木昭子的心情变化很有可能被其他杂志挖走,这种恐惧感可以说折磨着他,虽然根据三木的讲述写了不少独家报道的文章,但她是一个绝对不可掉以轻心的对手。

松中看着杂志被众人抢购的场面,想起杂志的样本从印刷厂送到编辑部是在前天的深夜,除了给社长、总编之外,还剩下几本。总编把散发着浓厚油墨味道的杂志放在松中的桌子上,高兴地几乎吼叫起来,“干得好！绝对销售一空。”编辑部已经下班,只剩下几个年轻的记者,听到总编吼叫的声音,大家才知道原来是猛料独家报道,心情异常兴奋。

整整十页的独家采访报道近来十分罕见,总编拍板决定这一期的印数增加到一百万本,是平时的一点五倍。周刊杂志不能轻易增加印数,印刷多少对于盈亏至关重要。

当天晚上就在新宿的烤鸡肉串店干杯祝贺,激励鼓劲。松中昨天一拿到杂志,也把醉酒的头痛忘在脑后,上午直奔市川的三木琢也家。

松中把最早版的杂志递上去,琢也就流露出明显的不快,说道:“不可以修改了……”

他首先注目观看身穿套装、神态飒爽的妻子上半身大照片，然后开始阅看文章。他比第一次审判的时候更加削瘦，颧骨突出，青黑色的脸庞逐渐微微发红，看完以后，扑簌簌的泪水流淌下来。

“写得好。这样的报道让她申冤出了一口气。”琢也从心底表示感谢。

接着，松中来到饭田桥的坂元法律事务所。坂元一看封面，大吃一惊，手指头沾着唾液迅速翻看文章。看完以后，声音低沉地说道：“你真厉害！我一点儿也没发觉你居然在干这种事。”

松中对自己经常到这里来，却没有把这件事告诉坂元表示歉意。坂元反而感谢道：“好了，我并没有责怪你。这记录文章才是报纸没有刊登出来的真相，对我来说也是很好的纪念。”

三木昭子决定不上诉，刑期就这样确定下来，坂元律师今后就不再参与这个案子，所以很高兴得到这个可以留存下来的采访手记。

这个采访手记是在即将提出上诉的时候发表的，松中受到三木的丈夫和辩护律师的感谢，内心充满大功告成的充实感。

二月一日，凛冽寒风中，售货亭的店员解开捆绑追加上货的《周刊潮流》的绳子，杂志堆积如山。

采访手记经过多次的修改润色，可以说是字斟句酌。

激动的心情终于平静下来，松中默默地反刍着全文。

外务省泄密事件

期待着判决和离婚

我的自白

三木昭子

这两年，仿佛带走我人生的一切。

如果我没有卷入轰动社会的所谓“外务省泄密事

件”，大概现在还是外务省的一员普通的女事务官，每天在霞关上班，一丝不苟地整理材料、接听电话吧。大臣、次官、外务审议官的秘书都称为“专属”，我肯定依然也是这“专属”之一。

我的上司安西审议官如果升任次官，我也许会成为次官专属，也许会成为新任审议官的“专属”秘书。

算了，不说这个，重复多少遍这种幻想都是徒然。如果有人说我是愚蠢的女人，我无言以对。事到如今还说外务省是我无比怀念的“值得骄傲的工作单位”，又有谁能相信呢？是我自己深深地伤害了这个无比怀念、值得骄傲的工作单位，这已经成为世人皆知的事实，为此我受到法律的制裁。

的确，这起事件起因于我的懦弱。但这绝非全部。比我的懦弱更加恶毒卑鄙的力量在“知情权”的名义下把我紧紧束缚，使我甚至失去辩解的心情。我现在只是想以向神忏悔的心情将降临在我身上的可恶的事实，连同我的懦弱，向世人明确自白。

我与每朝新闻社的弓成亮太记者相识当在十年之前，起初我觉得他很可怕，似乎有一种对人威压的气势。当时在霞关的记者俱乐部中，他与外务省高官的关系比其他人都更加密切。

当时，外务省第一次设置外务审议官这个职务，我成为首任审议官的“专属”秘书。这位首任审议官把半路被录用进外务省的我培养成一个合格的女事务官。

事件发生以后，社会上似乎流传我与这位首任审议官之间的风流韵事。其实没有这回事。这样的风言风语原先在外务省内也曾流传过。然而，我对这位首任审议官只是心怀尊敬与好意之情，他对我也只是视同女儿。他的两个女儿都已经出嫁，大概内心会产生一些寂寞之感。休息日，偶尔会带我去听音乐会，或者一起吃饭，每次都告诉我用餐的礼仪、交响乐的知识等。后来，他调任驻欧洲的大使，还每周给我来两封信。周围的人胡乱猜测，说"是情书吧"，其实内容几乎都是委托我办理他的私事。但他赴任后寄来的第一封信里所写的"您对我所做的一切工作都如同宝石一样"这句话我至今无法忘怀。

后来我成为安西审议官的"专属"秘书，搬到新的办公大楼以后，弓成记者就开始频繁地来找审议官。

他来的时候，我想必须先要向审议官通报一声，征求他的同意，便对弓成说"请稍候"。可是他总是阻拦我说"不用了"，随便直接进入审议官办公室。我觉察到安西审议官与弓成记者的关系特别密切，于是对虽然感觉有点傲慢的弓成记者也热情接待。我对他不过是出于工作上的亲切态度，但是他大概误解为我表示的爱情吧。

我绝对不会忘记接受弓成记者邀请的那一天所发生的事情。昭和四十六年五月十八日，那一天由于私铁罢工，霞关站的地铁也停止运营。

其实，那不是弓成记者第一次"邀请"我。以前他对我和我的男同事说过，"老是受到你们的关照，找个时间请二位吃饭。"可是说归说，就是没有兑现，我和同事还经常开玩笑地说"这也许是一张空白支票"。

然而，五月十八日，这张支票终于兑现了，而且以我的命运为代价换取他实现卑鄙的"邀请"。

罢工那一天，弓成记者像往常那样来到审议官办公室，由于审议官不在，他对我们说道："你们都走不了吧？"

我的同事对弓成记者说："我不要紧，你送三木吧。"

我起先婉拒，但后来还是决定让他送，打算送我到有乐町站或者东京站，然后我自己乘国电回市川的家。

约定以后，弓成记者先回俱乐部办事，却一直没来电话，我正心想还不如步行去车站的时候，他来电话说出租车已经停在东门外。这时大约七点。车子是与每朝新闻社有合同关系的出租车公司的车子，我比弓成记者先到，在车里等他。

他来以后，我对他说："给您添麻烦了，我在有乐町站或者东京站下车。"

车子从外务省左拐，朝护城河方向行驶，立即遇上大堵车，几乎无法动弹。

弓成记者忽然嘟囔道："今天我午饭没吃，肚子还真饿了。要不我们去吃点饭？"

我觉得这样对我的同事不好，婉拒道："今天就算了吧。"

但弓成记者很固执，根本不听我的话，"这正是个好机会，一起吃吧。"

我们在临近有乐町站的一个交叉口下车，走进一家他似乎常去的餐馆，点了肉菜套餐和啤酒。大概因为喝了酒的缘故吧，他突然对我耳语道："你真迷人。"

现在想起来，那是恶魔的"私语"。

"我从一开始就喜欢你。我几乎每天都去外务审议官那里，其实也是为了想见到你，真的无法控制自己。你具有个性的魅力。"

冷静地想一想，没有比这个更肉麻的恭维了。但是，当时我听了“个性的魅力”这句话的确感觉心情很舒服。

然而，我是有夫之妇。丈夫对我的行动管制很严，甚至令我害怕。尽管嘴里没有详细盘问，但把我每天回家的时间、是否喝酒后才回家等等情况都细致地记录在笔记本里。于是，我想早点回家，但弓成记者说“再去一家喝酒”，截住一辆出租车。

出租车到达的地方既不是酒馆也不是酒吧，而是离住宅区很近的一家旅馆。那时我为什么没有固执坚持要回去呢？现在自然是后悔莫及，在弓成记者的耳语和酒精这两方面的作用下，我的心情极其复杂，显然有一种轻飘飘的感觉。

自己都不知道怎么回事，稀里糊涂地进了旅馆的房间，处在完全失去自我的异常状态。我忽然想起自己正在来例假，一下子情绪产生动摇，对自己身体的担心和羞耻使得脑子混乱至极。我对早已按捺不住的他拼命恳求道：“我今天来例假，请您放过我吧。”

我自己都不可思议对他使用如此过分恭敬的语言。然而，他异常冷静地说道：“例假也不要紧的。”

一切都已发生。我根本没有时间品味“爱的余韵”，满脑子都挂念着丈夫，急急忙忙地离开旅馆。弓成记者叫住一辆出租车，对司机说“你送她”，然后交给司机一张五百日元的钞票。

我立即有一种不愉快的感觉，同时也心想他已经没钱打的回家了。这个狂妄自大、自以为是的弓成记者大概从来不考虑别人的感受。

回到家里的时候已是半夜十二点多。丈夫还没有睡，他只说了一句：“太晚了。明天还要上班，早点睡吧。”

我从他的口气里感觉他似乎有所觉察。

第二天，上班的时候，弓成记者给我来电话，说是下星期六想见面。因为周围有其他人，我不便说话，他就利用这个机会，使劲催促。我也是为了早点结束通话，就主动约定时间和地点。

星期六下午两点，我和弓成记者如约在新大谷饭店里的酒吧“卡布里”见面。他说“我们出去吧”，就在饭店前面乘坐出租车。

他兴致勃勃地说：“去横滨。”

傻乎乎的我当时脑子里浮现出没怎么去过的横滨的街景，心情有点激动，心想今天会在中华街吃饭吧。

车子一出发，他就自言自语地说道：“现在去横滨，太晚了。”接着做出决断，对司机说道，“去涩谷吧。”

还是上一次那家旅馆。一进房间，他就迫不及待地耳语道：“能这样见面太高兴了。”

还是和上一次一样，夸大其词的爱的甜言蜜语让我陶醉，意志薄弱的我再次以身相许。

准备离开的时候，弓成记者目光略显严肃地说有事相求于我。他说：“我的记者生命也许最近就会终结，已经完全不行了。能不能把传阅给安西的文件悄悄给我看一看？”说完以后，弓成记者双手合掌做出哀求的样子。

我立刻清醒过来，几乎是叫喊着放声说道：“这不可能！”

但是，弓成记者不肯罢休，把手放在我的肩膀上，反复恳求道：“求你了。嗯，求你了！”

他说：“我觉得你能帮我才这样求你，绝对不会给安西、给外务省添麻烦，我只是作参考，看完之后当场就还给你。"

他显示出绝对不考虑我的意见的态度，如果我坚持拒绝，说不定不让我离开这家旅馆。他固执地在我的耳边不停地哀求，弄得我终于只好点头答应。

星期日心乱如麻，六神无主。星期一一上班，就接到弓成记者的电话："带着文件去新大谷饭店。我坐着没挂报社旗子的车子到门口，你打的跟在我的车子后面。"

他从来都是一种不由分说的口气，我只好服从他的"命令"。比愚蠢更不可救药的是梦游症患者。我悄悄地带着给安西审议官审阅的文件直奔新大谷饭店。

我发现弓成记者乘坐的车子，告诉出租车司机跟随行进。来到四谷附近时，我下了出租车，坐进弓成记者的车里，再往前走不远，我们一起下车，然后走进一家陌生的大楼的地下酒吧。

"带来了吗?"他傲慢地问道。

我把文件交给他。他麻利地翻阅，没有说话，还给我。似乎没有他所需要的东西。

从此以后，我的命运就掉进弓成记者的掌心里，受他的操纵，被他随心所欲地摆布。我完全丧失自我，头脑发昏，失去理智。

弓成记者每天都给我来电话，而且都是在安西审议官离开以后。他在电话里只是简短的一句话"拜托了"。然而，我实在无法忍受这种偷偷摸摸地把文件带出去的不道德感，弓成记者与我交往的意图已经昭然若揭，我对他的电话感到非常害怕。

弓成记者根本不会体谅别人的心情，照样每天打来命令式的"拜托"电话，还把纸条放在我的桌子上，内容和电话里说的一模一样,还是“拜托”。

一般地说,弓成记者看完我给他带去的材料后都当场还给我,地点有时在饭店里,有时在赤坂的春日经济研究所。

我记得只有一次弓成记者提出“这份文件借给我一个晚上”,从春日经济研究所带回去。后来我才知道这是《关于冲绳问题的爱池、梅耶会谈》的机密文件。当然他第二天就还给我,但我想他复印了文件。

自从给他带去文件之后,他对我的态度发生相当大的变化。即使在饭店里见面,也绝不再说那些甜言蜜语,完全一副工作性质的冷淡表情,互相几乎没有交谈,看完后交还给我,我默默离去。我无疑上了“贼船”。

我时常极力告诉自己要和他好好谈谈,想知道他的真实想法。但不是确认他是否对我还有爱情之类甜蜜的问题,而是他对我为他所做的“犯罪”行为的严重性究竟如何认识?他到底是否把我当做一个人来对待?既然他和我相好的目的就是为了能看到外务省的文件,那一定考虑如有可能最好既不保持这种关系又能看到文件。于是,我第一次、也是唯一一次主动约他到新宿的京王广场饭店见面。记得这家饭店刚刚建成的时候,他曾指着高楼大厦告诉我“那就是京王广场饭店啊”。他对我的约请果然态度冷淡,回答道:“这种事以后再说吧。”

昭和四十七年三月,报纸终于开始报道“外务省泄密事件”。

一天早晨,丈夫对我说:“外务省出大事了。”

他把报纸给我看,我不由得心惊肉跳:这不就是我给弓成记者看过的文件吗？于是急忙给他打电话，可总找不到，直至凌晨两点左右，他才给在家里苦心等待的我来电话。

从来都是自高自大的弓成记者，这时候显得有点惴惴不安，“我出了点差错。我现在担心的是你。总之，先辞去外务省的工作。”

我一听，跳了起来：“这不可能！我是有丈夫的！”

患病的丈夫不得不依靠我的微弱的力量支撑生活。

“我们报社会考虑你的生活，政治部部长也很关心。你的退职金也由我们考虑。”

放下电话以后，我相当慌乱，把事情的来龙去脉全部告诉丈夫。他听完以后，没有惊慌失措，反而安慰我说：“事情既然发生了，没有办法。你首先提出辞职，一切都毫无保留地告诉安西审议官，听从他的指示。”

第二天一上班，我把事情经过一五一十地告诉安西审议官。审议官凝视着天花板，说道：“很遗憾。是我不好，由于我的缘故，使得弓成接近你。因为他在我这里得不到情报，所以打你的主意……”

谈话的时候，我一直盯着房间里的窗户，当时脑子里闪过“自杀”的念头。

按照安西审议官的指示，我到警视厅自首。去之前，我给弓成记者打电话，打算确认一下他的态度。他听说我要去自首，大吃一惊，这样说道：“我即使辞去报社的工作也要帮助你。警察询问你的时候，你就说交给我的电文有三份，交接的地点在外务省，只在有乐町吃过一次饭。”

我不知道是中了什么魔，竟然被他的花言巧语所蒙骗，起先按照他说的话回答警视厅的讯问。但是，这种谎话马上就被揭穿。

警察耐心地开导我，“三木女士，到了这个地方，你还这样护着别人吗？你相信别人，可别人不一定就为你着想。人都是只为自己考虑的。”

我恨自己，但是我更不能宽恕教我撒谎的弓成记者，绝对不能。

后来见到弓成记者是在第一次庭审的时候。他面对审判长表示向我道歉。与其在那种场合道歉，为什么不在报纸炒得沸沸扬扬的时候，跑来向我道歉呢？

其实，弓成记者也好，每朝新闻社也好，所谓的“道歉”完全也只是为自己着想，报上刊登的“遗憾之意”也是这样。首先必须明确：为什么要向我道歉？为什么没有保护我？无论是在事件之中，还是在事件之后，一次也没有表示他们的诚意。

我丈夫说，在新闻学上，我这样的人称为“采访源”。“采访源”是必须受到新闻记者彻底的保护。弓成记者不仅没有保护我，甚至还指使我对警视厅的讯问撒谎。我痛哭流涕地对警察说“对不起，我说了谎话”时候的心情，弓成记者和每朝新闻社能理解吗？这个身心受到极度损害的、可怜的“采访源”走出拘留所后，就立即住进神经科医院，但已经丧失了活下去的气力。

幸运的是，在我徘徊迷失街头的时候，是坂元律师夫妇拯救了我，使我能够活到今天。

在这次事件中，我们夫妇被推进灾难的深渊，如今，更大的不幸又袭击而来：我的丈夫决定和我离婚。

其实，我们曾多次考虑过离婚。我和丈夫都是病人，我们是同病相怜而结婚。但是，丈夫得的是大病，仅仅靠房租收入难以维持生计，我才在他的朋友的介绍下进入外务省工作。

丈夫的身体稍微康复以后，却不顾一切地打一场官司。他的性格一丝不苟又刻板固执，对这场官司一定要弄得明明白白、口服心服。为此根本无视我的存在，把我忘到九霄云外。我对他不满，开始在外面喝酒，时而很晚才回家。

自从事件发生以后，我要感谢我的丈夫。尽管他有病在身，却明里暗里支持我、鼓励我，分手的事情不再提起，我们的生活反而更加充实。

但是，庭审时，每朝新闻社的律师说的话使我的丈夫无法忍受，令人感觉他是一个靠女人养活的男人。他怒不可遏，出于男人的脸面也不得不下决心和我离婚。

当丈夫对我说打算离婚的时候，我无言以对。我与丈夫的婚姻画上句号的时刻也终于即将来临。弓成记者和每朝新闻社甚至毁灭了我最后一座城堡——家庭。我注定了下半辈子孤独生活的命运。

我向外务省的人们以及世人深表歉意。(完)

这是对昨天法院宣判无罪而胜诉的弓成以及每朝新闻社进行的严厉的周刊杂志判决。

· · · · · · ·

弓成亮太从东京乘坐夜间运行的特快卧铺“隼”在小仓站下车，提着一个小手提包走出检票口。

从关门海峡吹刮过来的二月寒风穿过车站，挂在卖鳕鱼子土特产店头的广告旗在风中翻卷着噼啪作响。弓成不经意地看了一眼，发现这里的报摊上也张贴着很多刊登三木昭子采访手记的《周刊潮流》的广告纸条。

弓成大步走过，奔向出租车站。

弓成受到三木手记的不小的打击。《周刊潮流》从事件一开始就一直对自己怀有偏见，连续刊登丑闻性的文章。但弓成没想到在他无罪判决的第二天会刊登三木昭子的采访手记。

不论三木昭子怎么怨恨自己，弓成一辈子都背负着对她的心灵枷锁，但是，这篇采访手记充满谎言、夸张以及对自己的仇恨。因为自己实在太忙，幽会的时间匆匆结束，这种事的确有过，但大多还是出于三木的家庭情况。虽然双方都明白这是大人的秘密，在本应该牵肠挂肚、难舍难分的时刻，是三木对从美国出差回来的弓成说“以后不要再见面了”。她没有说明理由，受到打击的却是自己。

不论是在法庭上的态度，还是这篇采访手记，弓成真想质问她这究竟是为什么？何况两人第一次发生关系的时候，根本就没听她说过今天来例假，事实上自己也没发觉。为什么如此不择手段地贬损败坏别人的声誉？弓成想不通。

从车站乘坐出租车大约七分钟就到弓成的老家，稍稍偏离住宅区，占地面积很大，从远处看过去犹如一座牢固的城堡。泥土堆积起来夯实后再用石头加固，然后在上面建造白色瓦顶围墙。

登上数级花岗岩台阶，便是对开的两扇正门。平时总是走旁边的便门，今天就想走正门……弓成想到自己无罪胜诉归来，父母亲一定会怀着特殊的感情迎接自己，不由得心头一热。

“你回来了。”母亲像是迫不及待地出来迎接。她修长的身材适合和服，额际、两鬓的白头已经显眼，但弓成从小就引为骄傲的母亲如今依然雍容文雅，余韵犹存。母亲年轻的时候是以下关花街柳巷第一美女和三弦琴高手而著称的艺伎。

父亲肥胖的身子穿着三件套西服在内厅等候。

“父亲,让您操心了。我胜诉了。”亮太规规矩矩地向父亲致意。

“我一直坚信你无罪。这两年你辛苦了。今天我高兴。”父亲激动得有点哽咽,“不管怎么说,先干杯祝贺！喂,拿一瓶酒来!”

父亲的粗嗓子朝走廊大声叫喊。虽然现在是早晨,不宜喝酒,父亲可不管那么多。大概事先就已经有了准备,母亲亲自把酒肴端上来,父子俩亲切地干杯。

“这个时候你应该把由里子带回来啊。”父亲责怪亮太想得不够周到。

“我这一次马上就回去,而且判决宣布以后,由里子要应对方方面面来的电话、电报,还要接待客人,忙得不可开交,甚至还把她妹妹叫来帮忙……对了,父亲以弓成蔬果职工同仁的名义发来的贺电也收到了。”弓成有点不好意思地表示感谢。

父亲脱下显得窄小的西服上衣,说道:“中午的电视新闻播放判决无罪的消息时,在场的职工们都高呼万岁,高兴地鼓掌。也不知道是谁说了一句要发个贺电。”父亲粗犷的脸庞笑容满面,一杯又一杯地喝酒。

“不过,第二天周刊杂志上就出现那种很不像话的文章,真对不起。刚才看见小仓站的小卖部还堆得跟小山似的。”弓成低头表示歉意。

“什么啊,就这么点芝麻小事,谁也不会在意的。对了,我应该教你怎么和女人打交道就好了。”父亲半是开玩笑地用手掌拍一下秃顶的脑门。

举止做派文静优雅的母亲摇摇头,说道:“不管什么理由,周刊杂志刊登那样恶劣的文章,作为女人,那就臭不可闻了。连我看了都觉得不愉快，何况大家闺秀出身的由里子不知道该多么伤心难过啊……昨天在电话里，听起来她很坚强，其实更让人觉得可怜。阿亮啊，怎么说你好呢！被这么个女人弄得神魂颠倒，真叫我失望。”母亲说完，把杯里的酒喝干。

“是啊，由里子是咬着牙硬撑着呢。这次回去要好好向她道歉。”父亲也对母亲的话表示赞同。

父亲开始有点醉意，说道：“哦，对了，今晚和商工会议所的会长、县议会的头头们有个宴会。这是早就定下来的，可我今天早上在电话里漏了一句说亮太要回来，他们就说这个宴会也是弓成记者无罪的庆贺宴。你呢，给我个面子，今天晚上去露个脸。”

“开玩笑，我不想去。”弓成一口回绝。

母亲看着满脸疲惫的亮太，说道：“好了，阿亮，你洗个热水澡，好好休息吧。洗澡水都预备好了。”

母亲说罢，走出去，屋子里只剩下父子二人。弓成向父亲身边挪了挪，说道：“老爸，我有话和你说。”

“说吧，小事没什么大惊小怪的。”他盯着亮太的脸。

“是这么回事，我趁无罪判决的机会，决定辞去每朝新闻社的工作。这次回来也是为了向你报告，以后的审判就是自费……”

没等亮太说完，父亲心里觉得奇怪，问道：“你说什么？判决无罪还辞职吗？”

“一审是判决无罪，不过检方不会就此善罢甘休的，百分之九十九要上诉。这两年里，我是停职，以便专心打官司，但我总不能一直这样不写东西还拿工资。”

父亲大声斥责道：“每朝新闻社政治部不是缺不了你这个弓成亮太吗？辞职可不像你的性格，别这么不争气。”

“老爸你不知道报社里的情况，那些拼命写稿子却上不了版面、最后作废的记者的嫉妒心可强了。我已经把辞呈交给编辑局长了。”

“做事太毛糙……他难道接受了?”

“正巴不得呢,痛快地接受了。”

父亲觉得这简直不可思议,目光茫然,突然气愤地说道:“就是说,用完就扔掉吗?这就是高谈阔论天下国家的报社的做法吗?”他皱着脸,用手背擦着眼角。

“老爸,我离开报社,可以过一种适合自己的生活。”

“我相信你无论在什么地方都能活得很充实,现在有什么打算吗?”

“眼下还没有具体考虑……”

父亲看出亮太吞吞吐吐、欲言又止的心态,沉默片刻,说道:“索性趁这个机会你就接手弓成蔬果吧,怎么样?由于超市的出现,蔬菜、水果的流通也发生很大的变化,需要具有新思路的人才。”

亮太从上大学开始就立志成为新闻记者,父亲一直以此作为家庭的荣誉,但现在觉得一切都无所谓了。

亮太摇摇头:“我实在做不了……”

战前,父亲十五岁时离开家乡香川县的乡下小镇独自来到日本最繁荣的贸易港下关,看到香蕉好卖能赚钱,便从台湾有组织地大量进口,从而奠定了弓成蔬果公司的基础。接着,父亲又在中国大陆的天津、北京、奉天(今沈阳)、朝鲜半岛的平壤、京城(今首尔)开设分店,形成销售网,开展蔬果的两国、三国间的贸易,以其天不怕地不怕的胆量大获成功,在自己这一代就积累财富,可以说是人物传记里的“怪才”。

父亲很少在家里谈生意,但亮太住在下关的大住宅里长到懂事的时候,那时外廊地板下面储藏着许多从台湾进口的还硬邦邦的青香蕉,满屋子弥漫着即将成熟的香蕉那甜蜜的馥郁香气。他还依稀记得，父亲和老奸巨猾的中间商谈判的时候，用一沓钞票甩打自己的脸颊，可见谈判之艰难。

“你还是不喜欢蔬果这一行啊，好，那你在当地当县议员，可以吗？其实有人向我试探过，说这一届的议员选举绝对要推出一个强有力的候选人，能不能让你家公子出马呢？我是拿了一个大架子，告诉他：要说我儿子是候选人，还真的是候选人，不过他是大每朝新闻社社长的候选人。”父亲显得得意洋洋，一本正经地说道，“亮太，你是连自由党内幕都知道得一清二楚的政治部记者，既然这样，就给和你关系密切的那个小平外务大臣当秘书，两三年以后参加众议员竞选，怎么样？竞选资金和票田都不用担心。”

小平和父亲一样，老家也是香川县的乡下小镇，两家的远亲还联姻结婚，所以永田町曾流传小平与弓成记者是亲戚的说法。但是，事件发生以后，弓成去小平家的时候，被他当面唾骂为“三流记者”，从此弓成不仅与他，也与弘池会的成员铃森善市、田川七助等疏远开来。

“老爸，我想做的事就是写东西！”亮太直截了当地道出自己的焦虑，站起来，哗啦一声打开拉门，走了出去。

“少爷，您回来了。”走廊上佣人、见习小伙计都向他问候。

亮太为自己不能对父亲推心置腹地坦陈心事、袒露自己弱点的窝囊感到羞耻。

他泡在扁柏木浴池里，木材的香味沁入鼻孔，浑身舒畅，感觉就要在浴池里睡过去，于是赶紧爬出来，穿上事先放在衣服筐里、浆得挺括的浴衣，外罩棉袍，走上二楼的自己房间里。母亲的体贴实在是无微不至，暖和的被子已经铺好。亮太钻进被窝里，立刻坠入梦乡。

早晨的阳光逐渐西斜，将近黄昏时分。

感觉由里子就在枕边。

“噢，你来了？孩子呢？”

亮太不由得猛然坐起来，眼前不是由里子，而是母亲的目光。

“梦见由里子了吧？”母亲的瓜子脸微笑着。

“没有，不……”亮太支支吾吾。

“你爸爸去公司了，直接从公司去参加六点的宴会，他让我告诉你，让你也去。”

“饶了我吧。真没想到老爸又让我接手公司，又让我出席宴会，老了吧。”

“阿亮，听说你辞职了。没有职务以后打算怎么生活呢？要是由里子、还有两个孩子在人前抬不起头来，那是很可悲的。你还是印一张弓成蔬果公司主管的名片吧。”深知社会严酷的母亲语气淡淡地开导。

“我再想想。”亮太显得有点心烦。

“阿亮，你没发现吗？你爸爸今天是高兴，显得精神头很足，其实他肝脏越来越不好，也许活不长了。”

意想不到的这句话让亮太大为惊愕，“既然知道，为什么不去医院？我明天带他去。”

如果明天带父亲去医院的话，回东京只好推迟两三天。

“不行啊，他害怕知道是什么病，坚决不去。”

“医学上这么无知，那怎么行！”

“他就是这么个人，他愿意干什么就让他干什么吧。”母亲似乎已经想开了，没有同意。

检察厅八层的最高检会议室里，正在召开对外务省泄密案判决的上诉审议会。败诉出乎意外，所以上诉的动作很迅速。

这间屋子毫无情趣可言，里面摆放着一张可以围坐十个人的大桌子，此外就是紧密排列的高达天花板的书架，朝日比谷公园的一面有窗户,但也是窗帘紧闭。因为以前有过一次惨痛的教训,在召开对一起震撼政界的重大贿赂案的上诉会议时,被新闻记者从附近的帝国饭店的房间用望远镜头拍摄下来,在报上大肆报道。从此以后就变得神经质起来,只要开会,就把窗帘拉得紧紧的。

坐在桌子上座的最高检刑事部部长怒形于色地说道:“审判长是那个本山拓,只能是这种结果。从一开始就有定论,完全是牵强附会的判决,法理管什么用!”

这个刑事部长在检察厅和法务省之间每隔三四年轮流工作,从东京地方检察厅的两百五十名检事中选拔四十名成为东京高等检察厅检事,再从中挑选十五名成为最高检察厅检事,他就是脱颖而出的其中之一,别看他个子瘦小,其貌不扬,那一双眼睛满含着令人恐惧的锐利光芒。

参加会议的有八人:最高检察厅公开审判部部长、高等检察厅刑事部长、高等检察厅公开审判部部长、地方检察厅副检事、地方检察厅公开审判部部长、地方检察厅特搜部副部长、撰写起诉状的主任检事、主管公开审判的森检事。

一般案件的上诉审议会通常由地方检察厅副检事主持决定,但是与政界深有关系的案子,有时候第一把手检事总长要亲自参加。因为检事总长由内阁任命,所以强烈反映出当时的总理的意图。

外务省泄密事件是给前总理实现归还冲绳这个毕生最大的业绩上抹黑的严重问题。尽管肇事者只是一个新闻记者和一个女事务官,但因为有至高无上的命令,检察厅碍着面子也必须对弓成记者予以惩罚。

最高检刑事部部长双手放在椅子扶手上,命令坐在末席的森检事:“主管检事,谈谈你对判决的感想。”

森检事从来没有接触过高层领导,表情紧张,盯着事先发给与会者的判决书复印件,说道:“正如您刚才所说的,每一点都感觉到本山的恣意任性。”说到这里，他声音嘶哑，深吸一口气，继续说道，“本山审判长在庭审过程中，给人明显倾向于弓成被告无罪的印象，在这个方向上确定证据关系。其动机，我认为是我方证人外务省官员拒绝证言的态度所造成的。我对自己的无能为力表示反省，但事先与他们协商的时候，他们也是不愿意配合，法庭上的证人询问几乎都没有演练过。”森检事说话的口气逐渐含带不满无奈。

“这种事本来事先就应该估计到的。”最高检刑事部部长严厉批评。

在座的人都被最高检刑事部部长的正颜厉色吓得噤若寒蝉，但学者型的副检事为森检事说情，“其实不能一切都怪森检事，因为外务省官员认为出庭作证本身就是泄密……”

就是这个副检事在弓成被捕后，对夜间拜访他的每朝新闻年轻记者说过：英国的习惯法有一项清廉原则，就是指责别人的人，自己的手必须干净。

很多检事内心对公正考虑问题的副检事不持赞成意见。不难想象，外务省官员，尤其到课长、局长这一级，根本不把地方检察厅的检事放在眼里，不会认真回答问题。

在座的主任检事是起诉状的起草者，他以风俗小说般的“通情”一词扑灭各报燃起的知情权燎原大火，终于捕获住弓成。只有他对自己精心策划的计谋付之东流无法掩饰内心的气恼，满脸冷冰冰的表情。

“现在大家谈谈上诉状的要点。地检公开审判部部长有什么想法?”最高检刑事部部长用令人惊恐的目光盯着他。

检察厅作结论不是采取少数服从多数的方法，而是由大家充分发表意见，最后达到意见的统一。为了做到公平公正，都是由下而上地按顺序发言。

四十五六岁的公开审判部部长一边看着放在桌子上的发言提

纲一边说道："原判错误解释宪法第二十一条（言论自由）和国家公务员法第一百条、第一百一十一条，当然应该予以撤销。"

公开审判部部长在阐述法律解释错误、事实误认后，继续说道："具体地说，第一，混淆报道自由与采访自由的界线。尽管采访自由只是报道自由的准备阶段，但原判同样扩大解释为宪法第二十一条的自由。

"第二，公务员采访国家机密的行为符合国家公务员法第一百一十一条'教唆罪'的构成要件乃不言自明的道理，但原判通过与法益的比较衡量进行综合考虑的结果，认定为正当行为。这显然是严重的误认。

"国家公务员法第一百一十一条的'教唆'，不仅指的是利用暴力、威胁等手段所构成的犯罪行为，利用金钱以及其他利害关系进行诱导、利用对方的弱点等方法也完全符合构成要件，所以自然有罪。

"只要是新闻媒体的采访行为，一切手段都是允许的，这是从未受到别人批判的新闻人的违背常识的想法，并无例外。

"尤其是本案中的男被告，竟然怂恿指使一个从事简单事务性工作的女秘书将绝密文件带出机关外面，这种行为在社会通常理念上是不容许的，将其说成是采访完全是新闻记者的狂妄自傲。"公开审判部部长愤愤不平地说完之后，请主任检事补充。

在三木、弓成羁押期间，将他们叫到地方检察厅讯问，然后起草起诉状的主任检事向各个上司目光致意后，开口说道："据弓成供述，三木提供文件完全出于两人的信任关系，没有任何强迫，但实际上并不是这么干净。一个有夫之妇，被弓成勾引，以至于发生两性关系，难免被指责为水性杨花，但迈出这一步以后，弓成几乎每天都给她打电话'拜托，想办法'，还在去审议官办公室的时候在她的桌子上放写有'拜托'字样的纸条，这种做法其实就是威胁，所以三木的心情有可以同情的地方。有一次，弓成把交接文件的地点春日经济研究所的略图交给三木。三木看到上面写着‘希望你每天晚上七点到这里来’，一下子想起电视里播放的间谍片，自己似乎也是被逼得走投无路，无处可逃，感觉自己这一生全完了。

“据三木供述，她非常清楚自己所作所为的严重性。两个人发生关系三个月以后，她非常害怕傍晚的电话，一来电话，甚至让那个同事出去。为核实她的话是否属实，我们把那个男事务官叫来查问。他说：只要电话一响，三木总是迫不及待地抢先接电话，到夏天的时候，她一接电话，就说‘你出去一下’。现在想起来，觉得不正常。

“弓成的教唆固执而强硬，逼得三木不得不把文件拿给他看，所以无论是手段、方法都毫无正当性可言。”

公开审判部部长接过他的话继续说道：“原判的第三点错误就说对‘秘密’的解释适用过于严格和界定的局限性，所以缺少合理性。”

副检事点点头，冷静地批判道：“原判严格界定‘秘密’的理由以公务是受到国民的监督和公共讨论的对象为前提。

“然而，判断、决定行政事务中哪些是秘密哪些不是秘密自然是政府。原判以接受国民监督为前提这个一般论进行严格界定，这就导致逻辑的跳跃，显得理由站不住脚。”

“说得对。”最高检察厅公开审判部部长一边被自己抽的烟呛得咳嗽，一边附和，“国家为确保其存在和安全，不得不对很多事情加以保密。按照这个逻辑，原判的第四个问题就是外交谈判内容的机密性……”说到这里，他的细长的眼睛看着大家，继续说道：“原判虽然从外交谈判的重要性、特殊性承认会谈内容的实质秘密性，但把时间限定在谈判期间，这就缺乏相称性。”

他的部下高等检察厅公开审判部部长点头表示赞同。

最高检察厅公开审判部部长立即问高等检察厅公开审判部部

长，“那么，我们对这三封电文的实质秘密性是什么见解？”

“三封都定为绝密，推断具有高度的保密必要性。原判虽然承认这三封电文具有实质秘密性，但认为其内容大部分已被日美的新闻媒体所报道，基本上成为众所周知的事实，所以实质上机密度并不高。这样的判断极不妥当。”

“这个原判的判断错误甚为严重，极为罕见。”一直不停抽烟的高等检察厅刑事部长耸动着朝天鼻说道，“我对外务省官员也经常觉得他们自以为了不起，非常讨厌。但这个与外交谈判的重要性是两码事。

“对外交谈判过程中的保密必要性问题，应该尊重负责任的外务省的判断，法院应避免做出独自的判断，这不是司法干预的问题。”外表粗鲁的刑事部长做出严厉的断言。

最高检刑事部长看大家都发表意见，慢慢站起来，说道：“本案完全没有必要在言论自由、知情权这些问题上对照宪法进行辩论，焦点就集中在弓成被告的采访行为上，这就足够了。要让最高法院充分了解本案的本质问题，上诉状就紧紧抓住这一点做文章……从今天算起，三天内拿出来。”

先由地方检察厅组织几个人分细目起草，统一起来后作为基本方案，送高检、最高检审阅，最后送检事总长审批。

这几年一直韬光养晦的检察部门认为这次该是自己一鸣惊人的好机会，所以摩拳擦掌，干劲十足。

由里子竖起大衣的衣领，行走在挂满雾凇的山路上，吐出白色的气体。前面就是从日光中禅寺湖流经大尻川以九十七米的落差奔泻而下的华严瀑布。

山路冻结，长筒靴几次滑倒，每次都抓住路旁的栏杆爬起来，大概心无旁骛的缘故，竟然不觉得疼痛。

瀑布已被冰雪冻结，路上没有来往的行人和车子，时而寒风横扫而过，卷起粘在树上的冰片在空中飞舞，纷纷扬扬地落入溪谷。

“这位大妹子，这个时候还去哪里啊……”忽然从拐弯处出来一个裹着蓑衣的老人。

“到瀑布去看看……”

“这个季节，华严瀑布都冻结了。你一个女人家，从哪里来的呢？”老人看由里子只有一个手提包，流露出怀疑的目光。

“从金谷饭店过来……本打算在附近散散步，没想到……”

“不对吧……金谷饭店不是十一月中旬就应该关闭了吗？”

“听说最近开张……我就是从那里过来的。”

老人还是神色疑惑，饱含慈爱的目光看着由里子，说道：“这个季节没有游人，野鹿、猴子就会到路上来，虽然不会攻击人，不过还是一定要小心注意。”

在他们交臂而过的时候，老人又说道：“哦，对了，刚才有一个男的朝瀑布那个方向走去。要不你叫住他，让他带你去……大点声叫喊，这个时候回声大，应该能听得到……”

“谢谢您。”

由里子道谢后，继续往前走，一会儿，似乎隐约看见远处的雾凇树林间有一个豆粒大的黑点子，她觉得自己并没走多远，那个黑点子越来越大，清晰看见披着黑斗篷的男人的背影，可是她再往前走，与他的距离不再缩短。

鸟从树木上扑棱棱地飞去，雪花冰片在由里子的眼前散落，那个黑斗篷的男人忽然消失得无影无踪。

由里子气喘吁吁地终于登上可以将瀑布一览无余的瞭望台，但禁止入内，不过从外面也可以眺望华严瀑布。望着九十七米下面的瀑布潭，令人头晕目眩，巨大的冰柱挂在悬崖上，只有少量的水流从上面跌落下来。

由里子朝厚雪覆盖的大叶竹丛里迈入一步，只见瀑布的冰柱闪耀着令人毛骨悚然的青白色的光，瀑布潭的水面跳溅着湛蓝的水花。化作冰柱的水流发出巨大的声响落入瀑布潭，由里子仿佛被这声响吓得往后退缩一步，却又不由自主地被声响吸引着爬上悬崖。她突然看见刚才那个黑斗篷男人站在悬崖边上，开始吟诗。

悠悠哉天壤，辽辽哉古今。欲以五尺之微躯，测量此恒大。

……万物之真谛，唯一言以蔽之，曰：不可解。我怀此恨而烦闷，终至决然一死。

及已立于岩头，胸中了无不安，始知大悲与大乐乃一致也！

他的声音在风声中断断续续地传来。这不就是明治时代的东京第一高等学校学生藤村操投水自尽前割下瀑布附近的桴栎树皮、写在背面题为《岩头之感》的辞世诗吗？由里子想起在学生时代，哲学系的男孩子们都在狂热地谈论这件事。

如今自己也站在这个山崖上，怀着同样的想法，可是自己能留下什么呢？——就在由里子思索的这个瞬间，那个黑斗篷男人纵身跳下悬崖。

斗篷离开身体，在空中飞舞飘落，挂在雾凇的树枝上，那个男人的身子翻滚着落到瀑布潭，如同电影里的慢动作。

扑通！可怕的巨响从下面回荡上来，湛蓝的潭水染成鲜红。由里子恐惧至极，僵立不动，就在感觉鲜红的血水翻涌上来要把自己拖下去的时候，猛然醒了过来。

原来是一场梦！然而，那个黑斗篷的男人……莫非是自己深层心理所折射出来的形象吗？

由里子摸着被一身冷汗湿透的睡衣，浑身哆嗦。

虽然一再提醒自己这是梦，但还是止不住地发抖。独自离开东京，来到这么远的饭店里，实在感觉害怕。她不由自主地抓起床头柜上的电话拨号，想与东京的妹妹通话，但颤抖的手几次拨错号码。

好不容易拨通了，听见对方的电话铃声。此时还不到凌晨五点，但立刻传来妹妹的声音，“喂……喂……”

由里子想说话，却像失语症一样发不出声音。

“喂喂……哪一位？是由里子姐姐吗？”

芙佐子的声音很冷静，但由里子还是发不出声音来。

“是姐姐吧！告诉我，你在哪里？”芙佐子急切的声音。

“对……对不起，这么早就……”由里子好不容易说出话来。

“行了！现在还说这些……你在哪里？不是在京都吧？”

“我到日光来了……中禅寺的金谷饭店……”

“大冬天的跑到中禅寺……你想干什么？姐姐不会是……”芙佐子脱口而出，立即刹住，没说下去。

“本来想去京都……洋一和纯二都好吗？”

“嗯。昨天晚上和我们的孩子玩得可高兴了，玩累了，现在睡得正香……我跟他们说，妈妈去很远的地方看望一个生病的亲戚。他们也都相信了。”由里子放心了。

由里子和妹妹约定，自己到东京站后立即和她联系，然后挂断电话，等待天亮。

在感觉柔和的晨光照射进来的时候，由里子换上毛衣，身子却还在微微颤抖。

她来到大厅，看见饭店服务员正在给壁炉添加薪柴。

“您早！”饭店的服务生声音清爽地问候早安，然后给她搬来一张摇椅，放在壁炉附近。

这家饭店坐落在中禅寺湖畔的桴栎树林间，是战前由加拿大建筑师设计建造的避暑旅游型的建筑。十五年前，由里子新婚旅行的时候曾来过这里。

她想起在服务台前第一次被别人称为“太太”时那种喜悦羞涩的心情。

“餐厅马上就开门，我先给您端来热饮。”服务员的待客还是那么亲切周到。

“我要一杯可可……”

由里子凝视着开始旺盛起来的壁炉里的火焰。这古典的石砌壁炉的火焰里仿佛又会出现那个黑斗篷男人的影子，由里子感到害怕，但她告诉自己那是做梦，极力控制情绪。如果那样惨死而去，遗世的孩子会一辈子怨恨我这个母亲的。

由里子慢慢抿着热可可，想起判决丈夫无罪的第二天就在周刊杂志上刊登出来的三木昭子的采访手记。

丈夫被捕以后，她已经习惯周刊杂志的恶毒攻击，但看到用三木亲口说的话编串起来的手记还是受到极大的打击，对一个妻子来说过于残酷。

可是丈夫说要和父亲商量以后的安排，又急匆匆地赶往九州。

这是何等的任性、无情……在三木来例假的时候还竟然要求……当然三木说的话未必都是事实，可是自己一无所知，被丈夫抱在怀里，仿佛受到玷污，简直无地自容。离开这个和丈夫一起生活的家，哪怕一天也好，就想一个人待着，她把这个想法告诉妹妹，两个孩子放在妹妹家里，然后自己出门。

妹妹对自己的异常举动十分担心，问去哪里。当时想起曾在冬天去过京都的银阁寺，留下深刻印象，便告诉她去京都。妹妹叮问道：“是住在蹴上的都饭店吧？”别的没有多问，然后开车把自己送到东京站。但是，由里子在售票处买的却是连自己也未曾想到的前往日光的车票，脑子空虚茫然，连几点哪一趟车次都稀里糊涂。

偏偏来到自己新婚旅行的地方，这是为什么呢？

十五年前那个时候，由里子依偎在丈夫身旁，眺望着满山红叶，为以新闻记者为天职的丈夫而自豪，下决心全心全意支持丈夫的工作。丈夫也经常说把真相告诉国民就是新闻记者的使命，他深感责任之重大，有几次半夜醒来，坐起来严肃地思考。

然而，这样的丈夫已不再存在。由里子决心与丈夫分手。

第四章　　上诉审

“日本外国特派员协会”在有乐町的电气大楼里。

十九层是事务局、图书室、会议室，最高层二十层有宴会厅，面对皇宫，协会每个月举办一次讲演会，邀请国内外的著名人士来讲演。隔着通道是酒吧间。

昭和五十一年新年过后不久的一天，弓成亮太坐在面对入口正方柜台的宽大的皮沙发上，等待着读日新闻的山部。弓成已经移居北九州，只是在商量上诉审、庭审的时候到东京来。这一阵子没有和山部见面，他来电话，于是约定在这个少有人来、通称外国人记者俱乐部的地方会面。

俱乐部采取会员制，在日本长驻三年以上的报纸、电视、电台的外国记者，三年以上在国外报道国际新闻的报社的外信部记者有资格成为会员，这里可以提供方便而廉价的服务。注册的会员约有三百人，但大腕记者作为准会员也可以到这里来。

柜台周围的墙壁上密密麻麻地贴着应邀前来演讲的世界各国的政治家、著名文化人的照片，《华盛顿邮报》、《路透社通讯》、《世界报》等驻日本分社的记者们脚步匆匆地来来往往，感觉一种独特的氛围。弓成身后的墙上并排挂着分别表示纽约、伦敦、莫斯科时间的三个挂钟。

“您是每朝新闻社的弓成记者吧……”

这里的广播通知以及谈话主要使用英语，有人用日语向自己打招呼，弓成抬起眼睛。

“我是《月刊春秋》的城石。上一次有点遗憾，不过看上去您精神很好。”

城石点点头，轻轻坐在弓成旁边的沙发上。

“噢，不好意思，那次机会我没能接受……”

一审判决以后，城石和总编辑两次找他，希望他把在法庭上言犹未尽的有关归还冲绳谈判的内幕写出来。

“后来一直没有联系，不过十分关注高法的庭审。一审判决后我们的愿望虽然没有实现，但是请您写稿的心情没有改变。”浓眉白脸的城石依然充满热情。

“事态的发展不容乐观，所以现在……”

“这我知道，只是想利用这个时期，到北九州去，一点一点写，积少成多，希望得到您的支持。在归还冲绳这个问题上，政府代付的金额不仅仅是复原补偿费四百万美元，那个可以说是‘照顾预算’吧，以后政府代付的金额肯定远远超出我们的想象。这样的内幕希望您深入写出来，也只有您才能写。”城石盯着弓成的眼睛恳求，接着说道，“其实今天我和《时代》的记者有个约会，先告辞了，以后再联系。今天身上只带着英文的名片，不过上面有我的直通电话号码……”城石把名片递给弓成后，起身向柜台走去。

高级编辑……两年前，当城石和总编辑一起向弓成约稿的时候，还是三十出头的记者，但经过这两年的磨炼，已经在相应负责的岗位上了。不少出版社向弓成约稿，但他认为要写的话，还是给《月刊春秋》。本想提笔，却因为检方上诉，最终只好婉拒，当时觉得有点可惜，相当郁闷，不过现在已经没有这个心情了。

“久等了。”

山部走过来。除了那支烟斗，最近玳瑁粗框眼镜成为他的个人独特标志。

“好久没见了。”弓成站起来，寒暄一句。

“利用和你见面的机会，我也把逛书店的时间算了进去，还顺便到附近转了转，让你久等了。你瞧，好不容易才买到这几本书的文库本，这可是我们青春时代的回忆。”

山部笑眯眯地站着把纸袋口打开，让弓成看里面的书。里面装有尼采的《查拉斯图拉如是说》和康德的《纯粹理性批判》新译本四册。山部这个人，一方面“政界黑幕”的臭名一下子大起来，一方面永远改不了哲学青年的本质，是一个既可恨又可爱的人。

“不管怎么说，先吃饭。”

山部把纸袋子寄存在柜台，往酒吧间走去，恰好靠窗边有一个刚刚空出来的席位。落座以后，从窗户能看见外面的有乐町车站。

“想吃什么?”山部翻开英语菜单。

弓成说随他点，山部打着响指叫来服务生点菜。

“请氏田部长出庭作证，太感谢了。”

读日新闻社经济部部长氏田是山部的同届同学，上一次请他出庭当证人。

“那家伙提出说我也想出庭讲述什么是新闻记者真正的采访活动，所以我对他也没有客气。还有后来的河乃阳平的证言，从政治家与新闻的关系切入，视点很独特。”山部吐着烟斗的白烟，满脸喜悦的笑容。

众议员河乃阳平的父亲曾是自由党派的领袖，大概因为父亲的势力太大，他对官僚派的老资格议员也毫不惧怕，作为辩护方的证人在法庭发表自己的主张。

下一次庭审时出庭的证人，按照顺序，预定有曾是 NHK 政治部记者的参议员植田铁二，合同通讯解说委员长、宪法学者、大学教授等，就报道自由、外交的民主性控制以及外交秘密等发表意见。

“这架势简直就是总体战。我批评过你的辩护团在一审时过于文雅，但是能聚集这么多群星璀璨般超一流的精英做证人，这实力还是了不起的。”山部坦率地高度评价辩护团，把烟斗装进烟袋里。

一会儿，服务生端来盛着满满啤酒的大啤酒杯和大面包之间夹着双层薄五香熏肉片、蔬菜的汉堡包放在桌子上。

首先是啤酒干杯，山部说：“这儿比国外正宗的还好吃。”说罢，咬下一大口。

酒吧间里不停地传来通知接电话的广播，有电话的记者接过话筒，把电话线插进墙上的插座里，有的人旁若无人地大声用母语交谈，有的人一边低声说话一边记录，形态各种各样，令人感受到情报云集、新闻记者心潮激动的气氛。

山部食欲旺盛，把盘中餐一扫而光，用餐巾擦着嘴，说道：“辩护方竭尽全力防卫死守，而上诉的检方似乎既没有新的证据，也没有证人，可听说他们显得从容不迫。还有，这三个法官中有的特别烦人。”

“是右边的陪审员时枝审判员吗？”

“对，就是时枝……听说他是大纳言平时枝的后裔。其祖先逃到能登，重振时枝家族，不知道第几代，建造日本最大规模的茅葺屋顶的木结构宅邸，现在还成了县里的旅游景点呢。”

“哦，我这是第一次听说。山部，你真是生就的新闻记者。”弓成喝着啤酒，对山部真的是刮目相看。

“你说什么啊？我这可是从司法俱乐部记者那里现学现卖的。不过，你对时枝法官的印象怎么样？”

“一审判决没有对电文的实质秘密性、新闻媒体的公共性使命、采访的允许范围等分别进行比较衡量，而是把这些统统混合在一起做出综合判断，他批评这一点不合逻辑，主张要更加合乎法理，划出采访允许范围的界线。”

“采访怎么可能那样按部就班、划出界线来呢？如果能够让高法的法官看一看在一审法庭上公然撒谎欺骗的外务省官员们的表演，那就最好不过的了。"山部拿起啤酒杯碰一下弓成的啤酒杯，鼓励道，"不管上诉审的结果如何，弓成，开始动笔写吧。"

"我也想，不过，杂事缠身。"

"在家里帮忙弄蔬果，这活儿不适合你，快别干了。总之，应该先写一本出来。要能火起来，你这样的文章里手，马上就成为政治评论家，又回到这个世界来。我今天找你，就是对你说这句话。"山部的心极为真诚。

"山部，谢谢你。"

弓成表示感谢，回想起刚才《月刊春秋》的城石的约稿。

一进入大寒，就大雪纷飞，把东京高等法院那古色古香的茶褐色建筑物镶上一道白边，看上去显得漂亮起来。

四层，面对日比谷公园的一面排列着审判官室，但有一个小房间挂着"准备室"的牌子，有人在里面开会。

担任外务省泄密案上诉审的第六刑事部的三个审判员、高等检察厅的一个检事、弓成辩护团的两个律师围在桌旁商量。一个书记员在旁边速记他们的发言。这种由法院主持、当事者就庭审事宜进行内部磋商的形式称为"预备程序"。

双方针锋相对，剑拔弩张，高检的增见检事进一步提高他的粗嗓门："报道电文内容与为信息源保密本来应该是没有关系，但弓成被告在一审时辩解说为了保密信息源，所以无法报道具体内容。其实，报道与暴露信息源是两码事。

"还有，我认为弓成被告在进行教唆行为时，并没有考虑到密约的存在。我们打算通过对被告的质询明确这一点。"

这个增见比一审阶段的检事的确脑子敏锐，厚嘴唇显得咄咄逼人。

“当然可以,但对被告的质询事项与一审多有重复,所以希望省略这个程序。”大野木律师一口拒绝。

辩护团的成员还是原班人马,但今天参加会议的只是检事出身的高槻和大野木。

三个法官一言不发,默默地听着双方的交锋。审判长木柿六十岁,却是满头黑发,穿着三件套西服,显得温和厚道。他是著名的人权派法官,声名卓著,但也有人认为他优柔寡断。右边的陪审员时枝曾留学哈佛大学法学院,是一个精明能干的理论家,尤其在宪法问题、言论自由领域,在专业杂志上发表过独到精辟的见解。左边的陪审员资历尚浅,很少公开发表意见。

时枝瞪着大眼睛插话道:“即使检方的质询事项与一审有所重复,但作为法官还是想听一听。”

时枝虽然表面上尊重审判长,但作为实际上的主任审判员在指挥这场诉讼。

增见显出得意洋洋的表情,得寸进尺地提出,“我方请求三木昭子出庭作证。”

三木接受有期徒刑六个月、缓期一年执行的一审判决,现在缓刑时期已过,过着普通市民的生活。

大野木激烈反对增见的请求,“怎么现在还提这样的请求……辩护方强烈反对。”

三木是辩护方无法予以反驳的证人,所以必须坚决阻止她出庭。

“可是在上一次的庭审中,辩护方的证人、每朝新闻论说顾问冈松证人说:即使两人有男女关系,也可以拒绝泄密,当然应该受到了拒绝。然而,三木的情况很特殊,她无法拒绝。所以,我方打算明确证实这个问题。”

增见检事的厚嘴唇泛起一丝微笑。显而易见,这是他抓住辩护方的弱点打出的一张牌。

大野木眼镜后面的眼睛放射出亮光，紧盯着增见检事，说道："坚决反对三木昭子作为证人出庭的请求。

"其理由是：首先，上诉审开始以后已有一年多的时间，从去年四月以来，类似这种预备程序的会就开过五次。这期间，法院要求双方在最后阶段之前必须完成明确观点、制订作证计划等有关事宜。对此，我辩护方都真诚实在地作出回应，但检方一直坚持说证人尚未确定。预定的开庭时间是在这样的情况下安排出来的。

"本案的审理比起一般案件本来就很慢，从把记录送交上诉审以后，经过一年半才开始第一次开庭，这对被告是极其不利的。"

增见检事无动于衷，靠在椅背上。三个法官出于职业的关系，装作面无表情。大野木律师平静的语调里含带愤怒，继续说道："即使准备需要时间，但双方已经达成谅解，就是开庭后要尽量迅速进展。另外，开庭后，审判长曾询问有没有新的证据，有的话拿出来。但当时检方回答说没有证人的请求。如今最后一次开庭的日期迫在眉睫，检方却突然提出新的证人出庭的请求。从之前的过程来看，这种做法不正大光明，在程序上显然不当。

"第二，从上诉状看，检方并不认为原判是事实误认，只不过是对事实评价的问题。另外，冈松证人的证言只是一般性的泛论，检方就此提出三木昭子出庭进行事实反证的请求，这只能说是故意刁难。

"现在是对检方上诉的审理，按理说应该是辩护人提出反证。然而，之前一直表示不申请提请任何证人的检方，在最后时刻突然提出反证的问题，我对他们如何理解上诉审的诉讼构成表示怀疑。"大野木对检方的阴毒做法加以反驳。

高槻律师也探出身子说道："一审期间，法院尽量免除三木出庭，这是为了保护她，免得丑闻在世间扩大化。然而，检方至今还要她出庭，你们考虑过人权吗？三木好不容易回到一个普通人的平静生活，如果再把她叫到法庭上来，又成为媒体竞相攫取的猎物，甚至都会有自杀的危险！这种事态，难道你们不认为是侵犯人权吗？！”平时性格温和、富有人情的高槻如同呵斥晚辈检事一样态度严厉。

木柿审判长问道：“现在三木怎么样？”

“这……在一审的坂元律师的斡旋下和她谈过……”增见检事突然说话变得含糊暧昧，支支吾吾。

木柿审判长叮问增见检事，“法院希望与弓成被告一样，也能直接听到三木对采访的实际情况、采访自由的限度等问题的明确见解。但如高槻律师所说的那样，这样甚至会导致三木产生自杀的念头，那还是要慎重考虑的吧？”

“我们尽快与三木联系商量。”增见的语气感觉胸有成竹。

最后庭审这一天，东京高法第六刑事部的法庭里坐满了旁听者。三木昭子作为检方证人将要出庭的消息不胫而走，那些挤不进记者席的周刊杂志记者只好混在法学部的学生中，所以格外拥挤。

可是，左等右等，三木昭子并没有出庭。开庭以后，增见检事和大野木律师在三个法官的法坛下面不知为什么事交涉不休。弓成坐在被告席上闲得无聊。

检事和律师终于回到各自的席位上。

“审判长，现在让我宣读三木昭子的书面证言，以代替证人出庭询问。本证言是三木昭子在坂元法律事务所对本人的任意供述。”

三木昭子出庭的期待落空，媒体记者大失所望，就在窃窃私语的时候，法庭内响起增见检事粗重的声音，大家立刻安静下来，认真倾听。

证言

一、我已离婚，现恢复原姓。

我现在就职于都内的一家企业，但如果在此披露我的真姓实名，难免受到新闻社、周刊杂志的记者的追踪，有可能失去现在的工作，所以无可奉告我的住所和工作单位。

二、关于我在担任安西审议官专属事务官时受每朝新闻社弓成记者的请求带出诸多机密文件之事，已经对当时的检方供述。这是因为我陷入与弓成先生特殊关系的结果。如果没有那样的关系，不论他怎么请求，我都绝对不会做出提供文件的行为。

三、我在弓成先生的要求下将爱池、梅耶会谈的电文提供给他，也出于我的弱点。当时我的心情感觉是被逼得无法逃脱。

四、如果我对以前向检方的供述还有补充的话，那就是希望检方充分理解：陷入男女关系的女性无论什么事都对男性言听计从。这对女性造成何等巨大的束缚！

检事语气粗俗的宣读反而强化了人身攻击的色彩，旁听者中有人以鄙视的目光看着弓成的后背。

一审判决后，三木昭子不仅在《周刊潮流》上刊登采访手记，做出等同于弓成有罪的周刊杂志判决，而且还在女性周刊杂志上发表文章，在电视台的娱乐节目中出镜，一直扮演着懦弱女子的角色。三木对弓成的攻击至今依然毫无手软，继续制造痛苦。

被告席上的弓成耷拉着脑袋，勉强支撑着身子。

增见检事对弓成的质问集中在教唆行为这一点。

“你是说不知道三木女士的行为是违反国家公务员法应受到处罚的行为吗？”

“所以,不具备明确的法律意识。我一直采访、报道外务省所谓的秘密、隐秘事项,所以缺少这种意识。”

大多数记者在采访活动中应该都没有考虑到国家公务员法。

“一审记录第九册第 366 页上有这样的记述,‘她对我也怀有好意……明知有危险,但还是把机密文件拿出来’。你大概忘记这一段话了吧?你这里所说的‘危险’,指的是什么?”增见检事把弓成一审时的记录翻出来,要将他逼到绝路上去。

“这……她知道我与安西审议官的关系,所以,与其他新闻记者相比,对我是怀有好意地提供文件……”

“我没问你这个。我问你:当时你对检方所说的危险是什么意思?”增见的用语逐渐强硬起来。

“我说这句话的时候脑子里并没有违反国家公务员法第几条这样的认识。只能说在当时受审讯时我的表达方式不太妥当。”弓成以巨大的忍耐重复同样的话,试图努力闯过这道难关。

“那么,我问你:你相信三木女士做出这种法律所不允许的行为而不会受到处罚吗?”

“所以,我多次说过,我当时没有这是违法的意识。”

增见检事对久攻不下的弓成有点焦躁:“同一本记录第 367 页有这样的记述,‘相信不论发生什么事都能保护信息源,考虑不能对她造成麻烦’。这里的麻烦,指的是什么?”

“这个也已经回答。这与我采访外务省其他官员、其他人一样的感觉,也要为接受采访的信息源进行保密。”弓成的声音也逐渐难以抑制不快的情绪。

“还有,同一本记录第 391 页记述三木女士很轻易地接受你的要求,‘已经和我产生特殊的情感关系,所以认为她爽快地接受’。这可以解释为如果没有特殊的关系也许就不会接受这样的意思吗?”

“我只能推测三木女士的心情，但我认为也许她可以好意地给予合作。”

“你的回答总是不明确清晰。我之所以不厌其烦地询问，因为这个关系只能向三木女士和你两个人了解，所以才多次询问。”

“不论您询问多少遍，我只能回答说受到她好意而且经常是积极的合作。”弓成索性摊牌。

“那好，在你看来，三木女士违反国家公务员法有罪感到意外吗？”

“我不能接受。”

“什么理由？”

“我认为电文内容不具有实质秘密性，本来就应该公开发表。”

“所以你认为拿出来是正确的行为？”增见检事不给对方喘息的机会，穷追猛打。

“其内容是不当秘密，而且没有实质秘密性，从这一点说，我对三木女士受到处罚难以信服。”弓成寸步不让，固守防线。

三个法官时而记下弓成的证言。

“我是外行，所以不明白，你拿到电文以后，既然有这么大的把握，为什么不详细报道呢？”增见检事的口气连讽带刺。

“我有异议。被告当时已经把电文的全部内容写成文章报道了。请阅看作为证据提交的文章。”大野木律师立即予以反击。

增见从手边的一大堆资料里抽出昭和四十六年六月十八日早报第三版解说文章的复印件，迅速浏览一下，挥动着说道：“非常含糊不清。难道这就是你所说的全部内容写成文章了吗？”他表情冷漠的面孔转向弓成。

“新闻记者即使掌握全部事实，在写文章的时候，必须考虑信息源等各种因素的影响。这篇文章涉及十三项内容，但是特地设定《对索求处理的质疑》这样的题目，这是很关键的。而且这篇文章的最后一句话是‘舆论将会对冲绳问题做出什么样的审判呢’，其意思就是说，不是仅仅这一篇就算完了，以后在适当的时期还会继续报道。在这里埋下了伏笔。实际上，十月，在即将召开冲绳问题的国会之前，我们就针对国会审议和国民关心这两点编排了整整一个版面的大特辑。请您在这里也全部阅读一下那篇特辑。”

“不，这个其实……不用。”

“对检方不利的证据不应该这样视而不见吧？希望您公正对待。”弓成反唇相讥。

增见气得歪着嘴唇，说道：“我想问的是：在履行将事实正确告知国民这个职责时所写的文章，最终就是这个吗？”

“是的。这是集大成。”弓成的语气斩钉截铁。

“下面询问归还冲绳协定中的索求权问题。”

增见对与刚才所宣读的三木昭子证言中的相异之处纠缠不休地质问后，将焦点集中在归还冲绳谈判的索求权问题上，但完全缺少刚才追究弓成与三木两性关系时那样的冲击力，弓成的证言占据上风。

“美国归还冲绳的基本方针有两点：一个是归还后的美军基地的功能不能受到损害，另一个是美国不出一分钱。美国将这两个不可改变的方针强加给日本。我在开始采访冲绳问题的时候，外务省、大藏省的主管谈判的人就告诉我，应该牢记这两点。

“归还冲绳谈判进入最后回合的时候，这两项方针依然毫无变化。如果把事实真相明确告诉国民，说明这复原赔偿费由日本支付，这是对长期做出牺牲的冲绳居民的关怀的表示，我想应该不会有人反对的。然而，政府采取虚伪做法，试图隐瞒事实真相，这样做只能说是内阁出于政治性的考虑。”

在归还冲绳协定问题上弄虚作假，换取冲绳和平回归祖国的丰功伟业，从而使得佐桥前总理在前年年底获得诺贝尔和平奖。

“你说是虚伪做法，但美国是合法占领冲绳，在两国协定里写明美国承认对冲绳居民所造成的损失负有支付义务不就行了吗？”

“我有异议！检察官是想说即便实质上由日本代付，但只要表面上装作美国支付的形式就有利于国家利益，是这样的吗？”大野木觉得检察官这么说简直不可思议。

增见看着弓成，说道：“检察官是外行，所以才这么想。我想问的是：你作为外交记者，完全不这么认为吗？”

“归还冲绳协定必须经过国会批准。我认为协定中绝不能掺杂有这样使用小动作弄虚作假的虚伪做法。这是欺骗国会，欺骗国民。要说国家利益的话，没有比这更有损于国家利益的行为吧！”弓成严厉反驳。

“现在由审判员询问。”

右边的时枝审判员与木柿审判长交换眼色后，将那一张长脸对着弓成，大眼睛含带一种威压感。

“电文所说的爱池外务大臣写给梅耶大使的密函，您知道最后给了吗？”

“我不知道比电文内容更多的东西，但虽然文字表达上有若干修改，我判断是互换。”

“信中所写的信托基金，要设立托拉斯基金，必须写明目的、资金由外国政府提供这样的内容吧？”时枝的意思这不过是设立基金时程序上所附带的普通信函。

“是这样的，但巴黎会谈所说的密函主要是国务院对国会的内部说明。虽然协定上写着美国政府自发性支付，但实际上财政资金出自日本，这封信带有这种证据的性质。”弓成向时枝审判员说明爱池书简的性质。

“后来您对支付冲绳军用地复原补偿的财源出自何处进行过调查吗？”

“没有。昭和四十七年预算委员会开会期间，我从专属采访外务省转到执政党·国会，虽然没有追踪调查，但由于是美方自发性支付，可以认为是从信托基金支出这笔钱。”弓成深入浅出地解释，以便让时枝审判员理解。

时枝似乎在判断弓成究竟知道多少事实、自己是否追踪调查以及采访的深度。

由里子坐在厨房的餐桌前，翻开中学生使用的初级英语课本，又是记笔记，又是练习发音。

入夜以后，气温下降，两个孩子洗完澡后，便早早让他们睡觉，以免感冒。

放在石油火炉上的搪瓷水壶扑哧扑哧地冒着热气，由里子的脸颊红扑扑的，穿着高领黑毛衣，更凸显出皮肤白皙的她的美丽。以前她不太喜欢黑色、灰色，但最近成为她的服装的主调。

两年前，由里子看到一审判决后周刊杂志刊登的三木昭子采访手记，曾自我迷失，大冬天跑到日光中禅寺湖的华严瀑布。从那以后，她就没有和丈夫在一起生活。

丈夫回到他的北九州老家，如今是弓成蔬果公司的主管，只有在和辩护团商量事情、开庭的时候回到东京的这个家里，住两三个晚上，与孩子们相处似乎是他唯一的快乐。

由里子往水壶里添满水，一看钟，已经十点半。弓成告诉她上午十点开始被告询问，但晚报报道说到中午就已结束。之后大概要和辩护团商议、吃晚饭。不过，律师们都忙得很，不会待得太晚，也许现在正和报社的旧同事们喝酒。这三天，他待在家里，尽管没有说话，但能清清楚楚地看出他的精神极度紧张。

由里子在日光决心与丈夫分手，回到东京，但现实情况并非她想象得那么顺利。

她打算带着两个孩子回逗子的娘家，但大儿子洋一坚决反对爸爸和妈妈离婚，说如果非回逗子不可，那妈妈一个人回去，把自己和弟弟纯二寄在芙佐子小姨家里，爸爸回东京的时候，他们才回祖师谷。洋一的反对出乎意外，而且他说到做到，带着弟弟纯二真跑到芙佐子家去了。

当然妹妹两口子把他们送回来，由里子无奈地和孩子住在丈夫家里，她深深感受到没有生活能力的悲惨。她不愿意接受父亲以及兄妹们的资助，手头拮据的时候，就让北九州的丈夫寄生活费来，否则两个孩子无法抚养。

她也想方设法自立，可是大学毕业以后，父母亲坚决不同意唯一的女儿在东京过着租房居住的生活，加上弓成等着她毕业后就结婚的巨大热情，所以由里子很快就成为专职太太，如今想到自立，甚至都不知道自己会干什么。

由里子从大学同学的来信中得知英文系的一个高年级同学在经营私塾，于是前去了解情况，然后自己也考虑在家里开办私塾，那个同学是学校英语会话俱乐部的前辈，对由里子当前的处境十分同情，就让由里子先去她的私塾几个月，学习、掌握办学的基本方法。从那以后，由里子每周去她家里大约两次，体验、感受与学生如何接触、教学方法、教材、学费等具体事宜。

弓成在上诉审第一次庭审来东京住在祖师谷的家里的时候，由里子和他商量办私塾的事，弓成不赞成。等到他再来东京，由于由里子态度坚决，不容分说，丈夫只好同意，决定下个月开始进行装修，把客厅改为私塾的样子。

电话铃响。由里子心想丈夫现在晚归也不会事先给她打招呼，拿起听筒，原来是北九州的婆婆打来的。

“这么晚打扰，对不起。阿亮回来了吗？”

“还没有……”

“由里子您辛苦了。他要是回来，您转告一下，让他给家里来电话。可以吗？”

由里子考虑到蔬果行业都起得早，怕影响他们休息，便问道：“看样子会很晚回来，几点之前打可以呢？”

“其实……他父亲情况不太好……我一直等着，一回来，让他马上来电话。”婆婆的声音显得焦急。

“不知道爸爸身体不好。他一回来，让他马上去电话。”

放下电话，由里子心想，尽管夫妻之间没有交流，但至少应该把公公生病的情况告诉她。

一个小时以后，丈夫还没回来。由里子感到后悔，自己应该刚才就打电话寻找，可是他辞去报社的工作以后，即使想找他都不知道往哪里打电话。这种现实让她心头感觉悲哀。

十二点过后，听见门外有停车的声响，接着大门砰地打开。由里子情不自禁地走到门口迎接，丈夫喝得相当醉，没有一句话，从由里子的身边走过，到厨房里，拿杯子接自来水喝。尽管当新闻记者的时候也经常这样，由里子已经司空见惯，但今天感觉出他的情绪的颓唐。

由里子担心地告诉他，“弓成，妈妈来电话，说是爸爸情况不太好，让你马上给家里去电话。”

弓成一听，脸色大变，不管三七二十一地斥责道：“这么大的事，怎么不在门口就告诉我？”

一把抓起电话：“老爸怎么啦？……嗯……什么？大出血……”弓成悲痛地叫喊起来。

昭和五十一年七月二十日。每朝新闻社会部司法俱乐部的齐田记者坐在旁听席上，凝视着还空无一人的法庭。齐田周围的其他报社的司法记者也几乎没人说话，都在翻看记录本，或者闭目冥想。

早晨就能预感到今天天气的酷热，气温持续上升，东京高法第六刑事部法庭里空调的声音显得格外响，室内温度却相当闷热。

齐田在昨天的晚报上发表一篇关于上诉审判决走向的解说文章。从昭和四十九年二月检方上诉以后，第六刑事部的法官花费整整一年九个月的时间分析整理双方的争论点，后来召开六次庭审，今天才结审。这样的速度十分异常。

双方的争论点尤其集中在“采访自由”上。检方主张“对公务员，超出一般性询问的采访原则上都成为处罚对象”，而辩护方主张“受宪法保护的新闻报道的自由与采访自由是表里一致的”，双方尖锐对立。

为了让读者容易理解，齐田列表对照检方与辩护方的主张，力图站在公平的立场上撰写文章。他不再像以前那样，现在撰写本社记者成为被告的判决文章已经很少迷惑，能够以淡定的笔调分析已知的事实。这也许是因为从一审到今天的高法审判这大约四年的时间里一直担任这个案子的专职记者的缘故。进入报社以后，经过研修，分配到仙台分社工作，在基本入门的时候，调到东京本社社会部，没想到突然遇上外务省泄密这宗案子，当时在全报社掀起的“知情权”大攻势中不知所措，进退维谷。从一个尚未完全成熟的记者历经艰难曲折逐渐成长起来，他十分感谢那些热情真诚、通情达理的律师、检事、前辈记者的教诲。

旁听席突然轻微骚动起来。弓成在辩护团的护拥下从入口进来。他脸色被太阳晒成浅黑色，穿一身浅灰色西服，在被告席差不多中间的位置上坐下来。接着，增见高检检事表情充满信心地落座。

齐田记者感觉今天的弓成不像往常那样从容不迫，他刚刚交叉双臂，又落下来放在膝盖上，接着用手抚摸嘴角，扭动脖颈，大概感到高院判决的巨大压力吧。

十点整，审判员座位后面的门打开，身穿黑色法袍的木柿审判长等三人进来落座。

木柿审判长戴着粗黑框眼镜，梳着整整齐齐的三七分分头，环视一遍鸦雀无声的法庭，然后目光停在站立在被告席的弓成身上，浑厚响亮的声音说道："现在宣布判决。"

法庭立即弥漫着紧张感，弓成摆好架势看着审判长。

"撤销原判。判处被告弓成亮太有期徒刑四个月。"

旁听席顿时喧哗起来。齐田仿佛自己有罪被判刑一样受到打击，眼光往被告席上一扫，感觉弓成的身体在轻微地摇晃。

"自本判决确定之日起缓期一年执行。

"原审及本审的诉讼费的二分之一由被告人负担。"

二审有罪——增见检事浮现出强忍着不笑出来的表情，辩护团的五个人都面部僵硬。

弓成不服似的对审判长说着什么，齐田伸出身子，凝视着他的嘴唇，但无法知道他说些什么。

接着，审判长宣读判决理由，由于需要的时间很长，坐在附近的书记员让弓成坐下，但弓成没有留意，木柿审判长在法坛上提醒他，他这才坐下来。

木柿审判长语调平静地宣读判决书，右边的时枝审判员、左边的田所审判员都面无表情地看着前方。

齐田全神贯注地迅速记录，努力不漏掉每一句话。他周围的记者们也都竖起耳朵，聚精会神地倾听、记录，只听见记满一张纸后翻动下一页纸的声音。

"国家公务员法第一百一十一条有必要对宪法保障的不侵害新闻媒体的采访自由进行限制性解释。"

首先，木柿审判长认为日常的秘密采访活动不属于"教唆"行为,但弓成记者的行为属于超出其基准的“教唆”行为。

“关于‘教唆’的含义,原判(一审判决)的解释失之宽泛,实属不当。原判采用不无可能缺乏客观性、容易陷于任意性判断的方法,这不仅不利于司法判断,而且对在什么范围内属于应受到处罚的犯罪行为的标准划分也是不明确的。

“因此,现在对‘教唆’罪的定义予以重新解释。

“以实行泄密行为为目的,采取导致公务员无法决定其自由意志的手段、方法,或者确认公务员处于无法决定自由意志的状态,并利用该状态所实行的怂恿泄密行为。

“本法院对‘教唆’罪中的‘教唆’的含义所进行的限制性解释对于今后的判例是必要的。”

如果按照字面解释国家公务员法,新闻记者对政府部门、政治家的所有秘密采访都应受到处罚,高法的判决对此进行限制性解释,提出日常的秘密采访不应受到处罚的基准。这个解释虽然是消极的,但也许毕竟为日常的秘密采访提出了法律依据。

但是,以什么标准能准确判断“决定自由意志”?——齐田表示怀疑。他认为只有右边的陪审员时枝法官才能做出准确的判断。时枝是著名的宪法学者、法理学家,现在他睁着炯炯有神的大眼睛,显出自信的表情。

木柿审判长继续宣读:“在近代民主国家,被指定为秘密的情报,必须是真正的秘密,因为一旦泄露将违反国家利益;但也偶有以隐瞒政府的政治利益为目的而指定为秘密情报的情况。前者称为真正秘密,后者称为疑似秘密。

“对二者划分明确界线并非易事,通过参照其他相关秘密情报才有可能区分二者。所以,精通秘密情报的公务员可以辨别二者。

“新闻媒体不可能精通国家政治的一切,难以判断特定的秘密是真正还是疑似。

“采访判断为疑似秘密的情报，并告知国民，这的确是新闻媒体的公共使命。然而，当并非最佳判断者的新闻媒体采用‘教唆’的手段、方法进行采访，其行为自然构成国家公务员法第一百一十一条、第一百零九条第十二款的罪行。”

齐田记者对这种晦涩难懂的文字感到困惑。新闻记者正因为没有确凿的证据才要去采访，弓成不就是为了获得对疑点的证据才要求三木事务官把电文拿出来的吗？感觉是不了解现实情况的法律家牵强附会地解释法律。

判决书涉及与三木事务官的关系，“由于被告对三木施加的影响，使她处于完全失去决定意志的心力的状态，用她的话说就是‘被逼得无法逃脱’的心情。按照本法院对‘教唆’含义的限制性解释，认为属于‘教唆’行为。”

三木昭子的证言具有可怕的破坏力。

即使弓成记者使用肮脏的采访方法，但齐田简直无法相信，高法的大法官们就这么轻而易举地被三木复仇的谎言所蒙蔽。

听说越是上级法院，法官的思想就越保守，往往以传统观念看待男女关系。虽然嘴上说要对采访划定一条客观的标准线，实际上还是以三木证言中极其暧昧的“心力”这个词进行事实认定。齐田不禁怀疑：怎么可以如此暧昧地对报道自由和一个新闻记者的命运做出裁决呢？

另外，既然是高法，不是更应该正面深入审理密约问题吗？表面上搬出五颜六色的理论，实质上是对一审判决的后退。齐田抑制不住满心愤怒，无法直视从被告席站起来的弓成那张苍白的脸。

判决后，立即在附近的律师会馆会见记者。

司法俱乐部的记者们围着弓成和五个律师，以担任干事的记者为主，首先询问弓成对判决的感想。

“太无现实性、太不合理，对新闻采访缺少基本认识，最终拥护政府的非正当秘密、对国家犯罪助纣为虐的可怕的判决。”虽然弓成还没有从有罪判决的打击中完全恢复过来，但说话的口气非常强硬。

接着，辩护团团长伊能说道：“判决弓成记者有罪就是禁止将代为承付索求权这个外交谈判中欺骗行为的真相向国民揭露出来。如果这个判决的逻辑适用于采访活动，将会造成什么样的结果？后患无穷！”

大野木律师用力点头，不无讽刺地说道：“想起来简直是莫名其妙的判决。采访活动不是结论而是开始，如果如判决所说的那样，既然已经有了确凿的资料，那就没有采访的必要了。”

年轻的记者们趁势发问：“这么说，不服高院的判决，要上诉到最高法院吧？”

伊能那戴着银丝边眼镜的五官端正的脸庞表情严肃地回答：“当然。必须最大限度地保护与国民的知情权密不可分的报道、采访的自由。”

“被告，上诉！”记者中有人高喊。

记者们一起离席，争先恐后地向报社发稿。

记者会见结束后，弓成也站起来。新落成的最高法院庄严的大楼浮现在脑海里，事态终于发展到必须由最高法院审判这个地步，所有的人胸中重新燃起旺盛的斗志。

每朝新闻社派来的两辆车子在大门车廊等候。按照弓成的意愿，高院的审判费由他个人支付，但资料费、会议室、车子等继续由每朝新闻社支援。

伊能与高槻律师同乘一辆车子，临上车时，他对大家说道：“明天开会详细讨论，对最高法院的上诉状请大野木先生起草，大家有意见吗？”

年轻的山谷和西江自然没有意见。

“那我就根据今天的判决以及我方对高法的最后辩论写吧。”大野木流露出最后一搏的决心。

“拜托您了。”弓成向他深深低头道谢。

填海造地的二十多万平方米的北九州港上坐落着一幢北九州中央批发市场的建筑物。

早晨六点，东方泛白，淡青色的天空逐渐扩展开来时，装载着蔬菜、水果的卡车接连不断地驶来，横停在三万平方米的巨大的钢筋水泥三层楼的蔬果部前面。接着便有几辆小型叉车开来，搬走装满卡车上的纸箱。

五月的连休刚刚结束，没想到种类这么多，有土豆、茄子、新牛蒡、网纹甜瓜、桃子等新鲜蔬果上市。

贯通两层的通风井水泥地上，叉车和自行车来来往往，十分忙碌，把蔬果分别运到各自竞拍的地方。

竞拍大致是水果以“固定竞拍”为主，而蔬菜有“移动竞拍”。移动竞拍是竞拍人在堆积现场的货物之间走来走去，用手势进行交易。宽敞的水泥地划出各自的范围，分别摆放着近郊农民直接送来的本地蔬菜、专供料亭的人工速成的盘饰菜蔬以及通过议付交易进口的蔬果。

脸色黝黑的弓成亮太戴着弓成蔬果公司标志的绿色工作帽，在衬衫外套一件同样颜色的夹克式工作服，大步往固定竞拍方向走去。这个形象已经毫无两年前被东京高法判处有罪、眼下正上诉最高法院的前每朝新闻社记者的影子，而是精明能干的蔬果业老手，那种神气活现足以让在市场里到处奔忙的戴红帽的中间批发商、戴蓝帽的零售商给他让道。弓成蔬果是批发商，虽然与产地、与卖方之间的关系发生一些微妙的变化，但依然实力强大。北九州中央批发市场只有弓成蔬果和九州蔬果两家批发商。

弓成走到水果的固定竞拍的地方，在高约一米的竞拍台周围转悠，戴着同样帽子的公司职员们声音响亮地向他问安：“您早！”

弓成点点头，目光往周边扫了一下，只见与竞拍台相对的前方搭起一座四五层台阶的台子，胸前挂着印有店号的藏青色围裙的买家们都站在前面。业者们的帽檐上都贴着一块由北九州市分配的、上面写有三位数的大牌子。

早晨七点，各处一起响起哨子声，宣告竞拍开始。“卖了！”“买了！”以及各种各样的声音汇成巨大的声响在钢架交错的高高的天井上回荡。

弓成站在竞拍台的后面，注视着买卖的行情。

买家们站立的台子前，当牌子放在竞拍的物品上面时，竞拍人便开始大声快速叫喊。

“好嘞！下一个，熊本熊本，西瓜西瓜，秀 3L，五十倍，好，多少？”

意思是说：每个纸箱里装有两个熊本产的西瓜。品质优秀，糖度高，个头大，花纹美丽，色泽鲜艳。五十倍，指的是今天到货的两个装西瓜有五十箱。弓成现在完全听得懂竞拍人的话，起初因为语速过快，不知所云。

台前的五六个买家一边听着竞拍人机关枪一样的快速语言一边反应极其敏捷地用粉笔在小黑板上写上买价，高高举起。竞拍人迅速瞟一眼小黑板上的数字，立即叫喊：“好！312、25，159、25。好，OK！”

最后最高买价相同的两家买家平分这五十箱西瓜。接着是网纹甜瓜，然后是桃子，这样一个个进行。

在不远的地方，九州蔬果也在进行同样的水果固定竞拍，但从经营的果品数量来说，老字号的弓成蔬果要比它遥遥领先。

蔬菜的移动竞拍也在进行，竞拍人在货物之间走来走去，买家围着他移动交易。九州蔬果在蔬菜方面绝对强势。

竞拍在一个半小时内全部结束，堆积如山的蔬菜、水果也立即被搬空，人潮的涌动、人声的嘈杂都已消失，只剩下满地的破纸箱和烂菜叶。

弓成对职工们说："辛苦了。"

接着，弓成走上三层的事务所，必须汇总今天的销售额。从集中在手头的数字估算，今天的成交量大约两百吨，那么销售额应该是三千万……

在这个行业干了二十年的堂弟兴奋地说道："亮太哥，熊本西瓜这次又火爆了。去年的橘子，今年的西瓜，哥打了两个漂亮仗，还是大少爷厉害。"

去年秋天，弓成与熊本种植西瓜的大户签订垄断性收购合同，结果十分畅销，获得巨大收益，从此就与熊本的农户、农协建立起密切的人际关系。

然而，应该比任何人都要高兴的父亲已经不在了。

一年十个月前，父亲因患肝癌去世。后来，长年与父亲一起经营公司的弟弟、亮太的叔叔继任社长，弓成担任业务主管，叔叔的儿子担任负责营业的专务，公司安排得井井有条。

"我抽一支烟去，要是宫崎农协来电话，就叫我。"弓成说罢，朝突出在关门海峡的海里的码头走去。

到对岸水路很窄，只有七百米，水流忽东忽西，变化不定，而且流速很快。中央鲜鱼市场就在附近，成群的海鸥在低空飞翔，发出喧闹的叫声。

港口外面，海面翻涌着白色的波浪，大型船舶减速向周防滩驶去。弓成眺望着大海，从夹克口袋里掏出香烟，点上，长吐一口的烟雾随着海风向海峡飘去。

没想到父亲会那么快离开人世……每当站在这码头上，一种对父亲之死愧疚的心情紧紧堵塞在胸口。

在一审判决无罪后，弓成回到老家把这个消息告诉父亲，同时也把自己打算辞去每朝新闻社工作的决心一并告诉他，就在这一天，他得知父亲患病的事情。表面上看父亲依然矍铄硬朗，但母亲告诉他说父亲有病。当时弓成还生气地质问为什么不去医院，母亲说父亲这个人害怕知道得的是什么病，既然如此，就由着他吧。母亲这么一说，弓成也不好说什么。在给父亲守夜的那天夜晚，母亲告诉他，父亲咬牙忍受癌症的剧痛，告诫她坚决不许把病情告诉身陷官司的亮太。

父亲去世的时候，正是坚信自己在上诉审中也会判决无罪的那一天午后，最终弓成没有赶上见父亲最后一面。

弓成为父亲举行隆重的葬礼，作为丧主料理完后事后，面对海峡放声痛哭。他感觉辜负了父亲对自己这个独生子的殷切期望，连最后都没能送终，这都是自己的过错。

忽然身后闪过一道闪电般的亮光，弓成吃惊地回头一看，只见一个人拿着照相机对着身穿工作服的弓成不停地按着快门拍照。

“你是谁？干什么的？”弓成大喝一声。

“啊，对不起，你是弓成亮太吧？”

一个身穿黑白小花格纹夹克、米黄色裤子的人对弓成点了点头，递上一张《周刊东洋》编辑部鸟井一郎的名片。

“怎么突然这样，真没有礼貌！”弓成怒气未消，没有接名片。

“其实叫您好几声了，大概您在考虑问题，没有听见。”这个人立刻老实道歉，并且让摄影记者先回去，语气柔和地说道，“觉得该是向最高法院上诉的时候了，却没有任何消息，所以就跑来看看。”

“我在这里是一个普通的市民。对于官司的事情，无可奉告。”弓成冷淡地把他的名片推回去。

对方摇摇头，说道："您还是看看我的名片吧。"

弓成突然把他的名片折成四折，往地上一扔，回头离去。

鸟井被弓成的气势所压倒，但立即镇静下来，说道："我来这里还有一件事想问您：三木昭子，不，她已经离婚恢复原来的姓，她的前夫三木琢也的诉状送到这里来了吗？听说他不要律师，亲自写诉状，已经向东京地方检察厅刑事部起诉了……"

弓成听到这个意外的消息，不由地停下脚步，反问道："你想说什么？"

"他控告您对昭子犯有欺诈罪、恐吓罪。"

"无端之事。没有来诉状。"

弓成往事务所走去，鸟井追上来，说道："三木琢也还起诉安西审议官、山本事务官，还有一审的那三个审判员。"

弓成大为惊愕，但断然驳斥，"如果你说的是事实的话，过于荒唐无稽。"

"您说得对。其实我从一审就开始旁听，一个偶然的机会和三木琢也开始交往，后来时常去他的市川的家里。他和夫人分居的时候还没什么，离婚以后出现很多妄想型的言行。"

鸟井简略地告诉弓成：三木琢也说趁着时效尚未成立应该立即行动，翻阅六法全书，以涉嫌触犯"特别公务员暴行凌虐罪"起诉将外务省的财物——电文——交给没有资格接触机密的昭子管理的安西审议官和山本事务官，同时以涉嫌触犯"滥用职权罪"起诉将无罪的妻子昭子判处有罪的三个审判员。

"通过采访知道，检察厅对他的针对三个审判员的诉状立即做出不予起诉的决定；安西辞去驻美大使的职务，现在是电力公司的顾问，对此无可奉告；山本回到老家，担任本地的纺织工会的理事，没有听说有人起诉他。他嘴里虽说伤害对方的感情不好，所以什么也不能说，其实心里受到很大的冲击。"

弓成没有回答，想到这起事件给那些无辜的人造成困惑，情绪就极其低落。

“我说这些让您不愉快的事情，对不起。”鸟井毕恭毕敬地道歉，然后态度异常诚恳地问道，“我来这里的时候，听到有关您的两三个议论。您从晚睡型的新闻记者的生活转变成早起型的蔬果业者，可以想象心情一定郁闷。可同行们都说您不愧是这个行业的老前辈的公子，很快就熟悉业务，脑子灵活，买卖精明，他们在您面前都感觉战战兢兢的。可是，如果最高法院裁定您无罪，您还会回到老本行继续当新闻记者吗？”

这句话让弓成产生剧烈的心灵颤动，但是他面无表情地回答道：“……这也无可奉告。”说罢，登上楼梯往事务所走去。

弓成在中央批发市场事务所的工作结束以后，又到小仓车站附近的办事处转了转，接着回到家里，直接走进内厅，坐在供奉着父亲牌位的佛龛前面。这个佛龛宽约四尺，黑漆鎏金，牌位上的戒命也是取最高级别的院号。佛龛是按照父亲的嗜好特别定做的。

弓成敲一声圆磬，凝视着放置在佛龛里的父亲的照片。父亲目光锐利，厚嘴唇洋溢着生机活力，大耳朵显示着大富大贵——不论什么地方，自己都比不上父亲。

再过两个月，就要举行第三次法事。如果在此之前能传来最高法院裁定自己无罪的喜讯，那就是对父亲唯一的供养，可是至今没有任何消息，令人牵肠挂肚。今天又听到《周刊东洋》记者说的那些话，消沉沮丧的心情更变得自我厌恶。

“噢，阿亮回来了。”穿着大岛绵绸和服、系着博多丝绸腰带的母亲走进来，打开面对宽檐廊的玻璃拉门。

父亲最喜欢这个院子，虽然树木花草都修剪得整整齐齐，但也许由于黄昏薄暮的缘故，有一种阴郁沉闷的感觉。

母亲把热腾腾的米饭摆放在佛龛前面，对着父亲的遗像道一声“请用饭”，合掌祈祷。

“老妈，你够孤苦的了。”弓成看着母亲的瓜子脸。

父亲死后，母亲的白发明显增多。弓成心想，自己不在家的时候，母亲一个人守着像城堡一样大的宅邸，也许心情十分孤独凄凉。

“有时候我就弹弹三味线，一拨动琴弦，感觉他一边喝酒一边在听我弹琴呢。”母亲露出些许微笑。

弓成也笑着说：“老爸那么好玩，你们还挺和睦的。”

父亲年轻的时候就富甲一方，与门第颇高的下关花街第一美女、三弦琴高手的母亲结婚，定然先会流传风流韵事，但照父亲的话说，两人的见面、结婚似乎都是命中注定的缘分。

父亲生于香川县的乡下城镇，幼时丧失双亲，身无分文独闯下关，在打下扎实的生活基础后，就把弟妹们叫来，首先让他们读书。母亲生于东京浅草的大药材批发商的家庭，同样也是幼时失去双亲，店铺破产。由于一个心地善良的八幡人店伙计的关照，才使得兄弟姐妹没有手足离散，为官办的八幡制铁厂的职工食堂所收留。母亲是大姐，为了能让弟妹上学读书，自己进入花街，依靠美貌以及严格的技艺修行，终于成为下关的名伎。

虽然出身的家庭不同，但都从小历经穷愁潦倒的艰难岁月，都愿意为弟妹的上学而甘愿牺牲自己，同样的胸怀自然使他们心心相印，走到一起。

母亲注意到儿子的目光，问道：“你怎么啦？”

“不，没什么……今天一个周刊杂志的记者跑到市场来找我。”弓成无意中提到平时不会谈论的话题。

“所以你愁眉苦脸的。阿亮，你还是忘不掉先前的世界。”母亲没有深入问下去。

“今天我在外面吃过了。老妈你先吃饭睡觉吧。”

"好的。不过,阿亮,偶尔也要关心一下洋一和纯二,像个做父亲的样子。由里子其实也是……"

"好了,我知道了。"弓成不愿意别人提起分居的妻子和孩子。

母亲一走出去,弓成就想到附近的小酒馆喝一盅,出门招呼出租车,一坐进去,却对司机说"去门司"。他忽然想到一个没人认识自己的地方喝酒的冲动。

十几分钟后,前方逐渐出现门司的霓虹灯闪耀的繁华街,车子在离中心地点不远的地方停下来。弓成在五光十色的霓虹灯街道上行走,在一幢各层都有酒吧间的细高大楼前停下,一家酒吧间的黑皮包裹的门上钉着"勒布瓦"的店名招牌。他一推门,芳香的酒味和陪酒女郎的香水混合在一起的香气立即扑鼻而来。

弓成坐在柜台席前,点了平时不喝的兑水苏格兰威士忌。

"大少爷,好久没见您来。"店长长谷川新吾满面笑容地过来打招呼。

弓成一边从调酒师手里接过酒杯,一边半是嘲弄地说道:"哦,你还是老样子。"

新吾的父亲是弓成蔬果的前专务,为人古板严谨,儿子大概适合这种夜店生意,干起来如鱼得水。

他在弓成耳边低声说道:"我知道大少爷吃够了女人的苦头,不感兴趣,不过最近新进来一个非常出众的姑娘。给您介绍一下吧。"新吾不动声色地指了指坐在中间包厢里的一个年轻陪酒女郎,她是本店头号陪酒女郎的助手。她梳着短发,白皙的脖颈尤为醒目,戴着珍珠项链,表情略含羞涩。弓成瞬间感觉似乎在哪里见过,但蔬果业界的日常工作不会与这样的女人打交道。弓成谢绝新吾的提议,自己喝酒。

"大少爷,不是好久不见的缘故,总觉得您今晚格外疲惫的样子啊。"

“你看出来了？今天我心情特别不好。”

新吾点点头，不过，只要有客人进来，他就立即兴奋地迎上前去，把客人带到空位的包厢里，朝陪酒女郎使个眼色。弓成想起这个新吾曾经为考大学找过自己商量，当年对考试怕得要死，结果离家出走，让父亲伤透脑筋的往事，不由得苦笑起来。

当弓成要第二杯酒的时候，刚才新吾所说的那个年轻的陪酒女郎从包厢走过来向调酒师传达客人要的酒。她那一双美丽的大眼睛对着弓成微笑的时候，弓成还是觉得似曾相识，但想不起来，只是默默地喝酒。

这时，新吾又走到他身旁，说道：“大老爷葬礼的时候，我第一次见到大少爷的太太。不愧是大少爷，眼高，太太那么漂亮、高雅、贤惠，对我们这样的人说话也都很客气，太令人感动了。”

“你怎么回事啊……在这个地方不要谈什么老婆……”弓成不高兴地打断他的话。

新吾还继续说下去，“这我知道。不过，我只能在这里见到您。大少爷，还是不要意气用事，早点儿重归于好，把孩子接到这里来，这样分居总不是个事啊。”

“我今天是心情不好才到这里来的。你给我住嘴!”

弓成把第三杯兑水威士忌一饮而尽。

“大少爷，不能再喝了。今晚我早下班，带您去一个能让你开心的地方。”新吾拿走弓成的酒杯，拍着他的后背。

新吾平时和弓成说话，总怀着敬仰的心情，目光柔和，但现在显得亲昵、放肆。

“不管去哪儿，都不会让我开心的。”

“知道知道……今晚就交给我了，保证一个晚上能让您全部忘掉的。”

新吾使劲把弓成摇摇晃晃的身子拉起来。

虎门的中央法律事务所，身穿衬衫的大野木正在专心阅看刚刚受理的一起民事诉讼的案子。最近经常感觉眼睛疲劳，心想必须调节一下眼镜的度数，可是自从三越百货店那个认识的工匠不在那里以后，也就没去换镜片。

不知不觉过了下午五点半。

大野木想起来今天下午的邮件还没看，便摁对讲机询问办事员。

对方回答道："我送茶水去的时候，就一起放在旁边的桌子上了。"

"是吗，谢谢。"

大野木挂断对讲机，转动转椅，看见已经完全冷却的红茶和一捆邮件整整齐齐地放在桌子上。凉茶湿润干涸的喉咙，心情舒畅。他先拿起快递邮件，是朋友来的私信。这一捆邮件里没有急切等待的最高法院第一小法庭寄来的信函。

大野木重重地吐出一口气。

高法判决以后，为了向最高法院提起上诉，大野木与四个辩护律师，尤其与同一个事务所的山谷、西江一起归纳、整理论点，执笔撰写上诉状。这当然是为弓成作无罪辩护，同时，根据这场长达六年的审理体验，辩护团倾注心血，相信他们对法院第一次涉及的国家机密、报道自由的问题所提出的理念可以作为判例传之后世。

上诉状提交以后，不知不觉过去一年多的时间，但是从今年春天开始，就一直盼望得到最高法院的联系。现在五月没剩下几天，心里更加焦急。

最高法院极少举行口头辩论，最近听说只有在打算撤销原判的情况下才会来通知进行辩论。然而，这是日本第一起以违反国家公务员法第一百一十一条为新闻记者定罪，对其解释是涉及宪法的重要问题，所以律师希望开庭审议。

令人担忧的是最高法院的法官与辩护律师之间对事件认识的差异。律师是通过直接与当事人接触形成案件的形象,从这个意义上说,案件犹如人的一张脸。而对于最高法院的法官来说,案件只是他们所看到的记录,通过一审二审的判决书形成案件的形象,追溯案件发生的基本经纬。在律师看来,这具有发生背离真实的危险性。

令人担心的还有材料问题。

最高法院的法官处理的案件要比律师多得多。大野木本人不喜欢同时受理很多案件,尽管如此,也没有得闲的时候。东京的律师,一般地说,一年受理大约三十五起案件算是多的,而据说最高法院的法官一年处理的案件是两千多起。

考虑到这些情况,上诉状必须写得引人注目,引发思考,不论心中有多少的感想慨叹,都必须凝缩成三十页以内的通俗易懂的文字。否则,审判员往往会被啰嗦难懂的文字弄得毫无心情。大野木将全部思想凝聚在二十八张纸上。

律师还担心的另一件事就是第一小法庭的组成人员。主任和另一个人是法官出身,有一个是律师出身,还有一个是学者,而最后一个偏偏是外务官员出身,而且此人历任条约局课长、局长,可以说是如同"敌人"。

唯一寄予希望的就是那个学者出身的法官,他是一个自由主义者,明白事理,逻辑判断不会偏于主观意向,被称为现行的刑事诉讼法之父。这位法官会以公正的眼光看待一审和二审的判决、审读上诉状,对那个外务官员出身的法官另当别论,但大概可以引导其他三个法官的判断吧。

法律界对这份呕心沥血写出来的上诉状给予很高的评价,认为是极尽情理之作。

也许要在一周以后,或者在一个月以后,对于不知何时才能来的最高法院的联系,现在只有等待。

第五章　最高法院

带花边的窗帘在初夏的熏风中轻轻摇晃，弓成由里子在自己家开设的私塾里正在给十个小学生上英语会话课。教材是安徒生童话的画册，由里子把主要的单词写在黑板上，然后用录音机听英语会话的录音，她自己也扮演其中的一个角色，和孩子们英语交流。由里子主张课堂气氛要轻松愉快，还准备了狼、小矮人等玩具。

私塾刚开始的时候，由里子有很多顾虑，不仅是教学方法，年级、家庭环境各不相同的孩子集中在一起，照看他们很费心力，不过习惯以后，看着他们瞪着圆溜溜的眼睛用功学习的样子，自己也受到很大的鼓舞，觉得这件事很有意义。

初中生的学习主要针对升学考试，所以把十八个学生分为一、二年级和三年级两个班，每周上一次课。

鸟鸣钟发出布谷鸟的叫声，下课了。孩子们把画册装进书包里，用清脆的声音说道“老师，再见”，然后出门回去。由里子被叫做老师，起先还不好意思，但她走到门口，对孩子们说“大家都直接回家去”，挥手目送他们离开。

由里子关上门，正准备收拾教室，忽然听见吸尘器的声音，可是高一和初二的孩子还不到回家的时间。

“哎呀，玲。”

由里子的表兄、居住在波士顿的建筑师鲤沼玲已经把桌椅挪到边上，正用吸尘器打扫。他穿着衬衫，用手背擦着额上的汗水，浓眉端正的脸上绽放出笑容。

“明天应该回波士顿吧？”

这几年，他参与科威特的田径赛场的修建工程，经常来往于波士顿、科威特、东京之间。三天前，他来电话说，要回叶山的老家看看。这可是少有的。

“老妈哭着叫我多待几天，人一老，就爱掉泪，真没办法。”他开心地笑着，走进盥洗室，用双手捧着水哗啦哗啦地洗脸，然后接过由里子递给他的毛巾擦干净。

“来点冷饮好吗？”

“好啊，有冰红茶吗？”他坐在桌边，一本正经地说道，“第一次看见由里当老师的样子，能抓住要点，真不错。”

“你讨厌……偷听别人上课……今天你要是来看望洋一他们，能一起吃晚饭吗？可能因为爸爸不在身边，有时候吃饭他们都不爱说话。”由里子对母子三人一起吃饭的机会一下子变少觉得过意不去。

玲看着冰红茶，认真说道：“由里，其实我今天有事和你商量。”

由里子坐在他对面，惊讶地问道：“什么事？”

“能不能把洋一放在我这里？”

太突然了，由里子手里的杯子差一点掉下来。

“昨天，洋一没去上课，跑到叶山来了。他对我说想知道爸爸的事件是怎么回事。”

由里子倒吸一口凉气。最近，洋一回家很晚，回家以后有时也是关在房间里，他原先的性格比父亲还要爽快，还带着弟弟参加过自行车远足。洋一对自己什么也没说，却竟然旷课跑到叶山向玲打听这件事……

“一上高中，什么事都听得到，也许会产生不必要的多余的苦恼。但是我对他说，想知道事件的话，应该直接去问爸爸妈妈。我这样说不好吧？”

“不。谢谢你。”

青春期的儿子是怎么看待自己这个妈妈呢？由里子感到心灵

的冲击，也感到孤独。

“从这个年纪的孩子来说，他是坚强的。不过，在人生的关键阶段，如果听到一些不足听的话，影响成长，那对孩子是很可怜的。所以，我想，索性让他到没有任何瓜葛的国外……我所在的波士顿上高中。你觉得怎么样？我认识完全寄宿制的好学校，我代替他的父亲来照顾他。当然，进入高中之前必须学习语言……”玲热情地说服由里子。

“这件事说得太突然，而且孩子有他自己的想法……再说你也是满世界跑，把他放在你那儿，我不放心。”

“那你不能带着纯二到我那儿去吗？”

由里子大吃一惊，抬头看着玲。玲以前所未有的热情奔放的目光凝视着她。

“由里当年下决心和亮太结婚，不过现在发生了始料未及的事情，也让无辜的由里蒙受屈辱。我知道这些情况以后，难以忍受。可是由里从来没有一句怨言，竭尽全力保护孩子，甚至还开设私塾……逗子的舅舅去世以后，我想由里更感觉心里空荡荡的吧……”

由里子的父亲长期患病，一年前由于肺炎并发症离开人世。由里子从来没有把分居所造成的扭曲生活的苦恼告诉父亲，但是他心里明白。失去这样一个深深理解自己的父亲，由里子感到一种沉重的失落感，至今还未能摆脱出来。但是，由里子也在不停地自责，不该陷于悲伤而不能自拔。

“由里是坚强的，甚至是一种刚毅。可是我不忍心看你咬牙硬撑下去的样子，靠在我的肩膀上吧。”

玲走到由里子身后，把手轻轻搭在她的肩膀上。这种温暖一下子舒缓了她紧张的神经，让她产生一种靠在他的臂膀上放声痛哭的冲动，但是她立即恢复了理智。

“我们小时候在一起长大，就像亲兄妹一样。我没想过我们会那样子,以后你就不要到我们家来了……”说罢,身子离开他的手。

“孩子上学期间,我作为母亲,会继续努力坚持下去。眼下我考虑的只是最高法院对丈夫的裁决问题。我每次看辩护团的律师先生们倾注心血所写的上诉状,就相信他是无罪的。”

“我也期盼着能这样,否则由里得不到回报。”玲点点头,拿起海青色的夹克,说道,“那我……以后我不会再来了。不过,我们还是表兄妹,这个不会变。需要我的时候,和我联系,我想帮助你。”玲的浓眉满含愁苦,走出房间。

鲤沼玲回去的那天晚上,由里子坐在私塾的小桌子前,又翻开大野木律师寄来的提交给最高法院的上诉状。

许多采访都是从不愿意讲述的人那里获得情报。所以,新闻记者为从公务员那里获得具有报道价值的情报,往往使用各种手段固执地询问,以获得情报源所提供的信息。

赞美报道自由的同时,却厌恶采访手段中所存在的某种污秽,这犹如喜爱美丽的玫瑰,却对它的根部的肮脏这个事实目不忍睹。只喜爱美丽的鲜花,但如果把根部切除,鲜花就会枯萎。

根据具有丰富采访经验的读日新闻氏田一郎、每朝新闻冈松秀夫、合同通讯内户贤三等人的证言,新闻记者在对公务员采访的时候,如果只是单纯地请求提供有机密内容的情报,就不可能获得想知道的内容,所以就必须动用各种关系,采取软硬兼施、强弱并行的各种各样的请求方法和采访方法。

以国家公务员法第一百一十一条的教唆罪适用这样的采访方法,史无前例。这表明采访秘密情报的现实一直得到国家法律的认可。

现在分析一下两个人的关系。

三木事务官在检察官面前和法庭上说“她非常害怕他们的关系被公开出去”，可是，她在周刊杂志上发表采访手记，后来甚至还在电视的娱乐节目中抛头露面公开谈论。这种态度与战战兢兢地害怕关系被公开出去的本人供述大相径庭。

该事务官为掩盖、粉饰自己的处境，就故意把自己置于受大腕记者欺骗，或者对他言听计从这样的受害者的立场，对她的这种心情和理由也是可以理解的。

然而，从客观事实来看，她的许多供述并没有正确表述两人关系持续期间的心理状态。

原判存在着对两人关系的否定性价值判断、男女关系中的女性弱者论或者女性从属论这样的潜意识。然而，正如三木事务官本人也承认的那样，弓成记者对她从未说过一句威胁性的话，而且该事务官也从未拒绝过弓成记者的请求。该记者出差美国期间，在并没有提出请求的情况下，该事务官向每朝新闻社询问该记者在美国的地址，主动寄去两份文件，这是她自愿的单方面行为，是她的自由意志。

三木事务官无论在提供文件还是两人关系问题上，都处在随时可以结束的地位。

所以，显而易见，不符合适用国家公务员法第一百一十一条所规定的教唆罪。

由里子溢出泪水。如果丈夫在法庭上实事求是地证言自己与三木的真实关系，就不会被判有罪。

丈夫去警视厅协查、被捕、获释后，对自己既没有任何解释，也不道歉，使得她一直受到痛苦的折磨。虽然夫妻之间的鸿沟无法填埋，但丈夫在法庭上始终如一地庇护三木的那种男人执着的义气令人深受感动。由里子坚信，最高法院的五位法官都是学识渊博、品格优秀的人才，他们一定会认同这唯一的真实。

北九州中央批发市场的蔬果楼，早晨的竞拍结束以后，叉车就把已经成交的装有水果、蔬菜的纸箱运到在屋外等待的卡车上。从两层楼高的天棚上吹下来的冷气关闭以后，三万平米的空间一下子变得空空荡荡，人影稀少。

弓成蔬果和九州蔬果的事务所都在三层，由于空间太大，看过去似乎前方变窄。九州蔬果事务所的职员们来来往往，充满生机活力；相比之下，弓成蔬果的各个办公室，尤其是营业部门这一阵子弥漫着沉闷的气氛。

销售量一输入电脑，有的人就垂头丧气。弓成蔬果一直独占鳌头的水果销售量从上个月开始就被竞争对手九州蔬果所取代，出现一直下滑的异常状态。弓成也明白这不是暂时的现象，长年交易的中间批发商大客户在竞拍中流失到九州蔬果那边，没有回来的迹象。

父亲健在的时候，蔬菜的销售额就赶不上新兴的九州蔬果，如今连他们的十分之一还不到。

弓成的衬衫外面罩着蓝色工作服夹克，坐在业务主管的办公桌前面，看着今天竞拍报表上的惨淡数字，不由得双脚发颤。

负责营业的专务、堂弟脸色严峻地走过来，语气坚定地说道："哥，这么短的时间里，买家都倒向九州蔬果，罪魁祸首是那个古河。那家伙暗中对买家许诺，只要在竞拍时买九州蔬果的东西，自己就和他们做生意。要是放任不管的话，我们就会彻底完蛋。今天你还是去和中间批发商们谈一谈吧。"

"我知道这是古河干的，那家伙公然把与我们的竞争说成是战争，趁着父亲去世以后公司实力有所下降的机会，想把我们一举歼灭。”弓成只字不提刚才自己双脚发颤。

堂弟催促道：“既然你这么了解，那就赶快找他们去啊。”

“这个你去办。”弓成断然拒绝。

“用不着你亲自出马吗？这可不像你的性格。这一阵子，你做事马虎得很。”堂弟情绪急躁地努着嘴。

“起先以为有两三年就能干好这个买卖，现在彻底知道这碗饭不好吃。你不要指望我，就按照你的那一套去干，效果相当好。”

“我看你今天还是去跑一跑吧。不管怎么说，你是老一代的儿子啊。”

“我不喜欢当这种摆设，而且今天有点感冒了，浑身没劲儿。这里的事情办完，我打算早点回去。”弓成坚决不去。

堂弟专务气呼呼地离去。

虽然每天的工作都安排得井井有条，圆满完成，但感觉自己已经失去兴趣。对橘子、苹果、黄瓜、茄子的涨价落价不再有专心关注的激动心情。在同业者的定期聚会上，如果坦率地发表意见，人们就说你不愧是大报社的记者，对你客气敷衍，实际上是避之唯恐不及，仿佛在笑脸的背后隐藏着“这家伙乱搞女人”的嘲笑。大概因为这个缘故，弓成在同业者中没有可以真正交心的朋友。在生产者农户中也是如此，所以他的精神压力越来越大。

下午三点，工作结束，弓成脱下夹克，走出事务所。

站在开阔的填海造地码头上，可以望见远处深灰色海面上白浪翻涌的关门海峡，微暖的海风吹拂脸颊，感觉到一丝雨意。弓成伫立片刻，没有船只驶过，没有令人兴奋的景色映入眼帘。驾照拿到手已经半年——他走到停车场钻进日产公爵里。

弓成把车子开进宅邸边上的车库里，然后从后院转到客厅的檐廊。

“哎呀，老爷您今天回来得早。”母亲远亲的中年佣人惊讶地出来迎接，“太夫人去博多座看戏，说晚饭和一起去的人在外面吃。”

母亲一直喜欢观看宣布继承艺名的歌舞伎演出。

“这我知道。我肩膀酸痛，给找一个按摩的，几点都可以。”弓成说罢，躺在檐廊上。

低低的屋檐上方，天空阴沉昏暗，也许因为即将进入梅雨季节的缘故，如同一口大锅盖在自己的头顶，感觉心情郁闷。

弓成望着天空发呆，听见佣人说道：“别在这里睡觉……按摩已经预约了，说是晚上七点以后来。”

“谢谢。事先把旁边的房间收拾好。”

“哦，对了。我忘记告诉您了，太夫人说今天的来信放在茶具柜的中间抽屉里。”

“是信吗？”弓成猛然坐起来。

母亲平时不会这么小心谨慎地收放邮件。说不定是大野木律师转来的最高法院的通知吧。弓成急忙打开抽屉，一看原来是洋一的来信。

今年春天，洋一考取竞争异常激烈的都立高中。弓成接到由里子的通知后，立即回到东京，买了一支勃朗牌钢笔送给他表示祝贺。弓成只是在与辩护团商量有关事宜的时候才回东京，住在祖师谷的家里，洋一不像以前那样和父亲开朗地说话，似乎独自经受着苦涩的感觉，但收到父亲的这支钢笔礼物的时候显得兴高采烈，立即灌上墨水，试着流畅地书写文字。弓成看着他的举动，心想尽管他现在是青春期的难以交流的年龄，但不愧是自己的儿子，弓成深感作为父亲的喜悦。

弓成一边回味两个半月以前那短暂的幸福感一边打开信封，抽出信笺。

在简单地叙述家庭近况后，下面的文字让弓成大惊失色。

洋一毫不犹豫地表达自己退学刚刚考取的高中想到国外读书

的愿望。

我的这个决心还没有告诉妈妈。我和纯二一起生活以后，我想，无论多么坚强的妈妈，都会感到孤独的。而且，要筹措我留学所需要的费用，自从逗子的外公去世以后，肯定是非常困难的。

爸爸还是新闻记者的时候，无论多么晚回来，总要来到我和弟弟的枕边，每次都说"你们长大以后，不一定留在这个小小的日本，爸爸送你们去别的国家留学"。爸爸带着满嘴酒气，胡子扎在我的脸颊上，有时候痛得醒过来。

至于到国外哪所学校读书，经过和鲤沼表舅商量，打算去波士顿的寄宿制高中，我以后要努力学习外语。

不论爸爸怎么反对，我退学的决心不会改变。

退学的理由只字不提，但弓成感觉到这与自己的事件有关，这起事件深深地伤害了孩子的心灵。

一种难以言状的悲哀涌上心头，在与几乎不在日本的鲤沼玲商量之前，真希望他能到这里来指责父亲，痛哭一场。

外面雨水开始沥沥淅淅地落下来。弓成一把抓住烧酒瓶，咕嘟咕嘟倒进酒盅，仰起脖子一口喝下。

"老爷，东京来的电话。"佣人急急忙忙地过来传达。

或许是由里子或许是洋一……现在不想和他们说话。

"快一点……是东京的律师。"

弓成猛然一惊，抹了抹嘴角，立即去接电话。

"我是大野木。最高法院来通知了。"

大野木的声音还是和平时一样平静，弓成心想也许上诉得到认可，伸直身子，但是对方长时间沉默着。

“先生……”

“决定是驳回上诉。”

“这简直……岂有此理!”

究竟以什么理由驳回的……弓成喘不过气,说不出话来。

“弓成,我也是窝心得很。”

“外务官员出身的法官不算,几比几?”

“五个法官的一致意见……这绝对是无法接受的决定。”大野木抑制的感情也迸发出来,“明天早上要对记者发布,所以晚报会刊登出来。大概各家报社的记者会蜂拥而至,要你发表看法。你想说什么就说什么吧,让我替你说也可以,你决定吧。”

“五个法官全部……这个决定简直就是私刑的折磨。想说的话一肚子都是……不过,不想暴跳如雷。”尽管怒火中烧,但不愿意给别人造成气急败坏的丑陋形象。

“知道了。我理解你的心情,交给我吧。”大野木挂断电话。

弓成在茫然若失的虚脱状态中看着外面的雨水,还不到傍晚时分,外面却阴沉黑暗。

刺耳的电话铃声开始喧吵起来,门口的对讲机也开始叫唤。

六月二日,所有的晚报都在头版刊登最高法院的裁决。

判定弓成前记者有罪

外务省泄密事件　最高法院驳回上诉

采访手段违法

背离“正当采访”

适用国家公务员法“教唆罪”

在以对归还冲绳谈判的采访活动触犯国家公务员法第

一百一十一条受到起诉的每朝新闻社政治部前记者弓成亮太的“冲绳密约泄露案”上诉审中，最高法院第一小法庭认为：“依照总体的法制精神，被告采访行为的手段、方法在社会通常理念中无法得到认可，已经背离正当的采访活动的范畴。”鉴于此，决定驳回被告方的上诉。这个通知确定弓成前记者有罪。

这起案件的审判，在采访自由的原则下，如何确定新闻媒体采访国家“秘密”时所允许的范围成为最大的争论点。对此，最高法院第一小法庭的判断基准是：“对国家秘密进行采访活动的行为并不违法，但采访的手段、方法如果触犯刑罚法令自不待言，即使没有触犯法律，但如果严重蹂躏被采访者的人格尊严等而为社会观念所不容，那就背离正当的采访活动的范畴，带有违法性。”因此，最高法院判断弓成前记者的行为是“对女事务官的人格尊严的践踏”。

辩护团声明：无法认可的判断

弓成前记者采访的电文包含有归还冲绳协定中所谓的美方支付四百万美元其实财源出于我国这样的欺骗内容，一审也已经明确指出其不正当性。

而且，最高法院的裁定也认为，“这应该在国会上进行争议、受到批判的政府政治责任”，因此并非违法的秘密。然而，该密约是对协定真实状态的隐瞒。应该铭记的事实是：如果没有弓成前记者的报道，国民将永远无法知道这个真相，也不会在国会上受到追究。

另外，认定弓成前记者接近事务官从一开始就是为获得机密文件而采取的手段也与一审、二审的认定相违背，是错误的。

弓成前记者的感想:心里有话,但不想说

弓成前记者通过电话向辩护团的大野木律师表示对最高法院裁定的看法。他说:“关于伤害人格尊严,心里有话,但不想说。”

三木(旧姓)前事务官说:心情舒畅

目前在东京近郊的某企业工作的三木女士从一审的坂元辩护律师电话得知最高法院的裁定后说道:“一审只判自己有罪,认为不公平,越发缺少信任,所以现在终于心情舒畅了。感觉日本的法院还是公正的。”

小仓赛马结束以后,成群结队的男人涌向车站,道路堵塞。弓成也在其中。大嗓门说话的大抵是押中大冷门或者买到中奖概率很高的马票的少数人,大多数人都是绷着脸,弓着背,一言不发地走着。

最高法院裁定有罪之后五个月,起先对判决有罪的理由深感愤怒,不久怒气逐渐萎缩,处在抑郁沉闷的状态中,唯一能够令自己忘却这个荒谬判决的就是英国纯种马的奔跑。

回到家里,父亲死后继任弓成蔬果社长的叔叔在等着自己。

“他是对公司的前景忧心忡忡才来找你的,你好好听他说。”母亲看着弓成的皮夹克口袋里塞着卷成一团的赛马报的疲沓懒散的样子,以从未有过的严厉口吻责备他,然后走出房间。

叔叔双脚放在被炉里面,一脸冷漠,“又输得相当惨吧。”

叔叔虽然和父亲是亲兄弟,但两人的风貌、性格截然相反,对赌博打心眼儿里讨厌。

弓成脱下夹克，穿着毛衣，坐在他对面。叔叔说道："现在公司这种状况，还是少去看赛马为好，连会议也不参加，这不好办。"

其实弓成并没有忘记今天星期六的会议。

"对不起。不过，光开会又解决不了问题。"弓成显示出不负责任的态度。

"你怎么这样说！你父亲听了会伤心的。"平时和颜悦色、从不大声说话的叔叔似乎实在气不过，斥责弓成。见弓成不说话，他又说道，"还在审判的阴影里出不来，既不是杀人，又不是入室抢劫，依我看也就像报社与政府部门的内讧。

"你既然决心辞去新闻记者的工作，继承家业，在你父亲的葬礼上作为他独生子的丧主，不是当着那么多来吊唁的人的面信誓旦旦地要竭尽全力经营公司吗？这难道不是你的真心话？"

"你别提这些事，我的心情你们谁也不懂。"

自己被最高法院这个徒有其表的权威所抹杀，抑郁空虚的情绪日渐其深，他难以忍受带着罪犯的烙印活下去。

两人陷入难堪的沉默。

"亮，我的本事比你父亲差远了。在他死后，这个公司开始走下坡路，结果呢，一方面是我的积极性不够，另一方面是这个北九州地区人口不见增长，大型超市却到处林立，搞产地直销，不经过中央批发市场的交易流通量增加了。怎么闯过这个难关，我是想不出对策。引进大型电脑也比别家公司落后，真是到了进退两难的地步。当前年末年初的流动资金，还有一百三十五个职工的分红，我决定把小仓车站前面的土地连同建筑物作抵押贷款。你看怎么样？"

"我没意见。"

"可明年恐怕熬不过去，我想趁着现在还没到致命伤的时候，要不和九州蔬果合并，要不索性关门停业，二者必居其一。"

合并、停业——弓成猛然一惊："叔叔打算选择哪一个？"

"这由你来决定。不管怎么说，这个公司是你父亲辛辛苦苦用血汗创建起来的。"叔叔说完，摇摇晃晃地站起来。

弓成一直对公司的急剧衰落视而不见，现在痛感叔叔对父亲的思念，自己只有横下一条心为公司的存废做出决断。

周末过后，弓成和九州蔬果的董事、营业部长古河在车站附近饮食街的一家小餐馆见面。

虽然几乎每天都在中央批发市场三层见面，但除了同行业聚会外，这还是他们第一次在外面单独会面。

"来，先干一杯……"

两人端起河豚鱼翅酒做做样子地喝了一口。古河让弓成坐在上座，闲聊片刻，问道："想好了吗？"

古河的年龄虽然比四十七岁的弓成小，但在这个行业摸爬滚打出来，野心勃勃。他首先切入正题。

弓成放下手中的杯子，回答道："虽然千方百计努力拼搏，可还是败在你们手下。现在的想法是合并，不过有条件。"弓成没有流露出弹尽粮绝的灰心沮丧，说话的口气依然相当强硬。

"什么条件？"

"弓成蔬果的牌子要保留下来。"

"这可不行啊。说老实话，我们是应你们的请求给予救济的。"古河一口回绝。

九州蔬果是批发业的后起之秀，在这个精明能干的营业部长的率领下，发展迅速，急剧膨胀。在同行业那些思想保守的老板们对弓成还敬而远之的时候，如果能同这个营业部长单独交谈，肯定也会把自己的公司交给他管理的。

"虽说衰退，但我们的公司是战前就创建的老字号，有商标、商权。既然是合并另起炉灶，变更你们公司的名称是理所当然的要求。”弓成寸步不让，坚持己见。

古河从容不迫，反问道：“你这个说法很可笑。你想起个什么名字?”

“至少希望改为九州合同蔬果。如果继续沿用九州蔬果的名号，我死后都无法和父亲埋在一个坟墓里。”弓成极力不想在古河面前示弱，但说出这句话的时候，喉结使劲颤动了一下。

古河目不转睛地盯着弓成的面孔，毫不客气地说道：“我看你的言行真的很离谱，我们的社长不可能答应的。按照弓成蔬果现在的经营状况，这个办不到。”

“如果不同意更改公司名称，那合并这件事就算我没说。”

“你的心情也不是不能理解，可是你那儿缺少人才。再一点点变卖资产，那也都是解救燃眉之急的权宜之计，撑不下去的。你这样意气用事硬干下去，最后只有关门了事。”

“既然如此，我就把老爷子留给我的全部家产卖掉，东山再起，和你们决一胜负。”

不仅仅北九州的资产，如果也将冈山、广岛、下关的不动产全部卖掉，大概会有七八个亿。弓成打算以这个资本把离开自己的客户拉回来，在竞拍中与九州蔬果决一死战。

古河也被弓成的气势所压倒，默不作声。

“你是有这股犟劲儿。要是我们的社长，还有那些老领导问起来，不知道这是否对我们的合并交易有利，不过我接受你的挑战，最终你还是赢不了的。”

“那好。和你们再次决一雌雄。我知道我会输，明知会输，也要和你们拼个鱼死网破，然后我亲手关闭弓成蔬果。”

两人无话可说。古河拍手叫服务员拿来热河豚鱼翅酒。

“不愧是创建人的儿子，有气魄。你一个决断，让你的全体员工都得救了。时代不同了，公司倒闭的时候，如果能够不让一个员工流落街头，那也就可以堂堂正正地进入祖先的坟墓了。”古河的话没有利欲的争斗，透出一种人情味。

弓成深感他的坦诚的担心，但是倔强的性格不愿意在他面前低头：“古河，你真卑劣！明明知道我听不得这样的话。”说罢，离席而去。

但是，过年以后，叔叔辞去社长的职务，当专务的儿子也独立出去，在下关自己经营蔬果。弓成蔬果终于瓦解，被九州蔬果吞并吸收。

弓成坐在小仓赛马场能看见练马围场的阶梯式椅子上，聚精会神地看着赛马报，一边猜测马匹到达终点的顺序，一边用红铅笔做出记号。

他的卷发留得很长，没有梳理，穿着褪色发白的短袖开襟衬衫和膝盖已经磨破的裤子，完全变了一个人样。

两年半以前，弓成蔬果破产。一直居住的城堡似的大宅第也在母亲去世之后拆毁，不动产公司络绎不绝地建议他在原地盖公寓出租，但他就是不听。只是抱着父亲的佛龛，在外面租个小屋居住，过着百无聊赖、无所事事的空虚日子。

八月二十九日下午——这是小仓今年最后一次马赛，马场上挤满三万多赛马迷，还有带着孩子来的年轻夫妇。由里子电话告诉弓成说长子洋一从波士顿的高中毕业后进入芝加哥大学，次子纯二现在上高三，正努力学习准备参加高考，但他们一次也没来过小仓，似乎更习惯这种两地分居的生活。

今天的小仓纪念参赛马中最具实力的十八匹出现在练马围场上，马夫牵着缰绳，在椭圆形的围场上环绕一周。人们都站立起来，形成层层叠叠的人墙，睁大眼睛观察、品评马匹的毛色、姿态等，与报上的预测进行对照比较。

“大叔，让一下！”三个人从后面猛跑下来，弓成被撞得差点摔倒。

弓成一下子火冒三丈，怒吼道：“没教养的家伙！”

无处不在的保安赶紧跑过来安慰弓成。在保安眼里，也许弓成和大家一样，都只是一个赛马迷。

弓成满心不愉快，把手里已经温乎乎的罐装啤酒喝完，靠近围场的栅栏。呼声最高的是鹿毛的超级小栗，大型电光板上显示它的赔率是一点九倍。

与摇着脑袋、马蹄嘀哒地走在最前头的马匹，与对人的期待、梦想毫不相关地平静行走的马匹相比，虽然它的毛色、气质都大不一样，但它的姿势十分优美。

弓成把赌注下在铃鹿布莱特上，它的个头虽然比超级小栗略小一点，但栗毛色泽明亮，臀部的肌肉结实隆起，圆鼓鼓地充满力量。

从铃鹿布莱特三岁第一次夺冠以来，弓成就从它奔跑的姿势中获得舒畅的快感。它在其他赛场出场比赛的时候，弓成也必定购买它的马票，不论是否押中，喜欢的就是它奔跑的姿势中依然残留着马驹的稚嫩的感觉。

如今已经五岁的铃鹿布莱特跨过白色的栅栏，第二周绕场，当它摆动着鬣毛剪短的脖子时，弓成仿佛与它目光相遇。它的目光令人联想决心一定要跑第一名的仰天长嘶。弓成心情激奋，期待感陡然上升，满腔热情地追加购买铃鹿布莱特单胜式马票。

虽然是阴天，但从云间照射下来的秋天阳光依然强烈。弓成从围场走到看台，耸立在正前方远处的足立山在热气蒸腾中隐约可见。弓成挤在看台最前排毫无立锥之地的人群里，满脸汗水流淌。

当广播宣布小仓纪念杯赛马开始的时候，全场座无虚席的观众发出雷鸣般激动兴奋的声音。骑手骑在各自的马背上，手持缰绳，在精心修整的草地上轻快地小跑习惯场地以后，朝远处的马闸走去。正面巨大的屏幕上映照出所有赛马的正面特写。

号角齐鸣，彩旗飘扬，十八匹马依次并列在马闸的瞬间，闸门打开，所有的马匹都漂亮地起步奔跑。铃鹿布莱特在内侧第三条跑道，位置很好，一直领先。保持同样的快速，跑过第二个拐弯点。小仓马场是小拐弯，对领先马有利。

赛马最后的冲刺在第四个拐弯点，蓄势待发的马儿在马鞭的催击下奋力冲上坡道，要超越前头的马，第一个冲向终点。铃鹿布莱特大概不喜欢这样的较量，它如天马行空，不顾一切地奋蹄奔跑，始终处于领先地位。

不论是刮风下雨，不论是烈日暴晒，它的奔跑强势不需要任何条件，弓成不由地想起自己的记者时代，为了能写出独家新闻，他不动声色地深深潜伏，一旦看准信息源，便毫不犹豫地猛扑上去，咬住不放。

铃鹿布莱特在第三个拐弯点与后面的马拉开五匹马身长的距离，在第四个拐弯点拉开八匹马身长的距离，异乎寻常的快速把其他马远远甩在后头。看台上的观众欢声雷动，蜂拥到隔离马场的栅栏周边的人们一齐挥动着赛马报。弓成也和大家一样忘乎所以地高喊："铃鹿！铃鹿！"

铃鹿布莱特四蹄腾空，尘土飞扬，朝着目标勇往直前，飞奔而去。原来呼声最高的超级小栗在骑手的鞭策下奋起直追，但终究赶不上眼看就要破中央赛马场纪录的铃鹿布莱特。

突然，铃鹿布莱特的右肩不自然地向前倾斜，接着速度明显减缓。眼看着就要到达终点，究竟怎么回事？骑手打算把它往外栅栏边上引导，但超级小栗等五六匹马如一堵墙壁从后面横冲上来，第一轮比赛结束。

铃鹿布莱特举起前面右脚，身体前后摇晃着，依靠三条腿勉强站立。显然是骨折。一些人跑到它的周围，弯腰察看前脚。

铃鹿！弓成情不自禁地悲叫起来。铃鹿布莱特没有嘶鸣，没有垂首，用三条腿坚强地站立在比赛结束的马场外栅栏边上。

如果获得夏天的小仓纪念杯，就可以参加秋天的天皇奖、年底的有马纪念杯的比赛，但是铃鹿布莱特，眼看胜利在望，却这样的出乎意外。

难道是因为谁也无法阻止的神奇速度导致铃鹿布莱特的骨折吗？想到自己一帆风顺地担任执政党专属首席记者的时候，亲手断送自己的记者生命，不由得浑身上下哆嗦颤抖。

不知道全部比赛何时结束，弓成处在一种虚脱状态，来到围场旁边的日本式庭园里，漫无目的地徘徊，打开喷灌草木的水龙头，双手捧着温乎乎的自来水咕嘟咕嘟地喝下去，清洗夕阳照射汗水流淌的脸庞，一下子清醒过来。他看着映照在水泥地积水里自己模糊的脸庞。憔悴枯瘦，一具失去灵魂的躯壳，这难道就是现在的自己吗？

弓成记得广播里说铃鹿布莱特是右前脚粉碎性骨折，无法医治，为了免受痛苦的折磨，只能实行安乐死。

安乐死——这条路不属于自己。哪怕时间再多，却已经失去了做任何事情的兴趣，甚至连书籍都觉得是空话连篇，远离文字。如果这样无所事事地虚度光阴，等待自己的只能是更加堕落的悲惨人生。

必须离开这里。夏末的夕阳坠落在阴暗的云层里，弓成步履蹒跚地向前走去。

第六章　冲绳

冲绳岛以南三百公里的东海上是由八个小岛组成的宫古群岛。每个岛屿的周围都群生着五颜六色的珊瑚礁，涌动的浪花仿佛镶嵌着白色的花边。

宫古岛大致位于群岛的正中央，从这里乘坐渡轮二十分钟，便可抵达在日本屈指可数的透明度极好的大海上互相依偎着的伊良部岛和下地岛。

四月上旬，地处亚热带的岛屿的平均气温已经不低于二十四五度。

伊良部岛西北面的佐和田海滨的礁石背后，一个人手持长长的鱼竿在垂钓。他低低地戴着遮阳帽，身穿长袖衬衫和工作裤，赤脚上套着橡胶凉鞋。他就是弓成亮太。三年前，他一直想死，彷徨不定，最后终于落脚到这个岛屿。他已经五十四岁，但身体结实健康，没有赘肉，目光温和清澈。

满潮开始逐渐退落，但礁石下面的浅海里，珊瑚枝在海浪的涌动中轻轻摇曳，五彩斑斓的热带鱼在珊瑚间自由自在地穿梭游动，清晰可见，仿佛一伸手就能捧上来。

太阳逐渐升高，眼前的海水呈现透明的淡蓝色，水深的地方如翡翠绿，远处变成群青色，与浮现着洁白积雨云的湛蓝的天空连成一片。

弓成曾经在孤独与绝望的深渊里徘徊，五十岁的时候抛弃自己的人生，来到这伊良部岛，两三年的岁月，在上天恩赐的美丽的大自然的怀抱里，在岛民们质朴坦诚的生活环境中，他的心灵创伤得以治愈，正恢复元气。

鱼线动了。虽然感觉不会是大鱼，但鱼饵被叼食的动静明显传来。弓成把鱼竿往上一提，上钩的鱼儿使劲挣扎着要逃跑，于是按照鱼儿的动作，鱼线或放或收，来回几次，往身边拉近，只见透明的海水里浮现出深绿色的鱼儿的身子。弓成把握时机，猛然一提，一条将近五十公分的南洋鹦嘴鱼在空中活蹦乱跳。外行人很难钓到这种鱼，以前虽然咬住钓钩，但都被它咬断鱼线逃跑，所以弓成格外高兴。

南洋鹦嘴鱼牙齿尖锐，会咬碎珊瑚，而且身上有一层铠甲般坚固的鱼鳞。弓成从它的嘴里取下钓钩，放进浸在洼地海水的鱼篓里，还在拼命地拍打尾巴和鳍。鱼篓里的石斑鱼、单带海绯鲤在张合鱼鳃呼吸。

收获颇丰，今天和明天的晚餐就足够了。弓成收起长长的竹竿，来到海岬下面，等待退潮。

佐和田滨海岸一带都是浅滩，退潮以后，洁白的沙滩上留下很多蝾螺、海胆，都是不可缺少的美味下酒菜。

弓成捡了一些够自己吃的蝾螺、海胆，然后沿着岸边的杂木林间小路往上走，进入村子的道路。现在还是高低不平的砂石路，但据说要铺设水泥路。连这个小岛屿也开始出现公共设施建设的兆头。

沿着空无一人的村路走去，在三岔口拐弯，走不多远，两边便是辽阔的甘蔗地，可以看见前面的小村落。弓成的住所在这个地带尽头的稍稍洼下去的地段。

由于经常遭受台风的袭击，这里的住家都改成钢筋水泥的平顶房，不过弓成的住宅还是老式的红瓦平房，石围墙与周围隔开，院子里生长着榕树，盛开着野生的九重葛。

弓成流落到伊良部岛，先是长期住在岛上唯一的家庭旅店里，后来店老板给他介绍几处空房子，最后选择这个住处。这些空房子的主人都已经离开岛屿到外面生活，但房子还留在岛上，只有这一家的房屋骨架子还比较结实。因为位于洼地，没有直接受到台风的侵袭，加上原先盖房子的时候就建构坚固，屋顶的瓦片都没有被台风吹走。

弓成决定住所以后，多多少少要进行修缮，这过程都是向村里人虚心请教，这也许成为当地人接纳他这个外来户的精神基础。按照当地的风俗习惯，要在门口挂一个用露兜树树根编成的绳子拴住的蜘蛛螺以避邪。当村里人把这个送给他的时候，也是表示对他这个外来人的好意。

弓成走进大门敞开通风良好的家里，感觉冷飕飕的。他走进厨房，把鱼倒进塑料桶里，然后在水槽里用储存的过滤后的雨水洗鱼，再拿起菜刀动作娴熟地刮鳞剖肚掏肠，收拾干净。

“哟，阿亮，还活着啊。”

住在附近的渔民伊佐方希走进来，正是身强力壮的大好年华，古铜色的脸庞绽放着笑容。弓成刚搬来的一年里，方希并不喜欢这个没有公开自己真实身份的外来者，没有交往，见面也不说话。后来弓成在孤独的生活中，为排遣寂寞弹奏三线，大概方希从他的弹奏姿势中感觉到他的内心，才逐渐对他敞开心怀。起先对弓成打招呼问候说：“阿弓，你好吗？”后来变成捕鲣鱼的渔民那种特有的粗鲁、但饱含亲切的口吻，“阿亮，还活着啊。”

“昨天的鲣鱼收获怎么样？”

南方捕捞鲣鱼都是凌晨一点半左右出海，第二天傍晚才回来。方希是鲣鱼捕捞船的船长。

“大丰收！好极了！”方希得意洋洋地翕张着鼻翼，瞧一眼塑料桶里还剩下的一条南洋鹦嘴鱼，半是嘲讽地说道，“阿亮的本事也见长啊。”

“本想一会儿自吹自擂一番，顺便请你尝尝我的手艺。现在好了，你就连桶一起拿走吧。”

“谢谢啦。对了，这是孩子他妈给你的。”说着，动作生硬地把盘子递过去。

盘子里的蒸红薯看上去还热乎乎的。

“这可少见。给你老婆带个好。”

没等弓成说完，方希就急匆匆地走了。一说到他老婆，偌大个汉子立即显得不好意思。弓成看着他没有拿走的桶里的南洋鹦嘴鱼，不禁苦笑起来，赶紧追出门去。

南方的夜来得晚。当第一颗星星开始闪烁的时候，弓成就拿钓来的鱼和海胆做下酒菜，喝上了泡盛烧酒。他从年轻时候就一直喜欢烧酒，伊良部岛佐和田的蒸馏酒泡盛喝起来口感清爽，味道醇厚。

住所外面没有人造的亮光。一会儿，南天的尽头升起菱形的南十字座的第一颗星星，接着在西边的天空出现金星，然后是狮子座、室女座等，满天星光灿烂，闪烁耀眼，自己周围仿佛被青白色的星光所笼罩，甚至感觉到一种神秘的气氛。

弓成心情舒畅地钻进蚊帐里，躺在地板的席子上，拿起枕边的书籍。他很长时间拒绝所有的报刊书籍，但最终还是离不开文字。岛上没有书店，只是在坐轮渡去宫古岛的时候，顺便到书店买书。

现在阅读的是乡土历史学家撰写的琉球列岛史。他翻阅浏览的时候，对《涅夫斯基的宫古研究》这个题目感兴趣，便靠近台灯开始阅读。

事先没有任何通知，一个男子突然来到斜阳西照的午后的村公所。他道一声“对不起”，办事员抬头一看，简直怀疑自己的眼睛。生来第一次看见长着金发的大高个男人，而且这个外国人居然使用流利的日语问道："村长在吗？"一九二二年（大正十一年）八月，那个时代，连本土人都难得到这里来，而俄罗斯语言学家尼古拉·阿历山大洛维奇·涅夫斯基前来拜访村政府。他是一个外国人，但想对宫古列岛的言语、歌谣、民俗等进行认真的调研。办事员备好马匹，带他前往村长家里。

著者史学家是当年那个村长的孙子，所以记述真实可信。

涅夫斯基毕业于圣彼得堡大学东方语言系，一九一五（大正四）年公派来日留学。由于一九一七年祖国发生革命动乱，他延期回国，在日本居住了十五年。这期间，他受到民俗学家柳田国男、折口信夫等的影响，来到宫古列岛采风，调查、记录当地的古语、歌谣、风俗。

书中记述涅夫斯基记录的出生于伊良部佐和田本地的村民演唱的即兴歌谣《伊良部蟹》中的一节。

连母亲也不让看
我肚里的所思；
连父亲也不让看
我心中的所想。
只因为是你，
我可爱眷恋的人儿，
敞开胸怀给你看。

这是心急如焚地等待着可爱的姑娘夜半悄悄前来幽会的小伙子歌唱爱情的恋歌。

据说涅夫斯基的笔记本上还准确记录着曲谱。他的确是一位语言学的天才，克服交通不便等困难，好几次从本州远道来到宫古列岛，记录如此详细的资料，不由得令人感叹佩服。由于他的记录，使得口传文艺得以留传下来，没有湮没在历史的烟尘里，很有意义。

涅夫斯基回国以后，在斯大林时期遭受清洗，被捕后送往西伯利亚的集中营，死于流放地，年仅四十五岁。弓成想到自己是在四十七岁的时候被最高法院认定有罪，所以他完全可以想象涅夫斯基当时的悲愤心情。然而，既然自己活下来，现在不是到了应该做点什么的时候吗？弓成在心里自问自答，渐渐睡去。

六点过后，天就亮了，透过蚊帐可以看见敞开的拉门外面的院子。乌鸦比所有的鸟都醒得早，扑棱棱地拍打着翅膀。

弓成叠好蚊帐，走到院子里。院子的边角辟出一小块菜地。西红柿、凉瓜、茄子等菜蔬上挂着露珠，色泽鲜嫩，新芽萌发。弓成摘取今天一天吃的蔬菜后回到屋里。

在南国小岛上独居生活，悠然闲适，有时候一整天也不见一个人，也不说一句话，从来不感觉寂寞无聊，只是有时候会突然想到妻子由里子和两个孩子。想到自己在将近六年的时间里与他们断绝音信，对这种自私任性深感惭愧，但至少现在还想这样保持下去。

修补破损的铁纱窗，再修理一下开闭状态不太好的房门，这一天就这样过去了。

从长得比人还高的甘蔗地里传来哗啦哗啦的声音，翠绿的长叶子摇晃摆动，一看就知道有人在地里干活。弓成正在给甘蔗剥叶，他用毛巾包裹着整个脑袋和脸颊，戴着工作手袋，脚上穿着胶底袜。

给甘蔗剥叶就是把根茎下部的枯叶剥下来，铺在田埂上。虽说很简单，但因为要弯着腰，其实相当吃力。

种甘蔗在春夏两季，需要一年半以上的时间才能收获。这期间，要进行几次剥叶，为的是防止金线虫等病虫害，把剥下来的枯叶铺在田埂上，既可以抑制杂草丛生，又可以对田埂起到保湿作用。

弓成已经在地头歇过好几次，他坐在枯叶上，把包裹脑袋的毛巾解下来，擦擦汗，拿起水筒喝茶。从甘蔗里渗透出来的酸甜的气味在四周弥漫，汁水溅在脸上，感觉刺痒。

“阿弓啊……”从身后绿油油的甘蔗林里传来这块甘蔗地的主人、老太婆的声音。

“在这儿呢……”弓成大声回答。

一个身穿扎腿裙裤的瘦小老太婆弓着腰从甘蔗林里走过来。

“你受累了。我本想来告诉你，今天早晨刮南风，最好从南面开始干起，没想到你都懂得。你已经很内行了，这样子我也就放心了，真是给我的老头子帮了大忙。”布满深深皱纹的脸上露出喜悦的笑容。

“噢，老大爷情况怎么样？”

“不好啊。我告诉他说让阿弓来帮忙，他说对不住你了。真的给我们帮了大忙。”

“都是相互的，我住在这里，也受到村里人的照应。”

弓成现在终于能够掌握本地方言的语音语调和村里的老年人说话。

“下面我来做，你回去休息吧。不然的话，即使下午叫你来，你也没劲儿啊。”

“再加一把劲儿，要是还做不完，剩下的我明天再来做。大娘你自己可要注意，要是干过劲儿，再出现膝盖积水，照顾老大爷就吃不消了。这事就交给我吧。”

老两口的儿子、女儿都离开岛屿住在外面，弓成虽然担心年老多病的两个老人，但老大娘没听弓成的劝告，到别的地方剥叶去了。

太阳逐渐升高，忽然天空传来一阵嘈杂的鸟叫声。原来是一群候鸟鹳飞过。三月下旬，鹳从菲律宾、台湾方面飞来，到秋天，又从这里飞过南下，这种鸟体长四五十公分，属于鹰科，目光敏锐，嘴喙尖利，主要栖息于森林里，大概由于捕食昆虫和蛇的缘故，平时很少看见。不过，偶尔看到几十只、上百只的鸟群在高空翱翔盘旋的景象，不由得惊讶这小小的岛上竟然栖息着这么多的鹳。

甘蔗地不到两反①，干完活以后，弓成和老大娘一起坐在蔗林背阴的地方歇息。这时，一辆出租车扬起尘土驶来。

“哟，阿弓，果然你在这儿啊。有一个客人，放在你家里了。”

“客人？谁啊？”

“不是本地人。我走了……”司机在调度中心的无线指挥下，急匆匆掉头走了。

弓成掸掉粘在工作服上的蔗叶碎片，回到家里，只见一个穿着清爽的五十岁左右的瘦小男人站在院子的榕树下。他仔仔细细地瞧着工作手套、胶底袜装束的弓成，说道：“你是……弓成吧？”

弓成一下子心潮澎湃，心里知道站在自己面前的是“读谷的渡久山朝友”，却惊愕地说不出话来。

“突然来访，你一定很吃惊吧。有三年没见了。”对方感慨万端地凝视着弓成被太阳晒黑的脸膛，动情地说道，“看你精神饱满，我就放心了……”

“没想到您会来……那个时候您对我的恩情，时刻没有忘记。多亏了您，我才捡回一条命，现在过得很好。”时隔三年的重逢，弓成依然心情激动。

---

① 反，日本土地面积单位。一反约合 9.92 公亩。

“哪里哪里，是因为你本人有着活下去的强烈意志。你身上有甘蔗的味道啊。”渡久山眯缝着圆眼镜后面的眼睛。

弓成意识到自己这一身散发臭汗的工作服，连忙请渡久山进屋，自己换上干净的衣服，端上一杯凉茶。

“您对我恩重如山，本应该我去拜访您，现在都倒过来了，让我愧疚。不过，您怎么知道我住在这儿？”弓成感觉有点奇怪。

“说起来完全是偶然。我的母校那霸师范学校的一个晚辈来到我担任教导主任的读谷中学任教，他的老家是伊良部岛南面的一个村子，去年秋天回老家给父亲做伞寿①的时候，听说有一个知识分子三年前特地从东京移居到这个岛上。我一听，马上意识到就是你。”

不过，最近听村里人说，有人从东京，或许是大阪，独自搬到宫古列岛的一个小岛上居住。

“我在您家里的时候，说过这样的话吗？”

“没有。那个时候，尽管你的身体极度虚弱，可是连自己的真实身份都没有告诉我。所以我虽然意识到是你，心想贸然前来探寻会不会给你造成不便，一直迟疑不决。这次恰好我应邀参加在宫古举行的学校教职员慰劳会，就下决心来一趟。

“不管怎么说，你离开的时候状态很不好，我一直十分挂念。”

渡久山的这一番话顿时让弓成的心头感觉热乎乎的，不由得想起当年他拯救身心处于极限状态的自己一命的情景。

最高法院荒谬地驳回上诉、裁定自己有罪以后，弓成悲愤交集，坠入绝望的深渊，连父亲辛辛苦苦白手起家建立起来的弓成蔬果公司也被迫破产，有一段时间堕落到赌博的泥潭里。那一次，他在赛马场的一滩积水里看见映照出自己憔悴恍惚的面容时，顿时

① 伞寿，八十岁寿辰。

猛醒过来，意识到如果自己留在老家这块土地上，就无法重新振作起来。于是他离开小仓，可是没有目标，在漫无目的的漂泊中更加抑郁自闭，彷徨流浪，仿佛在寻找自己的死地。

他没有前往妻子、孩子居住的东京，却流落到与他们相反的方向。昭和五十六年只剩下几天的寒冬的夜晚，他来到鹿儿岛港。

他浑身发冷，在寒风中无法忍受痛苦的折磨，买了一张最先出航的船票，步履蹒跚地登上轮船。这是开往冲绳那霸港的客货轮“若潮丸”。

汽笛鸣响，轮船离开码头，满员的船舱依然嘈杂，但是弓成什么也看不见，什么也听不见，只是趴在窗口呆呆地望着无边无际的黑暗的大海，心绪黯然阴沉。

轮船驶进外海，由于强烈的东西季节风，海浪翻涌，船体前后左右、上上下下地颠簸摇晃。弓成开始晕船，十分难受，往备用的塑料袋里呕吐，从早上开始几乎没吃东西，也吐不出什么来，但还是止不住呕吐的感觉，苦不堪言，眼角流出泪水，便爬到甲板上。

波涛汹涌的黑暗的海面，汽笛几次穿透浓雾在夜空回响。

我要彻底放松自己……这不仅仅因为晕船的缘故。他不由自主地走到船舷边上，就在往外探身的时刻，突然身后有人一把使劲抓住自己的裤腰皮带，随着船体的剧烈摇晃，仰面摔倒在甲板上。

“……不要紧吧？”

昏暗的甲板灯光下，弓成看见一张神情担心的脸庞俯视着自己。对方在使劲拽弓成裤带的时候也随之跌倒，一屁股墩在甲板上。

第二天，风平浪静，海水湛蓝。轮船沿途在几处岛屿停靠以后，抵达那霸时已是暮色苍然，暖风中夹带着大滴的雨水。

弓成从栈桥下来，但无处可去，伫立在雨水中。先下船的渡久山返回来，看着只有一个手提包的弓成，说“儿子开车来接，愿意一起坐吗”？当父子二人把弓成架进轻型小车的后座上坐下以后，他立即意识模糊起来。

也许因为从未体验过的明亮的阳光让弓成醒过来，发现自己躺在虽然简朴但很干净的房间里。

“感觉好点了吗？”

还是那个在船上拽过自己的人，戴着圆眼镜，表情和蔼。弓成慌忙坐起来，但头盖骨像破裂了一样剧痛，不由地双手抱着脑袋。

“看来你相当疲惫。这地方很简陋，但是不和我住的家连在一起，是单独的屋子，谁也不会来。你就在这里安心休养吧，等身体恢复了再说。我是本地的中学教导主任，你放心好了。”

他微笑着，似乎让弓成放下心来，并且用手指比划汉字，说自己名叫渡久山朝友。弓成好久没有听到这种充满人情味的亲切关怀的话语，封闭僵硬的心灵终于舒缓下来，但只是告诉对方自己姓弓成，请他谅解后，自己又躺下来。

在渡久山妻子的精心照顾下，弓成在这里居住了五天，很快就恢复体力，向渡久山表示感谢。

渡久山几次问弓成打算前往何处，弓成欲言又止。在他养病的时候，迷迷糊糊地决定要去伊良部岛。他不知道伊良部岛离冲绳岛有多远，记得他还在上小学的时候就听父亲多次说过，“伊良部那个地方，简直就像龙宫一样，是个好地方，有机会想带你去看一看。”弓成依稀记得这个岛离台湾很近。当年父亲在台湾购买大量的香蕉，回国的时候，船都要停靠宫古列岛，补充蔬菜，似乎格外喜欢这个岛屿。

弓成虽然这么想，但还是心里没底，感觉不切实际，去了以后如果待不下去，也许还要流浪到别的地方。尽管这样做辜负了恩重如山的渡久山的一片心意，感到内疚，但辞行时还是没有把自己的去向告诉他。

屋子外头的地表飘动着热气的游丝，九重葛鲜红的花朵随风摇曳。

弓成对自己当年不礼貌的做法再次表示歉意，“我蒙受一个素不相识的人如此的大恩大德，离开以后却音信全无，愧疚难当。”

“对于你来说，需要这么长的岁月。其实我来这里还有一个原因。”

渡久山把眼镜往上托一下，然后从旧皮包里拿出一个白色信封，递给弓成。弓成不解地接过去，打开一看，原来里面装着一张边缘发黄的名片，不由地惊愕万分。名片上写着：

每朝新闻东京本社政治部　　弓成亮太

弓成目不转睛地凝视着自己过去的名片，忘记询问为什么他会有自己的名片。

“妻子说，她给你的西服掸灰尘的时候，从衣服里掉到地板上。可能觉得名片很旧，没有在意，打算给你洗完手绢，熨好后，一起放进西服口袋里。可是她后来把这事完全忘在脑后，等你离开我们家以后才想起来。

“如果我早知道你就是那个外务省泄密事件的当事人弓成记者，一定会坚决把你留下来，所以心里后悔；可是从你在船上的反常状态判断，又感觉这样在不知情的情况送你走也许更好，翻来覆去地苦恼。就在这种迷惑开始缓解的时候，不料听到我的晚辈说的那一番话。所以既然来拜访你，就要把我们一直珍藏的这张名片带来。”渡久山的话语浸透着他一直挂念弓成的温暖情怀。

弓成拿着发黄的名片，手指摩挲着名片的边缘，说道：“谢谢。可是，我身上为什么只带着一张名片呢？我现在想不起来。”

“是吗？我推测你当时虽然十分失望，但并没有忘记过去作为新闻记者的自豪感,心底怀有某种期待。你是因为冲绳问题断送自己的新闻记者的生命,我们也许在这一点可以为你出点力。信封背面写有我的联系地址。”

弓成看着写在信封背面的住址和电话号码。

屋子外面响起出租车的喇叭声。

“哎哟,都这个时间了……我要赶时间去宫古岛的轮渡,所以预约了出租车。想和你说的话说不完,今天是依依不舍,我告辞了。”渡久山说罢,站起来。

弓成送他到出租车旁边,以约定的口吻说道:“下一次我去拜访您。”

“那房间还空着,随时都欢迎你来啊。”渡久山爽朗地微笑着。

从第二天开始,无论是钓鱼还是在地里干活,弓成的脑子里总是考虑着那张每朝新闻社时代的记者名片。

一审无罪判决以后,弓成提出辞职,自己的职务变成弓成蔬果公司的专务董事。可是身上依然带着记者时代的名片,怎么想都无法解释。自己只能是一名新闻记者的自负心应该早就抛到九霄云外,难道潜意识深处根本就无法彻底抛弃这种自我认识吗?尽管多少次地予以否认,但面对从这件记得记者时代很少穿的西服里发现名片这个事实,弓成感觉困惑,甚至羞耻。

这条林间小路平时白天也人影稀少,但今天人来人往。因为今天在黑滨御岳举行春季的祭礼。

御岳是村子最神圣的场所——神社。弓成一直考虑到自己是外来人的缘故,一次也没有去参拜过,但今天心乱如麻,情不自禁地前去祈求平安。

御岳位于平时钓鱼的佐和田滨稍微偏西北方向,面对海岸道路,四周围绕着茂密葳蕤的蒲葵、榕树等高大的树木。门口竖立着牌坊，低矮的水泥墙圈围着，防御海浪和暴风的侵袭。

弓成钻过小牌坊，登上数级台阶，看见几十个身着便装的村民坐在阳光照射不进来的平坦地面上。弓成尽量不引人注意地悄悄坐在他们身后。

据民间传说，在神话时代，产土神从八重山来到黑滨之滨，此后黑滨御岳就成为祈祷求子的著名神社。以前都是未能生育的女子以及家属悄悄来到这里祈祷求子，但现在成为航海安全、渔业丰收的守护神。

产土神神体的岩石前摆放着村民带来的盐、大米、多耙银带鲱、泡盛烧酒等供品。

一会儿工夫，身穿白色服装的女祭司在助手的引导下走过来，在神体岩石前面铺着的席子上坐下，双掌朝上，低垂脑袋，庄严肃穆地向神问候，然后开始用唱诵祷文的声调为村民们祈愿。

中午的阳光照射不进来的御岳神殿里，女祭司语调平静的祈祷与合掌祈拜的村民们纯朴的信仰心合为一体，笼罩着庄重神秘的气氛。

弓成对自己能与渡久山重逢向神表示感谢。

第七章　　尻切洞

弓成在冲绳岛西海岸的读谷村海边缓缓地踱步。

早晨的大海风平浪静，遥远的海面上浮现出东海西面的庆良间列岛的影子。

从伊良部岛搬到冲绳岛中部的读谷村已经一个月。由于渡久山朝友的深切关照，弓成居住在离他家不远的单独居室里。等到在这里的日常生活习惯以后，就每天都到顺坡下行五百米左右的海边散步。

大海依然能安抚自己的心灵，但读谷的大海与甚至能感觉到大自然那庄严神秘的美丽的伊良部岛的大海还是有所不同。

昭和二十年四月一日拂晓，从读谷至北谷的海岸线遭到海面上军舰的猛烈炮击，在震耳欲聋的炮弹声和轰炸声中，十八万三千多美军乘坐冲锋舟、水陆两栖坦克排山倒海般登陆上岸。

当时的大海大概掩埋在一片漆黑当中。日本唯一一次、平民被卷入战争的冲绳地面作战的酷烈悲惨深深地刺进弓成的心间。每当他想象当年的战争惨相时，总后悔自己在伊良部岛居住的时间太长。

当朝阳升起，大海开始被染成群青色的时候，弓成躲避开被浪潮冲上海滩的漂流的木材，返回住所。附近村落的一条缓坡边上有一家小杂货店。当弓成从门前经过的时候，与刚刚开门出来的一个长发女子目光相遇。她手里拿着喷水壶，大概是给花草浇水。

“您早。方便的话，进来喝一杯茶好吗?”

她是这家店老板的孙女谢花美智。听说年过三十，还是单身一人，和爷爷住在一起，看来亲属稀少，长相具有冲绳女性特有的轮廓，双眼皮，黑眼珠，下巴稍显方形，令人印象深刻。

弓成散步回来的这个时间，偶尔能碰见她，也就是互相问候一声，今天听她这么一说，就犹豫了一下，不过也要买东西，便进到店里。店面的一半都是货架，面对大海的地方放一张大桌子。老大爷人缘好，午后就会有三五个人聚在这里聊天。从敞开的大窗户可以一览无余刚才自己散步的海岸。

“老大爷下地了？”

“噢，也许割草去了……工作空闲的时候，开店基本就是我的事。有点烫，您小心点。”

美智把一杯热腾腾的茉莉花茶放在弓成面前，一会儿，她自己也坐了下来。

她穿着洁白的T恤和木槿花纹图案的裙子，近前一看，发现她的高鼻梁漂亮地翘起来，没有被太阳晒黑的胳膊内侧白皙如雪。

“你很喜欢大海啊。”亮晶晶的黑眼珠看着弓成。

弓成心想从这个窗户能看见自己在海边散步的样子吧？他吹着茶水的热气喝了几口，把茶杯放在桌子上，模棱两可地说道：“也说不上喜欢，不过嘛……”

“您这么一说，是看不出很开心的样子。”她微微一笑，没有追问下去，“对了，您稍等。”

她走进里屋，手里拿着一个淡蓝色玻璃杯出来。

“这件东西您喜欢吗？”她把玻璃杯放在早晨的阳光里映照着。

只见玻璃杯里面随处可见许多气泡，蓝色与乳白色微妙地混合在一起，形成一种难以言状的美妙色调。

“颜色真美。是你制作的？”

美智在读谷的玻璃工房里据说在名家的手下工作，她立志要成为琉球的玻璃工艺家。

“如果您喜欢的话，就放在身边使用吧。我在素材里试验各种各样的混合物，很偶然地产生了这样的色调。可以说是我的得意之作吧。”一谈到玻璃工艺品的话题，她的眼睛格外明亮。

“这么贵重的东西，我不敢接受。你还是收藏起来，等举办你的作品展览会的时候拿出来展示。”弓成把玻璃杯还给她。

“按照这个基调，我还会制作出更好的东西。您不必客气……要是打碎了，我再给您做新的。”美智随手用报纸把玻璃杯包好，递给弓成。

弓成感觉为难，但还是接过来，然后从货架上拿了罐头和肥皂，付钱后往家走去。

从渡久山的住所方向传来两个小学女生清脆响亮的声音，还有渡久山的长子夫妇的声音。长子和父亲一样，也是学校的教师，他的妻子是村公所的职员，两口子和睦相处。

弓成看见这和谐热闹的一家人，不由得绽开笑容，打开自己居住的家门。决定居住在这里以后，把原先的屋子分割成六叠榻榻米和四叠半榻榻米的两间，还增建了厨房和浴室。当年渡久山的长子开车把弓成从那霸港拉到这里来以后，整整躺了四天，不过想不起来自己是躺在哪一个房间里，只记得挂着绿格子窗帘。现在换上了新窗帘，墙壁上的污垢也已经涂擦干净。当年渡久山的妻子照顾自己，一定喝过粥，上过厕所，但如今都不记得了。这莫非因为是想忘却记忆的潜在性拒绝的作用吗？

吃过早饭，弓成把美智送的玻璃杯放在餐桌上。如同在缺少情趣的单调的房间里点亮一盏朦胧的灯光，不由地看得入神。这时，屋外传来摩托车的响声，接着是信函投进邮箱的声音。最近，弓成在小门旁边挂上邮箱，还钉上了名牌。

弓成打开掩盖在苏铁厚重的轻轻摇晃的绿叶之下的小门，打开邮箱一看，是一张明信片。原来是在伊良部岛来往密切的一个渔民的中学生儿子寄来的，信上说弓成搬走以后，他感觉寂寞；还说他父亲参加明年举行的龙舟比赛，凭着渔民的顽强意志，一定要夺取头一名，想让弓成去观看。龙舟比赛是祝愿渔业丰收的民间活动，十个划手，一个舵手乘坐萨巴尼（冲绳古代的船只），是渔民们竞赛速度表现勇敢雄壮的竞技。

弓成离开伊良部岛的时候，许多村民来到轮渡的渡口为他送行，依依不舍，挥泪洒别，此情此景历历在目。一个外来人，连自己的真实身份都没有公开，就在岛屿上长住下来，村民们抚慰、治愈他的心灵创伤。弓成对朴实的岛上人满怀感激之情。

渡久山的妻子阿鹤在院子里说道："弓成先生，家具店来电话，说是马上就送来。"

"对不起。我马上出去。"

弓成走到大路上。阿鹤也出来，说道："搬过来以后第一次买家具就是桌椅，这就是您的性格。"阿鹤年轻的时候也是教师。

"那些日常生活用品都是夫人提供的，真是帮了大忙。"

"嗨，都是旧东西……不过，都屋这一带战后长期被美军划为禁区，不许进入，我们就去偷他们废弃的飞机、坦克上的铝合金、零件，自己打制成锅碗瓢盆，有的还制造电熨斗呢。"阿鹤的瓜子脸浮现出温和的微笑。

家具店的卡车很快就来了，在渡久山家门口把桌椅卸下来后，经过院子，搬进弓成独居的六叠榻榻米房间里。

收拾好以后，弓成立即坐在桌子边上，抚摸着泡栎木的桌面，将纸箱里的文具都放进抽屉里，心想在这张桌子上所写的第一份文字就是给妻子的道歉信。

但是，还没有信封信纸，该写些什么呢……弓成的眼前浮现出妻子由里子可怜哀伤的面容。

高大的刺桐盛开着如火焰般燃烧的赤红的花朵。

吃过晚饭，弓成照例来到渡久山居住的正房。夏季日长，七点依然天色明亮，位于坡下的正房被刺桐花染成殷红色。弓成带来泡盛烧酒，两人一点点地慢慢品尝。身穿麻布和服的渡久山望着刺桐花，说道："如今刺桐花成为冲绳县的县花，让观光游客领略南国情调的美丽。可是在冲绳战役中战亡者的遗属很讨厌这种花。"

"这是什么缘故？"弓成顿感惊讶，停下本想拿酒杯的手。

"刺桐树落花的时候，周围的地面一片赤红，在那些遗属眼里，犹如血色。听说有的人在刺桐落花期间会头痛，精神不安而失眠。"

弓成心头升起一种肃穆的情感。

"今天我从读谷村公所借来几张照片，就是想让你看看。"

渡久山让弓成坐到藤桌边上，然后从茶色信封里拿出几张四开大的黑白照片。

"这是……"一种强烈的震撼贯穿弓成全身。

岩石嶙峋突兀的洞窟般黑乎乎的地方，散乱着头盖骨、看似手脚的骨头，周围是碎玻璃瓶、锅、柄掉落的水壶，甚至还有眼镜、假牙等东西。

"这是一九四五年四月一日美军登陆读谷后的第二天，在尻切洞（CHIBICHIRIGAMA）里集体自尽后的照片。"

"集体自尽……"弓成倒吸一口凉气。

"GAMA"是冲绳话的"洞窟"的意思。是珊瑚石灰岩隆起形成的钟乳洞，冲绳岛的中南部到处都有这样的洞窟，都屋也有两三处，战时作为防空洞。

"CHIBICHIRIGAMA是旁边的波平小村子三十一户人家一百四十个居民在那一年三月美军开始轰炸以后的避难所。冲绳话里，'CHIBI'是'尻'、'CHIRI'是'切'的意思，所以姑且也可以叫做‘尻切洞’……一百四十人中有八十四人死去，这件事在两年前刚刚公诸于世。”

“哦？三十八年里一直无人知道吗？”如此惨案，竟然无人知晓，弓成觉得不可思议。

“有幸存者，也大致知道事情的经过，但是这个村落大多是本村人通婚，相互之间有着浓厚的血缘关系，所以把事情真相说出来，必然会伤害到亲戚。不愿意回忆这样的惨事，幸存者就抱着这种想法一直缄默不语，而且本村人悄悄地举行过三十三次祭祀。因此，大家都认为尻切洞的集体自尽事件就这样永远尘封于世。

“可是，五年后的一九八三年四月，一个名叫下嶋哲朗的东京画家由读谷村公所主办在这里举办画展，本人也应邀前来。在画展结束的时候，他对村公所年轻的办事员们说道：‘去钻一回尻切洞吧。’”

“这个画家怎么知道有这个洞？”

“下嶋不仅是画家，还热心研究日裔移民的历史。美军登陆冲绳以后，被剥夺土地的当地居民有的移民巴西、玻利维亚，近的则迁居到八重山群岛。下嶋充满热情地进行跟踪调查，据说他走访从读谷村移居到八重山群岛的石垣岛开荒种地的人们时，听到波平的尻切洞集体自尽这件事。”

来到伊良部岛调查古语的俄国人涅夫斯基也好，前往八重山群岛调查冲绳移民真实状态的东京画家也好，还有这样脚踏实地进行调查研究的人存在，这让弓成心头感动。

“与下嶋谈话的那个石垣岛的家庭主妇说，如果没有战争，当然不会迁移，更不会发生那种悲惨的事件。这句话一下子抓住了他的心，此后一直想调查尻切洞。仿佛是热情的心灵传递，恰好读谷村邀请他前来举办画展，于是他终于抓住了打开长期禁忌密闭的大门的把手。”接着，渡久山讲述了下嶋探寻尻切洞的经过。

下嶋提议“钻一回尻切洞”，得到十五个年轻人的响应，但等到行动的那一天，到中央公民馆前面集合的却只有四个。年轻人不了解当年集体自尽的事件，回家以后，父母亲劝阻他们不要接近那个地方。据说只要靠近那个地方，就会被冤魂迷住，遭到天谴。

洞穴在甘蔗地下面呈V字形的山沟里，山沟里大树茂密，杂草丛生。下嶋和四个年轻人用砍刀、镰刀辟出一块地方，顺着绳子下到十米深的山沟，才发现洞口。

他们慢慢地往里走，一条宽度不到五十公分的小河从漆黑洞窟的边缘流过，大概因为阿目梓河流经这里的缘故，非常潮湿。

一行人用手电筒照看里面，发现被火烧变色的遗骨、还残留着汽油的玻璃瓶等东西，于是继续往里走。尻切洞状如葫芦，必须弯腰行走，否则顶部极其低矮的中间部分就无法通过。洞窟的紧里头又发现许多遗骨重叠在一起。大家面对这封闭了三十八年的死亡世界，顿时感觉身体僵直，向死者献上默哀，却无法忍受这阴森的黑暗，于是走到外面呼吸新鲜的空气。

下嶋亲眼看到这个事实，便展开调查，想要搞清楚为什么会发生集体自尽的原因，向尻切洞幸存者的遗属逐个了解情况，但他们不仅讳莫如深，还强烈责难外部的人多管闲事。下嶋把调查的任务委托给年轻人，自己回到东京，但还是无法获得集体自尽的证言。

三个月后，下嶋再次来到读谷，住在村民们为他准备的过去美军士兵居住的旧简易房里，经过与村里深孚众望的波平前区长见面以后，走访调查才真正开始走上轨道。这个前区长出征南方前线，在战争失败后的第二年回到村里的时候，他的四户亲戚中，避难洞窟里的十五个全部死去。这些遗族起先严词拒绝，“现在旧事重提，又有什么用?!”“不想回忆惨痛的往事，说起来只有伤心流泪。”但经过前区长耐心的说服，也是看在老区长的面子上，一个人打开沉重的嘴唇，接着又一个人，这样人们逐渐开始讲述，集体自尽的真相终于浮出水面。

弓成问道："我也能进尻切洞吗？"

渡久山双手抱臂，沉思片刻，然后一边给弓成的酒杯里斟酒，一边平静地说道："你现在也已经成为读谷的居民，而且村公所知道你是因为揭露归还冲绳协定的密约被所谓政治逮捕的新闻记者。大概有的人对你还是很敬佩的，所以你亲自去村公所表明自己的心情，我想会得到他们理解的。"

在游客为欣赏冲绳美丽的大海而蜂拥而至的旅游旺季夏天过去之后，弓成坐在桌前，摊开崭新的信笺，准备给东京的妻子写信，却不知如何下笔。长期音信渺茫，对由里子的情况一无所知，对她的心情漠不关心，弓成为自己的不负责任感到内疚惭愧。

由里子：

久未联系，尚请原谅。我现在冲绳。不过也是在大约一个月之前才搬过来的，此前的三年我一直居住在冲绳岛更南边的岛屿上。

我离开小仓老家的时候，迷失方向，头脑发昏，一心只想找个地方了断此生，彷徨漂泊，完全是稀里糊涂地坐上开往冲绳那霸港的轮船。在船上，我幸运地受到一位居住在冲绳的中学教导主任的恩情，终于得以从身心的危机中解脱出来。

由里子你身体还好吗？我知道你有聪明的生活方式，只是殷切地期望你不生大病、健健康康地活着。

洋一、纯二都到上大学的年龄了。高一就去美国留学的洋一回到日本了吗？我痛感自己对他们也没有承担作为父亲的任何责任。他们无法容忍父亲杳无音信的行为，他们的人生使得他们也许更愿意索性接到父亲的死亡通知书。

在对我恩重如山的那位朋友的关照下，我离开孤岛，搬到他住宅的外房居住，现在终于感觉到脚踏实地，虽然有点晚，但我已经站在第二人生的出发点上。

由里子，你劳神操心，我十分过意不去，但我以后也许会一直住在冲绳。希望你忘记我，选择自由的生活。本应该更早告诉你，请你原谅我之前甚至无法执笔的状态。

虽然觉得意犹未尽，弓成把道歉信装进信封里。

“弓成先生您在吗？”门外传来女子的声音。

弓成站起来，站在敞开的大门外水泥地上的是身穿白色 T 恤和白色牛仔裤的谢花美智。

“上一次谢谢你……”弓成一边擦着右手指上的墨水，一边对上一次她赠送琉球玻璃杯表示感谢。

美智的黑眼珠直视着弓成，说道：“这一阵子没见您到海边散步啊。”

弓成含含糊糊地回答道：“噢，是嘛……习惯一旦没坚持住，就……”

“弓成先生，听说您向村公所提出想进尻切洞看看。”

“你怎么知道的……”

“我的奶奶和她的父母亲就是在那里自尽的。”美智低下眼睛，悲切地说道，“前些日子，爷爷参加互助会的聚会，谈到您去村公所要求阅看尻切洞遗属的证言，还想进洞看看，结果为此发生了争执。有一个遗属说您原先是东京的新闻记者，不知道您会写出什么东西来，号召大家坚决反对。洞窟里的遗骨，三十一户人家都去捡，辨认出来的放回各自家族的坟墓去，但能辨认的只是极少数……还有许多无法判别，只好留在洞窟里。从这个意义上说，那是遗属们的公墓。”

“我提出进入洞窟、阅看证言的请求并没有打算写出来发表，我有缘成为读谷的居民，既然已经知道这件事，就想彻底弄明白战争牺牲者的状况。同样居住在东京，那个画家下嶋能够克服交通、住宿不便的困难前来调查，但当时我正为自己被判有罪而受到痛苦折磨，现在想起来感到后悔。”弓成也披沥自己的心情。

“您总说是自己个人的事，其实您不是一直为冲绳而坚持斗争的吗？战争总是给弱小的平民造成巨大的创痛，家破人亡。”美智的声音含带着悲伤。

然而，当她看见书架上摆放着泛着微光的她的作品玻璃杯时，声音清爽地说道：“啊，您还把杯子摆设出来了吗？”

“看它很漂亮，所以就……”弓成吞吞吐吐地只好这么说。

美智掩饰不住高兴的神情，凝视着弓成，说道：“您想看洞窟的事情，我要把遗属中的反对派压下去。冲绳女性的力量还是很强大的。”说罢，转身离去。

弓成看着她长长的黑发盘结在头上的背影。

弓成沿着午后阳光强烈照射的读谷县道六号线，朝着离都屋两公里的波平的尻切洞方向走去。美智来访一个星期后，村公所同意弓成进入尻切洞和阅看遗属的证言录。

县道两旁都是轮胎店、旧车销售店、汽车维修店等，一家挨着一家，意味着冲绳已经进入汽车时代。还有销售美军士兵回国时贱卖的旧家具，路边摆放着外国人使用的大尺寸的沙发、床垫等东西。

再往前走，右前方是甘蔗地。听说在甘蔗地与田间道路交界的地方右拐就是洞窟，可眼前还是一大片甘蔗地。弓成停下脚步，擦着脸上滴答的汗珠，环视四周，发现水泥电线杆的前头有一处铁栅栏。他走过去，铁栅栏旁边是台阶，顺着台阶慢慢往下走，大约十米的地方便是山沟底，两边茂密的树木遮挡住光线，尽管是白天，这里也相当阴暗。

尻切洞的洞口就在这里，大概因为不过宽约五十公分的浊流一样的阿目梓河在洞口旁边流淌的缘故，湿气很重，到处可见爬动的蜗牛。弓成心头有点犹豫，但还是迈进洞口。里面的洞顶很低，阴暗，状如葫芦，中间窄小，前洞窟与后洞窟之间是一块极小的连接空间。前洞窟大约四五坪①，人站立不起来，必须弯腰，不然脑袋会碰到洞顶。弓成用手电筒照看四周，通往后洞窟的紧前头边上放着一个长方形的石棺一样的东西，上面摆放着香炉、烛台、水碗、花筒。无疑这就是一座坟墓。弓成用打火机点燃带来的一束线香，在窜起来的火苗的映照下，黑暗的洞窟显得阴森可怕，线香紫烟袅绕盘旋。弓成弄灭线香的火苗，插在香炉里，合掌祈祷。未能拿走的遗骨都放在石棺里。

线香的烟升到洞顶，似乎迷失方向，不知何去何从，缭绕散乱，仿佛是亡灵低回无声的倾诉。

弓成祈祷冥福，然后几乎是爬着进入后洞窟。这里比前洞窟稍大一些，中间横着一块大石头。漆黑一团，不打开手电筒伸手不见五指。忽然一滴冰凉的东西掉到弓成脸上。弓成一惊，手一摸，像是水滴。

这是钟乳洞，岩石之间会有地下水渗出，凹凸不平的岩壁、洞顶都是湿漉漉的，不时有水滴掉落下来。这水滴令人觉得如同在这里自尽的人们恐惧、绝望、哀泣、呼唤的泪水。又一滴水珠落在脸上，弓成退后一步，感觉鞋底把什么东西踩折了，连忙用手电筒一照，小树枝一样深棕色的东西折断，俯身拿在手里，却酥脆散碎。

① 坪，日本面积单位。一坪约为 3.3 平方米。

难道自己踩了遗骨吗……

弓成的耳边忽然出现错觉，仿佛听见从石缝里飘出自尽的人们的呻吟声、遗属打破三十八年沉重的沉默所讲述的证言……

“啊！鬼子来了！”

美军登陆读谷的当天，在洞口附近避难的一个人看见端着枪的美军士兵走近前来，于是人们吓得丧魂失魄，开始陷入极度的恐惧状态。

——我叫喊着拿起竹枪去战斗，把竹枪给年轻人，还让那些母亲们手拿菜刀，叫他们走出洞窟去打仗。

——美国兵在我们头顶上大约十米的地方，我们用竹枪捅他们。这一来，对方就用机关枪扫射。我们的女人都逃回到洞里。

接着，美国兵走进洞里。一个翻译模样的人说：“不杀你们，都出来吧！”美国兵做着手势让大家出去，但我们都一心认为他们是撒谎。

因为刚才用竹枪捅美国兵的两个人被对方用手榴弹、机关枪反击，受了重伤，现在就躺在洞里呻吟。两三天前还在这里守卫的日军士兵告诉大家说，都四十多的人了，还被美国兵抓住，多没面子啊，所以要率先挺身而出和他们打啊！可是在我们看来，那完全就是送死。

那天夜里，那两个受重伤的人一直痛苦地呻吟，所有的人一个晚上都没能合眼。美军从三月开始空袭，每次空袭的时候，大家都往洞里跑，疲惫不堪，而且越想越觉得前景糟糕，已经被逼到生存绝望的境地。

后来，在塞班岛上自尽日军中的生还者回到冲绳，他们口口声声说要自尽，把棉被、衣服等能烧的东西堆积起来，泼上汽油，准备点火。他们说在塞班就是这样烧死自己的。

我们说："如果你们这么想死，那就死好了。"他们一听，大声叫喊起来，"你们胡说八道些什么？！如果你们还是日本人，难道不应该高喊着天皇万岁去死吗？"他们真的点火了。可是这火被四个女人扑灭了。她们都是年轻的母亲，有的孩子还刚刚一岁，有的孩子甚至还是几个月的婴儿。

虽然火被四个母亲扑灭了，但洞窟里的人们分成两派，一派主张自尽，另一派主张活下去，争吵不休。

四月三日早晨，美军士兵再次进洞，说"不杀你们，都出来吧"，但谁也没有出去。美军等得不耐烦，就走了。

后来，一个去中国参加过卢沟桥事变的老头子说，日本军人对中国人干过的悲惨暴行，这次将要在这里发生。于是，洞窟中生死两派的争吵中自尽派一下子占了上风。

——一个姑娘说：妈妈杀了我吧！与其被美国兵奸杀，不如让生我养我的妈妈亲手杀死我，保留我一生的洁白名节……这个母亲心想决不能让美国兵奸污自己的女儿后再把她杀死，拿起菜刀对准女儿的脖子，可是事到临头下不了手。这时，旁边的男人对母亲说道："你要砍脖子的左侧，砍下去就死，砍右侧死不了。要是砍不死，就别动手！"女儿一听，情绪迫切地几次说道："美国兵就要来了，快杀啊！"于是母亲狠心咬牙一刀砍下去，立刻鲜血喷涌飞迸，如雨点般四处飞溅，落在人们身上……从此母亲变成疯子，挥舞菜刀，狂叫要亲手杀尽全家族的人。进入洞窟里的美军想制伏母亲，但是她逃到洞窟的紧里头。

看到这种景象，一个原先在军队当过护士的姑娘说道："我们也死吧。军人的屠杀真的惨无人道，我在中国见得实在太多了。"她从急救箱里取出针管和毒药，然后把全家人集中在一起。黑暗中，她一个一个地辨认的确是家人无误，对不是自己亲戚的外人不予注射。她说："注射完以后就喝水。喝水就能死去。"……甚至对才七个月的男婴也注射……母亲紧紧抱着死去的孩子在咕嘟咕嘟地喝水……周围的人都羡慕地说，他们能这样早早死去真好……

——并不是所有的人都想死，于是有人失声痛哭，大声叫喊，洞内的情景惨不忍睹。棉被又点上了火，从塞班回来的人吼叫道："放火啦，想出去的人赶紧出去！"

美国兵又进来，用电灯照亮像是点心盒的东西，说"出来吧，有吃的东西"。可是有人说"点心有毒"，谁也不拿。但也有人说"我们反正都是死，这么长时间什么也没吃，给孩子吃点吧"，拿来给孩子吃，结果并没有死。于是对里面的说"不要紧，美国人不杀我们"，可还是没人出去。

——泼上汽油的棉被、毛毯点火燃烧起来，漆黑的洞窟顿时明亮起来，后洞窟里的老大爷、老大娘的脸膛被火光映照得通红。这是最后的时刻，像鬼子一样赤红的脸膛，举起双手高呼天皇陛下万岁……

——我们在后洞窟，一家八口人，六个孩子加上奶奶。在浓烟弥漫、烈火燃烧的痛苦中，大家决定出去。洞窟里有几条小路，但黑暗中不知道该走哪条路，于是叫长子先去探路。长子回来报告说找到出口了，大家跟着他往外走，很快就见到明亮耀眼的太阳，可是也看见很多美国兵，当时吓得腿都软了，也说不出话来。坦克还在甘蔗地里嘎达嘎达地行驶。

美国兵指着坦克（水陆两栖坦克）命令我们“坐上去”。我们以为要把我们扔进海里，放声大哭，结果把我们送到都屋的集中营。

弓成胸口憋得慌，从后洞窟爬出来，看着从洞口照射进来的微弱亮光，深喘一口气。亲自进入尻切洞，置身于黑暗之中，更加强烈地感受到在村公所阅看下嶋著作以及幸存者的证言录所造成的震撼冲击。

美军登陆时被日本军抛弃的这八十四名无辜平民因害怕被捕而自尽的惨剧……这是与本土空袭，广岛、长崎的原子弹轰炸一样，对平民所造成的又一个永久性受害。

下嶋哲朗通过对尻切洞的实地调查，打开遗属缄默不言的门扉，从而使他得出这样的结论：如果当事者就这样沉默死去，战争的真相将永远不为人知，而且必须记录下幸存者长期经受的痛苦和愤怒。

——我的家人都去菲律宾打工，把我一个人寄放在婶婶家里，所以和婶婶家的五个人一起躲在尻切洞里。婶婶性格刚烈，美国兵进来的时候，她对我说：“你已经十八岁了，拿起菜刀和他们拼命去！”于是我跟在大家的最后面也出去。前面的人挨了美军的手榴弹……接着开始自尽……我的堂弟身体虚弱，死去了。有的亲戚叫喊道：“出口在这里，快出来吧！”但是婶婶说：“既然我的一个孩子已经死了，那就一起死吧。”不肯出去。最小的孩子平时和我最亲热，他说：“姐姐，带我出去。”他也想活着出去。可是……啊……我一辈子都忘不了……至今还铭刻在脑子里，挥之不去。婶婶说："你一个人活下来又能怎么样？你活下来，我们的灵魂就留在这个世上，每天晚上站在你的床头。"说罢，一家人都死去。

叔叔从战场回来以后，我把真实情况告诉他。叔叔至今还借酒哀叹："为什么就你一个活下来？……为什么没能多让一个人活下来……"他责备我……每天到先前都屋集中营所在的海边放声大哭……啊，我不想提起这段往事……

阅看遗属的证言，禁不住泪水涟涟。也许幸存者才真正是战争的受害者。

在这场冲绳战役中，三个平民中就有一个战死。弓成决心记录下这场战役中牺牲者与幸存者的历史。

第八章　铁与火的暴风雨

弓成亮太驾驶着刚买不久的轻型汽车开往冲绳岛南端的摩文仁。他身旁坐着渡久山朝友给自己带路，后面是夫人阿鹤，手捧一束白菊花。

弓成一边转动方向盘进入那霸南部海岸的公路，一边转头问道："像渡久山先生这样，战时男人参加铁血勤皇队、女子参加姬百合学生队的夫妇在冲绳多吗？"

渡久山回答道："不，总体上还是很少的。"

阿鹤也面含悲哀地说道："的确没怎么听到过。因为我们后来是同一所学校的教师，所以互相意识到这一点，但其实主要还是能共同分担战时失去许多朋友的悲痛。"

"就我们的铁血勤皇队而言，师范学校三百八十六个学生中，死去的有两百二十四人。县立第二中学的一百四十四人，死去的有一百二十七人。七个学校的男生兵，死亡率高达百分之五十三……幸存者在战后还长期深怀愧疚空虚的心情。"朝友眨着眼镜后面的眼睛说。

都是十五到二十岁的青少年……弓成无话可说。

车子接近南部的系满、伊原的时候，因为正是秋季的观光旅游旺季，在一般的游客中，旅行的学生也格外显眼。姬百合塔以及后面的姬百合和平纪念资料馆一带热闹嘈杂。

弓成以前当然来过这里，但阿鹤说既然去摩文仁，便想给姬百合塔献花，于是一起坐车过来。

弓成把车子停在姬百合塔前面，三个人走到塔前，阿鹤供上白菊花，合掌祈祷。渡久山和弓成站在她身后也合掌。然后弓成把车子停到停车场，来到竖立于郁郁葱葱茂盛树木前面的冲绳师范健儿之塔。大概因为很少人知道这座祭祀师范学校的学生部队死者的健儿之塔，这里相当安静。三个人合掌祈祷以后，朝友引路，走进林间小路，不大一会儿眼前就展现一片湛蓝的大海。

来到岸边，山崖下面是白沙的浅滩，但往西边一看，只见最南端的荒崎海岸黑色的岩礁兀然突起，波浪拍打冲击着岩石。

“地面作战开始三个月以后，冲绳守军第三十二军司令和作战参谋长在摩文仁洞窟里自尽，但是士兵、学生兵、平民都不知道。他们冒着美军的枪林弹雨，无路可退，只好躲藏在南边尽头的石洞里。”渡久山坐在树荫下的长椅上，开始讲述。

一九四四年十月十日，那霸遭受美军的空袭以后，我们冲绳师范学校不仅无法上课，包含教职员在内的全校五百名师生全部被赶进首里城周边的冲绳守军司令部的防空洞或者炮兵的防空洞里。

在遭受空袭之前，我们学校也只能上一半的课，因为让我们帮助据说是最精锐的部队第九师挖战壕。其实我们并没有不满的情绪。冲绳自十七世纪被萨摩藩统治以来，我们一直是歧视政策的受害者。也许是祖祖辈辈受压迫者的复杂心态的逆反表现，冲绳能成为天皇陛下的赤子，受到最可信赖的皇军的保护，我们都热情踊跃地参加构筑阵地。我想，也许所有的日本人中，都没有像冲绳县民这样作出日本人应有的努力、当时认为自己是最高的日本国民吧。

然而，第二年，一九四五年三月三十一日夜晚，全校五百名师生员工接到“全体集合”的命令，我们争先恐后地从防空洞里奔跑出来。这种避难兼阵地战壕的防空洞名叫“留魂壕”，是在首里城外廓靠近中心内城的陡峭岩壁下掏空构建的横向洞穴。

全校师生员工在留魂壕旁边的广场上集合，校长发表讲话，“各位同学：在这个困难的时期，你们抛弃学业，日夜为构筑阵地而辛劳。尽管我承诺过，收下你们，是为了让你们勤奋学习，但可以说遇到前所未有的困难，不堪忍受。”

这位校长原先是茨城县女子师范学校的校长，调到这里担任首届新制师范学校的校长。虽然天黑看不见，但可以听出校长的讲话是声泪俱下，所有的人都肃静无声。只有远处隐约的炮声似乎在预示将来命运的维艰。

根据《确立学生战时动员体制纲要》所进行的学制改革规定，所有学生都被认定升一级，所以我们预科二年级（十六岁）也和预科三年级一起进入本科。

校长讲话结束后，军队司令部派来的一个少尉进行训令，“从现在开始，根据第三十二军的命令，你们全体学生应征入伍，组成‘铁血勤皇队’。你们必须全力以赴，歼灭敌人，让天皇陛下安于宸襟！”

铁血勤皇师范队有三大任务：从高年级以及本科二、三年级中挑选身体强壮、成绩优秀、意志坚定者组成敢死队，挑选三十人负责向后方平民以及友军士兵传达战况，剩下的大部分人修筑野战工事。他们在前线附近为敢死队挖掘单人掩体、战壕，维持道路、桥梁的畅通，但当前的任务是为军司令部挖掘地下指挥所。

司令部的防空洞在首里城周边三处开挖，在地下互相串通，连成一片，从城南偏僻的斜坡通到外面。地下指挥所有军司令室、参谋长室、作战会议室等大房间，还铺上新榻榻米，而普通士兵挤在坑道通道两边的小房间里睡上下铺。

敌军登陆的时候，这个地下司令部尚未完成。我们野战筑城队第二中队和士兵们轮流作业，日夜交替，突击抢建尚未完成的部分。在灯泡的昏暗光线下，水不断地从泥土里流下来，我们踩着没过脚脖子的泥水在坑道里干活，脚都被水泡肿了。

被我们痛骂为“恶魔”、“洋鬼子”、“丑敌”、咬牙切齿无比仇恨的敌人美国大兵究竟是什么模样呢？虽然脑子里根据历史教科书上的肖像画、照片加以丑化形成想象中的魔鬼形象，但还是模糊不清。据说他们都是山羊眼，视力很弱，尤其到了晚上，就变成了麻雀眼，什么也看不见；而且因为生活奢侈，缺少耐久力。这样的传说让我们更加无法想象对手都是什么样的嘴脸。

在我们钻进地下，像鼹鼠一样挖土的这段时间，敌人已经兵不血刃地从西海岸的读谷登陆，占领座喜味的陆军北机场和嘉手纳的陆军中机场，并以此为据点，于四月二日抵达东海岸，南北切断全长一百三十公里的细长型冲绳本岛，向南部的首里进军。

听说我军的作战方针是“诱敌登陆，然后隐蔽地洞的四百门大炮一齐轰鸣，一举歼灭敌军”。可是听不到重武器的声音，所谓“反击”，就是白天躲在地洞里，夜间由敢死队摸黑袭击，还有特攻队击沉敌人舰船，本应该从本土前来配合地面作战的飞机、军舰也不见踪影。

在反攻的声浪中膨胀起来的希望变成焦虑，甚至疑惑。虽然没有出现人员伤亡的情况，但我们躲藏的洞窟、留魂壕以及工地附近频繁受到炮击，树木的绿色日渐减少，最后变成光秃秃的树干。

集结在近海的军舰一边慢吞吞地前进一边不停地炮击。弹雨密集，弥漫的硝烟遮蔽了军舰，舰载飞机如台风袭来之前的蜻蜓一样忽而集中、忽而分散、忽而急速下降，泻下铁与火的狂风暴雨。

有令人喜悦的消息说战舰大和号要来冲绳本岛的西北部海域增援，日夜盼望等待，却始终不见动静。

奉联合舰队之命在冲绳海域执行特攻任务的大和号于四月七

日在鹿儿岛坊之岬海面遭受美空军三百八十六架次飞机的轮番轰炸而沉没。

中部战线出现日美总体战的激战态势。司令部设在首里的第三十二军在其北面、嘉数高地(宜野湾市)、前田高地(浦添市)构筑地下阵地,配备精锐部队。从普天间至首里大约二十公里的县道沿线所构筑的两三道地下阵地成为日美两军的攻守战场,经过长达五十天的激战,日军损失百分之六十的主力部队,但美军也损失惨重。伤亡多达两万六千人,是太平洋战争中损失最大的战役。

面对战斗力占绝对优势的美军,日军之所以能够坚持这么长时间,一是采取潜入地下的作战方法,二是全面性的特攻作战赢得了时间。

还有第三个原因,那就是当地居民被卷入战争,青壮年男子都几乎被编入防卫队,很多人在战场上与士兵们生死与共。例如与前田高地相邻的村庄,占总人口大约百分之六十的人都牺牲了。

敌军逼近首里,铁与火的暴风雨摧毁这座古都,首里城烈焰冲天。我们学校的校舍也完全损毁,然而残骸依然受到炮击。

记得是五月二十三四日吧,接到部队传来的“铁血勤皇师范队向摩文仁方向转移”的命令。经过校长的斡旋,我们比部队先走一步。据说学校派出先遣队,确保了第三十二军在摩文仁预定作为司令部的洞窟附近的安全的天然洞穴。

我们感觉自己可以保住一条命,放下心来,但必须行走十几公里才能到达目的地,没有任何的迟疑。

中部战线经过激烈的攻守作战,五月的最后一天,星条旗终于插在化为废墟的首里城城墙上。

但是,守军司令部和残余部队撤到包含摩文仁在内的冲绳本岛南端的岛尻地区。战斗打到五月中旬的时候，日军的主力部队约六万四千人战死，军司令部判断“战斗力消耗已尽”，于是大家都以为冲绳战役即将结束。然而，在五月二十一日的作战会议上，军司令部决定转移到岛尻地区。冲绳守军为赢得时间以便有利于本土决战，成为一枚“弃子”，在南部战场继续顽固抵抗。

我们冒着倾盆大雨一路南行。冲绳没有“梅雨”这个说法，也许因为这个岛不结梅子的缘故吧。

南国的天空一碧万顷，但乌云迅速聚合低垂，立刻阴暗沉闷，淅淅沥沥下起雨来。很快，小雨逐渐加大，如同天漏了一样，变成瓢泼大雨。

那一年的雨季比往年来得晚，一下子就是芒种雨。雨水从绑腿渗进十二文①的宽大高腰鞋，全部湿透，走起路来咕哧咕哧响。

南下的道路是美军炮击的目标，所以只能走原野、田地。但一片泥泞，到处都是积水的洼地，面积大的积水是弹坑。

在夜间的大雨中，我们饥寒交迫，只好喝雨水，咬紧牙关拼命赶路，生怕落后一步。我们第二中队抬着一个患痢疾的教官，他躺在担架上，瘦得皮包骨头。别看瘦骨嶙峋，却是六尺多的身躯，必须四个人轮流抬担架。

高年级学生中的岛尻郡人走在前头，但因为是穿越原野、田地，所以每经过一个村子附近的时候，都必须对周围的情况确认无误后才决定怎么走。

照明弹映照出森林、村落，也把我们脚下的路照得明晃晃的。可是我们都赶紧加快脚步，因为大家感觉一旦暴露在照明弹的亮光中就会受到射击。

---

① 文，日本旧时鞋袜尺寸，一文约为 2.4 公分。

在这大雨滂沱的夜晚，依然有炮弹飞来，虽然没有白天那么密集，但也是随处爆炸。

走出首里不多远，在识名附近的路边看见一具浑身泥土的士兵的尸体。以前虽然也见过阵亡者的尸体，但都已经被收容。这是第一次看见未被收容的、横尸野外的死者，身子弯曲，浑身是泥，被暴雨无情地浇打着。虽然心头也涌上“美国鬼子，混蛋”这样的愤怒，但很快就平静下去。也许是因为我们从这凄惨孤独的死亡中看到自己的末日而感觉恐惧无助吧。

我们在偏离村落的一户主人已经逃难、半是毁坏的民宅里歇息。那个教官眼窝深陷，眼珠显得又凸又大。这次轮到我抬担架，我在左后方，很沉，大家脚步不协调，担架前后左右地摇摆。

躺在担架上看似身心枯竭的教官对我们说道：“你们刚刚交接，脚步还配合不好，四个人一起协调着喊一、二、一、二。”担架的抬杠深深勒进肩膀，非常疼痛，但还是咬着牙往前走。

就这样，我们避开大路继续南下。但是在过国场川的时候，必须走大路才能过桥。士兵、车辆络绎不绝地涌向桥头，严重堵塞。与国场川平行的联结与那原与那霸市的东西大动脉，联结首里与岛尻郡的南北县道，这座桥就位于这两条干线的交叉路上，从首里方面通过这座桥梁后，南面的南风原有陆军医院和军物资站。伤病员以及转移的部队从这里往南，弹药、粮草以及新兵从这里往北开往前线。南下与北上的部队都聚集在这里，拥挤不堪，也就成为美军炮火集中攻击之地，极其猛烈，“死亡之路”令人闻风丧胆。我们也模仿其他部队的做法，观察炮弹落地的情况，看准机会一口气猛跑过去。但是，抬担架的队伍在被士兵、战马踩踏的泥泞和尸横累累中根本就迈不开脚。

我们终于闯过“死亡之路”，但前面依然要走很远的路才能到达摩文仁。

尽管卫生员精心照顾，但老师的病情还是不见起色，越发衰弱。学生们敬仰老师，是因为老师具有高尚的人格、崇高的思想以及渊博的学识。即使在这样悲惨的状况下，师生关系、尤其我们对教官的敬慕之情丝毫没有动摇。

正因为老师严谨耿直，大概无法忍受这种状态吧。虽说身患重病，但他并不是躺在担架上也不看着别人就随口说出"协调着喊一、二、一、二"的那种人。谁都明白，老师的精神如今也受到损坏。因此，老师的模样更是凄惨可怜。

雨依然下个不停，照明弹依然不时地升起，照亮四周。我们所看到的几乎都是尸体，我们的心灵已经麻木，差不多无动于衷。忽然发现其中有一具身穿裙裤的尸体——身体肿胀得几乎要撑破裙裤的女性的尸体，在她附近的堤坝上趴着一个肩膀上放着扁担的男人，还有一个小孩，也都已经死去！大家在这一家子面前伫立不动。他们在战火纷飞中流离失所，无路可走，最后如此死于非命。大家都悲戚哀伤。

战火在我们故乡的土地上燃烧。一部分学生被疏散到县外，其中有钱人也会全家去九州、台湾。当然，大部分人留在家乡，卷入这一场战争的漩涡。在战场上没有男女老少、士兵平民之分。其实平民比士兵更缺少躲避的防空洞和充饥的食物。我时常都在惦念美军登陆后我们读谷的家人的安全。

大雨一停，初夏的阳光强烈明亮地照射下来，终于可以望见远处郁郁苍苍的树木覆盖的摩文仁岳。如果不是到处突兀峭立的山岩，真看不出这山丘其实是一座石山。从村落方向望过去，这座名叫"岳"的山丘不过是极其普通的小山包，但从山麓一进去，悬崖绝壁屹立眼前，压得人喘不过气来，钻进洞口绿树掩映的隧道，沿着弯弯曲曲的小路蜿蜒攀登，可以通到山顶，只见眼下是一片低矮的松树林，草原在初夏的微风中轻轻摇曳，前方是辽阔的太平洋。这里就是最南端的石山。我们面对大海正要深呼吸,猛然心头一惊。海面上静悄悄地停泊着两艘敌人的小艇。

回头眺望我们攀登上来的地方,村庄已经醒来,甘蔗地整齐排列,松涛阵阵,小鸟婉转,初蝉细弱的鸣叫,波涛轻声的荡漾,还有远处闷雷一样的炮声……虽然大批士兵埋伏在村子里与这个大自然不相协调,但毕竟还是和平之乡。

经过先遣队的艰苦努力,给我们二中队安排好避难的洞窟,大概在地下七八米深的垂直坑道里的一个好位置。当我们的眼睛习惯黑乎乎的坑道以后,发现里面层层深入,又大又深,心想这个地方无论什么样的炮弹都绝对固若金汤。

照明从垂直坑道透过来,进出洞穴也不用梯子,踩着岩壁就可以上去。

这样平静的日子很快就结束了,远处闷雷般的炮声日益逼近。北面的茂密树林深处冒出几股硝烟,扩散开来,笼罩在树林中,一道闪光掠过,紧接着松树折断,树枝横飞过来。不停的炮击,硝烟弥漫,我们的视界逐渐缩小,天空上格鲁曼、寇蒂斯舰载飞机横冲直撞,盘旋下降。离这里大约十公里的地方就是最前沿,我们显然明白包围圈正在逐渐缩小。只剩下以最南端的喜屋武岬与相邻的摩文仁为中心的半径七八公里的弧形内侧,包围圈正向弧形中心加速收拢。

前些日子,我们学校的本科三年级学生仲地和几个士兵一起接受特殊命令,乘坐小船逃出岛尻,向冲绳本岛北部驶去。

在这种状态下,也必须弄到粮食。负责筹粮的人们冒着危险从摩文仁往北步行一两公里,到甘蔗地里拔甘蔗。当他们把甘蔗运回洞窟的时候,分队队员们一个个爬上垂直坑道,坐在坑道入口旁边的广场上啃甘蔗,谈论战况。大家感觉飞来的是迫击炮的炮弹。这么说,发射地点离这里很近。海上传来击鼓般的声音,大家正谈论着肯定是从舰艇上发射的炮弹，突然一声巨响，沙土扬起，又雨点般降落下来，大家慌忙连滚带爬地奔向坑道口。爬下垂直坑道以后，我们发现本科二年级石垣的肩膀、后背上被生生剜掉一块肉，如石榴一样翻开着血淋淋的伤口。预科二年级照屋的头部被弹片穿透当场死在旁边的坑道里。

“山田不在！”

山田是我们的分队长。大家到洞窟外面一看，山田大腿被炸裂，胸口也被鲜血染红，已经死去。本科三年级的分队长死去以后，他一直继任，是我们的主心骨。高年级同学一个个死去，剩下的都是低年级同学，我和系数就成为队里最高年级的学生。

粮食和饮水无论如何是必需的，我们只能到摩文仁丘下面去寻找，避开炮弹，跑到很远的地方寻找地瓜，但很难到手。虽然说是“不要慌张，在刨过的地方再慢慢挖刨，肯定会有遗漏的地瓜”，但一走进地瓜地，只听见响起金属一样的声音，寇蒂斯俯冲过来，扫射一阵机关枪，子弹在我们身边爆起尘土。我看着轰鸣而去的飞机，顿有所思，目光转向远处的街道。只见街道上出现一队黑色的人群。还不到傍晚，天色尚明，可以清晰地看见队列的颜色。黑色中掺杂着一些白色。他们都是附近的村民，不下四五十人，往北走去。北面是敌人占领区，难道是去集体投降的吗？士兵还有像我们这样的人，哪怕是一个人，都感觉性命难保，更何况拖家带口的平民百姓，大概已经无法继续忍受下去了。如果被美军抓获，女人会受到奸淫，男人会被虐杀，这样的话早已听得耳朵起茧，但是非战斗人员的普通居民也许不会被杀的吧。

黑中带白的这个队列走在荒凉的道路上，如同送葬的行列缓缓前进。突然，传来一阵轰隆隆的爆炸声，火焰和硝烟把这个人群完全笼罩。等到硝烟散去，看见的只是横七竖八的累累尸体。

我嘴唇颤动，牙根发抖，吼叫道：“战争是疯子！”跑出地头，一溜烟朝洞口奔去。

这起事件发生后不久，敌人进入摩文仁。大家都在喊“快逃！”我们这个队也开始逃命，我们四个人，系数领头，我断后，中间是预科二年级的新垣、桂，随着一声爆炸，我们猛然冲向硝烟里，翻过山丘的岩石顶部，立即听见步枪的射击，子弹打在周围的岩石上飞溅起来。

我们在黑暗中趴在村子外头的地上，观察周围的动静，发现包括比我们分队早出来的一伙人在内的很多人也都屏息凝神地趴着。

这时，一个头上包扎着绷带的人忽然站了起来。他是我的同班同学、同宿舍的室友宇江原。一阵哒哒哒的机关枪扫射过后，宇江原倒了下去。他擅长冲绳式摔跤，性格温和。头部被弹片划伤以后，变得闷闷不乐，不爱说话。

又一个同学的生命在自己的眼前消失。这时，传来声音低沉的命令：“向左匍匐前进，改变位置！”我赶紧向左移动，忽然感觉左前方有一个人影，仔细一看，他精神恍惚地睁着眼睛、张开嘴巴，原来是工作科的教官。他长久受到痢疾的折磨，因为具有硕大的身体和坚韧的体力才能坚持到今天，但恐怕现在连动一动手脚的力气都没有了。他怎么会到这里来呢？大概有人陪着他过来的，可是再也无能为力了。

有几个同学从我的前面匍匐而过的时候大概也看到了教官吧，但谁也没有理睬。大家用胳膊肘撑着地面匍匐前进已经自顾不暇，没有余力营救老师，只好闭着眼睛，像逃避一样急忙爬去。“无耻者不知恩”——自责的声音在我的脑子里轰鸣。

冲绳本岛南端的岛尻地区是珊瑚石灰岩的高地，地下无数洞窟如蜘蛛网般密集宽阔。当地居民以及从首里、那霸方面过来的平民躲在这一带的洞窟、龟甲墓里避难，但由于日军确定了利用洞窟继续作战的方针，五月底将全部剩余部队转移过来以后，在南北不足七公里的狭小高地上聚集着大约三万的军队和十几万的避难平民，完全成为瓮中之鳖。

六月七日，美军的坦克、步兵开始向喜屋武半岛的日军最后的阵地发动总攻。虽然守军进行抵抗，但美军的坦克部队于十七日突破防线攻进高地，日军不堪一击，只好采取转入地下洞窟争取时间的策略。美军对日军的地下阵地投掷手榴弹、毒气弹，使用火焰喷射器等进行“骑马式攻击”，但是要把混杂在士兵当中的避难平民分离出来十分费事。

在血肉横飞的战场上，被日军驱赶出战壕在“铁与火的暴风雨”中不知所措的人、被夺走粮食而饿死的人、由于不懂冲绳方言被当做间谍枪杀的人、以哭声会招来敌军为由而被勒死的婴儿们……士兵也好，避难的平民也好，都已经被逼入“人非人”的状态。

六月二十二日拂晓，守军牛岛司令剖腹自杀。冲绳战役本应以这一天结束，但是他留下遗书，命令“尔今各部队服从各地健在的上级指挥，决战到最后时刻，永生于悠久之大义”。就是说，残余部队在各地开展游击战，战斗到最后一兵一卒。牛岛自杀，决定停战的负责人已经不在，这样可以拖延战局，将美军拴在冲绳，赢得本土决战的时间。然而，这个作战方针可以说是对冲绳县民的蔑视。

天色完全暗了下来，敌人的枪声也停歇下来。我们猛然起身猫着腰急速奔跑。不知道往哪里跑，只是跟着前面的人，不管怎么样，大家都在一起。

我们跑到一个洞口朝天的天然洞窟前面，然后抓着架在入口处的松树干做成的梯子下去。比我们早几天从摩文仁岳的洞窟出来的三中队的同学也在这里。

老师估计我们中队全体成员都已经集结，便开始宣布，“第三十二军向大本营发出诀别的电报，断然实行最后的总攻。冲绳战役有组织的战斗就此结束。各位同学作为皇国的学生恪尽职守，铁血勤皇队的使命也已经终结，就此解散。”

老师的声音沉痛凝重，但不过是事务性地传达命令。到最后关头还是无能为力，只好解散，这大概是军队的命运吧。

冲绳战役失败了——必胜的信念如此脆弱地分崩离析，轰然倒塌，泪水情不自禁地滚落下来，低声啜泣。

老师胸口堵塞说不出话来，接着断然说道：“今后，你们既可以单独行动，也可以两三个人一起行动，至于去哪里好，我也不知道。如果运气好，也许可以突破敌人防线，到达本岛最北端的国头山里，但绝对不可操之过急。必须珍惜自己的生命。明天敌人肯定就要进来，你们在天亮之前必须离开这个海岸。”

老师将装在袜子里的糙米和小袋豆酱粉分发给我们。

队伍解散以后，能逃亡的地方也只有本岛北面的国头。从本岛的最南端要前往最北端的国头郡，首先必须正面突破港川。我们二队四个人，系数说：“虽说是敌占区，但敌人的主力军都在摩文仁，后方的港川是薄弱地带，走！”说罢，他迈步往前走去，但想到这令人头晕目眩的距离，一路上受到舰艇枪炮的狙击，只会落得横尸荒野的下场，我和桂、新垣返回到摩文仁巨岩的背后，决心关键时刻用一颗手榴弹自我解决。我们白天躲在巨石群背后，夜晚到海岸附近的岩石间喝涌出来的地下水，舌头珍惜地舔着豆酱粉。

豆酱粉已经吃完，后来也听不见炮声了。我们稍微大着胆子用空铁罐装海水煮草吃。天皇陛下恩赐的烙有菊花徽章的兵器的木质部分含有油性，可燃性好，我们一点点地砸坏它用来烧火。

“还有这玩意儿。”新垣压低声音把劝降传单给我们看。

传单撒得到处都是，很多人都已经看到。但我们两个人都默不作声。接着，我感觉到新垣用逐渐兴奋起来的眼神看着我，期待我发表意见。

我有气无力地说道："还是不要出去，不能投降。"

他们没有任何反应。

这时，从海上传来扩音器的声音，"日本的士兵们，你们出来吧！"

虽然语音语调很怪异，但的确是日语。海岸笼罩着一种紧张的宁静。

"这里有吃的有喝的。"

不知道经过多长时间，突然有十几个只穿着兜裆布的人从海边下水拼命地向美军舰船跑去。他们是投降者。他们踩着飞溅起来的白色浪花往前走，当海水即将淹没他们腰部的时候，突然从海岸的岩石后面响起机枪扫射的声音。一个人倒下去，当机枪对准其他人又要射击的时候，舰船上的机枪对着岩石后面进行猛烈的射击。脱离虎口的兜裆布士兵游到舰船边，被美军拉上船。

怎么说呢？所谓"生不受虏囚之辱"，难道并不是自我的信念，而是强迫的命令吗？

天亮以后再走。这时，山崖上传来一种异样的声音，仰面一看，红脸膛的美国兵不是就站在自己的头顶上吗?！平时骂他们是"畜生"的敌人正俯视着我们。我们不由得拔腿向前面断崖的裂缝猛跑，另外还有四个士兵也跟着我们跑。

断崖的裂缝虽然很大，但不够容纳七个人，我们只好紧紧挤在一起。这时，一个头戴军帽、看似冲绳县人的五十来岁的守卫队员过来劝我们投降。一个士兵低声说道："喂，把他干掉吧！"那个守卫队员吓得赶紧退回去，可是一会儿又过来，极力劝降。

两个士兵从腰间解下手榴弹，摆在地上。其他人也跟着这么做。桂、新垣苍白的脸上明显浮现出困惑的神色，我也不知如何是好。现在后悔没有跟他们一起走，但当时身心都不愿意。投降这种行为是最大的背信弃义，对不起共同彷徨战场而且死去的老师和同学。投降而忍辱偷生就是欺骗他们、背叛他们、使他们死得毫无价值的无耻行为。

然而，就我们三个人留下来，我们动摇不定。在听到解散命令的时候，心灵最受冲击的与其说是战败，莫如说是单独行动前往国头的指示。你们自己考虑决定吧！这无异于对我们心灵的拷问，第一个反应就是我们"被抛弃了"。

太阳已经升得很高。我思绪万千，想到很多事情，但想象也到了尽头，浮现在脑子里的只有我的家人。仿佛祖母满含悲哀的目光凝视着我，用首里方言叫着"朝友"，我不由自主地在心里叫唤着"奶奶"。啊！我实在受不了！这时，头顶上传来美国兵的声音，"喂，快点！"什么也不能考虑了。我把手榴弹解下来，桂、新垣也跟着解下来。

我们接受两人一组的美国兵的身体检查，然后坐在俘虏堆里。大家都低垂脑袋默不吭声。

夏天的凉风在山丘上轻轻吹拂，只要你闭上眼睛，一切都是和平。然而，曾经是绿树葱茏、青翠欲滴的山丘，如今红土被掀翻出来，岩石被硝烟熏黑，烧得焦黑的树干嶙峋扭曲地兀立着。我从这惨不忍睹的家乡破败景象中仿佛看到自己和冲绳的未来，陷入黯然沮丧的情绪。然而，我什么也不能想。我是俘虏。

渡久山朝友讲完以后，一边赶着豹脚蚊一边凝视着积雨云开始扩散的渺茫无际的大海。

只有十六岁的师范学校预科生被无情卷入战争的日日夜夜，那样极其惨烈苛酷的环境，能坚韧地活下来本身就觉得不可思议，这绝不是在本土惧怕空袭的所能想象的。即使在讲述诸多战争体验的现在，包括弓成在内，应该有许许多多的人不知道这些具体的事实。

弓成说不出话来，渡久山继续说道："当时我们虽然还只是十五至二十岁的青少年，但毕竟是男孩子。姬百合学生队这样从军护士的悲惨比我们有过之而无不及。"他看着身边的妻子。

阿鹤深深点了点头，"当年这一带的泥土上躺着许多被美军逼得走投无路的同学的尸体。师范女子部和县立第一高等女中的师生员工两百九十七人中，职员十六人、学生两百零八人战死。

"战争结束那一年的十月，我和老师、同学一起来捡遗骨，看到一个上面还留着梳成三股的发辫的头盖骨，不由得放声大哭起来。从此以后，我难过、愧疚，再也无法继续往前走。"一串泪珠挂在她的脸上。

片刻，阿鹤开始讲述。

冲绳县立女子师范学校在今天的那霸市，石砌正门前有两棵相思树。进门以后，右边是女子师范，左边是第一高等女中。女子师范的爱称是"白百合"，一高女的爱称是"乙姬"，所以又称为"姬百合学园"。

女子师范是很难考的学校，一九四四年，战局危艰，学生们大部分时间从事为战争服务的义务劳动，很少上课。第二年的三月二十四日傍晚，女子师范和一高女的学生作为护士加入南风原的陆军医院的军队，成为姬百合学生队队员。

所谓医院，就是东北面山丘里的两个防空洞，收容的患者有限，大部分患者还依然收容在南风原国民学校的校舍里。医院防空洞还在继续挖掘。

三月二十九日夜晚，野田校长、西冈女子部部长突然出现，在临时搭建起来的茅草屋顶的三角形营房里举行毕业典礼。此时从港川方面不断传来炮声，也有炮弹落在三角形营房周围，爆炸掀起的强风吹刮进来。

在两根蜡烛的映照下，野田校长致辞，西冈部长发言勉励大家，学生代表的答词最后以合唱《奔向大海》的军歌结束，但炮弹爆炸的声音淹没了女生们啜泣的哭声。

在这个毕业典礼上，我们本科二年级的学生也毕业了，虽然不再是学生，但还是作为姬百合学生队队员入伍从军。

第二天，三十日，这个营房着火烧毁了，这似乎暗示着姬百合学生队的命运。我们只好居住在尚未完成的防空洞里。

防空洞医院里充满着汗味、血腥、脓液的腐烂恶臭，许多伤员大口地喘气，他们呼出的气息把烛光吹动得摇晃欲灭。

后来，伤兵越来越多，尽是断腿，胸部、腹部中弹等这样的重伤员，于是在系数（玉城村）设立分院。

"学生——"只要他们一叫，就必须马上跑过去。这些伤兵除了大声呻吟，还会提出各种各样的要求，一旦手脚稍慢一点，就会遭到他们的怒骂。我们才知道入队前所接受的护理训练实在不过是皮毛而已。

伤兵有的是弹片穿透身体，有的弹片留在体内，有的断手，有的断脚，尤其是内脏破裂的伤员，实在惨不忍睹，目不敢视。

我们不仅要给伤员护理伤口，还必须照顾他们大小便。便器的数量绝对不够，只好使用空瓶子、空罐子代替。伤员排尿的时候，必须用手扶着他的那个东西。配给的手纸用完以后，就把笔记本、书本的纸张一张张撕下来，搓软后再使用。我们没有时间读书，但为自己能起到这点作用感到些许高兴。

"学生——给换一下绷带。"许多伤员都提出这样的要求。因为伤口已经化脓长蛆，蠕动的蛆在伤口里吃着脓液。医院仅仅是徒有其名。

学生队员中也开始有人被炮弹击毙。从庆良间岛到冲绳本岛海岸附近的海面上，美国军舰黑压压一片。一到晚上，所有的舰船都灯火辉煌，不间断地对着海岸猛烈炮击。

护理工作中令人恐惧的是取水和取饭，因为都必须到防空洞外面，经过炮火纷飞的地带。取饭是到厨房领饭，两人一组，抬着圆桶，冒着枪林弹雨，如果炮弹在近距离爆炸，就整个身子扑在圆桶上保护饭菜。

尸体也必须在炮弹的间歇才能处理。最先是用担架抬着尸体埋在挖掘的坑里，然后合掌祈祷。但后来根本没有这样充裕的时间，就把尸体抬到弹坑附近，搬起来喊着“一、二、三”扔进去，然后我们一溜烟跑回洞里。

五月二十七日，军司令部转移到摩文仁，当时我们全然不知，只是不明白为什么炮弹如此猛烈密集。担任传令的低年级学生拿着不知道从哪里搞到的黑砂糖来找我们。当她们道别离去，刚出洞口的时候，一发炮弹落下来，两人当场死去，一人身负重伤，肠子都流了出来。我们赶紧把她放在门板上，把她的肠子放回肚子里，缝合后捆上绷带。她说要“喝水”，但如果给她喝水，很快就会死去。我们只好安慰她“不要紧的”。她一直哀求说：“你们要是对我好，就去给我拿水来……反正都是一死。”她的声音越来越弱，我们用脱脂棉醮着碗里的水喂她喝，她像是说梦话一样嘟囔道“我比妈妈早死”，接着就咽了气。

第二天，医院南迁。我们搀扶着能行走的伤员离开南风原的防空洞医院。不能行动的两千多重伤员，后来听说给了他们用于自杀的手榴弹或者氰酸钾。

我们安全通过南风原村喜屋武被叫做魔鬼十字路的地方，高一脚低一脚地踩着被炮弹炸得坑坑洼洼、雨水泥泞的土路，经过真壁、系洲、伊原、山城，终于到达波平的第一外科防空洞医院。起初没有飞机的袭击，相当平静，但很快白天是“蜻蜓”（塞斯纳），夜晚在照明弹照耀下开始陆海空的立体攻击。六月十七日，美军终于逼近波平，护士长带领所有的护士、卫生兵转移到伊原第一外科防空洞医院。我们喘息未定的时候，炮弹就落在洞口，二十多个同学、护士当即死去。

两天后，全体学生集中在洞窟里，传达解散医院的命令。

我们被告知，“如果一起出去，谁也活不了。五六个人一组，高年级学生带着低年级学生，往北去。是走东海岸，还是从敌人就要攻占的港川中间冲过去，你们自己决定。”

天亮之前，我们走出防空洞，有时躲在地里，有时躲在岩石后面，瞧准机会飞跑钻进露兜树丛中。周围都是尸体，散发出腐烂的恶臭。我想起前一天晚上老师对我们说的话，“要是我受了伤，你们谁也别管我，把我扔下。即使你们受了伤，我也管不了。”谁也救不了谁，即使哀求着想喝一口水，也没有办法。

我和同村的比嘉秀、宫古人、宫国节一起行动，大家说道：“与其痛苦死去，索性一狠心炸飞死得痛快。”

我们朝海岸走去。很多士兵和平民从四面八方来到海边。有消息说只要从港川冲出去，就会有军队来救我们。士兵们下海，打算突围出去，但敌人似乎早已严阵以待，一阵猛烈的机枪扫射。我们也决心从中间突破，下到海里，但走到深处，立即感觉溺水，拼命挣扎着终于站到浅滩礁石上，阿秀也站住了，阿节却被海水冲走了。听见她喊救命的声音，士兵们谁也没有伸手。幸亏阿节被海水冲到浅滩，站起来，才捡了一条命。

我们又钻进驳骨松的树丛里。阿节的胶底袜和急救袋都丢了，连裙裤也被海水冲掉，只剩下一条内裤。我穿着两条裙裤，就脱下一条给她穿。我自己在海里也丢掉了胶底袜，光着脚丫在岸边走非常疼痛。珊瑚石灰岩的石尖像针一样锐利，脚底被扎得鲜血直流。

既然海上突破不行，就打算沿海岸线走，可是礁石下面的海水也很深，只好小心翼翼地抓着险峻的岩石慢慢往前走。途中遇见一个肩上放着扁担坐在地上打盹的男人，扁担两头的行李里有一个看似装有米饭的饭锅。我们真的很想吃，可是不能偷别人的东西。一个男人看我们这个样子，突然端着饭锅，抓起里面的米饭狼吞虎咽地吃起来，同时也把米饭给我们，“吃！”我们什么也不想，接过来也大口大口地吃起来。一个与家人失散的五六岁的男孩子走过来，央求我们带他一起走，见我们没有搭理，便垂头丧气地走了。

我们在摩文仁附近的海边岩穴里东躲西藏了大约一个星期，还喝过路上被尸体的脚泡过的积水。

山崖上、海面的舰船上传来这样的广播，“战争已经结束，冲绳的老百姓、士兵们都出来吧！”飞机开始散发劝降的传单。但如果捡起来看，很可能会被自己的士兵杀死。

一会儿，扩音器传来地道的日语喊话，“十一点之前再不出来，就使用火焰喷射器！”紧接着，两个美国兵突然出现在眼前。我们惊慌失措地抓起手榴弹。美国兵温和地叫一声“噢，是学生……”，然后突然扑上来，拿起手榴弹，离去。

举着白旗的士兵、举着双手的平民陆陆续续走出来。想到他们都是胆小鬼，自己也有自暴自弃的感觉，不，这是活的本能的驱使，于是我们也跟着投降者的后面走出去。想到学生俘虏大概就我们三个人，连自己都瞧不起自己，可是一看见那么多人集中在一起，又心想不单单是自己投降，找到了一种为自己开脱的理由。这一群人中还有正在读专科的高年级同学，这更让我的心情平静下来。我跑到这个姐姐身边，抱着她哭起来。

我活了下来，可是一想到那些大和魂被灌输到骨髓里死于炮弹、手榴弹自尽血染海水的同学，就感觉愧疚哀伤。

从摩文仁回来的那天晚上，听到渡久山夫妇讲述的悲惨的战争体验而心头疼痛的弓成一直坐在书桌前。

才十几岁的性格单纯的学生，接受彻头彻尾的皇民化教育，比本土的日本人更以自己是日本人而骄傲，卷入战争，结果一旦失去战斗力，就接到解散的命令，被抛弃在腥风血雨的战场上。

据美国陆军部的档案记录，在南北一百三十公里细长条的冲绳本岛上射击的炮弹有舰船发射的六十万发、地面炮弹大约一百七十六万发。被称为“铁与火的暴风雨”的猛烈炮击持续了三个多月，山川变形，全岛遭受彻底的毁坏。

在这场战役中，日军正规部队损失大约七万三千人，如果包括防卫队等，一共大约十四五万人。就是说，冲绳本岛每三个人中有一人，如果包括其他岛屿的话，冲绳全县每四个人中有一人“被战争吃掉”。

弓成胸口堵得慌，喉咙干渴，站起来，拿起装饰架上的青白色玻璃杯。这是尻切洞集体自尽者一员的遗属、立志成为玻璃工艺师的谢花美智送给他的。这个玻璃杯一直作为装饰物摆在那里，今晚弓成第一次斟满水，喝下去，平静自己的心灵。

第九章　　OKINAWA

那霸市最繁华的国际街上，销售冲绳土特产的泡盛烧酒、黑砂糖、传统工艺品的瓷器、漆器的店铺鳞次栉比。这期间还有卖美国兵的旧军服、勋章、墨镜等东西的杂货店，也有T恤专卖店。观光的游客熙熙攘攘，络绎不绝。

不知不觉已是十一月底，虽说是亚热带的岛屿，弓成在长袖衬衫外还是套了一件薄夹克。

弓成开车以后，去冲绳的次数比以前增多，主要是去逛书店。其实冲绳有很多人在当地的出版社出版不同体裁的著作，当然没有数据显示冲绳人是全国最喜欢读书的人，不过这种现象有点不可思议。弓成每次来都必定买几本新书旧书回去。

弓成从国际街走过两条路，在一家旧书店预约已经绝版的历史书后，提着装有新书的纸口袋打算朝停车场走去，先进入一家面馆。虽然早已过了午饭时间，面馆里还坐着不少本地的客人。

弓成要了艾蒿面条和炒苦瓜，端起凉水先润润干渴的嗓子，然后从纸袋里拿出今天刚刚发行的新书《方言札考》。封面的装帧描绘着一个与实物逼真的古色苍然的木牌。弓成去过博物馆、资料馆，大体了解冲绳的历史，但没见过这样墨笔书写的方言札的木牌。

他翻开书页，快速地跳着浏览。

冲绳的方言札出现于二十世纪初，一直存在到战后。这是作为推行标准语的强制手段在各个学校使用的惩罚性的木牌。哪个学生不说标准话，而是使用方言，就把这种写有“方言札”的木牌或者纸牌交给他，让他挂在自己的脖子上。

一九四〇年（昭和十五年），县当局举县推行标准话运动，由于采取这种过激的强制、惩罚等措施，导致蔑视方言、扭曲孩子的心灵，甚至压迫生活感情的现象出现，从而引起争论。

弓成被这些文字所吸引，正打算继续往下看，听见一个人问道：“对不起，您是内地人吧？”

一个被太阳晒黑脸膛的白发老人不知什么时候坐在他的对面。

弓成一边合上书本一边回答道：“我来这里才半年……”

老人瞟一眼弓成手上的书，说道：“好久没见过方言札了。我还是首里小学学生的时候，本土的师范学校毕业的班主任说，以后冲绳人不会讲标准话，就不能成为一个成熟的日本人。不许我们讲方言，有的学生讲冲绳话，他就把这本书封面上那样的木牌挂在学生脖子上，让他站在教室后面。”说罢，笑了起来。

“您这个年代的人，都受过这样的教育吗？”

“是的。说是要成为一个成熟的日本人，可是我们那时候正是顽皮淘气的小学生，哪知道什么叫成熟啊。大家都非常讨厌胸前挂着整个牌子，只要发现有人说冲绳话，就把自己的牌子摘下来交给他。周围的人都提高警惕，默不作声，于是故意狠狠地踩别人一脚，对方不自觉地用冲绳话喊‘痛！’‘瞧，你不是讲冲绳话吗？！’便把牌子交给他。我感觉老师和家长比较认真热心推行标准话运动。”他说着，开始吃端上来的面条。

弓成也一边吃着随后端来的面条，一边不解地问道：“现在觉得这件事不可思议，可为什么没有在博物馆里展览呢？”

“这是我长大以后才知道的，这种东西实在落后于时代，听说后来推行标准话的强硬派——冲绳县学务部对此感到羞耻，便将它隐藏起来。在我们还是小学生被强制参加消灭方言运动的时候，知道从东京过来一些学者，对这种做法提出批评，认为是诬蔑方言、毁灭文化，从而引发有关方言的争论。听说县学务部反驳说，如果冲绳人的标准话能力低下，在外县会受到误解，容易吃亏。老师们如此竭尽全力要与本土同化的良苦用心直到战争发生以后才明白。因为本土过来的士兵听不懂我们的话，同时也由于战局每况愈下，到处都是冲绳人充当美国间谍的传闻，为此不少人被日军枪杀。”他说罢，哧溜哧溜地喝完面汤，改变话题，问道，“这边的面条已经吃习惯了吗？”

冲绳面条不放荞麦粉，就用小麦粉揉面，颜色与中华面接近，海带和猪骨头熬的高汤。起初不太习惯，现在能品尝出哪家面馆的味道好。

弓成把自己的感觉坦率地告诉对方。

老人说：“那就好。那我告辞了……”老人用手杖支撑着瘦弱的身子摇摇晃晃地站起来。

在面馆偶然同桌的普普通通的老人所讲述的冲绳历史的特异性都会令人惊叹，引发思考。弓成走出面馆，坐进停车场的车里，进入国道五十八号线。

国道五十八号线是沿着冲绳本岛面对东海的西海岸附近的南北走向的主干道，中间的隔离带两侧各有三个车道。

在美军占领时代，国道五十八号线称为军用道路一号线。五十年代初期的美苏冷战时代，据说设想如果冲绳的美军基地遭受轰炸无法使用时，这条道路可以作为跑道供战斗机起落。当时没有中间的隔离带，道路两侧都没有建筑物，这个说法还是可信的。

一九七〇年代越战时期，满载着身穿迷彩服美国兵的吉普、卡车，拉着大炮的拖车在这条军用道路上络绎不绝，昼夜不停。

从手纸到导弹，满载着所有军需品开往越战前线的船只也是从那霸军港出发，它的北面牧港是美军的补给基地。

栅栏的前头是巨大的仓库群，从一排排仓库与仓库之间的缝隙可以望见东海的一点蓝色海面。

突然车后面响起尖锐的喇叭声，像是威胁着叫喊“快躲开”。弓成往后视镜一看，原来是美军的大卡车正轰隆隆地快速追逼上来，仿佛利用民用公路主干道奔赴军事演习或者战场的感觉。弓成不止一次遇到这种旁若无人地开车的情况，只好很不情愿地让出车道。前前后后的车子也都心知肚明，纷纷让道，所以没有发生追尾、碰撞等交通事故，但是重型卡车从旁边超车的时候，给轻型小车压成巨大的风压，仿佛飘起来一样的恐怖感。弓成紧紧握着方向盘，心里充满愤怒。

沿着国道五十八号线继续往北走，进入宜野湾市。占据在市中心的是普天间机场。一九四五年，美军在普天间修建飞机跑道，后来扩大规模，完备设施，成为海军陆战队航空团的主要基地，配备有以直升机为主的七八十架飞机。

因为基地占据市中心地带，道路、商店街、医院等只好围绕在基地的周围，像面包圈一样贴在上面。飞机起落的噪音，还担心万一发生坠落事故，市民不堪其苦。

弓成继续沿着国道五十八号线向读谷驶去，一度中断的栅栏又在右边连绵不断地出现。那是嘉手纳基地。栅栏旁边种植着茂密的夹竹桃，有很多地方利用夹竹桃遮挡外面的眼睛。

在三岔路口等红灯的时候，弓成突然想顺便拐到能俯视嘉手纳基地一部分地区的“安保之丘”去看看。信号灯一变，他右转将车子停在登上山丘的小路附近的路头。

不知是谁凿出来的坡路……弓成登上只能容身一人的狭窄山路，站在辟出杂木林的一小块平地上。

这广阔的基地又被叫做“不沉的航空母舰”，包括滑行道在内，整个长达四千米的跑道有两条，停机坪上的F15战斗机、B52战略轰炸机、P3C反潜巡逻机在阳光下光亮耀眼。这是日美安保条约的缩影。

基地里建设有带草坪的军官宿舍、营房、PX(小卖部)、电影院、保龄球馆、教堂、医务所等配套设施，一应俱全，居住着两万人的美国军人及其家人，犹如是美利坚合众国的KADENA(嘉手纳)镇。

占日本领土不过千分之六面积的土地上集中着百分之七十五的美军基地，这种异常状态在冲绳回归祖国十三年之后依然继续，本土的内地人又能知道多少呢?

在新闻记者时代，采访归还冲绳协定的时候，第一篇独家新闻稿就是曝光美军归还基地的清单。

弓成当时在文章中批评归还的基地太少，现在看来，那不过是“书生之怒”。只有亲自居住在冲绳，才能真正感受这种荒唐。必须让所有的国民认识到这一点，弓成强烈意识到自己就是这样的一个传播者。

一千三百度高温的橙黄色火焰燃烧的炉窑，谢花美智和其他三个学徒工匠在窑前紧张地注视着老师稻岭的动作。

稻岭胡子半白，身子瘦削，身穿长袖衬衫和牛仔裤，戴着手套，手持铁吹管在窑中挑起糖稀状的玻璃液。

他的嘴唇贴在长一点五米、直径一公分吹管的吹嘴上，憋着一口气使劲吹进去，玻璃液圆圆地膨胀起来，如橙黄色的气球。稻岭双手拿着吹管朝上，继续吹气，然后把吹管交给美智。美智迅速地将膨胀起来的顶端送进窑里，保持高温，再拿出来。

稻岭鼓起腮帮，再使劲吹气，橙黄色的气球越来越大，随着小气泡的逐渐增加，开始出现微妙的图案。这是吹气成型法，一边忍受高温一边在瞬间创意设计，需要巨大的体力和智力。

球形的大小决定以后，稻岭走到离窑稍远的台子上，将吹管横在面前，拿过美智他们递过去的刮刀、刮板动作麻利地扩大瓶口部分，然后把用水沾湿的报纸贴在底部，在水蒸气吱吱的蒸发声中，迅速地做好底座的形状。

圆形的玻璃液变成椭圆形，很快就成型为一个乳白色底座的深盘。这时，美智用吹管从窑里的五个不同颜色的坩埚里挑起卷裹一些蓝色的玻璃液，滴落在稻岭和学生们一起旋转的盘子的边缘上。

美智白皙的脸颊被熏烤得通红，汗水从止汗的发夹和脖子上不停地流淌下来。其他学徒工匠也是挥汗如雨，都按照稻岭事先的布置，有条不紊、紧张敏捷地进行流水作业，圆满完成各自的任务。

边缘的蓝色在白莲般清雅的盘子内侧描绘出波形纹，然后把盘子数次放进温度稍低的窑里反复烘烤。

"好，做好了。"稻岭仔细端详着这件工艺品。

玻璃制品会根据温度、颜料的成分、烘烤的程度发生微妙的变化，从来没有两个一模一样的东西。

稻岭浮现出会心的微笑，看着美智等弟子们。大家汗珠闪亮的脸上也都眉开眼笑。

盘子放进五百度的低温窑里保温一个晚上，第二天早上打开窑盖，等待着成功的喜悦。

"哎哟，弓成先生，您来了。"换上深蓝色短袖 T 恤、脖子上围着毛巾的美智兴奋地对站在工房外面的弓成打招呼。她的额头上还渗着汗珠。

"我从那霸回来，心想这一次一定要来看看，真没想到玻璃工艺品要经过这么艰辛的劳动才能制造出来。"弓成感触良深。

"要不怕热,还要聚精会神和持久的耐力。您看工房的顶棚那么高,室内的温度还高达四十度。"

这座新建的五角形屋顶的工房虽然楼梯井很高,但室内有三座窑,工作结束以后依然热气逼人。

美智喝完手中的矿泉水,把空瓶子扔进附近的垃圾箱里。

"我们按颜色进行严格的分门别类,但周围还是堆积如山,这些废弃的瓶子都是原料。"

弓成又巡看一遍扔废旧玻璃瓶的箱子。他听美智说过,战后琉球的玻璃工艺品是利用象征美国文化的可口可乐、百事可乐、啤酒、威士忌等空瓶而制造出来的,但看过作品以后,顿时感觉难以置信。

"这么说,是美国文化在战后的冲绳融化,创造出冲绳文化。"

冲绳在地面战争中失去一切,战后在美国统治下备尝辛酸的冲绳人的生命活力已经完全被美国文化所压倒。

"噢,你来了。"稻岭对弓成打招呼。

弓成偶尔去小酒馆的时候,碰见过他两三次。稻岭是著名的工匠,却从不炫耀,为人谦逊,喝酒倒是海量,喜欢合着三线的伴奏歌咏民谣,在客人们拍掌击节的时候,兴之所至,甚至会翩翩起舞。

弓成坦率地说道:"今天是第一次观看您的工作,很震惊。"

"刚才是挑战新的手法,这是经过多次失败才制作出来的,大概精诚所至吧。要是每天都这么干的话,玻璃就把我给毁了。"稻岭的表情与专心致志工作的时候不同,含带着一种稚气。

他又说道:"陈列室里有作品展示,看看去吗?"

"那一定。"

弓成向平房的陈列室走去,一迈进房间,便惊讶得目瞪口呆。在自然光与间接光的巧妙糅合下,不敢相信陈列架上摆放着的就是用刚才所见到的废旧玻璃瓶制作出来的充满艺术魅力的杯子、水瓶、壶、盘子等，琳琅满目，显得静谧幽雅。这里饱含着稻岭的精巧构思和独运匠心。

"我听美智女士说，稻岭先生发明的吹气成型气泡玻璃是故意利用玻璃中本不应该有的气泡进一步提高了工艺品的艺术境界。对您的这种反利用我感到惊叹。"

"美智还这么说过啊。"他高兴地嘿嘿笑起来，点上香烟，舒适地吐出一口烟雾，说道，"我的发明源于好奇心。初中毕业以后，好不容易找到一份工作，就是在宜野湾的玻璃厂每天制造日常生活用品。玻璃制品里混入气泡算是次品，怎么才能不产生气泡呢？大家对此十分头疼。可是，如果气泡增加，会出现无法形容的美丽的效果……于是我下工夫钻研能不能利用这个气泡表现玻璃的艺术特色。经过各种实验，终于研制出仿佛流动的气泡。接着，我又考虑变色问题，将一些日常使用的东西掺杂进玻璃液里，观察颜色的变化。"

"这日常使用的东西是什么呢？"

"例如咖喱粉、米糠、黑糖，掺进去以后，不仅颜色发生变化，气泡的表现形式也不一样。一旦开始思考掺入什么东西会发生怎样的变化，那就无穷无尽。

"经过四五年的努力，制作出自己认为还满意的东西，于是装车运到那霸兜售，可是无人识货，有人说这玻璃不同寻常，可就是没人买。我拿一个玻璃器皿换来一瓶泡盛，结果喝醉了，没法开车，只好睡在司机座位上。照现在的说法，就跟一个流浪者一样。但是，我坚信总有一天会得到世人认可的。"

稻岭语调平淡，点燃第二支烟，继续说道："功夫不负有心人，我的作品在冲绳获得二等奖、三等奖，但还是没有买主。冲绳回归本土对我后来的发展产生巨大的影响，京都的一家商社看过我的作品，就在和服会馆的大厅举办我的作品的展销会，预定一周，结果四天全部售完。之后，本土方面就不断有人订货，这更加激发我的创作欲望。”

稻岭所说的“冲绳回归本土”这句话在弓成心中产生反响。在冲绳回归本土之前，无论是从本土去冲绳，还是从冲绳来本土，都需要护照。

“听说最近还有东京的年轻人到这里来入您门下当弟子。”

“凭着一股热情跑来，可是不理解琉球的玻璃工艺品正是在冲绳酷热的气候条件中形成的，所以不少人又回去了。现在对自己的未来满怀憧憬的是美智。女性从事这个工作的确有不利的地方，但也具备女性才会有的微妙感觉。她有耐力，有体力，干活漂亮，我打算在她爷爷健在的时候培养她成才。”稻岭平淡的语调顿时充满感情，语气坚定。

弓成本想倾听他继续说下去，工房却来电话说窑的厂家来人检查。

稻岭立即朝工房走去，剩下弓成一个人又在陈列室里观赏展品，购买了一套一眼就看中的琉璃礁酒具。

弓成抱着包装好的酒具走到门口，只见美智在自来水不停流下来的水桶里用铁丝刷子一丝不苟地洗旧瓶子。她看见弓成手里拿着包装的东西，问道：“买什么了？”

弓成把包装纸解开，打开厚纸板盖，给她看酒具。

美智笑容满面地说道：“您真有眼光……”

在得到弓成表示同意的目光后，她双手小心翼翼地捧抱着酒壶在阳光下照看，说道：“这是在钴玻璃上涂抹好几层起泡的珊瑚石灰后制作出来的最新产品。谢谢您挑选这一套。”

大概制作这件作品满怀深情，美智由衷地表示感谢。酒壶口周边是清亮的蓝色，圆鼓的壶肚是素净的茶色与雅致的绿色恰到好处的浓淡套色，凸显出立体感。

如同海藻缠绕在海边岩礁上的幽深韵味，用这把壶喝酒肯定会感觉情趣醇厚。

美智把酒壶放回盒子里，问道："现在就回去吗？"

"今天晴空清朗，我想顺便去座喜味旧城遗址看看。"弓成虽然想去看，但旧城遗址先前受到台风的灾害，部分坍塌，好长时间一直关闭。

"那我带您去。您稍等。"美智说罢，走进工房。

看似新来的年轻女子把旧瓶里的脏东西刮掉，一个小伙子手持铁锤在不远处的手推车前将已经干燥的瓶子砸碎。

所有入窑的原料都使用手工进行处理。弓成细心地把包装好的酒具抱在怀里。

在副驾驶座上的美智的引路下，弓成开车慢慢爬上树木茂密的红土林道。利用山丘斜坡建造的九室连房的龙窑的红瓦屋顶与周围的葱绿、天空的湛蓝形成强烈的反差对比。

高地的东面是嘉手纳弹药库基地，但读谷村近年把其中归还日本的一部分土地全部购买下来，规划在这里打造冲绳传统工艺的文化村。要与占领者平等为伍，必须弘扬冲绳文化，首先引进的就是具有传统历史的陶艺。首里、那霸这样人口住宅密集的地区，大量冒出的窑烟对他们会造成影响，所以不少陶瓷工艺师搬到这里来寻求自己的一片新天地，"人间国宝"的名师大家也在这里新建自己的窑。

接着，读谷传统工艺提花织物的作坊也都集中在这里，在这一系列的变化中，稻岭的玻璃工房也从宜野湾迁来此地。

走过村路，前头就是民俗资料馆。

美智说道："车子可以停在资料馆的停车场。"

美智先下车。宽敞的停车场上只有几辆外县牌照的车子和租赁的汽车。

美智还是和往常一样乌黑的长发束在脑后，白色的牛仔裤，旅游鞋，迈着轻快的步子走在前头。四周是修剪整齐美观的琉球松树林，树林间有小径可供散步。

他们从刻有"座喜味旧城遗址"的石碑沿着高台阶往上走，眼前出现石灰岩石砌的城墙，穿过顶部呈半圆形的中间拱门，一片与平时已经司空见惯的冲绳风景全然不同的自然景色扑面而来。

高个子的美智指着拱门的顶部。弓成抬头一看，原来是拱心石楔在上面，从中可以看出具有高度的建筑技术。

"这是外城，那边的拱门前面是内城。"美智解释。

没有任何建筑物，如今只有绿草茵茵的开阔空间。

"原先这是什么城?"

"没有从遗址中发现一片瓦，所以人们推测可能是茅草葺屋顶，不过听说出土文物中有不少是中国陶瓷器的碎片和古钱。"美智回头看着弓成，继续说道，"筑城的人是这个地方的按司(领主)、著名的建筑家，名叫护佐丸。后来以首里为根据地统一琉球王国的尚一族怀疑他谋反，为证明自己的忠诚，他在自己居住的中城城内自刎，是一个悲剧的历史名将。"

十三世纪的战国时代，各地的按司构筑大大小小的城堡，竞相称霸。后逐渐统一，至十五世纪，中山府的尚巴志成立与日本并立的独立国家——琉球王国。琉球王国在受到萨摩藩以枪炮这种新式武器入侵之前的一百八十年间，与中国进行朝贡贸易，极尽昌盛。琉球王国向中国皇帝进贡，作为回报，通过帆船运来大量的中国物产；它不仅与日本、朝鲜，还与暹罗、爪哇、吕宋等东亚各国进行贸易，开展独立的政治外交，建设本国文化，国家繁荣。沉浸在历史浪漫氛围中的弓成听到美智讲述的筑城按司的悲剧命运，一下子回到现实世界。

“这么说,战争期间,日军设想美军会在冲绳登陆,所以在读谷修建陆军北机场的时候,就在内城构筑了高射炮阵地。”

美军登陆后,迅速占领此地,建立起雷达基地,将从九州、知览方向飞来的特攻飞机的信息及时通知军舰,所以日军的飞机几乎都被击落。美军看中高地一百五十米顶部的地形,作为战略要地。

他们在内城的拱门遇见正往回走的游客,友好地互致目光。美智蹬蹬蹬地走上简易铁楼梯,站在内城的城墙上,向弓成招手。弓成跟着上去,站立在厚约三四米的城墙上,大为惊讶。

视界顿时开阔起来,读谷村和大海尽收眼底,一望无际。

“非常壮观啊!”弓成用手挡着西斜的太阳,环视四周。

“您看到下面斜前方有两条路吧,那是日军动员所有的居民修建的北机场。但战后美军改建为跳伞训练场。还发生过由于风向突然改变使得吊着拖车的降落伞偏离落地点砸死小孩子的事故,美军还进行设想化学武器攻击机场设施的演习。村民们看见戴着防毒面具、身穿防护服的士兵们,不知道他们把什么毒气搬到村里来,而且随时都有泄露的危险,弄得大家人心惶惶。”

这种演习和毒气远比美军的卡车在民用公路上横冲直撞要危险得多,但村民们不得不战战兢兢地承受这种威胁。

“您看见密密麻麻的高高的圆筒状天线吧。那是楚边通讯站,尽管离我们居住的地方很近,也是禁止接近。”

弓成点点头。这种直径两百米、高达二十八米的鸟笼状天线俗称“象笼”,归海军管辖,用于监视飞机、船舶、军事通讯的动静。

“嘉手纳基地在哪个方向?”

那么巨大的嘉手纳基地,站在上面却很难看到。

“从这里只能看到一个侧面,所以不容易辨认。象笼的右面有很长的带状空间吧,那就是‘美利坚合众国嘉手纳镇’。”美智的语气含带愤怒。

也因为阳光强烈的缘故，虽然看不清楚，但可以看见长长绵延的宽阔的带状空间的前方是闪闪发光的东海。美军登陆的海岸以及前方的庆良间诸岛、伊江岛都在这咫尺之间。

走在冲绳会遇到军事基地，走在军事基地会遇到旧战场。读谷正是冲绳的缩影，座喜味旧城遗址也是基地与旧战场的接触点。

美智冷不丁问道："弓成先生为什么不和家人住在一起，总给人一种寂寞的感觉……"

弓成看着脚下突起的一块石头，支支吾吾地回答道："这……一两句话说不清楚。"

"不会是和夫人离婚了吧？"美智一下子切入主题。

"啊……"

弓成点点头，想起自己居住在渡久山的家里，钉上名牌以后才给由里子写信，对自己长期的任性行为表示道歉，并且把通讯地址告诉了她。可是，至今没有接到妻子的回信。弓成搬到伊良部岛以后，把自己的住址只是告诉在下关重新振兴弓成蔬果的堂弟，但由于对由里子的心情还没有理顺，没有给她写信。弓成心想是否由里子不能原谅自己呢？或者自己的这封道歉信搅乱了她平静的生活，让她疑惑困扰呢？他有时会后悔自己写了这封信。

沉默片刻后，美智又问道："您有女儿吗？"

"不，两个儿子……"

弓成低语道，仿佛在搜寻已经无法想象的洋一和纯二的模样，看见美智欲言又止的样子，问道："你怎么啦？"

美智笔直地站在弓成面前，冷冰冰地说道："您知道我是一个混血儿吧？"

弓成在强烈的震撼中心想果然如此。不容易被太阳晒黑的发际脖颈、手臂内侧白皙得令人晃眼，端正笔直的鼻子高高翘起，下巴连接脖子的地方显现鲜明的线条，长身长腿，只有那洋溢着热情明亮光芒的乌黑眼珠和泛着光泽的乌发具有冲绳女性特有的美。

弓成早有觉察，但既没有听认识美智的渡久山夫妇，更没有听美智的爷爷和稻岭说过，他也就没有询问。

“我恨自己来到这个世界上。”

她的声音如同在黑暗中啜泣般悲痛。弓成不知如何回答。

“我在懂事之前就听爷爷说，我是母亲十八岁的时候与从朝鲜战场调到嘉手纳基地的一个战斗机飞行员所生的孩子。母亲生下我一个月后，由于产后恢复不好就病逝了，那个飞行员后来调回本国。回国的时候，满口承诺一定会把孩子接回去，但从此一去不复返。母亲名叫敏，只留下一张照片；而那个飞行员的父亲连名字和美国的住址都一无所知。”

从闪光的海面吹来的冷风呼叫着从他们的头顶掠过。

“那是我上小学六年级那一年的清明节，虽然感冒躺在床上，但无论如何想见到亲戚们，便去了龟甲墓。”

美智抑制着激奋的心情，面对大海，开始讲述。

按照冲绳的习俗，阴历三月的清明节，家族都集中到门中墓（家族坟地）前面的宽敞墓院里，祭扫之后，一边吃着各自带来的供品，一边谈论家族禳灾驱邪的平安，以告慰先祖。大家喝酒谈天，很是热闹，半酣之际，叔叔突然说道，敏姐马上就到三十岁了，她就这样住在爱光园一直到死吗，禁不住失声痛哭。我当时不知道爱光园是精神病院，在冲绳北部，一直以为母亲已经死去，听叔叔这么一说，原来母亲还活着，便跑过去倚在他膝盖上。大家原先都没在意我也在场，一看我也在，都变得脸色煞白。从此以后，不光是清明节，婶婶以及堂弟们平时都对我更加关心体贴，但就是不告诉我任何有关母亲的事情，守口如瓶。

上中学以后，我想见母亲一面，查询医院的所在地，自己悄悄前往。但那是基督教的设施，牧师说我找错了人，没让见面。

大概由于地面作战的缘故，战后似乎有很多人被精神病院收容，当时所有的病房都是满员。

我避开牧师，一间一间病房地寻找，只凭着一张照片的印象根本无法辨认……一个医生于心不忍，悄悄告诉我是哪一个女性。可是，当她看到我时，浑身发抖，尖声厉叫“一边去”……此后我再也没有见过她。

我再三再四地追问爷爷，他才把真相告诉我。原来是敏在地里干活的时候，突然遭到三四个美国兵的强暴，她拼命反抗，但美国兵用枪托殴打她，把她拖进附近的树林子里……CP（冲绳民警）听到她的尖叫声，跑过来一看，面对手执武器的美国兵，吓得就跟稻草人一样……

禽兽一样的美国兵……我的身上流着肮脏的血。我作为一个混血儿，曾经怨恨助产婆怎么不在给我洗身子的时候把我掐死。遭受美国兵强暴后不得已生下的孩子很多，也有不少母亲想到今后自己与孩子都会长期备受痛苦的煎熬，便偷偷地结果孩子的性命……

“美智，你别说了！”弓成语气坚决地打断她的话，说道，“你的母亲遭受如此不幸，任何话都不足以安慰她的心灵。但是，不管怎么说，她还活着，这是值得庆幸的。”

“见到我不愿相认的母亲几年后死在医院里。我心想她是不是在见到我以后病情加重了……”美智似乎在自答自责，脸色苍白。

她承载着何等沉重的悲哀命运！沉淀在她心底的难道是冲绳的污泥浊水吗？

“我不知道靠什么支撑自己才能活下去，苦不堪言，多少次直愣愣地盯着炉窑，一心想让工房一千度的窑火把我肮脏的血烧成灰烬……”

“美智你现在这样就很好，依靠自己的力量支撑自己的人生。刚才你在工房里与稻岭先生联手制作出世上无双的作品，那种全身心投入的神态美得令人感觉高贵。我是第一次看见你这个样子。”弓成热情地鼓励她。

美智的脸色重新泛起红晕，目不转睛地凝视着弓成，一下子倒在他怀里。

“弓成先生，您就一直住在冲绳……守着我。”

温暖柔软的身子，弓成不知如何是好，勉强控制住把她紧紧抱在怀里的冲动。

第十章　　土地斗争

弓成拿着如同海藻缠绕着海边岩礁般优雅情趣的玻璃酒壶将泡盛斟在酒盅里，青色透明的壶嘴与杯中轻轻荡漾的同样色泽的美酒相映成趣。他一边欣赏着一边心情舒畅地自斟自酌。

“好酒具啊！”身穿无袖短外衣和服的渡久山从正房的院子走过来，戴着圆眼镜的温和的脸庞探看着。

“我对您说的在稻岭先生的工房看到的就是这副酒具。本想第一次和您一起喝，便放着没动，可是您最近一直在读谷村公所工作得很晚才回来，我终于等不及了……”

渡久山退休以后，被聘为村史编纂委员会委员，工作还是那么勤勤恳恳，埋头苦干，很晚回家。

“为纪念读谷村公所成立八十周年，决定出版村史补遗本，大家都很热心，这个也想放进去那个也想放进去。”说罢，他登上脱鞋的檐廊地板，与弓成相对而坐，“好啊，我也来一盅，好吗？”

渡久山拿起扣在托盘上的酒盅，把手伸过去，再慢慢喝完弓成给他斟的酒。

“好喝！这么说，你终于开始对工艺品感兴趣了。”渡久山高兴地说道，“在那个工房里干活的谢花美智还好吧？”渡久山一边用欣赏的目光端详着酒壶，一边给弓成斟酒。

“这个工作很辛苦，是男人干的活，她却毫不逊色。照稻岭先生的话说，打算在她爷爷健在的时候培养她成才。”

“好像技术水平也很精湛。不过，依我这个老思想的人的想法，与工作相比，还是应该让她先有个伴侣，享受家庭的温馨幸福。”

弓成下定决心断然问道：“她是不是说不想结婚？这是因为她出身的缘故吗？”

“你已经知道了吗？她的内心深处好像连爷爷也不让知道。”渡久山平静地说道，“不过，你从一开始就和她具有亲近感，能够坦诚交流，连我的妻子都觉得不可思议。”

“是吗，我感觉她的性格开朗大方，具有冲绳女性的典型性格……”

弓成想起和美智一起登上座喜味旧城遗址的时候，出乎意外地听她讲述自己悲惨的身世和母亲之死，当时自己的心灵受到极大的震撼。然而，当她扑到自己怀里的时候，他选择了沉默。

“今晚月亮真美啊！是满月吧。”渡久山端起酒盅。抬头望着皎洁明亮的月亮，神情变得严肃起来，问道，“关于伊佐滨的土地斗争，你了解到什么了吗？”

“这……”弓成放下酒盅。

冲绳是日本在战时唯一进行地面作战的土地，据说四个人中就有一个人阵亡，战后，冲绳还继续付出巨大的牺牲。按照旧金山和约的规定，冲绳从日本本土分割出去，置于美军的统治之下。在美苏冷战时代，一九五三年颁布土地征用令，许多居民的土地就这样不分青红皂白地被收走。读谷南面的宜野湾村伊佐滨也是其中的一个事例，但是没有任何资料记载这场冲绳的土地斗争。当弓成直接调查了解当时这场斗争的情况时，所有的人都用怀疑的眼光看着他，缄默不言。连渡久山介绍的人对弓成也是守口如瓶。

“还是不行吧……其实我介绍给你的那个熟人对我抱怨说不要把他的名字随便告诉本土人，所以我担心你大概不会顺利。”

“给您添麻烦了。其实想起来，我长久在伊良部岛过着无所事事的日子，要不是您把我拉过来，大概我现在还每天百无聊赖地钓鱼吧，真让人惭愧。”弓成把酒盅里的泡盛一饮而尽。

渡久山一本正经地说道：“你被推落深渊，要爬上来，需要时间。美智这个人，与别人很难接近，但对你很快就亲近坦诚，也许是她直觉地相信你能够分担她心灵的痛苦。”

“是这样的吗？我和她没法比。”弓成轻轻摇头。

“别着急，慢慢来。”渡久山说道，“一定有人被你的热情所感动，会开口讲述的。冲绳与本土不一样，时间在缓慢地流动，所以必须耐心等待。”他柔和的脸上浮现出爽朗的笑容。

弓成又给渡久山的酒盅里斟满酒，两人干杯。清脆悦耳的玻璃碰击声在月夜里轻轻回荡。

弓成有一些日子没到读谷村的海边散步了，今天早晨一来，看见远处有一个小个子老人牵着牛走进海里，不由地定睛注视。那个老人不就是美智的爷爷——自己有时顺便去那里购买一些日常生活用品的谢花商店的老板谢花荣义吗？这到底怎么回事？弓成快步走过去，不仅为老人的个子之小、也为牛的个子之大大吃一惊。

弓成对他简单问个早安，便问道：“这是怎么啦？这么大的牛……”

工作裤的裤脚挽上来，海水淹没到小腿的老人得意洋洋地说道：“你一看就知道吧，这是读谷村头号斗牛——黄金丸。”他用圆圆的大钢刷轻轻梳擦又黑又亮的牛的身子。

斗牛——这牛的个头要比普通的牛大了将近一倍，乳白色和淡茶色条纹交错的牛角异常粗壮，勇猛彪悍，令人难以接近。

“这牛……不，黄金丸在哪里养着呢？”

“这是住在附近楚边的我的弟弟的牛，可是他工作很忙，没时间照顾。于是我们家人、还有喜欢牛的周边四邻轮流牵着它像这样散步，或者让牛角顶撞轮胎进行训练……你没听美智说过吗?”

“噢，这是我第一次看见斗牛。”

他笑着说:“是啊，美智心里只有玻璃，没有牛。”

从身高、体态来看，这祖孙二人迥然相异，但从一对大眼睛中能明显感觉到他们的血缘关系。

“掉很多毛啊。”

老人用刷子梳着牛身，许多茶色的东西纷纷掉落到海里。

“你眼睛不好使吧？这是黄金的头皮屑。掉头皮屑，说明它新陈代谢好。要培育上等的斗牛，就必须给它足够的丰富营养，生长出坚韧结实具有战斗性的肌肉。”

老人的眼角皱纹很深，开始和黄金丸说话。黄金丸粗壮的脖子、背脊、四肢的肌肉矫健壮实，只能说是完美无缺。黄金丸大概被梳刷得感觉舒服，圆圆的大眼睛显示出陶醉的神情。

从海水里上来以后，黄金丸抖动着巨硕的身体，细细的尾巴左右用力甩动，扬到空中的水珠染上五彩斑斓的颜色。

“好了，回去吧。”

老人手持缰绳，在沙滩上走着。弓成一边和老人走在一起一边聊天，知道了黄金丸今年六岁，体重九百七十公斤，去年在本地的读谷斗牛比赛中初次上阵，后来一路顺风，连战连捷。

“黄金丸在下下周要参加集中冲绳本岛各地猛牛的具志川斗牛比赛，所以现在要这样带它在沙滩上散步训练蹄子，要用海水把它皮肤上的蜱螨洗干净，杀菌消毒。因为忙于准备，没时间照管商店，扔在那里，你需要什么的话，拿走就是了。”老人的心似乎已经飞到两周之后的赛场上了。

“老大爷过去也养过斗牛吗?”

老人点点头，说道:“当然。战前，农民基本上都是用牛耕地，所以一到农闲的时候，因为乡下缺少娱乐，各家就把自己的牛牵出来互相争斗，整个村子十分狂热。

“战后，中耕机普及，土地又被美军征收，有一阵子斗牛活动衰落下来。可我们都是些血气方刚的汉子，八重山诸岛、德之岛有好牛种，拿到本岛的牛马市上出售，我们就买回一两岁的牛犊，养育成斗牛。

“其实我也想买一头，可是和美智一起生活，就两个人，人手少，所以没有这个能力。”说到最后，老人像是自言自语，有点嘟嘟囔囔。

甘蔗地的前方高高伫立着美军通讯设施的“象笼”圆筒状天线。

老人说道：“读谷斗牛场就在附近。”

老人牵着黄金丸从土路的出入口走进为抵御台风而修建得非常牢固的钢筋水泥二层楼房里。

屋子里响起问候的声音。

“回来啦。”

“黄金这下子舒服了吧。”

看似荣义的弟弟的一个老人接过缰绳，对弓成瞟了一眼。

“啊，他是美智的朋友，我们店的客人，说是第一次看见斗牛，很感兴趣，一路上聊天就跟着来了。”

荣义老人爽朗地笑起来，听他的口气似乎是说此人可以信任，不过，当弓成向荣义的弟弟打招呼时，对方只是冷淡地点点头。

“爷爷，黄金有点软便。”一个看似这个家业的继承人、穿着长靴的中年男子刚清理完牛棚，给爷爷看簸箕里的牛粪。

“噢，这是它对昨天开始吃的饲料还不习惯的缘故吧。”荣义老人凑近牛粪，闻了闻，说道，“也许掺的鸡蛋太多了。”他和弟弟对视一下，歪着脑袋表示疑惑。

刚才在来的路上，弓成听荣义老人说，为了培育出良好的体形，各家饲养斗牛的饲料都不一样，青草、甘蔗叶里添加的麦饭、豆腐、鸡蛋等东西的比例都好像是企业秘密，各有各的高招，绝不外传。

“那就让它吃今天我早起割的芒草吧。”荣义老人对拴在树荫底下的黄金丸说道。

现在荣义老人每天都在拂晓时候上山割回带着露水的青草，路边被汽车排放的废气污染的青草是绝对不能给斗牛吃的。

荣义老人的侄子将铺在牛棚里的垫子冲洗得干干净净，然后让儿子拿到有太阳的地方去晒。

弓成感慨地说道：“全家总动员啊。”

“我们对牛充满关爱，牛必定会相应地予以回报。这是最令人高兴的……宜野湾的那头满福丸就是最好的典型。”

大家都对荣义老人的话点头表示赞同。

那是十年前的事情——在宜野湾开饭馆的一个老板非常喜欢牛，为了得到上等的斗牛，甚至跑到德之岛去。有一次，他无意中走进屠宰场，看见这头满福丸被拴在那里。德之岛是斗牛的主场，原先的主人也曾让满福丸参加比赛，但每战必输，虽然还年轻，但主人对它失去信心，就把它送进屠宰场。餐馆老板和这头皮包骨头、几乎作废的满福丸目光对视的瞬间，立即发现这头斗牛的良好素质，就把它牵回到宜野湾的家里，精心照料，备加关爱，甚至夜晚把床垫铺在它身边一起睡觉。

正如主人所品相的那样，满福丸不仅具有良好的素质，而且斗志昂扬，势如破竹无敌手，十战十胜，终于登上横纲的宝座——据说主人也因此获得十亿日元的奖金。

然而，主人乐极生悲，身患癌症，知道自己不久于人世，留下遗书，其中说道“满福丸终有失败之日，在未败之时让其引退，因而锯下它的牛角以作为不能再战的证据”。

弓成听罢，心头涌起一股感动。

这时，一个村里人走进来，大嗓门说道：“哟，黄金好吗？我给它送吃的来了。我家老妈看超市广告单上一百日元一盒的便宜鸡蛋就兴奋不已，黄金吃的可不一样，这是乌骨鸡蛋。”

他正要把手中的乌骨鸡蛋递出来，感觉到一种严肃的气氛，说道：“你们这是怎么啦?”环视大家，看见弓成，惊讶地转动眼睛，说道：“哎哟，你不是住在都屋的渡久山先生家里的吗……”

弓成挠挠头，说道：“今天第一次在海边看见黄金丸，一下子就喜欢上了，跟到这儿来……”

“那好啊，具志川的比赛一定要一起去助威啊。”

弓成喜欢斗牛的一句话就这样被对方接受了。

这是一个偏僻荒凉的地方，要不是树木蓊郁葱翠的丘陵下面停着几百辆车子，根本无法想象将在这里举办斗牛比赛。

只要翻过一座小山丘，就可以俯视研钵状的斗牛场，看台上坐满了大多是一家人的观众，助威叫喊的声音不绝于耳。

参加比赛的斗牛分成红白两组，在场地上两头牛巨大壮硕的身躯相撞，在助手引逗的声音和动作的刺激下，牛被激怒，粗大的牛角暴躁地顶撞、交叉在一起，时而变换角度，发出喀哧喀哧的声音。在争斗进入白热化的时候，场地上的斗牛和看台上的观众都热血沸腾，地动山摇。

黄金丸在场外的牛棚里等待顺序，弓成来到牛的出入口旁边的通道上观看。这是他第一次观看斗牛比赛，紧张得感觉手心出汗。它具有与他曾经迷恋的赛马完全不同的扣人心弦的力量。

按照排名顺序表，排在前面的牛的体重将近一吨。

新的比赛对手组合决定以后，在场地上撒盐，这时从入口传来令人惊惧的狂怒般的吼叫声，浑身茶毛的牛在助手的牵引下迈着颤动地面的脚步走进来。

“赤牛，来啦！”

看台上四处响起叫喊声。赤牛闻着场地的气味，粗壮的前脚往后面踢土，然后屈膝，脑袋在土上蠕动着，观众对它斗志昂扬的勇猛英姿发出由衷的赞叹。

与它对战的黑牛走进来。

没有裁判员，所以两头牛互相瞪着眼睛，便开始相斗。它们并没有不停地激烈撞击，而是用粗大的牛角纠缠着，拼尽全身的气力，低头顶抵，前脚用力踩着地面，蹄子陷进土里，鼻子几乎贴着地面，每次粗重的呼气都扬起一阵尘土。

“加油！加油！”

双方的助手都在给本方的牛鼓劲，拍打牛背，挑动战斗的情绪。每头牛一般需要四五个助手，因为在激烈战斗时，一个助手上场只能待五分钟，要轮番交替。

赤牛看似摆头，却突然朝着对方的眉间猛然刺插过去，接连不断，黑牛招架不住，姿势变形，站立不稳，但是它立即振奋力气，猛烈反扑。牛角与牛角又纠结在一起，互不退让。为了威胁对手，在比赛的前一天，主人就用锉刀把牛角锉得像针一样尖锐。

双方顶撞在一起，有十多分钟之久，互相绝不示弱，绝不让步，这是力与力的较量，肚子都在剧烈地起伏。就在人们以为还要这样僵持下去的时候，牛角朝下弯曲的黑牛以其特殊的角度突然巧妙地拧着赤牛的脖子顶起来。赤牛斗志顿失，胜负立见分晓。入场时候那副神气活现的样子已经无影无踪，大家对慌张奔逃的赤牛的狼狈相报以开心的欢笑声。

获胜的黑牛背上披着“缎带”(大毛巾)，助手们把绿的、粉红的五颜六色的毛巾卷在牛角上，兴高采烈，然后把大概是主人的儿子扶到牛背上。朝夕与牛相处的少年兴奋地高举双手，接受雷鸣般的掌声和指哨的欢呼祝贺。让小孩子骑在获胜的牛背上似乎是为了让他获得猛牛的能量。

弓成也对少年表示祝福，接着看了看手表，黄金丸即将出场，便从通道走到外面。

即将出场的牛一头一头地被牵进简易小屋里，等待出场顺序。黄金丸牛棚的柱子上钉着用芒草编成的驱邪装饰。

荣义老人以及他的弟弟一家，还有前来帮忙的左邻右舍的热心人都情不自禁地感到紧张。

"快到了。"

弓成低声告诉荣义老人，但是他似乎心不在焉，只是凝视着黄金丸圆圆的眼珠。

为参加今天的比赛，三天前就开始减少黄金丸的食量，它已经显示出焦躁不安的情绪，这是为刺激激发它的战斗意志的手段。

荣义老人的侄子是助手们的核心人物，他把一小块红布系在黄金丸的尾巴上，标志它是代表红组出场。

弓成为了不影响他们，回到看台上。黄金丸的声援团坐在出入口正对面的第一排。弓成坐在最边上，罐装啤酒、烧酒、爆玉米花接连传过来。

解下缰绳的黄金丸迈着缓慢笨重的步子走进来。它承载着谢花家族的荣誉，承受着谢花家族的无限关爱，已经没有牛犊的天真稚气，只有在大赛中一举成名的气势从黑色天鹅绒般闪亮的巨大身躯中散发出来。

"黄金！胜利！"声援团发出整齐洪亮的声音。

对手也马上入场，同样是黑毛，但额头和鼻子之间有灰色的斑点，两只牛角笔直地横成一条直线。

“爆进王！打败它！”对方声援团的声音更加响亮。

两头牛对视，立即发出牛角撞击的声音，脑袋顶在一起。

“加油！加油！”

双方的助手如同亲自上阵搏斗一样挥手顿足，狂热呼喊。

两头牛你来我往，各展本事，一方狠冲猛撞，另一方强顶激刺，杀得难解难分，锐不可当，看台上人声鼎沸，喊声雷动。

爆进王的锐角好像刺中了黄金丸的角根部，从远处的看台上也能看见鲜血渗出来。黄金丸危险！声援团也在声嘶力竭地狂叫“加油”。也许是黄金丸听到声援团的激励，突然摆动尖锐前弯的牛角以电光石火般的迅猛向爆进王的侧面发动进攻，把它逼到赛场边缘。两头牛就在弓成他们声援团的面前一进一退，互有攻守，令人感到强烈的气息。爆进王的嘴里露出灰色的舌头，这是它丧失斗志的征兆，但黄金丸的肚子剧烈起伏，角根渗出来的鲜血流到了额头上。

“黄金，干掉它！”

助手使劲踩踏地面，呐喊助威。黄金丸贴近地面的脑袋猛力往上一挑，爆进王经受不住这个打击，“哞哞”地叫喊着朝隔离赛场边界与看台之间大约一米的“堤坝”上逃去，黄金丸乘胜追击，继续从下面撞击它的腹部。爆进王翻个筋斗一屁股摔在地上。

胜负已定！黄金丸在本岛大赛中首战告捷，获得白星。

一直守在赛场边界旁边的荣义老人等助手也都跑上去，把五颜六色的毛巾系在牛角上。

黄金丸胸部剧烈地起伏，甩动脑袋，仿佛在炫耀自己的胜利，对败北的爆进王坐在地上的丑态根本不屑一顾的样子，悠然自得地退场，那姿态似乎显示出下一场也必定获胜的态度。观众交口称赞黄金丸英勇善战，送给它热烈的喝彩和掌声。

弓成搬到本岛以后第一次目睹天真烂漫的人们的喜悦兴奋，

自己也沉浸其中，忽然发现自己和身边的老太太、年轻人手拉着手，尽情地叫喊着，“黄金丸！好样的！”

弓成重新认识到冲绳生活着各种各样的人，人际交流也不断扩大，每周都参加三线的聚会。

通过这样的人际交往，有人告诉弓成说，要了解伊佐滨土地斗争的往事，询问住在宜野湾市伊佐的知念安一最合适。弓成立即前去拜访，但对方说事情都过去了，拒绝接受访谈。

弓成不肯罢休，再次前往拜访。恰好知念正在敞开的大门口，一见弓成，不耐烦地说道：“又是你啊……”

“事先没有联系闯上门来，对不起。有人告诉我，伊佐滨土地斗争的事情，除了您，别人不知道，所以我不死心……”

美军颁布征用土地公告的时候，知念的父亲是伊佐滨村的区长，是开展要求撤销公告运动的核心人物。

“斗牛协会的事务局局长也给我来电话，让我见见你。要说当时的事情，琉球新闻、冲绳新闻等报纸每天都有报道，你仔细阅读不就知道了吗？”刚刚从市政府退休的知念还是态度冷淡。

“我当然也阅读报纸，还阅读反对运动支持者的手记……”

弓成话没说完，只见一个长相与知念极为相似、身穿短袖红色运动衫、感觉洋里洋气的男人突然插话道：“哥哥你说的那个本土人就是他吧？我问你，你这样调查以后打算怎么地？”

知念的弟弟用怀疑警惕的目光瞪着弓成，弓成感到胆怯，还是硬着头皮回答道：“目前没有什么打算，只是我觉得同样都是日本人，住在本土的几乎不知道冲绳人所付出的牺牲。我来这里的时间还不长，但是想亲耳听到仅仅通过报刊还无法了解的冲绳人真实的声音，这其中也包含着自戒的心情……”

“说得好听！你根本不了解现实，只是道听途说一番，就打算写书吗？这真是如意算盘啊！”弟弟显示出露骨的厌恶感。

“你们不要老站在大门口说话啊，请客人进来喝杯茶。”

看似知念妻子的举止从容的女性端着放有茶水、点心的托盘，和蔼地微笑着请弓成进屋。知念对妻子使眼色，意思是使不得，但妻子一副毫无察觉的样子，知念只好很不情愿地让弓成进到大门旁边的房间里。这是弓成住在冲绳以后第一次看见冲绳人住宅的客厅，墙上挂着油画。

“那我走了……回来的时候再过来看你们。”弟弟向哥嫂告辞，锐利的目光瞥了弓成一眼，走出门去。

“失礼了，他是从巴西临时回国的……长期住在那边，所以……”

弓成对坐在自己对面沙发上的知念夫妇问道：“是巴西吗？”

“我们家一町步[①]的土地被美军征用，他就跟着父亲移居巴西，在那边种植咖啡。当时巴西不接受自由移民，只好进入早先从冲绳移民过去后已经成功经营的大规模咖啡园里工作。”

“知念先生没有一起去吗？”

“本来打算随后过去，但父亲来信说那边没有发展前途，让我别去……父亲和弟弟为了开拓经营自己的咖啡园，历尽千辛万苦，可是由于实际情况与当初的合同约定差距太大，最后只好到圣保罗摆个小吃摊，攒点小钱，后来改做缝纫，缝制裤子，给衬衫钉纽扣什么的，没日没夜地踩踏缝纫机干活。父亲因为语言不通，不习惯城市生活；弟弟在那边结婚生子，为了给孩子筹措学费，弄得不得不回日本打工。”

刚才还拒绝交谈的知念现在语气平静地讲述起来。

知念的妻子声音爽朗地说道：“孩子他爸，人家客人是来了解土地征用情况的，你还是先从那儿谈起吧。”看来她本人也有辛酸

① 町步，日本面积单位，约合 9 920 平方米。

痛苦的经历。

知念双手抱臂，说道："看来你已经做过相当详细的调查，从哪里谈起呢？……还是先谈那一天的情况吧。"说罢，他闭上眼睛。

情况突变发生在一九五四年（昭和二十九年）七月八日这一天。伊佐滨种植两季稻，在晚稻即将开始插秧的时候，突然美军颁发布告，禁止插秧，理由是水田里发现大量的孑孓，变成蚊子后，可能会引起日本脑炎流行蔓延。简直就是骗小孩的拙劣把戏。

冲绳的地面战役造成土地荒芜，但农民们战后被迫在美军的集中营里生活近两年之久，所以不清楚自己的土地什么时候被美军指定为军事用地，也没有得到任何租金。农民们从集中营出来以后，理所当然地开始修整自己的水田、旱地，花费两三年时间才恢复种植。

冲绳地面战役的时候，我的父亲被征兵加入防卫队，被俘后羁押在战俘营。一九四六年底，我从大陆前线复员回来，家里的土地野草丛生，重新开垦非常困难。经过两三年的艰苦努力，终于获得相当好的收成。当时政府配给的大米都是外国米，掺有小石子，连牲口都不吃，所以不少人由于营养不良而患病。我们家种植的大米熬粥给病人吃，病情见好，需求量很快增加，我们的收入也大为改善。

征用土地令如同祸从天降，包括我们伊佐滨在内，宜野湾村四个地区的区长联合和村长谈判，提出土地好不容易恢复成冲绳首屈一指的良田，泉水也很丰富，希望这么好的土地不要成为军事用地，但事情未见解决，后来美军单方面提出租金数额。伊佐滨每坪的年产量是精米一升二合，约合一百二十日元（美军在占领区发行的军票——B元），每年支付两次。美军提出的土地租金是每坪从两元至最高四元五十钱不等，这样的价格太不像话。

伊佐滨立即提出要求美军撤回命令，但未被接受，答复说如果伊佐滨一定坚持己见，可以在西面海岸填海造田三万坪予以补偿。美军征收伊佐滨村落等四个地区十三万坪的土地，却只填海造田三万坪予以补偿，而且是否修建护岸堤坝也不明确，所以无法接受。于是，四个地区的居民代表六十多人分乘卡车跑到那霸的琉球政府会见比嘉主席，要求撤销征用土地的命令。但是比嘉主席说了一套冠冕堂皇的官话，“我听了村长们诉说的大家的苦境，感到很痛心。另一方面，美军为了保卫自由世界的各国，需要土地，这也可以理解。我们冲绳人具有为世界和平做出贡献的愿望，但首先必须要活下去。我也向美军当局努力诉求，希望得到他们的合作。在问题没有得到解决之前，请你们照常生活，努力生产。”代表们七嘴八舌地说道：“自己的土地就是属于自己的，世界上哪有自己的土地无法耕种的道理！”对于代表的强烈诉求，主席只是一味强调需要时间。可见这个主席没有任何权限。这座大楼的一二层是琉球政府，三四层是占领者的美国国民政府，大楼上插着星条旗。但是农民还是只能依靠琉球政府。

大家感觉只能吞下这个替代方案，满心郁闷，打中午起就开始喝闷酒。

“看到这些大老爷们没出息，我们女人可坐不住了。”一直一声不吭在旁边听着的妻子向弓成探出她丰满的身子。

“当时我还没有和他结婚，母亲她们的妇女会说这件事不能完全交给男人，于是组织了二十多人去比嘉主席那里上诉。男人们对填海造地的替代方案采取妥协态度，但是填出来的都是盐碱地，根本种不活庄稼，在这种地方孩子也养不活。现在我们的心情就像已经被押上了断头台，就等着执行时刻的到来。我们说得声泪俱下。主席只是点头，负责与美军直接交涉的副主席承诺一定会把大家的意见转告美军。我们要他写保证书，他说过后交给村长。”

弓成为生养过孩子的母亲的坚强所感动。

“所以啊……”知念打断妻子的话，“我们村的女人是无所畏惧，生性坚强，不过第二年的七月十一日美军颁布通告，限一周之内必须撤出，拒绝者强行撤离。伊佐滨的土地斗争在冲绳各地广为知晓，在撤离期限十八日那一天，五千多名声援者集结在那霸方面，道路两旁插着很多写有‘金钱只有一年，土地却是万年’的长条旗。大概美军感到气氛险恶，没有强行动作，就回去了。其实最终还是美军棋高一着。”

知念说完后，沉默片刻，闭着眼睛又继续讲述。

除了一部分人外，大部分声援者都撤走了，村子重归宁静。我的家在海边，当天夜晚与父亲为平安无事感到喜悦，但心头总有一种惴惴不安的感觉，一夜未眠。大约是凌晨四点半，我信步走到院子里，忽然在黑暗中听见推土机的声音。我走到国道上，竖起耳朵，听见从相反的方向传来令人毛骨悚然的隆隆声，还有人的动静。冲绳夏天日出的时间是六点，此时天还没亮，什么也看不见。在东方吐白的时候，看见满载着武装士兵的卡车、武装士兵分列两侧的推土机的行列熄灭了车灯徐徐往村子前来。这时才发现隔着军用道路一号线的靠山一侧的十三万坪水田、旱地都被武装士兵监视下的冲绳劳工用带刺的铁丝网整个圈围起来，水田的田埂被切割开来，踩成平地。三十二家农户的住宅也被铁丝网圈围起来，充当美军翻译的第二代美籍日本人命令他们立即离家撤走，但这些农户坚持最后的抵抗，坐在家里，一动不动。最后在美军士兵刺刀的威逼下，一个个被强行拖到铁丝网外面。接着，美国兵用鹤嘴镐把村口边上的杂货店屋顶刨开，再把粗绳拴在房梁上，用推土机把房屋拉倒。这种野蛮残酷的破坏方法俨然就是对所有人的儆戒。居民们在刺刀和推土机面前噤若寒蝉，眼睁睁地看着三十二户农家被摧毁。同时，海岸边停靠着一排疏浚船，连接起来的管道穿过国道，将混杂着珊瑚砂的海水灌进田地里。

自己的农田就这样在眼前被扼杀！男男女女亲眼看着祖祖辈辈传下来的农田被毁灭，只是呆然若失，欲哭无泪。

知念睁开眼睛。也许是心理作用吧，弓成觉得他眼睛湿润。

弓成想起与伊佐滨的强夺土地事件同时期发生的另一起伊江岛事件。

本岛西北面的东海上有一个小小的孤岛伊江岛真谢，大概因为旧日军曾在上面匆忙修建过临时机场，也被美军征用，三百农民被三百个武装士兵包围。测量土地的美国军官说道："冲绳是用我们美军官兵一万三千名阵亡者的鲜血从日军手里夺过来的，三等国民没有抵抗的权利。"他放火烧房，将坚持进行沉默抵抗的农民一个个拉出来，用毛毯包裹、粗绳捆绑后，用飞机送到嘉手纳基地，由军事法庭以妨碍公务罪的罪名判刑。

土地被强行夺走的真谢地区的农民高举写着"当乞丐可耻，但逼迫我们当乞丐更可耻"的标语牌和长条旗，在那霸的和平大街、琉球政府大楼前等处进行"行乞"示威游行，一边接受喜舍，一边控诉美军毫无人道的暴行。

知念听完弓成讲述的这件事后，没有回答。虽然电风扇在不停旋转，但室内还是闷热难当。妻子机灵地打开窗户，让室内凝滞潮湿的空气流通。

"当时冲绳农民的生活方式也许一个人一个样，各不相同。伊佐滨地区的农民遭受这场意外横祸，房屋被毁，孑然一身转移到放暑假的小学校舍里安置。刚才说过，我的家在海边，得以幸免于难，但与周边的其他农户一起也被铁丝网圈围起来。我在政府部门工作，每天只好钻铁丝网上下班。

“CIC(盟军反谍报部门)和警察一天二十四小时都在严密监视，我们在工作单位不敢谈论任何有关土地的问题。战争结束以后，人们具有强烈的被占领国国民的意识，很多人提心吊胆，不知道一旦被美国人盯上以后会遭到什么样的残酷报复。”

弓成感觉这应该是当时在政府部门工作的人的真实心态。

“但是，和区长、村长的态度不同，我们那个地方的人完全是仇美情绪一边倒。”妻子说道，“我们一家人原先住在塞班岛，战败以后，祖父祖母留在那里，其他六个人搬到这里来。父亲租借了一点战时荒芜的土地，辛勤耕作，种植水稻。哥哥和弟弟在美军基地干洗车、喷漆等杂活，又从食堂要些残羹剩饭喂猪，猪的头数有所增加。就在大家感觉稍稍缓过一口气的时候，却被刺刀和推土机赶出家园，猪是我们家的财产，但是连一头猪也没有带出来，一无所有。本来就是从塞班仓皇逃命而来，又遭受美国人的欺侮，双重打击给我们造成巨大的创伤。那一天，我就坐在推土机前面阻挡他们，结果被美国兵用枪托打昏过去。”妻子悲愤地擦着泪水。

知念嘟囔道：“要是没有战争的话……”

“学校开学以后，在小学校舍避难的人们就转移到现在冲绳市的美里高地。琉球政府为我们建造了六七坪白铁皮屋顶的简易房。

“那根本就不是人住的房子。美里高地是从国外回来的人、出国的人临时逗留的收容所。我们从塞班过来的时候，在那里接受美军的检疫。就是这么个地方，地面上积着厚厚的一层珊瑚石灰岩，连芋头都不长。而且风特别大，风速一超过每秒十米，白铁皮屋顶都会被掀翻，人就像被刮走一样。大家都觉得待在这里没有任何指望，心头不安，于是我的公公等伊佐滨的领导在八重山开发事务所的斡旋下，去石垣岛、西表岛调查作为先遣队进入那里的人们开拓的情形。”妻子说到这里，回头看着丈夫。

知念说道："是的。父亲他们一行在这两个岛屿考察了解情况，认为土地贫瘠，还有疟疾肆虐，农民无法在这里生活下去。在走投无路的情况下，父亲等人向琉球政府提出移民巴西的申请。可是去了以后，有的绝望后回到日本，这还算好的，还有的一家人后来不知道流落何处。"

弓成做完记录，心情平静，对长时间打扰表示歉意，告辞出门。天色依然灰蒙蒙的，在水泥空地的那一头是长长的栅栏，摆放着大卡车和吊车。良田已被夺走，这些东西摆放在这里感觉已经没有必要了。

一九五五年，本土开始有人说现在已经不是"战后"这个时代了，然而在冲绳，背负着战败的负面遗产的人们被剥夺生活，受尽欺凌，被压迫得喘不过气来。

弓成搬到读谷以后，迎来第一个岁末。冲绳回归以后，风俗习惯也在逐渐改变，正月改在阳历庆祝。说到正月菜肴，冲绳就离不开猪肉，所以调拨猪肉成为时兴的话题。

弓成坐在桌子前，不停地在笔记本上记录。来到读谷以后，记录当地各种见闻的笔记本也一本本增多起来。

门外响起摩托车的声音，一停下来，就听见便门打开，穿着西装裤的谢花美智潇洒清爽地走进来。隔着窗户对视一下，五官端正的白皙脸蛋绽开笑容。

她看见弓成正在写东西，略显客气地说道："打扰了吧……"

"我正打算休息一会儿，给你泡上等的日本茶。"弓成走到室外，请她进来。

"哪能让您给我泡茶呢，而且我还不习惯喝日本茶。"美智说着，和弓成一起坐在外廊上。

"刚才听见摩托车的声音，是你的吗？"

"买了辆二手车，250cc。其实摩托车的驾照早就拿下来了，可是爷爷说一个女人家骑什么车啊，花了一年的时间才说服他同意。”

“250cc是相当大的摩托车啊，不过，你腿长，骑着没问题。”

“不小心倒在地上，把它扶起来可费劲了……等我熟练以后，带您去山原森林。”美智的黑眼珠看着弓成。

弓成装作没有在意的样子，避开目光。

“哦，对了，您的信件……刚才在拐弯那个地方遇见认识的邮递员，我就代收了。”美智把一个白色的信封交给弓成。

弓成心头一惊，不用看背面的寄信人，这流畅的草书体是妻子由里子的笔迹。弓成搬到读谷后不久就写信给由里子，可直到今天一直没有回信。

“很重要的信件吧，我一时粗心收下来，对不起。”美智看着弓成的表情，缩起肩膀表示歉意。

“是东京的妻子寄来的。长期没有联系，只是感到有点惊讶。”

“这和纸的信封非常优雅，而且字写得很漂亮。”美智饶有兴趣地仔细端详信封和字迹，嘟囔道，“夫人性格坚强吧。”

“怎么说呢……就是个普通的家庭主妇吧。”

“如果是普通的太太，不会这样子长期让丈夫按照他自己的生活方式过下去，她是深爱着您的。那我走了……”美智的声音含带一抹惆怅。

“你来找我是有什么事吗？”

听弓成这么一说，美智停下脚步，从腰包里拿出一个报社的茶色信封，说道：“明年一月底，将在冲绳新闻社的陈列馆举办玻璃工房例行的琉球玻璃工艺品展，虽然场地不大，但稻岭师傅决定展出我的作品，想请您前来观赏。”

“这值得庆贺。你也差不多可以从稻岭工房独立出来了，爷爷一定很高兴吧。”

“谢谢……展览会的事我再来请您。”

她转身从便门走出去，传来摩托车的轰鸣，但大概转弯而去，声音立即就消失了。

弓成回到桌子前，拆开信封，那一丝不苟、流畅清秀的笔迹倍感亲切。

接到来信以后，长时间犹豫不决是否应该回信。

你处理完北九州老家的事情，就迁移到冲绳南面的小岛屿上。是你的堂弟阿敦把你的住址告诉我的。你没有把住址告诉我，而是告诉阿敦，我体会你的心情，所以没有与你联系。

我对我们之间的空白当初没有抱怨诉苦，但想方设法渡过了难关。我担心今天的回信会扰乱你心灵的平静，但因为必须将孩子们的情况告诉你，所以决定复函。

洋一从波士顿的高中跳级进入芝加哥大学，现在已经毕业。他来信说想在加利福尼亚州的硅谷从事与电脑相关的工作。纯二现在是北海道大学经济系的二年级学生，热衷于学校冰球俱乐部的活动，只是在正月的时候回来过。这两个孩子都具有强烈的独立精神，各方面健康成长。

另外，经和阿敦商量，世田谷区祖师谷的房子已经出租，具体事宜交由不动产公司管理。我本人居住在逗子娘家附近的公寓里，租借站前大楼的一间房屋继续教授英语，并雇请一名归国女子帮忙，依靠自己的力量生活。

弓成又看一遍妻子的来信。

洋一选择在美国社会生活，纯二也似乎逃离东京一样到北海道大学上学，所以祖师谷的房子出租……完全由于自己的原因导致这个家庭四分五裂，家人以怎样的心情坚忍着自己被捕、审判的报道所造成的巨大压力……当弓成知道这些情况后，愧疚之心无法抑制，紧咬牙根。长期以来，由里子对是否应该把这些情况告诉自己顾虑重重，迟疑不决。尽管是自己与家人断绝音信，但还是感觉彻骨的寂寥。弓成把信笺折叠起来，打算装进信封里，却装不进去。他把信封张开，发现里面还装有折成三折的从杂志上剪下来的文章。抽出来一看，是一篇刊登在今年第八期《月刊春秋》上给主题为“自由党犯罪史”的投稿。

政治记者都干些了什么？

报纸为什么不揭露政治家的真相？用不着看银丸副总理的巨额逃税事件，就知道日本的报纸已经放弃了揭发、解剖政界之恶的作用。

这与当年先是大肆吹捧田渊角造为“今太阁”，而当由于金钱问题难以维持政权的时候，报纸就群起而攻之的情形一模一样。痛打落水狗，报纸试图以此证明自己是社会的木铎。

自由党一党执政的政界史其实就是权势者与新闻记者沆瀣一气、串通勾结的历史。所谓传说中的永田町大腕记者，不能不提到读日新闻社社长山部一雄、从旭日新闻转到电视行业的七浦甲子男、在外务省泄密事件中辞职的每朝新闻社记者弓成亮太。

山部曾经是小野伴睦副总裁的大管家，有权有势，甚至敢于抓着小野派内的年轻政治家大吼“你这个家伙”。他为了在大手町建设报社的新大楼，通过政治手段的运作，成功地购买国有土地，也为自己开辟了通往社长宝座的道路。他早就部署安排，扶植少壮派的利根川一康当上总裁，这大概与发行量一千万份的读日新闻不无关系。

弓成亮太是小平正良担任官房长官时期以来的亲信，是弘池会的智囊，据说曾立下汗马功劳。如果他还在每朝新闻的话，其人品才华无疑是社长的最佳人选。有人认为，每朝新闻有弓成的存在，才能与旭日、读日分庭抗礼，立于不败之地。

从文章内容来看，大概出自政治部的年轻记者之手。弓成在周刊杂志上臭名昭著，政界自不待言，连报界媒体也已经把自己忘到九霄云外，没想到还有这样评价自己的晚辈记者，一种难以言状的感慨不由得涌上心头。

由里子把这篇文章装在信封里一起寄来，让弓成感受到信函内容所没有的温暖的关怀和鼓励。

弓成把妻子的信函放进抽屉，然后走到院子里。虽然看不见大海，但能闻到海水的气味，他深深吸一口气，吸进清新的空气。他在做好思想准备面对独自生活的现实的同时，从对家人赎罪的意义上说，也必须开始只有住在冲绳才能完成的毕生事业。

便门附近的棕榈树的树叶上有一个闪亮的小东西落到地上。弓成走上前去，拾起来一看，是一个玻璃小耳坠，与挂在美智白皙的耳垂上泛着亮光的深绿色耳坠一模一样，大概是她离开的时候不小心掉落的。

掌心上荡漾着深邃亮光的小小的玻璃耳坠慰藉着弓成的心。

年后，一过二月，绯樱的猩红花瓣纷纷飘落，变成叶樱。

弓成来到那霸的县政府，调查有关冲绳的对美索求权问题。由于县政府大楼正在改建，旧楼被拆毁，各部门都搬到临时搭建的预制板房或者周边的楼房里办公，相当分散。基地资料室搬到泉崎大楼里，颇费了一番周折才找到。

弓成仔仔细细地查询资料室书架上的资料，抽出写有“对美索求权记录”标题的资料册，坐在小桌子旁翻阅，却只字未见冲绳归还协定所记载的有关四百万美元复原补偿费的记述。

弓成询问工作人员是否还有其他资料，对方亲切地告诉他：“搬运东西的时候，也请搬家公司来帮忙，所以有不少还没有清理。如果您着急的话，基地对策本部在一层，可以询问那儿的课长。大体情况他都了解。”

弓成下到一层，顺着各部门的标记牌很快找到基地对策本部。工作人员的桌子周围堆放着搬过来尚未打开的纸箱。弓成向门口附近的工作人员打听课长，坐在里头的一个花白头发的男子说道：“我就是，请进来。”

弓成几乎是横着身子穿过桌子之间的狭窄通道，来到课长的办公桌前，把自己的来意告诉对方。

课长歪着脑袋疑惑地说道：“四百万美元？有这个商定内容吗？”

弓成正要解释，他打断弓成的话，问道：“指的就是国家赔付的一百二十亿日元吧？”

“一百二十亿日元……”

“是啊。签订媾和条约时日本放弃了索求权吧。冲绳被分割出去，置于美军的占领之下，迟迟未能振兴重建，等到回归祖国的时候，政府同样放弃索求权。这引起冲绳居民的愤怒，整理、统计出受害案件十二万起、受害金额一千两百亿日元的总数目，当时的屋良知事与中央政府谈判，要求政府尽快予以补偿。可是中央政府以种种借口大幅削减，最后决定分七年向冲绳支付一千两百亿日元的十分之一一百二十亿日元的特殊经费。”

“支付的具体内容有哪些？”

“这个啊，因为只有要求金额的十分之一，难以计算一个人多少钱。恰好当时的冲绳人口是一百万多一点，所以决定全部用于民生。这些钱主要用于饮水的保护净化、道路的整修、人才的培养等项目。”

“是这样的。”弓成点点头，说道，“我想了解的不是这笔钱，而是归还协定第四条第三款所说的四百万美元的军用地复原补偿费……”

弓成把复印件交给他，课长戴好眼镜，浏览一遍，说道：“哦，这么一说，的确在归还的前一年还在国会上发生过争论。听说也不知道是哪家报社的一个记者与外务省高官的女秘书私通，让她把秘密文件拿出来，这样四百万美元的密约就被揭露出来……可是，不知道那笔钱究竟怎么回事。”

弓成对课长漠不关心的态度顿感失望，无话可说，告辞离去。

自己在冲绳政府工作人员的心目中只留下这样的印象吗？帽子一旦被戴上，是何等的可怕，弓成离开本土以后第一次感觉到心灵的狂乱。

他本以为对过去的事情能够做到泰然处之，无动于衷，可为什么还这样心旌摇曳呢？没有勇气对课长坦诚自己就是那个新闻记者，弓成为自己的脆弱感到忧虑焦躁。

他走进附近的一家海滨饭店，打算平静一下焦虑的心情。

沿着细窄的坡道走上去，饭店的前院有一棵高大的榕树，枝繁叶茂。弓成在前厅尽头的休息室点了一杯咖啡。

这是一家冲绳少见的古典式饭店，晌午过后，休息室里只有几对商人正在谈话。

弓成一坐在沙发上，就闻到一股烟味。是“和平”牌香烟特有的甘醇清香。

服务员送来咖啡，弓成没有端起来，只是好想好想吸烟。自从踏上冲绳的第一站伊良部岛以后，便不知不觉地远离了香烟。

他无法抑制吸烟的冲动，举手正要招呼服务员代买一盒“和平”牌香烟的时候，突然听见一声关西口音的叫骂，“嘿！大叔，没长眼啊?!”大概弓成举手的时候无意中碰到对方的西服，抬头一看，只见两个戴着墨镜、一身酒气的人站在他身边，看似黑道中人，又像是最近开始引人注目的土地买卖掮客。

弓成心底压抑的火焰似乎即将喷发，压低嗓门挑战似的回应道：“怎么？想找碴吗?”

“嘴硬是吗？给我站起来!”说罢，伸手就要抓弓成。

就在其他客人被这一触即发的紧张空气吓得不敢出声的时候，身穿连衣裙的美智忽然满面笑容地走过来，“弓成先生，让您久等了。”

那两个人顿时气势畏缩，却依然纠缠道：“哼，原来是和混血妞儿约会啊，瞧这身派头!”

美智依然含笑从他们身边穿过，坐在弓成对面的沙发上，一双长腿闭拢，完全一副不屑一顾的神态。

那两个人自讨没趣地离去，紧张的气氛立即消失得无影无踪。服务员过来问美智点些什么，美智声音明快地说道：“冰茶。”

美智关切地问弓成，“您刚才怎么啦?”

弓成敬佩地说道：“噢，没什么……不过，你对这些家伙够忍耐的。”

“不在乎。我从懂事的时候开始就是在比这个更脏的骂声中长大的。”

不言而喻，其实她的内心深处不会满不在乎，至今依然不愿意外出，封闭在读谷里，就是因为顾忌无情冷漠的眼光。然而，美智具有忍耐的坚强，可以做到完全藐视对方。相比之下，弓成对自己的脆弱更觉羞耻。

“我还是出来查资料的,很少见你到这儿来啊。”弓成不买香烟了,端起凉下来的咖啡。

“玻璃工艺会的聚会,我是代表稻岭师傅来参加的……来得太早,正想着在大厅里怎么消磨时间呢,一下子看到您了……”

“噢……你现在也忙起来了。上个月的展览会好评如潮啊,我虽然不是你爷爷,也着实为你高兴。”弓成的脸上这才露出笑容。

“展览会结束后,师傅劝我独立,说现在这个时候他可以全力扶持帮助我。”

“好啊,你终于要独立了……”

“话虽这么说,可自己要建一座窑,资金还有很大的缺口,而且爷爷的本意是让我快点结婚……说让我去照顾叔公养的那头黄金丸,还说让我嫁给一个饲养斗牛的男人,实现他的梦想,所以大清早就和他吵了一架。”美智的黑眼珠晶莹灵动,熠熠生辉。

大概是美智同行的人在她身后互相寒暄。

“过几天去你的工房,和你聊聊。那我走了。”弓成站起来。

弓成下一个要去的地方是那霸市自治会馆内的对美索求权事业协会。

他走出饭店前,先用大厅的公用电话和对方联系,约定与熟悉情况的事务局长见面。

小巧的会客室,两人相对而坐。大高个的事务局长一边将资料放在桌子上一边说道:“没想到还有人在调查四百万美元这件事啊……”

弓成把自己的姓名告诉他,对方似乎没有在意的样子,不等弓成提问,就主动谈起来。

协定第四条第三款所明确记载的补偿遗漏复原费其实就是“慰问金”的支付措施。媾和条约放弃了对美索求权，协定上也明确记述，但政府一直表示这并不意味着打算放弃冲绳居民个人的受害补偿索求权，所以对媾和条约生效之前所发生的补偿，他们支付了两千万美元。可居民要求补偿的金额是四千万美元，所得到的只有一半。

在冲绳回归的时候，为利用这个机会让他们一揽子支付尚未解决的补偿遗漏款，冲绳方面整理、计算出总额为五百八十万美元的补偿金。然而，这个数目在归还协定中被减少到四百万美元。冲绳回归以后，我们和美方一起进行过现场调查。记得是和一个名叫哈利堀田的第二代美籍日本人等人巡看土地。

当时我说：“你们看，这里过去是田地，现在铺上厚厚的沥青。还有那边，被削成这个样子，根本就没有土地的样子了。”

我本是想说服他们，可是被他们一一顶回来，“这儿本来是山丘，把它削平变成平地，不是很好吗？有什么受害的？”

“真的打算恢复原先的田地吗？那损失可就大了，水一灌进来，变成沼泽地。”

美国这个国家，媾和前就是那样，把我们要求的补偿数额一下子砍掉一大半。不知道他们这样做有什么根据。

事务局长说到这里停下来，笑了一下。

“这么说，补偿遗漏的五百八十万美元削减到四百万美元，没有砍掉一半，就很不错了。这笔钱什么时候支付的？”

“回归后第三年还是第四年吧。在DE（美国陆军冲绳地区工兵队）领到美元的支票。没有领到的人后来应该在美国领事馆领取。实际上美国支付的总额大约是一百四十万美元。”

“哦？”弓成觉得蹊跷，看着事务局长。

“要是恢复原状，这些钱还差得远。所以我一开头就说，这不过是慰问金。”

“能给我看看具体的支付目录吗？”

“接到你的电话以后，我就找过，可一时半会儿没找出来。不过按照写有‘第四条第三款支付目录’的标题，慢慢找，我想能找出来的。”事务局长似乎被弓成的热情所打动。

“那我改日再来，拜托了。”弓成低头请求。

第十一章　少女事件

一九九五年九月四日夜。

九点已过，但冲绳县警察本部一层尽头的记者俱乐部依然如天刚擦黑一样人声嘈杂。

二十多家报社、电视台拥挤在用薄木板隔开的各自狭小空间里，但当地的报纸琉球新闻和冲绳新闻担当县警察本部、司法的记者都有四个，显示着本地势力的优势。

琉球新闻社会部常驻县警的首席记者仪保利用等待明天早报的最后清样的时间，撰写连载的专栏文章。从手写改为文字处理机以后，眼睛容易疲劳，他摘下眼镜，使劲眨着眼睛。隔板那边，从全国性的大报大阪本社调到那霸分社的年轻记者正在学习冲绳方言，每当他用浓厚的关西口音练习本地方言的发音时，都会引起一片哄笑；紧里头的公用休息室，记者们端着泡盛还在议论风生。

这个季节，冲绳日落时间比东京晚三十分钟，夏天的夜晚总是这样热闹。

仪保面前的电话响了。他把埋在资料堆下面的电话机拿上来，拿起话筒。

“啊，首席，我是天愿。”是北部分社的年轻记者打来的电话。

仪保从对方压得很低的声音中直觉到一定发生了什么事件。

“发生什么事了？”

“忽然感觉周围的气氛紧张，到警署一看，好像他们正在紧急部署警员。我向你们那里的县警指挥中心询问，他们否认发生异常情况。你那里听到什么动静没有？”

"没有发现。"

仪保为防止被其他报社的记者听见，用手指捅了捅他身边的记者，在记录纸上写下"北部地区紧急部署"几个字。

既然出动警车，指挥中心应该掌握时间、地点这些情况，然而否认发生异常情况，正说明这是一起另有隐情的事件。

"我立即去一课，与各个分社联合跟踪。"

仪保作出指示，看一看手表，离最后版的截稿时间还来得及。

他对在场的部下指示说，立即与冲绳市的中部报道中心以及石川、具志川的分社取得联系，然后装作出去吃夜宵的样子，离开俱乐部。

仪保走进搜查一课的办公室，白天被六七十个警察挤得透不过起来的大房间空荡荡的，只有七八个值夜班的警察正在收听巡逻的警车和指挥中心的无线电通话，忙着各自的工作。仪保竖起耳朵，没有感觉到语气急促通话的紧张气氛。也许通话已经被封锁起来。

仪保面前的警部与自己的关系还比较密切，他紧皱着粗黑的眉毛，正与大概是鉴定课的人通电话，看来是相当深入细致的科学取证调查。仪保等他打完电话，略等片刻，走到他身边。

"岭，听说北部在严格盘查，出什么案子了?"

"哦，没听说啊。"警部面无表情地一口否认。

仪保低声猜测道："分社报来的消息说，北部警署管区内可是一片忙乱，连警车都出动了。这起案件牵扯到美国兵?"

"唷，什么事都不想让你们这些新闻记者知道……"

尽管他的回答态度冷淡，但仪保还是感觉到发生重大案件的暗示。

"打扰了。"

仪保走出一课，心情激动亢奋，一口气跑下楼梯，在一层大厅一个不显眼的角落里给俱乐部里的部下打电话。接电话的是助理记者金城。

"一课嘴紧得很,无线通话也没有感觉异常,但他们并没有完全否认这起案件牵扯到美国兵,说不定……"

金城压低声音汇报说:"没错。根据各分社了解的情况是:三个美国兵在北部的海滨附近对女性施暴,现在好像开车逃跑。县警和美军搜查部门正联手进行盘查,各个基地的所有出入口也都有县警和MP在监视。"

又是强暴妇女!一种苦涩的心情涌上仪保的喉咙。

"受害者情况怎么样?"

"没有生命危险,可是,受害人还是小学六年级的学生啊。"

"什么?!"仪保震惊得说不出话来。

小学六年级的学生就遭受三个美国兵的强暴,何等残忍凄惨!仪保的脑海里掠过在美军占领期间曾发生的一个六岁的女孩子被美国兵强暴而死的悲惨事件。

"冲绳回归已经二十三年,却在美军占领的无法地区发生如此绝对不能容忍的犯罪事件。上最后版吧。"

"先别着急,考虑到受害者是小学六年级的学生,文字一定要谨慎。不然的话,可能对这个孩子造成一生都无法弥补的伤害。"

"可是其他报社也会立即知道的。"

"比独家新闻更重要的是保护这个孩子。你们分头到社里来。"

仪保仿佛背负着沉重的包袱走出县警本部,向报社走去。

那霸最繁华的国际街那边依然五光十色,人流如潮,但离得不是很远的官厅街则人影稀少,只有车子川流不息。

虽然已是九月,晚风仍然如盛夏般热乎乎地拂过脸颊。仪保心情郁闷地来到报社大门前,台阶两侧的凤凰木绿叶肥厚,猩红的花朵在夜间也娇艳怒放。然而，仪保觉得今夜的凤凰花显得妖艳可憎，避而不看。

有一阵子没来编辑局了，如果向主任编辑汇报情况，肯定是要他写稿。仪保想躲开，但能够交换情报的只有这个地方。

仪保刚坐到自己的桌子旁，果然值夜班的主任编辑就对他打招呼，“瞧你满脸不高兴的样子，遇到棘手的事件了？”主任编辑的直觉十分灵敏。

仪保向他简单汇报后，提出想借用一下会议室。主任编辑顿时眼色严峻起来，点点头。

在九月四日的日期变成五日后不久，俱乐部的记者们前后分头来到会议室。通过对各自掌握的信息进行综合整理，事件的概貌已经清晰。

本岛北部的一个农村，晚上八点过后，一个小学六年级的女孩子到附近的文具店买笔记本。在回家的路上，发生了这起事件。

从停在国道旁边的小车里下来身穿 T 恤衫、短裤的年轻黑人，和女孩子搭话。女孩子吃惊地停下脚步，这时，另一个黑人悄悄从后面接近女孩子，突然一下子把她双手反剪塞进车里。女孩子拼命反抗，黑人用事先准备好的军用胶布贴住她的眼睛和嘴巴，再把她的双手粘捆起来，使劲殴打她的脸部、腹部，使其失去反抗能力，然后车子从绑架现场开到甘蔗地与山芋地交错连接的田间道路上。

绑架现场周边虽说是偏僻的农村，但也有一些农户，也会有人到户外来，那一个夜晚却偏偏没有目击者。

田间道路的前头是海岸，海岸的这边突兀着一块高约八米的山崖。罪犯把车子停在山崖下面。附近有一个养鸡场，但当地人一般不到这个地方来，显然罪犯事先察看过地点，不然不会把车开到这里。

三个人轮流对女孩子施暴以后，把她扔下，然后开车逃走。

女孩子从案发现场勉强走到最近的一公里外的一户农家求救，让他们给家里打电话。

孩子出去买东西迟迟未归，父母亲放心不下，开车出去在附近寻找，接电话的是上高中的哥哥。

于是立即向110报警。

最年轻的记者看着采访笔记，说道："作案所使用的车子是从基地内的汽车租赁公司租用的。这三人肯定都要回基地，所以也许已经被美军搜查部门扣押起来了。"

"这样一来，美军大概又不会把犯人交给县警吧。"

"发生这种极其残忍的事件，如果还是像过去那样，以日美协定作为挡箭牌，拒绝把犯人交出来，县民绝对不会答应，必将引起群情共愤。"二十多岁的年轻记者们义愤填膺。

助理记者金城表情复杂地说道："虽然我也这么想，但是在采访邻居的时候，他们都异口同声地强烈要求，为了孩子的未来，姓名自不待言，连年龄、住址也绝对不能公开。"

年轻的记者反驳道："保护受害者的心情固然可以理解，但这样子就可能发生第二起、第三起事件，可以不写明犯罪区域。"

"总之，现在必须等待犯人的身份明确以后，至于用什么方法写，要慎重考虑。"仪保结束讨论。

大家散去后，仪保躺在休息室的床上。泡盛烧酒起不了安眠药的作用，他在窄小的床铺上翻来覆去，心头为冲绳总是不得不承受这种强加的痛苦而愤愤不平，感觉到一种精神的虚脱。

仪保进入报社工作已有十年，而且长期在社会部，他亲手撰写的有关美国兵犯罪的报道不计其数。

三年前，在嘉手纳基地附近餐饮街的一家酒吧里，七十七岁的店老板遭到三个美国海军士兵的袭击，抢走现金两百五十美元。犯人逃进基地，冲绳警署要求引渡犯人，遭到拒绝。犯人在基地内行动自由，在接受配合调查期间，乘坐军用飞机回到美国。

第二年五月，同样是嘉手纳基地的陆军士兵对一个相识的冲绳妇女说要带她参观基地，乘车进入基地后，趁黑强暴了她。受害者立即到冲绳警署报案，控诉美国兵强奸罪，但美军拒绝交出罪犯，只是将他拘留在基地内。由于监视松弛，犯人伪造所属部队司令同意他休假的“离队许可证明”，从那霸机场乘坐民用飞机经由关岛飞往洛杉矶，就这样轻而易举地逃回国内。三个月后，被孟菲斯市警察逮捕，送还冲绳，但他并没有受到日本法律的制裁，只是被美国的军法会议以逃兵罪判处。

冲绳回归祖国已经二十三年，但依然存在四十二处美军设施，驻扎的军队两万七千人……美国兵制造的杀人、强奸、盗窃、开车肇事逃逸等触犯刑律的犯罪超过四千七百起。每次发生事件，县厅、县警都提出抗议，但美军都以“注意严肃纪律”一句话敷衍塞责，不了了之。

其根本原因在于日美地位协定的不平等。该协定第十七条规定，美国军人、军属在执行公务时犯罪，第一审权限在美军；非公务的犯罪，交由日本方面审判。然而，第十七条第五款规定，当美国方面先获得疑犯时，在日本检察当局起诉之前，由美国方面羁押。由于设置了这堵高墙，事实上根本不可能进行公正的勘查，日本方面在起诉之后才能获得移交过来的疑犯。而在这期间，总会在美军占领地区发生难以意料的事态。

另外，本土媒体对美军犯罪采取漠不关心的态度。虽然时常议论日美安保条约，但对直接的受害者——冲绳县民的痛苦很少关注，当地报纸在头版头条揭露的美军战斗机坠落、噪音、实弹演习、美国兵犯罪等报道，全国性的大报往往一个字也不刊登。

仪保辗转反侧，想到遭受伤害的少女。如果将美国兵禽兽不如的行为公之于众，对冲绳县民的感情必然会产生巨大的冲击。但如果不以这种形式牺牲一个女孩子，就无法唤起县民的意识吗？以前对美国兵种种凶残犯罪行为所激起的愤怒大多只是暂时的，所以老实温顺的县民在一定程度上受到美国方面的轻蔑。仪保对这样的冲绳社会深感气愤，同时又为自己从事媒体工作而未能履行使命的懦弱无力深感羞耻。

他甚至考虑，如果抓不到犯人的话，索性把这起事件掩饰过去，秘而不宣，隐瞒社会，以此保护受害者的人权。

思来想去，心乱如麻……不觉天空破晓。

事件发生之后的第四天，九月八日，琉球新闻晚报社会版只是以十九行文字简单报道这起事件。

> 县警等在八日前以涉嫌强暴妇女罪取得对三个美国兵的逮捕证。此三人现由美军搜查部门(NCIS)拘押。事件于四日夜发生于本岛北部地区。三个美国兵涉嫌将购物回家途中的小学生带进车里，在附近的海滨实施强暴行为。……县警从作案工具租赁车等入手推断出犯罪嫌疑人，正加紧调查。县警向美军方面提出引渡疑犯的要求。

这是经过三天的思考之后，琉球新闻在以保护受害者的人权为第一位的思想指导下所作的报道。

读者的询问电话立即蜂拥而至。

“光是写北部，不知道具体在什么地方啊。”

“受害者多大啊？整整三天，难道你们就不知道发生事件了吗？”

其实在发表报道的时候，应该附带详细的解说，因为这篇新闻稿过于简短抽象，反而引起读者的关注。

仪保回想起在县警对记者正式发布消息前自己撰写新闻稿的过程。

犯人被拘，在基地内接受协查期间，县警也派遣警员前往询问。这是中部新闻中心发来的最早的消息。但是，不能仅仅根据从警员那里获取的情报撰写报道稿件。

仪保立即去县警一课课长家采访，虽然时间已经很晚，但他还没回来。仪保心想要不到课长常去的那霸樱坂的关东煮店去碰碰运气，果然看见课长那狗熊一样圆滚滚的肥大身子正坐在柜台席上，背对着自己。课长平时不会单独喝酒，现在肯定是为这起案件而深感苦恼。

仪保轻轻地坐在他旁边，他的小眼睛微笑着掩饰内心郁闷焦躁的情绪。

“听说正在对犯人调查取证，你都亲自出马了吧？”

“嗯。”

没想到课长这么痛快，把手中的泡盛一干而尽，嘟囔着说起来。

这三个美国兵是在犯罪的第二天早晨回到基地的。他们立刻被等候已久的MP羁押起来，严加看管。搜查部门事前得到一个士兵的“叫他一起去强奸，但他拒绝了”的举报，所以也掌握了犯人所属部队的情况。他们是二十至二十二岁的海军士兵，属于海军陆战队。

三人中有一人对犯罪行为供认不讳，他说："实施犯罪后，车子开到别的部队的基地里，清洗车内，并且把军用胶布等物证扔到垃圾箱里。"县警立即派人搜寻，这些东西已经被环卫公司收走。

县警指示环卫公司停止处理回收的所有垃圾，派出大批警员在堆积如山的垃圾中寻找，终于找到军用胶布、纸巾、擦血的棉布、在文具店刚买的笔记本等物证。另外，在案发现场还发现小啤酒瓶，从中鉴定出其中一人的指纹。

从紧急部署警力那个时候开始，物证勘查就是县警与美军搜查部门联合进行的。七日，对这三人批捕。同日，冲绳县警要求美军引渡罪犯，但美方还是按照惯例，以地位协定第十七条第五款为依据，拒绝引渡。

事件发生以后，仪保出于一心保护受害者人权的考虑，甚至希望犯人没有抓到，事件不了了之，但是事件的性质如此恶劣，而且美方从调查初始就得到县警的合作却拒绝将人犯移交给县警……仪保揣摩课长的心情，深感必须呼吁修改日美地位协定。

在琉球新闻晚报刊登简短报道的第二天，竞争对手冲绳新闻早报社会版进行较大篇幅的报道。从其《美国兵对女童施暴》这个标题可以看出，冲绳新闻也很早就知道事件的发生。它的措词不是使用"强暴少女"，而是"施暴"，这也可以看出对如何报道经过谨慎的深思熟虑。"强暴"是"强奸"的同义语，而"施暴"也可以有另外的解释。

尽管两家报社是竞争对手，但同样作为本地的报纸，最优先考虑受害者的痛苦、揭露日美地位协定的不平等的基本态度是一致的。

正在东京出差的琉球新闻政经部的亲泊在四谷地铁站内一个来往行人较少的公用电话用电话卡给大概在县议会的记者俱乐部里的同事打电话。潮屋是政经部负责军事方面的记者。

“我是亲泊……”亲泊声音清晰地问道，“昨天到这里的，现在要去和防卫厅的江户官房长一起吃午饭。你有没有顺便想打听的事情？”

只有本地报纸琉球新闻和冲绳新闻才设置专人负责军事方面的报道。

“先不说这个，你不知道吧？这里发生了一起大事件。”连平时沉着冷静的潮屋也少有地情绪激动。

“什么事件？”亲泊这次去东京是请假自费出差，所以没有去东京分社。

“三个美国兵绑架、强暴小学女生。事件发生在四日夜晚，社会部好像当天就获得了情报……”潮屋把事件的大致情况告诉亲泊。

亲泊一听，就知道这是一起令人心痛的恶性事件。

“事件发生以后，拒绝土地续约的军用地地主也许会增多。按照惯例，还是倾向于最后由多田知事代替反战地主签字续约，但是县民的愤怒情绪十分高涨，事态的发展恐怕很微妙……”

“是嘛。这么说，我来东京之前策划与上之原议员对谈的时候，就感觉知事很苦恼的样子……”

潮屋没有心情向官房长提问题，亲泊挂断电话。

亲泊先前在东京分社长驻，一年前回到那霸的本社后，有自己的报道主题，为了从冲绳选区当选的上之原参议员等政界、官界的人脉获取情报，他时而自费出差。

听到这起不祥事件的发生，亲泊的心情变得沉重起来。他来到防卫厅附近的一家炸猪排餐馆，掀开门帘，走进预约的小单间里。

十几分钟后，衣着考究的防卫厅官房长江户由女老板引领着走进来。盘腿坐在上席，用冷湿毛巾擦把脸，半是认真半是玩笑地说道："你还是老样子啊，劲头十足。看你这样子，我心里就打鼓，会不会推出今年元旦版面的后续报道啊。"

亲泊满不在乎地回答道："不会给阁下找麻烦的，不过，不瞒你说，正在策划。"

元旦以后，政经部连续一周推出打造国际都市构想的版面，这个设想包含着二十年后的二〇一五年之前分阶段全部撤走集中在冲绳的美军基地的希望。一旦撤走军事基地，冲绳将失去来自基地的收入，会造成八千人失业，而且军用地地主、军队雇佣者家属也将失去五百亿日元的收入，粗略计算将造成总数一千八百亿日元的损失，所以必须打造弥补这些损失的新产业。琉球新闻在正月以后推出的主题就是探讨新产业项目的可能性，其中有两个主打项目，一个是利用军事基地的原有设施，建设将战斗机自控的高科技转为民用的工厂；另一个是未曾涉及的开发海滨、森林的观光资源。

报纸的讨论文章被CIA（中央情报局）全部送往华盛顿的DC，于是美国政府向日本政府表示不快。

热腾腾的炸猪排饭端上来，江户拿起筷子，说道："亲泊，差不多该让知事同意了吧。"

江户直截了当地向与多田知事深交的亲泊提出要求。亲泊心想"终于来了"。一九九七年到期的军用地中，大约三万五千平方米是属于三十五名反战地主的土地。要继续强行使用这些土地，以前的惯例都是要求各地的市长、町长、村长代替地主审阅土地调查情况并签字，但这些市町村的首长都表明自己是反战自治体，拒绝进行代理行为。与上一次土地使用到期的情况一样，只好由多田知事代替各地的市町村首长签字，否则就失去提供土地的法律依据，变成美军非法占领土地。

在美国占领时期，当初强行接收土地时的地价便宜得还不够买十瓶可乐，也因为这个原因，反战地主多达三千多人。冲绳回归以后，防卫设施厅采取提高地价的政策，猛然增加到六倍，后来逐年提高。在这个政策的影响下，反战地主的数量急剧减少，但依然还有不屈不挠坚持斗争的反战地主。

小包间里的空调轰隆一声响起来。江户官房长夹起圆白菜丝放进嘴里，咔嚓咔嚓咬着，喝着黄酱汤。

江户不无忧虑地说道："要是手续问题久拖不决，可不只是像一九七七年国会争吵修改法律案时候出现的四天政治空白，也许会出现国家非法占有土地的事态。那样的话，说不定激进派的'一坪反战地主'①们会戴着钢盔从东京涌向基地。"

亲泊打断江户的话，"你的担心可以理解，但这一次不能如愿以偿。"

"为什么你说得这么肯定啊？"

"哦，官房长没听说发生的那起事件吗？"

"什么事件？"

"对少女施暴的事件啊。其实我也是来东京出差以后给报社打电话时才听说的。昨天的晚报，我们的报纸最先报道；今天的冲绳新闻早报好像大篇幅地予以报道。这么大的事件，全国性的大报几乎都没有报道，这也是个大问题。不过，事件发生已经五天，防卫厅的中枢首脑官房长竟然还一无所知，简直令人难以置信。"

比任何人对紧急事态的防御管理都更加敏锐的江户官房长脸色大变，一把抓起壁龛旁边的电话。

---

① 一坪反战地主，反对美国军事基地的人们采取购买一坪、即极小块的土地，大家都成为地主的办法，支持冲绳的反战地主，试图以此从美军手里收回自己的土地。

好像是秘书接的电话。

“冲绳好像发生大事了，立即让他们调查！”官房长严厉命令以后，转回到桌子前。

亲泊叹息道：“所以尽管你一直催着赶紧办手续，可是现在成了这个样子……”

官房长已无心吃饭，探出身子问道：“我明白事态的严峻，可是我不想行使中央的强权。你觉得怎样才能让多田签字？”

“难啊……”

“你不是多田的心腹嘛。”

“开玩笑，我一直批判知事的经济政策，还不如说被他厌恶呢。”亲泊笑着矢口否认。

“说什么呢？！我可是听多田说过你的事。他还是第一任知事的时候，还不熟悉、习惯与中央政府的政治性讨价还价。听说你当面批评知事对经济束手无策，态度相当强硬。知事受不了，心想这三十来岁的毛孩子居然这么狂妄，怒吼道：你这是对谁说话呢？你一下子顶撞回去：说的就是你。你们之间就是这样的关系啊。”

的确有这么回事。当然这是在知事办公室只有两个人时候的事情，脾气急躁的多田知事当时气得流鼻血，盛气凌人地吼叫，“我是知事！”亲泊对他的目中无人很不以为然，反唇相讥道：“你要是为这么点小事较真儿的话，下一届知事落选，就是一个普普通通的老头，除了我，没人叫你一起去喝酒的。”多田一听，立刻默不作声。不过，自此以后，亲泊被大家叫做“让多田知事流鼻血的记者”。两人的关系不但没有互相排斥，反而能够坦诚相见。

江户官房长一再强调，“你回那霸以后，最好立刻去见多田，转达我对刚刚听到的这起事件的遗憾心情，同时摸一摸他的真实想法。”

“官房长，我现在能说的就是归还普天间基地。”

“为什么是普天间?”

亲泊认真说道:“知事坚持要归还普天间。他在琉球大学当教授的时候,住在普天间附近的嘉数。从那里起降的直升机的噪音让他怒火中烧。有时候好像能看见低空飞行下降的直升机里的飞行员,气得他拾起院子里的石块对着飞机扔上去。而且我们报社推出的打造国际都市构想的第一炮就是撤销普天间基地。”

“这门槛太高。”江户摇摇头。

亲泊明确说道:“你这个想法不行,不先打普天间这张牌,代签就很难。”

江户叹一口气,说道:“这个不能让步。对不起,今天就到这里,我要回去了。”说罢,手忙脚乱地站起来。

这天晚上,亲泊与外务省北美局日美安全保障课的企划官在赤坂的一家小餐馆见面。

亲泊来餐馆之前,先去了东京分社。那霸本社每天都要把当天报纸的第一版、第二版、社会版分为半版共六张用传真机传送过来。顺便让他们也把冲绳新闻的有关报道发送过来,同时还通过电话采访了解县议会的反应,亲泊预感这件事要闹大。

亲泊在东京分社工作时候经常见面的这个企划官走进来,现年四十四岁,高个子,脸庞轮廓清晰。

两人相对而坐,首先谈论的还是多田知事代签的问题。

企划官说道:“在社进党的山村富一担任总理这样非常规的时代,第二任的多田会采取什么态度呢?”

多田在第一任知事时期,经过痛苦的思想斗争,最后还是屈服于中央的压力,同意代理签字。

“可是,您知道冲绳发生这样的事件吗?”亲泊把两份报纸有关报道的复印件递给企划官。

企划官一边喝着啤酒，一边浏览。看完之后，只说了一句感想，“是件大事。”

企划官的态度与亲泊中午见面的防卫厅官房长的态度简直是天壤之别。安全保障课的工作包括履行日美地位协定，据说最近就要独立出来，成立一个新的课。正因为如此，亲泊对企划官漠不关心的态度甚为不满。

他加重语气说道：“受害者还是小学生呢。平时老实温顺的县民，这次不会答应吧，首先针对的就是不平等的地位协定。我觉得该是修改的时候了。”

“这样子……舆论过于冒进了吧？美国兵的犯罪又不仅仅是在冲绳，只要有基地，就会发生这些事，韩国、菲律宾也是这样。”企划官不明白亲泊为什么对这起强暴少女事件如此怒不可遏。

“对不起，企划官，我觉得您的认识过于肤浅。这和去年就任防卫设施厅长官的宝山先生首次视察冲绳时所说的冲绳与基地共存共荣的言论不是如出一辙吗？”

“你叫我来不是为了和你吵架吧。当时宝山长官的发言的确受到严厉的批评，但他说的难道不是事实吗？”

“这么说，把国内百分之七十五的美军基地永远强加给冲绳，即使发生这样的犯罪事件，外务省也根本不考虑要修改二十三年前回归时决定的地位协定吗？冲绳无论什么时候都不能忍气吞声地接受这种不平等，明确提出异议。”

亲泊与其说是对面前的这个企划官，不如说是对追随美国的外务省、中央政界表示愤慨。

谢花美智的工房外面，红土上盛开着木槿花，弓成站在外面等待她完成手头的工作。

美智从长期师从的稻岭师傅门下独立出来，在附近开设一个小工房，孜孜不倦地从事创作活动。去年她的作品在具有权威性的冲绳工艺展上获得新人奖，声名鹊起，评价也随着逐渐提高。

她的乌发在脑后盘成一团，身穿长袖衬衫和棉布裤子，手持长长的铁吹管从一千三百度高温的窑里挑卷起橙色发光的玻璃液，使劲吹气。橙色的柔软的玻璃融块逐渐像气球一样膨胀成圆形。美智连续不断地使劲吹气，她的胸脯上下起伏，白皙的肌肤晕染成红色。和她一起干活的工匠们也都大汗淋漓。

接着，把球状的融块放在台子上。美智汗流浃背，衬衫贴在背上，几注汗水从头发顺着耳朵、脖颈流淌下来。

美智一边迅速地转动横在台子上的吹管，一边接过工匠递给她的刮刀、刮板制作口部的形状，一个浓眉的领班工匠将湿报纸贴在底座，帮忙进行作品的成型作业，然后再放进窑里轻度烧烤。玻璃工艺品的创作其实也是与温度的较量，瞬间的动作、判断力、与合作者的配合都是至关紧要。美智的合作者领班工匠是她在稻岭工房一起工作的同事，所以他们的配合十分默契，得心应手。

美智歇一口气，开始制作另一件新的作品。她最擅长的是冰雕工艺，将炽热的玻璃放在水里冷却，表面出现冰裂纹，形成波状纹的效果。这个工艺原先是稻岭工房发明的技法，但美智刻苦钻研冷却技术，独具匠心，在波状纹的形成上正开拓富有个性的独特境界。

意大利商家对这种晶莹剔透、色泽华美、造型新颖的玻璃工艺风格十分青睐，前来商谈购买事宜。

突然，咣当一声，金属的响声直冲天棚，美智没握住缠裹着高温玻璃的吹管，掉到水泥地上。

“美智，不要紧吧？”工匠担心她被烫伤，扶着她的身子。

“本想这一件要真正下工夫，可惜。”

她显得沮丧，却感觉不出懊恼的气力，这不像她平时的性格。

“你这一阵子情绪不佳,今天就到此为止吧。”

美智对年轻的工匠说道:“好吧,精神集中不起来。对不起。你把窑火调节好以后,也回去吧。”

美智忽然发现门外的弓成,有气无力地微笑着,说道:“献丑了,不好意思。”

弓成安慰道:“你说想让我看作品,所以今天就顺便过来了。没关系的,不方便的话,改日再来。”

“稍等,我冲个澡就出来。”

美智摘下脏手套,走到里面去。和她年龄差不多的工匠看着她的背后,不无担心地对弓成说道:“她最近精神状态很不好。我感觉不是作品创作上的苦恼。”

“稻岭师傅知道吗?”

“昨天让师傅装作不经意的样子过来,看了一会儿,什么也没说,就走了。”他的口气似乎是问弓成有什么想法。

弓成回答道:“那就不用担心吧。”

“前些日子她还说要深入钻研冰雕法,精益求精。太阳快落山了,还在专心致志地变换、琢磨水温和冷却的时间,一直观察、思索波状纹的表现效果。傍晚以后再继续烧制玻璃的话,很容易得白内障。说服她放下手头的工作,还真不容易呢……”

“如果不是创作上的痛苦的话……”

“痛苦……对,她好像为着什么而痛苦。我要是有能力的话,真想拯救她……”工匠的话语里包含着超越工作合伙人关系的深厚感情。

两人一时无语,这时听到美智在身后的声音,“让您久等了,不好意思。”

她穿着T恤,显得清爽靓丽,一头乌黑的长发散开披在肩上,散发着洗发剂的淡淡清香。

“那我走了……”工匠对美智的样子还是放心不下。

弓成和美智并肩坐在大榕树下的长椅上。

“你的伙伴心地善良，为人真诚。”

“噢，其实论他的本事，没必要和我合作，完全可以自己独立……”

美智伸手用手指缠绕着丝瓜的藤蔓，没有说下去。弓成明白美智今天叫他来不是为了让他看新作品，所以等着她开口。

“……当我知道这次发生的少女事件后，又开始考虑一时已经遗忘的我身上的血统……”不出弓成所料，美智果然倾吐心中的苦恼。

“这种事你早就应该想通了吧？”弓成用不客气的口吻说。

“记得上一次在座喜味旧城遗址，我对您说过自己的出身。当时您告诉我要冷静接受这个现实。虽然后来我不再钻牛角尖了，但只要一想到自己身体里流淌的血液，就不由得毛骨悚然。”美智双手放在膝盖上，紧握拳头。

“你现在已经成为在社会上有一定影响的工艺家了，我认为你应该把这种郁郁不乐的痛苦情绪深藏心底，不要流露出来。”

美智神情悲哀地责怪道：“哪能那么简单啊！您其实还是不了解我。”

“如果这样的话，我表示歉意。不过，正因为是你，才要牢记那个少女的痛苦，难道不应该考虑为她做点什么吗？现在那霸的妇女团体都联合起来发表抗议声明，听说她们邀请你作为新人玻璃工艺家联名，可是被你坚决拒绝。”

女性对这起事件所爆发出来的愤怒异常激烈。

“您知道，我这个人不善于抛头露面。”

“这不是理由，真正的原因是你害怕世间的风言风语。”

美智怨愤的目光看着弓成。

“通过这起事件，我认为你首先应该考虑的是你的母亲，而不是你自己。她就是因为受到魔鬼一样的美国兵的迫害，才精神错乱，以至失去生命。你不能把自己封闭在文化村里，要和大家一起发出愤怒的呼声。这样做是你自己的……”

“请你不要提我的母亲！”美智几乎要打弓成一巴掌，霍地一下站起来，“你本质上就是一个本土人，根本不了解冲绳人的心情。”

弓成为她激烈的言语感到震惊，站起来朝车子走去。

“等等……您不是来看我的作品的吗？”

弓成略一犹豫，还是跟随美智走进另一栋放有陈列架的房间里。花瓶、小盆、灯罩等作品在自然光里显得宁静安谧。

房间里头的台子上，五颜六色小花的玻璃花篮形状优雅可爱。

“我创作这个花篮的本意是以此慰问那个少女，打算送给她的亲属，您觉得怎么样？”美智的眼睛渗出泪花。

第十二章　　生命最宝贵

令人担心的第三号强台风穿过台湾海峡，下午，炎热的秋阳从云间照射下来。

弓成穿着洗得褪色的衬衫坐在桌前。

正房那边传来热闹的人声，渡久山的大儿媳妇担任地区妇女会的召集人以后，每到星期六下午，都是左邻右舍的年轻主妇们聚会的时间。最近，这种聚会越发频繁，这是因为九月四日发生美国兵强暴少女事件以后，强烈要求美军严肃军纪、尽快交出犯人的呼声日益高涨。平时很少参加社会活动的家庭主妇们担心也许自己的孩子就是下一次犯罪事件的受害者，所以都满心愤怒地聚集在一起。

“打扰了。”

木门打开，一个身穿粗糙夹克的高个子男子一步跨进来。他是琉球新闻社会部负责报道县警的首席记者仪保。

“要是您在电话里所说的事情，我没有改变不接受采访的态度。”弓成走出来，温柔地微笑着表示自己拒绝采访的心情。

仪保曾来电话说，新闻周刊打算编纂主题为“报道与人权”的特辑，希望弓成撰写有关外务省泄密事件的稿子。

弓成本来只想在读谷的都屋平静安然度日，却不知何时被当地的报纸记者所知道。尤其这个仪保记者，弓成和他曾经与当地著名的战史学者、剧作家朋友一起喝过两三回酒。

“不，我尊重您的意愿，那件事今年不搞了。”仪保从眼镜后面看着弓成，“读谷村公所的山内村长有事到这里来，我也就过来了。

就是想参观那个谢花美智女士的作品。”

“啊，要是这个事……”弓成在大门口向他招手请他进来，房门旁边有一间四叠半的小屋，摆放着简单的藤椅和桌子。

“那就是谢花女士放在我这里的作品。”弓成指着放在CD机旁边的玻璃花篮。仪保打电话来约稿的时候，弓成对他提到这个花篮。

“玻璃连小花都能制作出来，真漂亮。”仪保俯下肥厚壮硕的身子，仔细凝视着，仿佛被美丽雅致的红色、绿色、黄色花朵所吸引。

“谢花女士想把这个送给那个少女，打算通过附近的村公所传送，但得到的回答是要等事件的热度完全冷却下来之后再说，于是她就拿到我这里来。因为我知道她创作这个花篮的心情，想找个合适的机会替她送给那个少女。”弓成对广有交际的仪保说道，“在事件刚刚发生的时候，谢花女士没有响应妇女活动家们的号召，所以评价不是很好。但是我对她的心情多少有所了解。这个花篮是她以痛苦的体验创作出来的宝贵结晶。那个受害的少女看到这个花篮，大概会得到心灵的安慰吧。我一定想办法送给她。”

弓成深感冲绳人心灵的慈爱善良，觉得应该把这件事告诉仪保，接着说道：“当时因为拒绝你的采访要求，有所顾虑，没有打听，其实我对关于少女事件的报道十分关心。”

仪保坐在弓成对面的椅子上。

“您随便问……”

“事件发生在九月四日夜晚，本应当天就进行采访，第二天的早报就要见报，但没有发表。冲绳新闻，还有电视台等其他媒体，虽然时间上有快有慢，但也都应该掌握情况，也都没有报道。是因为存在报道协议吗？”

弓成感觉冲绳媒体的报道形态与自己在本土所经历的完全不同。

“我也知道大家批评冲绳的媒体是横向结构，但有关少女事件的报道的确没有事先协议。我们只有一个考虑，就是担心一旦媒体报道出来，这个孩子的真姓实名等情况曝光，她就无法在这里继续居住下去，她未来的人生可能被堵死。我个人的想法，美国兵的犯罪行为频繁得如家常便饭，但因为受害者是一个小学生，就格外引起社会的严重关注，这让人无法释怀。

“如果冲绳社会的全部县民对基地、地位协定的不平等提出异议，其实没有必要特地凸显这个未成年少女的事件，因为以前发生的凶残案件、违法事件多得是。”

弓成对仪保记者深为敬佩，直截了当地问道：“本土的媒体获得情报以后，因为担心被别的报纸抢先报道，大概连四天都坚持不住吧。你们毫无这样的担心吗？”

“当然有。有的年轻记者就主张应该刊登。我虽然一方面坚持维护人权，但每天也是翻看别的报纸，今天没登，明天也没登，这才松了一口气。”

“不过，最后还是琉球新闻最先报道的。这个报道文章只有两段十九行文字，而且选择刊登在很不显眼的位置，这是出于什么考虑？”

“我们内部事先商定，在县警取得对三个美国兵的逮捕证，向记者发布的时候刊登报道。但是九月八日早晨，主任编辑来电话说 NHK 要播放。其实我们在前一天深夜就已经掌握县警取得了对三个美国兵的逮捕证，并经过搜查一课课长的确认，于是在预先拟好的各种不同类型的稿件中挑选这份十九行文字的发表。

“见报以后，读者的电话接连不断，北部是什么地方？受害者几岁？报道内容含糊不清……诸如此类，都是询问或者责难的声音，听说报社有关部门无法回答，十分为难。但是，在警方正式发表之前，那个内容已经是最大限度的了。”

“第二天，冲绳新闻的报道重心是地位协定，社会版头条新闻，于是一下子发展到政治问题。”

“事态发展之快远远超出我们的预想。

“本土的报纸、周刊杂志、电视台蜂拥而来，我们一直刻意隐瞒的受害者的居住区也被媒体曝光，遭到不遗余力的采访攻势。”

“居民们有什么想法？”

“大概很复杂吧。举行抗议集会，到圈围基地的栅栏外挥舞拳头是简单的事情。但如果采取这样的行动，精神受到打击的受害者家庭会产生什么样的感受？我们的一举一动都与在本地保护受害者的未来人生密切相关。

“所以，那些站在基地门前进行现场报道的电视台记者、扛着照相机在受害者住宅周围转来转去的没有良知的周刊杂志记者的行为引起居民们的愤怒，或是把他们赶走，或是打110报警……

“然而，电视台的专题节目、周刊杂志的内容着实很可怕。”

“是的……”弓成点点头。

他昨天拿到一本周刊杂志，看题目，一本正经，是很严肃的《质疑日美地位协定》，但标题和内容完全是耸人听闻的炒作。

《三个美国兵强奸　兽性大发》的大标题一下子跳入眼帘，其内容也是极尽渲染。

当地报纸使用“施暴”这个模棱两可的字眼，但这是一起无与伦比的毒辣凶残的强奸案。连驻日大使蒙代尔都叹息为“三头野兽”的这三个美国兵是怎么使用租赁的车子蹂躏被他们绑架的小学女生呢？

在发生这起罪恶事件的那天晚上，由于女儿迟迟未归，父母亲忐忑不安，开车出去寻找，家里只剩下上高中的哥哥一人。这时，A子打电话回来求救。哥哥大吃一惊，立即向110

报警，并乘坐冲绳县警的警车把妹妹接回来。

A子简直不成人样，衣服被撕裂，下半身大量出血……

本来应该是强烈谴责禽兽不如的犯罪行径的文章，但与自己曾经被周刊杂志涂抹成漆黑一团的丑闻的做法如出一辙。

仪保见弓成默不作声，也没有开口，但还是不无担心地说道："美国的CNN电视台和AP通讯社东京分社的记者也来询问事件的发生经过以及其他美国兵的犯罪资料，但听说他们扛着摄像机到处做现场报道，什么这是绑架现场的交叉点啊，这是通往犯罪地点的田间小路啊，等等。不知道他们回国以后怎么播出的，很不放心……"

"疑犯的引渡时间大概会比过去的案例提前，不过，不会担心受害者撤诉吧？"

一旦诉诸法律，女性会再次感觉身心痛苦，所以撤诉的很多。

"听说在勘验现场的时候，那个少女向警方表示，为了以后不再出现同样的受害者，自己愿意配合取证。"

"她是下了决心。"弓成说道，"我在你约稿之前，好几次重新思考我本人所涉及的那起事件。

"我虽然得到冲绳归还协定中所说的军用地复原补偿费由日本方面代付的证据电文，但为了保护提供情报的那个女事务官，撰写文章时在关键部分只能含糊其辞，模棱两可，所以缺少唤起舆论的力量。最后选择在国会预算委员会这个场合予以揭露。结果造成信息源的暴露……我是一个不称职的新闻记者。"弓成咬着嘴唇。

"一审不是无罪获胜了吗？"

"判处信息源有罪，我这个记者无罪，高兴不起来。最后我引咎辞职，没想到封笔以后的空虚如此巨大……变得自暴自弃颓荡起来，甚至对最高法院的审理也极不耐烦，索性……”弓成几乎是声嘶力竭地告白自己，然后闭嘴不语。

仪保说道：“我想您应该早已知道冲绳有这么一句话：生命最宝贵。只要人在，一切就有希望。珍惜生命，终会有成功的机会。

“在过去那一场战争中，冲绳被卷进了地面战役，许许多多的平民倒在钢铁的狂风暴雨中，还有的自尽，还有的因为本土过来的军人听不懂冲绳方言就把他们当做美军间谍拷问致死。

“所以，整个日本就我们冲绳人最懂得生命的宝贵。

“您也许认为自己作为新闻记者已经死去，但即使失去报社这个平台，您在冲绳又重新拿起了笔。我们以前在社会部的学习讨论会上探讨过外务省泄密事件，当时产生一个最直接的疑问：新闻业界为什么没能保护您到最后？

“采访方法有问题，这源于自己的经验，与他人无关，很容易做出判断。我们强烈希望本土的新闻媒体更正确地理解冲绳回归中所存在的密约的根深蒂固性。不可否认国家在上的感觉。

“弓成先生，不要一味自责，回到新闻媒体的世界里来吧！”仪保语气平静地鼓励弓成，提出希望。

大滴的雨水敲打在车子前窗玻璃上，但很快雨就停了。大概地处亚热带地区的缘故，冲绳几乎没有阴雨连绵的日子。

弓成从冲绳市的胡屋十字路口穿过知花交叉口，沿着小路左拐，前面是一座树木茂密的丘陵。他将要走访的反战地主岛袋善祐的家就坐落在丘陵里面。

刚才这场大雨打湿了陡坡，稍不小心，轮子就打滑。弓成换到低速档上，小心翼翼地爬到坡顶，留着三分头①、身穿运动背心、身

---

① 三分头，头发长度为 10 mm 的发型。

材矮小结实的岛袋站在院子里迎候弓成。

弓成一下车，就听见狗吠鸡鸣。

“哎呀呀，这不是……黄鼠狼啊。”岛袋低头看着夹在铁夹子里的灰毛小动物。

“这是獴。专门吃小鸡仔和鸡蛋，尽干坏事。你瞧，它像什么？”

弓成猛然间想不出来，表情困惑。

“哦，对了。你是本土人……我们冲绳人自古以来最棘手的是眼镜蛇，獴是蛇的天敌，从东南亚引进来。但是獴的繁殖力太强，现在已经搅乱人的生活，跟美国兵一个样。”

还是和上一次一样，岛袋把弓成请进摆放着祭祀祖先的佛龛的里客厅。

岛袋的这幢住宅建造在半山腰，周围种植福氏藤黄作为防风林，凉爽的山风从宽敞的家里穿堂而过。

“上一次说到哪里了？”

岛袋是种植蔷薇花、果树的农民，在反战地主中，他的言行独具一格。

弓成对端来茶水和黑砂糖的岛袋妻子表示感谢，然后翻开笔记本。

“一九五九年，我二十二岁，在夏威夷研修农业已经半年，决定回国到美里农协工作。”

岛袋由USCAR（琉球列岛美国国民政府）推荐留学美国，在农业机械、乳畜业、果树花草栽培等诸多领域学习。回国后，作为现代农业的指导员在美里农协工作。

岛袋的圆眼睛忽然笑起来。

弓成问道：“想起什么高兴的事了？”

“我在毛伊岛的一个名叫基黑地方的冲绳人乳畜农家里实习

的时候，当地的广播电台听说有一个日本小伙子不远万里特地来到这里学习，就来采访我。他问道：听说冲绳好像正在开展回归祖国的运动，你怎么认为？我回答说：学校的公务员老师们好像都赞成。对方紧逼上来：我问的是你的想法？啊，我立即意识到这是思想调查。我知道这样做对那个冲绳人乳畜农不好，但听说法院的法官、琉球大学的老师们对这个问题都不说真话，话到嘴边却硬是咽下去，所以觉得总得有人说出来，于是我横下一条心回答道：我赞成回归。这一句话不要紧，我周围的那些人异口同声地大叫起来：共产主义者！"

弓成笑着问道："出发去夏威夷的时候，全村人都去热烈欢送，从嘉手纳基地乘坐军用飞机走的吧。回来以后没有受处分吗？"

"对方看我也就是一个高中生，所以比较宽容吧。但是进入农协以后，闹出一起风波。"他的圆眼睛略显调皮地绽开笑容，"土地联（县军用地等地主会联合会）通知说，知花弹药库及其周边的土地已决定提供给美军作为军事用地，所以善祐也要出具一份白纸委托书①。战争结束后，那一带就被美军指定为禁止入内的军事禁区，但里面还是一片空地，没有任何设施，父亲认为耕种自家的土地理所当然，便第一个进去种地。只要自己认为是正确的，就敢干，这样的父亲在美里很有威信。"

轰隆隆的响声越来越大，谈话只好暂时停止。这是附近的嘉手纳机场起落的军用飞机发出的噪音。

噪音小下去以后，又听见小鸟在周边树木上清脆的婉转。

"我被迫出具白纸委托书的时候，心想要是父亲活着该多好。父亲是四十七岁时去世的，正是年富力强的时候。他从俘虏营放出来，被带到美军野战医院，为美国兵抽血，抽去的血量多得骇人

---

① 白纸委托书，不附带任何条件，交由被委托人全权处理一切事情的委托书。

听闻，导致死亡。

“那个时候，美国兵还疯狂地找女人。我们小孩子也都拼命地保护自己的母亲。不单单我们家这样。美国兵破门而入，撕破蚊帐，受尽欺凌。为了赶走美国兵，我们就使劲敲打氧气筒，团结一致的村民们都来声援。可是居然有人替美国兵说话，什么我们可以收地租啊，什么这是政府的命令啊，这些人出卖了自己的灵魂，太卑鄙了。

“如果坚持拒绝签订合同，就会遭人白眼。到村公所去，有人冷嘲热讽地叫你是小人民党。母亲一手抚养孩子，相依为命，为筹措两个妹妹的教育税就已经是焦头烂额，但是对我的事情十分理解。”

弓成对岛袋一家人的坚强表示由衷的敬佩，问道：“一九六八年十一月，从冲绳飞往越南执行战斗任务的一架 B52 起飞失败，坠落在跑道顶端燃烧起来。这起事故就发生在离知花弹药库不远的地方。你们一定感到震惊吧？”

“最厉害的时候是每三分钟起飞一架飞机，连星期六、日都不停歇，我们时刻感觉非常危险。那一天还在睡觉，听见凄厉尖锐的一声巨响，黑暗的天空顿时腾起赤红的火柱，像蘑菇云一样升腾起来，我的直觉是冲绳被卷进了战争。

“B52 疯狂杀戮无辜的越南人，完全是黑色杀手。我心想不用什么方式表示一下抗议，就出不了这口气，刚好是木瓜上市季节，就用水笔在木瓜上写‘撤走 B52’、‘撤销军事基地’之类的话。木瓜皮有油性，很难写上去……后来发生毒气泄露事件时，在拖拉机的铧犁上写‘撤走毒气’，可是耕一次地，写的字就被擦掉了。尽管如此，对这种不公平的事绝对不能听之任之。”

岛袋是一个把愤怒的情绪付诸行动的人。

军用飞机的噪音又在天空轰鸣。

“一九七二年回归之前，在伊江岛、伊佐滨土地斗争的领导人阿波根昌鸿的倡议下，成立了反战地主会。在四万个地主中，有三千人参加。可是很快人数锐减，甚至有一阵子不到一百人。这是什么原因呢？”

“一句话，就是地租涨价。与回归之前相比，平均涨价将近六倍，相当于收购甘蔗价格的一点六倍……防卫厅、防卫设施厅用金钱收买人心……这些钱其实就是自己的税金，为冲绳的回归而热泪盈眶的本土人知道吗？”

“这个……恐怕……”弓成支支吾吾地回答，继续问道，“从一九七七年五月十四日开始，由于执政党和在野党在国会围绕着修改军用地的法律问题争执得不可开交，结果法律过期，出现国家非法占领基地内部分土地的状态。听说那时您进入基地内自己的土地……”

岛袋点点头，讲述当时的事情：“我家的土地在知花弹药库范围内，被划出来修建海军兵营。

“法律失效后，我立即给防卫设施局打电话，说要去看看自家的土地。对手也有对手的招数，法律现在虽然失效，但不知什么时候又会生效。当时，对方威胁说进入基地会以违反刑事特别法被捕，但是，谁也不能阻止我进入自己的土地。

“我开着拖拉机，母亲开着自己的车子，她的车上坐着三个孩子，其中一个还是在吃奶的婴儿，此外还有两只鸭子和蒜头种，从基地兵营的南门进去。同行的还有其他三个反战地主、发生争执时能派上用场的律师朋友。

“一进去，防卫设施局的几个工作人员手里拿着图纸站在那里，目光警惕地注视着我们。美军负责人、MP 也在场。回归之前，这一带没有圈围的栅栏，弹药就堆放在露天里，遇到值班的美军哨兵心情不错的时候，我还假借遛狗和亲戚一起进去过。但回归以后，修建起栅栏，我们就进不去了。里面建起成排的建筑物，还铺上了草坪，面目全非。幸亏知花区前区长熟悉过去的情况，他告诉我哪一块是我的土地。

“我确定自家土地的大致范围，用喷雾器在地面上喷射涂料，画出界线，告诉美国兵‘界线内是我的土地，你们不许进来’，然后把从家里带来的牌子竖在上面……”

说到这里，岛袋站起来，从走廊的尽头拿出一块一张榻榻米大小的三合板，上面说着：

告防卫设施厅和美军：

这是我的土地，未经允许，不得擅自进入、使用。

反战地主会　岛袋善祐

弓成大吃一惊。岛袋嘿嘿笑着。

“美军的栅栏上写着与这个相反的文字，我只不过把颠倒黑白的话纠正过来。然后，我们把母亲车上的鸭子放出来，也让孩子们下车。孩子们追赶着呱呱叫唤到处奔跑的鸭子，兴高采烈，我们家有这么大的土地。母亲沉着冷静地开始给婴儿喂奶。

“我用拖拉机挖掘草坪，在一千四百坪的土地上种蒜头，干了两个多小时的农活。在律师陪伴下干农活，也许我是第一个。”岛袋痛快淋漓地笑起来。

岛袋的口头禅是：斗争是一种乐趣，没有乐趣就不能长久坚持。弓成仿佛看到这个反战地主的真实人生态度。

“孩子他爸，你快看电视！”妻子在厨房对岛袋说。

弓成和岛袋连忙转到电视机前面。

电视屏幕上出现多田知事的面部特写，播音员解说的声音：“在本月的例行县议会上，多田知事表示，对一九九七年即将到期、尚未续签合同的美军用地，拒绝履行导致强制性调查土地、物件的代签手续……”

多田知事第一任期间，考虑到中央政府的冲绳振兴政策，曾同意代替那些拒绝签约的地主以及革新派的市长、町长、村长在租地合同上签字。

目不转睛盯着电视画面的岛袋吐出一口长气，感慨道：“这次知事做出的判断没有错。这是拒绝续签合同的三十五名地主和一个少女促使他做出这样的判断。”

新闻报道一结束，就响起电话的铃声。从岛袋接电话的话语来看，大概也是刚看完电视的反战地主。

弓成回到刚才谈话的客厅里，忽然想起一周前采访的反战地主会事务局长池原秀明说的话。

池原的土地也是被强制征收作为嘉手纳弹药库，他始终拒签合同。一九八二年土地归还后，他就一点点盖起牛棚，现在饲养着两百头的肉牛。

但是，池原成为嘉手纳基地内的“一坪反战地主”，担任事务局长。弓成询问他如此彻底战斗的决心来自何处，他的回答是：生命最宝贵。

“我们是炮火中的幸存者——在美军登陆作战的时候，炮火连天，枪林弹雨，无处躲藏，许许多多人死在枪炮之下，而我们九死一生，幸存下来。就是说，我们是炮弹吃剩下的。既然活下来，就要重建家园，以此作为生命的支撑点。”

池原的信念是：收回基地的土地，一坪也不让美军使用，发展生产，改善生活，完成幸存者的使命。

岛袋回到客厅。

弓成说道：“刚才我在仔细琢磨池原对我说的‘生命最宝贵’这句话的含义。”

岛袋淡然说道：“是啊，我们不认可与战争相关的行为，因此打算作为‘火种’活下去。既然是火种，随时都会燃烧燎原……”

十月二十一日，星期六，秋高气爽。从中午开始，人们或乘坐公共汽车，或开车，或徒步，络绎不绝地奔向宜野湾市的海滨公园。

一个半多月的时间里，在本岛各地掀起的针对美军强暴少女的抗议运动风起云涌，尽管三个美国兵犯人前所未有地被迅速移交给日本地方检察厅，抗议运动依然势头不减。今天召开的就是全体县民总动员大会。

虽然集会参加者的工作岗位、地区、家庭各不相同，但公交车，有时甚至连出租车都会免费送他们前来会场。

冲绳在燃烧。预定五万人参加集会，但人数远远超过，整个会场弥漫着异样的热潮。

讲台背对着海岸的防风林带，与会者依次坐在宽阔的草坪上。弓成也在其中。他连日在读谷村公所帮忙写传单、编制开往会场的免费公交车时刻表等，一直忙到昨天。

“这可了不得。”渡久山环视着这人山人海，到处都是人、人、人。

“这么大的集会可是第一次哟。”妻子阿鹤也点点头，让孙子们坐得紧一点。

面对讲台的最前列并列着新闻媒体的三脚架摄影机，记者们忙碌地来来往往。在最前列附近是工会以及反战地主的成员，岛袋善祐也在其中。大家都拿着写有“撤销基地”、“修改日美地位协定”等口号的长条旗、横幅。

“弓成先生……”

弓成听见一个女性的声音在叫他，回头一看，谢花美智正对他挥手。白皙美丽的手格外耀眼。她的旁边坐着玻璃工房的那个伙伴，浓眉浅黑的脸膛警惕敏锐地注视四周，显然是在保护美智。弓成会心地微笑着，朝她点点头，眼神表示“你来得好”，忽然发现美智的爷爷也在场。他和斗牛比赛时穿着法被①的伙伴坐在一起，从未见过的严肃表情，简直判若两人，可以看出他对这起事件怀着异乎寻常的愤恨。

下午一点开会之前，本地电视台的记者拿着麦克风在参加者中进行现场采访。

“我吗？我是在浦添市的高中教社会课的教师。今天带着学生来了。”一个四十多岁的男教师环视学生们，回答道，“我参加这次集会的直接动机是因为我的父亲遭到美军蛮不讲理的对待。我的父亲在交通信号是绿灯的时候过马路，被一辆乱闯红灯飞驰而来的 MP 车子撞倒，当场死去。然而，美军当局却反咬一口说我的父亲自己走路不注意，判定驾车的 MP 无罪，甚至连一分钱赔偿金也不支付。

“这种事情不仅在我们家，冲绳到处都在发生。如果在二十年前，不，一年前就举行今天这样集会的话，大概就不会发生少女事件吧。从这个意义上说，我们大人对不起孩子们。”

接着，记者把麦克风对着后面的一个中年女性。她说：“我在与这里的学生们差不多同样年龄的时候，遇到过好几次危险，差一点落到美国兵手里。少女事件只是冰山一角。战后已经五十年，冲绳还发生这种事，我无法容忍，是来抗议的。”

所有的与会者都是满腔愤怒，怒火要喷发出来。

大会开始。今天的讲台上第一次并排坐着不分左中右的超党派的政治家和各界代表。

第一个站在麦克风前讲话的是多田知事。他平时总是一身西

① 法被，日本的传统服装，多在节日时穿着，半截式短褂，在衣领或背后印有字号、图案等。

服，但今天穿着衬衫，面对人山人海的群众，发出抗议的第一声。

“我在讲话之前，必须先向大家道歉。我作为行政的执行者，没能维护本应最必须维护的幼小孩子的尊严，在这里表示发自内心的真诚道歉。”

多田知事的声音通过扩音器传向八万五千人的与会者、传向天空、传向大海，回荡激扬。

雷鸣般的掌声震天动地。

从嘉手纳、普天间起降的轰炸机、直升机的噪音，封锁县道进行实弹演习的枪炮声都远不如这八万五千人的掌声。

多田知事在讲话的最后宣布，拒绝代签租地续约。

接着，身穿学生服的普天间高中三年级的女学生走上讲台，“我们厌烦了每天害怕美国兵、害怕发生事故、害怕遭受危险的生活。基地的存在是我们苦恼的根源，请尽快把我们解放出来吧！冲绳不是别人的，是我们冲绳人的冲绳……”她诉求的每一字每一句都饱含着愤怒和真挚的愿望。弓成希望全日本的国民都能听到她的声音。

神奈川县逗子的公寓，弓成由里子正在看电视。

冲绳县民总动员大会，整个画面都是密密麻麻的人，感觉到震人心魄的恢弘气势。

从空中拍摄的画面看，八万五千人是一片白色，但当画面切换到地面拍摄，倾斜的角度映照出与会者的影像时，由里子看到其中的一个人，不由得大吃一惊，不到一秒的时间镜头掠过，他的面部不太清晰，加上低戴着遮阳帽，脸部轮廓也不能确定，然而……不会是他吧……由里子虽然心里否定，却依然无法抑制心头的激动。

“妈妈，我们要回去了。”带着独生女回来看望母亲的二儿子纯二一边整理 T 恤的领子一边说，忽然看见由里子异样的表情，惊讶地问道："你怎么啦？"

"刚才……也许是我的错觉，电视里好像是他……"

纯二也惊奇地看着电视，但大会的画面已经结束，正播放别的的新闻。

"我现在能够比以前更加冷静地看待爸爸。我曾经想当面质问他，也想对他发泄心中的怨恨，可是他后来从家里消失了，连音信都不通。学生时代，我甚至憎恨他。不过，妻子不知道当年的那起事件，这也让我在精神上得到慰藉。等到自己做了父亲，脑子里只有年幼时留下的精力充沛、亲切和蔼的父亲的印象，真是不可思议。"

纯二的就业、结婚都得到读日新闻的山部的多方关照，现在从大型造纸公司的札幌分公司调到东京总公司，工作顺利。

由里子从远处看着镜子里华发杂然的自己，心头不是滋味，移开视线。

纯二没有继续谈论父亲，对旁边的房间叫道，"舞衣，回去喽。"

舞衣刚才高兴地在梳妆镜前拿着由里子送给她的礼物连衣裙比试着，现在不知道又在干什么。由里子只养育过男孩子，对女孩子的可爱只是笑眯眯地感受幸福。

房门打开，舞衣拿着装有连衣裙的盒子走出来。她的长相像母亲，西洋人偶的脸型。

"谢谢奶奶的衣服。下一次来我们家里住，妈妈说给奶奶做好吃的。"

"真高兴，告诉妈妈，奶奶还给她打电话。"由里子抚摸着依偎在她身上撒娇的孙女的头发，送他们出门。

由里子回到屋里，感觉陪伴孙女有点疲劳，便靠在沙发上。

在逗子站前大楼里开办的英语教室，后来变成考试主要科目的补习班，教师也有所增加，由里子成为一个经营者，负责总体日常事务的管理。经营私塾，业务上难免发生纠纷，但丈夫离家出走以后，由里子决心自立，这样的价值观支撑着她的人生。

长期在美国的长子洋一与美籍日本女子结婚，硅谷的事务所搬迁到旧金山以后，与日本企业的合作机会多起来，每次出差回国，都会来电话，夫妻俩也曾经在这公寓里住过。

由里子靠在沙发上，想到丈夫。在经过漫长的岁月之后，突然接到寄自冲绳的信函，当时甚至不知道“读谷”怎么发音，便跑去书店买来冲绳地图和冲绳便览，才知道丈夫居住的方位。

然而，由于与丈夫身心的距离太远，情感纠葛未能解开，她没能立即提笔回信。

在把家人情况告诉丈夫的信函寄出去以后，她也不是没有想到去看望，但一转念，自己不想打扰好不容易才安宁平静下来的丈夫的生活，所以至今没有行动。

尽管她认定已经无法填补这长期空白的岁月，但当看到电视上瞬间的影像时，为什么还如此心潮激动呢？

电话响了，她拿起话筒。

“喂，我是大野木正……”意想不到的电话，由里子一时说不出话来。

大野木正是丈夫的律师辩护团实际上的团长，直至与最高法院进行斗争的恩人。两年前，他被任命为最高法院法官，与自己的距离变得遥远起来。

“您还好吗？”他的声音依然饱含着亲切的关怀。

“好。先生身负重任，请多保重……”

“突然间给您打电话，不好意思。因为刚才看电视，报道冲绳消息的新闻中出现像是弓成的镜头……您也看电视了吗？”

由里子心头猛然一动，“这么说，那不是我一个人的错觉。”她无法抑制情绪的激动。

“我至今对弓成的判决还无法接受，打算留给后世的史学家去评论，所以我把从第一审开始的全部法庭记录都捐赠给我的母校法学系图书室。

“我一直惦念着，不知道他在冲绳过着怎样的生活。因为电视里瞬间的一个镜头，就给您打电话是否感觉过于轻率，犹豫半天，不过还是……

“我现在忙得很，都无法保证充足的睡眠时间，不过还有一年多就要退职。我想还是回到原先的虎门法律事务所。到那个时候，请您到家里来坐坐，我的太太也一定会很高兴的。”

在大野木说话的时候，由里子潸然泪下，无法插话。

“先生，总是劳您费心挂念……他是幸运的人。”由里子好不容易开口表示感谢。

“那好，再见……”大野木轻轻放下电话。

是否应该去看望丈夫呢——由里子心旌动摇。

第十三章　美国国家档案馆

一九九六年五月。

娇艳嫩绿的树叶覆盖着华盛顿DC(哥伦比亚特区)的街道,寻觅果实、昆虫的松鼠在粗大的树根、草地上敏捷地跑来跑去。

如果不看耸立在国会山上的国会大厦,那种安宁静谧的街容会令人忘却这是一座世界政治中心城市。

从国会大厦沿着广袤的绿地一直往西十公里处是波多马克河,河的这边是无论在华盛顿什么地方都可以看见的高达一百七十米的华盛顿纪念塔。由于禁止建造高度超过这座堪称合众国象征的纪念塔的建筑物,所以周围没有高楼大厦,点缀在绿茵茵草地上的博物馆、美术馆也与四周的氛围柔和地融为一体。

国家档案馆坐落其间。

这是一座一九三四年的建筑,希腊风格的圆柱并排矗立,显得庄严凝重。这里陈列着美国独立宣言、合众国宪法、权利法案的原本,馆藏有几十亿页的档案以及数量庞大的地图、照片等资料。

建筑物的后门,与从国会山延伸过来的宾夕法尼亚大街连接的出入口处,大约有十个人在排队。他们都是来查阅档案资料的。

其中有一个身着红色格纹半袖衫、牛仔裤,脚穿轻便运动鞋,装束随意,体格强壮的大高个日本人。他是琉球大学的副教授我乐政规。其他人的穿着大抵都很朴素,每人都在翻阅厚厚的书籍,只有我乐一头乱蓬蓬的大波浪形天然卷发,聚精会神地看着报纸。报上刊登着那霸地方法院对去年强暴少女的三个被告的判决结果:两个有期徒刑七年,一个一年六个月。好像这三个被告都表示要上诉。

三年前的一九九三年，我乐偕同妻子和刚刚一岁的孩子来到乔治·华盛顿大学担任客座研究员。现在他既是研究生院的讲师，也是自己课题的研究者，同时还是丈夫以及四岁、在这里出生的两岁的孩子的父亲，一人身兼四职，名副其实的少壮派学者。每天早晨与妻子轮流给两个孩子做饭盒，送他们去幼儿园，然后飞奔乘坐地铁上班，忙得连在家里看报的时间都没有。

八点四十五分开馆，大家快步向物品存放柜走去。很多人是利用在华盛顿逗留的有限几天来这里借阅，所以都非常珍惜时间。

我乐将二十五美分的硬币投入物品存放柜，从挎包里只拿出写有查阅目录的纸张，然后锁上。馆内预备有档案馆专用的抄录纸和带橡皮擦的铅笔，严格限制外面带进来的物品。

二层是档案阅览室。走廊的天棚很高，墙壁的下半部镶嵌着大理石，阴冷而微暗。

阅览室的入口设有警备台，出示档案馆制作的带有照片的ID卡、带进去的记录纸张、钱包等东西，一个非洲裔的大块头警备员认真检查，他旁边的女工作人员在我乐的纸张上盖一枚“外面自带物品”的印章，以示与馆藏资料的区别。

阅览室的天棚也很高，宽敞的大房间里摆放着大约五十张桌子，每张桌子可以坐四个人，明亮的朝阳从正面的玻璃窗照射进来。

人们占据各自认为合适的座位。我乐的习惯是选择贴着紧里头的墙边摆放的年头久远的图书卡片柜附近的桌子。

首先要复印昨天看过的档案资料，于是要求工作人员把有关档案从资料库中取出来。我乐在中间柜台用馆内铅笔在借阅单上填写档案箱的号码，然后交给工作人员。虽然是早晨头一个，但要把档案从资料库拿出来，三四十分钟算是快的。

我乐的研究课题是美国的对日战略，最近集中研究冲绳归还之前的美国政策。

第一次到这里来的时候，不熟悉查询资料的方法，不知如何是好。他把自己的研究题目告诉柜台的工作人员，和他商量，结果对方把分别负责管辖军事、民间档案的部门保管员介绍给他。

档案馆的档案资料不是按主题分门别类，而是分为“军事”和“民间”两大块，档案保管员也各有各的办公室。

在档案保管员的帮助下检索目录，虽然所有的工作人员对他的态度都很亲切，但能遇上对自己想要查阅的专业领域熟悉的档案保管员，可以说是幸运。如果能查到，自然更加幸运，但未必马上就能查到需要的资料。通过多次的申请借阅，重要的是养成一种感觉。我乐具有强烈的好奇心，什么都想看一看。他进入档案这个“密林”，既有意想不到的发现，同时也会迷路。一旦迷路，他会返回原路，用这样的方法磨炼自己的感觉。

然而，关键的资料尚未找到。在华盛顿的研究时间所剩无几，我乐开始着急。

人来人往的动静、交谈都只能靠气氛去感觉，但我乐知道来查阅的人越来越多。

九点二十分过后，两三辆放有档案箱的手推车出来了。一大早就排队等待查阅资料的研究者们开始在柜台周围来往走动，我乐也从装有脚轮的转椅上站起来，向柜台走去。申请查阅的档案资料按照从资料库查找出来的顺序写在记录本上。

“我乐先生……”

和我乐已经熟悉的工作人员用目光示意着他申请查阅档案的手推车。一般难得有这样的亲切，即使询问“我的资料还没出来吗”，大多数工作人员都是懒得搭理，做个自己查看记录本的手势。不知何故我乐在这里很受大家的好感。

我乐道谢后，把手推车推到自己的桌子边上。所有的档案都装在同样大小的箱子里。

我乐申请查阅的档案装在九个箱子里，他拿手写的那张纸与箱子的号码比较比对，先把其中的一个箱子从手推车搬到桌子上。档案馆规定禁止同时打开两个箱子，这是为防止不同箱子里的资料放错的措施。

在可以防止纸张老化的灰色中性纸箱子里，信纸大小的档案有的用厚纸夹着，有的用订书钉钉着。

如果复印，必须遵照一定的程序。首先把馆内备有的书签夹在打算复印的地方，拿到复印柜台去，工作人员确认复印的页数，如果是用订书钉钉着，他会拆掉订书钉后交给自己。

窗边放有三台复印机，其中两台可以自由使用，每复印一张十美分，但由于复印的人太多，规定每次只能复印五分钟。时间一到，如果还没有复印完，重新排队。这种"五分钟规则"是一种机会均等的措施。

另外一台复印机实行预约制，供需复印大量资料的人使用。

我乐使用十美元的预付款卡开始复印。复印有"绝密"字样的档案时，复印件上必须有证明已经解密的印章表示。工作人员把写有签名和日期的纸片交给我乐，将其放在复印机玻璃板的左上角，这样就能主动复印进去。如果复印件上没有显示小纸片的解密字样，出去的时候，会被没收，那么一切辛苦都会付诸东流。

我乐复印完二十三张，把档案箱子放回到手推车上，考虑下一步做什么。

照射在正面窗玻璃上的阳光更加明媚灿烂。隔着一张桌子，大概是德国人吧，正使劲翻看自己带进来的词典。我乐从他奋力拼搏的样子看到三年前自己的影子。

在这藏量极其庞大丰富的国家档案馆里，是否藏有自己最想知道的冲绳归还协定签订之前日美谈判过程的档案资料合订本呢?

当时日本的报纸几乎是每天都要报道冲绳归还谈判的进展情况,很有参考价值。尤其是每朝新闻政治部记者从外务省审议官的专属事务官那里获得的三份电文,生动逼真地展现谈判的经过,激发了读者兴趣,但由于后来记者被捕,事情就此终结,真相被埋葬于黑暗之中。

在归还谈判的过程中,来往于华盛顿与东京之间的电文档案必定存在,但国务院、财政部、白宫的档案文件目录里没有记载。虽然有的档案被指定为“永久绝密”,但我乐感觉,冲绳归还谈判大概还没到那个级别。也许这个未经整理的档案还躺在自己尚未寻找的某个角落里。

晚上八点四十分,虽然实行夏时制日落时间较晚,但外面天色已黑,阅览室的灯光、桌上的台灯都亮了起来,研究者们依然专心致志地阅看资料。

“今天到此结束!”工作人员的声音打破寂静。

九点闭馆,但工作人员为了能九点准时回家,提前二十分钟就催大家赶紧离开。

大家都老老实实地把资料放回到箱子里,放在手推车上归还。复印的资料在出入口的警备柜台接受检查后,人们四散而去。

我乐从地铁黄线的海军纪念馆站换乘红线,在终点站的前一站惠顿站下车。

从地下很深的地铁乘自动扶梯上来,将近九点半,月光皎洁,天空晴朗。

这一带是马里兰州,位于华盛顿 DC 北面的新兴住宅区。车站周边辟有宽敞的停车场,但我乐的家离车站走路只有七八分钟的路程，所以多是步行回家。这个街区虽然很多拉丁裔，但由于交通方便，在华盛顿DC的政府部门、美术馆、大学、保安部门工作的人有不少都居住在这里，治安也很好。我乐从小就练过空手道，自卫没有问题。

这一带基本上是平房，其间也杂着一些二三层的小楼房，但共同的特点是多有凸窗。

我乐家的凸窗装有百叶板，但能透出微弱的灯光。他用钥匙打开门，说一声“我回来了”。

“爸爸，你回来了。”两个小女孩飞奔出来。

大概因为白天在幼儿园的缘故，回到家里就喜欢和大人撒娇。和两个可爱的女儿贴着脸蛋的时候，我乐一天的疲劳顿时烟消云散。

“你回来了。”论文稿纸摊放在餐桌上的妻子牧子也向我乐打招呼。她把稿子和参考书等都收放在纸口袋里。妻子正在华盛顿DC的大学攻读硕士课程，专攻社会福祉，目标是取得社会福利工作者的资格。

“今晚是马萨太太亲手做的炖菜。我把它热一下。”妻子用手将短发拢到耳后，匆忙洗手。

马萨是邻居，一位黑人老太太，喜欢烹调。她对这一对努力奋斗的日本年轻夫妇心生好感，时常给予亲切关照。

吃饭的时候，两个孩子亲热地紧挨着父母亲坐在一起。安排她们睡觉以后，夫妇俩就开始忙各自的工作，十二点过后才躺进被窝。床四周放着纸箱，里面装有即将回国已经开始整理的东西。

我乐看着从百叶窗漏进来的月光，嘟囔道：“要是还能待半年，那该多好……”

身边的牧子问道：“是因为要去NARA（国家档案馆）查资料？”

“嗯。我和琉球大学已经约定，六月末之前必须回去。虽然感觉遗憾，但不能不回去。研究人员如果失去研究场所，那将一事无成。”

“你这个人是不达目的誓不罢休。不要紧的，道路肯定会向你畅通的。”

妻子碰了碰丈夫的手，鼓励他，见他没有反应，悄悄一看，他已经睡着了。牧子的小嘴唇浮现出微笑。

牧子比丈夫小一轮，是他的学生。牧子生于东京长于东京，上大学时，作为交换生来到冲绳的大学，在基础教育课程的政治学课堂上认识了我乐。当时我乐是大学的外聘教师，三十四岁。牧子在东京的时候，认为与自己年龄相仿的学生，还有年轻的研究人员都比较性格柔弱，不尽如人意，而感觉这个讲课还不熟练的“新手教师”我乐是一个具有自己研究课题的意志坚定的学者。

两人自然而然地产生好感，不久我乐向她求婚。牧子在冲绳两年，努力理解当地独特的文化、习俗，然而一旦结婚进入我乐家以后，才知道实际生活远远超过自己的想象。

婚礼就让她大吃一惊。我乐的父母亲、兄弟姐妹、还有其他七大姑八大姨搞不清楚是什么关系的，总共有三百多人参加婚宴，把饭店的大宴会厅挤得满满的。婚礼的程序简直就像是群众性节目表演，三味线伴唱、传统舞蹈、空手道、舞狮子、民俗才艺等，轮流登台，没完没了。最后是所有的出席者一个个跑到台上，大跳特跳咔嚓西①。

此后，只要家族有活动，本家就有五六十个“我乐”聚在一起。让她这个媳妇不知如何是好，好几次都急得直想哭，而家族里也有

① 咔嚓西，冲绳本岛在庆贺宴席、娱乐时的歌舞。以三味线伴奏，节奏快速，声音高亢，众人伴以吆喝，气氛热烈。

人对她不满，说是这回娶了个东京的大小姐……

虽然丈夫总是袒护自己，牧子还是感觉孤独。

就在这个时候，丈夫希望她随他一起去华盛顿。牧子担心自己会不会成为丈夫的累赘，因为她从事社会福祉的工作，感觉找到了自己人生的位置，如果去国外，就要当三年的家庭主妇，因此犹豫不决。

但是，丈夫还是坚持她作为家属一起赴任，并且为她在华盛顿DC找到一所福祉教育很出色的大学，给她创造学习硕士课程的机会。她终于放弃自己的想法，下决心前来华盛顿。

牧子为实现取得社会福利工作者资格这个大目标，一丝不苟，勤奋学习，但面对堆积如山的作业和繁重的课程预习，还是感觉力不从心。以前上学的时候，无论什么样的难题，她都从来没有叫过苦，这是第一次经受如此悲惨的体验。

两个女儿给予自己心灵最大的宽慰，二女儿在这里出生，比预产期早十天阵痛，她自己叫来急救车，顺利分娩。

现在她被分配到军队的福祉事务所进行大学阶段的实习，还从事针对低收入者的福祉活动。

这三年里，自己能克服种种困难，除了丈夫的支持，还得益于遇到一些意想不到的人们的帮助。

虽然没有忘记与我乐婚后在冲绳生活的孤独感，但她觉得，这次回国，可以堂堂正正充满自信地生活。

她听着身边丈夫均匀的呼吸，心情平静安宁下来，怀念起冲绳的海洋。

我乐在乔治·华盛顿大学上完最后一节课，围在他身边的十四个研究生用掌声表示感谢。这十四人中，两个曾经是国务院的年轻官员，他们在课堂的提问最积极。韩国人也认真听讲。他们有时在课堂上热烈讨论，争得面红耳赤，我乐也从中受益匪浅。

握手告别后，我乐走出教室，回到研究室。四人一个房间，只有四把高背转椅安静地放在里面，却没有一个人。第一学年周三课时是义务，到第三学年，变成周一课时，同一个房间的研究员见面的机会就少多了。

书架上没有自己的书籍，已经拿到附近的邮局打包寄回冲绳。

我乐的心头涌上前所未有的感伤，走到窗边。从七层的房间俯视院子，小树在风中摇曳。当这些树木再增添一圈年轮的时候，自己还会回到这所大学里来吗……

他看了看手表，将近中午，于是斜挎着背包下到一层。乔治·华盛顿大学是一所综合性大学，但许多系分散在周边的研究机构、图书馆大楼里。从地理位置上说，离国务院、IMF（国际货币基金组织）、世界银行都很近，所以政治系、外交政策系等很热门，培养出鲍威尔、杜勒斯等国务院高官。已故前总统肯尼迪夫人杰奎琳也是这所大学的毕业生。

午饭时候的学生街十分热闹。我乐急匆匆地向雾谷车站走去，他想最有效地利用这剩余的时间在档案馆查阅资料。

换乘地铁后，当来到面对宾夕法尼亚大街的档案馆后面入口时，忽然停下脚步。他心想这样浮躁急切的心情来查询资料，能获得好的成果吗？他看着建筑物角落里的一尊雕塑。

档案馆外面的四个角落都安放着石灰岩雕塑的巨大人物塑像，表示创建这座档案馆时的理念——过去、未来、遗产、保护。

我乐走到一尊塑像前，仰头观看。浮雕的台座刻有这样一句话：STUDY THE PAST（向过去学习）。我乐嘴里念叨着这句格言，走到对面的塑像旁边，这座塑像的台座刻着 WHAT IS PAST IS PROLOGUE（所谓过去，即是序幕）。

正门两侧的雕像台座上的格言表示遗产、保护的理念。

我乐体会格言的深邃博大的含义,深吸一口气,使心情平静下来。

接受对随身携带物品的检查以后,走进阅览室,他为了改变视角,走进从档案保管员室搬移到阅览室里头的综合目录室。书架上摆放着一排排从 1 号到 503 号的厚厚的检索目录文件夹。虽然相关目录已经大致查过,但也许还有后来经过筛选后追加进去的可以公开的档案,所以应该时常重新查阅。

我乐的眼睛盯在背脊写着 319 号的文件夹。319 是陆军参谋总部的目录。他半坐在椅子上翻开文件夹。

目录下面细分为二十个资料群。其中有一串陆军军史研究所编辑的题目。Civil Assairs(民政)——这是以前未曾见过的条目。其实仔细一想,冲绳的美国国民政府就是华盛顿的陆军派出机构。只有标题《琉球列岛的民政史》,不知道什么内容,但文件有二十七箱。长年磨炼的直觉告诉他这其中应该有他需要的东西。于是填写借阅单,交给受理台工作人员。他利用等待资料出库的时间,到一层的自助餐馆,吃过咖啡和汉堡包的简单午餐。当他从椅子上站起来的时候,一阵腰疼。由于寻找资料、复印等,站立时间过长,落下腰疼的毛病,脊椎骨也感觉刺痛。

回到阅览室,五十张桌子相当满员,连自己的老座位也被人占据了。

他先在靠近中间的桌子占据了一个座位,再去综合目录室查找与归还冲绳有关的国务院、财政部、白宫的文件夹,但没有发现新的资料群。

等候了一个多小时,终于在受理台的记录本上找到了自己的名字。他把挂有自己名字牌的手推车推到桌子旁。目录上记载资料有二十七箱,但每次只能借阅手推车容纳的十八箱。他立即把其中的一箱搬到桌子上,取出资料。他一眼就看到一九六九年佐桥总理访美与尼克松会谈、发表共同声明的日程表。自己苦苦寻觅的正是这个资料群，不由地心情激动，一个接一个地打开箱子。之后所看到的是五十年代至六十年代民政基本情况的文件，他耐心地继续翻阅，从第十箱开始是有关冲绳归还谈判的档案资料。

美国财政部与日本大藏省就收购冲绳的美国资产问题进行谈判的全过程文件一应俱全。我乐感觉自己进入了一座金山银山！

然而，没有发现美国国务院与日本外务省的谈判文件。我乐将文件中特别重要的部分抄录下来，然后归还，再借阅剩下的九个箱子。今天无论如何要阅看二十七箱的东西。

当手推车第二次出来的时候，离闭馆时间只剩下一个半小时。他挑选关键的部分快速阅读。

打开第二十六箱。文件分装在五个土黄色的纸袋里，打开第一袋，取出订书钉钉着的文件，快速翻阅，驻日大使梅耶与日本外务大臣爱池的会谈纪要的文件忽然跳入眼帘。

一九六九年七月十七日，刚刚到任的梅耶大使在东京的外务省与爱池外务大臣、美国局局长西乡（后任吉田）、北美一课课长川崎等就冲绳归还问题举行第一次日美会谈。从最后一个纸袋拿出来的竟是驻日公使施耐特与美国局局长吉田关于对美支付总额三亿两千万美元中包含复原补偿费四百万美元的交换密约文件。文件的两边有双方的签名！

回国之前的一个月，自己是如此的幸运。我乐向先前连想也不想的上帝表示感谢。

我乐回到捆包行李堆积如山的家里，看见妻子一边哄着满脸不高兴的小女儿，一边填写发货单。

我乐从妻子手里抱过孩子，问道："找到需要沙发的人了吗？"

家具的运费很贵，只好送给左邻右舍需要的人。虽说年轻的学者夫妇没有什么值钱的家具，但在这三年里也添置了不少。

“波普大叔说他要，做个纪念。”妻子一边写发货单一边笑着回答。

我乐的脸贴着女儿的脸，对她说：“那就好。妈妈这下子就放心了。”

女儿不哭了，闭上眼睛，我乐把她放在已经睡觉的大女儿的床上，回到餐桌旁。牧子从空荡荡的餐具柜里拿出一瓶葡萄酒，倒在高脚杯子里。华盛顿郊区产的葡萄酒价格便宜，但质量不错。

妻子看着丈夫的脸，说道：“好像有什么好事情啊。”

“终于找到珍宝匣子了。”我乐刚要讲述自己在档案馆的发现，电话响了。他拿起话筒，是哥哥打来的。

“按预定时间过来吗？”我乐声音兴奋。

大哥也是大学教授，主攻政治学，现在波士顿参加国际学术研讨会。

“本想去你那里，可是你现在准备搬家忙得不可开交，所以就不准备去打扰了。反正过一两个月在日本就能见面。”

“你睡觉的地方还是有的。再说了，即使我回国，你住在山梨，还不如现在近呢。”

即使都在国内，如果没有我乐本家的重要活动，也难得见上一面。

“研究方面还顺利吗？”

“其实啊，我今天偶然找到重要的文件资料。一共二十七箱，回国之前不可能全部复印。”

大哥也在档案馆查阅资料差不多一个星期，所以两人有共同的话题。

“真有你的。不过，还必须先回大学哦。”

“嗯。这我知道，不过，如果再来复印的话，要等到暑假以后。

刚刚进入金山银山，就撤退，老实说心里很难受；而且下一次访美的费用，不能使用基金了……”

“如果自己没钱的话，就向亲戚们申请借钱啊……”大哥笑着说，片刻之后，继续说道，“今年是父亲的伞寿，我给在这里的京子打电话，让她趁父亲身体还硬朗的时候回去看看。”

京子姐姐不顾父亲的激烈反对，坚持和外国人结婚，住在美国。

“其实父亲心里应该也很想与姐姐见面的。大哥和长崎人的嫂子，我和东京人的牧子结婚的时候，父亲都没有好脸色，说为什么故意娶外地人，可是等有了孙子，高兴得嘴都合不拢……”我乐说罢，笑起来。

冲绳依然保留着同一县内、最好同一地区内通婚的旧习俗。

“尽力而为，以后的事情总有办法的。”哥哥鼓励后，放下电话。

“大哥要是能来就好了……想和他聊聊。”牧子喝完葡萄酒，说明天要早起，先去睡觉了。

我乐也很快喝完杯子里的酒，然后一边阅看今天抄录的文件内容一边坐到电脑旁边，思考新的论文的主题要点，接着开始急速飞快地敲击键盘。

我乐政规是幼子，上面有六个哥哥姐姐，比大哥小十四岁，对他有长兄如父的感觉，同时又是学术上的长辈，是自己的主心骨。

二哥在旧金山经营旅行代理店。二哥下面的大姐与驻扎在冲绳的美军家属结婚，现居住在明尼阿波利斯。二姐在冲绳县立高中担任教师。三姐在最高法院担任记录员。继承父亲的本业、担任鲣鱼捕捞船船长的是喜欢大海的三哥。

兄弟姐妹的生活方式如此多姿多彩，这在冲绳也是少有的。要是遗传基因，则源于父亲。战前他作为渔业移民曾在新加坡、印度、苏门答腊生活，战时回到冲绳。

本家在冲绳本岛北部的本部，所以能够带领一家人轻而易举地从沿海逃进深山老林里，在冲绳地面战役时，没有一个人成为战争的牺牲品。

在政规出生的一九五五年之前，父亲就购买美军的旧登陆舟艇，重新开始鲣鱼捕捞，但他具有一般渔民所没有的机敏智慧和行动能力，将朝鲜战争时沉没在冲绳本岛海底的船只打捞上来，解体后拆卸船上的黄铜，拿到香港销售。他是巧妙利用美军统治下管理松弛的漏洞，从事需要胆量的工作。

幼子政规继承了父亲的这种强悍性格。他学习优秀，但学院小小的研究室已经容不下他。琉球大学毕业后，进入东京的大学的博士课程，不到两年，另外一所大学的教授邀请他出任日本驻菲律宾大使馆的专职调研员。一九八五年，他去马尼拉赴任。指导教授要他留在研究室，不同意他出去。但是，当时菲律宾政局动荡，由于马科斯政权长期实行独裁政策，失去民心，众叛亲离，濒临着崩溃的危机。作为大使馆的成员能够直接经历这种历史性的关键时刻，机不可失，时不再来，于是，研究美国占领国政治的我乐毫不犹豫地选择前往驻菲律宾大使馆赴任。抵达马尼拉不久，对总统选举的不公正怒不可遏的军人、市民强烈谴责马科斯总统的行径，一万多群众在马尼拉大街上聚集，涌向马拉卡南宫，放火焚烧，肆意抢劫。最后总统求助于美军，逃往夏威夷。我乐亲眼看见政局动乱，深有感受，对美国的占领政策更加关心。

我乐回到母校的研究室，数年后的秋天，获得美国国务院出资的日美友好基金的奖学金，来美国研究三个月。

研究题目是考察以冲绳为中心的日美关系，但赴美的真正目的是考察美国国内的军事基地。负责接待的国务院下属机构很不高兴，但我乐毫不在乎，在新泽西、伊利诺伊、奥克兰等地观看军事基地。当时他关注的是随着柏林墙的倒塌、冷战构架的结束，美国国内的军事基地也将接连关闭的问题。他在很多地方都听说，在基地关闭以后如何利用这块土地的问题上，计划引进日本的汽车工厂、开发自由贸易区等。

我乐在美国的最后一站是安克雷奇，参观埃尔门多夫空军基地后，安排两天个人自由活动。他在阿拉斯加有亲戚，在那里钓大马哈鱼。冲绳很少有大马哈鱼，冷冻一下带回去，最高兴的莫过于父亲了。

两年以后，一九九三年，他应聘担任乔治·华盛顿大学的客座研究员。

周围的人说，就我乐幸运，尽是好事，难免嫉妒，但他觉得今年自己三十八岁，正是干活的时候，要善于抓住机遇。

表盘上涂有荧光剂的时钟显示即将凌晨四点，从百叶窗的缝隙漏进晨曦的微光。没想到时间过得这么快。

今天早晨轮到妻子送孩子去幼儿园，反正自己先得睡觉。我乐关闭电脑的电源，猛然腰痛起来。他怕惊醒妻子，悄悄地打开抽屉摸索着寻找热敷布，不意台灯啪地亮了。

"我给你贴，你转过来。"

本以为熟睡的妻子坐起来，熟练地将热敷布贴在疼痛的部位上。

"谢谢。"我乐说完，高大的身子扑通一声倒在妻子身边。

疼痛逐渐缓解，他嘟囔着"向历史学习"睡过去。

逗子的古刹，诵经的声音肃穆悲伤。弓成由里子老家的菩提寺正在给亡父举办二十三周年的法事。

木鱼敲响，参加者开始上香，哥哥第一个，然后是家人、近亲，依次走到牌位前面，焚烧护摩。这次法事也一并举行母亲十七周年的祭祀。由里子对着父母亲的牌位合掌低头，想到兄妹三人一起祭祀父母亲也许这是最后一次，不由得心里难受。

法事完毕后，在附近的餐馆举办供养宴席招待大家。

七十多岁的哥哥已是满头银发，沉着稳重的举止酷似父亲。他向参加者表示感谢以后，大家不拘礼节，啤酒、清酒开怀畅饮。

“你们姐妹俩还是这么漂亮。”父亲的小弟弟身穿单纹和服，眯缝眼睛看着由里子和芙佐子。

“叔叔还留着我们做姑娘时候的印象来看我们呢。”身材依然苗条纤柔的芙佐子微笑着说。

“那个时候真令人怀念。一打开父亲从英国订阅的《SUTTON》杂志，就闻到一种妙不可言的上等纸张的气味，卡特莱兰、蔷薇的彩照，还有茄子、龙须菜等幼苗的美丽可爱，让我们看得入迷……”由里子流露怀旧的神情。

一会儿，干坐着感觉无聊的孙子们都跑到院子里玩耍。叔叔像是犹豫再三后下决心询问道：“由里子，在这个场合问这个问题显得我多嘴多舌，你和弓成究竟怎么样了？哥哥去世之后，我就像你的父亲一样，心里一直挂念着。”

“还是老样子。”

亲戚们似乎都在吃饭，不动声色，但由里子感觉到他们都竖着耳朵，不由得低下眼睛。

“说不定你是打算赌这一口气不离吧?”婶婶冷酷的目光对着她。

由里子态度坚决地回答道：“我也有过苦恼，但还是觉得这样子好。”

“差不多一个月前吧，周刊杂志又刊登文章了。是吧?”她回头看着身边的丈夫。

“由里子还是不知道为好。”经营私塾的叔叔语气里流露同情，但是他话虽这么说，还是憋不住说出来，“我们学校的事务局长对我悄悄透露了这个消息，买来一看，大标题是《过去事件回顾》，第一篇就是《外务省泄密事件男女主角的后来》，又提起弓成的事情。那个女的后来和一个自由职业摄影师同居，没有什么变化，但说弓成在冲绳和一个混血儿的玻璃工艺师关系亲密……”

由里子心头猛然一惊，她记得看过一篇什么文章，说读谷有一个利用美军归还的设施建设起来的意在发展冲绳瓷器传统工艺的文化村，所以感觉“玻璃工艺”这个词语有一种强烈的现实冲击力。

从年龄来说，身边有一个照顾生活的女性也许是理所当然。虽然理性上可以理解，但亲眼目睹丈夫这样的生活还是心里难受。这也是她迟迟不能下决心去看望丈夫的一个原因。事件发生以后，曾几次考虑离婚，但一想到幸灾乐祸、巴不得发生这种事的新闻媒体，的确如刚才婶婶所说的那样，赌这一口气，硬撑着熬过难关。后来法院审理，辩护团的亲切关怀，一直坚持到胜诉，可是接下来……考虑到丈夫被判决有罪的心情，就无法在离婚协议书上盖章。

供养宴席结束，兄妹们送走大家后，也各自与家人一起开车离去。

“姐姐，过些日子我去看你，可以吗？”芙佐子和丈夫、儿子两口子以及孙子们在一起，对由里子依依不舍地说。

“一定要来。”由里子笑着点点头。

纯二和妻子、孩子一起坐进车里，催促还站在那里的母亲，“妈，快点儿啊。”

“好久没到这里来了，我在附近走走，自己坐电车回去。”

纯二似乎体会母亲的心情，叮嘱一声多注意，开车离去。

由里子穿着单纹和服，走路要格外注意，但还是稍稍绕道缓缓地朝车站走去。

幽静的住宅区，街道两旁是银杏林荫树，黄色的叶子翻飞飘落，铺在路上。

要是父亲还健在的话，就像过去那样登上可以望见大海的后山，只要一起挨着坐在凉亭上，心情就会平静下来。什么都不用说，父亲深知女儿的心事。

由里子停下脚步，眺望着曾经是自己娘家的这一带景色。原先的宅地已经建起双子座住宅楼，只能远远看见森林那边楼房的高层部分。

"由里……"后面有人叫她。

回头一看，表兄鲤沼玲走过来。原先结实健壮的身体随着年龄的增长开始发福，一身黑西服妥帖得体。

"百忙之中，今天特地前来参加，太谢谢了。"由里子再次表示感谢，接着不解地问道，"玲，你也是怀念我们家过去的房子，到这里来的吗？"

鲤沼玲轻轻摇摇头，与由里子一起走下平缓的坡道，朝车站走去。鲤沼玲今天有点奇怪，不爱说话。

"你今天怎么啦？法事、供养宴的时候都默不作声的。"

"我一直坐在末席啊。"

鲤沼玲作为建筑师已经颇有名气，却一直单身。

"你是不主张办什么法事的，今天感觉很无聊吧。"

"别说是法事，我是主张不搞葬礼、不留骨灰的，这样大家都省事。要是由里觉得我可怜，你把我的骨灰扔到海里或者河里，我会很高兴的。"玲这才微笑一下。

"我可干不了这恐怖的事情。再说了，你不是口口声声说人死了就变成了垃圾吗？"由里子呛了他一句。

玲凝视着由里子，问道："你真的和亮太一次也没见过吗？"

这时通往车站的十字路口的信号灯刚好变成红色。由里子目视前方，点了点头。

“由里你还是这么坚强。亮太去冲绳也有十八年了，不论发生什么事，你都保持沉默。你们是一对很般配的夫妻，我很佩服。”

由里子无法回答，但她明白，相信丈夫这个骄矜自豪的心情也许才是支撑自己的力量。

进入车站后，玲只买了一张车票，递给由里子。

“你呢？”

“我的车子放在寺院里。我后天去南亚出差，也许一时半会儿不回来。”

“又要去那么远的地方工作。万一有什么事怎么办？”由里子有点担心。

“美术馆和体育场……做点小事，不留遗憾，然后清清白白地变成垃圾。”

玲略显凄凉地笑着，拉起由里子的手。这告别的握手过于用力，由里子感到疼痛。说不定玲不再回日本了吗——这种预感掠过由里子的心头。她轻轻地把手抽回来，再次叮嘱道“自己多保重”，然后向检票口走去。

第十四章　浩瀚的大海

二〇〇〇年夏天。

弓成和谢花美智在盛开着九重葛的院子里谈话。

“噢,去意大利旅行啊,真令人羡慕,可以尽情地参观那些好东西。”

“这是我第一次出国旅行,语言也不通。不过,和我们工房关系密切的买家答应当向导,所以我家先生说没问题。”美智开朗地笑起来。

美智从稻岭师傅的工房独立出来,与协助她的同事工匠结婚,现在已经是两个孩子的母亲。有了孩子以后,她也从过去痛苦记忆的精神束缚中解放了出来。

“那我走了……给您带礼品回来。”她依然是T恤和修长运动裤一身清爽的打扮,打开便门出去。隔着围墙传来摩托车引擎的声音。

屋里电话响,弓成拿起话筒,是关系密切的琉球新闻的评论员。

弓成说:“好久没联系了啊。”

对方激动兴奋的声音说道:“旭日新闻头版头条独家报道,美国公开的档案证实:关于冲绳归还协定中所说的美方支付军用地复原补偿费四百万美元的问题,其实正如你早就揭露的那样,完全由日方代付。”

仿佛被雷击一样的震撼贯穿全身。

“喂、喂,弓成……”

“……”

“对不起，我情绪有点激动，没头没尾的。是这样的，据旭日新闻报道，琉球大学的一位教授在他还是副教授的时候，曾经在乔治・华盛顿大学担任客座研究员三年。这期间，他在美国国家档案馆发现有关冲绳归还协定的绝密文件，其中就有日本方面代付复原补偿费的密约。

“我把这篇报道给你传真过去。过一会儿我去你那里，要你发表见解，多关照啊。”说罢，急急忙忙挂断电话。

很快，传真机开始工作，弓成屏气凝神地关注着。

字体放大一倍的传真，第一张先露出来《冲绳归还　暗地负担八亿美元》的横排粗体大标题。

一共发来八张传真，拼接起来，几乎是整整一个版面的报道。

除了横排粗体大标题外，还有竖排的六个小标题，不言而喻，这样的排版是强调独家新闻的重要性。

弓成如饥似渴地阅读。

外务省否认的军用地复原补偿费
也由美国档案证实密约的存在

琉球大学的我乐政规教授获得详细记录冲绳归还（一九七二年五月）之前日美两国政府谈判的真实状况与最后结果的美国档案文件。

我乐教授在乔治・华盛顿大学任职期间，在美国国家档案馆所获得的文件是已经解密的陆军参谋总部军事史课程编纂的《琉球列岛的民政史》文件。

日本政府代付军用地复原补偿费的密约以驻日公使施耐特与外务省美国局局长吉田孙六（皆为当时职务）的会谈纪要

的形式收录其中。

在一九七二年的外务省泄密事件中，这个密约是否存在成为争论的焦点，向他人提供电文的外务省事务官和每朝新闻社记者以违反国家公务员法受到起诉。

是否存在密约在法庭上展开争论。但是，作为证人出庭的吉田等外务省高官一口咬定“没有密约”，阻扰了被告辩护人对“不值得保护的密约”的违法性的证实。

一九七八年最高法院的驳回上诉决定认为“电文具有实质机密性，值得保护”，从而确定上诉的每朝新闻社记者有罪。

时隔三十年，终于确认密约的存在！弓成心潮澎湃。

除了军用地复原补偿费之外，在法庭上还追究日本代付 VOA 搬迁，撤出核武器，改善、转移基地设施等七千五百万美元费用的问题，但吉田等外务省官员断然否认。据说文件中也明明白白地记述了日本政府代付上述费用的真相。

第三张传真的内容报道了政府对此事的态度，现任外务大臣依然表示“没有密约”；尽管会谈纪要上有施耐特和吉田的姓名第一个字母的签字，但当时的当事者吉田竟然面不改色心不跳地矢口否认，“签字的确是我的，但我不记得与施耐特公使谈过这个问题。”

将由于工作关系而知道的国家秘密带到坟墓里去，这似乎是外务省官员的美学，但他们缺少国家情报属于谁这个意识，对于时隔近三十年之后依然旧态故我的秘密主义态度，实在无话可说。

从心底喷涌上来的喜悦顷刻消沉下来。

电话又响起，弓成拿起话筒。

“我是每朝新闻社政治部的中川。琉球大学的我乐教授发现密约文件，每朝新闻曾经与弓成先生共同为审判的胜利进行过斗争，现在想就这个问题进行独家报道……”

“……”弓成只是对着话筒点头。

“所以，对这次发现，您有什么感想，以及现在居住在冲绳的情况，我想当面向您请教。今天傍晚抵达冲绳，然后去拜访您。可以吗？”

很久没有听到干练的东京新闻记者的声音。

“可是，对于文件的发现，我没有要说的话。”

也许因为弓成的回答出乎意外，对方一时语塞，紧接着说道：“的确，您与每朝新闻携手对国家权力进行斗争，主要是围绕国民的知情权和报道的自由，但由于政府代付四百万美元的实质性内容被揭露出来，所以一审才无罪获胜。从严谨验证判决这个含义上说，我认为这次密约文件的发现也具有重要的意义。

“我今天给您打电话，还是通过当时的司政治部部长向逗子的夫人那里打听到的。”

司——他问过自己多少次绝密电文的出处呢？甚至陪同自己前往警视厅协查的车子里还问过。可是为了保护消息源三木昭子，弓成就是闭口不说。由于弓成以违反国家公务员法的罪名被捕，司也被撤职，长期赋闲。

然而，在一审的时候，他毫无牢骚怨言，与辩护团一起保护弓成。他在位期间，弓成与他性格不合，甚至还瞧不起他，如今想起来，后悔莫及，心头苦涩。

“司先生还好吗？”

“是的。退休的时候是主笔，现在作为社友还继续指导我们晚辈。”

“请代我向他问好。不过，就这件事，刚才我说过，我出来说话不合适。要不你征求一下辩护团事实上的团长大野木律师的意见怎么样？”

记者知道弓成不会改变主意，不无遗憾地说道：“很遗憾，这一次就这样吧……不过，通过这件事，我真切感受到冲绳是必须关注的主题，所以找机会一定要拜访您。”

一放下电话，紧接着又响起来，大概是其他报社或者杂志社来的吧，弓成不想接听。

弓成重新翻阅琉球新闻传送过来的报道文章，根据美国的情报自由法要求开放档案、进行学术性深入探究的这位我乐教授是什么人呢？弓成对他很感兴趣。

就在弓成思索考虑的时候，渡久山朝友从院子小跑着来到外廊前，神色担心地问道：“你没事吧？报社、电视台的记者给你这儿打电话，就是没人接，以为你不在家，就打电话到我那儿询问情况。”

弓成没有说话，把手里的报纸摊开在渡久山面前。

“哦？”渡久山神情疑惑地凝视着报纸，看完三四张后说道，“没想到今天才证明你的清白！而且是通过本地的琉球大学的学者……”感情丰富的渡久山眼镜后面的眼睛湿润起来。

“这样活着，才能……”弓成百感交集，热泪盈眶。

想当年在那霸港，孤独地站在风雨之中，走投无路，正是这位渡久山向素不相识的自己伸出援助之手，才得以活到今天。

渡久山看完最后一页，问道：“冲绳回归本土的背后，没想到原来对美国这样百依百顺……你对这些情况了如指掌，却一直坚忍着，顽强地坚持到现在，是不是因为心里有某种期待呢？”

这时，将报纸传送过来的琉球新闻评论员带着年轻的政经部记者来到家里。

弓成慢慢地转动着方向盘在琉球大学校园内弯弯曲曲的柏油路上行驶着，寻找法学文学系的建筑物。

看到标记后，把车子停在停车场，向门口的事务局询问，知道我乐教授的研究室在二层。

正在放暑假，几乎看不见学生，楼道里静悄悄的。

从敞开的研究室门口向里面探头一看，从天花板到地板，所有的空间都堆满了书籍、辞典、学会杂志、文件夹、纸箱等，甚至看不出本人是否在里面。

弓成敲了敲房门。

“请进。”从紧里头传来响亮的声音。

弓成顺着声音的方向走进去，一个身穿图案鲜艳的短袖衫、短裤，脚穿凉鞋的大高个正从靠窗的电脑前面站起来。

“您是我乐先生吗？”弓成在电话里与他约定见面的时间，但感觉他比想象中要年轻。

“您是弓成先生吗？”

两个人互相目不转睛地注视着对方。

“我后天要去美国，所以让您星期日来一趟，真对不起。屋里凌乱不堪，请这边来……”

我乐指着长方形的大桌子。桌子上同样堆放着书籍、订书钉钉着的资料等，重重叠叠，看上去就要倒塌下来。我乐使劲把这些东西挪到一边，腾出地方来。

弓成深有感慨地说道：“从报上看到您发现的琉球诸岛的民政史资料，可以将我在当记者时候采访的片断信息串联起来。

“我没有想到外务省指定为永久绝密的电文内容是以这样的形式公诸于众的。”

“记者是直接与对象见面进行采访，我们搞学术研究的，其实与你们的方法也差不多，但瞄准的目标是档案。有关冲绳归还的文件，是我在四年前即将回国的时候发现的，所以无法全部复印。回国以后，我两次去华盛顿，分析这些档案也花费了相当长的时间。

“冲绳归还谈判的时候，您就抓到密约的线索，在国会引起强烈的震撼。没想到您就住在冲绳……对我来说，您就是历史的活证人。”长长的大波浪形天然卷发下面的脸庞泛发着兴奋的亮光。

“不过，我的采访量，如果作为系统的档案研究，那实在少得可怜，感到很遗憾。我一直坚信，日本代付四百万美元这件事，是在决定协定签字的巴黎会谈中，爱池外务大臣同意向美国国务卿罗杰特出具密函的情况下达成妥协的，没想到是在公使与美国局局长的会谈纪要中达成协议的……”

“说不定爱池密函是存在的。虽说美国是情报公开的开放国家，但真正的顶级秘密也不会公开的。”

“是嘛。如果允许的话，能否让我看看施耐特公使和吉田局长共同签名的会谈纪要呢？”

“完全可以。电话里已经说过，准备好了。”我乐转动转椅，从后面书架上的一排文件夹中抽出一本，翻开来。

> 施耐特：我注意到，“自发性支付”的最终金额，按照之前的商议，我们的理解约为四百万美元。
>
> 吉田：我注意到阁下的发言。我理解日本政府根据协定第七条支出的三亿二千万美元中的四百万美元确保用于为自发性支付而设立的美国信托基金。
>
> 施耐特：我注意到阁下的发言。

信纸大小的纸张上，打字机打印了十六行，会谈纪要的左下方有手写的 *RS*，右下方有手写的 *my* 的签名。*RS* 是理查德·施耐特，*my* 是吉田孙六的首字母。

弓成看着这份档案，心情复杂。

“外务省泄密事件发生的时候，我还是高中生，所以是在研究这个课题以后才了解详情的。我之所以能够在华盛顿档案馆的浩繁卷帙中找到民政府的文件夹，也许还是脑海里的某个地方藏有您的一系列文章的缘故。

“从这个意义上说，您在三十年前就为我播下了种子。”

尽管知道这不过是谦虚的客气话，但弓成心里还是热乎乎的，满心高兴。

“我住在这里以后，想了解四百万美元补偿费的支付情况，也问过县厅的有关部门和土地联合会。本以为轻而易举就能知道，却十分费劲。对美索求权事业协会告诉我有一本第四条第三款支付目录，一直到后来我才看到这个目录。而所有的记录都捐赠给了冲绳县档案馆。”

我乐靠近弓成，问道：“找到了吗？”

“目录是看到了，但支付的总额只有一百四十万美元，剩下的两百六十万美元不知去向。后来我碰到曾在县厅涉外部门长期与美军打交道的老职员，向他一打听，才知道这四百万美元并没有全额支付给地主，剩余的钱大概入了美国国库……”弓成流露无法信服的心情。

“这种事很有可能。您具有坚持不懈的精神才能够这样追踪调查。”我乐深为敬佩。

两人情投意合，交谈甚欢。

超出约定的谈话时间，弓成在下午将近两点的时候离开我乐的研究室。

车子被火焰一般的烈日烤得如炉窑一样炎热，但弓成的心情清爽舒畅。

因为要顺路去宜野湾市内的三线乐器店，弓成从丘陵下来后，没走西海岸的国道，而是沿着县道北上。他的那把三线弦断了，前些日子拿到店里去修理。

直升机在上空飞来飞去，普天间机场就在宜野湾市中心，大约一百架战斗直升机和空中加油机不分白天暗夜进行起降训练。住宅、学校、医院等被迫拥挤在基地周边，噪音、堵车等极为严重，于是政府决定搬迁到本岛北部的边野古，但遭到居民的强烈反对，掀起抗议活动，提出要搬就应该是基地搬到县以外的地方去，结果这个搬迁方案不了了之。

弓成感觉有点奇怪，抬头看着天上，一种与平时刺激神经的尖锐叫声不同的爆裂声从天而降。一架大型直升机的腹部朝他逼迫过来，弓成猝不及防，魂飞胆丧，不由自主地几乎要趴在方向盘上。他心惊肉跳，一心只想逃命，可是车子在路上无处可逃。就在感觉自己的车子要被美军直升机撞击压扁的瞬间，直升机突然改变方向，摇摇晃晃地从视野里消失了。

弓成擦着额头上的汗珠，庆幸自己捡了一条命。就在这时，看见前方上空出现一股黑烟。是刚才那架直升机发生事故了吗？他把刚才的恐惧抛到脑后，朝黑烟方向冲去。

黑烟好像是从前面几百米的住宅区冒上来的，但近前一看，才知道原来是从与住宅区一街之隔的冲绳国际大学冒起来的。弓成把车子停在空地上，沿着大学边上的道路跑过去，看见大学正门旁边的树丛浓烟滚滚，直升机一屁股坠落在树丛里。大型直升机长约二十五六米，可以乘坐三十五人，看上去比在天空飞行时要大得多。附近的大树被拦腰折断，学校主楼侧面的窗玻璃从上到下几乎全部破裂，熏黑。直升机差一点坠落在主楼边上，飞行员急忙切换操纵杆，才掉到对面的树丛里。

“救救我！”从飞机里传来急切的呼喊。

弓成刚要迈出去，却被不知何时赶来的、套着县警袖章的警察一把抓住胳膊，“危险！可能会爆炸。”

就在这时，消防车、急救车、警车的警笛从两个方向鸣叫着疾驰而来，周边的气氛骚动不安。他们的行动勇敢敏捷，一边灭火一边救人。大概与县警同时抵达的十几个美军官兵在事故现场周边警戒。

宜野湾市的营救队从机内营救出三个美国兵，抬进急救车，几个美军士兵和他们一起乘车离去。

紧接着，轰隆一声爆炸的巨响，飞机周边的火焰腾地一下窜起七八米高的火柱，火花纷纷散落下来。大概是燃料箱爆炸。

里三层外三层围观的人墙忽地倒退，其中一个年轻人手拿小照相机不停地拍照。

身穿迷彩服的海军陆战队士兵人数增加，周围拉起禁止入内的黄色警戒线。这时，电视采访组冲过警戒线进去拍摄。

“NO。出去！”身材高大的海军陆战队士兵大声威胁，岩石般的大手挡着摄像机的镜头。

“这是日本的大学校内！”弓成逼上前去，愤怒责难美国兵粗暴的行径。

“你们要干什么?! 这是新闻自由。”电视采访组也不甘示弱，继续拍摄。

这时，几个美国兵围上来，大声恫吓着“出去！”用力把他们往外推。虽然没有用枪威逼，但不容分说地推搡，弓成被推得踉踉跄跄，差一点摔倒在地上。

在宜野湾市消防队员的努力下，火势得到控制，开始减弱。这时，普天间基地也出动消防车加入灭火，终于消除了危险，而凶狠的“NO”和“出去”的声音叫得更加厉害。

就连最快赶到出事地点的县警、营救美军飞行员的消防队也被命令退出来，不让进行现场勘查。他们对勃然作色提出抗议的警察根本不予理睬。

美军在民间土地上依然强行实施治外法权，弓成第一次亲眼目睹这种无法无天的景象，不由得浑身战栗。

弓成抹掉沾在衣服上的化学灭火剂白色泡沫，穿过正门前面的道路，走上附近一座公寓的安全楼梯，他要寻找一个高处俯瞰直升机坠落的整个现场。道路这边的住宅区楼房鳞次栉比，要是直升机坠落的地点不是放暑假的大学校园，而是人口密集的住宅区，将会酿成大惨案。

弓成走到三层的楼梯平台，遇见刚才那个用小照相机拍照的年轻人，不过他手里的相机已经换成单镜头反光照相机。

两人对视一眼，年轻人用采访的语气问道："我是冲绳新闻社会部的城山。您很早就在现场，您是在什么地方发现发生事故的？"

弓成简单地讲述一遍，反问道："你刚才用的是小照相机吧？"

"我让后来赶到现场的同事回社里取来的。其实今天开始是盂兰盆节的休息，正准备一家人出门旅行，妻子在关二层的阳台门的时候，听见直升机的声音与平时不一样，感觉怪异，然后看见一架直升机摇摇晃晃地从低空掠过，心想不好，紧接着轰地一声巨响。我是出于本能，急忙从背包里抓起照相机，冲出门外，开着小车直奔冒黑烟的地方。

"当我四五分钟后到达现场的时候，县警和美军已经在那里了，都在和有关方面无线电通话。也许他们早就从指挥塔获悉这架直升机操纵失灵的情报，所以能以最快速度赶来。

"必须把这起骇人听闻的事故记录下来，公诸于众，于是不停地拍照。后来，大概是普天间基地的海军陆战队士兵大举赶到，把所有的日本人都赶出现场。"年轻的记者愤愤不平地说。

"喂，直升机的残片说不定掉落在公寓的后头，你们看看有没有砸伤人……"地面上的警察扯着嗓子对他们叫喊。

“会掉到这个地方?”记者和弓成异口同声说道,俯视下方。

狭窄的道路上站着不少居民,但无法判断是否一切正常。他们俩急忙下楼,来到公寓后面的路上,周边四邻的居民依然心有余悸地聚集在一起。

“我是冲绳新闻的记者。警察问直升机残片掉到这里,有没有伤着人?”

“掉下来的东西在那边。”一个中年男子指着前面。

一块黑色的板状残片掉落在一户居民的停车场上,显然是先砸在前面的小型摩托上蹦起来再掉在地上的。另一块残片砸弯了公寓的标识,落在大门前。

记者问周围的人们,“没有伤着人吧?”

“这个婴儿差一点遭殃!”穿着宽松布拉吉的老太太怒气冲冲。一个年轻的母亲站在她身边,怀里抱着出生才几个月的婴儿,浑身颤抖。

“我正在晾晒刚洗好的衣服,听见直升机不同寻常的声音,回头一看,一架失去平衡的大型直升机七扭八歪地冲过来。这个孩子正在二楼的床上睡觉,我不顾一切地跑上去,抱着他就逃了出来。”母亲把孩子紧紧搂在怀里。

“这只能说是奇迹。”从附近的工作单位飞跑回来的年轻父亲说道。

据他们说,残片穿过二楼的隔音玻璃,把电视机的一角砸得粉碎,然后穿透后面的拉门。

记者记录下他们的讲述,拍摄掉落的残片。这时听见杂沓的脚步声,来的不是县警,而是海军陆战队的士兵。他们趾高气扬地对记者和居民们叫喊着“出去”,拉起禁止入内的警戒线,把道路封锁起来。居民们咬牙切齿地远远围看着。在这样的地方,也有美国兵说一不二、耀武扬威的治外法权,这就是现实……

从美军占领以后，一九五九年发生喷气式战斗机坠落小学造成两百多人伤亡的事故；一九九五年，发生美国兵强暴少女事件，引发八万五千人县民的抗议集会。然而，冲绳至今依然如故，毫无变化。

梦中的弓成在直升机坠落的火焰中痛苦地挣扎，浓烈的焦煳汽油味、逼近的烈焰、灼热……美国兵被救走了，可是没人发现自己。难道就这样被美军战斗直升机压瘪烧死吗？要是这样子的话，那绝对死不瞑目……

"弓成，不要紧吧？"

弓成听见耳边有人呼唤，睁开眼睛，看见渡久山的脸。

发生直升机坠落事故的这天傍晚，弓成突然开始腹泻，伴随着将近四十度的高烧，被送到最近的一家医院。医生说是感冒，但再晚一步就转成肺炎，吩咐一定要安静休息。

每天都昏昏入睡，弓成没想到自己还这么能睡，感觉不可思议。

"承蒙关照，对不起。"弓成坐起来，表示感谢。

由于渡久山一家无微不至的精心照顾，弓成的感冒迅速见好。

"你对我还这么见外啊……阿鹤说该给你补充营养了，开着儿媳妇的车子出去买东西。也许你胃口还不是很好，可还是要吃的。"渡久山和蔼地笑着鼓励弓成，"明天再去医院胸透一下，如果没问题，就可以放心。酒也可以喝了。"

"渡久山先生，那架直升机掉下来，真的没有伤亡吗？在跟前一看，跟小飞机一样大。"

"幸好大学正好放暑假。"

弓成点点头。渡久山说："生病的时候就别惦念这事了。"让他躺进被窝里。

“可是美军把土壤……”

“是的。美军把坠落现场周围的树木和土壤全部挖走，所以大家怀疑飞机上装载着不能让日本知道的可怕的物质，但是现在真假莫辨……”

美军坚决拒绝日本的县警、消防署、航空事故调查委员会介入调查。

“您喝苦瓜汽水，我加了点蜂蜜。已经习惯这个味道了吧？”阿鹤走进屋里，把苦瓜汽水放在弓成枕边。

“不知道怎么感谢您，夫人……”

“客气什么啊，我看您还有点烧，量一下体温。”说着，把体温计放在弓成的腋下。等到体温计发出吱吱叫声后，拿出来一看，悄悄地递给丈夫一个担心的眼神。

“喝完苦瓜汽水，好好睡一觉。晚饭吃本土的海鳗。”阿鹤亲切地嘱咐弓成，然后和丈夫一起回去。

弓成一边喝着苦瓜汽水，一边用手摸了摸额头，还有点低烧，觉得身子沉重。感冒没有及时治疗，要痊愈看来尚需时间。

弓成感觉不能这样继续给渡久山一家添麻烦了。

他摇摇晃晃地坐在桌子前，从通讯录上寻找在地区会上认识的一个医生，打算和他商量住院的事情。旭日新闻报道以后，弓成的邮件骤然增多，其中有自己在每朝新闻时候的晚辈、熟人寄来的，也有请他撰稿、讲演的信函。

找到那个医生的医院电话和手机，可是都无人接听。弓成失望地又躺了下去。

由里子走出那霸机场大厅，扑面而来的热风打在脸颊上，让她退缩。这个热法与本土的炎热大不相同，从来没有接触过这种湿热的空气。

浅蓝色麻布衣服的后背立刻汗水津津。想到丈夫在这样的地方生活了十五年,距离的隔阂比想象得更加遥远深刻,他能否接受自己突如其来的出现呢?由里子惴惴不安。

坐进出租车,告诉司机目的地。

牢固坚硬的公路,一旦需要,可以变成飞机跑道,左侧是长长延续的栅栏。这是军港吗?一路上看到很多装载着集装箱的卡车。与本土异样的气氛令由里子心情紧张。

司机问道:"都屋的什么地方?"

由里子从手提包里掏出渡久山的信,看完后告诉司机。

车子驶下一道缓坡,前面出现湛蓝的大海,那是自己居住的逗子风平浪静的海面所无法比拟的深蓝。

出租车停下来,由里子一只手提着手提包,确认了一下门牌,从半开着的矮门走进去,摁门铃。紧张的心情把下飞机时候的炎热忘得一干二净。

门打开,一个瓜子脸的老妇人探出头来。

"啊,我是……"

由里子正要自报姓名,对方惊讶地说道:"是弓成先生的太太吧?没想到这么快就到了。"

她朝里屋叫一声,快步走出来一个老人,由里子一看就知道是渡久山朝友。

"这件事我没告诉您的先生,自作主张地给您写信……具体情况以后再慢慢说,先一起去您先生那里吧。"

渡久山走在前头,由里子对他照顾弓成表示感谢,询问病情。

"从胸透检查来看,没有问题,所以看来病情并不严重。不过,正如我在信中所说的那样,长期单身生活,疲劳日积月累,在密约问题见报后的喧闹中,一下子爆发出来……"

渡久山简单地说明后，打开大门，用眼神示意告诉由里子进屋去，然后自己回头离开。

由里子在脱鞋处摆放好鞋子，看着小巧玲珑的一套藤椅家具那头的屋子，大概里面开着空调，拉门紧闭。

她轻轻打开拉门，看见丈夫正盖着薄被睡觉。他的身体比分居之前瘦了一大圈，没有修整的胡子已经花白。把自己折磨到如此憔悴瘦弱的地步，为什么还是一个人硬撑着呢？由里子胸口堵塞难受。

她轻咳一声，丈夫微睁眼皮，无精打采的呆滞的目光在天花板上游移不定，转动过来与由里子的目光碰在一起。她想叫他，却发不出声来。丈夫又闭上眼睛，但又立即睁开，奇怪地看着站在他枕边的由里子。

由里子靠近他的脸，他的脸上浮现出惊讶的表情，嘴唇微微翕动，却没有声音，只是凝视着由里子。如何填埋这漫长岁月的空白，两人无言相对。

"你怎么……到这里来了？"弓成终于用沙哑的声音问道，坐起身来。

"是渡久山先生给我来信，说你身体不好，最好来一趟。"

"渡久山先生……"

"他说你生病之前曾给我写过两封信，可是写完以后都撕成两半扔在废纸篓里……你病倒以后，他的夫人来打扫卫生，发现这两封信，就和丈夫商量，给我写了信。"

弓成想起来在旭日新闻报道发现密约的那一天晚上，他写了一封对家人因自己而长期备受痛苦折磨表示歉意的信。但写好以后觉得这样做显得虚伪做作，便连同信封一起撕掉扔在废纸篓里。躺下以后，忽然想起每朝新闻记者的电话，觉得还是应该对家人有个交代，爬起来又写了一封，但一种空虚徒劳的情绪涌上心头，以为事到如今，无论说什么话都已经于事无补，又把这封信撕毁扔进废纸篓里。第二天早晨，大概是感冒的症状，脑子昏昏沉沉，就没有打扫房间。

“现在感觉怎么样？”

“好多了。真是给渡久山一家添了很大麻烦。”

“我从他的来信中能感觉到他的人品，你遇到了一个大好人。”

弓成深深点头。

然而，话题中断，陷入尴尬的沉默。由里子似乎无法忍受这样沉默的气氛，开口说道：“……大野木先生、山谷先生都很高兴……”

弓成默默地点点头。

“……纯二把旭日、每朝的报纸寄给在旧金山的洋一，他立即就来电话了。”

洋一的电话与其说是对父亲恢复名誉的喜悦，不如说是对母亲长期坚韧精神的安慰，所以由里子没有详谈电话的内容。弓成对有关两个孩子的话题只是流露出苦涩的表情，低着脑袋，这让由里子很不自在。丈夫只知道高一、初二之前儿子的情况，谈论起如今他根本无法想象的两个孩子的事情，似乎只能增加他的悲痛伤感。

正如丈夫撕毁给自己的信函一样，难道自己不应该来到他的身边吗？

由里子陷入难以言状的深深悲哀，不由得想哭。

就在这时，弓成突然对她低头说道：“由里子，这么长时间，对不起你了。”

由里子的眼前一下子明亮起来。

“我……不该自己陷在苦恼中不能自拔，应该来到你身边。”由里子百感交集，抑制着呜咽的心情。

这是弓成搬回北九州老家，这一对夫妻分居以后第一次相互体谅关怀的对话。

弓成的心情仿佛轻松下来，长吐一口气，躺下去，进入梦乡。

从第二天开始，由里子对丈夫精心照料，但一直注意保持着恰到好处的距离。弓成起初有时也流露出心烦的情绪，对由里子做的每一样菜总要道一声谢谢，后来逐渐不再这样客气，还说想吃过去喜欢的菜肴。但由里子感觉他的口味发生了微妙的变化，也许是已经习惯了冲绳菜的缘故。

四五天以后，弓成可以不必卧床，有时去渡久山的正房走动，有时早晨出去散步。

由里子抽空出去购物，做家务。

第七天的时候，在丈夫散步以后，她像往常一样一边用洗衣机洗衣服，一边用吸尘器打扫卫生，接着她擦桌子，尽量不动桌上的东西；整理壁柜也只是归整里面的卧具和衣箱，从不随意乱动。看来丈夫还是不善于管理自己的生活，衣服几乎都是随手塞进箱子里，相当凌乱，甚至脏兮兮的一只袜子还和内衣内裤混在一起。

壁柜旁边有一个简陋的西服衣柜，看样子大概里面没放防虫剂。由里子一打开柜门，一大堆笔记本从里面掉出来。叠摞起来的笔记本噼里啪啦倒在榻榻米上，衣柜里竟然一件西服也没有，全部都是笔记本。

由里子大吃一惊，赶忙把四处散乱的笔记本收拾集中起来。她正要把其中一本翻开的笔记本合上的时候，无意间被里面圆珠笔书写的密密麻麻的文字所吸引。她拿起另外的笔记本，封皮已经褪色，里面的文字用钢笔书写，笔势流畅，可以看出来是一气呵成。

由里子不由自主地看下去。

萨摩藩只是把奄美诸岛分割出来实行直辖管理，考虑到与中国进行进贡贸易的利权关系，保留琉球王国的形式。例如禁止使用大和的语言、服装、人名等。同时，在琉球使节到江户参拜的时候，特地让他们身穿中国式的服装，由萨摩官员担任警卫，这样做是为了显示对异国的统治……

由里子又翻开其他笔记本，有的文章字迹潦草，增删修改之处颇多，与当记者时偶尔在家里所写的稿子很相似。

在海湾战争最激烈时期，美军采取“沙漠之盾”的作战策略，驻扎在冲绳的美军调动频繁，出现处于临战态势的迹象。

我第一次感觉美军出现异常变化是在去年夏天。当时，在国道上来来往往的美军车辆的外表从原先的迷彩色改涂成适合沙漠作战的米黄色。

米黄色的卡车、集装箱接连不断地运抵那霸军港。据美军报纸报道，两千名海军陆战队士兵从嘉手纳基地运往沙特阿拉伯。

另外，夜间飞行训练的次数激增，巨大的噪音在这里都能听见飞机的轰鸣。

尽管冲绳实际上已经成为美军的进攻基地，外务省还是坚称只是“一般性的调动，不属于事前协议的范围”……

“你还是老样子……”由里子的泪水顺着脸颊流淌下来。

丈夫没有封笔，还在继续写……笔记本数不胜数，从日期来看，搬到读谷没多久就开始执笔。

由里子感觉丈夫这样孜孜不倦地书写肯定是为了从绝望的深渊中爬出来，想到这里，长年横亘她心中的隔阂芥蒂顿时冰消雪化。

这天晚上，弓成亲自下厨，站在小小的厨房里，烹调出咸子鱼、冲绳藠头、苦瓜豆腐等几样菜，摆在檐廊的饭桌上。

泛着青色的天空，星光灿烂，银河清晰可见。

“先来一杯……”

弓成新开一瓶泡盛，给由里子斟酒，再兑上冰和水。由里子也给丈夫的杯子里斟酒。

弓成满含深情地说道：“谢谢你。”将手中的酒杯朝由里子稍稍示意一下，津津有味地喝一口。

由里子轻轻抿一点令喉咙火热的泡盛，说道：“渡久山先生一家不是亲人，胜似亲人，多亏了他们。”

“这个世上有神也有佛，我感谢这样的信仰。”弓成点点头，继续说道，“由里子，你这些日子照顾我，现在我的身体已经完全恢复，你可以回去了。”

这句话出乎意外，由里子难以揣摩丈夫的真意。

“这是我居住的地方，你也该回到自己工作的地方去。”

“我的工作没什么……我认为以后应该在你的身边生活。”

“你的心情很难得，我很感谢，但我要做的事堆积如山，还是继续现在这样的生活方式为好。”

认为夫妻之间的感情已经重归于好，难道只是自己的单相思？凄凉的伤感贯穿全身。

弓成似乎没有意识到由里子心情的样子，自顾自地说道：“这么长的时间，我也有孤独不安的时候……每当这种时候，我就弹奏三线，心情会立刻平静下来。”

“是吗？”

由里子知道弓成的三味线是北九州的婆婆教给他的，她回想起弓成曾和采访对象的政治家一起弹奏三味线从而获得对方信任的故事，还回想起弓成和到东京的他的父亲一起合奏的往事。

弓成拿过靠在墙角的长方形盒子，在由里子面前打开，取出三线。琴筒蒙着蟒皮，黑檀琴杆，弦轴也觉得比本土的三味线大。

弓成运用弦轴调节三根弦，然后抓起泡盛的杯子，一饮而尽，开始调音。由里子感觉他的每一个动作似乎比在东京弹奏三味线时更加温柔纤细。

叮咚、叮咚……

在夜的寂静中，回荡着粗犷沉郁的音色。弓成手拿拨子，轻拢慢挑。冲绳三线没有RE和LA音阶，以独特的旋律弹奏充满哀怨忧伤的曲调，然而在弓成手里，却变换自如，得心应手，弹奏出欢快热烈的曲子。其中有的曲子由里子也听过，情不自禁地和着节奏打拍子。

“你也知道吗？”弓成对由里子投以温柔的微笑。

“嗯，开车的时候听收音机播放过。”

“噢，东京也能听到冲绳的歌曲……”弓成有点惊讶，又给由里子的杯子里斟上泡盛，自己也开心地畅饮。

“三线对我不仅是精神的安慰，感觉也在洗涤我的心灵。冲绳民谣素朴平易，却让人心纯洁高雅。”

弓成语气平静，接着正襟危坐，在膝盖上重新放好三线，开始弹奏。随着庄重沉稳的旋律的流淌，他开始歌唱。

呀伊呀……
如同北极星的光亮
夏季冬季都不变样
哪里会有变化呢？
晶莹清澄的星光
啊，我们也要
光辉璀璨

直至八十八岁百岁之长

清越响亮的歌声在澄澈清朗的星空下悠扬回荡，这格调激昂卓然的旋律，仿佛连山川草木也听得入迷，为之动情。

尽管是微醺酡颜，由里子发现丈夫的脸上洋溢着从未见过的庄严神情。

由里子虽然听不懂冲绳话的歌词，但她从丈夫寄托三线所讲述的如星光一样永远光辉璀璨的含义中感受到对自己深切的爱情。

由里子乘坐下午的飞机回东京，弓成开车，她坐在旁边，上午九点多到达本岛最南端的摩文仁。

好不容易来冲绳一趟，弓成没有带她出去参观，最后说想让她看一个地方，就是在姬百合塔南面的和平纪念资料馆。

这个时间观众还很少，宽敞的馆内十分安静。

首先是参观展品。在灯光聚焦的各个展区，设置有地面作战、基地冲绳等不同主题的展室，再现当年的严峻情景。由里子凝视着每一件展品，心情难受，同时想起丈夫所记录的数量庞大的笔记本。

接着，他们走进更加黑暗的证言室。在模拟成教室的房间里，陈列着战时、战后备尝辛酸的县民的证言集。由里子拿起其中黑色封面的一本，坐在小桌旁，打开台灯。

包袱皮包裹着天皇的照片，祖父抱着它在战火中东躲西藏，四处逃命。但是，在受到本土士兵盘问的时候，因为对方听不懂冲绳方言，就把祖父当做间谍枪杀——这是亲属讲述的悲惨遭遇。在本土，有人抱着天皇的照片逃命吗？由里子对如此意识自己是天皇子民的日本老人感到难以言喻的悲凉。

在资料馆转了一圈，来到走廊上，感觉晃眼。夏天的太阳从整面的玻璃墙照射进来，窗外湛蓝的大海在强烈的阳光照耀下反射出刺眼的光芒。

由里子想看海，弓成带着她下到一层，从大厅走到外面。由里子忽然被眼前的景象震撼。

宽阔的地面上，一人高的黑色花岗岩组成四对屏风状，对着大海如波浪一样多层连接在一起。

“这是刻有阵亡者名字的石碑，有一千两百面。”

“这么多……”

“刻在上面的名字不仅仅是冲绳县民，还有以本土的军人、军属、美军为主的联军军人以及朝鲜、台湾等旧日本殖民地出身的军人、军属……现在已知的有二十四万多人，其中冲绳县民十四万九千多人。考虑到也许以后还会确定的牺牲者的数量，所以特地在铭刻碑上留有空白，以便弥补。来，你看这里……”

弓成走到附近的石碑旁，抚摸着密密麻麻横刻的名字。

比嘉蒲都、吉、昭源、金城正邦、纳贝……还有具志坚家六男、龟吉这样一行只有孤零零一个人的名字。这大概是全家遇难，只知道其中一个人名字的缘故吧。

弓成平静地说道：“我无法想象他们的容貌，但我仿佛听见他们还我与家人一起生活的权利的哭泣。”

一个戴着草帽、小心翼翼地抱着报纸包裹的鲜花的老人步履蹒跚地从他们身旁走过。在太阳蒸汽升腾的游丝中，他的背影显得更加飘忽不定。

“我还是半年来看你一次吧。”由里子尽量抑制着情感。

弓成没有说话，片刻之后，他以坚定的语气说道：“不用。以后我去东京。”

由里子惊讶的眼神盯着他。

“越是了解冲绳，就越发现这个国家的弊端。为了让更多的本土国民知道真实的冲绳，唤起他们的声音，我的方式就是写出来。我想在这方面发挥自己的作用。”弓成显然已经下定决心。

他沿着笔直的石板路朝大海方向走去。他的前头是悬崖绝壁。

白色的波涛撞击岩石，卷起漩涡，放眼望去，苍茫浩瀚的太平洋无边无垠，雪白的积雨云在水天相连处翻腾涌起。

虽然不是根据自己的意愿选择这条路，但如果是命运使然，那就完成这个使命。尽管留给自己的写作时间不会很长，但为时未晚。

忽然看见一道银矢般的光线从眼前掠过，穿越大海向本土方向飞去，仿佛是在指引自己即将前行的道路。

弓成全身洋溢着激扬的意志。

作者后记

我很早以前就考虑创作一部以第四权力新闻媒体为题材的作品，但构思小说极为困难，只好暂时搁置起来。

后来，我想起冲绳归还一年之前发生的“外务省泄密事件”。这是一起把国家、社会、新闻媒体纠结一体的事件，一个新闻记者获得日美两国在冲绳归还会谈过程中所交换的密约，予以谴责，但被警方逮捕，最后被最高法院认定有罪。最高法院不是从事件的本题入手，而是从采访方式缺少道德这个角度进行判断。为了维护当时的政权的面子，难道就可以这样随心所欲地剥夺一个新闻记者的生命吗？这个荒谬的判决成为我创作《命运之人》的契机。

凑巧的是，发生这起事件的正是我曾经供职过的报社，而那位健在的当事人新闻记者向我详细叙述了事件的来龙去脉。

另外，我能与这起事件实际上的辩护团团长大野正男先生会晤对我的创作大有裨益。这不是普通的刑事审判，而是需要对宪法所规定的“言论自由”、“知情权”加以解释的审判。当我向他请教时，他高兴地说道：“我打算把那次判决留给后世的史学家去质疑，所以把全部法庭记录都捐赠给母校东京大学法学系的图书室。没想到您这么快就来了。”我很幸运，能看到所有的审判记录。为了从大学运出这数量庞大的、灰尘微蒙的审判记录，我甚至考虑必须准备一辆小型卡车。而且，大野正男律师数次对我这个法律外行深入浅出地进行讲解。

然而，我对外务省的采访几乎寸步难行。甚至在外务省中属于平步青云的主流派、但对政府的外交方针持有异议的退休外交官对我也只能表示一种同情的态度,“作为外务省官员,只能把所知道的机密带到坟墓里去。对外务省的采访是不可能的。”我也向几位大使级的私交好友提出帮忙介绍冲绳归还协定谈判的相关人士的请求,但结果并不理想。

就在我束手无策的时候,终于接洽上直接参与谈判的课长级人士。不言而喻,他没有积极主动地讲述,但对我的问题婉转地予以回答,让我自己去琢磨。通过如此反反复复的问答,我得以了解当时的状况,这实在是无比的幸运。在几乎所有的官员拒绝我的采访时,为什么唯独他能接受采访呢?后来知道,他在学生时代被征兵编入通讯部队,对美军攻占冲绳的过程甚为了解。我推测,也许他在暗示自己是出于对日本政府抛弃冲绳而赎罪的心情。我对他肃然起敬,因为在外务省官员中,还有这样良心未泯之人。

我把被最高法院确定有罪的主人公安排到冲绳居住,主要是因为我在创作前一部小说的过程中,曾去九州的大隅半岛采访。当时心想既然来到这个地方,索性再去盼望已久的姬百合塔参拜,于是从鹿儿岛机场飞到那霸。

我在战时作为女子挺身队队员被迫擦过炮弹,所以对姬百合的学生兵怀有特殊的思念。

参拜之后,我的故交、陆上自卫队军官介绍一位朋友带领我参观冲绳一天。我看到的景象与回归祖国的单纯喜悦截然不同。我始终无法遗忘这种心灵的震撼,于是产生一定要写冲绳题材的使命感。我从二〇〇一年三月开始,一边阅读法庭的速记文件,一边进行采访。随着对情况了解的逐渐加深,越发知道本土国民对冲绳真实的认识实在太少,满怀愧疚之情。

“用不着那么觉得心中有愧。我们知道如何化解痛苦,享受人生。”——有人这样淡然一笑置之。然而,冲绳从战时开始就一直是美国远东战略的一个基石的状况至今毫无改变。

媒体人也给予我很多诚恳的支持。他们满腔热情地讲述当年发生记者突然被捕这个异常事件后整个报社团结一致高举言论自由的旗帜与政府进行全面对抗的情景，同时也带着自戒反省的心情指出由于检方巧妙运用情报使得中途失去报道的方向、未能始终如一坚持斗争的新闻界的弱点，引为教训。

最煞费苦心的是小说情节的构思。如何使外务省泄密事件与冲绳具有一贯性。我感觉使用我以前的创作手法无法展开，为此绞尽脑汁，终日看着情节安排提纲冥思苦想。从开始采访到终于能够在《文艺春秋》上连载，整整花费了将近四年的时间。在即将写到冲绳为舞台的时候，健康欠佳，休养一年多，至二〇〇八年底甫告完成，但后来在校正清样的时候又进行了采访。

创作过程中，承蒙诸多人士讲述珍贵的亲身经历，提供文献资料，感谢之情难以言表，谨在此表示衷心的感谢。

最后，我要向在这么长的时间里始终如一地鼓励我的从《大地之子》开始就一直担任责任编辑的平尾隆弘氏、九年里与我走遍各地全面协助采访的小田庆郎氏表示衷心的感谢。没有他们的支持，也许《命运之人》就无法完成。出版社编辑部的中村毅氏、福泽一郎氏也对我的采访予以协助。饭洼成幸总编辑在连载暂停后耐心等待重新开始的热情鼓励使我得以保持继续创作的积极性。

单行本付梓之际，再次得到小田庆郎氏的诸多努力。对小野隆夫氏、真锅桃子氏一丝不苟的校对也表示感谢。

最后，满怀深情地铭记秘书野上孝子氏所给予的不可或缺的同心同德的协助。